DÍAS GRISES CON CIELO AZUL

CONCEPCIÓN REVUELTA

DÍAS GRISES
CON CIELO AZUL

PLAZA JANÉS

Papel certificado por el Forest Stewardship Council®

MIXTO
Papel procedente de
fuentes responsables
FSC® C117695

Penguin
Random House
Grupo Editorial

Primera edición: septiembre de 2021
Segunda reimpresión: febrero de 2022

© 2021, Conchi Revuelta
© 2021, Penguin Random House Grupo Editorial, S. A. U.
Travessera de Gràcia, 47-49. 08021 Barcelona

Printed in Spain — Impreso en España

ISBN: 978-84-01-02595-2
Depósito legal: B-9.072-2021

Compuesto en Pleca Digital, S. L. U.

Impreso en Rotoprint by Domingo, S. L.
Castellar del Vallès (Barcelona)

L025952

*Cuando comencé a escribir esta historia nada me hacía
presagiar que al terminar ya no ibas a estar conmigo.
Ahora te extraño como a las noches sin estrellas
y a los días sin sol.
Te extraño cuando camino, cuando lloro,
cuando río, cuando hace calor y cuando siento frío.
Y extraño cada segundo tu mano apretando la mía.
Pero aun extrañándote tanto, te siento mío*

*Para ti, Cari,
por todo lo que he sentido estando contigo*

No hay ni una historia de amor que tenga un final feliz.

Si es amor, no tendrá final. Y si lo tiene, no será feliz.

Joaquín Sabina

PRIMERA PARTE

Hay historias inconfesables y secretos escondidos. Hay senderos con espinas y espinares en los caminos. Hay quien llega y se queda, hay quien se va y no regresa. Hay sosiego en las miradas, hay cariños, hay destinos.

Concepción Revuelta

1

Santander, 2017

Julieta llegó temprano. Santander seguía manteniendo el mismo olor a salitre que ella recordaba a pesar de los años que hacía desde la última vez que estuvo en la ciudad.

«¡Por fin!», se dijo al bajar del tren. Atrás quedaba su otra vida, esa que le había agradado y también, a ratos, desilusionado. Esa que había intentado disfrutar sin éxito, en la que quiso enamorarse y no consiguió encontrar de quién. Atrás dejaba sus amigos de siempre, su trabajo cansino y monótono, la lluvia de París y las turbias aguas del Sena. Todo quedaba ya lejano. Acababa de cerrar una puerta y abría despacio, sin demasiadas ganas, una nueva que daba al mar. Empezar de cero de la mano de su tía abuela Inés era algo que no le ofrecía muchas garantías. Intentaría disfrutar de ella todo el tiempo que pudiese, cuidarla y mimarla con cariño y ganas. Aunque primero tendría que conocerla. Sus recuerdos de niña no eran tantos como para hacerse una idea de cuál era el carácter de la mujer con la que iba a vivir.

Estaba nerviosa, no veía el momento de reencontrarse

con ella; esa mujer que en su recuerdo le parecía alegre pero al mismo tiempo distante. Siempre pensó que guardaba un gran secreto, uno de esos inconfesables que se esconden tras una sonrisa, tras una mueca que sirve de coraza y refugio para una felicidad fingida que intenta esconder la verdad más dura.

Pero eso seguramente eran imaginaciones suyas, como siempre le decía su madre, ya que no tenía la más mínima sospecha de que su tita Inés, como ella la llamaba, sufriera o no por algo; había tenido una vida intensa, y ahora que iban a pasar muchas horas juntas, intentaría conocer su historia. El recuerdo que guardaba de ella era el de una mujer alta, rubia, con esos ojos verdes como la hierba en julio y derrochando una elegancia innata. Aunque solo fuera por su maravilloso aspecto, le costaba entender que no hubiera tenido una gran historia de amor, o desamor, tal vez de odio, o incluso de envidia; una vida tan larga no podía estar llena de días sin vivencias, todo lo contrario. Sabía que Inés era inteligente, educada y que tenía don de gentes. Las fotos que había visto de cuando su abuela y ella eran jovencitas constataban su belleza. Una larga melena sujeta con un moño bajo y un estilo impecable, elegante y dulce; aunque tuviese el mandil puesto, parecía una actriz de aquella época. Por eso Julieta siempre quiso saber de su tita, y el momento sin duda había llegado.

Tirando de una gran maleta, recorrió las calles. Caminaba lentamente mientras admiraba la ciudad; quería respirar tranquila el ambiente sereno, apacible y amable que le regalaba Santander. Acostumbrada a una enorme urbe como era París, todo le parecía pequeño, pero había algo que llenaba la atmósfera, algo de lo que carecía la capital francesa: el mar.

Se acercó a la calle Calderón de la Barca. Al llegar a uno de los bares, arrimó la valija a la pared y se sentó en la terraza. El Machi se llamaba. No lo recordaba así, la zona estaba cambiada: la plaza era nueva, los bares y las tiendas, distintos, pero el monumento al Machichaco seguía siendo el mismo, aunque juraría que también había cambiado de lugar. Lo que no había cambiado era la impresionante y bella bahía. El edificio del Centro Botín llamó su atención, rompiendo el paisaje que tenía guardado en su retina. Sin embargo, le pareció majestuoso, posado sobre las azules y bravas aguas del Cantábrico; los rayos de sol infundían un efecto brillante reflejado en el mar que creaba miles de pequeños soles. La ciudad seguía siendo radiante y limpia. Bella.

Un camarero se acercó y le preguntó qué quería tomar. Pidió un mediano, le hacía ilusión pedir así el café; solamente en esa ciudad sabían lo que era y recordó que siempre que hablaba con su tía por teléfono y esta le relataba lo que había hecho durante la tarde, decía: «Fui a tomar un mediano con mis amigas al Suizo». No pudo evitar esbozar una sonrisa.

Rebuscó en su bolso y encontró el teléfono móvil. Quería decirle a su tita que ya había llegado y que en breve estarían juntas para siempre.

Después de repetir la llamada hasta en tres ocasiones, desistió. Posiblemente la anciana había ido a hacer algún recado, aunque, en cierto modo, le preocupó que no contestara. Cuando días atrás habló con ella, la encontró triste, diferente a otras ocasiones. «Debería haberla llamado ayer», pensó mientras saboreaba lentamente el café.

Con la vista puesta en el paisaje que le regalaba el momento, Julieta recordó todo lo que le había pasado en un espacio de tiempo muy corto, y que la había llevado a trasladarse a Santander.

Nació en París, y allí fue donde su abuela —a su abuelo no lo conoció— podría decirse que la crio. No pudo disfrutar mucho tiempo de sus padres: cuando tenía doce años, su padre murió a raíz de un accidente, y ocho años más tarde lo siguió su madre, tras una dolorosa enfermedad.

En aquella bella y luminosa ciudad había vivido lo bueno y lo malo que la vida le había dado. Estudió, se enamoró por primera, por segunda vez, y ni se acordaba de cuántas más, lo superó todo con ayuda de su abuela y supo seguir adelante. Hizo grandes amigos que aún conservaba, algunos de ellos lo serían para siempre. Encontró el trabajo de sus sueños, para el que había estudiado muy duro, tanto durante la carrera como en la oposición. Sin embargo, bastaron apenas unos minutos para que, después de veinte años, la despidieran. La acusaron de robar o de no haber mantenido a resguardo uno de los documentos que iban a formar parte de la exposición que al año siguiente la Biblioteca Nacional de Francia iba a poner en marcha. Un texto manuscrito de María Antonieta en el cual, ante su inminente ejecución, escribió: «¡Dios mío, apiádate de mí!». Lo titularon *Libro de horas*, y en él la monarca escribió con inmensa pena sus últimos pensamientos.

Qué injusto había sido su despido, pero claro, había que considerar que Julieta tuvo la brillante idea de empezar un idilio con Roland, el esposo de la directora de la BNF, y eso no se podía consentir. La mujer amenazó a su marido con un escándalo, y ante la disyuntiva, él se amilanó y, en lugar de defenderla, prefirió quedarse junto a su mujer y consiguió que despidieran a Julieta. Ella se defendió todo lo que pudo, pero no sirvió de nada. Por supuesto, discutió largo y tendido con su amante, y aunque él le prometió que abandonaría a su esposa, Julieta decidió romper con aquella relación clandestina que mantenía desde hacía cuatro años: si no se había separado durante ese tiempo, desde luego no lo iba a hacer ahora. Ya no era una niña para que le tomaran el pelo. Estaba cansada y, en cierto modo, también le apetecía cambiar de aires, así que decidió no luchar más.

Levantó la mano reclamando la presencia del camarero y abonó la nota. Asió su gran maleta y se dirigió sin prisa hasta su nueva casa.

Caminó lentamente admirando el paisaje. Cuando pasó junto al Centro Botín no pudo evitar sacar el móvil y hacer alguna foto al majestuoso edificio que estaba a punto de ser inaugurado. Miró hacia los Jardines de Pereda y observó lo poco que tenían que ver con los que ella recordaba. Muchas tardes, Inés y su abuela la traían a jugar allí. Sobre el pequeño puente que cruzaba el coqueto estanque, las tres lanzaban migas de pan a los patos. Ahora apenas había árboles, o al menos aquellos que ella recordaba; ni tan siquiera las flores que adornaban cada uno de los caminos. El cemento era lo que más resaltaba, quizá porque la obra no había terminado. Tendría oportunidad de verlo acabado dentro de unos meses. Seguro que volvería a estar igual de bonito que entonces.

Se dio cuenta de que la gente la miraba y no sabía muy

bien por qué, pero enseguida fue consciente del motivo. Aquella era una ciudad pequeña donde no era muy habitual ver a una mujer caminar sola con una gran maleta por los Jardines de Pereda y, lógicamente, llamaba la atención de los viandantes. La situación le sacó una sonrisa. Ella venía de París, donde ver turistas cargando con sus maletas por toda la ciudad era de lo más normal.

Al doblar la esquina de la calle donde se hallaba la vivienda de Inés, se encontró a doña Carmina, una amiga y vecina de su tita de toda la vida. Acompañada de otras mujeres, hablaba y gesticulaba señalando la casa de Inés. Al ver a Julieta, fue a su encuentro corriendo, y esta se echó hacia atrás; esa mujer era como un terremoto, hablaba rápido y alto y tenía la mala costumbre de dar pequeños golpes en los brazos de las personas con las que conversaba, algo que a Julieta le ponía de los nervios.

—¡*Niñuca*, qué guapa estás! ¡Qué ganas de verte, *hijuca*! ¡Menos mal que has venido! Me dijo la Inés que llegarías un día de estos y que te ibas a quedar a vivir con ella. ¡Menos mal! La pobre *mujeruca* está muy sola, es tan mayor, aunque aún va tiesa a menudo. No veas cómo sale por las mañanas, sigue siendo la misma señorona que era, pero... ¡Ay, *guapina*! ¡Estoy muy preocupada! Hace dos días que no la veo. He llamado al timbre y no me abre. La he llamado por teléfono y no me coge. Ya no sabía qué hacer. Hace un *ratuco* que acabo de llamar a la policía. Tengo miedo de que le haya pasado algo.

La voz de grillo de doña Carmina, el tono y la rapidez de sus palabras aturdieron por un momento a Julieta.

—Pero ¿qué me está diciendo? ¿Le ha pasado algo a mi tita?

—No lo sé, *hijuca*, ya no sabía qué hacer, y como no me contestaba he avisado a la policía, para que abran la puerta.

Julieta soltó su equipaje y corrió hacia el portal.

Subió tan deprisa las escaleras que casi se quedó sin aire. No estaba acostumbrada a correr y, además, los nervios se iban apoderando de ella según se acercaba a su destino. Revolvió en su bolso hasta encontrar las llaves. Su tita se las había entregado hacía años, pero esa iba a ser la primera vez que las utilizara. Nunca le gustó abrir la puerta sabiendo que ella estaba dentro, prefería llamar al timbre y esperar el sonido de la voz melodiosa y dulce de la anciana preguntando «¿Quién es?». Recordó en aquel momento que ya siendo mayor, durante uno de aquellos veranos en que la visitó, su tía se las entregó; tanta fue su insistencia, que no le quedó otra que aceptarlas. «Por si me pasa algo, mujer. Tú cógelas», le había dicho.

En cuanto abrió la puerta, los pies se le quedaron pegados al suelo. No se atrevía a caminar. En ese momento supo que algo malo estaba pasando allí. Un olor desagradable se respiraba por todo el piso. Caminó con cautela por las diferentes estancias de aquella enorme casa mientras llamaba a su tía insistentemente. Por momentos el miedo se apoderó de ella, la situación se estaba volviendo dolorosa. Segundo a segundo, sus peores presagios iban siendo más profundos.

Frente a ella, al fondo del pasillo, vio una puerta cerrada; era la habitación de Inés. Temerosa, dio unos pasos más, agarró con fuerza la manecilla y abrió con prudencia.

El espectáculo resultó desolador. La estancia despedía un olor incómodo. Un montón de vasos se acumulaban sobre las dos mesitas junto a la cama, pastillas de todo tipo encima de la cómoda, sobres de azúcar vacíos por el suelo, ropa desperdigada por todos lados, y sobre la cama, adornada con un cabecero de barrotes plateados, un anciano al que no conocía. A su lado, rodeada por los brazos de aquel extraño, estaba su tita Inés.

Apenas había empezado a acercarse para comprobar si la mujer respiraba cuando oyó el murmullo de las personas que entraban. El personal del 061 ya había llegado y, apartándola hacia un lado, examinaron a la anciana, que aún respiraba. En un abrir y cerrar de ojos, salieron con ella a toda prisa escaleras abajo.

Después de dos largas horas de espera, la auxiliar de urgencias pronunció el nombre de su tía abuela. La mujer la acompañó hasta el box donde estaba la anciana y le recomendó que no la atosigara mucho ya que estaba muy débil. Al llegar a su lado, Julieta apretó la arrugada y suave mano de su querida tita y la besó en la frente. La anciana, que estaba conectada a un sinfín de aparatos, parecía dormida, pero al notar su presencia, abrió los ojos. La mirada de Inés se clavó en los ojos de su sobrina.

—Se acabó —susurró casi sin aliento.

—No diga eso, tita. Ya verá que pronto nos iremos a casa a tomar un chocolate de esos que tanto le gustan.

—No, hija, eso no va a poder ser. Ya no me queda mucho tiempo.

La anciana cerró de nuevo los ojos. Julieta se la quedó mirando y dejó que descansara. La recordaba como una mujer alta y hermosa, de porte erguido, pero ahora eso solo era un espejismo. Inés tenía el pelo completamente blanco, las arrugas llenaban todo su rostro, parecía mucho más bajita que antaño, sus grandes manos ahora ya no lo eran tanto y se las veía débiles y extremadamente blancas.

Inés abrió de nuevo los ojos y fijó la mirada en Julieta. Tosió levemente y le hizo a su sobrina un gesto señalando el vaso de agua que había en la mesita. Julieta se lo acercó a la boca y la ayudó a tomar unos sorbos.

Sabía que no era el momento más apropiado, pero la curiosidad era demasiado poderosa y no pudo evitar preguntar:

—Dígame, tita..., ¿quién era ese hombre que estaba en su cama? ¿Qué hacía con usted en casa? ¿Le hizo daño? Dígame... porque no entiendo nada.

Inés la hizo callar con un gesto y, tirando de su mano, la invitó a acercarse un poco más. Apenas sin voz, le dijo:

—Muchas veces, cuando nos ponemos a pensar en nuestra vida, miramos aquí dentro intentando sacar todo aquello que duerme, que vive escondido en el rincón más remoto de nuestras entrañas. Queremos apresar lo que nos hizo felices, pero también lo que nos hizo daño; recordar lo bueno, lo malo, lo doloroso, lo temido, lo ganado y lo perdido, la crueldad que infligimos y la que padecimos. Y, una vez rescatadas todas esas cosas, nos autoevaluamos. En esos momentos, reflexionando, nos damos cuenta de todas esas cosas que hicimos, bien, mal o regular. —Le costaba hablar, pero inspiró profundamente y continuó—: Tomamos decisiones en algunos momentos de nuestra vida que pueden ser apropiadas, exageradas, escasas, pobres, lentas, buenas o malas, pero en cuanto ya está decidido, no hay vuelta atrás. Por eso debemos afrontarlas con valentía.

»Pero ahora, si tienes tiempo, nena, escucha lo que voy a contarte, quizá así entiendas muchas cosas. Mi historia no ha sido como podría parecer. Ha estado llena de espinas y de turbios momentos. Hace muchos años tomé una decisión que sin lugar a dudas cambió el rumbo de mi vida. Tal vez fuera impropia, indecente, vulgar, inadecuada, ruin, pero creo que no solo fui yo la culpable. Las circunstancias que me rodeaban, el entorno, las ganas de ver y conocer sitios nuevos y, sobre todo, el ansia por salir de mi casa, me llevaron a hacer lo que hice. Puede que pienses que no fue para tanto, pero influyeron demasiado en mí algunos acontecimientos que me tocó vivir. Hay mucho que contar.

»Y sobre ese hombre te contaré todo lo que quieras saber a su debido tiempo. Pero, para empezar, te diré que vivía conmigo desde hacía unos meses.

—¿Y cómo no me dijo nada, tita? Quizá todo hubiera sido más fácil para usted.

—Nunca supiste de él porque yo no quise. No quería compartir esa parte de mi vida. Me llegó muy tarde, sí, demasiado tarde, pero ha sido tan fuerte el cariño, tan intensos los días, tan grande la ilusión, que no quería... no quería compartir con nadie mi alegría, no me apetecía tener que escuchar reproches, tener que ver malas caras, aguantar tonterías. Es mi vida, y está en su recta final. Siempre he actuado de cara con los demás, procurando no incomodar a nadie, fingiendo y disimulando mis sentimientos. Y ¿sabes, nena?, me cansé de ser así, y decidí hacer lo que me diera la gana, aunque solo fuera por una vez, para notar en mi cuerpo lo que se siente cuando alguien es libre de espíritu y hace lo que realmente quiere hacer.

—Pero... ¡¿cómo puede pensar que yo...?! Jamás se me ocurriría poner un solo pero a cualquier cosa que haga, tita. A mí no me gusta que me controlen, ni que me digan qué debo hacer; por tanto, no me gusta decirle a nadie cómo debe obrar en su vida. Pero sí me gustaría saber quién es ese hombre, sin críticas ni reproches.

—Escucha, Julieta, escucha. Una tarde coincidimos en el parque. Su cara me resultó conocida y, cuando comenzamos a hablar, el sonido de su voz me llenó de recuerdos. Era él. Tengo que reconocer que así me lo pareció desde el primer momento, aunque tenía mis dudas; me resultaba imposible, pues tenía entendido desde hacía muchos años que había muerto. Sin embargo, ahí estaba. Él también me reconoció, posiblemente antes que yo a él, pero... no se atrevió a decirme nada hasta que yo tomé la iniciativa. Conocí a este hombre hace muchísimos años y podríamos decir que fue un buen amigo... Aunque, en realidad, fue mucho más que eso. Me contó que estuvo viviendo en otro país, algo que yo sabía, pero un cúmulo de circunstancias le hicieron volver a su tierra decenas de años después de su partida. Yo sé muchas cosas de su vida; tantas, que te sorprenderías. Para mí, como te digo, no era ningún desconocido, todo lo contrario; tenía tantas y tantas cosas de que hablar con él... —Su respiración era lenta, paró y tomó aliento para continuar—. Vivía conmigo desde hacía unos meses, como ya te he dicho, y los motivos..., niña, los motivos son tan sencillos como las ganas que sentía de tener a mi lado a una persona que me abrazara, que me besara de repente cuando menos lo esperaba, que me mirara de reojo cuando estaba leyendo, o cosiendo o simplemente inmersa en mis pensamientos. Como ves, los motivos son la necesidad de cariño, que me dijera lo guapa que estaba aunque llevara el delantal puesto, esos detalles pequeños, casi insignificantes que solo notan los que están enamorados. Eso que nunca he tenido, de lo que no he podido disfrutar a lo largo de mi vida. Eso que llaman amor.

»Cuando nos reencontramos fue como volver a mi juventud. Al principio tomábamos café en el bar de Fidel, allí pasábamos las horas hablando de nuestras vidas y recordando historias. Y, entonces, un día decidimos quitarnos las caretas, poner sobre la mesa las cartas y tomar una decisión, la de vivir juntos. Era el momento de aprovechar el poco tiempo que nos quedaba, por eso le pedí que se viniera a mi casa. No reparé en nada ni en nadie, lo único que me importaba era yo misma, algo que jamás había hecho en toda mi vida. Por un momento pensé tan solo en mí, en lo que había dejado atrás por no ser egoísta. No estaba dispuesta a dejar pasar esta oportunidad. Deseaba ver el sol cada mañana, aunque estuviera lloviendo; había llegado el momento de ver el azul del cielo cada día, de olvidarme de mi vida gris y triste, y eso solo lo conseguiría si estaba a su lado, aunque fuera poco tiempo. Nada me importaba, necesitaba sentir esa sensación de ser amada.

»Debo reconocer que me costó un poco convencerle —prosiguió Inés—. Él temía que aquello me pudiera ocasionar problemas, pero al final lo conseguí y me lo llevé a casa. Quizá parezca que lo hice por pena, pero no, lo hice por egoísmo de revivir el pasado, y eso me llevó a despertar este corazón mío que estaba dormido a los sentimientos. Me enamoré como una quinceañera, hasta tal punto que buscaba incesante el roce de su cuerpo, el calor de sus besos, la escasa fuerza de sus manos al apretar las mías y la dulzura de sus caricias. —Después de unos segundos en silencio, añadió—: Te estaré resultando patética y ridícula, ¿verdad? Ya no me importa en absoluto lo que nadie pueda pensar, porque para conseguir este logro ha sido indispensable transitar por un camino lleno de sacrificios que solamente yo conozco y he padecido.

Julieta miró a su tía con cariño y le apretó la mano. Con palabras llenas de ternura, la muchacha le hizo ver que no era así, que ella la entendía, que comprendía perfectamente lo que le estaba contando, y la instó a que prosiguiera.

—Ha sido todo maravilloso —dijo Inés—, como un cuento donde el príncipe consigue a su princesa, donde todo son sonrisas y el llanto no es de tristeza sino de alegría, donde reposar la cabeza en el hombro de la persona amada es más dulce y agradable que subir a las nubes y caminar descalza sobre ellas. He sentido la pasión de los momentos, la ilusión del amor, la ternura desmedida de las miradas, me he estremecido entre sus brazos, me he dejado llevar olvidando la edad, las arrugas, incluso dejé de percibir el peso de los años en mi cuerpo, me he sentido deseada como nunca, he disfrutado de mi cuerpo como si fuese el de una chiquilla. He amado como no sabía que se podía hacer. Pero... todo ha terminado. En cuatro días él enfermó y mi cuerpo volvió a hacer gala de los años que le correspondían. Volví a sentirme sola, vieja y torpe, y decidí que lo mejor era dejarme llevar. Quiero seguir su camino, tal vez le encuentre al otro lado, tal vez me espere en las puertas del paraíso, o quizá en las del infierno para coger mi mano y seguir disfrutando como locos de todo lo que ese otro mundo nos pueda ofrecer.

Los ojos de Julieta estaban llenos de lágrimas, la descripción de su tía abuela la sobrecogió. Ella no podía decir que conociera aquellas sensaciones que Inés describía con tanta pasión.

—Creo que ha llegado el momento de que alguien sepa la verdad de mi vida —dijo Inés—. Bueno, de mi vida y de la de algunas personas que han compartido este mundo conmigo. Me gustaría contarte tantas cosas, explicarte cuáles fueron mis motivos, cómo he sufrido, cuánto he luchado, pero, sobre todo, lo pesado y doloroso que ha sido para mí caminar por esta injusta vida. Además, se lo debo a tu abuela Gema y a tu abuelo Ignacio, mi querido hermano. Les prometí que, si estaba en mi mano, no me iría de este mundo sin hablar antes contigo de nuestra historia. Pero ahora voy a pedirte un favor.

—Lo que quiera, tía, dígame.

—Quiero que te ocupes de su entierro, es importante para mí. No deseo que le entierren de cualquier manera. En mi habitación, en el cajón de la mesita de noche, están los papeles del banco. Cógelos y haz los trámites que sean necesarios. Hay dinero suficiente en esa cuenta. Y, por favor, ya que yo no puedo, no le dejes solo. Acompaña su cuerpo en el funeral y no permitas que mientras le metan en el nicho esté solo. Hazlo por mí, te lo ruego.

—Pero ¿de qué entierro me habla? —replicó Julieta—. Él no ha muerto, está en coma pero aún sigue con vida.

—¡Gracias, Dios mío! Entonces ¿está vivo? ¿No me mientes, nena?

—¡No! Se lo juro, está vivo.

—En ese caso, gestiona con el de arriba un par de meses más. —Inés le guiñó un ojo a su sobrina nieta y esbozó una débil sonrisa.

—Eso está hecho. Pero en lugar de dos meses, voy a pedir por lo menos quince años más. ¿Qué le parece, tía?

Ambas sonrieron ante la ocurrencia de Julieta.

—¡Válgame Dios! No pides tú nada, ¡que tengo noventa años! —exclamó Inés—. Gracias, hija. No sabes qué alegría siento por tenerte a mi lado en este momento. En mi último momento. Necesito fuerzas para poder hablar, para expresarme con claridad, para contarte tantas cosas.

—Cuente, tita, estoy deseando saber. Creo que dejaría de ser yo si no consiguiese enterarme de todas esas cosas.

La anciana cerró los ojos e inspiró. Julieta agarró su mano con fuerza, se acercó a ella y la besó en la frente.

—¿Quiere descansar un poquito?

—No, hija, tengo que hablar ahora. Si me dejo llevar por esta pesadez que tengo adherida al corazón, posiblemente mi reposo sea eterno.

Una enfermera se asomó al box y en tono cariñoso dijo:

—No creo que la señora Inés esté en condiciones de mantener ninguna conversación. Será mejor que se vaya. Mañana, si continúa estable, la subiremos a planta y ya tendrá tiempo de estar con ella en la habitación. Ahora, debe descansar. ¡Ah!, y déjenos su teléfono por si hay que llamarla.

Tía y sobrina se miraron y la anciana, gesticulando con las manos, indicó a Julieta que era mejor que se fuera.

—Prometo volver mañana a primera hora, tita. Estas no me van a llamar porque no te va a pasar nada. Estate tranquila y descansa.

2

Julieta salió de urgencias con los ojos llenos de lágrimas, las noticias que el doctor le había dado al salir del box eran mucho más alarmantes de lo que ella creía. Su tía abuela padecía un montón de afecciones que se habían agravado por la desnutrición debida a los días que llevaba sin apenas comer ni beber por estar al lado de su amado. Caminó absorta en sus pensamientos, preocupada por las dolencias de la anciana.

Inés había regentado durante muchos años una pensión céntrica en la ciudad. Julieta nunca supo cómo llegó a desempeñar ese trabajo, ni cómo pudo hacerse con aquel hermoso piso donde, como podía, alojaba durante días a personas que en la mayoría de las ocasiones no abonaban su estancia. Pero a la mujer no le importaba. «Son buenas personas, no las voy a dejar en la calle», recordaba Julieta que era la respuesta que siempre les daba a su abuela y a su madre cuando estas le decían algo al respecto. Y al tiempo les recordaba que era una buena manera de estar ocupada y acompañada.

Por el camino pensó que no sería mala idea volver a poner la pensión en funcionamiento, aunque por lo poco que había visto, la casa no estaba precisamente en unas condiciones muy aceptables para hacerlo de inmediato. Antes tendría que cambiar y actualizar un poco las estancias, darles un buen lavado de cara, y, por supuesto, informarse de cómo funcionaban ese tipo de negocios. Pero bueno, para eso ya tendría tiempo. Ahora lo único que le apetecía era descansar; entre el viaje y el recibimiento que había tenido, lo único que estaba deseando era meterse en la cama. Mañana sería otro día, el primero de su nueva vida. Una vida que estaba dispuesta a vivir, junto a su tía, durante el tiempo que el destino les tuviera asignado.

Estaba abriendo la puerta del portal cuando escuchó tras ella una voz que le resultó familiar:

—Pero ¿qué hace por aquí una señorita de París?

—¡Antonio! Dios mío, ¡qué alegría! ¿Qué haces tú en Santander? ¿No te fuiste a Barcelona hace años?

El hombre se encogió de hombros en señal de respuesta.

—Hace un año y medio que regresé. Me separé, perdí el trabajo, no tengo hijos... ¿Qué se me había perdido a mí en Barcelona en esa situación? Además, ya sabes que necesito olor a salitre, que me dé el nordeste en la cara y... comer rabas los domingos, los sábados y cuando cuadre, vamos.

Ambos se abrazaron y durante un instante la cercanía de sus cuerpos los hizo respirar el mismo aire. Ninguno de los dos insistió en separarse y continuaron hablando abrazados. Solo la aparición de un vecino que salía del edificio hizo que sus cuerpos se separaran.

—Oye, ¿por qué no vamos a tomar algo y recordamos viejos tiempos? ¿Qué te parece? Así nos ponemos al día.

—Pues, ¿sabes una cosa?, acabo de llegar, tengo a mi tía hospitalizada y estoy agotada.

—Lo entiendo. En ese caso, lo dejamos para otro momento.

—No te importa, ¿verdad? Quiero deshacer las maletas y preparar ropa para llevar al hospital. Pero... tenemos que vernos y, a poder ser, enseguida. Te doy mi número y cuando quieras hablamos. ¿De acuerdo?

—Claro que sí, franchute, puedes tener por seguro que te llamaré. Dame un *besuco*, guapa.

—Llámame, ¿eh?

—Seguro.

Julieta se quedó mirando cómo su amigo se alejaba; por un momento tuvo ganas de llamarle a gritos y aceptar su invitación, pero no lo hizo. Realmente ese no era el momento.

Al salir del ascensor, notó que la puerta de la casa no estaba cerrada del todo. Quizá con tanto lío, los sanitarios al salir la dejaron entreabierta, o incluso ella misma la dejó así. Con las prisas y ante una situación tan estresante, no se había parado a pensar en si cerraba o no. No obstante, antes de entrar se aseguró de que el piso estaba vacío.

El olor era áspero, duro. A humedad, a cerrado. Se quitó la cazadora, la posó sobre un viejo sofá y se dedicó a abrir todas las ventanas de la casa. Como si no hubiera más tiempo ni más días, buscó bajo el fregadero productos de limpieza, bayetas y cualquier cosa que sirviera para fregar.

Consiguió limpiar al menos las zonas que iba a utilizar, dos habitaciones, el baño y, como pudo, la cocina. Estaba agotada, se dio una ducha, se tomó un café con unas galletas que encontró perdidas en un armario y cayó rendida en la cama.

Eran las ocho de la mañana cuando el tono repetitivo de llamada de su teléfono la despertó. Saltó de la cama asustada, pensando que algo malo le podía haber pasado a su tía. Pero al mirar la pantalla pudo ver que era Simona quien la llamaba, su compañera de piso y mejor amiga, una mujer que supo estar a su lado en los peores momentos cuando perdió a su abuela y con la que decidió vivir hace unos años cuando Simona perdió su trabajo y, a consecuencia de ello, no podía hacer frente sola a los gastos de un piso. Julieta entonces no dudó un segundo en ofrecerle su casa y hasta que la mujer no encontró un nuevo empleo, ella se hizo cargo de los gastos mientras su compañera se ocupaba de las labores propias de la casa.

Lo dejó sonar, no tenía muchas ganas de hablar; además, con ella tenía la suficiente confianza para llamarla en otro momento y explicarle lo que ocurría. Se arregló y salió a la calle, no sin antes volver a abrir todas y cada una de las ventanas del piso.

Al regresar al hospital y comprobar que su tía ya no estaba en el box donde la dejó la noche anterior, la informaron de que la paciente había sido trasladada a la torre D, planta quinta, habitación 515.

Julieta tocó la puerta y asomó la cabeza. Allí estaba Inés, con la mirada perdida en la ventana. Sus ojos estaban tristes, alicaídos, y su cara mostraba signos de cansancio, continuaba con la mascarilla pegada a su boca y el sonido acompasado de la máquina parecía acunar su descanso.

—Hola, tía, ¡qué susto!, pensé que se había ido de juerga.

—Para juergas estoy yo, hija.

—¿Qué tal está? ¿Ha dormido algo?

—Bueno, estoy, y eso me vale —dijo la anciana—. ¿Dormir? Los viejos apenas dormimos. Pasamos las noches recordando nuestra vida y pensando en cuándo nos llegará el momento de decir adiós a este mundo. Nos levantamos veinte veces, damos vueltas en la cama, y ya de madrugada, cuando el sol asoma, cerramos los ojos y conseguimos conciliar el sueño. Es como si esperásemos la luz para sentirnos seguros. Como si tuviéramos claro que la oscuridad es lo que nos puede arrebatar la vida, arrancarnos de esta tierra. Qué tontería, ¿verdad? Pero así es, niña.

»Bueno, sobrina —continuó Inés—, creo que ha llegado el momento de comenzar a narrar mi historia, esa que ayer te comenté. Te mostraré cómo ha sido mi vida, te contaré lo que he padecido y lo que he disfrutado; aunque en ese aspecto el relato será breve. Voy a abrir mi corazón y mi alma, voy a dejarte lo mejor que tengo, la historia de mi vida y parte de la de tu familia.

—Estoy deseando saber. Pero antes, ¿me deja darle un beso?

La anciana sonrió y atrajo hacia sí a Julieta. Luego, con la mano le señaló el sillón que había cerca de la cama y la invitó a sentarse.

—Antes de empezar, quiero darte un consejo: cuando encuentres algo que realmente merezca la pena, no te importe nada ni nadie, agárralo con fuerza y no lo dejes escapar. Solo si te duele, si te causa daño, aléjalo, pero hasta que ese momento llegue, lucha contra todo por conseguir lo que quieres. Aférrate con ganas, híncale tus uñas y no permitas que te lo arrebaten. Y si en algún momento dejaste ir tus ilusiones, tu amor o tus sueños, corre a por ello, recupera el tiempo perdido. La vida es corta, demasiado corta, es dura, desagradecida y opresora, pero depende de nosotros darle la vuelta. No pienses en lo que opinan los demás, ni hagas jamás aquello que les guste, es un gran error. No tenemos que perder la libertad. Nunca vivas la vida que te ofrecen, vive la que tú quieras; acierta o falla, pero siempre por decisiones tuyas. Y así, aunque el resto del mundo crea que has perdido, en realidad habrás ganado porque hiciste lo que realmente querías.

»Es triste, muy triste comprobar que todo esto lo he aprendido en solo seis meses —prosiguió Inés—. Casi noventa años perdidos creyendo que vivía una vida maravillosa. Mentira. Eso era lo que los otros pensaban, pero yo sabía que no se podía ser más desgraciada. Sin embargo, estos seis últimos meses han servido para resarcirme de todo. Por eso, querida sobrina, goza de la vida al máximo sin perjudicar a los que te rodean, pero sin olvidar nunca quién es el primero. Lucha por ti y vive para ti, porque nadie va a agradecer tu esfuerzo ni tus penurias.

Julieta se levantó y se acercó despacio a su tía abuela nonagenaria, tomó su mano y besó su arrugada frente. Luego ocupó de nuevo el gran sillón azul, lo arrimó todo lo que pudo a la cama y, sin soltarle la mano, escuchó lo que tenía que decirle.

—Bueno, nena, esta es mi historia, espero no aburrirte con ella —empezó Inés—. Hace años le hice a tu abuela una promesa y ha llegado el momento de cumplir con ella. Vas a conocer mi vida, porque a pesar de lo que tú crees, solo conoces mi nombre. Descubrirás lo que he pasado, ya que has oído hablar de lo que he hecho. Quiero que sepas de dónde vengo para comprender dónde estoy, y aunque siempre me has visto riendo, te explicaré cuánto he llorado.

Julieta apretó la mano arrugada pero sedosa de su tita y con un gesto gracioso, moviendo sus dedos como si de unos labios se tratasen, le indicó que comenzara a hablar.

3

Escalante, provincia de Santander, 1945

Inés Román se afanaba por terminar las tareas diarias, la casa le llevaba su tiempo y, además, tenía que recoger las gallinas, ayudar a su padre con las vacas y dejar la cena de sus hermanos preparada.

Era día de fiesta en la villa y, como cada 22 de agosto, Escalante entero salía a la calle para llevar en volandas a su Virgen de la Cama. La primera vez fue para rogarle que cesara una terrible epidemia de cólera que asolaba el municipio. De eso hacía más de noventa años, y desde entonces los vecinos, en agradecimiento por los muchos milagros otorgados, procesionaban devotos, acompañados por el fervor y el cariño de los lugareños. Cada año, las autoridades, con su alcalde a la cabeza, se acercaban hasta el convento de Santa Clara y pedían a las hermanas clarisas, custodias de tan bella y dulce talla de rostro sereno y limpio, autorización para procesionar la imagen por sus calles principales. Aquella escultura yacente, obra de un vallisoletano de nombre desconocido, se dirigía a hombros de sus beatos vecinos hasta la cercana ermita de San Roque, donde el santo se incorporaba a tan magna y bella procesión, acompañado del gentío fervoroso que rezaba el rosario mientras recorrían los barrios de la hermosa villa trasmerana, que lucía florida de punta a punta.

Inés no podía ser menos y, al igual que sus vecinos, acompañaba la procesión con gran recogimiento. Era una de sus pequeñas ilusiones. De alguna manera se lo prometió a su madre cuando esta falleció: acompañaría a su querida Virgen todos los años de su vida, haciendo gala de ser una buena cristiana fervorosa y una orgullosa escalantina.

Tras la procesión llegaban los actos lúdicos a los que asistían los mozos y mozas del pueblo con ganas de pasarlo bien, y ya cuando empezaba a oscurecer y se acercaba el momento de la verbena, no veían el momento en que empezara a sonar la música.

Para Inés, aquel iba a ser el primer año que asistiría sola. Por fin había conseguido que su padre la dejara hacerlo sin el abrigo de sus hermanos mayores, aunque realmente eso no era ningún problema para ella. Sin perderla de vista, la dejaban departir con sus amigas, y si algún mozo se acercaba, no eran excesivamente pesados, tan solo se hacían notar dando unas vueltas por alrededor, y luego, sin más, continuaban con lo suyo.

Quedarse huérfana de madre con once años, poco después del final de la guerra, hizo que desde ese momento pasara a llevar todo el peso de la casa, que incluía, claro está, atender a un padre exigente y duro al que nunca le había escuchado una sola palabra de cariño. Los hermanos Román procuraron alejarse de los trabajos del campo lo antes posible. El mayor, Ignacio, consiguió que una tía materna lo acogiera en la carpintería que regentaba su marido y con la excusa de la cantidad de trabajo que tenían, apenas echaba una mano en casa. En cuanto al mediano, Lisardo, quiso estudiar, pero su padre no se lo permitió. Con decir que eso era cosa de ricos y que ellos lo que tenían que hacer era trabajar la tierra y obedecer, tenía suficiente. Cada vez que intentaba sacar el tema, el hombre hacía lo mismo: daba dos voces acompañadas de un par de golpes sobre la mesa y zanjaba la conversación. No obstante, Lisardo volvía a intentarlo cada cierto tiempo, pero era inútil; tan solo conseguía enfurecer más a su padre, hasta el punto de recibir en alguna ocasión algún que otro golpe por lo que el hombre consideraba una insolencia y una falta de respeto. Al final, el chico se colocó en una fábrica de ladrillos, pero durante las horas libres, «el tarugo», apodo con el que era conocido su padre, seguía exigiendo de malos modos su colaboración. El muchacho no ponía objeción alguna y cumplía rigurosamente sus órdenes.

Inés se afanaba en las labores cuando escuchó la voz risueña y cantarina de una de sus amigas:

—¡Inés, Inés!

—¿Qué pasa? ¿A qué vienen esas voces, Gema?

—¿Vas a bajar a la verbena? No veas cómo está la plaza de bonita, y la orquesta ya se está preparando.

—Chisss, ¡calla!, que está el tarugo *remontao*. Hace un rato que vino de la taberna y debe de tener una tajada de no te menees —dijo casi susurrando—. Voy a terminar la labor, hago una tortilla de patatas *pa* los *hombrones*... y me voy.

—Pero ¿qué pasa?, ¿no te deja ir el animal ese o qué?

—Sí. Sí que me deja, al menos eso me dijo ayer. Pero ya

te digo, esta cargadito de tinto. Por cierto, ¿sabes si vendrá el mozo ese, el que es conocido de tus hermanos, el de Meruelo?

—No sé. ¿Quieres que se lo pregunte al Hipólito?

—No, tonta, ¿cómo se lo vas a preguntar?

—Te gustó, ¿eh? Ya lo noté yo el otro día. Te pusiste *colorá* como una manzana cuando se acercó.

—Anda, vete, que tengo que acabar la faena. Luego nos vemos.

Era cierto, los ojos claros de aquel trasmerano dejaron a Inés sin aliento, y se pasó toda la jornada mirando de reojo los movimientos del mozo.

Fue a principios de junio, en la romería de los Remedios en Meruelo. Como cada año, Inés y Gema asistieron a aquella hermosa fiesta. En aquella ocasión fueron por primera vez en bicicleta, el padre de su amiga había conseguido un par de ellas y decidieron que era mejor hacer el trayecto sobre ruedas. Así, además, comprobarían si serían capaces de aprender a manejarlas sin problemas. Estuvieron horas practicando hasta lograr mantener el equilibrio sobre la bici, no sin sufrir alguna caída, por supuesto, pero mereció la pena. Las dos horas y media de caminata hasta Meruelo se vieron sensiblemente reducidas en unos cuarenta y cinco minutos.

Una vez hubieron llegado a las inmediaciones de la villa, dejaron las bicicletas apoyadas contra un cercado, se cambiaron el calzado con el que habían dado a los pedales por los zapatos de los domingos y caminaron hacia el centro del pueblo. Y allí estaba él, conversando animadamente con los hermanos de Gema. Las dos muchachas no se atrevieron a acercarse a los jóvenes, pero en cuanto Hipólito las vio, fue a buscarlas para, sobre todo, tenerlas vigiladas de cerca. Inés quedó prendada de la mirada de aquel muchacho, sus ojos verdes la encandilaron desde el primer instante, y eso que él aún no había reparado en su presencia.

Desde entonces, Inés estaba deseando volver a verle, y con un poco de suerte, hoy iba a ser el día. Se pondría bien guapa, se perfumaría con el agua de colonia que su hermano mediano le había regalado y luciría los pendientes de su madre. De repente sintió unas ganas terribles de acabar la faena, no veía el momento de estar en la plaza con Gema. Tenía que ponerse guapa; consideraba que los ojos claros de su amiga y su pequeño cuerpo, bien formado, siempre le hacían parecer la fea. Gema era una chica más resultona, pero Inés no tenía nada que envidiar, aunque a ella le pareciera que sí porque su amiga siempre tenía más éxito con los chicos que ella, pero solo eran apreciaciones suyas; Gema era más parlanchina, era la que siempre contestaba, la que siempre entablaba conversación antes, pero ambas eran buenas mozas.

En cuanto hubo terminado todo lo que tenía pendiente, subió hasta su habitación. Allí había llevado una palangana grande donde se aseaba a diario. Prefería hacerlo en la intimidad de su cuarto, lejos de las miradas de su padre y sus hermanos. De pequeña no le importaba, pero ahora ya le resultaba incómodo pensar que podían entrar y verla desnuda. Lavó su cuerpo y lo secó debidamente, se enroscó en un paño que solo utilizaba para ella y se dispuso a preparar la ropa que iba a ponerse. Por la mañana había colocado sobre su cama el vestido, lo sacudió con mucho cuidado y volvió a dejarlo sobre el catre. Bajó de encima del armario una caja donde guardaba los zapatos de los domingos, y de otra, que estaba junto a la primera, sacó un bonito pañuelo que pensaba colocarse sobre los hombros cuando refrescara al entrar la noche. Del cajón de la cómoda cogió una pequeña cajita que contenía unos maravillosos zarcillos de oro con unas pequeñas piedras verdes a las que alguien, en algún momento que no recordaba, denominó «esmeraldas». Era la herencia que recibió de su querida madre, de hecho, lo único que tenía de ella. A su cabeza vino su imagen, pero sobre todo rememoró el modo en que la pobre mujer, ya moribunda, se los quitó, casi arrancándoselos de las orejas; su deseo no era otro que los tuviera su hija, y aprovechando un rato en que ambas estaban solas, se los entregó. Inés sabía que había más alhajas de su madre, pero las tenía escondidas su padre, igual que el dinero.

Los gritos del tarugo reclamando su presencia le hicieron acelerar el ritmo. Se puso nerviosa y los pendientes se le cayeron de la mano. En lugar de ponerse el vestido, optó por cubrir su cuerpo con una bata ajada y descolorida de su madre que aún conservaba y apenas utilizaba. Justo cuando salía de la habitación se topó con su padre. Era alto y fornido. Su fuerza era conocida por todos en el pueblo: era capaz de levantar un tronco de grandes dimensiones y trasladarlo el solo. Estaba enfurecido. Sus ojos se clavaron en los de Inés y, sin saber por qué, la muchacha recibió un bofetón que hizo que su cuerpo se tambaleara. Consiguió entrar de nuevo en la habitación y cerrar la puerta, pero su padre le pegó una patada y la abrió sin problema. Inés intentaba esquivarle, pero el espacio era reducido y no encontraba el modo de escapar. Estaba como loco, totalmente fuera de sí. No era la primera vez que le pegaba sin motivo aparente, era habitual que descargara su ira en ella. Pero ese día fue distinto, no estaba en su sano juicio, la expresión de su cara daba miedo y por su boca salían todo tipo de improperios hacia la chica.

Inés intentó calmar su rabia con gestos y palabras pausadas, pero no lo consiguió. Estaba aterrada y comenzó a notar una sensación que la bloqueó por completo. Algo le hizo ver que aquello no era un simple enfado, la expresión de su padre era distinta, buscaba algo más, otro tipo de desahogo.

El tarugo consiguió agarrarla y sujetó con fuerza su brazo; tanto, que Inés sintió que se lo arrancaba. La atrajo con furia hacia él y susurró algo a su oído que la chica no pudo entender. El hedor a alcohol que salía de su boca le produjo una arcada. Él paralizó su cara sujetándola tan solo con los dedos pulgar e índice, pero infligiendo tal fuerza sobre su mandíbula que pensó que se la rompía. Metió su lengua en la boca de Inés y se la llenó de una saliva espesa y agria. La joven no soportaba que sus bocas se tocaran, y por más que pugnaba por liberarse de su agresor, de sus grandes y sucias manos, no lo lograba. A la mínima ocasión, mordió con todas sus fuerzas el labio inferior de su padre, y este, al sentir el dolor intenso que le produjo el bocado, le propinó un puñetazo tan fuerte que la lanzó sobre la cama, dejándola inconsciente.

Al ver que la muchacha no se movía, la levantó y la zarandeó casi en el aire. Como seguía sin obtener respuesta, volvió a tirarla de malas maneras sobre el lecho y la estuvo observando con deseo desmedido. Su cabeza no regía, absolutamente perdida en aquel cuerpo que le incitaba. Arrancó la bata que cubría su joven cuerpo de un solo tirón e Inés quedó desnuda ante sus ojos. El tarugo estaba excitado, sintió su sexo erecto y las ganas de fornicar invadieron su ser de una forma brutal. Aquella chica que estaba allí tirada no era su hija, simplemente era un objeto que iba a servirle para su desahogo. Comenzó a sobar a la desvanecida chiquilla con avidez y deseo. La cara de Inés estaba ensangrentada, pero al tarugo eso no le importó en absoluto y sus manos recorrieron ansiosas cada una de las partes del joven cuerpo. Igual que un lobo hambriento, baboseó su blanca piel y la apretó con rabia hasta que se cansó. Al ver que la muchacha no volvía en sí, abofeteó de nuevo su rostro, deseoso de su reacción.

Inés abrió por fin los ojos y encontró a su agresor encima. Intentó de nuevo levantarse, pero le faltaban las fuerzas. Entonces sintió cómo aquel salvaje separaba sus piernas con ímpetu e introducía en su vagina el pene con una fuerza que la hizo sentir que se rompía por dentro. Estaba totalmente inmovilizada y lo único que hizo fue apartar la vista de la cara de aquel animal que estaba desgarrándola. Cada vez que el hombre empujaba, ella sentía romperse sus entrañas. Fueron apenas unos minutos, pero sin duda le resultaron los peores que había vivido.

Cuando el tarugo se desahogó, se levantó, se abrochó los pantalones y salió de la habitación sin dejar de insultar a Inés y haciéndole ver que aquello que había pasado no era más que algo que ella llevaba tiempo buscando.

—Ya no hace falta que vayas a ningún baile. Ya te has meneado bastante hoy. —Esas fueron las últimas palabras que Inés escuchó de su boca.

Aturdida, buscó con las manos la colcha que tenía debajo y se cubrió la desnudez, pero antes observó en qué condiciones estaba. Su cuerpo tenía tantos puntos dañados que no sabía diferenciar qué parte le dolía más. Su rostro echaba fuego, lo notaba hinchado y el gusto de la sangre inundaba su boca, tenía marcas de dedos en los muslos, igual que en los brazos y el cuello, y sus pechos estaban llenos de mordiscos y comenzaban a amoratársele. Intentó paliar el dolor que sentía en ellos cobijándolos con sus manos, pero desistió; no podía siquiera rozarlos del dolor que sentía. Llevó una mano a su entrepierna y apreció que estaba mojada, la palma se impregnó de la sangre que salía de su vagina. Se encogió en un rincón de la cama y lloró desconsoladamente hasta que se quedó dormida.

Mientras tanto, en la plaza del pueblo, Gema estaba preocupada; no encontraba a su amiga y tampoco se atrevía a acercarse a su casa. A lo lejos vio a Ignacio, bien apoyado en la barra del bar, y caminó hacia él. El chico, cuando la vio acercarse, se puso colorado; aquella chica le gustaba desde que eran niños. La había visto crecer junto a su hermana y soñaba con la idea de hacerse su novio, pero no se atrevía a dar el primer paso, ella era mucho más extrovertida que él y siempre tenía a punto una réplica rápida para ahuyentar a sus pretendientes, por eso tenía miedo a ser rechazado y jamás había comentado nada con nadie, aunque Inés en más de una ocasión le había preguntado si le gustaba Gema y si quería que hablara con ella para intentar mediar, a lo que Ignacio siempre se había negado en redondo.

—Hola, guapo —lo saludó—. No encuentro a Inés. ¿Sabes si está en casa? Igual tu padre al final no la ha dejado venir.

—No, no la he visto —respondió Ignacio—. Estuve cenando en casa, pero allí no estaba... Bueno, al menos no la

vi. El viejo estaba dormido sobre la mesa con una tajada considerable, pero a ella no la vi. Pensé que estaba contigo.

—Pues no, no sé. Bueno, me voy, supongo que no tardará en aparecer.

—Espera, ¿te apetece tomar algo?

—No, gracias. Me están esperando. Hasta luego. Ah, y no te quedes ahí parado toda la noche, así no vas a echarte novia nunca. ¿No has visto cuántas chicas guapas hay hoy? Aprovecha, seguro que alguna estará encantada de bailar contigo.

Ignacio dio un trago de vino y dejó el vaso sobre el mostrador. Jamás iba a conseguir salir con Gema.

Para Inés, los días que siguieron a aquella noche de verbena fueron un auténtico calvario. Intentaba no dejarse ver demasiado por el pueblo, y cuando no le quedaba más remedio, procuraba ocultar al menos su rostro, la parte más visible de su cuerpo magullado: un labio roto, un ojo morado... A todo el que le preguntaba, contestaba que se había caído por las escaleras de casa cuando bajaba cargada con la palangana que tenía en su habitación. En cuanto a su padre, no volvió a cruzar una sola palabra con él. A pesar de que la casa no era excesivamente grande, consiguió librarse no solo de su presencia, sino también de sus miradas. A veces le escuchaba gritar o llamarla, pero no contestaba.

Estaba triste y preocupada. Continuaba con dolores, sus ovarios a ratos parecía que iban a explotar, y sus pechos estaban llenos de pequeños bultos que no terminaban de desaparecer. Solo tenía un pensamiento, una fijación, una meta: salir de aquel lugar lo antes posible, desaparecer, empezar una nueva vida y olvidar aquella brutal agresión. Pero no sabía cómo podía hacerlo; estaba sola y nadie podía ayudarla. Además, no se atrevía a contarle a ninguna persona la verdad de lo que le había pasado, ni tan siquiera a su amiga Gema.

De alguna manera, Inés siempre había temido que algo así pudiera ocurrirle. Su padre, desde bien pequeña, buscaba su entrepierna o tocaba sus escuetos senos incluso antes de que los tuviera formados, y ella sabía muy bien que aquellas caricias no eran buenas. Muchas veces, al pasar a su lado, él la sentaba sobre sus piernas y la acariciaba, y cuando la muchacha intentaba irse, él la retenía con excusas y seguía tocando su cuerpo. A medida que Inés fue creciendo intentó cuidarse tanto de sus miradas como de sus largas manos. Por las noches, frente a la puerta de su habitación colocaba un gran baúl que arrastraba para impedir que nadie desde fuera pudiera entrar, e incluso ella misma había puesto una tranca que cruzaba el umbral, pero aquella vez la pilló desprevenida y no pudo escapar a una agresión tan brutal. El odio inundó todos y cada uno de los poros de su piel y la hizo desear su muerte con ganas; ella misma sería incluso capaz de matarlo con sus propias manos. No podía apartar de su cabeza lo sucedido, no sabía cómo salir del bucle en el que estaba inmersa. Lo único que podía hacer era cuidarse, quitarse de su vista y alejarse lo más posible hasta que buscara la manera de salir de aquella casa.

Sin embargo, no todo podía ser tan negativo, y unos días más tarde, cuando el sol de mediados de septiembre calentaba aún con fuerza, Inés escuchó desde el desván, donde últimamente pasaba las horas cosiendo, los gritos de su padre nada más regresar de la taberna, por supuesto embriagado. Discutía con un vecino sobre los novillos que iba a llevar al mercado. Como siempre, el dinero era el tema de conversación. Inés se asomó por el pequeño ventanuco y vio que la persona con la que estaba hablando el tarugo era el tío de Gema, quien justo pasaba por allí con su sobrina. El hombre, consciente del lamentable estado de su interlocutor, aprovechó la mínima ocasión para seguir su camino junto con la muchacha, dejando al padre de Inés con la palabra en la boca. Gema miró hacia arriba y, cuando vio a su amiga, levantó la mano saludándola, a lo que Inés correspondió con una sonrisa. Su padre también levantó la mirada, pero, por suerte, ella ya se había retirado de la ventana.

El hombre entró en la casa llamando a su hija a voces, pero la joven, como hacía últimamente, no le contestó. Corrió asustada y arrastró hasta la trampilla del desván un mueble que colocó encima para evitar que pudieran abrirla desde abajo. Miró por la ventana que daba al patio y vio cómo su padre se metía en la cuadra dando tumbos. Inés se relajó, cogió de nuevo los calcetines y siguió zurciendo.

Sin embargo, el solo hecho de volver a escuchar aquellos gritos de su agresor la llenaron otra vez de ira, así que dejó la labor que tenía entre manos y casi de una manera inconsciente bajó del desván y se dirigió hasta la cuadra. Entró despacio pero con la mirada atenta para encontrar algún apero que pudiera servir de arma. Apoyada en una esquina, tomó una pala de ganchos para recoger el estiércol y esperó.

Sin percatarse de su presencia, el tarugo se dispuso a dar

de comer a las vacas, como siempre hacía, acercando al comedero la hierba a brazadas y extendiéndola a todo lo largo con una vara. Tan cargado iba de aguardiente que perdió la vertical y cayó al suelo. Se levantó como pudo e intentó salir de entre los animales. Pero cuando estaba a punto de hacerlo, Inés pinchó con fuerza los cuartos traseros de una de las vacas, que dio un respingo e hizo que el resto de sus hermanas también se sobresaltaran. Inés no tenía otra pretensión que alguna de ellas le diera a su padre un buen golpe, pero lo que el tarugo recibió fue una coz en el pecho que lo dejó sin resuello, desplomándose encima del hacha de doble filo que él mismo siempre dejaba clavada en el picadero. La cabeza fue a parar sobre el apero y el fuerte golpe que recibió al chocar contra este se la abrió.

Inés se quedó impactada. Había deseado muchas veces la muerte de su padre, pero no daba crédito a lo que había pasado. Un sudor frío recorrió su cuerpo mientras sus ojos no podían apartar la vista de la cabeza abierta del hombre. Soltó la pala y salió corriendo de la cuadra.

No sabía qué hacer ni qué decir. Había matado a su padre, aunque en realidad todo había sido un accidente, un terrible accidente. Ella solo quería que recibiera unos cuantos golpes, pero la cosa se le había ido de las manos. Pinchó con tanta fuerza al animal que este reaccionó con desmesura. No era su culpa, ella era una víctima, por eso debía tranquilizarse, alejarse de la casa hasta que alguien lo encontrara allí tirado. Por todos era sabido que su padre se pasaba casi todo el día borracho, así que no iba a resultar difícil que sacaran la conclusión de que había sufrido un accidente.

Inés se sentó en la cocina, tenía que pensar qué haría y

qué diría cuando encontraran el cuerpo del tarugo. La puerta se abrió de repente y la chica se sobresaltó. Entre susurros escuchó la voz de Gema, que repetía su nombre mientras asomaba la cabeza.

—¿Puedo pasar?

—Sí, claro, pasa.

—Como tú no vienes a verme, he pensado que lo mejor sería hacerlo yo.

—He estado muy liada, ya sabes, el *ganao*, la casa y todos estos *hombrones* que me dan mucho que hacer.

—Ya, ¿y esos *negrones* de la cara?

Inés se llevó la mano al rostro intentando disimular, sin embargo no era tan sencillo, su amiga sabía que su padre le pegaba en ocasiones y también que la acosaba casi a diario.

—Ha sido el cabrón del tarugo, ¿verdad?

La chica guardó silencio. Bajó la vista y asintió con la cabeza.

—¿Te apetece que demos una vuelta? —dijo Inés.

—Claro, vamos. Estaría bien que me contaras lo que te pasa, sabes que puedes confiar en mí, y en mi madre, ella sabe también lo que pasa. Lo siento, pero se lo conté hace días, y me dijo que si querías, te podía ayudar, que ella no le tiene miedo.

—No, deja, eres un poco bocazas, te lo conté para que lo supieras tú nada más, no para que fueses corriendo a decírselo a tu madre.

—Cómo eres, chica, solo quiero ayudarte. No puedes vivir con un animal así. No sé por qué no se lo dices a tus hermanos, que parece que también estén ciegos, ¿acaso no ven lo que te hace?

—Déjalo, anda, no merece la pena. Venga, cuéntame algo. Me duele un poco la cabeza de tanto estar encerrada.

—Bueno, vale. Pero me debes una explicación. He tenido la sensación de que no querías hablar conmigo, chica.

—Y no te falta razón. Ni contigo ni con nadie.

—¿Y eso? ¿Qué te ha pasado? —Gema notó que algo le ocurría a su amiga, los ojos se le habían llenado de lágrimas—. Y... ¿quieres hablar? ¿Me cuentas qué ha pasado? Soy tu amiga, puedes confiar en mí. De verdad, Inés, no sé por qué, pero me parece que es muy gordo lo que sucede.

Inés contestó afirmativamente con la cabeza. Las dos muchachas subieron por la colina en silencio, buscando aquel lugar donde de niñas se sentaban a ver pasar las nubes. Era un lugar relativamente alejado del pueblo y poco transitado por los vecinos. Al llegar, se sentaron, como siempre hacían, sobre una gran piedra en la que de pequeñas habían grabado sus iniciales.

—Gema, tengo que decirte algo.

—¡Hombre! Pues claro, no pensarás que nos vamos a quedar aquí mirando el paisaje. Venga, suéltalo, no te quedes ahora callada. ¿Qué pasa?

—He matado a mi padre.

Gema se levantó de un salto, puso sus manos sobre la cabeza y empezó a dar vueltas sobre sí misma.

—¡Estás loca! ¡Qué has hecho! Pero ¿cómo?

—No sé si seré capaz de encontrar las palabras necesarias para explicarte lo que me ha pasado. —Inés tomó aire y continuó—: Voy a contarte todo lo que ha pasado desde el principio.

—Sí, sí, claro, cuéntame todo, por favor.

—Recuerdas el día de la verbena, ¿verdad? —Gema

asintió con la cabeza—. Ese día el tarugo llegó a casa con una borrachera de primera, estaba loco, fuera de sí, jamás le había visto de aquella manera, ni en sus peores días. Creo que el alcohol le llegó al cerebro y... bueno, como te digo, totalmente loco. —Inés hizo una pausa—. Cuando terminé con las labores de casa, como te dije, subí a la habitación. Estaba aseándome para salir y entonces el subió dando gritos, empujó la puerta y... —Los ojos de Inés se llenaron de lágrimas y una bola se le atravesó en la garganta impidiéndole continuar. Bajó la cabeza, quería esconderse, sentía mucha vergüenza, pensó que no había sido buena idea contar lo sucedido, pero ya no podía dar marcha atrás. Respiró hondo y continuó—: Fue horroroso, me pegó un puñetazo que me dejó casi inconsciente, me arrancó la ropa, se puso encima de mí y... me forzó como un salvaje. He tenido el cuerpo lleno de moratones, los pechos me dolían, echaban fuego, apenas podía ni rozarlos, y mis entrañas... Todo mi cuerpo era un solo dolor. Fue espantoso. Yo sé que él nunca me quiso, pero hacerme eso... Ni los animales fornican entre ellos de esa manera. Era como una mala bestia, un perro rabioso.

Después del relato de Inés, Gema estaba desolada, no tenía palabras ni para contestar ni para darle ánimos a su amiga. Prefirió guardar silencio durante un rato con intención, primero, de tragar saliva y reponerse de la angustia que le había supuesto conocer el relato, y segundo, para intentar buscar alguna palabra que pudiera paliar el dolor de su amiga, y más después de ver con sus propios ojos las marcas que la muchacha aún tenía en el cuerpo. Abrió los brazos y la rodeó fuerte sin poder contener las lágrimas. Solo pensar en lo que había sufrido su amiga le encogió el corazón.

—No sé qué decirte. Me has dejado muerta. No sabes cómo lo siento. Nunca imaginé que estuvieras pasando por ese calvario. ¿Por qué no me avisaste? Te podía haber ayudado. ¿Quieres que le digamos a mi madre...?

—No, por favor, no le digas nada, me moriría de vergüenza si alguien se enterara de esto. No quiero que hables con nadie, y menos después de lo que ha pasado, no quiero ir a la cárcel. Tienes que prometérmelo, por favor, Gema. ¡No lo cuentes, te lo ruego!

—De acuerdo, está bien. Pero ¿qué es lo que vas a hacer?

—Quiero irme, Gema. Tengo que salir de aquí. Me duele en el alma tener que dejar el pueblo, lo quiero tanto, nuestra Virgen, nuestro santo, todo, el recuerdo de mi madre, su olor, las tardes de invierno pegadas a la lumbre cosiendo, tantos recuerdos... Pero no puedo más. Aunque, claro, no tengo ni una *chica*. Necesito buscar al menos un trabajo, y he estado pensando que quizá entre las dos consigamos en la ciudad algún sitio donde pueda trabajar. Si al menos encontrara una casa...

—No te preocupes, avisaré a todos mis conocidos. Le voy a decir a la Encarnita, la doncella de doña Raimunda, que me diga si sabe de alguna señora de la capital que necesite servicio. Ella está atenta a las conversaciones, vamos, que es una cotilla de mucho *cuidao*, y seguro que de algo se entera. Pero ¿adónde quieres ir?, ¿a Santander o fuera de la provincia?

—En estos momentos me da igual. Quizá sea mejor poner tierra de por medio. Cuanto más lejos esté, tanto mejor. No me importa el lugar, solo quiero huir, dejar atrás esto que me ha pasado, olvidarme de ese cerdo y comenzar una nueva vida. Tengo que darle la vuelta a mi vida y dejar escondido en lo más profundo de mi memoria todo este infierno. No soporto este peso. Cada vez que recuerdo a mi padre, lo siento sobre mí. Noto sus asquerosas manos sobando mi cuerpo, el olor de su boca cerca de la mía.

Inés comenzó a llorar desconsoladamente, era algo que necesitaba hacer. Tenía que desahogarse, liberarse de la angustia que apresaba su pecho igual que las garras de un oso sobre su presa. Ese fue el momento y Gema, su consuelo; la empatía que sintió por Inés fue tal que a ratos era esta quien intentaba consolarla.

—Pero, Inés, ¿por qué dices que le has matado?, ¿qué es lo que ha pasado?

—Sí, Gema, está muerto, tirado en la cuadra en este momento.

—¡Qué dices! Pero... no entiendo.

Estaba convencida de que su amiga sí la entendía, e incluso que iba a ayudarla, pero ¿y si se equivocaba?, ¿y si Gema le contaba a alguien lo que había pasado? No importaba, necesitaba desahogarse y, casi sin querer, le explicó lo ocurrido en la cuadra. Se liberó del peso que la oprimía igual que un globo que suelta lastre para elevarse por el cielo.

Nada más concluir el relato, Gema clavó su mirada en la de Inés, llevó las manos a sus amplias caderas y comentó, casi sin darle importancia a lo que su amiga acababa de contarle:

—Mira, eso no es un asesinato, chica, eso es mala suerte. Olvídate. Quién te dice a ti que cuando bajemos ya le han encontrado. ¡Igual no murió! Igual tan solo se dio un golpe y quedó inconsciente. Tú tranquila, que aquí me tienes para todo, ¿me oyes? En esto somos dos. Nadie, ¿me oyes?, nadie debe saber qué pasó. El pobre hombre estaba borracho como una cuba y le dio algo, y mira, ¡qué mala suerte! Ahora te vas a casa y te metes en tu habitación. No se te ocurra ir a la cuadra cuando vuelvan tus hermanos, si quieres, les dices que vayan a buscarle. Si no, te callas y ya aparecerá.

Afligidas, las dos chicas continuaron un buen rato allí sentadas en silencio, esperando que el mundo llegara a ellas, no como tiempo atrás, cuando desde aquella colina divisaban el esplendor de la tierra y el infinito del cielo, donde tantas veces habían hecho planes de futuro. En aquel lugar inventaron historias sobre cómo serían sus vidas, sus proyectos, sus inquietudes, sus deseos más íntimos. Aquel día de septiembre, cálido y soleado, donde la luz iluminaba el verde de los prados y el cielo se mostraba más azul y liberado de nubes que nunca, Gema e Inés sintieron que ya no eran aquellas niñas que soñaban despiertas. Descubrieron que la vida era dura, mucho más dura de lo que podían imaginar, y se sintieron mujeres.

Inés tomó de la mano a su amiga y la apretó con fuerza. Ambas se miraron a los ojos y se dijeron: «Si estamos en este mundo, tendremos que luchar para que no puedan con nosotras. Ni él ni nadie que pretenda dañarnos».

Gema le correspondió el gesto y con una sonrisa le hizo ver que todo estaba bien. Caminaron aparentemente despreocupadas por lo sucedido y no volvieron a hablar del tema durante todo el trayecto hasta el pueblo. Inés se despidió de su amiga al llegar a la altura de su casa. Mientras caminaba hacia la puerta, Gema se volvió y con un gesto le dijo que estuviera callada y tranquila.

Minutos después, Inés entraba en la suya y vio que sus hermanos aún no habían llegado, la casa estaba vacía y en silencio. Comenzó a hacer la cena como cada día. Luego se sirvió un trozo de tortilla y se sentó a cenar. Cuando terminó, recogió las migas de pan que había sobre la mesa y subió a su habitación.

Entrada la noche, Lisardo encontró al tarugo desangrado en la cuadra. Ya estaba frío y rígido. En un momento la casa se llenó de gente que acudía a dar el pésame a los chicos y a saber qué era lo que había pasado realmente. Todos dieron por hecho que había sido un accidente, un terrible accidente que seguramente vino provocado por el estado de embriaguez en el que se encontraba el hombre. Inés no sintió nada, ni tan siquiera remordimientos. De hecho, ella no llegó a atacarle, y poco a poco se fue convenciendo de ello, olvidando lo que realmente había sucedido. Pero algo en su interior había cambiado: notó que ahora se sentía libre, y el gran alivio que la invadió debió de reflejarse en su cara. Sus hermanos se encargaron de amortajar al finado y de taparle la cabeza con una gran venda blanca para cubrir el enorme corte que atravesaba su frente, ahorrándole a su hermana una imagen tan desagradable.

Inés no asistió ni a la misa por el alma de su padre ni a ninguno de los rosarios que se rezaron por él, tampoco hizo acto de presencia en el cementerio, ni tan siquiera tiñó sus ropas de negro; no estaba dispuesta a guardar un luto por alguien que la había vejado y maltratado. Por supuesto, aquello despertó muchas habladurías entre los vecinos, pero a ella no le importaba en absoluto lo que pudieran decir; de hecho, ellos mismos también aludían al modo de ser tan complicado y al carácter necio y endemoniado del muerto. No era un personaje precisamente apreciado en el pueblo y, al cabo de dos o tres días, ya nadie se acordaba ni del accidente que acabó con la vida del tarugo, ni de si su hija asistió o no a los actos fúnebres, ni de si guardó o no guardó luto por su padre.

4

La vida de Inés dio un giro radical. Sus hermanos apenas aparecían por la casa, con lo cual estaba casi todo el día sola. Hacía y deshacía a su conveniencia, sin que nadie le pidiera explicaciones de ningún tipo. Trabajaba duro, pero tranquila, reposada y con un solo pensamiento: llegar a ser maestra, una ilusión que guardaba para ella desde que una tarde su madre, mientras preparaban leche frita, le confesó lo mucho que le hubiera gustado serlo, y aquello a Inés se le quedó grabado. Su madre sabía transmitir y explicaba tan bien las cosas que seguro que hubiera sido una estupenda maestra. Cuando Inés quiso saber el porqué de esa vocación, la mujer le contó que de pequeña apenas pudo ir a la escuela, pero que la profesora que había en el pueblo siempre estaba pendiente de ella y los días que no podía asistir a clase venía a buscarla a casa y mientras ella arreglaba las vacas, o recogía patatas, le iba explicando lo que había hecho ese día en la escuela. Era una mujer dulce y amable que caló muy hondo en su madre. El deseo de Inés de ser maestra solo respondía a la ilusión que su madre le transmitió y a una promesa velada que ella le hizo aquella tarde. Sin embargo, jamás había hablado de ello con nadie, ni tan siquiera con su buena amiga Gema. Por supuesto, en su casa ni se le ocurrió sugerirlo, bastaba con ver cómo se ponía su padre cada vez que su hermano Lisardo insistía en estudiar, como para haber insinuado que ella quería enseñar, estar con niños y educar sus jóvenes cabezas. Desde niña soñaba con ser maestra, quizá la señorita Aurora, que le enseñó a leer con tanto cariño, había influido en ella. Aurora solo estuvo en el pueblo dos años escasos, ni siquiera llegó a terminar el segundo curso: unas fiebres hicieron que enfermara y murió en unos meses. Inés de alguna manera se prometió a sí misma que ella se encargaría de enseñar a esos niños a los que su querida profesora no pudo dedicar más tiempo. Le cogió mucho cariño, igual que su madre, ya que fue ella la que se encargó de cuidarla, de llamar a su familia e incluso de amortajarla. La madre de Inés la llevaba consigo cuando iba a atender a Asunción, y mientras atendía la casa, la maestra siempre le contaba cosas a la niña, aun estando con las fuerzas mermadas: le decía lo importante que era saber o le enseñaba a escribir y las cuatro reglas. Inés lo recordaba como si hubieran pasado dos días, siempre la tenía presente en sus rezos y en sus pensamientos. Pero, por el momento, aquella ilusión seguía siendo un gran sueño que quizá nunca se cumpliera. Por ahora seguiría encargándose del ganado, de la casa y de la pequeña huerta que tenía, eso sí, con la mente puesta en alejarse lo antes posible de todo aquello, a pesar de la pena que le provocaba imaginar que no volvería a procesionar junto a su Virgen de la Cama, tal y como le prometió a su querida madre.

Una noche en que la casualidad hizo que sus hermanos

coincidieran en casa, les planteó las intenciones que tenía. Estaba claro que ninguno de ellos iba a seguir con las labores que los habían ocupado hasta la muerte de su padre; por lo tanto, les pidió que al menos le ayudaran a llevar el ganado al mercado para vender todas las vacas. No quería quedarse con ninguna. Sus hermanos estuvieron de acuerdo con la propuesta de Inés: venderían las vacas, tal vez algún apero que ya no les hiciera falta y, en definitiva, cualquier pertenencia con la que sacaran algunos cuartos. Repartirían el dinero y cada uno emprendería un nuevo camino en pos de sus respectivos sueños, esta vez sin el yugo que hasta entonces los había mantenido presos. Tanto Lisardo como Ignacio manifestaron a Inés su intención de viajar, estaban dispuestos a partir a otro país en busca de un trabajo que les reportara un beneficio y una nueva ilusión; ninguno de los dos tenía ya ataduras, por fin eran libres. Querían probar suerte en Suiza o quizá en Francia, daba igual el lugar, lo importante era ir en busca de algo mejor, aunque el momento no era el más apropiado para emigrar a ningún lugar de Europa y tal vez tendrían que plantearse embarcar y cruzar el océano en busca de esa nueva vida en América. La vida en el pueblo no les desagradaba, pero sentían la necesidad de cambiar de aires, ver otras tierras, conocer nuevas gentes. Continuamente escuchaban historias de conocidos que habían decidido lo mismo, y con acierto: todos estaban bien colocados con un trabajo agradable y bien pagado, en el que además estaban muy bien considerados. Igual que a Inés, el pueblo se les quedaba pequeño y necesitaban poner tierra de por medio.

Los dos jóvenes propusieron a su hermana la posibilidad de vender la casa, de ese modo podrían llevar consigo un poco más de dinero al extranjero. Pero no la presionaron en absoluto, ya que entendían que la muchacha no podía quedarse en la calle. Por lo tanto, acordaron que si ella encontraba un trabajo en la capital que le permitiera tener un cobijo digno, la venderían; de no ser así, permanecería en ella todo el tiempo que estimase oportuno. Convinieron que a la semana siguiente irían al mercado de ganado, pero no fue necesario. Facundo, un ganadero vecino, se enteró de que los muchachos del tarugo querían vender las reses y les hizo una oferta que no pudieron rechazar. Tuvieron suerte y les pagaron muy bien las vacas; eran doce de leche (seis de ellas preñadas), cinco becerros, dos bueyes y un potro.

Los hermanos Román estaban seguros de que su padre tenía dinero guardado, pero no tenían la más mínima idea de dónde podía estar. Sentados alrededor de la mesa, hacían conjeturas sobre el posible escondite. Lo mejor sería remover la casa hasta dar con él, pues allí sentados pensando no lo iban a encontrar nunca. Todos sabían que existía: su padre era un avaro, vendía las vacas y la leche que estas daban, las gallinas e incluso los huevos, que tanta falta hacían en casa, y era incapaz de darles a sus hijos ni una sola peseta. Además, el hombre trapicheaba y en ocasiones estraperleaba con algún que otro producto que conseguía, como el aceite o la harina. Pero ¿dónde estaba ese dinero? Inés ya lo había buscado y así se lo dijo a sus hermanos, aunque no había encontrado nada cuando retiró la ropa de la habitación de su padre; por lo tanto, pensaba que podía estar escondido en la cuadra, donde él pasaba muchísimas horas al día.

Nada más terminar de comer, se metieron en el establo

con intención de levantarlo piedra a piedra, si era preciso, hasta encontrar lo que buscaban. Sin embargo, la tarde no estaba siendo muy provechosa; estaban agotados de mover aperos de un lado a otro, levantar abono, rebuscar en los pesebres de las vacas y hasta cambiar de lugar la hierba almacenada en el pajar. Aun así, no todo estaba perdido. Al caer la noche, Lisardo dio la voz de alarma. En un rincón notó que una piedra, curiosamente más grande que las demás, oscilaba. Tomó un hierro que tenía a mano e hizo palanca sobre la piedra, levantándola sin apenas esfuerzo. Ignacio sacó de debajo una caja de latón, y más abajo vio que había otra igual, y por debajo de esta última, otra idéntica. Habían encontrado lo que llevaban buscando toda la tarde.

El contenido de las tres latas era idéntico. En cada una de ellas había la misma cantidad de dinero y una foto, también en cada una de ellas estaban las joyas de su madre y de su abuela repartidas. La foto era un retrato de sus padres. Inés la rasgó por la mitad y rompió en mil trozos la parte donde aparecía su padre, luego besó la imagen de su madre y la devolvió a la caja, cerrándola con cuidado. Sus hermanos se la quedaron mirando.

—¿Qué pasa? —les dijo al percatarse de cómo la observaban al rasgar la fotografía—. Yo hago lo que quiero con lo mío. ¿Pasa algo?

Ambos hermanos se miraron, esperando cada uno que el otro preguntara lo que no se atrevían. Fue Lisardo quien por fin se decidió:

—Inés, ¿cuándo nos vas a decir lo que pasó? Ahora ya no está. Por fin nos ha dejado tranquilos, no creas que solo has sufrido tú. ¿Por qué crees que nosotros no queríamos aparecer por casa? Cuenta, te hará bien.

—¡No hay nada que contar! Se acabó. Esto es lo único que importa —dijo mientras les mostraba la caja.

—Sabemos que te pegaba, y queremos pedirte perdón por no haberte defendido nunca. Pero... pasó algo más, ¿verdad?

—¡No! ¡No pasó nada! ¡Ya está bien de preguntas! Bueno, ya tenemos el dinero. ¿Cuándo tenéis pensado largaros?

—Hoy no quieres hablar. Espero que dentro de unos años lo hagas y nos digas la verdad. Imaginamos lo que te hizo, pero nos gustaría que tú lo confirmaras —prosiguió el hermano mediano—. También nosotros tenemos derecho a saber qué clase de persona era. Aunque nos lo demostró con creces. Y ahora, va y nos deja el cobarde de él una caja, con una foto donde aparece con madre. ¡Poca vergüenza, el cabrón! Si ella hubiera vivido, cuánto sufrimiento nos hubiera quitado.

Días más tarde, Lisardo, después de mucho meditarlo, decidió poner rumbo a Brasil, deseoso de éxito y de nuevas experiencias. Ignacio prefirió esperar un tiempo las noticias de su hermano; además, solo habían conseguido un permiso de trabajo, por lo tanto, solo uno de ellos tendría oportunidad de trabajar legalmente en aquel país.

Pasarían años hasta que Inés volviera a saber de él.

Gema había ido haciendo amistad con José Antonio, el muchacho de Meruelo, que tanto le gustaba a Inés y al que jamás, después de la violación de su padre, volvió a atreverse ni tan siquiera a recordar. Se sentía sucia y, además, no estaba preparada para sentir los brazos de un hombre, ni sus labios, ni sus susurros, ni su aliento; sentía repugnancia, odio y, sobre todo, miedo, miedo a sufrir de nuevo. Gema, en cambio, sí estaba ilusionada con la idea de poder formar una familia con él. Aunque había un problema: las familias de ambos estaban enemistadas por cuestiones de política. Damián, el padre de Gema, los acusaba de haber sido ellos quienes denunciaron a su hermano durante la guerra. Como consecuencia de ello le metieron preso, y tal fue la paliza que recibió en el interrogatorio que murió. Nunca hubo constancia de que los hechos sucedieran así, pero Damián estaba convencido de que esa familia habían sido los chivatos. La pareja se veía a escondidas en los recovecos de los montes, en alguna que otra romería y, más habitual- mente, en casa de Inés.

La amistad de los tres jóvenes fue creciendo. Inés estaba presente en los encuentros y participaba la mayoría de las veces en sus conversaciones mientras compartían un buen café de puchero. También era testigo mudo de los inconve- nientes que tenían y de las pocas oportunidades que la vida les iba a brindar, aunque jamás se atrevió a decirle una sola palabra a su amiga; sabía que le iba a doler escucharlo. Aun así, Inés había hablado con la madre de Gema, intentando ponerla de su parte, y según las palabras que se desprendie- ron de la boca de la mujer, había deducido que estaba pre- dispuesta a la relación, pero el enconamiento de su marido con la situación la hacía desistir de mediar por su hija.

Inés veía cómo los ojos de su amiga se iluminaban cada vez que hablaba de José Antonio y sentía envidia de su ena- moramiento. Ella también era joven y tenía derecho a ser feliz, se lo había ganado aunque solo fuera por lo que había sufrido. Al principio, cuando su hermano Lisardo se fue, se sintió aliviada y libre, ya que Ignacio apenas aparecía por la casa: había encontrado un trabajo en una fábrica en Torrelavega y se había trasladado a vivir allí. Pero el paso de los días y la entrada del invierno, que convertía las jornadas en oscuras y pesadas, hacían que la soledad se apoderara de ella.

De nuevo su afán por salir del pueblo volvió a revolotear por su cabeza. Le gustaría vivir en la ciudad, estudiar magisterio o aprender algún oficio; empezar desde cero una vida nueva. Pero no conocía a nadie, no sabía dónde o con quién ir, al menos los primeros días. Acudir a una pensión era algo impensable, pues una muchacha tan joven no podía moverse libremente sin el amparo de un hombre. Y la posibilidad de servir en alguna casa parecía remota, no había conseguido nada a pesar de mostrar su disposición.

Inmersa en sus pensamientos estaba, cuando apareció José Antonio por la casa.

—Buenas tardes, Inés.

—Hombre, José Antonio, ¿qué haces por aquí? No sabía que ibas a venir, he visto a Gema esta mañana pero no me ha dicho nada.

—Bueno, en realidad quería hablar contigo.

—¿Conmigo? Y ¿de qué quieres hablar?

—Me voy, Inés, no me queda otra opción. Es lo mejor. Me marcharé, buscaré un trabajo y, cuando tenga medios, me haré con una casa donde poder vivir con Gema.

—Pero... ¿ella lo sabe? ¿Sabe cuáles son tus intenciones? Nunca me ha mencionado nada.

—Sí, por supuesto. Lo hemos hablado muchas veces, pero se niega, no quiere ni oír hablar de ello, pero creo que por fin ha llegado el momento. ¿Te importaría ir a buscarla?, necesito decirle que en breve me marcharé, ya tengo todo preparado. Además, así dejaré pasar el tiempo, y con eso que dicen de que el tiempo todo lo cura...

—¿No me digas que estás pensando en dejarla?

—No, mujer, la quiero con toda mi alma. Solo quiero conseguir dinero para poder hacer una casa en Ampuero, en un terreno que me dejó en herencia un tío mío soltero; es un buen *prao*, soleado y con vistas.

—Ah, ¡qué susto! Bueno, no tienes que darme explicaciones. Voy a coger algo de abrigo y subo a buscarla.

En apenas diez minutos, las dos muchachas estaban de vuelta. Gema se abrazó al chico llorando. Era consciente de que ese momento iba a llegar, pero lo tenía olvidado, arrinconado, y deseando que nunca se produjera. Le pidieron permiso a Inés para ocupar una de las habitaciones de la casa; era la primera vez que lo hacían y ella entendió la necesidad que tenían de estar solos, así que no mostró reparo alguno en brindarles esa posibilidad.

La puerta de aquella pequeña y oscura habitación se cerró tras ellos. Sus mejillas estaban enrojecidas por el atrevimiento de sus cuerpos, e intentaron no dejarse llevar por sus impulsos, pero tan despierto tenían el apetito sexual, tantas eran las ganas de poseerse, que la vergüenza que sentían no supuso ningún freno a aquella explosión de hormonas enfurecidas y ávidas de sexo. Se dejaron llevar, soltando todas las ataduras y librándose del pudor. Sus cuerpos se mostraron desnudos el uno frente al otro, sus manos se acariciaron con dulzura y sosiego, sus bocas probaron gustosas sabores desconocidos, dulces y salados, que hicieron que su deseo fuera creciendo. Un montón de sensaciones nuevas los inundaron. Nada a su alrededor existía, ni el tiempo importaba; en aquella habitación, ellos dos eran el centro del universo. Sus oídos no escuchaban nada más que las palabras que entre susurros se regalaban mutuamente. Sus suaves y acompasados quejidos de placer componían una melodía inconfesable. Con sus cuerpos empapados, sus manos buscaban nuevos rincones que profanar. Eran seres al límite y cada caricia producía una descarga de placer que acrecentaba más aún las ganas. El deseo era tan poderoso que se adueñó de aquellas cuatro paredes. La cordura de ambos desapareció y sus mentes se aplicaron a lograr lo que tanto ansiaban: fundirse en un solo ser. En un instante y sin apenas darse cuenta, el gozo recorrió a tal velocidad y de forma tan desconocida sus cuerpos unidos, que produjo en ellos una sacudida placentera difícil de describir.

Fue el placer más exquisito que jamás habían sentido y, a la vez, el más fugaz.

5

Inés estaba sentada en la cocina esperando que sus amigos aparecieran. No le hacía mucha gracia que fuera en su casa donde se vieran, pero no podía negarse: si el padre de Gema se los topaba por el pueblo o alguien le daba cuenta de sus encuentros, era capaz de matar a la chica. Era demasiado el odio que sentía por la muerte de su hermano, y crecía cada día que pasaba, y por mucho que su mujer le decía para convencerle de lo contrario, jamás iba a permitir que su hija y José Antonio fueran novios.

La joven se sobresaltó al escuchar en la puerta de casa la voz de una mujer que la llamaba a gritos. Era Amparo, la madre de Gema. Inés no sabía qué hacer y se apresuró a cobijarse en la despensa, pero antes de esconderse la mujer ya estaba en la cocina.

—¡Inés, Inés! ¿Dónde están? Es importante, por favor.

La muchacha se quedó sin aliento, sus manos sudorosas comenzaron a temblar y le costó articular palabra, pero no le quedó otro remedio que dar la cara. Amparo venía a por su hija, no le cabía ninguna duda. Ya cuando salió de su casa le advirtió que no tardara mucho, que su padre estaba por llegar.

—Hola, Amparo. ¿Qué ocurre, necesita algo?

—¿Dónde está mi hija? Su padre ha llegado a casa y alguien le ha dicho que había visto entrar aquí a José Antonio. Ya sabes cómo es Damián: según puso los pies en la entrada me ha preguntado por la chiquilla, y al decirle que estaba aquí, se ha puesto como un loco. ¿Dónde está?

Inés calló. No sabía qué hacer. Cualquier cosa menos decirle a esa mujer que su hija estaba arriba, en la habitación, con el muchacho. Amparo se dejó caer sobre uno de los taburetes y posó el codo encima de la mesa sujetando su cabeza con la mano derecha. A Inés le pareció que aquella mujer había leído en su cara dónde se encontraba su hija. No se equivocaba en absoluto. Con la cabeza gacha y en voz baja, le dijo:

—Prefiero, si no te importa, que subas tú a buscarla. Hazlo, por favor, y dile que apremie, porque como tardemos en volver, el que la va a sacar de ahí va a ser su padre.

Inés no dijo ni mu. Estaba avergonzada, tanto como si hubiera sido ella la que se encontrara en la habitación. Subió procurando hacer ruido y al llegar frente a la puerta tocó con los nudillos. Al no recibir respuesta, volvió a llamar, esta vez más fuerte. La puerta se abrió y apareció José Antonio con el pecho desnudo y cubriéndose de cintura para abajo con su gabán.

—Amparo está en la cocina esperando a Gema —explicó Inés—. Dile que baje rápidamente, y tú mejor quédate aquí.

Al escuchar a su amiga, Gema apareció completamente desnuda.

—¡Qué dices! ¿Mi madre? Y... ¿qué le has dicho? Dios, me muero. ¡Me matan, hoy me matan!

—No te preocupes, yo daré la cara, bajaré contigo —repuso José Antonio mientras la abrazaba.

Inés volvió a la cocina, de donde la mujer no se había movido.

—Ahora viene —dijo—. Amparo, te aseguro que no estaban haciendo nada, solo hablando. Yo tenía cosas que hacer aquí y me estorbaban, por eso les pedí que subieran.

—Ya. No intentes cargar tú con unas culpas que no te corresponden. Hablar podían haber hablado en el patio, ¡ahí sentados! —dijo con ímpetu señalando la calle—. Déjalo, hija, cuanto menos sepa, mucho mejor.

Gema bajó acompañada de José Antonio. Su madre no pudo ocultar la rabia que sentía y, según vio aparecer a su hija, le arreó un bofetón que le giró la cara. Gema ni dijo ni hizo nada, no así José Antonio, que quiso defenderla, pero Amparo no le dejó abrir la boca: antes de que el chico pudiera mediar palabra, también recibió un bofetón.

—Mejor no digáis ni media palabra. Y... vamos a rezar todo lo que sepamos para que mi marido no se entere jamás de esto. Si no, es capaz de matarte. ¡Tira para casa! ¡Vamos! Y tú —añadió mirando a José Antonio—, no te muevas de aquí hasta dentro de un buen rato. No quiero que alguien pueda verte y le vaya a cualquiera con el cuento. Y otra cosa... ¡No quiero que vuelvas a ver a mi hija en la vida! ¡¿Me oyes?! —Y dirigiéndose a su hija—: ¡Qué vergüenza, Gema! ¿Eso es lo que yo te he enseñado? ¿A tirarte en los brazos de cualquiera a la primera de cambio? ¡Asco me das! ¡Andando!

Los dos jóvenes se quedaron en la cocina. El silencio era tan absoluto que el leve e insonoro acto de respirar parecía atronar en sus oídos. Inés no sabía qué decir, José Antonio tampoco.

Cuando transcurrieron unos cuarenta y cinco minutos, el joven se colocó el gabán y se despidió de su amiga. Inés subió a la habitación donde la pareja había disfrutado de su intimidad. Era una estancia que no se utilizaba. Tiempo atrás había dormido en ella su abuela Luisa, pero no volvió a usarse desde que la anciana murió. Tiró de las sábanas con rabia y levantó el pesado colchón de lana; al hacerlo, un sobre grande cayó al suelo. Inés lo recogió sorprendida. Sin abrirlo, pensó en la última vez que había movido aquella cama, pero no pudo recordar cuándo fue exactamente.

Se sentó en una silla y, con cuidado, abrió el sobre y sacó lo que parecían unas escrituras, que leyó detenidamente.

No podía creer lo que tenía ante sus ojos. Esos documentos eran las escrituras de propiedad de una vivienda. Según decían, se trataba de un piso en Santander con un tamaño considerable, casi trescientos metros. Una gran casa que estaba a nombre de su padre, únicamente a nombre de él. A Inés le pareció algo sorprendente, pues él jamás había mencionado una palabra del tema. ¿Cómo era que tenía en propiedad semejante casa si allí, en el pueblo, apenas disponían de dinero para cubrir lo más necesario? ¿Quizá era producto de su afición al juego? Pero ¿de quién era antes? Y, sobre todo, ¿por qué nunca les contó nada? Otro de los documentos era un testamento que hacía referencia a la vivienda. Al parecer, ese era el motivo, pero no lo tenía claro, no entendía muy bien aquel papel. Junto a esos folios amarillentos y ajados había también otro sobre, este más pequeño, que Inés abrió. Dentro encontró una cantidad considerable de dinero en billetes de mil pesetas, sin doblar, verdes como lechugas y tan lisos como si los hubieran planchado. Tomó uno y lo observó con detenimiento; no podía creerse lo que estaba viendo. Lo miró al trasluz por si descubría algo raro, pero aparentemente era bueno, tenía la imagen de los Reyes Católicos por el anverso y el águila y las flechas del Gobierno por el reverso. No había lugar a dudas, tenía en sus manos un sobre lleno a rebosar de billetes verdes. Los soltó de golpe sobre el colchón y miró cómo caían, luego los recogió y empezó a contarlos poco a poco. Nada más y nada menos que doscientos cincuenta y cinco billetes verdes. Toda una fortuna. Volvió a tomar el sobre y lo puso bocabajo por si contenía algo más. Y así fue. Sobre la cama cayó una llave que supuso que sería de la vivienda a la que se hacía referencia en los papeles. Recogió todo y lo metió de nuevo en el sobre grande. Terminó de hacer la cama y arreglar la habitación y guardó con sumo cuidado aquella pequeña fortuna en el cajón de la mesita de su dormitorio.

Todos sus problemas estaban resueltos. Tenía una casa donde vivir, dinero que gastar y unas ganas terribles, más aún, de salir del pueblo. Estaba decidido: había llegado el momento de irse.

A la mañana siguiente, según se levantó, Inés se acercó a casa de Gema. Pero no fue su amiga quien salió a recibirla, sino su madre, y no con buena cara precisamente. Le explicó que tan solo quería despedirse de su amiga, que se iba a vivir a la ciudad. Amparo no preguntó, llamó a su hija y salió de la casa hacia el gallinero. Gema bajó y le contó a su amiga todo lo acontecido el día anterior. Cuando terminó de hablar, llegó el turno de Inés:

—Me voy, Gema. Me marcho del pueblo. El destino se

ha aliado conmigo y he encontrado una casa en Santander. —No quiso contarle toda la verdad—. Esta misma tarde salgo para la ciudad. —Entonces sacó un papel del bolsillo y se lo entregó a su amiga—. Ahí anotada tienes la dirección de donde estaré. Si necesitas algo de mí, sabes que siempre me tendrás; has sido y eres una verdadera amiga. Podrías haberme delatado sabiendo lo que sabes de mí, y sin embargo no has dicho ni una palabra. Te estaré agradecida siempre.

—No digas más tonterías —repuso Gema—. Aquello pasó y a nadie le pareció extraño. Pero... ¿estás segura? ¿Qué vas a hacer tú en la capital? ¡Quédate, por favor!

—No, Gema. Está decidido. Me voy.

Gema se quedó pensativa un momento mientras sujetaba las manos de su amiga. Sus ojos se llenaron de lágrimas. Era para ella el peor momento de su vida, pues iba a quedarse sola: su novio y su gran amiga la dejaban el mismo día.

—Un último favor. Sabes que José Antonio también se marcha. ¿Te importa si le doy esta dirección para que me escriba allí? Luego, si puedes, tú me mandas las cartas. ¿Qué te parece? ¿Me harías ese favor? Si no, no sé cómo voy a poder comunicarme con él.

Inés aceptó encantada. Abrazó efusivamente a su amiga y marchó. Mientras recorría el pequeño tramo que separaba las dos casas le invadió la tristeza, y sin pensarlo, antes incluso de abrir la puerta, se dirigió al cementerio para despedirse de su madre. Apañó unas flores por el camino y formó un pequeño pero alegre ramo. Se agachó delante de la tumba y con el interior de su falda limpió el polvo que cubría el mármol gris de la lápida, luego depositó encima las flores y posó sobre el nombre de su querida madre un beso que trasladó con la punta de sus dedos. Salió del camposanto sin volver la vista atrás, pero con el corazón encogido por la pena.

Una vez en casa, Inés terminó de preparar su equipaje, en realidad cuatro cosas, tampoco tenía mucho más que llevar. Cerró puertas y ventanas y le dejó a su hermano Ignacio una nota sobre la mesa de la cocina por si volvía antes de que ella pudiera comunicarse con él.

A las tres de la tarde, después de ir a despedirse de su adorada Virgen, le pidió a Hipólito que la llevara en el carro hasta Gama, desde donde tomaría el tren para dirigirse a Santander.

Una nueva vida la estaba esperando. Tenía todo lo necesario, o casi..., porque seguía estando sola. No obstante, mientras llegase a su destino disfrutaría del camino. Iba a hacer realidad su sueño: por fin podría estudiar para ser maestra.

6

No conocía la ciudad. Solamente había estado una vez con su madre y de eso hacía ya muchos años. Todo le resultaba desconocido y apenas recordaba aquel día, nada más que hacía calor y que su madre le compró una camisa blanca y se la puso en la misma tienda. Lo que no había olvidado era a las niñas paseando por el muelle con lujosos vestidos llenos de lazos y puntillas mientras saboreaban ricos helados. Su madre, que se había dado cuenta de cómo las miraba, le llamó la atención por ello y entonces Inés pensó: «Encima que no puedo comer un helado, tampoco puedo mirar». Luego las dos habían comido un bocadillo sentadas en la playa contemplando las olas.

Todo le parecía enorme. Desde la salida de la estación miró a un lado y a otro, ¿derecha o izquierda?, cuál sería el camino que debía tomar. Sacó del bolsillo del abrigo el papel donde había escrito la dirección de la casa y se acercó a un taxi que estaba aparcado enfrente.

—Buenas tardes, ¿me puede indicar dónde queda esta dirección, por favor?

El hombre, pequeño y regordete, se apartó la boina con

dos dedos mientras con el resto se rascaba la calva, levantó la vista por encima de sus lentes y dijo:

—Pues está lejos, será mejor que suba y la llevo, veo que va usted muy cargada. Esa maleta pesa lo suyo, parece que la hayan echado de casa —le dijo sonriente y con ironía.

—Sí, será lo mejor —convino Inés.

Era la primera vez que subía a un automóvil. Lo miraba todo sorprendida. El hombre no dejaba de preguntar y ella solo contestaba en alguna ocasión y con monosílabos. Todas las calles por las que pasaba estaban en obras, un montón de edificios se levantaban los unos junto a los otros, por todos los lados se veían aparejos de albañil, hormigoneras y hombres que iban y venían cargados de ladrillos. La ciudad se estaba levantando de nuevo después del incendio.

—Señorita, ya lo siento. Como ve, esto está imposible, todo son obras, hay que reconstruir la ciudad, usted ya sabe lo que pasó en el cuarenta y uno, ¿verdad?

Inés no tuvo tiempo de contestar, el hombre continuó con el relato como si ella no supiera de qué se trataba:

—Pues mire, desde aquí mismo, esta es la calle Cádiz, hasta la calle Sevilla, todo se quemó. Los días de sur en Santander son peligrosos y algo que aún no saben muy bien qué fue prendió en una casa. Total, que como toda esta hilera eran edificios en su mayoría de madera, las llamas corrieron como alma que llevaba el diablo por los tejados. El caso es que la ciudad quedó destruida, todo el centro se quemó, hasta gran parte de la catedral, a la que todavía, como ve, le queda mucho por reparar. Menos mal que no hubo muertos, ¡eso sí que fue un milagro! Bueno... creo que falleció un bombero que vino de fuera, de Madrid, para ayudar. Ahora, no sabe usted la cantidad de paisanos que nos quedamos sin casa, yo entre ellos. Yo vivía ahí —dijo señalando con un gesto de la cabeza—, en una calle que se llamaba La Blanca. Preciosa era mi calle, llena de comercios y bares. Y ahora... ahora me tienen recogido en Peñacastillo, a las afueras, unos familiares, y agradecido que estoy. Allí estaré hasta que terminen unos pisos que están haciendo por ahí detrás, cerca del ayuntamiento. Esto fue un desastre, señorita, no se imagina lo que es ver tu ciudad completamente en llamas. La gente corría como pollo sin cabeza, sin saber adónde ir. Pero lo peor fue después, los días siguientes, cuando todo era humo, cenizas, escombros, el cielo estaba gris y la gente caminaba por las calles con los ojos llorosos arropando a niños y a mayores. Pero vamos a levantar esta ciudad, todos a una, con coraje y trabajo, y estoy seguro de que volverá a ser tan bonita como lo era antes. Por suerte, donde usted va no sufrió daños, pero estuvo muy cerca, no crea. Por eso no se asuste, lo ve así por el incendio. El maldito «Andaluz».

—¿Andaluz? —preguntó Inés.

El taxista sonrió.

—¡Oh, sí! Lo llamamos así porque comenzó, como le he dicho, en la calle Cádiz y terminó en la calle Sevilla. No porque tengamos nada en contra de ellos, ¡faltaría más!

El coche se detuvo frente al portal de un edificio de piedra, muy bonito, con una gran plaza delante, y justo al otro lado de esta, entre bloque y bloque, se podía ver el mar. La plaza de José Antonio, que así se llamaba, estaba muy concurrida; la gente iba y venía sin parar: pescaderas con sus cestas a la cabeza, niños corriendo de un lado a otro, señoras engalanadas, caballeros bien vestidos, niñeras paseando a bebés dentro de enormes cochecitos... Inés estaba encantada, ahora solo quedaba subir y ver qué era lo que encontraría en aquella casa que su padre tenía. Abonó el importe del trayecto y recogió del maletero su maleta con la ayuda de aquel simpático y parlanchín taxista.

Delante del portal comprobó que efectivamente ese era el número, y se fijó en los letreros adosados a la fachada. Pensión El Encanto, 3.ᵉʳ piso. Justo las señas que figuraban en las escrituras.

La entrada a la portería era amplia, casi tan grande como la cocina de su casa en Escalante, a la derecha estaba la escalera y a la izquierda el ascensor. Ella nunca había subido en uno de esos aparatos; sabía que existían, pero entrar en él iba a ser otra cosa.

—¡Niña! ¿Adónde vas? El ascensor no es un juguete.

—Perdón, voy a la pensión El Encanto.

—¿Tú sola? ¿Dónde están tus padres? O... ¿acaso eres la nueva chica de servicio de doña Tina?

—Sí... eso, soy... la nueva. —Inés pensó que diciendo que era la nueva chica de servicio no tendría que dar más explicaciones al portero.

—Bueno, como vas muy cargada, no te haré subir por las escaleras. Acompáñame, seguro que no sabes ni lo que hay que hacer para utilizar el elevador, ¿verdad?

—No, señor, es cierto, no tengo ni idea. Muchas gracias.

Una vez dentro del ascensor, Inés recorrió con la mirada el pequeño espacio en el que se encontraban y, con los nervios a flor de piel, esperó a que el aparato se detuviera.

El hombre primero abrió las puertas interiores y luego la exterior, indicando a la chica que saliera. Inés le agradeció la atención y se quedó en el descansillo indecisa mientras el portero bajaba.

La verdad era que llevaba la llave en el bolsillo de su chaqueta, la puso allí durante el trayecto de la estación a la plaza, pero después de lo que le había dicho el portero estaba claro que allí vivía alguien, por lo tanto, lo suyo sería llamar al timbre.

Tenía miedo, no sabía si estaba haciendo bien. Pero debía ser decidida, no había llegado hasta allí para luego salir corriendo. Se arregló el pelo, estiró su falda, se colocó la chaqueta y, con decisión pero muerta de miedo, tocó el timbre.

Una mujer de aspecto envarado abrió la puerta. Inés se asustó, el gesto de la señora daba miedo.

—¿Qué quieres? Tengo la pensión llena, lo siento.

La muchacha sujetó la puerta y, con gesto arrogante, dijo:

—No quiero una habitación y creo que debe escucharme por lo menos, ¡Vamos, digo yo! Soy Inés, la hija de Ignacio Román Ceballlos, ¿le suena?

La mujer torció el gesto, ojeó de arriba abajo a la muchacha, y mientras se colocaba la toquilla sobre los hombros a la vez que los levantaba en tono altanero, contestó:

—Sí, vaya si me suena el cabrón ese. ¿Así que... ahora te manda a ti? Ahora mismo te pago el alquiler de los dos meses que le debo y finiquitada la visita. ¡Pasa!

—Creo que no va a ser tan sencillo. Vengo a quedarme. Mi padre ha muerto. —Durante un momento las dos guardaron silencio. Inés mantuvo la mirada desafiante de la mujer, y de nuevo habló—: Eso es, sin lugar a dudas, lo que voy a hacer, quedarme aquí, en esta que era la casa de mi padre y ahora lo es de mi hermano, que es su heredero. Y como él no está aquí yo voy a hacerme cargo.

—Me parece que no tienes muy claro lo que es esto. Aquí hay un negocio. Mi negocio, por decir más. Lo tengo alquilado. Cuando tu padre se quedó con la casa, acordamos que podía seguir llevándolo a cambio de un alquiler. Por cierto, el muy cerdo aprovechó para subir el precio, ¡el doble le tuve que pagar!

—Y los papeles de ese contrato... ¿dónde están? Enséñemelos. Si eso que dice es así, estoy segura de que podremos llegar a un acuerdo.

—No tengo papeles. Era un simple pacto verbal. Y ahora ¿qué vas a hacer? ¿Me vas a echar?

—No, no me gustaría. Seguro que si me permite entrar, dejar que descanse mi maleta, quitarme la chaqueta y, además, me invita a un *vasuco* de leche caliente, podemos resolver este delicado asunto. ¿Qué me dice?

—¡*Pa'lante*, niña! ¡Me gustas! Tú no eres como el tarugo; es más, no tienes nada que ver con él. ¿A que no me equivoco?

Inés caminó por el largo pasillo detrás de la mujer. Esta se paró delante de una de las puertas, sacó un enorme manojo de llaves que llevaba colgado de una cinta de cuero que rodeaba su cintura y la abrió.

—Esta va a ser tu habitación. Que conste que es la mejor que tengo, es soleada y *calentuca* como ninguna, da al sur. Ponte cómoda. Desde este momento, tal y como tú has dicho, esta es tu casa.

—Me comentó hace un momento que tenía todas las habitaciones llenas, pero veo que no es así.

—¿Y? Yo le alquilo las habitaciones a quien me parece;

además, esta no es una de las que yo tengo disponibles, casi siempre la tengo vacía por si el tarugo se presentaba sin avisar, cosa que hacía a veces. Por cierto, mi nombre es Tina.

Ernestina Díaz Rebollo era una mujer alta y grande, entrada en carnes y en años. Su aspecto desaliñado, unido a su tono de voz, seco y dominante, y su gesto, duro e insensible, le hacían parecer una mala persona; sus modos y su estampa general reflejaban un carácter totalmente contradictorio al que en verdad tenía una vez se la conocía. Estaba llena de defectos, como solía decir, y nunca hacía mención a sus virtudes, las cuales poseía en mayor grado que lo anterior. Quien realmente la trataba sabía cómo era, por eso, y a pesar de ese aspecto distante y serio, contaba con la simpatía de mucha gente.

Su padre fue navegante y su madre, una costurera de prestigio en la ciudad. Ambos trabajaron duro a lo largo de su vida, y todo lo que consiguieron atesorar se lo dejaron a ella, su única hija. Además, también fue sobrina única, con lo cual los pocos o muchos bienes que sus tías tenían fueron a caer a sus manos. Con ese dinero compró la casa donde vivía.

Sin embargo, Tina tenía un gran problema: se perdía por una baraja. Su afición al juego empezó cuando su padre estaba en casa; después de aquellos largos viajes, el hombre reunía todas las noches a un montón de amigos y conocidos que, entre el humo de los cigarros y el aliento dulzón del alcohol, pasaban largas horas recluidos en una pequeña habitación partida tras partida hasta que llegaba el día. De niña, sentada en la rodilla de su padre, Tina contemplaba aquellas interminables timbas hasta que el sueño la ganaba y sus ojos se cerraban. Ya de jovencita, invitada por su padre y sus compañeros de juego, comenzó a participar en alguna que otra mano. Un aura de suerte parecía envolver a la muchacha y su padre la animó a jugar casi a diario. Pero la suerte con el tiempo se volatilizó y solo se mantuvo la afición al juego, que al final supuso su ruina. Su ludopatía la llevó a perder toda su fortuna, incluida la pensión, la cual había comprado gracias a las herencias recibidas de sus familiares, y que posteriormente perdió en beneficio del tarugo. Por eso, y a pesar de su edad, seguía trabajando, pues aún acarreaba deudas de juego que la obligaban a vivir casi en la miseria.

Inés observó detenidamente la habitación; disponía de una cama grande con cabecero de madera, un sillón tapizado con flores en tonos marrones que parecía confortable, una mesilla de noche a ambos lados de la cama con sus correspondientes lamparillas, un lavamanos de porcelana, una cómoda y un armario de cuatro puertas con dos hermosos espejos en el centro. Ordenó en el ropero todas las prendas que había en la maleta y acaldó el resto de sus cosas en los cajones del tocador. Una vez que hubo organizado todos sus enseres, salió de la habitación y sin ninguna cortapisa recorrió el resto de la vivienda. Al llegar a la cocina, una acalorada Tina la esperaba de brazos cruzados y con el ceño fruncido.

—¡Qué! ¿Has fisgado bien todo? ¿Quieres que te abra los armarios y te levante los colchones y las alfombras?

—No, gracias, no es necesario. Creo que con lo que he visto tengo bastante. La cuadra de mi casa está más limpia que cualquiera de estas habitaciones. La verdad, no sé cómo puede dormir alguien aquí.

—Vaya, la señorita encima nos ha salido finolis. Pues

nada, mira —dijo señalando una especie de despensa esquinada—, en ese rincón tienes el cubo y la escoba, ya sabes... Si te aburres, empieza, que yo ya estoy vieja y cansada para fregar. Bastante tengo con aguantar al personal, abrir y cerrar la puerta, hacer las camas y la comida. ¿Te parece poco, *guapina*?

—Lo siento, no ha sido mi intención molestarla y mucho menos criticarla. Solo digo que está todo bastante *dejao*. ¿No la ayuda nadie? Esta casa es grande para usted sola, entiendo que no pueda con todo.

—¿Ayudar? Aquí, o pagas o nada; eso de ayudar no sabe nadie lo que significa. Piensan que estoy forrada, cosa que, por cierto, podría ser, pero no lo es. No tengo dinero para pagar a nadie. Por lo tanto, no me queda otra que buscarme la vida. A veces alguna *chavaluca* que no tiene posibles paga la habitación con su trabajo, pero nada más.

—Vaya, lo siento. Tendremos que hacer algo entonces para arreglar esto. No ponga esa cara tan desagradable, mujer, que yo voy a ayudar.

—¡Oye, niña...! ¿Tú quién te crees que eres? Llegas aquí, te pones en plan dueña y encima me dices que tengo una cara desagradable. Fíjate, me dan ganas de echarte a la calle de una patada en el culo.

Inés no contestó, se quedó mirándola fijamente y cambió el rumbo de la conversación:

—¿Me daría un café con unas galletas? Creo que voy a proponerle algo que le gustará. Pero con el estómago lleno y caliente seguro que las palabras me van a salir mejor.

—Un café, dice. Pero tú ¿dónde crees que estás? Con una achicoria vas lista, y date por contenta que tengo pan (negro, claro) para que hagas unas sopas.

Ambas mujeres se sentaron alrededor de la destartalada, vieja y ajada mesa de la cocina. Pero antes Inés buscó una bayeta, la lavó y limpió bien la tabla. La chica tenía muy claro lo que iba a proponerle a Tina:

—Bueno, pues en vista de que este va a ser mi medio de vida, no queda más remedio que ponerse a ello. Desde este momento yo me encargaré de la limpieza de la casa y usted de la cocina; al menos de cocinar. Pero mañana mismo quiero que busque un pintor, voy a blanquear la casa entera. —Tina la miraba sorprendida, no daba crédito a lo que estaba escuchando—. Antes, y a medida que las habitaciones vayan quedando vacías, quiero pintar las puertas, las paredes, los techos y las ventanas, y hay que comprar sábanas nuevas y toallas. Vamos a dejar la casa como nueva.

—Y... todo eso ¿con qué lo vas a pagar? ¡Ah, claro! Te vas a poner en la puerta de Santa Lucía a pedir limosna. —Tina soltó una carcajada que molestó a Inés.

—Eso es problema mío —replicó la muchacha—. Cómo lo pague o lo deje de pagar a usted no le importa lo más mínimo. Desde este momento hará lo que yo le diga, esté conforme o no; de lo contrario, la puerta ya sabe dónde está.

—¡Para el carro, niña! No creo que sea para ponerse así, solo ha sido una broma. ¿Sabes qué te digo?, que me parece muy bien, con tal de que no me pidas nada a mí... De lo tuyo gastas.

Inés se levantó y se metió en su habitación. Realmente se había pasado un poco con la contestación, aunque solo fuera por educación no debía haber contestado de ese modo a una persona mayor, pero tenía que hacer notar que era ella la que iba a llevar las riendas de la pensión, de lo contrario, nunca la iba a tomar en serio. Por su parte, Tina se mostró conforme. Era consciente de que todo eso que proponía la joven era importante para el negocio y, además, necesario. Hacía tantos años que no pintaba la casa, tantos, que ni recordaba cuándo había sido la última vez. Para aquella mujer mayor, enferma y cansada, Inés era como una ventana abierta que iba a llenar de aire limpio todo su espacio. No sentía ningún rencor hacia ella, todo lo contrario; si tenía que denominar de alguna manera lo que estaba pasando, solo había una palabra: suerte. Ella, que pensaba morir en soledad, había encontrado en aquella chica dispuesta, dulce y trabajadora, la compañía necesaria para las postrimerías de su vida. A pesar de su enfado exterior, en el fondo estaba muy contenta con aquella visita inesperada que parecía que iba a ser para siempre.

7

En unos meses, aquella destartalada, sucia y dejada pensión había cambiado por completo. Inés se encargó de todo: compró ropa de cama nueva y toallas, cambió cortinajes, renovó colchones y muebles; además, contrató a Mariuca, una muchacha que limpió meticulosamente los baños y la cocina, y que a su vez trajo a Lipe, su novio, que se encargó de reparar todo lo necesario: pintura de las paredes, puertas y ventanas, cambio de azulejos, reposición de lámparas, etc. La vivienda parecía otra, al igual que Tina, quien también tuvo que someterse a un profundo cambio. Inés le hizo cortarse y teñirse el pelo, cambiar sus sucios delantales y su ropa raída y andrajosa por otra nueva, y asearse todos los días. La vieja se quejaba constantemente de la joven, pero en el fondo estaba encantada. Todos esos cambios no le supusieron ni una sola peseta de pérdida, al contrario, porque nada más reabrir las puertas de la pensión, esta se llenó. Eso sí, hubo otro cambio con el que no estuvo demasiado conforme: tuvo que dejar de alquilar las habitaciones por horas a meretrices conocidas que desde hacía años ejercían su oficio en la pensión. Ya se lo advirtió Inés:

—Tina, le guste o no, esto no va a ser una casa de citas. Esto será una pensión como Dios manda. Por lo tanto, esas idas y venidas de mujeres de mal vivir se han terminado. No estoy dispuesta a lavar sábanas y toallas asquerosas ni hacer camas malolientes. Ya puede ir diciéndole a ese grupo de amigas tan selecto que tiene que... a fornicar, se vayan a otro sitio.

—*Pa* lo joven que eres, hija, qué mala leche tienes. Cualquier día te pongo las maletas en la calle. ¡Amargada!

—Igual se las pongo yo a usted; le recuerdo que esta es mi casa, quiera o no quiera. Con lo cual, creo que queda claro, se terminó el ir y venir de gente así en esta pensión, y que conste que no tengo nada en contra de ellas, bastante tienen con comerse las babas de tantos hombres, algunos de los cuales, por cierto, dan asco solamente con mirarlos. No voy a decirlo ni una sola vez más, ¿está claro? ¡Se acabó!

—Pero ¿no te das cuenta de que gracias a esas pesetas que me pagan he conseguido vivir? Es un dinero rápido y fácil, y además no da trabajo apenas. Pero mira, niña, si no quieres, allá tú. ¡Vete a tomar por saco!

A pesar de estar continuamente discutiendo, a Tina le venía de maravilla que Inés se hubiera hecho cargo de todo, pues se dedicaba tan solo a saludar a sus huéspedes y alguna que otra cosa más. Lo de ir al mercado se lo había dejado a la muchacha. Durante un tiempo la acompañó y le enseñó todo lo que tenía que saber para hacer bien las compras. Además, le indicó cuáles eran los mejores puestos, y los lugares de la ciudad donde encontrar aquello que buscara. Inés se movía por Santander como si hubiera nacido allí. Todo lo que sabía de aquella ciudad se lo había enseñado Tina, tanto los lugares donde ir como aquellos donde no era aconsejable asomar la cabeza. Poco a poco, las dos mujeres se fueron entendiendo, el paso de los meses y las continuas discusiones habían ido tejiendo una amistad disimulada, una relación de amor-odio que la una y la otra se empeñaban en no dejar ver.

Casi sin darse cuenta los meses habían pasado e Inés se sentía tranquila. La primavera comenzaba a asomar y una mañana de abril, cuando el sol débilmente comenzaba a traspasar las nubes propias del norte, el timbre de la pensión sonó tres veces.

—Vaya, parece que alguien tiene prisa —rezongó Tina mientras se acercaba a la puerta—. ¡Un momento! A ver si no me ahogó mi madre al nacer y me han de asfixiar ahora.

Al abrir, la mujer se encontró con un hombre joven y apuesto que con una gran sonrisa en el rostro calmó el mal humor de la mujer.

—Buenos días, señora, estoy buscando a Inés Román, soy su hermano Ignacio.

—¡Vaya buen mozo que eres! Ya me había hablado de ti la Inés, pero no pensé que fueras tan guapetón. Anda, pasa, la chiquilla ha salido un momento, pero seguro que no tarda. Siéntate un rato, yo voy a seguir con las labores, porque si viene tu hermana y no he terminado... —El timbre sonó de nuevo—. ¡Mira, ahí está! Ya te dije que esta no tardaba.

La puerta se abrió. Inés venía cargada y al ver a su hermano soltó las bolsas y corrió a abrazarle.

—¡Hermano! ¡Qué alegría tan grande!

—Pero ¡qué guapa estás, Inés! Pareces una señorita de

la ciudad. Qué bien te han sentado los paseos por el Sardinero, ¿eh?

—Calla, tonto. ¿Paseos? Como no sean los que he dado a lo largo de este pasillo, estoy por decirte que del tiempo que llevo en Santander apenas me he movido de esta casa, al mercado y poco más.

—Oye, esto está muy bien. Vaya trabajo que conseguiste. Me alegro tanto por ti.

Los dos se dirigieron a la habitación de Inés para charlar más tranquilos.

—Tenemos que hablar, por eso te mandé recado —comenzó la muchacha—. Hay cosas que es mejor hablar en persona y os debo una explicación a Lisardo y a ti. Por cierto, ¿qué sabes de nuestro hermano?

—Nada, no sé nada. Solo he recibido una carta suya. Y, la verdad, me da un poco de miedo, quizá le pasó algo. No sé qué pensar. Yo también tengo que hablar contigo, tengo que contarte una cosa.

—¿Sí? Pues... ¡dime!

—Cierto, casi es mejor que empiece yo, porque no me aguanto las ganas de contártelo. Además, no sé por qué, pero me parece que lo tuyo es más complicado. Verás, hermana, desde que te fuiste han cambiado muchas cosas. Gema se quedó sola, tuvo muchos problemas con su padre por aquel encuentro en nuestra casa con José Antonio, que al final se marchó a Cuba. La muchacha lo pasó muy mal y casi sin darme cuenta me convertí en su apoyo. Sabes que yo con su padre siempre me he llevado bien y un día sí y otro también paraba por su casa. Poco a poco, ella y yo fuimos compartiendo más charlas e incluso algún que otro domingo salimos juntos, por supuesto con el permiso de Damián. Pues bien, nuestra relación pasó de la amistad al cariño, y luego del cariño al amor. Conseguí que olvidara a José Antonio, o al menos es lo que creo. De tal modo que un buen día me decidí y hablé con Damián. En fin, hermana, en pocas palabras: que le pedí permiso para salir con Gema y me lo dio.

—Espera, espera, ¿me estás diciendo que te vas a casar con Gema? Pero ¿tan pronto? Si hace poco más de seis meses que dejé el pueblo... Y, vale, yo siempre supe que Gema te gustaba mucho, pero... En fin, ¡que me alegro mucho, hermano!

Ignacio se sonrojó y bajó la cabeza.

—En realidad ya estamos casados. Todo fue muy rápido, no celebramos nada, solo una comida en casa de Gema con su familia. ¿Qué te parece? He convertido a tu mejor amiga en tu cuñada. ¿Qué me dices?

Inés se levantó y abrazó a su hermano, la emoción llenó sus ojos de lágrimas. Ignacio era un muchacho trabajador, serio y formal. Muchas veces ella misma le había insinuado a su amiga esa posibilidad, pues en alguna ocasión había escuchado hablar a sus hermanos y sabía que Ignacio estaba enamorado de ella.

—¿Qué puedo decirte?, pues que me haces muy feliz. Pero ¿cómo no me has avisado?, me hubiera gustado mucho estar en la boda. Bueno, os lo perdono. Pero cuéntame, ¿cómo está mi amiga? ¿Por qué no ha venido contigo? Me habría gustado tanto verla...

—Bueno, está bien, aunque en realidad hay algo más.

—¿El qué? ¿Pasa algo?

Ignacio bajó la cabeza y sus mejillas volvieron a tomar color, no sabía muy bien cómo decirle a su hermana el verdadero motivo de su visita a la ciudad.

—Verás, Gema... —El muchacho calló.

—¡Habla, chico, que me estás asustando!

—Pues que está embarazada.

A Inés le cambió el semblante. A su cabeza comenzaron a llegar un montón de preguntas que sin querer ella misma se respondía, y lo peor era que no le gustaban en absoluto las respuestas.

Ignacio tomó de las manos a su hermana y, mirándola a los ojos, la tranquilizó:

—No pasa nada, todo está bien. Lo que se cría se quiere, y nadie salvo nosotros tiene por qué saber nada más. Es y será así para siempre. Yo estoy feliz, me he casado con la mujer que quiero, mejor dicho, con la mujer que he querido toda mi vida. ¿Qué más puedo pedir?

—Si tú estás feliz, yo también lo estoy, y además estaré encantada de ejercer de tía.

—Sabía que lo entenderías. Gracias, hermana. —Ignacio sacó del bolsillo de su gabardina un sobre doblado que puso en las manos de Inés—. Gema me ha dado esto para ti, seguramente ahí te explica más detalles. Vosotras siempre os habéis entendido perfectamente. Bueno, y tú ¿qué tenías que decirme?

—Pues me da un poco de miedo y vergüenza contarte esto. —Inés se mostró nerviosa, sus manos comenzaron a temblar y a sudar. Sabía que Ignacio era un buen chico, pero en esta ocasión no tenía ni idea de cómo podría reaccionar—. Verás, hermano, antes de nada tengo que pedirte perdón por lo que he hecho, no está bien, lo sé, pero fue un impulso. Perdóname.

Inés comenzó desde el principio a contarle cómo había llegado a Santander, a la pensión. Le relató con todo lujo de detalles cómo había encontrado el dinero y las escrituras de aquella casa. Le explicó los motivos por los cuales en aquel momento no quiso decir nada sobre ello y le pidió una y mil veces disculpas. Nunca tuvo intención de ocultar ese descubrimiento, lo único que pretendía era ver cómo iba todo aquello e intentar levantar un negocio que estaba totalmente hundido.

—Espero que puedas perdonarme lo que he hecho, pero debes creerme, no ha sido mi intención quedarme con nada que nos correspondiera a los tres.

—No puedo creer lo que me estás contando, Inés. Pero ¿cómo es posible que te fueras sin más, sin decir algo tan gordo como esto? Yo no me hubiera opuesto, pero Lisardo quizá hubiera tenido algo que decir, y lo sabes. Me has decepcionado, hermana.

—Lo sé, perdona.

—No, Inés, no quieras arreglar esto con pedir perdón. Es un asunto muy grave, y además lo sabes, que no eres tonta.

—No sé qué decir. Os pagaré todo, de verdad.

—Que no, Inés, que así no se hacen las cosas. Tenías que habernos dicho antes todo esto. Tenemos derecho. Siempre nos hemos portado bien contigo, nunca te hemos hecho de menos y tú nos has tratado mal, nos has dejado de lado. Si no vengo, ¿qué hubiera pasado? Nunca nos habríamos enterado de esto.

—No, Ignacio, de verdad, yo os lo iba a contar todo. ¿Cómo puedes pensar eso? Te lo juro.

—Déjate de juramentos, ¡que no me valen! La verdad siempre por delante, Inés, ¡siempre!

La muchacha se llevó las manos a la cara cubriendo su

rostro de la vergüenza y la angustia que le estaba generando la conversación. Jamás había visto a su hermano así, nunca había discutido con él. Entendía que estuviera disgustado y ahora entendía que lo había hecho muy mal.

—Venga, deja de llorar, eso no sirve de nada ahora —dijo Ignacio, que no podía ver a su hermana pequeña con semejante disgusto—. ¡No llores! Sabes que no soporto que lo hagas. Estoy muy enfadado, así que no intentes enternecerme ahora con tus lágrimas.

—Os pagaré, de verdad. Es más, si quieres, ahora mismo me voy de aquí.

—No digas tonterías. Esto ahora es tu responsabilidad, y más te vale que salga bien. Solo faltaba que tu mala cabeza nos hiciera perderlo.

El silencio dominó la estancia durante un buen rato.

—Levanta la cabeza y mírame. Ya está bien. Te conozco perfectamente. Viste la oportunidad de salir del pueblo y la aprovechaste. Ahora ya está hecho, hablaremos con Lisardo y le daremos las explicaciones que haga falta.

—Gracias, Ignacio. Entiendo que te enfades, seguramente yo también lo haría, pero tienes que creerme, jamás he pretendido quedarme con nada que no sea mío. Os pagaré hasta la última peseta. Lo juro.

—Está bien, Inés. —Ignacio se puso de pie, aún nervioso. No soportaba verla con semejante disgusto, aunque estaba realmente dolido con ella—. Yo te creo y espero que no haya problema con Lisardo. Es buena persona y seguro que al principio le molestará lo que has hecho, ¡lo mismo que a mí, claro!, pero se le pasará. Y ahora que ya has conseguido que me enfade, dime al menos qué tal va la pensión, ¿estás contenta?

—Bueno, no me puedo quejar. Gran parte del dinero que encontré junto a las escrituras lo he invertido en adecentar la casa. Si llegas a ver cómo estaba; la cuadra de padre era una maravilla al lado de las habitaciones que encontré aquí. Semanas me ha costado quitar la hediondez que se respiraba, y un montón de disgustos rectificar las malas costumbres de Tina, pero al final lo he conseguido. Ahora solo queda esperar que la gente se anime. En cuanto comience a ganar dinero, quiero daros la parte que os corresponde. Lo que sí os pido es que, si os parece, os quedéis con la casa del pueblo, yo me quedaré con esta, y además, si es necesario, acordaremos un alquiler que os abonaré cada mes. ¿Qué me dices?

Durante un rato Ignacio permaneció callado, con la mirada perdida al otro lado de la ventana. Escuchaba lo que Inés le estaba diciendo pero sin prestarle atención. Se volvió y colocó las manos a la espalda, en un gesto que a Inés le suscitó un recuerdo del pueblo, cuando los veía caminar de esta guisa a él y a Lisardo por la cambera mientras se alejaban de casa.

—Me parece bien —respondió al fin Ignacio—. De hecho, otra cosa que te quería decir es que Gema y yo vamos a apañar un poco la casa, pues viviremos en ella. Por supuesto que puedes ir allí cuando quieras.

—Me parece una idea muy buena. Por mi parte no hay inconveniente. Hermano, pon una casa bien bonita para Gema. Estoy segura de que seréis muy felices allí.

—Déjate de pamplinas, que no está el horno para bollos. Me has hecho coger un buen disgusto. —Guardó de nuevo silencio y se paseó por la habitación—. Pero ya está hecho y no hay remedio. ¡Tienes mucha suerte! Sabes que soy un hombre tranquilo y me cuesta estar enfadado. Y tenía tantas ganas de verte...

—Gracias.

Inés se levantó y se acercó a él, se puso de puntillas y besó su mejilla igual que hacía cuando era niña. Ignacio sonrió y, mirándola a los ojos, la abrazó. Ella no pudo evitar ponerse de nuevo a llorar, pero esta vez de alegría. Por un momento pensó que su hermano nunca iba a volver a hablarle.

—Venga, ya está bien, zalamera. Deja el drama y, sobre todo, sécate esas lágrimas, anda, que me estás mojando toda la americana. —Y dirigiéndose a la puerta de la habitación, añadió—: Bueno, creo que ya va siendo hora de que me marche, el autobús no espera. Volveré a verte pronto. Siempre que tenga algo que hacer en la capital te visitaré. De todos modos, no estaría de más que de vez en cuando me escribas y me vayas contando cómo va esto.

Inés acompañó a Ignacio hasta la salida de la pensión. Allí se besaron y él se despidió con una media sonrisa que alegró a la muchacha.

En cuanto se quedó a solas, Inés regresó a su habitación y abrió la carta que Gema le había enviado. Estaba deseando leerla. Ella conocía a la perfección la historia de amor de su amiga con José Antonio y no acertaba a entender cómo había accedido a casarse con su hermano. No podía esperar a saber qué era lo que había pasado entre ellos para que lo dejaran, salvo que de la noche a la mañana sus sentimientos hubieran cambiado tan radicalmente.

Sin embargo, la carta aclaró sus dudas. En ella Gema le confesaba que el hijo que esperaba era de José Antonio y que su hermano Ignacio había pedido su mano movido por el amor que le profesaba desde hacía años. Ella se mostraba contenta, también le había cogido mucho cariño al chico y estaba convencida de que era lo mejor que podía hacer. Era consciente de que José Antonio jamás volvería, a pesar de su promesa. Según le contaba, Gema no había querido revelarle que esperaba un hijo suyo. No quería que su sueño de hacer fortuna se viera truncado por su culpa y, además, estaba la oposición de su familia, que jamás había aceptado esa relación. Su padre la había advertido de ello; incluso, cuando se enteró de su embarazo, llegó a decirle que prefería que fuera una madre soltera que la mujer de un enemigo.

Además, en la carta, después de contarle todo lo sucedido, le pedía por favor que, si en algún momento recibía correspondencia de José Antonio, le escribiera contándole todo lo que había pasado salvo lo de su embarazo. Inés casi había olvidado que el muchacho se quedó con las señas de su casa en Santander, que Gema se las había dado para que remitiera sus cartas allí, y después Inés se las enviaría a Gema, de ese modo Damián jamás se enteraría de que los chicos se carteaban. Gema le pedía encarecidamente que le explicara lo mejor que pudiera que se había enamorado de otra persona y que se había casado.

A Inés se le acumulaba el trabajo, incapaz aún de saber cómo expondría una situación así, pero también era cierto que le sería útil no tener ningún sentimiento hacia José Antonio, al contrario de lo que le sucedía a Gema. Y de algún modo se lo debía a su amiga, después de que guardara todos esos meses el secreto del incidente de su padre, lo que había fortalecido aún más el vínculo entre ambas.

8

Santander, 2017

Julieta abandonó el hospital. Como la tarde anterior, bajó por la alameda lentamente, el aire azotaba con fuerza y amenazaba lluvia, pero no tenía ninguna gana de correr; en apenas unos minutos la amenaza se hizo real y las gotas de agua comenzaron a caer sobre su cabeza, aunque no le importó en absoluto. Tenía necesidad de sentir el frescor del agua limpia, tenía ganas de sentir sus huesos calados, quería mojarse como cuando era niña y llegaba empapada del colegio. Continuó andando y observando como todo el mundo a su alrededor corría despavorido intentando cobijarse del chubasco, pero ella quería empaparse. Quizá aquella agua, cristalina y limpia, le ayudara a limpiar sus pensamientos.

Recordó que tenía que llamar a Simona, la había dejado poco menos que con la palabra en la boca. Tal vez ese fuera un buen momento, aprovecharía el trayecto para hablar con ella.

—*Oui?*

—¿Simona? Hola, cariño. Perdona que te cortara esta mañana, pero justo estaba en el hospital y, la verdad, allí no me gusta mucho hablar.

—Hola, amiga, qué ganas de hablarte, no sabes cómo te echo en falta, no me acostumbro a pensar que nunca vas a volver. ¿Tu tía cómo está?

—Bien, yo creo que de esta sale, aunque hay que tener en cuenta su edad, cualquier cosa puede complicarse, y ya sabes...

—Ayer tuve visita, ¿sabes? Bueno, realmente a quien buscaba era a ti. Roland apareció por aquí, estuvo como dos horas enfrente del portal y se decidió por fin a llamar. Le dije que te habías ido y que no entraba en tus planes volver. Me pidió que te dijera que, por favor, contestes al teléfono cuando te llame, quiere hablar contigo, debe de ser importante. Creo que su mujer le ha echado de casa, le ha dicho que no quiere volver a verle. Quizá deberías hablar con él.

—Bueno, Simona, ahora mismo no me apetece nada. Ha tenido cuatro años para darse cuenta, se lo dije muchas veces. No tiene hijos que le puedan impedir dejarla; por no tener, no tiene ni perro. Pero él seguía con ella. De verdad, ahora no es su momento; ahora solo tengo tiempo para mi tita, y es lo que voy a hacer.

—Está bien. No seré yo quien te vuelva a decir nada, no quiero que me llames pesada. Te quiero, amiga. Hablamos, ¿vale?

Aquella noche Julieta durmió plácidamente, y a la mañana siguiente se despertó al primer toque de su despertador, se aseó y decidió desayunar de camino. No quería llegar muy tarde al hospital.

—Tía, buenos días —la saludó, y sin más preámbulos, añadió—: Estoy preparada para escuchar el resto de la historia.

—Pues toma asiento —respondió la anciana—, la charla será larga, sobrina.

Y así fue como Inés continuó con el relato de su historia que durante tantos años había estado guardada en lo más hondo de su corazón.

9

Santander, 1946

Después de la visita de su hermano Ignacio, Inés se quedó
más tranquila. Si antes llevaba la culpa y la pena de no haberle contado cómo había encontrado las escrituras y el
dinero, ahora por fin se había quitado ese peso de encima.

La pensión poco a poco iba saliendo adelante, aunque
había cosas que no cambiaban, pues las riñas diarias entre
Tina y ella no cejaban. Unos días era por la comida, otros
por la limpieza y otros por el tiempo que hacía, daba igual.
Un día sí y otro también, Tina continuaba quejándose por
todo, lo que irritaba a Inés.

—¿Sabes una cosa?, estoy harta de tus quejas —le dijo
mientras la mujer hacía la comida.

—Y yo estoy harta de tu cara y la tengo que ver todos
los días —replicó la otra—. Tienes menos de veinte años y
pareces una vieja. ¡Qué más da que un día no se limpie el
baño! Ya lo limpiaré mañana, debes de pensar que soy tu
criada o algo así.

—Eres terrible, Tina, de verdad. ¡No te soporto!

Inés lanzó la bayeta que tenía entre las manos contra la mesa y salió de la cocina. De camino a su habitación, sonó el timbre de la puerta. Era Roberto, el lechero, que venía a traerles lo de cada día. Verle le sacó una sonrisa. Era un chico agradable, más o menos de su edad, por el que sentía afinidad. En más de una ocasión la había invitado a pasear o al cine, pero Inés no había aceptado porque le daba vergüenza. Los muchachos del pueblo eran diferentes, enseguida se les notaba cuándo una moza les gustaba, se mostraban más rudos, pero en el fondo no lo eran; sin embargo, en la ciudad se envalentonaban y hacían un montón de tonterías para llamar la atención de las muchachas, y no tenían inconveniente en lanzar un piropo a cualquier joven que pasara por la calle que despertara su interés.

Inés se había convertido en una chica atractiva. Era alta, no excesivamente delgada y con curvas que resaltaban un cuerpo bien definido. Su melena morena y llena de ondas acompañaba a unos ojos expresivos y unos carnosos labios. Siempre trataba de pasar desapercibida, se vestía demasiado seria para su edad y apenas calzaba zapatos de tacón, salvo en alguna ocasión especial. Aun así, tenía una elegancia innata que la hacía resultar atractiva y que atraía el interés de los muchachos sin ella reclamarlo. Roberto no iba a ser menos, así que no perdía ocasión de tontear.

—Espera, te devuelvo la olla y te pago lo de la semana —le dijo al lechero.

Inés caminaba por el largo pasillo con cuidado de no derramar la leche, que casi rebosaba de la olla, cuando Roberto llamó su atención:

—Inés.

—Dime.

—Tengo veinte chapas de gaseosa Santa Marta.

—¿Y? ¿Qué quieres que haga yo con ellas?

—Pero, *chavaluca*, ¿tú dónde vives? Son para la sala Narbón, con ellas pasas gratis al cine los domingos por la mañana. ¿No lo sabías?

—Pues no, la verdad. Yo no he ido nunca al cine.

—¿No? ¿Estás de broma? ¡Pues te invito! Dan una de Cantinflas. ¡Venga, mujer, verás cómo nos reímos! ¿Qué dices? ¡Venga! Y no me vuelvas a decir que no, porque como lo hagas me voy a ir con Paquita, la del cuarto, la licenciada, ya sabes.

—Cómo eres, Roberto. Vete con ella si quieres, a mí me da igual. Por cierto, ¿por qué la llamas «la licenciada»?

—¿No la ves yendo arriba y abajo con sus libros, tiesa como una vara y seca como una hoja en octubre? ¡Es una chula! Siempre está presumiendo de sus estudios de maestra. Bastante tenemos algunos con no poder estudiar para que la licenciada encima se chulee en nuestra cara.

—Bueno, esta vez no podré acompañarte, pero cuando vuelvas a tener otras veinte chapas... igual sí que acepto la invitación.

—¡Pero bueno con esta! No eres tú dura ni nada, y eso que solo te estoy invitando al cine, no quiero ni pensar si te pido otra cosa.

—Pues no lo pienses, así no te llevas un mal rato. Anda, que seguro que te están esperando y, además, yo tengo mucho que hacer hoy.

Después de rechazar nuevamente la invitación del lechero, Inés cerró la puerta y se quedó pensativa. Paquita estudiaba para maestra, precisamente la ilusión de su vida. Ahora que la pensión ya estaba en marcha y teniendo dinero como tenía, era el momento de ponerse a estudiar. Nadie se lo iba a impedir, era dueña de su vida y de sus actos, y había llegado la hora de cumplir su pequeño sueño. Seguro que Tina se alegraría de quitársela de en medio casi todo el día, pero, por otro lado, iba a tener más faena, pues no iba a poder trabajar igual si tenía que ir a clase; además, debería estudiar muchas horas. Pero ya vería cómo arreglaba aquello, había tomado una decisión y no iba a renunciar. Sin pensarlo más, entró en la cocina.

—Tina, voy a ser maestra —le espetó—, es con lo que siempre he soñado. Mañana mismo me voy a enterar de lo que tengo que hacer. ¿Tú sabes dónde está la Escuela Normal de Magisterio? Voy a ir a apuntarme.

La mujer dejó lo que estaba haciendo en la lumbre, se volvió, puso los brazos en jarras y con ese aire déspota que la caracterizaba se quedó mirándola fijamente. Callada durante un rato y moviendo la cabeza de arriba abajo, procesando lo que la chica le había dicho, se limpió las manos en el mandil y dijo:

—Ah, qué bien, y... ¿quién va a trabajar? Porque no pensarás que voy a ser yo la que me haga cargo de todo, ¿verdad? Además, ¿tú qué te crees que es eso?, ¿llegar y besar el santo? Hay que estudiar y además necesitas tener unos estudios previos que dudo mucho que los tengas. ¡Y ser un poco *listuca*!, cosa que tú... no te veo yo muy avispada que digamos. —De repente su discurso cambió—: Bueno, inteligente sí eres, no digo yo que no, pero... ¿te ves capaz? No vayas a tirar el dinero, que los libros son caros y tendrás que comprar ropa, no puedes ir a la escuela de cualquier manera. Y comprar libretas y lápices, y habrá que gastar más luz, tendrás que estudiar por la noche. Yo te puedo ayudar con las matemáticas, se me daban muy bien, por eso no tengo ni un duro —susurró—, y...

—¡Para, mujer! Eres como una veleta, tan pronto me llamas tonta como me dices lista —replicó Inés, confusa—. Pero ¿qué te parece? ¿Lo hago? Es algo que deseo desde que era pequeña, pero mi padre no quiso jamás oír hablar de estudios.

—Tu padre era un tarugo y un cerdo, hija. Pero tú no. Claro que lo vas a conseguir. Hay que perseguir los sueños, niña. Si ese es el tuyo, ya estás tardando. Además, esto no es futuro para una muchacha guapa como tú, no puedes estar toda la vida entre estas cuatro paredes. Tienes que salir, ver mundo, conocer a más gente. Pero, sobre todo, lo más importante es que aprendas, así nadie te engañará nunca. ¿Sabes qué puedes hacer?

—¿Qué se te ocurre?

—Pues... podrías hablar con la chica de arriba, es un poco altanera pero es buena niña. Según tengo entendido, porque su madre no hace más que repetirlo, estudia para maestra. Mañana habla con ella; si quieres, yo te acompaño, aunque creo que es mejor que subas tú sola, entre jóvenes os entendéis mejor. Bueno, dejemos esto y ahora ven acá.

Inés se sorprendió al ver a Tina con los brazos abiertos esperando que se acercara a ella. Al sentir el calor de su cuerpo se estremeció, hacía muchísimo tiempo que nadie le había dado un abrazo así. Tina arrimó sus labios a la mejilla de la muchacha y comenzó a besarla sonora y repetitivamente. Inés no pudo reprimir las lágrimas.

Por la mañana, aprovechando que era sábado y posiblemente Paquita estaría en casa, siguiendo el consejo de Tina,

Inés subió a su casa. La muchacha la invitó muy amablemente a tomar un café con un bizcocho riquísimo que su madre había preparado. La familia Ortiz no era rica, pero vivían bien. El piso no era de ellos, como en principio creía Inés; formaban parte del servicio. Era de una dama de Madrid que venía solamente durante el mes de agosto, pero llevaba al menos tres años sin aparecer, gracias a lo cual podían permitirse los estudios de Paquita; además, su padre trabajaba en la Diputación de ordenanza, con lo cual no les faltaba de nada: lógicamente, los gastos de la casa estaban cubiertos por la dueña, y aparte tenían los sueldos.

Paquita era todo lo contrario de Inés en cuanto al físico. Era una chica *pequeñica* y algo metida en carnes, su cara era redonda como una mandarina y su pelo era lacio, sin brillo. No era muy agraciada, pero sabía sacarse partido de lo poco que tenía. En cuanto a su carácter, nada recordaba a lo que Roberto le había dicho. Al menos con ella se mostró amable y cariñosa, y no solo le ofreció su ayuda, sino también sus libros y todos los apuntes que había ido tomando a lo largo del año; había comenzado la carrera el año anterior, por lo que podía prestarle sus libros e incluso ayudarla si tenía alguna duda de algo. Finalmente, le indicó dónde tenía que ir y qué debía hacer para matricularse en la Escuela Normal de Magisterio.

Inés salió de casa de Paquita muy contenta. Cuando ya descendía las escaleras para ir a la suya, al poner el pie en el cuarto escalón escuchó gritos y golpes que venían de la pensión. Bajó corriendo. Casi en el descansillo vio como un hombre salía corriendo del piso. Era alto y delgado, llevaba una gabardina oscura que casi le llegaba hasta los pies. No sabía quién podía ser, nunca antes le había visto.

Inés entró deprisa en el piso, llamando a gritos a Tina. Una débil voz le contestó desde su habitación. Inés se quedó clavada en el quicio de la puerta, la habitación estaba revuelta: los muebles volcados, los cajones de la cómoda fuera de su sitio y todo lo que contenían por el suelo, las lamparillas caídas y encima de la cama, tumbada de medio lado y tapándose la cara con las manos, estaba Tina.

—¿Qué ha pasado, Tina?, ¿estás bien?

—Sí, sí, estoy bien, solo es un golpe, no me pasa nada.

—Y entonces ¿por qué lloras? ¿Quién era ese hombre? ¿Qué ha pasado?

—¡Nada! ¡Te he dicho que no pasa nada! —gritó.

Inés se acercó a ella, la agarró del brazo y la levantó como si de una pluma se tratase. Estaba convencida de que lo sucedido tenía que ver con su afición a las cartas.

—Me prometiste que ibas a dejarlo, pero no eres capaz de cumplir una promesa; además, nos pones a las dos en peligro. Eres una inconsciente. Te lo voy a preguntar solo una vez y quiero que me contestes. ¡¿Cuánto debes?!

Tina apretó las mandíbulas y comenzó a recoger las cosas tiradas por el suelo, mientras apartaba a patadas todo lo que se cruzaba en su camino.

—Quiero ayudarte, así que ¡contéstame!

Sin volverse, sin dar la cara a Inés, casi en un susurro, Tina respondió:

—Mil duros.

Al escuchar la cifra, Inés fue a su habitación, abrió el cajón de su mesilla y sacó una cajita de hierro, cogió de ella un sobre marrón que había dentro y contó los mil duros que Tina necesitaba. De vuelta al dormitorio de la mujer, se la encontró llorando arrodillada junto a la cama.

—¡Toma! Paga a quien le debes —dijo—. Pero esta va a ser la primera y la última vez que te ayudo, son mis ahorros y los necesito. Espero que cumplas tu promesa y dejes de jugar. No quiero que te pase nada, pero si me entero de que vuelves a las timbas, no me vas a dejar otra elección que echarte de mi casa. No me puedo permitir el lujo de vivir pensando que alguien, alguna noche, nos puede hacer daño. No quiero ir mirando para atrás cuando voy por la calle, y si esto continúa así, posiblemente es lo que va a pasar. Si no lo dejas, te irás. Te lo juro por mi madre.

Pasados unos días de aquel desagradable incidente, Tina le pidió a Inés que, por favor, la acompañara a saldar su deuda con la mujer que organizaba las partidas en las que perdía tanto dinero. Temía que intentara incitarla de nuevo a jugar, como había hecho en otras ocasiones.

Caminaron por las calles de la ciudad casi desierta, el día estaba desapacible, la incesante lluvia hacía incómodo el paseo. Iban al cobijo de un solo paraguas y los hombros de ambas comenzaban a mojarse y a sentir frío. Cuando llegaron a la mitad de la calle Santa Lucía, Tina se paró.

—Aquí es. Subes conmigo, ¿verdad?

—Claro, no pensarás que he salido de casa solo para mojarme.

Tina tocó tres veces el llamador de la puerta, tres golpes cortos y distanciados por unos escasos segundos. Al momento la puerta se abrió y al otro lado apareció una mujer mayor, alta, grande y erguida que no se asombró de verlas.

—Traes compañía hoy. Pues esto está bastante lleno, no creo que podáis pasar las dos juntas. Tendréis que esperar a que acaben y ya sabes que eso puede ser un *ratuco* o unas cuantas horas. Adelante.

—No, no venimos a eso —dijo Tina—. Solo quiero ver a la jefa.

—¡Ah! Es verdad. Creo que el otro día te mandó un recado por el hijo mío. Y, por lo que veo, te lo dio bastante bien.

Tina se tocó la cara inconscientemente en el lugar donde tenía uno de los golpes que le habían dado.

—Espera ahí, que ahora se lo digo. ¿Y esta a qué viene?

Inés tomó la palabra, impidiendo que Tina hablara:

—Esta tiene nombre, que, por cierto, no es del interés de usted. Y viene porque le da la gana acompañarla, ¿pasa algo?

—Mira tú la chula esta —replicó la mujer antes de dar media vuelta y dejarlas allí plantadas.

Inés y Tina esperaron durante unos minutos, al cabo de los cuales vinieron a buscarlas y las acompañaron a una habitación donde las aguardaba una mujer de aspecto desagradable.

—¡Benditos los ojos que te ven, amiga! —exclamó—. Ya era hora de que aparecieras. Me molestó tener que enviarte al chico, pero en vista de que no venías no me dejaste otro remedio. Siento que no fuera más amable contigo, pero tú mejor que nadie sabes cómo son estas cosas. Si debes, tienes que pagar, y si no pagas... Pero bueno, ¿qué te trae por aquí?

Sin mediar palabra, Inés abrió el bolso y le tiró sobre la mesa las cinco mil pesetas que Tina debía.

—Ahí está el dinero. Con esto queda saldada la deuda. Buenas tardes.

—No tan rápido, *niñuca*. Pero ¿tú quién te crees que eres? ¡Qué modales son estos! Me tiras en la mesa el dinero

(dinero que, por cierto, es mío) como si yo fuera una pobre de pedir. Así no, *niñuca*, así no. ¿Queréis pasar? Creo que está muy animada la tarde. Toma, yo invito.

La prestamista extendió la mano y le ofreció mil pesetas.

—No, gracias —dijo Tina con voz seria y clara—. Esto se ha terminado. Jamás voy a volver a jugar ni una sola mano más.

Agarró a Inés por el brazo y ambas salieron de aquella casa sin echar la vista atrás. En la calle, la molesta lluvia había cesado. Las dos mujeres se miraron a los ojos y sonrieron.

La semana que entraba prometía para Inés. Por un lado, habían dado un primer y definitivo paso para terminar con la adicción de Tina, y por otro, ya había averiguado todo lo que tenía que presentar en la Escuela Normal de Magisterio para formalizar su matrícula.

Paquita la acompañó a solicitar el ingreso. Al notar el estado de nervios que Inés tenía se echó a reír.

—No te rías, que estoy muy nerviosa. Es la ilusión de mi vida, y me he pasado toda la noche pensando que quizá por algún motivo no me admitan. Tú no sabes lo que eso significaría para mí. Vamos, que me muero de pena si no me cogen. Espera, voy a revisar de nuevo todos los papeles, no quiero llegar y que me falte algo. —Inés se agachó y en el suelo revisó uno a uno los documentos. Mientras, Paquita, apoyada en el quicio de la puerta, no dejaba de reír—. Bueno, lo tengo todo, ya podemos irnos.

La Escuela Normal de Magisterio de Santander ocupaba un chalet de tres plantas situado al final de la calle Magallanes, un corto paseo desde la plaza de José Antonio, donde las chicas vivían. Por el camino, Inés, aún muy nerviosa, no dejó de hablar de lo que le gustaría hacer en caso de conseguir ser algún día maestra, de si iba bien vestida, del calor que hacía o de los escombros que aún quedaban por todas las obras que había en la ciudad.

Una vez llegaron a la escuela, se pusieron en la cola de recepción donde debían gestionar la matrícula. Inés miraba asombrada. Le parecía increíble estar allí. Por fin llegó su turno. Paquita le quitó de las manos los papeles que traía y los puso en el mostrador. La secretaria los cogió y revisó meticulosamente todos y cada uno de ellos; mientras los leía, observaba de vez en cuando a Inés por encima de sus lentes.

—Bien, señorita, entonces su nombre es Inés Román San Sebastián y es usted natural de Escalante, provincia de Santander, nacida el 3 de octubre de 1928. ¿Verdad?

—Sí, señora, así es.

—¡Señorita! Señorita Engracia.

—Perdón, señorita Engracia.

—Estas son las normas y las condiciones para poder acceder a la Escuela de Maestras —dijo arrastrando por el mostrador un folio que puso frente a Inés—. Esperamos de usted educación y decencia, y también que acate con disciplina las obligaciones que se indican en todo momento. Ahora rellene la matrícula. ¿Ha traído el dinero para la tasa?

—Sí, señora... Perdón, señorita Engracia.

Paquita le ayudó a rellenar la documentación y, una vez cumplimentada, se la entregaron de nuevo a la secretaria.

—Pues bien, el próximo mes de octubre comenzarán sus estudios, mucha suerte. Y... recuerde lo que le he dicho, acate con disciplina las normas siempre. No hacerlo es motivo de expulsión inmediata.

Al salir, Paquita se despidió de Inés, que tenía que hacer unos recados y no podía regresar a casa con ella. De camino a la pensión, Inés paró en una pastelería y compró unos pasteles para llevárselos luego a su vecina en muestra de agradecimiento.

Cuando llegó al edificio se cruzó con el portero.

—Señorita Inés —dijo—, tengo una carta para usted y viene de muy lejos, nada menos que de Cuba. Cómo me gustaría a mí ir a Cuba, dicen que las mulatas mueven las caderas como los mismísimos ángeles.

—¡Ay, Ramón, es usted imposible! Traiga para acá.

Inés miró el sobre extrañada. Era José Antonio quien escribía. Empezó a leerla apenas hubo entrado en su habitación, no se quitó ni la ropa de abrigo.

La Habana, 4 de marzo de 1946

Estimada Inés:

Espero que al recibo de esta te encuentres perfecta de salud, yo estoy muy bien. Ya sé que ha pasado mucho tiempo desde la última vez que nos vimos y prometí escribir lo antes posible, pero no te imaginas las vueltas que he tenido que dar hasta llegar a Cuba; además, perdí el papel donde tenía anotada la dirección y hasta hoy no lo he vuelto a encontrar, lo guardé tanto que no recordaba dónde estaba y hoy al ponerme una de las chaquetas lo encontré en el bolsillo. Pensarás que ya me había olvidado de la promesa que hice, pero no es así; cada día rogaba por encontrar el dichoso papel. La isla es una maravilla, cómo me gustaría que Gema estuviera aquí conmigo. El malecón es un ir y venir de personas alegres y divertidas. Todos los días hace calor y el son suena por todas las esquinas de La Habana. Estoy trabajando en una plantación de tabaco, es duro pero de momento es lo mejor que he encontrado. Aquí hay muchos españoles y solemos reunirnos para hablar de España y de nuestras cosas. No te negaré que pienso mucho en la familia, en los amigos y sobre todo en Gema. También en ti, por supuesto, tú eres el vínculo que mantendrá vivo nuestro amor en la distancia.

Te ruego que hagas llegar a mi amor esta nota que va dentro de este pequeño sobre, estará intranquila sin saber de mí.

Muchas gracias por tu complicidad,

JOSÉ ANTONIO GÓMEZ

Inés dejó caer la carta sobre la cama. Como bien decía en ella, había pasado tanto tiempo que ya ni se acordaba del muchacho de Meruelo. Ahora le tocaba cumplir con la palabra que le dio a Gema de contestar al chico, pero ¿de qué manera, la más sutil posible, le contaba a ese hombre todo lo que había pasado?

Se notaba que aún seguía enamorado de Gema, pero ella ya tenía una nueva vida. Por otro lado, Inés pensó que era cruel que no supiera que iba a ser padre en breve, y tampoco estaba por la labor de negarle esa información; además, pensaba que quizá dentro de unos años su hijo o hija querría saber quién era el padre y dónde estaba. Pero eso era algo que a ella no le correspondía hacer, sus padres serían los responsables de contarle o no la verdad. Esa no era su historia, formaba parte de la vida de su amiga. En cuanto a ella, cumpliría con la labor que le habían encomendado.

No quiso dejar ese trabajo para otra ocasión, así que tomó papel y lápiz y comenzó a escribir con determinación. Sin embargo, las dudas la asaltaban con cada palabra que plasmaba en el papel. Sería atenta y se mostraría alegre, de esa manera comenzaría; luego, poco a poco y con delicadeza, le iría explicando todo lo que había pasado en ese tiempo. Empezaría por contarle que sus padres le buscaron un novio, intentando no hacerle daño. Pero el final iba a ser el mismo: tenía que decirle que Gema se había casado unos meses después de su partida y que evidentemente ya no iba a mantener con él comunicación alguna. Decirle que su historia había terminado era duro. Intentaría adornar sus palabras para provocar el menor dolor posible, y después se despediría, no sin antes ofrecerle su amistad por siempre. Se lo debía a su amiga. Se comprometió y tenía que hacerlo. También pensó en decirle que, si querían, podían seguir manteniendo correspondencia. Le dio muchas vueltas al asunto, pues no era el suyo un papel sencillo. Cuando terminó de escribir, rubricó la carta, la metió en un sobre, puso el nombre del destinatario y la dejó encima de la cómoda para llevarla a Correos al día siguiente.

Por otro lado, estaba la nota de José Antonio a Gema que incluía el sobre. Se moría de ganas por saber qué era lo que le había escrito a su amiga. A ella nunca nadie le había enviado una carta de amor. La curiosidad era tan grande que al final no pudo resistirse y la abrió. Eran palabras llenas de cariño que hicieron que las sintiera como si estuvieran dirigidas a ella. Nunca nadie le había dicho algo parecido a lo que estaba leyendo y de repente se le ocurrió cambiar la carta que había escrito y redactarla de otra manera. Le diría que Gema se había casado con otro, pues no podía esperar más tiempo a que él volviera, y se ofrecía a ser ella misma la que mantuviera correspondencia con él. Así lo hizo, rompió la primera carta y comenzó de nuevo. Hablar no se le daba muy bien, pero escribir era otra cosa, se expresaba mucho mejor. Cuando terminó de escribir, la dobló con cuidado y puso unas gotas de su colonia sobre el papel teniendo cuidado de que las letras de tinta no se corriesen. Metió el papel en el sobre y volvió a dejarlo sobre la cómoda.

De pronto, Inés empezó a sentir que de alguna manera había traicionado a su amiga, pero al mismo tiempo no creyó estar haciendo nada malo. Al fin y al cabo, ella siempre se había sentido atraída por José Antonio, antes de que Gema y él se ennoviaran, y solo entonces decidió hacerse a un lado, siendo testigo de cómo evolucionaba aquella relación, obligada, eso sí, a ocultar sus sentimientos. Pero ahora Gema ya había rehecho su vida con otro hombre y era feliz. ¿Acaso Inés no tenía derecho a buscar su propia felicidad?

Inés salió del dormitorio con el rostro encendido. Tenía la excitante sensación de haber hecho algo audaz y prohibido. Encontró a Tina en la cocina, preparando el almuerzo, y como siempre, lo hacía refunfuñando:

—Aquí todo lo tengo que hacer yo, y encima la niña, como se va a meter a estudiante, pues no asomará la nariz por la cocina. Al final esto será como... la señora y la criada. Si ya lo decía mi abuela, el que con niños se acuesta *cagao* se levanta.

—¿Qué te pasa, mujer? Un día de estos te va a matar ese

carácter amargado que tienes. Sonríe de vez en cuando, que es bueno.

—¿El carácter? El carácter, dice. ¡Lo que me va a matar es el trabajo... y aguantar a todos estos sola! ¡Sí, sola! Porque lo que haces tú y mis narices, treinta y tres, ¿eh?

—Deja de quejarte. Me pones la cabeza loca. En octubre comienzo los estudios y voy a estudiar duro para conseguir ser maestra, estás avisada. Si no puedes con todo y el negocio va bien, llamaremos de nuevo a Mariuca para que te ayude.

—¿A esa? Lo que me faltaba.

—Pero qué te ha hecho la pobre chica, cualquiera diría. Bien que se portaron ella y Lipe. Los dos trabajaron un montón.

—¿Tú sabes lo que ha hecho esa? La pillaron... ya sabes... —Tina le hizo un gesto con los dedos—, en la cama con el dueño de la otra casa adonde iba.

—Pero ¿qué dices? Era viudo, ¿no?

—Sí, claro que era viudo, faltaría más. Pero... es un viejo, mujer. Además, el pobre Lipe, que se los encontró... ¡Vaya papelón! Y luego encima la perdona, porque los he visto del brazo el otro día frente al ayuntamiento. ¡Valiente cornudo!

—Ay, Tina, no tenía ni idea. Me dejas de piedra. ¡Madre mía! De todos modos, que me escandalice yo es normal, pero a ti te tenía yo por una mujer más... —le dijo Inés con idea de provocarla.

—¿Más qué? No sé a qué te refieres.

—Nada, mujer, es broma. Me has dejado pegada con esto que me has contado. Aun así, esas cosas hasta que no se demuestren es mejor no hablar. Igual resulta que no es cierto y estamos aquí criticando a la pobre *muchachuca*.

—Mira, *niñuca*, yo he visto mucho y esa no es trigo limpio, te lo digo yo.

—Bueno, sea como sea, no creo que tú tengas que escandalizarte. Si no recuerdo mal, alquilabas habitaciones a parejas que realmente no lo eran.

—Pero qué cabrona eres, niña. Haz lo que quieras, tú le vas a pagar. ¡Pero yo la voy a sufrir, eh!

—Que sí, mujer, que ya sé que tú sufres mucho.

Había cosas que no iban a cambiar y personas que, al parecer, tampoco. Una de ellas era Tina.

10

Inés estaba a punto de terminar sus estudios. Con esfuerzo y la ayuda de Paquita, había ido aprobando todos los cursos sin mayor problema. Estaba feliz. Tan solo quedaba el último empujón. Se llevaba bien con las compañeras y también con el profesorado. Algunas de ellas la habían apoyado mucho durante esos años, siempre que tenía alguna duda estaban ahí para darle la respuesta.

En todo ese tiempo de estudios no había tenido muchos días libres para salir: dos o tres veces había ido a pasear con alguna compañera y poco más. Pero últimamente su corazón se aceleraba cada vez que pasaba por el parque de bomberos. Allí, un muchacho del que solo sabía su nombre —Pedro se llamaba, o al menos eso era lo que ella pensaba pues así le pareció que le llamaban los compañeros— la esperaba todos los días en la puerta grande, en la esquina de la calle San Luis. Nunca decía nada, quizá porque Inés siempre iba con alguna compañera y eso le hacía reprimir sus palabras. Pedro solo la miraba y le dedicaba una sonrisa, e Inés bajaba la vista con las mejillas enrojecidas. Sin embargo, aquel día casualmente Inés iba sola y dudó si pasar o no por la puerta. Al final se decidió a hacerlo. Mientras caminaba se arregló la ropa y se colocó el pelo, pellizcó suavemente sus mejillas y, altanera, avanzó con paso firme. Pero, para su sorpresa, no había nadie, la puerta estaba cerrada. Caminó por la calle con la cabeza gacha, desilusionada por no haberle visto precisamente ese día que iba sola. Pero el destino —como siempre, caprichoso— hizo que alguien saliera corriendo de un portal y chocara con ella. Del encontronazo, sus libros cayeron al suelo esparciéndose por toda la acera. Inés se agachó para recogerlos y lo mismo hizo quien la había golpeado sin querer. Cuando este le entregó los libros, disculpándose por su imprudencia, sus miradas se encontraron e Inés se topó con los ojos azules de Pedro.

—Perdón, qué torpe he sido —le dijo el muchacho—, salía corriendo de casa de... mi tía y no te he visto.

A medida que se explicaba su voz se iba haciendo cada vez más pequeña. Para él también era una sorpresa haberse tropezado con la muchacha.

Inés bajó la cara, no quería que se diera cuenta de lo colorada que se había puesto, pero no lo pudo evitar; incapaz de vocalizar una respuesta, las palabras se le quedaron amontonadas unas sobre otras en la garganta.

—Nunca pensé que fueras muda —añadió Pedro—. Guapa sé que lo eres, y un rato largo, por cierto, pero ¿muda?, no creo. Claro que no lo eres, yo he escuchado tu voz muchas veces... en mis sueños.

Inés sonrió, pero aún sin mirarle de frente.

—Chica, ¡que no me como a nadie! No tenía yo ganas

ni *na* de encontrarte algún día sola. Y mira tú por dónde, ese día ha llegado. Me he tropezado con la chica más guapa de la Escuela de Maestras.

—Me parece a mí que tú tienes demasiada labia —replicó por fin Inés—. Trae, anda, no hace falta que me alagues tanto. Ni soy la más guapa, ni la más lista, ni la más de nada.

—¡Vaya! La chica no es muda y encima tiene carácter. ¡Qué maravilla! Así me gustan a mí las mujeres, ¡con remango!

Inés colocó los libros y libretas sobre su brazo derecho y, mirando pícaramente, continuó su camino.

—¡Guapa! No me digas que después de esperarte todos los días durante un año, te vas a ir sin decirme tu nombre al menos.

La joven se volvió, se paró y esperó a que él se acercara hasta donde ella estaba.

—Inés, me llamo Inés. Y tú... ¿tienes nombre?

—Pues claro. Pedro, así me llamo. Te invito a un café.

—No corras tanto, *guapín*, que las prisas no son buenas. —Levantó la cabeza y, con aire altanero, dijo poniendo mucho énfasis—: Adiós, Pe-dro.

Atravesó la calle San Luis con una sonrisa de oreja a oreja. Después de un año, por fin había conseguido hablar con aquel muchacho de ojos azules que cada día la esperaba para verla pasar.

Al entrar en casa, escuchó cómo Tina la llamaba. Entre desganada y enfadada, fue hasta la cocina. «¡Qué tripa se le habrá roto ahora a esta mujer!», dijo para sí.

—¿Se puede saber qué pasa? ¿A qué vienen esos gritos de loca?

—Hija, qué desagradable eres, de verdad. Pues si te molesta no te lo cuento, ea. —Y así estuvo unos segundos, hasta que ya no pudo aguantar más—. Ha llamado tu hermano Ignacio. Pero siéntate, mujer. Mira, tengo caldo recién hecho, te pongo una *tazuca*.

—Tina, déjate de caldos, ¿me quieres contar lo que pasa? Sé que pasa algo porque te lo veo en la cara, estás tú muy atenta y eso no es habitual en ti.

—¡Cómo eres! Bueno, pues sí, pasa... y gordo —dijo casi en un susurro.

—¡Habla de una vez, mujer! No me gusta nada lo que estoy percibiendo.

—Es la *niñuca*. —Inés puso los ojos como platos y su cuerpo se tensó—. Se les enfermó hace unos días. No sabían bien qué era, la llevaron al médico y este, sin darle mayor importancia, les dijo que era un catarro y le recetó una inyección. Pero resultó que al poco rato, cuando estaban de vuelta en la casa, al *angeluco* empezó a faltarle el aire, no podía respirar y... se quedó muerta en los brazos de tu cuñada antes de llegar.

Inés, horrorizada, se llevó las manos a la cabeza y no pudo contener las lágrimas. Hizo un montón de preguntas: que a qué médico fueron, que cómo se llamaba la medicina, que si no la llevaron a otro sitio, que cuándo había sido. Tina no pudo responder a la mayoría de ellas, ya que no había querido preguntarle a Ignacio para no hacerle sufrir recordando lo que había pasado, bastante tenía con la pérdida. Lo que sí pudo decirle fue que el fallecimiento de su sobrina se había producido hacía cuatro días, y que ya se le había dado tierra.

—Pero dime, ¿cómo está mi hermano? Y Gema, ¿cómo está ella?

—Mujer, cómo van a estar, han perdido a una hija, eso es algo muy grande, muy doloroso, eso no tiene ni nombre, eso es desgarrador, te hace enloquecer, te arranca las entrañas y te hiela la sangre de por vida. ¿Cómo quieres que estén? Eso no lo olvidas jamás, ni aunque te bajen las estrellas y te las sirvan en bandeja de plata. Eso te paraliza, te ahoga, quieres dormir y no despertar, quieres morirte porque ya no hay razón para seguir, te da igual estar o no, comer o no, respirar o no. Nada tiene sentido porque lo que tenía sentido ya no está contigo.

A Tina se le puso un nudo en la garganta que no le dejó continuar y sus ojos se llenaron de lágrimas. Se levantó y salió de la cocina en dirección a su habitación. Inés sintió que aquel llanto no era producto de la pena por la muerte de su sobrina; aquella reacción y sus palabras, llenas de pena y conmoción, más tenían que ver con algo que Tina había sufrido en sus propias carnes. Se había expresado con tal sentimiento que solo alguien que hubiera pasado por ese trance lo describiría con tanto realismo. De modo que Inés fue tras ella.

—Tina, déjame entrar, por favor —dijo frente a la puerta—. ¿Quieres que hablemos? ¿Qué te pasa, mujer?

Tina no contestó, pero Inés decidió abrir con cuidado y entrar en su habitación. Encontró a la mujer sentada en la cama con una foto muy estropeada entre las manos, que acabó mostrándosela. En ella aparecía retratada una joven con un bebé de pocos meses en sus brazos. Inés la observó durante un instante y comprendió lo que pasaba.

—Era mi pequeña Josefina —comenzó a explicarse Tina—, murió con solo diez meses. Fue durante la... ¡puta guerra! Yo estaba trabajando cuando la sirena avisó de un bombardeo. Mi tía salió corriendo hacia el refugio, que estaba a pocos metros de aquí, en la plaza de Velarde. Ya ves, a nada. Llevaba en sus brazos a mi pequeña. Ella se encargaba de cuidarla. La mujer lo hacía como un favor y yo se lo agradecía. Salieron corriendo, como te digo, pero no llegaron a tiempo. Una bomba cayó cerca y mi tía y mi pequeña se fueron contra el suelo. La llevaba en sus brazos, como siempre, casi todo el día se pasaba con ella colgada. Yo muchas veces le decía: «Tía, cualquier día de estos se van a quedar pegadas, póngala en la cuna y que llore, que así también hace pulmón, mujer», pero ella no quería oírla llorar un solo momento. Mi Josefina lo había aprendido muy bien y como la mujer estuviera delante, sabía que con solo abrir la boca y hacer una pequeña mueca la cogía en brazos. Como no podía ser de otra manera, aquel día también la llevaba en sus brazos. La metralla alcanzó a mi tía y la niña murió aplastada por su cuerpo cuando intentó protegerla.

Tina se quedó unos segundos en silencio. Inés no sabía qué hacer ni qué decir. Jamás hubiera imaginado que aquella mujer había sido madre, ni que hubiera estado casada; siempre la tuvo por una solterona llena de vicios.

Al poco rato, Tina volvió a hablar:

—Después vino la oscuridad a mi vida. Caí en desgracia. El padre de mi hija se largó y nunca más volvió; aún no sé si murió o simplemente emigró. Comencé a beber. Mientras estaba borracha mi cabeza no pensaba, bebía casi hasta perder el conocimiento y luego me quedaba dormida. Casi de la mano comencé a jugar; conocía a la perfección los lugares donde se celebraban las partidas clandestinas, y allí me rodeé de lo peor que había en la ciudad. Entré en una espiral de la que aún no he conseguido salir. Creo que nunca lo haré.

Inés se sentó en la cama junto a la mujer y la abrazó. No sabía qué decir. En ese momento estaba conociendo a la verdadera Tina, una mujer frágil y vulnerable que a lo largo de casi toda su vida tan solo había obtenido sufrimiento y soledad. Entendió de repente muchas cosas, sus actitudes y comportamientos le quedaron claros. Era una persona que carecía de sueños y de ganas de vivir, y ya había descubierto cuáles eran los motivos. Puso por fin las cartas bocarriba y comprendió que Tina no había tenido mucha suerte en aquella mano.

—¿Me harías el favor de acompañarme a Escalante? —preguntó Inés—. Creo que debo ir, pero me gustaría que vinieras conmigo.

—Claro que sí, *niñuca*, no te voy a dejar sola —dijo Tina—. Iré aunque se me abra el hígado viendo cómo sufre esa mujer.

Paquita corrió escaleras arriba, no quiso esperar el ascensor. Llegó sin aliento y tocó insistente el timbre de la pensión, pero no contestó nadie. «Qué raro, dónde estarán. Normalmente siempre hay alguien en casa», pensó. En vista de que no abría nadie, se volvió y llamó al ascensor; solamente era un piso, pero ya había corrido bastante. Estaba a punto de cerrar las puertas cuando sintió como al fin alguien abría en casa de su vecina. Empujó con ganas y salió de nuevo al rellano.

—¿Quién es usted? —preguntó—. ¿No está Inés, o Tina?

—Pues no, señorita, no está ninguna de las dos.

La mujer que había abierto era grande, entrada en carnes y no muy mayor. Llevaba el pelo recogido en un moño, el blanco era el color dominante de su cabello y tenía un gesto agradable en su cara, donde se dibujaba una sonrisa de esas que parecen permanentes.

—Soy Consolación, la nueva criada —se presentó—. He venido para ayudar a Tina; según me dijo la señorita Inés, posiblemente deberá ausentarse de Santander por un tiempo y Tina no puede hacerse cargo de todo. Hoy es el primer día. He llegado esta mañana y aún no sé muy bien dónde y cómo hacer las cosas. —Se quedó mirando a Paquita y continuó—: Yo soy de Luena, me quedé viuda hace unos meses, no tengo hijos y, la verdad, siempre quise venir a Santander. Así que una vecina me habló de este trabajo y cogí la Continental, y aquí me planté. A ella le ha parecido bien y a mí, mucho mejor. El pueblo me aburre, señorita. Mire, a mí las vacas no me gustan, le gustaban al difunto y por eso las tenía, pero yo estaba deseando quitarlas de mi vista. Yo quiero ver mundo y el mar, a mí el mar, señorita, es que me encanta: ese color, esas olas que van y vienen, y cuánta agua, señorita, litros y litros, y la playa, uuuh, la playa me vuelve loca, y eso que no me he metido nunca en el mar, ¿eh?, es un poco grande, no sé, parece como que me va a comer, y además no sé nadar, y claro... Pero bueno, que usted me ha preguntado por las señoras y es que ellas han ido a...

—¡Un momento, un momento! Creo que usted habla demasiado, en solo un minuto me ha contado toda su vida y no me conoce de nada, no tiene ni idea de quién soy. ¿Por qué me cuenta todo eso? No debe hablar tanto. Y mucho menos lo que iba a seguir contando, dónde y para qué o por qué se habían ido las señoras. ¡Por Dios bendito! No se puede hablar tanto y tan deprisa, mujer.

Consolación se quedó sorprendida con la reacción de Paquita, no le gustó el tono en el que le había hablado. Le lanzó una mirada de esas que cortan la respiración y cerró la puerta dando un enorme portazo que hizo que el llamador rebotara un par de veces contra sí mismo.

Paquita se quedó pegada al felpudo, poco faltó para que la puerta le golpease su prominente nariz.

—¡Oiga, abra inmediatamente! —gritó—. ¡Quién se cree que es para darme con la puerta en las narices! ¿Me ha oído? ¡Ábrame!

En vista de que la mujer hacía oídos sordos, Paquita subió las escaleras hasta su casa refunfuñando.

Ya estaba anocheciendo cuando Inés y Tina aparecieron por la pensión. Había sido un día duro. Las dos mujeres habían decidido ir a Escalante a visitar a Ignacio y a Gema. Al menos ir a presentar sus respetos y acompañarlos en aquel trance. Había sido una desgracia lo sucedido con la pequeña. Gema lloraba desconsolada. Sabía que no podía tener más hijos debido a unas complicaciones durante el parto, así se lo hizo saber el doctor, y se había resignado pensando que al menos tenían una hermosa niña. Ignacio también estaba desolado, no sabía qué hacer ni qué decir para consolar a su mujer. El tiempo iría poniendo todo en su sitio, y si bien nunca olvidarían lo sucedido, no les quedaba otro remedio que salir adelante.

Estaban cansadas, pero afortunadamente Consolación les tenía preparada una buena cena: huevos con patatas y chorizo que ella misma había traído de su pueblo. Las tres mujeres se sentaron a cenar.

En la cocina solo se escuchaba el monólogo incesante de Consolación:

—Yo creo que está bien, ¿no? A mí los huevos y las patatas me encantan y este chorizo es buenísimo. No es de mi casa, es de la matanza de mi tía Lola, ella arregla el *chon* como nadie, todos en el pueblo la llaman para que lo arregle y hasta de otros pueblos la vienen a buscar. Pero la mujer ya está cansada, bueno, es que es mayor, la verdad, tiene ya setenta y tantos pero está muy bien. No como mi madre, que la pobre, con cincuenta y tres, nos dejó, le dio un patatús y se nos quedó tirada en la mies. ¡Qué pena, cuánto lloré! Por cierto, he limpiado todas las habitaciones de los huéspedes como me dijeron, los cristales y todo, que, por cierto, ¡santo Dios los que había! Tengo el brazo destrozado. Me he cansado más que recogiendo la hierba en julio. Y los baños también...

—Consolación, por favor, con el viaje y las emociones parece que me duele un poco la cabeza —dijo Inés.

—Uf, qué pesadez el dolor de cabeza. El difunto sufría mucho de lo mismo y, por cierto, yo creo que de lo que murió fue de eso, algo que le entró en la cabeza. Así que vaya al médico, niña, no vaya a ser que tenga algo, nunca se sabe y además...

—Sí, sí, iré, pero ahora ¿podría hacer el favor de callarse un momento?, solo un *ratuco*.

—Ah, pues me callo, ¡cómo no! ¡Faltaría más! Pero bueno, al final la Fina va a tener razón. Ella me decía que en la capital la gente no hablaba mucho. Esta tarde ha venido una señorita que ha sido una estúpida conmigo, me estaba presentando y me mandó callar también. Paquita, me parece que se llamaba. Preguntó por ustedes y cuando iba a decirle dónde estaban, me cortó la palabra y además me...

—¡Por Dios, Paquita! —exclamó Inés—. Eso es que

han salido las listas. Lo había olvidado por completo. Ahora vengo.

—Pero, niña, ¿adónde vas ahora? Es tarde, igual están en la cama. ¡Espera a mañana! —gritó Tina.

—No, no, ahora bajo —contestó Inés mientras atravesaba el pasillo a toda velocidad.

Pocos segundos después, ya estaba plantada frente a la puerta de los Ortiz y llamó con los nudillos. No quiso tocar el timbre para no molestar o despertar al padre, que probablemente a esas horas ya estuviera acostado.

Paquita abrió sobresaltada por una visita tan a destiempo. Tras ella asomó la cabeza de su madre para ver quién era.

—Buenas noches, Paquita —dijo Inés en apenas un susurro—, perdón por la hora. Me ha dicho Consolación que pasaste a verme. Dime, ¿ha salido ya la lista?

—Pasa, anda, no te quedes ahí, que no son horas de estar hablando en el rellano. Por cierto, ¿quién es esa locomotora que tenéis en casa? ¡Santo cielo!, no he visto en la vida una mujer que hable tanto y tan rápido, lo que ha llegado a contarme en dos minutos, y cuando le he dicho que parara, no veas..., me ha dado con la puerta en estas naricitas que tengo tan lucidas.

—Calla, calla, la he contratado para que ayude a Tina, pero es horroroso lo que habla. Ahora bien, ¿trabajadora?, no la hay más, con lo cual, hay que aguantarse. Pero ¡dime! ¿Salió la lista o no?

—Sí, ya salió. Y bueno, todos los destinos están bien, aunque el tuyo queda un poco lejos, pero dicen que es bonito, o eso me comentó doña Sofía, que ella es de un pueblo cercano y me ha dicho que te gustará y que hables con ella. Te puede ayudar y contarte cosas.

—Ah, qué bien, pero dime, ¿dónde es? Estoy nerviosa, mujer.

—Es verdad, chica, ya me parezco a esa criada tuya. Te ha tocado ir a Mogrovejo.

—¿Mogrovejo? Eso está en... Liébana, ¿no?

—Sí, pero bueno, hablaban de que es un sitio agradable, la gente es muy acogedora y hay bastantes niños. Estarás bien.

—No me importa que esté lejos, seguro que estará bien. No conozco esa zona, pero me han dicho que es muy bonita, los Picos de Europa adornan el lugar, y tú sabes que a mí las montañas y la nieve me encantan. Seguramente no será lo mismo el frío de allí que el de aquí, pero vaya, estoy preparada para todo. Ahora que Tina tiene ayuda, no me importa tener que vivir allí. ¿Y tú? ¿Adónde vas?

—Yo me quedo en Santander, voy al colegio Ramón Pelayo.

—Qué suerte, ¿no?

—Sí, la verdad que sí.

Paquita no había tenido suerte, lo que había tenido era una buena aldaba. Los señores de la casa habían hablado en su favor para que tuviera un colegio en la ciudad, ya que ella no quería ir a ningún pueblo, ni cerca ni lejos. Inés intuyó que algo de eso había y no quiso decir nada. Eran cosas que pasaban y que estaban a la orden del día. Como decía el refrán, «el que tiene padrinos se bautiza». Inés debía estar agradecida de que le dieran destino, ya que lo normal era que en puestos de maestros se colocara a personas adeptas al régimen, como militares retirados o cualquier otra persona a la que se le debiera algún tipo de favor.

—Bueno, pues nada, no te molesto más. Mañana me acercaré a la escuela para que me informen de cuándo tengo que estar allí, y hablaré con doña Sofía, seguro que me ayuda, me parece una buena mujer. Estoy contenta, no sé por qué, pero creo que me va a ir bien. Yo me siento cómoda en un pueblo. Será porque soy de pueblo —concluyó Inés sonriendo.

—Espera, mujer —dijo Paquita—. He visto a Pedro, estaba apoyado en su quicio preferido y al pasar yo me ha preguntado por ti. Me ha extrañado porque jamás habíamos hablado, pero hoy lo ha hecho. Le respondí que no sabía dónde estabas y me comentó que te dijera que mañana él iba a estar en el mismo sitio que hoy a la hora que tú quieras. —Se quedó mirando a Inés un instante, y añadió—: Creo que hay algo que no me has contado. ¿Cómo es que sabe tu nombre si nunca nos hemos parado a charlar con él?

—Bueno, el otro día tuvimos un pequeño accidente, chocamos y los libros se cayeron al suelo, y él me ayudó a recogerlos, eso es todo. Nos dijimos los nombres y nada más. En fin, ahora que voy a salir de la ciudad, no creo que sea momento para tontear con nadie.

—Chica, solo será un curso, y tenéis el verano para ir tonteando. Podéis pasear por el Sardinero, por Castelar, ver las olas cómo vienen y van, tomar café, ir de romería... Ya sabes, el verano es la mejor época para eso, todas las semanas hay baile y si llueve siempre podéis ir al teatro Pereda, ahora hay muchas funciones.

—Calla, loca, no tengo intención, de verdad que no me apetece buscar novio ahora. Bueno, me voy, que se ha hecho tarde y ya he molestado suficiente.

Paquita cerró la puerta de casa y se dirigió a la habitación hablando entre dientes:

—Desde luego... Dios da pan al que no tiene dientes. Y yo aquí, que se me va a pasar el arroz. Qué pena, me quedaré compuesta y sin novio. Mañana mismo me voy donde san Antonio y le pongo tres velas en lugar de una, a ver si de una vez me ilumina. Bueno, o ilumina a alguno. Ya se podía fijar en mí el bombero, ¡no es guapo ni nada el condenado! En fin, que la culpa la tiene mi madre por hacerme así de poco agraciada. Lista soy, desde luego, pero ¡fea como un dolor! Y luego este culo que tengo, si no les falta razón cuando me dicen que parece una masera... ¡Qué pena, Dios mío! Aunque bueno, seguro que como nunca falta un roto para un descosido, alguno se fijará en mí, ¡digo yo!

—Hija, ¿decías algo? —oyó la voz de su madre—. Habla más alto, que ya sabes que estoy perdiendo el oído.

—No, madre, no digo nada, nada de nada.

Por la mañana Inés se levantó temprano, tenía ganas de saber más sobre su destino. Cuando llegó a la escuela, la advirtieron de que tenía que firmar el contrato de maestras. Lo pusieron en sus manos y estuvo leyendo un rato. Una larga lista de condiciones de las que no tenía ni idea y que además le costaba asumir, no porque fueran difíciles de cumplir, sino porque le parecían inapropiadas ya que ningún maestro tenía obligación de acatarlas. El mismo decía así:

Este es un acuerdo entre la señorita .... maestra, y el Concejo de Educación de la Escuela .... por el cual la señorita .... acuerda impartir clases durante un período de ocho meses a partir del .... de septiembre de 1950. El concejo de Educación acuerda pagar a la señorita la cantidad de .... mensuales.

Hasta ahí todo estaba bien, pero lo que venía a continuación no podía ni imaginárselo.

Algo así como:

- *No casarse. Ya que el contrato quedaría automática-
  mente anulado.*
- *No andar en compañía de hombres.*
- *Estar en casa entre las 8 de la tarde y las 6 de la maña-
  na, a menos que sea para cumplir con sus labores de
  maestra.*
- *No fumar cigarrillos.*
- *No beber cerveza, vino ni whisky.*
- *No viajar en coche con ningún hombre salvo que fue-
  ra su hermano o su padre y excepto de aquel encar-
  gado de trasladarla a su destino.*
- *No teñirse el pelo.*
- *No usar vestidos que queden pegados al cuerpo.*
- *No usar polvos faciales.*
- *Mantener limpia el aula.*
- *Encender el fuego en el aula cada día a las 7 de la ma-
  ñana.*

Inés no sabía qué hacer, le parecía todo surrealista, pero
bueno, no le quedaba más remedio que aceptar aquellas
condiciones. Otra cosa sería si las iba a cumplir o no. Mejor
sería que no le comentara a Tina nada sobre ello porque era
capaz de encerrarla en la habitación y no dejarla salir. Seguro que no le iban a gustar todas esas imposiciones que a su
juicio carecían de sentido.

11

Santander, 2017

Julieta estaba totalmente entusiasmada con la historia que Inés le estaba contando. Notaba que su tía se emocionaba por momentos. No imaginaba que hubiera tenido una vida así. Pero había muchas preguntas que estaba deseando hacerle.

—Tía, ¿me puede decir entonces...? Yo no sabía que mi abuela había perdido una niña, ¿por qué no me lo dijeron? Aunque, claro, no era hija de mi abuelo, y por eso igual no querían nombrarla.

—Nena, es mejor que no hagas preguntas, tú deja que yo te cuente. Cuando termine con el relato de mi vida, todas tus dudas estarán resueltas. No he sido una mujer diferente, simplemente he vivido el tiempo que me ha tocado vivir.

—Pero desde pequeña estuvo sola, con esa mujer, Tina, que parecía bien rara, a la que, por cierto, usted salvó.

—Déjate de salvar, yo no salvé a nadie. Tina era una gran mujer, fuerte como un roble y, por desgracia, con muy poca suerte en esta vida. —Inés sonrió al recordar a su gran amiga—. Si no hubiera sido por ella, yo sí que habría estado sola; ella me acompañó y me enseñó a moverme, me protegió y, sobre todo, fue un poco esa madre que no pude tener. Eso sí, con su carácter endemoniado.

—Tía...

De pronto le sonó el teléfono a Julieta, se disculpó con su tía y atendió la llamada sin mirar quién era.

—¿*Allo*, Julieta? Soy yo, Roland, qué suerte que me contestes. Gracias.

—¿Eres tú? Pues lo siento, pero ahora no puedo atenderte.

—No, por favor, no cuelgues, necesito hablar contigo, tengo que verte, no me importa dónde estés, quiero verte, estoy dispuesto a ir al fin del mundo por ti. Mi relación ya no existe, he dejado a mi mujer. Dame una oportunidad, por favor.

—Escúchame, mi tía está en el hospital, ahora mismo estoy con ella, así que no tengo tiempo para ti ni para tus tonterías. Será mejor que olvidemos esto. Ya no hay nada entre nosotros, no merece la pena que pierdas el tiempo. Deja de llamar, olvídate de mí.

—No, no voy a olvidarte. Respeto que quieras atender a tu tía, yo te daré tiempo, pero no me pidas que no vuelva a llamarte.

—Bueno, Roland, ya te he dicho que no es el momento. Ya hablaremos. Cuídate.

Julieta colgó.

—No sabía que tenías novio, no me habías dicho nada —comentó Inés.

—Bueno, novio novio tampoco. Es una historia complicada, se trata de un hombre con quien creí compartir un vínculo especial, pero me demostró que no era así...

—Dime, niña, ¿tú le quieres?

—Si le soy sincera, no lo sé.

—Vaya, pues tendrás que aclararte las ideas. Hay momentos en la vida en que debemos ser egoístas, debemos pensar solo en nosotros mismos por encima de todo. La vida es un ratito, sobrina, y hay que vivirla, disfrutar y ser feliz. No lo olvides. El orgullo no es buen compañero. Escucha a tu corazón, deja atrás los prejuicios y sé feliz. Es lo único que cuenta.

—Gracias, tía. Creo que tiene toda la razón. ¿Sabe una cosa? Le voy a dar una oportunidad, pero si quiere algo de mí, tendrá que venir aquí. No la voy a dejar sola ni un solo día de su vida.

—Bueno, yo a estas alturas no necesito nada más que verte feliz, eres mi única familia.

—Tía, qué le parece si me acaba de contar su historia y después ya hablamos de la mía.

—Me parece estupendo.

Como cada tarde a esas horas, entró la enfermera a registrar la temperatura corporal y la tensión arterial de Inés. Julieta aprovechó para ir al servicio.

—Niña, ¿sabes algo de...?

—Sí —respondió la enfermera—. No quería decir nada delante de su sobrina, como me dijo que no le comentase.... Está bien, muy débil, pero mejora lentamente. Él también ha preguntado por usted. Cualquier día de estos, en cuanto esté un poco mejor, la llevo a que le vea, ¿qué le parece?

—¡Ay, qué alegría! Por un momento pensé que había muerto. Claro que quiero verle, pero tengo que reponerme un poco, aún me siento débil. Quizá mañana esté un poco más fuerte. Me gustaría que me viera en pie y con buena cara.

—De acuerdo, cuando usted quiera me lo dice.

Julieta apareció junto a la cama sin que las dos mujeres se dieran cuenta.

—¿Todo bien?

—De maravilla, sobrina, ¿verdad? —La enfermera revisó el gotero y asintió—. Bueno, niña, siéntate, que voy a seguir. Y hasta que no termine no voy a parar.

12

Santander, verano de 1950

Inés estaba nerviosa. En apenas una semana iba a comenzar para ella una gran aventura que nada tenía que ver con lo que había vivido hasta entonces. Su sueño por fin iba a hacerse realidad.

Ya era maestra y aunque el destino que le habían asignado no era definitivo, le hacía mucha ilusión. Tina, sin embargo, no lo llevaba igual de bien. Como siempre, seguía quejándose de todo y casi todos los días le decía que debía rechazar ese destino y quedarse en la pensión, allí podía dar clases particulares a niños de familias bien en lugar de ir a un pueblo. Además, no congeniaba en absoluto con Consolación, no la soportaba, y sus discusiones eran diarias. Daba igual el motivo, ellas discutían por todo y ninguna de las dos cedía.

Inés apuraba los días del verano saliendo con Pedro en alguna ocasión, aunque no lo hacían solos, sino con amigos; entre los de él y los de ella habían formado una pandilla y los últimos meses iban todos juntos al cine, a pasear y a alguna que otra romería. Poco a poco la pareja se iba conociendo, y si bien era cierto que Inés no tenía ganas de enamorarse, sobre todo por tener que partir en breve, las cosas del corazón no se pueden controlar y su relación parecía afianzarse con los días.

Aquel domingo no habían salido juntos; Pedro seguía de bombero voluntario y ese día tenía guardia, así que Inés aprovechó para dar el paseo con unas compañeras de clase.

Después de pasar la tarde por el Sardinero, Inés volvió tranquilamente a casa. Al acercarse al edificio, vio la sombra de dos personas que se cobijaban bajo los arcos e intentaban esconderse de las miradas de los curiosos tras las anchas columnas. Le pareció reconocer a una de ella. ¿Era Paquita? No, no podía ser, ya que la chica les había dicho que no saldría con ellas porque estaba enferma, e Inés daba fe porque la había visto en persona. Sin embargo, el viento sur, que sacudía con fuerza, había agitado la falda de la mujer parapetada tras las columnas y, curiosamente, la tela tenía el mismo estampado que una de las faldas que Paquita acababa de hacerse y que Inés le había ayudado a coser. Su lado fisgón se impuso y, disimuladamente, decidió sentarse en uno de los bancos de la plaza de José Antonio. Sacó un espejo pequeñito de su bolso y se sirvió de él para ver de quién se trataba. Ella misma se sorprendió de lo que estaba haciendo. «Dios mío, creo que tanto cotillear esta tarde con las chicas ha influido demasiado en mí», pensó. Vio cómo se movían y guardó el espejo apresuradamente en el bolso. En un instante habían desaparecido, cada uno por un lado, pero Inés pudo comprobar que, efectivamente, era su amiga, y que el muchacho, aunque no pudo verle la cara con claridad, era ni más ni menos que Pedro, su bombero.

Inés se levantó del banco y fue corriendo al portal; quería pillar a Paquita con la guardia baja y pedirle explicaciones. El chico le gustaba y la relación entre ambos estaba a punto de consolidarse. El corazón de Inés había latido más fuerte en las últimas ocasiones que le había visto y él le había transmitido algo parecido. Así que no entendía nada de lo que acababa de ver. Paquita era su amiga y, además, siempre la animaba a salir con él. Pero ahora, ¿cómo podía ser que estuvieran acaramelados bajo los arcos, detrás de una columna?

A Inés le invadió una sensación extraña, entre rabia y pena. No se lo pensó dos veces y subió derecha a casa de su amiga.

El padre de Paquita abrió la puerta y muy cariñoso, como siempre, saludó a la chica:

—Buenas noches, chiquita. Pero bueno, ¿acabáis de estar juntas y aún tenéis más que hablar? Cómo sois las chicas de hoy en día... Pasa, pasa, la niña está en su habitación. Acaba de entrar, pero bueno, eso ya lo sabes tú, ¿o no?

—Buenas noches, don Federico, es que se me ha olvidado comentarle una *cosuca*.

El hombre alargó su brazo dando paso a Inés.

Al llegar a la habitación, Inés llamó a la puerta y sin esperar respuesta la abrió. Paquita estaba de espaldas y no pudo advertir que quien entraba era su amiga.

—¿Qué pasa, mamá? Ya te he dicho que ahora mismo voy a poner la mesa, mujer.

—Soy Inés, ¿puedo pasar?

—Bueno, ya estás dentro, ¿no? —dijo Paquita mirándola sorprendida.

La joven aún llevaba la ropa puesta, solo se había quitado los zapatos, que justo en ese momento estaba colocando en su caja; eran unos zapatos de charol negro que compró al acabar las clases y que aún no había estrenado.

—Veo que estás mejor. Me alegro mucho. Teniendo en cuenta que hemos estado juntas toda la tarde tal y como acaba de decirme tu padre...

—¡Qué pasa! He salido con otras amigas. ¿O acaso... solo puedo salir contigo?

—No, mujer, ni mucho menos. ¡Faltaría más! Tú puedes ir donde y con quien quieras cuando te dé la gana. Yo desde luego nada tengo que decir. Pero igual tú sí tienes algo que decirme a mí, ¿o no?

—¿Yo, dices?, pues no. He salido con las amigas del colegio.

—Pues fíjate, juraría que con quien has salido, o al menos quien te ha acompañado a casa, es Pedro. Y no te molestes en negarlo porque os he visto a los dos bajo los arcos.

—Mira, no tengo por qué negar nada. Y sí, he salido con él, ¿qué pasa? Tú no lo quieres, ¿no? Entonces ¿qué te importa?

—Nos estábamos conociendo, y tú lo sabías.

—Pues él me prefiere a mí. Lo siento. Y ahora tengo que dejarte, mi madre me está esperando para cenar.

—No me parece bien lo que has hecho. Sabías cuáles eran mis intenciones. A pesar de tener que marcharme fuera de Santander, quería estar con él estos días. Lo habíamos hablado. De verdad que no te entiendo, Paquita, vaya una amiga estás tú hecha.

—¡Oye, pueblerina! A mí no me vas a dar tú lecciones de nada. Hay que espabilar un poquito. Los chicos quieren otra cosa, no solo pasear con un montón de carabinas alrededor. Quieren algo más, ¡entérate!

—Te crees muy lista, ¿verdad? Todo lo has tenido muy fácil en esta vida. Pero ten cuidado, porque en cualquier momento se te puede ir de las manos. Te puedes quedar con Pedro, te lo regalo. No me interesa para nada una persona desleal como él y tampoco una amiga traidora como tú. Buenas noches. ¡Que te siente bien la cena!

Al salir de casa de Paquita, Inés sintió ganas de llorar, pero no lo hizo; se dejó caer sobre uno de los escalones del rellano y recapacitó un momento. Pedro, ese noble bombero que ella creía que podía ser el hombre de su vida, que le había prometido la luna y las estrellas, se había cansado de esperar y la había traicionado. Pero su amiga lo había hecho también. Paquita, que parecía una monja de clausura, de repente había despertado arramblando con todo lo que se encontraba por delante, sin importarle lo más mínimo a quién hacía daño. Al final Tina tenía razón sobre ella; al principio le parecía una buena chica, pero en cuanto empezó a tratarla se dio cuenta de que algo fallaba en ella y más de una vez le dijo que no era de fiar, que no miraba de frente. «Nunca te fíes de quien te hable mirándose la entrepierna», le repetía una y otra vez. Y tenía razón. Había llegado el momento de empezar a hacerle caso.

Se puso en pie, estiró su falda y se colocó la blusa, y mientras lo hacía escuchó, como cada día, los gritos de las dos mujeres dentro de la pensión.

—¡Por Dios! Esto no va a terminar nunca. ¡Qué ganas tengo de perderos de vista! —dijo Inés en cuanto abrió la puerta del piso y recorría el pasillo en dirección a la cocina.

—Mire, señorita, yo sí que no aguanto más, ¡estoy harta de esta bruja! —replicó Consolación—. ¡Pero si solo la falta la escoba y que salga volando por la ventana! Todo el día me tiene trabajando como una esclava. ¡Pues no trabajo más aquí que en la hierba!, ¡qué locura! Es más pesada que el difunto. ¡Y yo que pensaba que una vez muerto el perro se acabó la rabia, y voy a dar con esta elementa! No, señorita, ¡que no aguanto más! —siguió la mujer—. Ahora mismo hago la maleta y me vuelvo a mi pueblo. Con lo tranquila que vivo yo en Luena, ¡bendito sea Dios! Que me voy, ¡vaya que si me voy! No puedo hablar porque le molesta; si canto, le duele la cabeza; si friego, me pisa el suelo mojado. ¡Todo así, todo así! ¿Sabe?, yo me crie con mi tía la Milagros. Eso era lo más bicho que se puede imaginar. Desde que tengo once años trabajo como una burra día y noche. Me casé para quitármela de encima y di con el difunto. Al principio era un santo, pero luego no vea cómo enseñó la patita... Me daba unas palizas que me molía el cuerpo. Pero, gracias a Dios, se fue para el otro barrio. Entonces me encontré libre y quise salir del pueblo y olvidar todos los años de mi vida pasada. Y... ¡vaya por Dios!, me topo otra vez con una bruja. Pero ¿qué he hecho yo para tener tan mala suerte?, ¿por qué me manda Dios este castigo?...

—¡Anda, calla de una vez! —replicó Tina—. Eres como una metralleta, hablas como una cotorra, no sabes parar. Eres una vaga empedernida y una *chona*. Desde que estás aquí no te has bañado ni un día, hueles que apestas. En buena hora... ¡Anda y vete por ahí, que aquí no te necesitamos para nada! Vete al pueblo y déjanos en paz.

Inés escuchaba molesta bajo el quicio de la puerta de la cocina la riña que ambas estaban teniendo, cruzada de brazos y dejándolas seguir. No sabía muy bien qué hacer y viendo el camino que estaba tomando aquella discusión, decidió intervenir.

—¡Se acabó! ¡Silencio las dos! —gritó—. No quiero escuchar ni una sola palabra más esta noche. Os lo he dicho muchas veces: os guste o no, ¡tenéis que entenderos! Aquí soy yo quien dice cómo, dónde y de qué manera, y ninguna de las dos sois nadie para mandar a la otra.

»Tú —dijo enérgicamente dirigiendo su mirada y apuntando con el dedo índice a Tina—, sabes que te quiero, que has sido mi apoyo durante muchos años, pero deja de una vez esa actitud y pórtate como la estupenda mujer y persona que eres. Y tú —esta vez se dirigió a Consolación—, no puedes estar todo el día refunfuñando, que aquí has venido a trabajar, ya sabes lo que tienes que hacer, y si quieres hablar, por favor, hazlo con mesura, porque nos tienes la cabeza loca a las dos. Estoy segura de que eres una gran mujer, me gusta cómo trabajas y no quiero que te vayas, pero creo que debes empezar a actuar de otra manera; esta no es tu casa, es la de todas.

Durante unos segundos las tres mujeres guardaron silencio y en la cocina solo se escuchaba la voz del locutor de radio dando el parte de las nueve de la noche. Inés respiró hondo y continuó, esta vez en un tono conciliador:

—Mañana, a las seis de la tarde en punto, os quiero a las dos en el Suizo. Las tres vamos a tener una conversación muy seria y no quiero que sea en casa. Os aseáis, os ponéis guapas y, como os digo, a las seis en el Suizo. —Inés se dio la vuelta para ir a su habitación, pero antes se giró y dijo—: No quiero escuchar ni una sola palabra más hasta mañana, ¿entendido?

Las dos mujeres se miraron y ambas se encogieron de hombros en señal de desconcierto. Estaba claro que Inés tenía que arreglar la situación antes de partir a Mogrovejo y ellas hacerse cargo del negocio en su ausencia.

Dicho y hecho. A las seis de la tarde del día siguiente se encontraron en el café Suizo. Inés esperaba sentada a una mesa cerca de los ventanales que daban al paseo de Pereda.

La muchacha se había convertido en una bella mujer; quizá ella no lo había tenido en cuenta, pero era objeto de miradas atrevidas de los hombres cuando paseaba, aunque nunca nadie le dijo ni una sola palabra. Tina y Consolación le repetían todos los días lo guapísima que estaba, pero ella no les echaba cuentas a los dichos de las mujeres y les contestaba: «Sí, soy tan guapa que me los llevo a todos de calle... ¡Pero si ni se me arriman! Yo creo que me sacan a bailar por pena, siempre soy la última». «Eso es porque les impones y no se atreven de lo guapa que eres, niña», contestaba Tina con su habitual desparpajo.

Inés llevaba un vestido de manga corta con vuelo, ajustado en la cintura con un cinturón del mismo estampado que el resto de la prenda, unas flores en las que resaltaba el color azul; los zapatos no eran muy altos pero estilizaban sus bonitas piernas, y para terminar de adornarse lucía un sombrerito de paja con una cinta que hacía juego con el vestido. Todo el conjunto le favorecía mucho, su elegancia innata hacía el resto.

Cuando el camarero se acercó, Inés le rogó que le diera unos minutos ya que estaba esperando a unas señoras.

No tardó ni tres minutos en aparecer por la puerta Tina, con el abanico en la mano. Llegaba acalorada, la edad le jugaba malas pasadas y los sofocos hacían que su piel se enrojeciera tanto que la pobre parecía que iba a explotar. En cuanto vio a la joven se dirigió a su mesa. Se había puesto guapa, Inés nunca la había visto tan arreglada y le agradó verla así. Aquella imagen nada tenía que ver con la que ella se encontró cuando llegó a la pensión la primera vez. Estaba peinada, se había perfumado y el carmín de sus labios daba luz a su cara. Un vestido azul marino con los botones blancos le daba un toque juvenil y además afinaba su figura ancha. Se sentó enfrente de Inés y esta le sonrió.

Casi pisando la sombra de Tina, entró Consolación. Parecía que iba de boda. Se había cortado y teñido el pelo de color rubio, estaba irreconocible. Llevaba una falda ajustada beige y una blusa blanca con un lazo rodeando su cuello; calzaba unos zapatos de tacón alto y bajo un brazo llevaba su bolso de mano y colgado del otro, una chaqueta del mismo color que la falda.

Tomó asiento junto a Inés después de saludar.

—Bueno, las seis y cinco. No está nada mal —dijo Inés—. Estáis muy guapas las dos, nunca os había visto tan arregladas, da gusto veros —comentó.

—Uuuh... Algunas parecen... ¡Qué decir lo que parecen! —soltó Tina, y dirigiéndose a Consolación, añadió—: ¿Quién te ha engañado a ti poniéndote ese pelo amarillo?, ¿no ves que tienes cara de pueblerina y no te pega nada, hija?

Cuando la otra estaba presta a responder, Inés se le adelantó sujetándole la mano:

—Tina, hija, ¡cómo eres, de verdad! ¡No eres capaz de tener la fiesta en paz! Yo no la veo mal. Además, cada uno puede hacer lo que quiera, y con su pelo ni te cuento. Creo que le debes una disculpa. Sabes que no está fea, ni tú tampoco. Sois dos mujeres maravillosas que tenéis que empezar a convivir, a llevaros bien. Os vais a necesitar la una a la otra aunque no os guste. Es lo que hay, lo sabéis, y no encuentro ningún motivo por el cual os llevéis tan mal. ¿Por envidia tal vez? ¡Qué tontería, ni que fueseis niñas pequeñas! Os quiero amigas, y sé que podéis serlo. Os recuerdo que ambas estáis solas en este mundo, y como ya os he dicho, os guste o no tenéis que hacer un esfuerzo por conoceros. Si no estáis dispuestas, será mejor que dejéis el trabajo. Prefiero cerrar el negocio que teneros ahí dentro y que todo el mundo vea cómo os despellejáis a todas horas. ¿No os dais cuenta de que sois la comidilla de toda la escalera? —Inés tomó a las dos mujeres de las manos encima de la mesa y las apretó con fuerza—. Os quiero mucho, vosotras sois mi única familia. Tina, qué hubiera sido de mí si no te hubiera encontrado cuando vine del pueblo. Ahí estabas tú, con esa planta de mujer dura y temible. Me dabas miedo, pensaba que por la noche igual entrabas y me atizabas con algo. Nos costó mucho congeniar, reñimos y nos peleamos, pero al final lo logramos. Gracias por aceptarme y por cuidarme. Y tú, Consolación, es cierto que llevas muy poco tiempo con nosotras, apenas cinco meses, pero sé que eres una buena mujer, trabajadora y alegre, bueno... y parlanchina como nadie, que nos levantas dolor de cabeza, pero no todo iba a ser maravilloso, claro.

El camarero interrumpió las palabras de Inés, aunque en realidad era básicamente lo que quería decirles a las dos.

—Sí, nos trae tres chocolates con churros, por favor. ¿Os parece bien? —dijo mirando a sus convidadas.

—Y tres *vasucos* de agua, por favor —añadió Tina—. Muchas gracias.

Luego bajó la vista y separó la mano que Inés tenía agarrada en las suyas. Sacó del bolso un pañuelo blanco con sus iniciales bordadas y se sonó la nariz con estrépito.

—Perdón —se excusó—. Qué bien hablas, niña, para algo te han servido los estudios. Aunque la verdad es que ya hablabas bien cuando viniste de tu Escalante. —La miró con ojos vidriosos—. Tú sí que me has dado vida, contigo en casa me he sentido madre, como si mi pequeña Josefina aún estuviera conmigo... y he intentado cuidarte sin que tú te dieras cuenta, aunque, por lo que dices, parece que sí que lo has notado. Yo también te quiero mucho —añadió—. Por la parte que me toca, yo hago las paces con Consolación, que, como dices, aunque pesada como ninguna, es una buena mujer. Por favor, habla un poco menos de ahora en adelante, ¿vale?

Consolación lloraba como si acabara de perder a un ser querido. Ella, que presumía de buena conversadora, se había quedado sin palabras. Las lágrimas ahogaban su garganta y no era capaz de articular palabra. Se levantó y abrazó a Tina. Esta, que no era muy dada a semejantes alardes fraternales, quiso apartarse, pero un gesto de Inés la hizo quedarse quieta.

—Bueno, siéntate, mujer, que nos está mirando todo el mundo y me da mucha vergüenza —dijo Tina—. Anda, que yo también te quiero mucho y no vamos a discutir más.

El chocolate llegó humeante y el camarero repartió las tazas con sus correspondientes vasitos de agua, luego colocó una fuente en el centro de la mesa con los churros calentitos y llenos de azúcar que hicieron las delicias de las tres mujeres, que por fin habían llegado a un entendimiento.

A veces unas simples palabras, sinceras y serenas, pueden obrar milagros. En su caso, por suerte, así había sido.

13

Santander, 2017

Los ojos de Inés estaban llenos de lágrimas. Hablar de aquellas dos mujeres le había traído muchos y gratos recuerdos.

—Tranquila, tía —dijo Julieta—, no se emocione, que no le hace bien.

—No, hija, estoy bien, no te preocupes —dijo la anciana—. La verdad es que fui muy feliz con esas dos piezas. Tenían lo suyo, pero eran encantadoras y se portaron de maravilla conmigo.

—Dígame una cosa, que me he quedado con las ganas... ¿Qué pasó al final con Pedro? ¿No se hicieron novios?

—Qué va, querida. Eso hicieron Paquita y él, y se casaron; tuvieron un hijo. Pero él era un mujeriego de mucho cuidado y la engañaba con todo lo que llevara falda; eso lo sé por las cartas que me mandaba Tina contándome todos los cotilleos del barrio. Además, era muy machista; cuando se casó, la obligó a dejar la escuela y todo, para luego ponerle los cuernos con la primera que se cruzaba. Por suerte... —Inés cayó un instante—. Bueno, yo no le deseaba ningún mal al hombre, claro, pero lo que quiero decir es que cayó enfermo y ella le atendió; por lo menos no se habían separado, ya sabes que antes no había divorcio y no podía separarse nadie, aquello era para toda la vida, te fuera bien o te fuera mal. Él murió y al menos le quedó la pensión, con eso fue viviendo, porque no volvió a trabajar jamás. Todo esto lo sé porque hace unos años la vi y me lo contó.

—Y sus chicas. ¿Qué fue de ellas?

—Conseguí que se llevaran bien, pero costó Dios y ayuda. Bastante hicieron, la verdad. Se portaron conmigo como unas madres a pesar de que Consolación tenía pocos años más que yo, y Tina no era tampoco muy mayor, la verdad; creo que me sacaba unos veinte años. Vamos, que eso no era nada.

—¿Y qué tal le fue en Liébana? Eso aún no me lo ha contado.

—Claro que no te lo he contado. En realidad, hasta ahora solo te he puesto en antecedentes. Mi vida, mi historia, esa que de verdad te interesa, aún está por relatar. Pero no tengas prisa, niña, vas a saber todo lo que ha sido mi vida y vas a conocer a todas y cada una de las personas que han formado parte de ella. Voy a descubrir a una Inés que desconoces, con sus defectos y sus virtudes, con sus fallos y sus aciertos, sus cabezonerías y... Vamos, que voy a abrirte mi corazón, porque mi historia quiero que también sea la tuya. Le prometí a tu abuela que hablaría contigo y lo voy a cumplir.

Inés cogió con una mano la de Julieta y se la acercó a su pecho, mientras con la otra acariciaba su joven rostro.

—Escucha, niña, esta es la historia de mi vida, una historia de días grises bajo el cielo más azul que puedas imaginar.

SEGUNDA PARTE

El mundo es de quien nace para conquistarlo,
no de quien sueña que puede conquistarlo.

FERNANDO PESSOA

14

Santander, septiembre de 1950

Había llegado el día.

Inés tenía las maletas preparadas. Sus libros bien colocados, la ropa de invierno, sus cosas de aseo, un par de botas que había comprado para la nieve y un estupendo abrigo. Buscó debajo de la cama la caja donde guardaba el dinero, cogió lo que le quedaba y lo metió en un sobre marrón, luego lo colocó en el fondo de su bolso.

Estaba nerviosa. No era capaz de imaginar cómo sería ese lugar al que iba. Durante el verano había ido en varias ocasiones a la biblioteca y se había preocupado de leer sobre la zona lebaniega y sus gentes. Le proporcionaron un mapa de la comarca y pudo situar la cantidad de pueblos que había; se fijó en los más cercanos a Mogrovejo —Redo, Sebrango, Los Llanos, Besoy, entre otros—, ya que como le indicaron en el Ministerio de Educación, muchos de los niños que iban a su escuela procedían de ellos y quería saber si en sus lugares de origen había algo importante que pudiera señalar en sus clases, aunque la idea era visitarlos antes de que empezara el curso. De Mogrovejo supo que había una torre que presidía el pueblo y pertenecía a la misma familia desde hacía años. Pero lo que más ganas tenía de ver eran las grandiosas montañas de los Picos de Europa que cobijaban todo el pueblo; también sabía de su fauna, de los ríos y montes, e incluso había visto fotografías que seguramente no le harían justicia.

Cuando salió con su equipaje de la habitación, las dos mujeres la esperaban cerca de la puerta ya arregladas. A pesar de que Inés no quería que la acompañaran a la estación, Tina y Consolación decidieron no hacerle caso y allí estaban, dispuestas a ir con ella.

—No quiero que vengáis —les repitió—. Me voy a poner muy triste si os veo mientras el tren parte. Quedaos aquí, por favor.

Inés se fundió con ambas en un largo y cálido abrazo, pero ninguna de las dos pudo aguantar las lágrimas.

—¡Vamos a ir contigo, quieras o no! —dijo Tina.

—Además, en esta caja llevas un poco de comida para el viaje y algo más. No vaya a ser que no te den de comer, mujer —siguió Consolación—. Cuando yo me fui del pueblo, partí sola y fue muy triste, y tú no vas a pasar por lo mismo, niña. ¡De eso nada, faltaría más! Nosotras vamos contigo sí o sí.

—Está bien —dijo Inés—. Vamos, pues, que ya es la hora, no vaya a ser que lleguemos tarde y pierda el tren.

Casi iban arrastrando las maletas por la calle. Inés quiso hacer el camino por el muelle y así se lo dijo a sus compañeras. El día era de sur y el viento cálido batía el agua de la bahía haciendo que se formasen pequeñas olas que iban de un lado a otro sin rumbo, simplemente adornando aquel mar que tanto le gustaba mirar. Era como si estuviera despidiéndose de ella. Esos eran los días que más le gustaban a Inés, cuando el sur soplaba y volvía loco a todos los santanderinos. Recordó que la primera vez que vio aquella bahía fue con su madre, y también en aquella ocasión el sur las acompañó.

—Vaya idea que has tenido, *niñuca* —dijo Tina—. Con la surada que hace vamos a llegar buenas, eso si no nos mojan las olas, está muy alta la marea y en una de esas verás como nos salpica.

—¿Qué es eso de la «surada»? —preguntó Consolación—. Vaya palabreja te gastas, Tina.

—Pues qué va a ser, chica, parece que seas de fuera —replicó Tina—. Pues el sur, así llamamos en Santander a los días de sur, y también decimos que nos vuelve un poco locos. —Y mirándola fijamente, añadió—: Ya puedes tener *cuidaduco*, que a ti seguro que te afecta.

—A mí lo que me da miedo es que un día se salga el agua del muelle e inunde la ciudad. Muchas veces lo he pensado, me asusta que se crezca tanto.

—No te preocupes, eso no va a pasar, mujer —terció Inés.

Consolación la miró con cara preocupada, y Tina e Inés soltaron una carcajada.

Al llegar a la entrada de la estación, la joven no dejó que sus dos acompañantes continuaran. No quería que estuvieran en el andén, iba a ser muy difícil ver cómo cada vez se iban haciendo más pequeñas hasta que su vista ya no las divisara. No quería pasar por ese trago. Y tampoco era bueno para ellas, Inés sabía que estaban sufriendo por su partida.

—Hasta aquí hemos llegado, chicas. No quiero que entréis. En este punto nos despedidos —les dijo—. Cuidaos mucho. Voy a pensar todos los días en vosotras y si en el pueblo hay teléfono, os llamaré; si no, os escribiré en cuanto llegue para que estéis al tanto de cómo me va y os contaré cómo es el pueblo, que por lo que he leído debe de ser muy bonito. ¿Os parece?

—Sí, *niñuca*, por favor. Como no escribas, ¡te juro que voy a buscarte y... vamos, que te enteras de quién es la Tina! ¡Que todavía no me conoces!

Inés no pudo reprimir una carcajada al escuchar a la mujer.

—Pero ¡qué cosas tienes, Tina! —exclamó—. Te prometo que voy a escribir, mujer. No te preocupes por nada. Yo voy a estar de maravilla. Dadme un beso.

Tras la despedida, Inés cogió las maletas y, sin mirar atrás, caminó con la cabeza alta hacia el andén. Ni Tina ni Consolación podían dejar de mirar a la chica, cómo caminaba a paso ligero a pesar de las maletas mientras el vuelo de su vestido formaba pequeñas ondas que adornaban sus andares.

El tren salía a las doce, justo al mediodía. La llevaría hasta Unquera, donde, según le habían dicho en el Ministerio, debería tomar el autobús de Ortiz, que era el que hacía la ruta a Potes, y una vez allí alguien la llevaría hasta Mogrovejo. Tenía un montón de datos sobre su nuevo destino: el nombre del cura y el del alcalde, el número de niños a los que iba a dar clase y la casa donde iba a vivir. Pero incluso con esa información estaba inquieta; era algo nuevo, algo diferente, una nueva vida que estaba a punto de comenzar. Aunque llevaba muchos años buscándose los cuartos, tenía la sensación de que ya se había hecho mayor, era una mujer que había dejado atrás las cosas de cría, si bien era cierto que tampoco había disfrutado de esa etapa de juventud más descuidada. Desgraciadamente para Inés, no era como otras de sus compañeras de la Escuela de Maestras, que gozaban del amparo de sus padres. Ella apenas recordaba los brazos de su madre protegiéndola, no había tenido oportunidad de disfrutar de sus consejos, de sus sabias palabras e incluso de sus regañinas. Ella había hecho el viaje sola, sin el apoyo de nadie. No cabía duda de que esa situación la había hecho espabilar y, a la vez, endurecerse. No le gustaba recordar a su padre, pero de repente vino a su memoria aquel hombre cruel y despiadado que tanto daño le hizo y tanto la marcó. Tenía escondido en el fondo de su cabeza aquel desagradable suceso y, para bien o para mal, jamás volvería a hablar de ello. Sabía que no todos los hombres eran como el tarugo, pero siempre estaba a la defensiva, y quizá eso fue lo que de alguna manera hizo que Pedro, el bombero, la rechazara, pero tampoco le importaba. Ahora más que nunca tenía que protegerse, volvía a estar sola. Otra vez tenía que hacer amigos, estudiar bien a las personas que la rodeasen y confiar.

Avanzaba con paso seguro por el andén, cuando un chaval muy joven con una boina negra en la cabeza se acercó a ella.

—Señorita, deje que la ayude. Deme, por favor.

—No, no te molestes, estoy cerca del vagón ya.

—Deje, deje. Démelas, de verdad, que no tiene que darme nada, señorita.

Ante la insistencia del mozo, Inés permitió que cogiera una de sus maletas.

—Este es mi vagón, dame, que ya me encargo yo.

—No, no, usted deje las maletas, que yo las subo. Dígame su número y yo colocaré en el bastidor su equipaje, usted esté tranquila.

Inés no dijo nada, abrió su bolso y de su monedero marrón recién estrenado sacó dos pesetas. No sabía si era mucho o poco, pero algo tendría que darle al muchacho. Al cerrar el bolso se dio cuenta de que tenía dos libros en él. Aparte de las monedas le iba a dar uno de ellos. Eligió uno que tenía más que leído, *Peñas arriba*, de José María de Pereda. Le gustaba mucho aquella historia. Podía dárselo, seguro que le sería fácil conseguir otro ejemplar para leer en la escuela a sus alumnos.

Cuando el mozo bajó, la saludó tocándose la boina e inclinando un poco la cabeza a modo de despedida. No se paró delante de ella y salió apresuradamente. En realidad no esperaba propina.

—¡Chico, espera! ¡Ven! ¡Ten, por favor!

El chico se paró y volvió hacia donde ella estaba.

—No, señorita, gracias. Dos señoras que estaban ahí fuera ya me pagaron. No tiene que darme nada, de verdad.

Inés dirigió rápidamente la vista hasta el vestíbulo de la estación y allí estaban Tina y Consolación mirando atentamente. Al ver que la chica las había visto, desaparecieron igual de traviesas que dos niñas. Inés sonrió.

—De acuerdo, ¿puedes, por favor, darles un recado?

—Claro, señorita.

—Bien, pues diles esto mismo que te voy a decir, con las mismas palabras, ¿de acuerdo? —El muchacho asintió con la cabeza—. Os quiero mucho. Cuidaos. Gracias por todo lo que habéis hecho por mí.

Inés dirigió de nuevo su mirada hacia el fondo esperando ver la cabeza de sus dos amigas, pero ya no las encontró. Se agarró al asidero de la puerta del vagón y subió con enorme tristeza.

En apenas cinco minutos el silbato del jefe de estación indicando la salida del tren hizo que su corazón se encogiera, pero a la vez la ilusión iluminó con una sonrisa su cara. Su sueño comenzaba a hacerse realidad.

En las manos llevaba el libro que quiso darle al mozo y sintió pena de no haber podido hacerlo. Se fijó en la portada y le dio vuelta para ver también la contraportada, pero nada nuevo encontró en él. Algo le hizo fijar la vista en el paisaje, sinfonía de verdes que le recordaban a Escalante, su pueblo. Apoyó la cabeza contra el cristal de la ventanilla y cerró los ojos mientras el traqueteo continuado del tren la sumía en un duermevela.

Después de parar en Roiz, el resto del viaje se hizo muy corto y de nuevo los nervios volvieron a hacer acto de presencia. Ya estaba cerca la estación de Unquera e Inés comenzó a recoger las cosas intentando bajar las maletas del bastidor, pero no podía. ¿Cómo un crío más bajo que ella había logrado subir hasta ahí el equipaje?, se preguntó. Por suerte, el revisor asomó por el vagón y al ver los intentos vanos de la joven por bajar sus bultos, se ofreció a ayudarla.

—Espere, señorita, esto está un poco complicado y si las maletas son pesadas, como veo que es el caso, es tarea ardua para una mujer. —Y en cuanto empezó a estirar del asa de la que tenía más cerca, exclamó—: ¡No me diga más!

A juzgar por el peso, yo diría que usted es maestra y seguro que va a Potes. ¿A que no me confundo?

—Sí, soy maestra, pero voy a Mogrovejo... Oiga, ¿cómo lo ha sabido?

—Bueno, durante estos días, con el comienzo del curso tan próximo, son muchas las muchachas que viajan. Sin ir más lejos, dos vagones más allá hay otra chica, ella va a Potes, por eso pensé que igual usted también, aunque no va muy lejos de allí. Por cierto, mi cuñada es de Mogrovejo, pero vive en San Vicente. Dicen que es un pueblo bonito, pero no quiero mentirle, no he ido nunca.

Inés agradeció el detalle del revisor. De no haber sido por él, no hubiera podido bajar el equipaje. La chica a la que se había referido el hombre seguramente sería Rosita Martínez, con la que había estudiado en la Escuela de Maestras. Incluso estuvieron hablando de la cercanía de sus destinos.

En la estación de Unquera se encontraron y, en efecto, era Rosita. Las dos cogerían el autobús que las llevaría a Potes.

De repente, un coche paró a la puerta de la estación y de él bajó un muchacho alto, ancho de espaldas, con unos ojos color avellana que brillaban como estrellas y un pelo oscuro como el azabache, que se acercó a las dos chicas.

Inés sintió que su corazón se aceleraba, el estómago se le ponía del revés y un escalofrío recorría todo su cuerpo, las tres cosas al mismo tiempo. Le resultó extraña aquella sensación, jamás había sentido nada parecido. A medida que el chico se aproximaba a ellas, sus ojos se clavaron en los de Inés, que de pronto se volvieron tan brillantes como los de él.

—Buenas tardes, señoritas —dijo—. Disculpen la espera. Mi nombre es Roque Dobarganes Martín. Me han pedido que yo las lleve en el auto, el autobús está casi lleno y con los accidentes que hemos tenido últimamente no queremos arriesgarnos a que les pase nada y se queden los niños sin maestras. —Al notar sorpresa y cierto recelo en las dos jóvenes, añadió—: Perdón, quizá me esté equivocando. —Sacó del bolsillo de su pantalón un papel doblado por la mitad y dijo—: Rosa María Martínez e Inés Román.

—Servidora —contestaron ambas a la vez.

Roque se descubrió la cabeza en señal de saludo.

—Tal vez tenía que haber empezado por ahí, pero así soy yo, un poco acelerado. Por favor, pueden acompañarme hasta el coche, lo tengo ahí mismo.

Mientras él cargaba las maletas, las chicas subieron al auto.

—Pues ahora tenemos un *ratuco* hasta llegar, pero no será pesado el viaje y espero y deseo que tampoco la compañía. ¿Quién de ustedes va a Potes? —preguntó el muchacho.

Rosita contestó con un simple «yo».

—Entiendo, entonces, que usted... Inés, ¿verdad?... que usted será la maestra de mi pueblo. Yo, aunque me vean de conductor, soy veterinario. Estudié la carrera en León, he acabado hace unos meses, pero aún no confían mucho en mí y tengo que hacer lo que sea para ganarme la vida.

Las dos muchachas ocupaban el asiento trasero del vehículo. Inés miraba el paisaje sorprendida con las montañas y los verdes que adornaban el recorrido, y aunque estaba atenta a las explicaciones de Roque, no decía nada. Él la miraba disimuladamente por el espejo retrovisor y ella, que se había dado cuenta, movió su cuerpo hacia el lado derecho, quitándose así de su ángulo de visión. Rosita, sin embargo, era más extrovertida y rápidamente comenzó a conversar con él.

—Veterinaria es una carrera dura, ¿cómo le dio por hacerla? —preguntó.

—Bueno, me quedé huérfano de madre siendo un niño. Y mi tío y a la vez padrino le prometió en el lecho de muerte que haría de mí un hombre de estudios. Durante unos años se fue a hacer las Américas, trabajó allí muy duro y si bien no se hizo millonario, consiguió el dinero suficiente para vivir el resto de su vida con desahogo. Algunas de las cosas que hizo fueron pagar mis estudios, comprar este vehículo y vivir bien, aunque al pobre hombre no le duró mucho, porque a los pocos meses enfermó y murió. Una lástima.

—¡Madre mía! Pero qué bonito es esto —dijo Inés, obviando la historia que acababa de relatar el muchacho—. Parece que las montañas nos van a tragar, y cómo se escucha el sonido del agua recorriendo el río. ¡Qué preciosidad! Pero tanta curva y esta carretera tan estrecha dan un poco de miedo. Aunque la belleza del paisaje creo que lo apacigua.

Roque sonrió.

—Es la primera vez que vienen a Liébana, ¿verdad? Esto es el desfiladero de La Hermida. Según tengo entendido, es el más largo de toda España. Tiene veintiún kilómetros; por lo tanto, nos queda un rato. Es un conjunto de gargantas del macizo de Ándara, que es uno de los tres que integran los Picos de Europa. El río es el Deva, que nace ahí arriba, en Fuente Dé... Pero discúlpenme, siendo ustedes dos maestras, esto lo saben de maravilla. Es que a veces llevamos a forasteros y les explicamos un poco lo que están viendo.

—Bueno, yo estoy encantada con la explicación —comentó Inés—. Había leído todo esto que ha contado, pero no es lo mismo leer que estar aquí inmersa en este paisaje majestuoso. Es extraordinariamente bello. ¿Le importaría parar un momento?

Roque no dijo nada, condujo durante unos metros más y cuando la carretera se ensanchaba paró el vehículo en el arcén. Los tres bajaron del coche.

El sol aún calentaba y las sombras que proyectaba en algunos puntos ofrecían un despliegue de colores que hizo enmudecer a las dos maestras.

—¿Eso qué es? Está un poco ruinoso —preguntó Rosa.

—Es el Balneario —respondió Roque—. Hace años este lugar estaba lleno de gentes que venían a tomar las aguas. En el 36 iban a abrir de nuevo al público una vez ampliado, pero la guerra lo paró y solamente se ha ocupado para acoger durante unos meses a los niños que se quedaron sin casa a consecuencia del incendio del 41 de Santander. Desde entonces no se ha vuelto a abrir. Es una pena. No me digan que no es un lugar maravilloso. Bueno, a mí al menos me lo parece. Será que le tengo un cariño especial.

—Es... no tengo palabras para definirlo —confesó Inés—. Pero ¡qué sitio! Aquí, entre estas inmensas montañas. Qué pena que esté abandonado.

—Miren aquel edificio, el más grande —dijo Roque señalando con su dedo índice—. Es el hotel, y aquello es la capilla. Yo he tenido la suerte de conocerlo, he corrido por sus estancias y he disfrutado mucho de crío aquí.

—¿Sí, por qué? ¿Ha vivido ahí? —La curiosidad de Rosa era insaciable.

Inés le llamó la atención:

—Rosa, eres un poco indiscreta, no hagas esas preguntas, mujer.

—No pasa nada —repuso Roque—, me gusta hablar de ello. Yo era un niño, no recuerdo cuántos años tendría, siete, ocho quizá. Mi padre trabajaba en su construcción y yo bajaba con mi madre a traerle la comida. Me llevaba sentado en la barra de la bicicleta, aunque había tramos que los hacíamos andando porque la pendiente hacía que cogiéramos mucha velocidad y a mi madre le daba miedo que los frenos fallasen y nos cayéramos al Deva. —El muchacho guardó silencio durante unos segundos—. ¿Seguimos? —preguntó—. A este paso se nos va a hacer de noche y aún nos queda un rato para llegar.

Roque era un enamorado de su tierra, conocía tantas cosas de la zona que satisfacía cualquier pregunta sin titubeos. Rosa no dejaba de hablar, mientras que Inés no dejaba de admirar la belleza del desfiladero de La Hermida.

Entre preguntas y respuestas llegaron a Potes casi sin darse cuenta.

—Bueno, señorita —dijo Roque dirigiéndose a Rosita—, pues ha llegado al que va a ser su pueblo al menos un año. Espero que le vaya bien. Doña Ana estará esperando, ella se encargará de decirle todo lo que tiene que saber.

Inés se bajó también y se despidió de su compañera.

—Espero verte pronto —le dijo—. Quizá los domingos podamos vernos, si te parece; uno puedes ir tú y otro vendré yo. ¿Qué te parece? Así no nos sentiremos solas. ¿Queda muy lejos Mogrovejo, Roque?

—No, señorita, unos diez kilómetros. Un paseo. Yo tengo una bicicleta que, si quiere, se la puedo dejar. Y también puedo traerla. Suelo bajar a Potes los domingos por la tarde a jugar a los bolos con mis amigos. No me importa traerla hasta aquí.

—Muchas gracias, se lo agradezco mucho.

Rosa se despidió de su amiga y se quedó mirando cómo el auto se alejaba, luego cogió su maleta y se dirigió a la casa que Roque le había indicado. Doña Ana, la dueña de la posada, ya la esperaba en la puerta, había oído la bocina del coche y había salido a su encuentro.

Durante varios minutos ninguno de los dos pronunció palabra. Roque, que se había mostrado tan atento y hablador durante todo el viaje, parecía que se había quedado mudo de repente. Inés estaba sonrojada y, con la cabeza vuelta hacia su izquierda, se hacía la distraída. Algo flotaba en el ambiente, pero ninguno de los dos era capaz de saber muy bien qué era.

Para romper el hielo, Roque hizo una pregunta:

—Su novio se habrá quedado triste. Seguro que no estará muy contento con tenerla tan lejos.

—No tengo novio.

La respuesta de Inés fue tan tajante que no daba opción a réplica. Pero, además, decidió cambiar de tema, aunque no sabía de qué podían hablar. Roque también pensaba en algo con lo que conversar, pero incomprensiblemente no sabía qué decir.

Como si se obrara un milagro, un par de vacas interceptaron su camino.

—Vaya, estas dos parece que se han perdido —comentó el muchacho—. Son de Celso, seguro que no anda muy lejos. No se preocupe, no van a hacernos nada. No tenga miedo.

—No tengo miedo, qué tontería —dijo Inés—. Soy de pueblo, de Escalante. Me he criado entre vacas, las conozco muy bien. He segado y he ordeñado muchas veces.

—¡Cualquiera lo diría! Pensé que era una chica de capital. No tiene pinta de haberse criado en un pueblo, la verdad.

—¿Y qué pinta tienen las chicas que son de pueblo? Ni que fuéramos bichos raros.

—No se ofenda, que yo también lo soy. No quise decir que tuvieran ninguna pinta, es que me parece usted muy elegante y discreta.

—Ah, entonces las de pueblo no son elegantes ni discretas, ¿es esa la diferencia?

Roque estaba empezando a ponerse nervioso, todo lo contrario que Inés, que se estaba creciendo.

—Mire, señorita, mejor lo vamos a dejar porque me estoy metiendo en un jardín del que no sé cómo voy a salir. Lo único que pretendía era halagarla, pero ya veo que no es posible. Disculpe, quizá sea mejor que cambiemos de tema.

—No, perdone usted. He sido un poco maleducada, la verdad. Y no diré que no ha sido mi intención: lo he hecho adrede y lo siento, créame, ha sido usted muy amable con nosotras, y yo, sin embargo, se lo agradezco de ese modo.

Los dos sonrieron.

—Bueno, pues entonces qué le parece si en vez de perdonarla, me deja que la tutee, me estoy cansando de tanta ceremonia.

—Me parece perfecto. Aunque no sé si será correcto, acabamos de conocernos.

Celso apareció en ese instante y arreó a las vacas para apartarlas de la carretera.

—Tira, Roque, estas dos te están entreteniendo. Ya lo siento, muchacho.

—Nada, Celso, no hay problema, son animales, no vamos a pedirles más. Mañana me paso por casa y le echo un ojo al *potruco*, ¿qué tal va?

—Bien, está remontando con ganas, el *condenao*, no veas cómo corre ya. Si estás liado, no hace falta que vayas, que está muy bien.

El coche pudo ponerse de nuevo en marcha y seguir camino a buen ritmo. Inés quiso reanudar la conversación en el punto en que la habían dejado, pero no se atrevió y preguntó curiosa por algo que Roque había mencionado al principio del viaje.

—Roque, antes has dicho algo sobre el autobús y unos accidentes, ¿a qué te referías?

—¿No lo sabes?

—Pues no, la verdad.

—El mes pasado tuvimos dos accidentes, uno de ellos bastante grave en el que murieron siete personas y hubo muchos heridos. Mi prima Lucía fue una de las fallecidas; había bajado a Llanes con sus dos pequeñas. Una pena. El autobús se encontró con un camión en Puentellés que venía en sentido contrario y se arrimó tanto que cayó al Deva. Ese ha sido el último, pero otras veces se desprenden piedras enormes que bloquean la carretera y al no tener buena visión chocamos contra ellas.

La noche los había cogido de lleno y apenas se veía, las

pocas luces que alumbraban dentro de las casas no eran suficientes para visualizar el entorno.

Unos minutos después, Roque paró delante de una casa.

—Pues ya hemos llegado —dijo—. Este va a ser tu nuevo hogar. Como ves, tiene dos plantas; en la parte de abajo está la vivienda, y arriba, como ya supondrás, está la escuela de las niñas. Las llaves están en un hueco que hay entre esas dos pequeñas piedras, hacia la mitad de la escalera, pero voy a ayudarte con el equipaje y ya las busco yo. Dentro de casa están las llaves de la escuela. Vamos, que no vas a tener que caminar mucho —añadió sonriente—. Mañana, si quieres, puedo enseñarte el pueblo, ahora apenas se ve nada.

Tras descargar el equipaje, los dos muchachos llegaron a la puerta de la casa. Roque abrió la puerta y metió las maletas dentro. Luego salió y dejó que Inés entrara.

—Muchas gracias por todo —dijo—. Creo que mañana voy a tener un día un poco ocupado, tengo que deshacer el equipaje, visitar la escuela y limpiar un poco la vivienda, que, por lo que veo, lo necesita.

—Bueno, mi casa está aquí atrás. Aunque no me encontrarás, porque no estoy nunca, pero si necesitas algo, puedes preguntar a cualquiera. Además, doña Adela, que es una vieja cascarrabias pero muy maja, seguro que te pone al día de todo, ella limpia la iglesia y, en verano, la escuela. Buenas noches, espero que descanses.

—Buenas noches, Roque, y de nuevo muchas gracias por todo y disculpa si te he incomodado antes con mi carácter.

—Eso está olvidado, es normal, no me conoces de nada y yo ando diciendo tonterías. Solo pretendía que el viaje fuera más ameno. Me voy, que es muy tarde y mañana tengo mucho trabajo.

Inés cerró la puerta y apoyó la espalda contra la madera, deslizándose hasta quedar sentada en el suelo. Su corazón latía más rápido de lo normal. Suspiró sin saber muy bien por qué, pero de repente se dio cuenta de algo: estaba sola, no se oía nada, solo el sonido acompasado de un reloj que no podía ver pero que escuchaba perfectamente. La casa olía a cerrado y sintió miedo. Buscó un interruptor y encendió la luz. No era muy grande. Entró directa a la cocina donde a mano izquierda se veía la lumbre, además había una mesa y dos sillas, y una gran pila de leña en una esquina. En la misma habitación había dos puertas. Una de ellas daba paso a una habitación con una gran ventana que tenía las contraventanas abiertas; Inés se acercó y las cerró, aunque antes de hacerlo intentó ver tras los cristales, pero apenas apreció nada. En la habitación había una cama grande sin hacer, solo el colchón, que estaba doblado sobre el somier, y encima una manta de lana color crema y una colcha estampada con unas flores grandes en tonos grises. A un lado y otro del catre había dos mesitas de noche y a los pies un baúl. El mobiliario quedaba completado con un armario ropero de dos puertas con espejos donde la joven se vio reflejada. Se acercó y abrió con cuidado las puertas. El ropero no estaba vacío, tal y como ella esperaba. En uno de los lados había unas baldas hondas y anchas donde, colocados con delicadeza, había dos juegos de sábanas y un par de toallas de paño; en el otro lado, tres cajones en la parte de abajo y una barra superior de la que colgaban unas perchas de madera gruesas. Enroscadas y posadas a los pies del baúl había dos alfombras de pelo. La segunda de las puertas que se veían desde la estancia principal escondía tras ella un baño pequeño pero con todo lo necesario. Eso era todo lo que había en aquella pequeña casa que iba a ser su hogar durante el próximo año.

Inés estiró el colchón y lo sacudió con ganas, luego puso sobre el baúl sus maletas y las abrió para acomodar su ropa, sacó las sábanas que ella había traído y se puso a hacer la cama. Después colocó la ropa en el armario, ordenó sus cosas de aseo en el baño y lo limpió, abrió con cuidado un frasco de colonia a granel que había comprado y vertió sobre un trapo blanco unas gotas, con él recorrió la taza del servicio y el lavabo. Aprovechó y dejó caer sobre la cama ya hecha unas gotas más de la colonia fresca.

Eran cerca de las once de la noche cuando Inés se sentó a cenar. Por suerte, Tina y Consolación le habían preparado, además del bocadillo del camino, unas croquetas y una tortilla que hicieron las delicias de la muchacha.

Cuando terminó se levantó de la mesa, recogió las migas que le habían caído encima y se fue a la cama. Había sido una jornada larga, y estaba exhausta.

Mañana sería un día especial. No tenía ni idea de lo que podía pasar, pero de lo que si estaba segura era de que haría todo lo posible por ser feliz.

15

No se podía decir que Inés hubiera descansado, todo lo contrario. Había estado toda la noche dando vueltas en la cama. Primero los ruidos que parecía que escuchaba pero que realmente no lo eran; después el silencio, tan absoluto que hasta podía percibirlo, y luego... Roque. Sin saber por qué, aquel muchacho se le había metido en la cabeza y gran parte de sus pensamientos habían girado en torno a él.

Inés se levantó y abrió la ventana de su habitación. Era una auténtica postal lo que vio ante sus ojos, una sinfonía de verdes infinitos en toda la amplitud de la vista; mirara donde mirara, la imagen era increíble. El sol entraba sin pedir permiso, calentando aún más un día ya de por sí templado; el sonido de los pájaros y el olor a tierra despertó sus recuerdos.

Mientras estaba aseándose sintió un ruido en la puerta de la casa. Se secó la cara y se acercó despacio. Abrió con cuidado pero no encontró a nadie. Pensó que tal vez habían sido imaginaciones suyas. Cuando se disponía a cerrar, al bajar la vista encontró en una esquina un cesto de mimbre y una olla pequeña. Los recogió del suelo y los puso sobre la mesa de la cocina. Alguna vecina caritativa había dejado allí leche, unos huevos, avellanas, higos y un par de tortas de borona. Lo agradeció enormemente.

Se puso un vestido ligero, unos zapatos cómodos y salió. Estaba deseando visitar el pueblo. Según bajaba la pequeña cuesta donde estaba ubicada su nueva casa pudo ver cómo por encima del tejado se asomaba dominante la torre de Mogrovejo de la que tanto había leído y de la que no se había acordado de buscar con la mirada la noche de su llegada. La llenó de ilusión ver que estaba precisamente a su espalda, como protegiendo la escuela y a su maestra. Resultaba curioso ver una torre como aquella en un pueblo tan pequeño, le daba un aspecto señorial. Decidió acercarse. Subió por detrás de la escuela y caminó ascendiendo hasta llegar a los pies de la construcción. Junto a la torre encontró una especie de castillo, una casona grande de piedra, y tras una de sus ventanas, la cara de un joven asomado al que se quedó mirando fijamente. El chico la saludó con la mano y ella le correspondió con el mismo gesto. La torre era del siglo XIII y fue construida por los señores de Mogrovejo. Con el paso del tiempo había pertenecido a varias familias, pero desde el siglo XVIII pertenecía a los Álvarez de Miranda. Posiblemente el chico que asomaba tras los cristales fuera alguno de sus miembros. Además de la casona, también pudo ver una capilla de planta cuadrada. Rodeó la torre hasta donde pudo para ver unas inscripciones que había leído que existían, pero no las encontró. Seguramente tendría ocasión de intentarlo otro día. Descendió la pequeña ladera en dirección al pueblo y al pasar junto a la que ya era su casa se fijó en la que estaba casi pegada a la suya. Posiblemente sería la escuela de los niños. Observó tras la ventana esperando ver a alguien, quizá el maestro estuviera allí. Se acercó a la puerta y llamó. Después de todo, iban a ser vecinos; tanto si era la escuela de los chicos como si no lo era, lo normal era saludar a los vecinos, tal vez habían sido ellos los que le habían dejado el sabroso desayuno. Llamó, pero nadie contestó y decidió seguir su paseo. En su camino pudo ver a los lugareños trabajando en sus faenas y algunos críos correteando por las calles. Decidió presentarse a todos aquellos que encontraba a su paso.

—Hola, buenos días. Soy Inés, seré la maestra del pueblo este año —le dijo a una mujer que arreglaba la huerta cerca de su casa.

La mujer dejó la azadilla que tenía en las manos y mientras limpiaba sus manos en el delantal se acercó a la maestra, que esperaba fuera de la verja.

—Buenos días. Yo soy Raquel y esta es mi casa. Cualquier cosa que necesites, aquí me tienes. Espero que te haya servido lo que dejé esta mañana en la puerta, imaginé que no tendrías nada para desayunar y lo que no puede ser es que no puedas llenar el estómago.

—Muchas gracias, se lo agradezco en el alma. La leche, aún caliente, estaba buenísima, y la borona me ha encantado.

—Trátame de tú, mujer, como hago yo contigo. La leche estaba recién ordeñada. La has hervido, ¿verdad?

—Sí, sí, claro, yo soy de Escalante y he tenido vacas en casa toda la vida. Si alguna vez necesitas que te ayude a ordeñar, avísame. Lo que bien se aprende nunca se olvida y aunque hace muchos años que no lo hago, seguro que aún me acuerdo. ¿Tienes niños?

Mientras hablaban se acercó por detrás de Inés un pequeño descalzo que apenas sabía andar, chupándose el pulgar y con los mocos colgando.

—¡Pero bueno! ¿Dónde vas descalzo? Mira qué mocos, ¡con la tos que tienes! ¡Ven acá!

Raquel cogió al niño en brazos, agarró un pico del delantal y limpió la nariz del pequeño.

—Este es Serafín, el pequeño; tiene un año y medio. Y tengo otros dos más que son mayores; como van a la escuela, ya los verás. Son dos piezas de mucho cuidado, así que mano dura con ellos, que si no... Bueno, di que tú no tendrás que lidiar con los críos míos. Eres la maestra de las niñas, ¿no?

—Pues sí, la verdad. Y estoy encantada. No es que los chicos no me gusten, pero las niñas son mi debilidad. Bueno, Raquel, voy a seguir con el paseo, quiero visitar el pueblo. Lo primero que he visto al levantarme, aparte de estos maravillosos montes, ha sido la iglesia, y me voy a acercar.

—La iglesia está muy bien, es pequeña pero bonita, y además seguro que allí encuentras a Adela. Ella te abrirá la escuela por si tienes que colocar las cosas o lo que sea. Pronto empiezan las clases, ¿verdad?

—Sí, sí, en dos semanas empezamos. Tengo ganas de conocer a mis niñas. Bueno, y también a los niños, claro está.

—Ya te cansarás de verlas, mujer, no tengas prisa.

Inés continuó su camino hasta la iglesia de Nuestra Señora de la Asunción. Se acercó y asomó la cabeza para mirar por encima de un pequeño muro tras el cual pudo ver varias tumbas. Era el cementerio, pero le pareció muy pequeño. La iglesia tenía dos entradas, ella accedió por la puerta lateral en el lado oeste y tal como le había dicho Raquel, vio a una señora limpiando con un plumero la imagen de la Milagrosa; debía de ser Adela. Inés mojó sus dedos índice y corazón en la pila de agua bendita y se santiguó. Según se acercaba, observó aquella imagen de la que había leído que era una bella obra gótica flamenca del siglo xv que merecía la pena admirar. Caminó hacia la mujer, que no se había percatado de su presencia ya que estaba un poco sorda. Adela tenía una cojera muy pronunciada que arrastraba desde niña, motivo por el que no consiguió marido, y tampoco era muy agraciada físicamente; unos pequeños defectos que habían agriado su carácter.

Cuando Inés la saludó, la mujer dio un respingo y soltó un pequeño improperio que asustó a la joven.

—¡Carajo! ¡Qué susto me has dado, niña! ¿Quién eres tú? ¡Ah... eres la maestra nueva! Anoche me dijo el Roque que te había traído de la estación. En cuanto acabe aquí, voy y te abro la escuela, aunque seguro que ya sabes que está debajo de la casa donde vas a vivir y que tienes una llave allí, al menos eso le dije al chaval que te dijera.

—No se preocupe, no tengo prisa. Solo quería saludarla. Me ha dicho Raquel que usted estaría aquí y por eso me he acercado. No quiero molestarla, podemos vernos en otro momento, aún tengo tiempo de visitar la escuela y hacer los cambios que me parezcan oportunos. He visto la llave, estaba sobre la mesa, pero ya que usted es la que se encarga de mantenerla limpia, prefiero esperar a que me la enseñe.

La consideración de Inés le gustó a Adela, que se lo hizo saber con una pequeña sonrisa de las que normalmente no regalaba a nadie; aun así, no quiso pasar por alto el último comentario que había hecho la maestra.

—¿Cambios? —preguntó—. No sé qué cambios vas a hacer. Pero bueno, eso a mí ni me va ni me viene; será el cura el que diga si le parece bien o no. Ya se lo comentaré.

Inés notó que su comentario no le había resultado grato a Adela y decidió salir de la iglesia. Justo entonces salía el cura de la sacristía. Era un hombre más bien joven, con la sotana negra casi rozando el suelo y unas gafas redondas colocadas sobre la punta de la nariz; tenía el gesto duro, llevaba las manos unidas en la espalda y el pecho y la cabeza erguidos, demostrando un talante desafiante.

—¡Señorita, qué prisa tiene! ¿No quiere saludar al cura de este pueblo?

—Perdone, padre, no sabía que estaba usted aquí. ¡Por supuesto que sí! Soy Inés Román San Sebastián, la maestra.

—Y yo soy don Ginés, cura de Mogrovejo. Venga conmigo, seguro que le apetece una taza de café. Adela me acaba de hacer el puchero y es un buen momento para charlar. Por supuesto, si a usted le parece bien, claro está.

El cura se acercó a Inés y se agarró de su brazo sin darle opción a contestar. Ambos caminaron hasta la casa del párroco, que estaba a escasos metros de la iglesia. No era una vivienda muy grande y estaba situada entre otras dos que daban a un costado de la capilla.

De camino el hombre le dio algunos detalles del pueblo y de sus gentes. Le habló de los buenos feligreses que tenía y de aquellos otros que no lo eran tanto; también hizo mención de las niñas que tendría en clase, advirtiéndole de alguna de ellas, aunque a Inés no le gustaba prejuzgar a la gente sin conocerla, de modo que apenas atendió a los comentarios del cura.

Cuando Adela terminó de adecentar la iglesia y a sabiendas de que la chica estaba en casa del cura, fue a buscarla allí. Inés la recibió con alegría, ya estaba un poco cansada de escuchar los comentarios de don Ginés, un hombre al servicio del régimen más que de la Iglesia. Con sus palabras había intentado convencerla de que fuera observadora y, valiéndose de su posición, intentara sonsacarles a sus alumnas la ideología de sus padres, algo que Inés de ninguna de las maneras iba a hacer. Era poco el tiempo que había pasado con el cura, pero más que suficiente para saber que no era aconsejable su compañía. Aunque conociendo de qué pie cojeaba era mejor tenerle de amigo que de enemigo. Guardar las distancias era lo más conveniente y si de vez en cuando tenía que darle la razón como a los tontos, lo haría, pero solo para confundirle y así escabullirse de sus nada inocentes pretensiones.

Adela entró como un torbellino, cargada con un cesto de patatas que algún feligrés le había regalado al cura, y le hizo un gesto a Inés para que la acompañara a la escuela.

Mientras caminaban, Adela le iba dando detalles. Tal y como imaginaba, los chicos estudiaban en otro edificio y, según le dijo, su maestro era un hombre achacoso y dolorido que no sabían muy bien si sería capaz de terminar aquel año lectivo.

Oyeron a sus espaldas una tos continua y prolongada que las hizo girarse.

—¡Don Eleuterio, no nos tosa encima, hombre! —exclamó Adela—. Y a ver si mejora, que un día de estos le da un ahogo y se nos queda tieso. Además, pronto va a empezar el curso y al final se lo va a pegar a los chiquillos.

El tono que había usado Adela para hablarles a los dos le había molestado bastante a Inés, de modo que decidió pararse y esperar a que el hombre las alcanzase, pues se le veía muy apurado subiendo la breve cuesta que había hasta llegar a las escuelas. Llegó arrastrando los pies y los hombros caídos hacia delante. Su cara tampoco era muy buena, tenía los ojos hundidos en unas ennegrecidas cuencas, y su figura mostraba una delgadez extrema. Era la viva imagen de la enfermedad. Tosía constantemente y apenas podía articular palabra, así que tan pronto como culminó el repecho se sentó a tomar aire, incluso bebió un poco de agua que Inés le ofreció, lo que le ayudó a recuperar el aliento en unos minutos.

—Señorita, yo tengo mucho que hacer —dijo Adela—. Si le parece, entramos. Yo le abro y ya se queda usted con esta llave también. Aunque tiene otra, prefiero darle esta; ahora que ya vive usted aquí no quiero compromisos. Por cierto, de la limpieza tendrá que ocuparse usted, que yo ya no estoy para andar con la escoba arriba y abajo —añadió.

—Deje, no se preocupe —repuso Inés—. Deme la llave y yo me encargaré de todo. Vaya a sus quehaceres, no sea que por mi culpa esté perdiendo el tiempo.

Adela casi se la tiró a la mano, miró con desprecio al maestro y descendió la cuesta con paso ligero.

Los dos maestros se quedaron solos, sentados a un lado del camino.

—Soy Inés Román, la nueva maestra de las niñas —se presentó—. Un placer conocerle, don Eleuterio. Espero que nos veamos a menudo... Di que claro, estamos bien cerca. Antes he pasado a saludarle, pero no debía de estar en casa. Aunque sabiendo que vive aquí, seremos vecinos además de colegas.

—Encantado, señorita. Aunque mi nombre es Eleuterio, todos me llaman Terio; es más corto y más fácil de pronunciar. Ya siento no haber contestado; como cada mañana, he salido a dar un paseo. Duermo bastante poco y ese poco, encima, muy mal, así que madrugo mucho.

—Está usted muy cogido, tiene que cuidarse.

—Sí, hija, estoy un poco perjudicado, pero pronto mejoraré. Es un catarro de verano y como tengo asma, pues la cuesta me mata, pero nada más. En fin, que solo quería que supiera que para cualquier cosa, la que sea, aquí me tiene. La gente del pueblo es encantadora, en su mayoría. Eso sí, un consejo quiero darle. —El maestro se acercó a Inés y, cubriéndose la boca con una mano, añadió—: Cuídese del cura, es un pieza de mucho cuidado. Lo mismo que de esa lombriz de Adela, está avinagrada y es mala gente. —Luego se separó y continuó hablando en tono normal—: El resto es gente sana que está a su vida, sus animales y sus tierras; cualquiera estará dispuesto a ayudarla. Las niñas que va a tener en clase son buenas chicas, aplicadas y con ganas de aprender. Con alguna tendrá problemas, cierto. Deben ayudar en casa y hay días, sobre todo en invierno, que igual faltan a las clases, pero sin más.

—Sí, imagino que aquí el tiempo es malo durante algunos meses; según me han dicho, nieva bastante y eso hará complicado que puedan venir, pero no pasa nada, procuraré que aprendan lo máximo.

—Por cierto, todas las semanas solemos ir a Potes —comentó don Eleuterio—. Allí nos juntamos todos los maestros de la zona, hablamos de nuestras cosas y exponemos los problemas, a veces sacamos alguna conclusión, pero solo a veces. Si quiere, puede venir. La reunión de la semana que viene será el lunes, aprovechando que hay mercado.

Hay que aprovechar las vacaciones, que ya queda poco para que se terminen. ¿Qué le parece?

—Perfecto —respondió Inés—. Además, tengo que comprar algunas cosas..., bueno, unas cuantas. Veo las pilas de leña junto a las casas, preparadas para la lumbre, y aunque en la mía tengo algunos trozos, temo que no me lleguen para pasar el invierno. Y también necesito para la escuela. ¿Cómo puedo hacerme con más?

—No se preocupe. Los jóvenes ya están bajando la leña de los lotes. Cualquier día de estos encontrará un montón de tacos junto a la puerta. Eso sí, tendrá que ponerlos a resguardo y procurar que no se mojen, que bastante húmedos estarán.

—¡Qué bien! Ya estaba preocupada. Entonces ¿cómo vamos a Potes el lunes?

—Yo normalmente voy en bicicleta, pero con esta tos no me lo puedo permitir. Hay un buen muchacho que vendrá a buscarnos. Se llama Roque.

—Sí, le conozco, él me trajo ayer desde la estación.

Inés estaba contenta. Vería a aquel mozo una vez más.

16

Los siguientes días fueron muy ajetreados, pero le cundieron mucho. Recorrió el pueblo un montón de veces y su carácter abierto y alegre le sirvió para conocer un poco más a muchos de sus vecinos. También conocía a la mayoría de las niñas a las que iba a dar clase, lo mismo que a los chicos; llenos de curiosidad, se habían acercado hasta la escuela cuando la maestra estaba limpiando y preparando el material del curso.

Se hizo con unas gallinas y un perro de pelo negro con una mancha blanca en el ojo derecho se había convertido en su fiel compañero. Allí donde iba Inés, el chucho la seguía moviendo incansable el rabo. También la visitaban a diario un buen número de gatos de esa parte del pueblo.

Inés contempló el fogón de su cocina y sonrió complacida. Había de todo: alubias, garbanzos, puerros, cebollas, lechugas, huevos, sin olvidar los frutos secos de temporada, como nueces y avellanas. No cabía duda de que aquellas eran unas tierras formidables donde todo se daba. Era una delicia caminar por las calles de Mogrovejo y ver sus casonas de sillería y mampostería con balconadas de forja adornadas con maceteros llenos de flores y majestuosos escudos en las fachadas, el olor a pan que se cocía en los hornos de las casas y la protección poderosa de los Picos de Europa, sin dejar de lado la paleta de colores que con la llegada del otoño hacía que lucieran libres: rojos, amarillos, verdes y marrones intensos, y todo ello bajo el azul del cielo que casi se podía tocar con las manos. No podía estar en un pueblo más bonito. Además, le traía a la memoria imágenes de su infancia, recuerdos casi olvidados. Se sentía feliz allí, ese era su hábitat natural. Era como volver a sus orígenes, a su Escalante querido. Le encantaba despertar con el canto del gallo muy de mañana y con el sonido incesante de los campanos que portaban las vacas, o el balar de las ovejas a su paso por las calles estrechas y adoquinadas del pueblo.

La escuela no le pareció menos adorable. Estaba contenta porque todo era tal y como había deseado: los pupitres de madera con sus bancadas y los pizarrines posados sobre ellas esperando la llegada de las pequeñas, una gran pizarra de frente colgada en la pared y debajo su mesa con una bonita bola del mundo donde poder mostrar los países a sus alumnas. En la parte izquierda había un pequeño armario con cristales que dejaban ver el contenido: libretas, libros, cuentos, lápices, y justo encima un crucifijo de madera. A la derecha de su mesa había una estufa de hierro que seguro iba a caldear los duros y fríos días de invierno, y como era de rigor en todas las escuelas del país, presidiendo el aula, una foto del Generalísimo. Las paredes blancas estaban adornadas con los mapas políticos de Europa y el mundo. Las vigas de madera en el techo y el sol entrando por las ventadas hacían que la estancia fuera cálida y acogedora.

Sentada en su silla, Inés imaginaba los pupitres llenos y

el murmullo de las niñas llenando cada rincón de aquella aula. Su sueño se había cumplido, ser maestra era algo que anhelaba desde pequeña y jamás pensó que lo iba a poder ser, pero la vida, a veces caprichosa, le había permitido lograr su meta. Ahora solo quedaba esperar a que llegara el día para probarse a sí misma.

Desde que había pisado aquellas tierras de Liébana, su corazón latía con ansiedad. No podía dejar de pensar en Roque y en aquellos ojos grandes que la habían cautivado; le gustaba su voz, su porte y sus formas, y estaba deseando volver a verle. No había querido preguntar a nadie por él, en parte porque le daba vergüenza y, además, porque no quería dar que hablar. Pero por fin había llegado el lunes y lo vería de camino a Potes. Sacó del armario el mejor vestido que tenía, lo compró en Almacenes Simeón antes de venir al pueblo y aún no lo había estrenado. Era de una franela fina con flores en tonos azules y llevaba un cinturón forrado que se ajustaba a su cintura marcando sus caderas perfectamente proporcionadas a su cuerpo; mirándose en el espejo, se hizo con cuidado el lazo que llevaba alrededor del cuello y se ató los cinco botones que tenía cada uno de sus anchos puños. Luego se recogió el pelo en un moño bajo y puso sobre sus hombros una rebeca azul marino. Buscó dentro de su bolso una barra de labios de color rosa que Tina le había regalado y también el frasco de Agua de Colonia Concentrada de Álvarez Gómez que ella misma había comprado. Lo sacó de su caja amarilla y aspiró su aroma, luego puso sobre el dedo corazón unas gotas y las repartió por las sienes. Se miró y se remiró en el espejo de la habitación y cuando consideró que estaba todo perfecto, cogió el bolso y salió de casa.

Terio ya la esperaba en la esquina indicada.

—Vamos, chica, ¡que es para hoy! —exclamó el maestro—. Como tardemos más, Roque va a dejarnos aquí tirados. Tiene que trabajar y no puede estar esperándonos, bastante que nos hace el favor de venir a buscarnos.

—Perdón —se disculpó Inés—, pensé que había dicho a las nueve, y aún no lo son. Yo pensaba que vivía en el pueblo.

—Él es de aquí, nacido y criado en Mogrovejo. ¿Ves aquella casa junto a la iglesia, la que está frente a la del cura? Pues es la suya, pero ahora vive en La Vega. Su mujer es de allí y con lo que le pasó, ahora está en casa de sus familiares, así la pueden atender.

—¿Roque está casado?

Inés se había quedado de piedra. Esa era una posibilidad que no había contemplado. Ni por un momento se le pasó por la cabeza pensar que podía tener una familia.

—Sí, lo está —respondió el maestro—. Creo que no hace ni un año que se casó. Sara, su mujer, tuvo un accidente terrible. Bajaba con el carro de recoger la hierba y los bueyes se asustaron, no sé muy bien por qué, la verdad, pero el caso es que se cayó del carro y sus piernas no han vuelto a tener sensibilidad —explicó—. Al examinarla, los médicos descubrieron que la mujer estaba embarazada y que por suerte la criatura no había sufrido daños. Total, que la muchacha está postrada en una cama viendo cómo su tripa crece. No sé cómo acabará esta historia, pero créeme si te digo que no pinta nada bien. Da pena el muchacho, es un buen chico y ella también. Conocí a sus padres, murieron muy jóvenes los dos, es hija única y suerte tiene de los cuidados de una tía abuela, que si no...

Inés no salía de su perplejidad. El día que conoció a Roque sintió algo nuevo en su vida, y la mirada de él de algún modo también le decía que sentía lo mismo por ella. No era precisamente una experta en temas de amor, ni siquiera contaba lo ocurrido con Pedro, pero hubiera jurado que en aquel encuentro había nacido algo especial entre los dos.

Roque llegó a la hora indicada. Inés se sentó en la parte trasera del auto y Eleuterio ocupó el asiento junto al conductor. Durante el trayecto los ojos del joven se cruzaron en varias ocasiones con los de Inés, pero en el momento en que ella notaba su mirada bajaba la vista rehuyéndole.

En esos momentos estaban charlando sobre unos hombres que andaban por el monte. Tanto Roque como don Eleuterio no nombraban a nadie en concreto, y a Inés le costaba entender de lo que hablaban.

—Bueno, pues ya hemos llegado —dijo Roque—. Imagino que comeréis en Casa Cayo, como siempre, ¿verdad?

—Así es, muchacho.

—Pues pasaré a recogerlos a las seis más o menos. Voy para Lebeña, tengo allí una vaca a punto de parir. De vuelta también pararé en Ojedo, mi primo me mandó recado de que algo le pasaba a una de las ovejas. Por eso no sé la hora exacta, pero tranquilos, que volveré a buscarlos.

—Descuida, nosotros no tenemos prisa. ¿A que no, Inés?

—No, no, para nada.

—¡Vaya!, pensé que te había comido la lengua el gato —dijo Roque—. No has dicho ni palabra en todo el camino.

—Bueno, como estabais hablando de vuestras cosas, no quise interrumpir.

—Ya, ya, muy educada la señorita, ¿verdad, Terio?

—Y muy guapa también, ¿o no, Roque?

El chico no contestó, simplemente se limitó a mirarla como jamás la había mirado nunca nadie. Inés se sonrojó e intentó esconder la mirada.

Eleuterio se despidió de ella, sabía que quería dar una vuelta por el mercado y hacer algunas compras. Le indicó dónde quedaba la taberna en la que se reunirían y continuó su camino. Inés se adentró en la plaza de Piedra; el pitu y el tambor se escuchaban de fondo entre el gentío. Los puestos se amontonaban a lo largo de la calle y los compradores se apelotonaban encima embelesados por la cantidad de productos que hacían las delicias de cualquiera que se parara a mirar: renoveras con legumbres, quesos, patatas de siembra, tomates, lechugas y pimientos, albarcas y cestos, cucharas de palo y vasijas de barro, todo lo que una pudiera imaginar allí estaba.

Inés dio una vuelta y compró las cosas que necesitaba. Cuando estaba a punto de ir al encuentro de sus compañeros, llamaron su atención unos artilugios que no sabía para qué servían, ni tan siquiera qué eran.

—Buenos días, ¿esto qué es? —le preguntó al tendero.

—Esto son raquetas, *mozuca* —respondió este—. Se nota que no eres de la comarca.

—¿Raquetas?

—Sí, mujer, para caminar por la nieve. Mira, esto te lo atas al pie y caminas sobre la nieve sin miedo. Prueba, ya verás.

—No, no, muchas gracias, es que no sabía qué eran, solo era curiosidad.

—Pues las tengo a muy buen precio, el mejor del mercado. En un par de meses habrá que ponérselas. Pero ¡tú verás! Si cambias de idea, mañana aún hay mercado y aquí estaré.

Inés agradeció la oferta y enfiló una de las salidas de la abarrotada plaza, pero se había despistado un poco y por más que miraba a un lado y otro no veía la taberna de Cayo, así que se acercó a un grupo de veceras que charlaban animosas y estas le indicaron dónde debía ir.

Al entrar en la taberna, los hombres acodados en la barra se volvieron a mirarla. No estaba acostumbrada a entrar sola en un bar y se ruborizó de nuevo, pero pronto encontró a sus compañeros, entre ellos a Rosita, que se levantó para ir a darle un abrazo.

El día resultó muy entretenido. Inés pudo compartir impresiones con las otras maestras de otros muchos pueblos: La Vega, Tama, Cosgaya, Cabezón de Liébana, Camaleño o Pasaguero, un montón de compañeros que la hicieron sentirse como en casa.

Después de la comida, las maestras salieron a dar un paseo y los maestros se sentaron con los curas que también habían aprovechado el día para echar unas partidas al mus.

Inés estaba algo nerviosa y Rosita lo notó.

—¿Te pasa algo? —le preguntó—. ¿Alguien te ha dicho algo?

—No, qué va, estoy bien —respondió Inés—. Quizá un poco abrumada con todo lo que he visto hoy.

—Por cierto, no creas que no me di cuenta de cómo te miraba el otro día Roque. ¡Qué buen mozo es!

—Calla, chica, no digas tonterías. Tiene esposa, que además está embarazada y, para colmo, enferma, la pobre.

—Bueno, pero mirar se puede, ¿no? Y te voy a decir una

cosa, me da igual que pienses mal de mí, pero si a mí me gusta un hombre y yo le gusto a él, me da lo mismo lo que la gente diga. Mi vida es lo más importante.

—Anda que... cualquiera que te oiga. Esto podría traerte problemas. Tú y yo somos maestras, tenemos que dar ejemplo.

—¿Ejemplo de qué? ¿Sabes por qué siempre he querido ser maestra? Porque quiero formar a las niñas desde la libertad, quiero que busquen la independencia, que sean felices, que no crezcan para ser esposas abnegadas y madres sobresalientes. Quiero que decidan, que critiquen, que contesten y que se rebelen. Nosotras podemos hacer que este país cambie, es cuestión de formar a las generaciones venideras para que desde la escuela vivan y busquen la libertad, la igualdad y la independencia.

Rosita venía de una familia republicana, le explicó. Durante la guerra había perdido a dos primos y a un hermano, y su padre había estado preso en varias ocasiones, recibiendo palizas sin justificación alguna, ya que el hombre jamás se había metido en temas políticos, pero el hecho de tener un hijo luchando en el lado contrario al del régimen le trajo consecuencias. Ella había conseguido el trabajo gracias a que estuvo interna en un colegio de monjas desde los cinco años, y fueron ellas las que la ayudaron a terminar la carrera y más tarde le buscaron una escuela donde ejercer gracias a las amistades que tenían en el Ministerio. Con todo, nunca olvidó y siempre que tenía ocasión mostraba sus ideales sin importarle lo que pudiera pasar; quería vengar todo el daño que su familia había sufrido. Nunca echaba cuentas de con quién estaba hablando, si conocía o no a esas personas o si sus comentarios pudieran traerle problemas.

Inés dibujó una sonrisa en su cara. Pensaba exactamente igual que Rosita, pero tenían que ser discretas, si no perderían su trabajo. Ellas debían enseñar a sus alumnas aquello para lo que habían sido formadas: buenos modales, las reglas básicas, a ser buenas esposas y madres y poco más. El resto era muy bonito, pero debía quedar lejos de la escuela. El régimen no permitiría jamás unas enseñanzas como esas.

—Calla, loca —insistió Inés—. Ese es otro de mis sueños. Yo he llegado sola hasta aquí y soy la primera en saber que las mujeres podemos hacer lo mismo que los hombres, quizá mejor. Pero... el Caudillo no lo va a permitir y su doña Carmen, mucho menos. Debemos ser prudentes, no seas tonta y no andes aireando esas ideas, va a ser lo mejor. Durante el tiempo que estuve estudiando conocí a varias chicas que pensaban exactamente igual, pero no les ha ido nada bien. En mi familia nunca hemos tenido nada que ver con las izquierdas. Salvo mi hermano Lisardo, y bien de problemas que nos dio. Gracias a Dios, no estuvo en la guerra, pero luego se juntó con gente con esos mismos ideales y un día una pareja de la Guardia Civil se lo llevó al cuartelillo. Por suerte, no pudieron acusarle de nada y le dejaron libre con algún que otro morado. Aprendió la lección y se apartó de esas compañías. También es cierto que no soportaba la situación de este país y al final se marchó a trabajar al extranjero. Bueno, no sé por qué te cuento todo esto, dirás que a ti qué te importa.

—Algo me decía que tú y yo íbamos a llevarnos bien —dijo Rosita—, sabemos lo que es la represión y no nos gusta. Ya sabía yo que tú pensabas lo mismo. Mira —continuó—, sé que ahora no puedo darles a las niñas la formación que yo querría, pero algún día lo haré, tenlo por seguro.

—Bueno, lo dicho, Rosita, seamos cuidadosas —insistió Inés—. Ahora las cosas están revueltas políticamente y hay que dejar pasar el tiempo. Quién sabe si esta situación cambia y entonces todo será de otra manera. Ahora solo somos unas insignificantes maestras de pueblo que no debemos inmiscuirnos en temas políticos. Prométeme que vas a cuidarte. Ten presente que los curas están pendientes de lo que hacemos y ellos son los que reportan sobre nosotras al Ministerio. Yo misma, después de la conversación que tuve con el de Mogrovejo, ya sé cómo van las cosas, y lo que haré será hacer y callar. Darle el parabién en todo y seguir. Por encima de la política están mis ganas de enseñar y si para ello tengo que acatar algunas cosas que no me gustan, desde luego que lo voy a hacer. Te recomiendo que hagas lo mismo.

—Está bien, creo que tienes razón. Yo apenas he hablado con el cura, solo le he saludado y me ha parecido un hombre majo, eso sí, callado, pero tampoco quiero tener mucho trato con él, solo el justo. Iré a misa los domingos y poco más. Porque con el carácter que tengo... si vinieran a decirme algo, no sé si iba a poder callarme.

—Pues controla la lengua y los nervios, yo también tengo mi carácter... Pero ojito, es mejor que nos mordamos la lengua antes de que nos la corten.

Inés vio como se acercaba Roque y se despidió de su amiga. Quedaron en verse más adelante. Los suegros de Sara, otra de las maestras, eran de Mogrovejo y todos los domingos iba a verlos. Rosita aprovecharía el viaje de su compañera para acompañarla y así quedar de nuevo.

Roque recogió a Eleuterio y a Inés y marcharon de Potes. El muchacho tenía cara de cansado y apenas abrió la boca por el camino; en cambio, el maestro se encargó de pormenorizar cuánto les había cundido el día.

17

Amaneció con el cielo cubierto, apenas se distinguían las montañas por una nebulosa espesa que cubría el valle. Inés calentó la leche, la vertió en un tazón y echó una cucharada de achicoria. El día anterior, con los huevos que tenía, la harina que había conseguido en el mercado y las natas que iba apartando cuando cocía la leche hizo un bizcocho del cual cortó un trozo que mojó en el tazón.

Sobre la mesa tenía un transistor Philips que había traído de Santander. Uno de los huéspedes lo dejó como pago de la deuda que tenía y Tina insistió en que se lo llevara al pueblo para que le hiciera compañía. Lo encendió, pero, como era habitual, la señal llegaba muy distorsionada, oía más ruido que otra cosa, así que prefirió apagarlo.

Unos golpes en su puerta la sobresaltaron. Se arregló la ropa y abrió.

—Buenos días, señorita.

—Hola, ¿quién eres tú?

—Soy Salud, la hija de Lupe y Fidel. Me dice mi madre que si le puede hacer el favor de leer una carta. La ha escrito mi padre, pero ella no sabe leer y yo tampoco.

La niña extendió su mano y le dio la carta, que estaba sin abrir.

—Salud, ¿tú dónde vives?

La pequeña se volvió y le indicó cuál era su casa.

—Verás, vamos a hacer una cosa —dijo Inés—. Lleva la carta de nuevo a tu madre y le dices que si le parece bien, yo puedo ir a su casa, o que venga ella aquí, sin problema. Pero prefiero leer en voz alta y que ella lo escuche, no me gustaría leerla y contarte a ti lo que dice para que luego tú se lo cuentes. ¿No te parece mejor que la lea para que las dos podáis escuchar lo que tu padre tiene que contaros?

—Sí, señorita —respondió la cría—, pero lo que pasa es que mi madre ahora no está en casa, ella sale muy pronto, va a casa de unos señores a trabajar y hasta casi entrada la noche no llega.

—¿Y tú? ¿Te quedas sola en casa?

—Sí, antes iba con ella, pero como ya soy mayor no puedo ir; además, como pronto empezará el colegio...

—¿Cuántos años tienes?

—Seis.

—¿Seis? Bueno, cuando venga tu madre vienes a buscarme, ¿vale?

—Gracias, señorita, así lo haré —dijo, y casi sin darse cuenta la cría salió corriendo.

—¡*Niñuca*, espera! ¿Has desayunado? ¿Quieres una taza de leche?

La niña seguía corriendo mientras le contestaba que ya había desayunado y le daba las gracias.

Por detrás de la casa escuchó una voz que le resultaba conocida.

—Salud parece que no quiere la leche, pero yo estaría encantado de tomar un vaso.

Era la voz de Roque. Inés se sonrojó, estiró de nuevo su vestido y se acicaló el pelo, que llevaba recogido en una coleta.

—¡Buenos días! Pues nada, si quieres, te doy una taza de leche. Espera, que ahora mismo la saco. Siéntate aquí —le dijo señalando las escaleras.

—Pues la mañana está un poco fresca. ¿No sería mejor que pasase? Aquí se me va a enfriar en cuanto la saques y cualquiera que me vea sentado en las escaleras no sé yo qué va a pensar.

—Hombre, no sé, quizá no es muy apropiado. Igual es mejor que estés aquí sentado que dentro de casa. La gente puede murmurar.

Roque miró a ambos lados y dijo:

—¿La gente?, ¿qué gente? Yo no veo a nadie. Anda, mujer, que no te voy a hacer nada. ¿Me dejas pasar o no?

Inés imitó al muchacho y confirmó que no había nadie por la calle, pero la casa del maestro estaba cerca y quizá él sí podía verlos. Le hizo un gesto con la cabeza a Roque indicando la vivienda de Eleuterio, pero él movió a su vez la cabeza negando la posibilidad de que los viera. Hacía un rato que él mismo le había visto caminando por la carretera de salida del pueblo, el paseo que hacía cada mañana.

—Pasa, pasa —concedió Inés—, pero verás como esto me va a traer problemas. Como el cura se entere, o la cotilla de Adela, me va a resultar complicado justificarlo.

—Por Adela no te preocupes, es una cascarrabias, pero soy su primo preferido, ella no va a decir nada. En cuanto a Terio, no hay problema, ya te he dicho que está de paseo.

Y por don Ginés... a ese mejor ni caso. Menudo pájaro está hecho, tiene a los monaguillos acojonados, con perdón. En cuanto se descuidan, les echa mano a la entrepierna. Será cabrón el coño cura ese...

Inés le miraba incrédula.

—No me mires con esa cara, mujer. Lo sé por experiencia, pues yo mismo lo sufrí, hasta que un día dejé caer la cera caliente de la vela sobre su mano y no volvió a acercarse a mí.

—Vaya, pues nunca pensé que pudiera ser así. Me dejas de piedra. Y lo peor es que ya no voy a mirarle con los mismos ojos después de esto que me has dicho.

—Pues cuando le mires no lo pienses —dijo Roque riéndose de la cara que estaba poniendo Inés—. Además de eso, es un chivato. Él ha sido el culpable de que muchos paisanos hayan caído presos. Siempre está llevando y trayendo chismes a la Guardia Civil. Cuídate de él.

Inés le ofreció un trozo de bizcocho que el joven desde luego no rechazó. Hablaron de las curiosidades del pueblo y de alguno de los vecinos. Roque la puso al corriente de quién podía fiarse y de quién no. La veía un poco perdida y sentía que era su obligación aconsejarla. Se ofreció para cualquier cosa que necesitase y quedó en volver otro día. Él solía acercarse cada dos o tres días para abrir un poco la casa. Lógicamente, le habló de los señores de la torre; le comentó que eran conversadores y que haría bien si después subía a saludar, que seguro se lo agradecerían. Doña Irene estaba mucho tiempo sola; bueno, sola no, en compañía de su hijo, un chico un tanto especial pero muy inteligente que había estudiado con él veterinaria pero que no ejercía. En muchas ocasiones había ido a buscarle para que lo acompañara durante el día, pero no se sentía cómodo fuera de casa; casi todo el tiempo se lo pasaba leyendo o pintando.

Inés le agradeció los consejos. Sabiendo cómo eran esas personas, no le importaría acercarse; de hecho, lo había pensado a la mañana siguiente de llegar al pueblo, pero le dio apuro llamar tan temprano a su puerta.

Conversaron un rato más y aunque estaba deseando saber cosas de su vida, no se atrevió a preguntar nada al respecto, y él, que supuso que Inés ya estaría al corriente de todo, pues tampoco quiso sacar el tema.

—¿Y qué me puedes decir de la madre de Salud? —le preguntó—. Creo que la niña dijo que se llamaba Lupe.

—Sí, se llama Lupe —respondió Roque—. Es una chica estupenda, me he criado con ella, hemos jugado en este pueblo de niños, hemos saltado en los charcos y hemos trasteado juntos. Su madre y la mía también eran amigas; es más, eran hermanas de leche: mi abuela la amamantó porque la suya enfermó y la leche se le cortó. Los primeros meses, mi abuela tenía a una en un pecho y a la otra en el otro, nacieron con un día de diferencia. Como te digo, es una gran mujer, pero con muy mala suerte. Se casó con Fidel, ¡un pinta de cuidado! Se torció de crío y ya no hubo quien hiciera carrera con él. Sus padres llevaban la tienda del pueblo y estaban bien de dinero, nunca le faltó de nada, y eso yo creo que no es bueno. Cuando sus viejos faltaron y fue a recoger lo heredado, se encontró con que el padre había vendido los prados que tenían y la tienda estaba cargada de deudas; además, la casa familiar era una herencia de una tía de su madre que se la había prestado. Total, que al morir la madre, una prima que la había heredado se la quitó. Conclusión: que se quedó sin nada y la única solución que tenía era la de trabajar, cosa que no le gustaba nada. Como las vacas no le hacían —prosiguió—, las ovejas le cansaban y la tierra no era lo suyo, decidió irse a América. Y aquí dejó a la pobre Lupe con la chiquilla. Menos mal que ella es muy trabajadora y poco a poco va saliendo adelante. Ya sabes cómo somos los de pueblo: la mayoría de las veces nos ayudamos y a ella la ayuda todo el mundo porque con nadie se lleva mal, todo lo contrario. Siempre está dispuesta a echar una mano, lo mismo lava la ropa de Isidora que le hace una manteca a Celso, y con ella, lógicamente, hacen lo mismo. Ni te molestes en leer la carta, le dirá que las quiere mucho, que está trabajando duro y que en cuanto pueda hará lo posible por mandarle dinero. Es lo que le dice cada vez que escribe, que, por cierto, no son más de dos veces al año, si llega. —Dicho esto, Roque se la quedó mirando y añadió—: Oye, podrías enseñar a Lupe a leer, seguro que es una buena alumna.

—¡Pues claro! —dijo Inés—. Lo había pensado, pero me daba un poco de miedo proponérselo, como no la conozco... Tú ya sabes que hay personas que les puede molestar el reconocer sus carencias, pero con lo que me estás contando, estaré encantada de hacerlo. Te prometo que voy a enseñarle a leer y a escribir.

Roque se despidió de Inés y quedó en volver otro día.

La joven estaba muy confundida y se sentía sola, necesitaba poder hablar con alguien, contar lo que estaba sintiendo. La mirada de Roque le decía que a él también le gustaba, pero sus actos y sus palabras indicaban lo contrario. Además, le resultaba extraño que nunca hiciese referencia a su matrimonio. Era como si realmente estuviera soltero, y eso la confundía. Su corazón a ratos se ensanchaba y se llenaba de amor cuando él la miraba, y otras veces se encogía escondiendo en lo más profundo sus sentimientos.

Tal y como le había indicado, Salud volvió al cabo de un rato a buscarla. Inés cogió una pequeña carpeta, la colocó entre sus brazos y siguió a la niña.

La casa era oscura, las pequeñas ventanas de madera apenas permitían el acceso de la luz. La cocina estaba muy limpia a pesar de lo viejo que era todo. Una mesa de madera desgastada y blanquecina con cuatro sillas, una alacena pintada de blanco y un pequeño fogón acompañaban el calor de la lumbre donde se cocinaba un guiso que desprendía un olor muy agradable.

Lupe era una mujer pequeña y delgada, tenía unos ojos grandes muy expresivos y una sonrisa dibujada en la cara, sus manos eran ásperas, propias del trabajo diario, y su voz dulce resultaba muy agradable.

—Pase, por favor, señorita —dijo en cuanto vio a Inés en la entrada de la cocina—. No sé cómo agradecerle que haya venido hasta aquí, seguro que tiene mucho que hacer y la estoy entreteniendo.

—No, mujer —dijo la maestra—, pero si me paso todo el día dando vueltas... Hasta que no empiecen las clases, que afortunadamente ya será muy pronto, apenas tengo trabajo. Estoy sola y cualquier cosa que hago para mí no me lleva mucho tiempo. Fíjese que me he procurado unas gallinas para estar entretenida... y, bueno, para tener huevos, claro.

—¿Quiere tomar un *vasuco* de leche? La acabo de ordeñar. Lo que más tengo son ovejas y con la leche hago queso, pero también tengo un par de vacas, aunque solo sea para tener la *niñuca* y yo leche de vaca, y con las natas puedo hacer algún dulce. Además vendo unos litros de leche a la semana, esas *pesetucas* me vienen muy bien.

—Veo que es usted muy trabajadora. No sé yo que decirle, creo que no podría con tantas cosas, porque también he visto que tiene una huerta.

—Sí, claro, para lo necesario: unos puerros, unas berzas, sallo alguna patata también, zanahorias, lechugas y tomates, esas cosas. Dinero hay poco, y lo que tengo hace falta para otras cosas, pero nada del otro mundo. Es lo que hay, no queda más remedio. Si no, qué va a ser de esta criatura. Es más buena... —dijo mirando a su pequeña Salud.

A Inés se le encogió el corazón. La sencillez con la que aquella mujer hablaba, sin darse ninguna importancia, como si lo que hiciera no valiese nada. Era una superviviente, una mujer de los pies a la cabeza. Qué injusta era la vida, pensó.

Lupe le entregó la carta, como lo había hecho antes con su hija, sin abrir. Inés se la devolvió y le pidió que la abriera. Al rasgar el sobre y sacar la hoja de papel doblada, cayó una pequeña foto sobre la mesa. En ella se veía a Fidel arreglado con un traje blanco y corbata del mismo tono, además llevaba puesto un sombrero de color claro con una cinta negra. Inés apreció el buen aspecto que tenía; más que un trabajador cualquiera podía decirse que era todo un caballero. Lupe la besó y se la acercó al pecho cubriéndola con las dos manos, luego volvió a besarla y se la mostró a su hija sin decir una sola palabra.

Inés desdobló el papel y vio que apenas tenía texto, tan

solo unas líneas que venían a decir lo mismo que Roque le había comentado. La leyó en voz alta, despacio, levantando la vista hacia ellas en cada línea. La mujer tenía los ojos llenos de lágrimas.

—Bueno, pues esto es todo —dijo Inés.

—Salud, ¿puedes ir a meter las gallinas, hija?

Claramente, Lupe quería que la niña no estuviera presente en la conversación.

—Siempre me dice lo mismo —empezó cuando se quedaron solas—. ¿A usted le importaría que yo me desahogara? Es que ya no puedo más y no quiero hablar con nadie en el pueblo porque usted ya sabe lo que pasa.

Inés estiró su brazo y cogió la áspera mano de Lupe.

—Por supuesto que no, pero antes de todo, ¿qué tal si nos tuteamos? Si vamos a ser amigas, es lo lógico, ¿no te parece?

Lupe hizo un gesto afirmativo con la cabeza.

—Gracias.

—Hace tres años que se fue —comenzó—. Esta es la quinta carta que recibo y en todas me dice lo mismo, y ahora, encima, me manda una foto donde parece un señorito. Debe de pensar que soy tonta o que no tengo sentimientos. Estoy cansada, tengo veintiocho años y no quiero seguir así. Pero no puedo hacer nada. ¿Adónde puedo ir? No sé hacer nada, no sé ni leer. —La mujer bajó la cabeza como escondiéndose de vergüenza.

—Lupe, escucha, yo puedo ayudarte —dijo Inés—. Lo primero que vamos a hacer es aprender a leer y a escribir, y a sumar y a restar...

—Pero yo no puedo pagar eso.

—¿Y quién habla de pagar? Yo no quiero que me pagues

nada, somos amigas, ¿no? Las amigas hacen cosas desinteresadamente, y yo quiero ayudarte. Déjame hacerlo.

—¿De verdad harías eso por mí?

—Claro que sí, la carta de respuesta la vas a escribir tú.

—No voy a escribir nada, ninguna carta a él, me refiero. Y no voy a volver a leer ninguna de las que me mande. Sé que no va a regresar, seguramente está viviendo como un marqués, es posible que hasta tenga otra mujer. Voy a olvidarme de él, a criar a mi hija y si algún día puedo, me iré a Santander o a Torrelavega o a San Vicente o Comillas, allí hay buenas casas donde poder servir y mi hija podrá estudiar en lugar de tirar de las ovejas y dar de comer a las gallinas.

—Pues si eso es lo que quieres, aquí me tienes. Te ayudaré en todo lo que necesites.

En cuanto Inés se despidió de Lupe la invadió la tristeza. Había empatizado con aquella mujer de una manera brutal. Apenas la conocía, pero la sentía muy cerca. Se dio cuenta de que no solo ella había tenido una vida difícil, había mucha gente que era desdichada y sufría en soledad, trabajando duro y, encima, con la responsabilidad de sacar una hija adelante.

De repente sintió la necesidad de escribir a Tina y a Consolación, y fue corriendo hasta su casa.

18

Por fin había llegado el día que durante tanto tiempo Inés anhelaba. Comenzaba el nuevo curso. Se había levantado muy temprano porque estaba nerviosa, y se puso a dar vueltas por la casa sin saber qué hacer. Calentó el tazón de leche y mojó un trozo de pan con mantequilla. Mientras lo hacía oyó ruidos fuera y salió.

—Buenos días, Roque —lo saludó nada más verlo—. No sabía que ibas a traerme tú la leña. Eleuterio me explicó que alguno de los mozos del pueblo me la dejaría junto a la casa, pero no pude imaginar que el señor veterinario también se dedicara a estos menesteres.

—Buenos días, señorita. La verdad es que no me dedico a esto y, para serte sincero, la leña no la he traído yo, ya estaba aquí. Tan solo andaba apilando un poco los tacos, que si están desparramados los críos los cogen, empiezan a jugar con ellos y luego los tiran por ahí, que ya los conozco yo. Pero a lo que realmente venía era a desearte suerte y a que me invites a un *vasuco* de leche caliente.

—Ah, estupendo. Pasa, por favor, precisamente estaba desayunando.

Una vez dentro de la cocina, y con un buen tazón entre las manos, Roque se la quedó mirando largo tiempo.

—Estás muy guapa —dijo—, tienes una cara muy risueña, pareces feliz.

—Muchas gracias —respondió Inés—. Pues sí, estoy contenta, no lo puedo negar. Siempre fue la ilusión de mi vida dar clases, y mira por dónde ha llegado el momento. Seguramente tú también estabas igual de contento que yo cuando terminaste la carrera y pudiste ejercer de veterinario.

—Puede, pero no lo recuerdo. Bueno, sí que me acuerdo: me corrí una juerga con los compañeros de facultad que todavía me duele la cabeza. Creo que no he vuelto a beber desde aquel día.

Aquella mañana no estaban muy parlanchines, apenas cruzaron unas palabras más. En cambio, las miradas y los gestos fueron los protagonistas del rato que pasaron juntos.

—Pues nada, ya me voy, que tengo cosas que hacer. Solo quería desearte suerte. Muchas gracias por el tazón de leche.

—Mucha prisa tienes, ni siquiera la has saboreado. ¿Por qué no comes una rebanada de pan? Está muy bueno. Me lo dio Lupe, lo hace ella.

—Sí, ando un poco justo de tiempo. Voy hasta donde Julia la de Fonso. Me ha llamado que tiene una vaca un poco pachucha. Te dejo. Me gustaría quedarme más rato, pero yo no puedo y tú tampoco. Se te acabaron los días de fiesta, en un rato tendrás a las chiquillas en la puerta. Que tengas buen día, *mozuca*.

—Sí, tienes razón. Muchas gracias por la visita, Roque. Yo también espero que tengas un buen día. Y cuando quieras, aquí estoy para lo que sea.

—¿Para lo que sea? Como te tome la palabra...

Inés se sonrojó al entender a la perfección la respuesta del muchacho, y se avergonzó de haber pronunciado esa frase.

—Mira, ven —le dijo Roque indicando que saliera—. Mira qué belleza. ¿A que no has visto nunca nada igual? Nos rodean las montañas. Antes de irme, te voy a dar una clase de geografía: ahí está el macizo de Ándara, los Picos de Europa, eso de la izquierda es La Junciana y justo sobre la torre, el pico del Sagrado Corazón. Huele a hierba mojada, a verde. ¿Ves las nubes que pasan deprisa y al abrirse dejan paso al azul limpio e intenso? Mira estos bosques de robles, castaños y hayas, ya están tomando el color del otoño que se avecina. *Niñuca*, no hay pueblo más bonito en todo Liébana, y no es porque sea el mío, que conste. Bueno, la clase de geografía de hoy ha terminado. Disfruta del paisaje, respira hondo y llena tus pulmones de este aire fresco. Que tengas buen día.

Inés se quedó mirando hacia todos los lados, Roque tenía razón: la belleza de aquellas tierras era infinita y se sentía muy afortunada de estar allí.

Una vez dentro de casa, recogió la cocina, volvió a peinarse y se pasó el lápiz de labios solo por encima para darles un poco de color. Se puso una bata blanca recién planchada que tenía su nombre bordado con hilo rojo en el costado izquierdo: «Señorita Inés Román». Ató despacio los botones de arriba abajo, luego metió las manos en los bolsillos y se miró durante un rato en el espejo del armario de la habitación.

El murmullo de las niñas acercándose hizo que apretara el paso. Quería recibirlas cada día a la puerta de la escuela y darles a todas los buenos días, ver la cara que traían y que notaran su cercanía.

A la mayoría de ellas ya las había visto por el pueblo, el resto llegaban de los cercanos Sebrango, Besoy, Los Llanos y Redo. En total eran veinte y tenían edades comprendidas entre los seis y los once años. Veinte guapas lebaniegas a las que iba a enseñar todo lo que estuviera en su mano.

Comenzó por distribuirlas en los pupitres, las pequeñas estarían delante y las mayores detrás, salvo que a alguna le costase escuchar o ver con claridad. Ninguna puso objeción y aceptaron la posición que Inés les dio. Después preguntó sus nombres y el de sus padres, y lanzó varias cuestiones, por ejemplo, si habían nacido en el pueblo o quién sabía leer y escribir. Tenía que organizar bien la clase para que le resultara más sencillo impartir la formación. A continuación, fue ella la que se presentó y les pidió a sus alumnas que le preguntaran algo que quisieran saber sobre su persona. Las niñas, por supuesto, no perdieron la oportunidad de saber sobre su joven maestra y preguntaron su edad, si tenía hermanos, de dónde era y cómo era su pueblo, y las mayores, por supuesto, si tenía marido o novio. Inés pasó un rato divertido con las niñas y sintió que ellas también lo habían pasado bien.

Así transcurrió el primer día del curso. Cuando Inés se despidió de ellas en la puerta, igual que las había recibido, les advirtió de que no todos los días iban a ser ese y que a la mañana siguiente comenzarían a estudiar.

La última en salir fue Salud.

—Señorita Inés, dice mi madre que si puede, vaya esta tarde por casa.

—Claro, Salud, dile que allí estaré. ¿Va todo bien? ¿No estará Lupe enferma?

—No, no, señorita, mi madre está bien. Anda con las ovejas en el alto ahora. Yo voy a coger la cesta y subo a comer con ella, así luego bajamos más rápido las ovejas, hay algún lobo y no se pueden dejar en lo alto porque las mata a todas.

Inés sonrió con las palabras de la pequeña, que se explicaba como si fuera una adulta.

Por la tarde, Inés se acercó a casa de Lupe. La encontró sentada en la cocina con una labor entre las manos, en esta ocasión tejiendo un jersey de lana de color rojo que ya casi estaba terminado. Por el tamaño, Inés imaginó que era para Salud. En cuanto vio aparecer a la maestra, recogió la lana y la metió en una caja de madera, sacó el pizarrín que Inés le había dado y la tiza blanca. En solo cinco clases que llevaban Lupe había aprendido mucho. Eran las ganas que tenía de escribir las que hacían que lo asimilara todo tan rápidamente.

—En breve lo tendrás —dijo Inés—. Ya lees despacio pero bien, solo necesitas practicar y escribir. Te vendría muy bien copiar, por eso te he traído este libro; lees y copias cuando tengas un rato. También te he traído este diccionario; en él puedes encontrar el significado de las palabras. Mira, dime una palabra.

—«Esclarecer» —dijo Lupe—, se la escuché esta mañana al cura.

—Bien, de acuerdo. Las palabras están por orden alfabético, ¿eso qué significa?, que lo están según el alfabeto. Tú ya te lo sabes de memoria, entonces buscas la «e» y luego «es». ¿Por qué? Porque debes seguir el orden de las letras, y como la «s» está al final del alfabeto tendrás que llegar casi al final de la «e». Mira, aquí está. «Esclarecer: Explicar, aclarar o resolver un asunto o una materia.» Esto es lo que significa. A veces al explicarlo aparece alguna palabra que no conoces, entonces vas y la buscas y así completas mucho mejor el significado de la que estabas buscando.

—Qué interesante, creo que voy a utilizar el diccionario bastante —repuso Lupe, y las dos se echaron a reír.

Recogieron las cosas y Lupe le pidió a Inés que se quedara a cenar con ellas, había preparado una tortilla de patatas y una ensalada de tomate, de postre tenía leche frita y un poco de té del puerto que ella misma había recogido con unas gotitas de orujo que se destilaba en la comarca y un vecino le había dado. Las tres cenaron sin prisa, charlando de muchas cosas, sobre todo de Santander. Tanto la pequeña como su madre mostraron curiosidad por la ciudad y, en especial, por el mar. Disfrutaron de la cena y cuando terminaron Lupe le hizo un gesto a la pequeña que entendió perfectamente, había llegado la hora de acostarse. Lupe besó en la frente a su hija, la niña se volvió y se despidió dando las buenas noches.

En cuanto la pequeña se retiró a descansar, Lupe agarró la botella de vidrio verde que contenía el orujo y se sirvió otro poquito; le ofreció a Inés, pero esta lo rechazó. Apuró el vaso de un trago y decidió sincerarse con la maestra:

—Inés, te considero mi amiga, y no tengo muchas. La única que tenía era mi cuñada María Jesús, pero se casó y se marchó a Silió en el valle de Iguña; desde entonces apenas tengo contacto con ella. Bueno, el caso es que no tengo con quién hablar. Me trato con los vecinos, por supuesto; son muy buenos y me llevo bien con todos; además, les estoy muy agradecida porque me han ayudado mucho desde que Fidel se marchó, pero al fin y al cabo son eso, vecinos. ¿Entiendes lo que te digo?

—Sí, claro que te entiendo, y sí, tú para mí eres una amiga. Aquí no tengo tampoco a nadie y debo reconocer que me has venido muy bien. Pero dime, ¿qué te pasa, mujer? Creo que esta introducción que has hecho encierra algo, y no sé adónde quieres llegar.

Lupe guardó silencio un momento, bajó la vista y volvió a tomar la botella, aunque no se sirvió. La miraba distraída. Levantó de nuevo los ojos y los clavó en los de Inés.

—Estoy embarazada. —La maestra se llevó las manos a la boca en señal de asombro—. Tengo dos faltas. Te estarás preguntando que de quién es; por supuesto que de mi marido no, y te aseguro que tampoco soy la Virgen María. —Lupe guardó silencio de nuevo, las manos le sudaban y no hacía nada más que limpiárselas con el delantal de cuadros rojos y blancos que llevaba puesto—. Hace unos meses, y como quien no quiere la cosa, empecé a tontear con un mozo de Baró... Bueno, mozo mozo no es. El caso es que empezó a subir a verme algún día cuando estaba con las ovejas, traía un poco de queso y pan y comíamos juntos ahí arriba. Una cosa fue llevando a la otra y al final acabamos *tiraos* en la hierba, revolcándonos como si fuéramos dos chiquillos. Perdí la cabeza por él, no tenía otra cosa en que pensar todo el día. Él, por supuesto, sabía de Fidel igual que todo Liébana, y además le conoce; no es que fuesen amigos, pero aquí todo el mundo sabe del prójimo y yo también le conocía a él y sé cuál es su situación: está casado y tiene un par de críos. Pero no me importó, pensé que era algo pasajero, calmaba mis calenturas, porque soy joven, Inés, y también tengo ganas de... bueno, ya sabes a lo que me refiero. El caso es que se me fue de las manos y un día no se apartó a tiempo y aquí está la consecuencia —dijo mientras se tocaba el vientre con las dos manos.

—¿Él lo sabe?, ¿se lo has dicho? —preguntó la maestra.

—No, hace mes y pico que no le veo. Ya sabes, como dice el refrán, «después de metido nada de lo prometido», aunque a decir verdad nunca me prometió nada. No lo sabe, ni se lo voy a decir.

—¿Y qué vas a hacer?

—Pues o me tiro rodando monte abajo para ver si lo pierdo, o tendré que irme del pueblo. Aquí no me puedo quedar. ¿Tú sabes lo que sería de mi vida? Además, con el tiempo seguro que acabaría comprometiéndole y tampoco quiero que tenga problemas.

—Bueno, vamos a ver, tanta culpa tienes tú como él. Tampoco me parece normal que no le digas nada. Él tiene que responsabilizarse de lo que hizo, está en la obligación de ayudarte.

—No, tú sabes igual que yo cuál sería su respuesta. Lo más suave que me diría es que soy una fresca, que igual que he estado con él habré estado con otros. No, no voy a decirle nada. —Lupe bajó la cabeza y continuó—: Un día escuché en el mercado a unas vecinas de Camaleño hablando de una mujer que te lo puede quitar. Me pareció que decían que lo hacía en Oviedo. Pero ni tengo dinero, ni sé dónde ni a quién preguntar.

—Yo tampoco lo sé —reconoció Inés—. Cuando estaba en la Escuela de Maestras, las chicas comentaron en alguna ocasión de una muchacha que tuvo que hacerlo, en Santander también hay mujeres que lo quitan, pero no son nada recomendables y es peligroso, puedes perder la vida. De hecho, esta chica de la que comentaban había cogido una infección que casi le cuesta la vida.

—¿Y qué hago? ¿Adónde puedo ir? ¡Me voy a volver loca! Soy una idiota, cómo pude hacerlo. Fíjate que he pensado en hablar con don Ginés, quizá él me pueda ayudar.

—¿Con el cura? Tú estás loca. Es un falangista convencido, un bicho de mucho cuidado; no se te ocurra decírselo ni tan siquiera en confesión, prométemelo —dijo Inés mirándola fijamente—. Vamos a pensar un poco. La solución sería salir de aquí. Tenemos que buscar un trabajo para ti y una casa. Bueno, tú no te preocupes, seguro que encontramos una salida. Es un problema gordo, no voy a poner paños calientes, pero tampoco se acaba el mundo, no vas a ser la primera ni la última; ciertamente, en la época en la que estamos, podemos encontrar una excusa para que puedas empezar de nuevo en cualquier sitio. —Inés le cogió las manos—. Verás, yo tengo en Santander una pensión, la heredé de mi padre..., bueno, la heredamos mis hermanos y yo, pero yo soy la responsable de ella. Ahora la llevan Tina y Consolación, que son como mi familia. Los últimos años los he pasado con ellas, me han cuidado como si fuera su propia hija. Yo creo que podrías ir a Santander y de momento instalarte en la pensión, seguro que encuentras una casa donde trabajar y la niña puede estar con ellas mientras tanto. Voy a poner una conferencia y les cuento, es más rápido que el correo.

Lupe se abrazó a Inés llorando, estaba realmente inquieta y las palabras de la maestra la habían tranquilizado. Por fin, después de muchos días de preocupación, comenzaba a ver la luz.

Las dos se despidieron con los ojos rojos de haber llorado mucho. Inés no podía dejar de pensar en el problema que tenía su amiga y a pesar de haberle dado una posible solución, aún tenía una gran duda. ¿Cómo se lo iba a tomar Tina? Quizá se había precipitado, de alguna manera Lupe se podía ilusionar y lo mismo aquellas dos no estaban de acuerdo. Ella creía que Consolación no pondría ningún inconveniente, pero no lo tenía tan claro con Tina.

Aunque no era muy tarde, las calles del pueblo estaban vacías, pero al doblar una esquina se topó con la única persona con la que prefería no encontrarse. Don Ginés salía de la taberna e iba cargado de vino, la lengua se le trababa y resultaba imposible entender lo que decía. Inés no quiso hacerle mucho caso, le saludó y se dispuso a seguir su camino, pero el sacerdote se colocó delante de ella impidiéndole el paso.

—¿Dónde va la señorita tan tarde? —preguntó—. Estas no son horas para que una moza ande sola por las calles, a saber lo que puede pasar. ¿Tú no sabes que por estos montes andan huidos rojos asesinos muy peligrosos? Violan a mujeres y roban sin importarles nada. ¡Son rojos! —dijo con desprecio—. Quién sabe, igual una noche entran y... no vale con decir que si esto o que si lo otro. ¡La mujer tiene que estar en casa a estas horas! Y le voy a decir otra cosa: no me gustan nada esas amistades que tiene. Un hombre casado que visita a una mujer soltera todas las mañanas, y siendo esta, además, la maestra...

El cura acercó su cara a la de Inés levantando el dedo índice y le tocó la punta de la nariz, a lo que la chica contestó soltando un manotazo que quedó en el aire después de que el cura sujetara su mano con fuerza.

—¡Quieta! —exclamó—. Y atiende lo que te estoy diciendo, porque de lo contrario te mando de vuelta a tu casa. Tú no sabes con quién estás tratando. —Se acercó más a ella, esta vez a su oído, y dijo—: No te quiero ver con Roque, es un hombre casado.

—Padre, no me meta el miedo en el cuerpo —replicó Inés—. Yo voy por el pueblo con la confianza de que aquí no puede pasarme nada, y no voy a negar que usted me asusta un poco. En cuanto a Roque, puede estar tranquilo, él es un hombre casado y yo una mujer que sabe respetar y hacer que la respeten, se lo puedo asegurar.

—Eso me parece muy bien, yo lo que te digo lo hago por tu bien. Ya sé que mis formas muchas veces no son todo lo delicadas que deberían, pero es por tu bien —repitió—. Anda, que está la noche fría, camina ligera para casa.

El cura, aprovechando que salía de la cantina un paisano, se unió a él y continuó el camino charlando animoso. Inés, en cambio, corrió a refugiarse en su casa, cerró la puerta con rabia y se apoyó tras ella. A pesar de que la conversación con don Ginés podría haber ido mucho peor, sintió rabia. Estaba enamorada de Roque y los sentimientos eran muy difíciles de controlar, aunque sabía que aquello no estaba bien y que debía hacer algo al respecto. Lloró mientras se quitaba la ropa, pero se secó las lágrimas con el dorso de su mano, levantó la cabeza y se repuso. Al menos debería espaciar las visitas de Roque, no le convenía estar en boca de la gente, no sería un buen ejemplo para las niñas a las que está dando clase y formando.

Le entristeció que aquel día, que tendría que haber guardado en su memoria como un grato recuerdo, al final se hubiera torcido un poco. Las palabras del cura le pesaban, pero no tanto como la mala suerte de su amiga Lupe. Sentía la obligación de ayudarla y lo haría, pero sabedora de que habría que lucharlo, pues las cosas no cambiarían de la noche a la mañana.

19

Las semanas pasaban rápido, más de lo que a Inés le gustaría. Las niñas estaban contentas con la maestra, lo notaba en sus caras cada día. Eran obedientes y ordenadas, la escuchaban con atención y preguntaban curiosas sin ningún tipo de vergüenza. Había tenido suerte, pues otras compañeras le comentaban que muchas faltaban a la escuela con asiduidad debido al trabajo en el campo, por atender los animales, por encargarse de las tareas de la casa o por algún otro *mandilete*. De algunas no se podía decir que tuvieran madres; o bien habían fallecido, o estaban enfermas o simplemente tenían que trabajar y necesitaban de su ayuda.

Como casi todas las mañanas, Inés oyó los dos golpes de nudillos que Roque hacía cuando se plantaba delante de su casa. Al abrir la puerta, lo encontró con muy mala cara e Inés se asustó de verle así. En su rostro se marcaban unas grandes ojeras que hundían su mirada.

—Buenos días, ¿se puede? —preguntó el muchacho.

—Claro que sí —dijo Inés—. Hace días que no vienes, ¿todo bien? Voy a poner un poco de leche a calentar.

—Pues no, Inés, no está todo bien; al contrario, todo está mal, muy mal.

Roque se dejó caer sobre la silla que había junto a la lumbre y sin darle a Inés oportunidad de preguntar, comenzó a contarle lo que pasaba sin quitar la vista de sus manos:

—Hay algo que no te he dicho pero que estoy seguro que ya sabes. Tengo una mujer. Estoy casado desde hace poco más de un año, y te digo que ha sido el peor de mi vida. Sara, así se llama mi mujer, tuvo un accidente muy grave, se cayó del carro y sus piernas se quedaron muertas. Cuando fue al hospital nos enteramos de que estaba embarazada. Por suerte... o por desgracia, porque ahora ya no sé qué pensar, el feto estaba vivo y bien y ha ido creciendo con normalidad. Pero hace un par de días Sara comenzó a empeorar. Según me ha dicho el doctor, sus riñones no funcionan bien, su tensión arterial es muy alta y tiene picos de fiebre elevados a última hora de la tarde y por la noche.

Roque no dejaba de dar pequeños golpes sobre la mesa con la cuchara que tenía entre los dedos. Inés puso su mano sobre ella intentando calmar sus nervios, él levantó la mirada y se lo agradeció con una media sonrisa y poniendo su otra mano sobre la de la maestra; la agarró tan fuerte que Inés no pudo retirarla, aunque tampoco esa era su intención.

Con las manos cogidas, Roque continuó hablando:

—Bueno, lo que estoy intentando decirte es que mi vida es una mierda. ¿Sabes?, yo tenía una ilusión. Siempre he querido irme a Venezuela, quiero trabajar allí. Sé que hay grandes extensiones de terreno donde se da casi de todo: café, azúcar, tabaco, además de grandes vacadas y rebaños de ovejas. Fincas enormes donde se necesitan capataces y veterinarios para atender a los animales. Mi tío no se gastó el dinero para que yo trabajara en Las Manforas, y además tampoco yo quiero hacerlo, no he nacido para estar bajo tierra. Ya me llegará el día.

—¿Las Manforas? ¿Qué es eso?

—Una mina que está cerca de Espinama, al pie de Peña Vieja. Muchos hombres del valle trabajan allí.

Roque guardó silencio y sus ojos se llenaron de lágrimas. Inés no pudo evitar emocionarse con él. Sus palabras estaban cargadas de pena, un pesar tan grande que acongojaba a la maestra.

—Sara y yo teníamos pensado ahorrar para los pasajes y partir juntos —prosiguió el muchacho tras tomar un poco de aliento—. Ella también podría trabajar allí y empezar una nueva vida los dos. Pero todo se quedó en un sueño, la peor de las pesadillas nos visitó y por más que abro los ojos cada mañana con ilusión, veo que todo sigue igual, y lo que es peor, que nunca va a cambiar. Es muy posible que Sara no soporte el parto —dijo—. No sabemos lo que va a pasar, pero es probable que muera. El *niñuco* o la *niñuca* no sé si lo resistirá. Y si vive, ¿qué voy a hacer con él? ¿Qué hago yo con un niño pequeño? Soy joven, quiero vivir, tengo derecho a ser feliz. Necesito tener a mi lado a una mujer que me alegre, que me dé vida, que me haga vibrar cada vez que se acerque a mí. ¿Qué voy a hacer con mi vida, Inés? —preguntó mirándola a los ojos—. La tía de Sara, que es la que la está cuidando, ya me ha dicho que ella no está para atender a un niño, que tendré que ir pensando cómo lo haré. Le ofrecí la posibilidad de contratar a alguien que la ayudara, pero dice que no, que eso es para ricos y que al final tendría que ser ella la que se encargase.

Anoche, al saber que Sara estaba tan mal, me lo volvió a decir.

Inés escuchó las palabras de Roque sin saber qué decir. Por un momento sintió como si se le viniera encima un muro de piedras y no fuera capaz de apartarse, todas cayendo despacio y sepultándola cada vez más y más. Primero Lupe, ahora Roque... Se estaba cargando con un peso que posiblemente no le correspondía y del que tal vez iba a salir perjudicada de alguna manera. Solo se le ocurrió animar al muchacho que tenía delante y que estaba totalmente destrozado.

—No te preocupes, hombre —dijo—. Igual Sara mejora y podéis cumplir el sueño que tanta ilusión os hace. Ya verás, cuando nazca el pequeño ella recobrará las ganas de vivir, de tenerle en sus brazos y de luchar. Tienes que estar a su lado y animarla, tratarla como si no pasara nada, como si estuviese bien. Necesita tu fuerza y tu cariño, eres lo único que tiene y te necesita.

—Eso ya no es posible, Inés. Se pasa el día dormida, está tan cansada que los párpados se le caen. Ni tan siquiera tiene fuerzas para comer. ¿Cómo va a dar a luz?

El murmullo de las niñas sobresaltó a la pareja. El tiempo se le había echado encima sin darse cuenta y la hora de la clase había llegado. Roque se levantó intentando secarse las lágrimas de los ojos.

—Si no te importa, voy a quedarme un rato aquí. Cuando estéis en el aula me voy. No quiero que las niñas me vean así, debo de tener una pinta desastrosa. ¿Puedo?

—Claro que sí, cómo no vas a poder. Puedes estar aquí todo el tiempo que quieras. Pero intenta reponerte, tienes que seguir adelante, por ella. Hazlo por el amor y por los sueños que habéis compartido.

Inés se acercó a él y tomó sus manos. Un hombre joven, fuerte y alto como era Roque se iba haciendo cada vez más pequeño. La maestra no pudo evitar abrazarle. Al hacerlo sintió su corazón latiendo acelerado y el calor de sus brazos rodeándola. Se hubiera quedado pegada a él toda la vida. Unos pequeños golpes en la puerta acompañados de la voz dulce de una de sus alumnas hicieron que se separara de él apresuradamente, cogió el pañuelo que siempre llevaba sobre los hombros y salió deprisa sin volver la mirada hacia aquel muchacho derrotado y perdido.

Antes de que Inés saliera, Roque llamó de nuevo su atención:

—Inés, cuanto tengas un rato sube a visitar a los señores de la torre, anteayer estuve con ellos. Tienen caballos y desgraciadamente a uno de ellos se le dio vuelta el estómago y, aunque lo intenté, no pude hacer nada por salvarle. Estuve mucho tiempo en las cuadras y la señora Irene me acompañó durante mucho rato. Tuvimos ocasión de hablar de muchas cosas y me preguntó por ti. Son muy buena gente, no dejes de visitarlos, te vendrá muy bien hacerlo.

—Tienes razón, un día por otro y al final no he ido. Esta tarde, si no se me cruza nada, subiré. Hasta luego, Roque, y anímate, hombre, verás como las cosas mejoran cuando menos lo esperes.

Durante la clase Inés estuvo totalmente perdida. No conseguía centrar su atención y menos aún la de sus niñas. Para entretenerlas decidió hacer un dictado para las mayores y que fuera una de las niñas quien leyese. A las pequeñas les mandó copiar unas frases en su pizarrín.

Mientras las niñas estaban ocupadas pensó en cómo decirle a Tina que acogiera a Lupe y a su pequeña en casa;

no iba a ser posible hacer la llamada que tenía pensada y por carta era más complicado ya que, conociéndola, podía interpretarlo como una imposición. Además, tampoco conseguía quitarse de la cabeza a Roque y a su joven mujer.

Por fin la clase había terminado. Se despidió de sus alumnas como siempre hacía:

—Bueno, niñas, espero que tengáis un buen día, y sacad un ratito para estudiar, ya sabéis lo que siempre os digo: no hay nada en esta vida más importante que aprender.

Todas las crías repitieron la frase con ella y sonrieron.

Estaba recogiendo y limpiando el aula cuando escuchó que alguien se acercaba. Pensó que sería alguna de ellas que se había olvidado algo, pero se confundió.

—Buen día, señorita —la saludó una mujer.

—Muy buenas. Es usted la madre de Carmina, ¿verdad?

—Purificación, para servirla, señorita.

—Y dígame, Purificación, ¿en qué puedo ayudarla?

—No quería molestar, tan solo decirle que la próxima semana Carmina no va a poder venir al colegio. Su abuela está enferma y vamos a ir unos días para atenderla. Está en Redo y no quiero que tenga que ir y venir cada día, ya hace frío y con los hombres por el monte me da un poco de miedo, se oyen tantas cosas... Igual usted le puede poner alguna cuenta para que haga allí, si no le importa.

—No se preocupe, mañana le preparo labor y le daré un libro para lea un poco. Por cierto, ¿qué es eso de los hombres por el monte?

Inés aprovechó la ocasión para preguntar sobre el tema, no hacía más que oír comentarios al respecto y no se atrevía a preguntar a nadie.

—Bueno, la verdad, señorita, es que no sé mucho, tan

solo lo que escucho por ahí —respondió la mujer—. Dicen que los persigue la Guardia Civil por cosas de política, pero yo no entiendo, la verdad, no puedo decirle mucho más. Me voy, que tengo un poco de prisa.

La mujer salió corriendo como si hubiera visto al mismísimo diablo. Inés sabía perfectamente a qué se refería la gente, pero quería que alguien le diera un punto de vista diferente. Nadie hablaba de ello, se cortaba el aire cada vez que salía el tema. La única que le había dicho algo más, en la soledad de la cocina y entre susurros, había sido Lupe. Le contó que por la zona de La Vega andaban escondidos Juanín y Bedoya, dos hombres perseguidos por sus ideas políticas acusados de un montón de delitos. Lupe le había asegurado que no eran tan malos como se decía, que a ella le habían contado cosas. Sabía por amigas de La Vega que por las noches bajaban a alguna casa a buscar provisiones o a calentarse un poco, y que antes de que saliera el sol volvían a esconderse en las cuevas de lo alto de las montañas.

Inés salió del aula y cerró la puerta. Al doblar la esquina para entrar en su casa se quedó parada. Don Ginés estaba arriba de las escaleras junto a su puerta, al cobijo del alero protegiéndose de la fina lluvia que caía.

—No te quedes ahí, mujer, que te vas a calar. Tira para casa, que vengo a charlar un rato contigo.

—Pues no tengo yo tiempo para charlas, padre. Estoy muy ocupada. Tengo que irme a casa de Lupe, que me está esperando.

—Menuda zorra está hecha esa.

—Oiga, no le consiento que hable así de ella ni de ninguna mujer de este pueblo.

—Tú no eres nadie para consentirme a mí. ¡Quién te crees que eres!

—Soy una mujer, ¡qué pasa! Déjeme en paz y vaya usted también en paz, padre, no he tenido una mañana muy buena que digamos como para que me dé usted un sermón.

—He dicho que pases y baja esos humos, no sea que te prendas.

El cura se acercó a la puerta, que estaba abierta, como todas en el pueblo, y entró esperando que Inés lo siguiera, cosa que hizo. Luego repasó con la mirada la estancia y se permitió pasar el dedo por los escasos muebles que había.

—Hay que limpiar, muchacha —comentó don Ginés—. Esta casa no es tuya y tiene que estar perfecta por si viene otra maestra. Porque no pensarás que vas a quedarte en este pueblo para siempre, ¿verdad?

—Me quedaré el tiempo que quiera y que el Ministerio me mande —respondió Inés—. Además, no tiene por qué ser en esta casa, que ya sé que no es mía. Limpio lo que tengo que limpiar y no creo que usted tenga que decirme a mí lo que debo hacer. Le he dicho que voy con prisa, así que dígame qué quiere y acabemos lo antes posible.

—No me gusta nada eso que les dices a las niñas, eso de que estudien para ser libres o algo así, no me gusta, no está nada bien, y algunos padres opinan lo mismo. Deja de decir tonterías, bastante que vienen; algunas estarían mejor en sus casas ayudando a sus padres, que no pueden con todo el trabajo que tienen. Tú con que les enseñes a leer y a escribir es suficiente. Lo que tienen que ser es buenas esposas, y eso es lo que tendrías que hacer, enseñarles a ser buenas madres y buenas esposas. Y labores, no tengo conocimiento de que hayáis empezado ninguna labor. ¿Para qué piensas que en la Escuela Normal de Magisterio te enseñaron a coser, por ejemplo? Pues a ver si empiezas a enseñarles, eso les va a ser mucho más beneficioso que tanta suma y tanta resta. Pero claro, para eso tendrías que ser tú una mujer digna y abnegada, y me da a mí la sensación que tú de eso, más bien poco. Yo entiendo que en la capital las cosas son diferentes, pero hay que adecuarse a donde uno está y juntarse con gente que merece la pena, y precisamente Lupe no es la mejor de las mujeres de este pueblo. —Guardó silencio antes de continuar—: Bueno, lo que te estaba diciendo y a lo que realmente he venido: la frasecita esa que les dices a las niñas se acabó, ¿entendido? Mira, la puedes cambiar por esta que yo te voy a decir, sí, esta que te voy a dejar aquí en este papelito. —El cura posó sobre la mesa una hoja doblada y un libreto. Inés los miró, pero no movió un músculo para cogerlos—. Dice así: «Seamos hormiguitas graciosas y amables», tal y como recomienda nuestra querida Pilar Primo de Rivera. Te dejo también este cuadernillo que te indica cómo debe ser una esposa perfecta. Limítate a enseñar esto, que es lo único que todas estas niñas necesitan.

Dicho esto, fue hacia la puerta dispuesto a salir, pero antes se dio la vuelta y añadió:

—Es una pena, podías tener en el pueblo la posición que mereces. Aún estás a tiempo. De momento has tomado un camino equivocado, pero estás a tiempo de rectificar. Más vale que cambies, porque si no me voy a ocupar de que no llegues a ver los árboles florecer en este valle.

Inés no movió un solo músculo. Cuando don Ginés cerró la puerta, la maestra cogió con rabia los papeles que le había dejado sobre la mesa y los partió en pedazos, levantó la tapa de la cocina económica, los echó dentro y vio cómo prendían con las escasas brasas que aún estaban encendidas.

—Este hombre tiene la capacidad de colmar mi paciencia —se dijo en voz alta—. Me da igual que me amenace, no pienso decirles estas tonterías a las niñas. Si quiere echarme, que lo haga. No voy a ceder en esto, y tampoco voy a dejar sola y tirada a Lupe. Y en cuanto a las niñas, si cree que voy a aleccionarlas para que solo sean buenas madres y buenas amas de casa, está apañado. Las mujeres somos seres maravillosos que no hemos venido a este mundo a ser criadas de nadie, ni a que nos humillen. No estamos aquí para ser «hormiguitas». Estamos para ser elefantes capaces de pisar fuerte y dejar nuestra huella.

Inés volvió a echarse sobre los hombros la pañoleta de lana y salió con la cabeza alta.

Cuando llegó a casa de Lupe, y como nadie contestaba, entró directamente. Vio a Salud sentada en un pequeño banco de madera comiendo castañas junto a la lumbre. La cría, en cuanto vio entrar a su maestra, se puso en pie y le ofreció unas cuantas para comerlas juntas, una invitación que Inés aceptó encantada. La niña le contó que había ido a buscarlas el domingo con su madre y le enseñó el saco que habían apañado. Luego subieron al desván y le mostró todo lo que había allí, una pequeña despensa extendida por el suelo sobre papeles de periódico amarillentos: avellanas, nueces, garbanzos, alubias y algún que otro fruto más. Inés se sorprendió enormemente de todo lo que allí había; entre su madre y ella eran capaces de sobrevivir, no necesitaban a nadie más.

Al rato llegó Lupe, cargada con un barreño de ropa. Traía las manos rojas y heladas. El agua del lavadero estaba muy fría ya en esa época del año, pero no quedaba más remedio que acudir a él para asear la ropa. Peor sería unas semanas después, cuando el agua a veces estaba incluso congelada. La mujer dejó el barreño encima de la mesa y se sentó un instante, traía la espalda dolorida de haber estado tanto rato doblada mientras lavaba. Escuchó voces en la planta de arriba y llamó con un grito a su hija. Inés y Salud bajaron al instante.

—Hola, Lupe —la saludó Inés—. Espero que no te importe, Salud me ha llevado a ver el desván. Ahí arriba tenéis provisiones para el invierno, me ha encantado verlo.

—Sí, la verdad es que este año se nos ha dado bien —comentó Lupe—, un poco que hemos apañado nosotras y otro poco que estos vecinos tan buenos que tengo me han regalado. Gracias a ellos, ni alubias ni garbanzos me van a faltar todo el invierno. Otra cosa será el compango, pero bueno, algún chorizo y algún trozo de tocino también tengo en la fresquera. Además, el lunes subiré a Potes, al mercado. Voy a ver si hago trueque. Tengo preparados unos quesos que ya están curados y con una poca de harina voy a hacer unos panes, y con lo que saque bajaré alguna *cosuca* más para la despensa —concluyó satisfecha.

—¿Cómo estás? —dijo Inés—. Aún no he hablado con Santander, no quiero llamar desde aquí, tengo miedo de que escuchen la llamada, ya sabes que lo pueden escuchar en la centralita, y no es necesario darle «cuartas al pregonero». Les he mandado carta y estoy a la espera de su respuesta.

—Bueno, tenemos algún mes por delante. Con Salud no tuve mucha barriga, la verdad, como soy tan esmirriada parecía que había engordado simplemente. He pensado que me va a dar miedo salir de aquí, en caliente está muy bien, pero qué voy a hacer yo en una ciudad, nunca he salido del pueblo, Inés. Igual es mejor deshacerme del pequeño cuando nazca.

—¡No digas eso ni en broma! Serías una desgraciada toda la vida. Estás en tu derecho, por supuesto, pero yo te doy mi opinión: una cosa es que lo pierdas o que incluso te lo quites, pero darlo una vez que lo has llevado dentro y lo has parido, eso no, amiga mía. Eso nunca. Aunque quiero que sepas que hagas lo que hagas yo te voy a apoyar, puedo estar o no de acuerdo, pero solo tú eres la que tiene que decidir.

Lupe no pudo evitar soltar una lagrimita, en el fondo sabía que su amiga tenía razón. ¡Cómo iba a dejar a un hijo tirado como si fuera un perro! No podría. Lo mismo que no podría quitárselo, aunque supiera que quizá era lo mejor.

Para cambiar de tema, Inés le contó a Lupe la visita que había tenido de don Ginés.

—No le cuentes al cura que estás embarazada.

—¿Por qué?

—Porque es mala persona.

—Pero si se lo cuento, ¿qué me hará?

—No sé qué te puede hacer. Unas veces parece un hombre amable y otras es como un demonio. No me fío de él, y tampoco creo que pueda ayudarte en nada, la verdad sea dicha.

—Conmigo siempre se ha portado bien. Recuerdo que en una ocasión Salud se puso muy mala y el cura no dudó en coger un caballo que pidió prestado en la casa de la torre para ir hasta Potes en busca del médico. Hacía una noche de perros y el hombre no lo pensó dos veces. Se fue arriesgando su vida por esos caminos.

—Ya, si yo no dudo que de vez en cuando tenga actos caritativos, pero es mejor que no le digas nada.

Cuando Inés salió de casa de Lupe tenía dolor de cabeza. Tal vez la presión por todo lo que le había pasado ese día hizo que su cabeza estuviera dolorida. Entró en casa y recordó el consejo de Roque. Se lavó la cara y las manos, peinó su largo cabello y se recogió de nuevo el moño, buscó en el fondo del armario una pañoleta nueva y se la colocó sobre los hombros. Había llegado el momento de visitar a los señores de la torre.

Eran alrededor de las seis de la tarde y temió que fuera tarde para la visita, de modo que pasaría tan solo por la cortesía de saludar y no se entretendría mucho tiempo. Quizá ahí cenaban pronto y no quería ser una molestia o que se vieran obligados a invitarla.

La puerta de la casona se abrió y tras ella apareció el mismo muchacho que vio el primer día asomado a la ventana. Era un joven alto y delgado, llevaba unas gafas de moldura dorada muy fina, aunque los cristales parecían tener bastante aumento. Al verla no se sorprendió; al contrario, le hizo un gesto y la saludó amablemente.

—Buenas tardes, señorita Inés, esperábamos su visita —dijo—. Sabemos que ha estado muy ocupada y por ese motivo no ha tenido tiempo hasta ahora para visitarnos. Mi madre está en la biblioteca. Si quiere, puede pasar al salón mientras voy a buscarla; estará encantada de saludarla. La verdad es que teníamos muchas ganas de conocerla.

¡Ah! Perdone, mi nombre es Gustavo, a veces hablo de más y sin embargo no digo lo que debo decir.

—Buenas tardes, Gustavo. Disculpen que no haya venido antes —repuso Inés.

—Pase, por favor, y tome asiento, en un momento vengo.

Tal y como le dijo, en dos escasos minutos madre e hijo entraron en el salón.

Inés se puso en pie y se acercó a la señora Irene.

—Mi querida señorita Inés, qué ilusión me hace su visita. Seguramente mi Gustavo ya le ha dicho que estábamos esperándola con muchas ganas. Siéntese, por favor. Ahora mismo nos van a servir un café y unos hojaldritos muy ricos que me traen de Torrelavega. Verá qué cosa más buena.

—Muchas gracias, señora, pero no quiero molestar. Sé que es un poco tarde, pero no quería dejar pasar otro día sin venir. No se moleste, de verdad, no es necesario que traigan nada, seguramente ustedes cenen pronto y tomar ahora algo les puede entorpecer su rutina.

—No, no, no se preocupe por nosotros, no cenamos tan pronto. Además, hoy llegará mi esposo y le esperamos para la cena. Por cierto, ¿quiere usted quedarse a cenar? Nos encantará que comparta mesa con nosotros.

—No, por Dios, faltaría más. Quizá en otra ocasión. Mañana me espera una nueva clase, como sabe, y tengo que preparar algunas cosas.

A pesar de las prisas de Inés, hablaron largo y tendido de muchas cosas; lógicamente, de Mogrovejo y de sus gentes, pero sin críticas; al contrario, con cariño e incluso admiración; también de la ciudad de Santander y de su bahía, de música y sobre todo de libros. Tanto doña Irene como

Gustavo eran grandes lectores y le enseñaron con orgullo la maravillosa biblioteca donde ambos pasaban horas. Era una delicia escuchar a aquella mujer hablar con admiración de grandes escritores como Emilia Pardo Bazán, Concha Espina, José María de Pereda, Lorca, Pío Baroja, José Zorrilla y de otros muchos a los cuales Inés no había tenido ocasión de leer, como Alejandro Dumas, Charles Dickens o Cirilo Villaverde. Dedicaron un tiempo a hablar de un joven escritor que en el año 1947 había ganado el Premio Nadal, Miguel Delibes, por su obra *La sombra del ciprés es alargada.*

Sin darse cuenta las horas habían pasado y el sonido del reloj del salón advirtió a Inés de que había llegado el momento de despedirse.

—Espere un momento —dijo doña Irene, y dirigiéndose a su hijo, añadió—: Gustavo, tráeme los dos libros que tengo sobre el escritorio. Son de Delibes, verá como le gustan. Uno es del que hemos hablado y el otro es *El camino*, una dulzura de historia. Ya me los devolverá cuando los termine, pero no tenga prisa, nosotros ya los hemos leído. Y, por favor, no tarde en volver.

Madre e hijo acompañaron a Inés hasta que comenzó a descender la pequeña pero empinada colina.

Aquella tarde había sido diferente a cualquiera de las que había pasado nunca, y eso la puso contenta. Conversar con esas personas le había proporcionado tranquilidad. Gustavo era un chico callado que intervenía con educación aportando una cantidad de datos sobre los autores que le hacían parecer una enciclopedia. Y doña Irene exponía un punto de vista diferente al de su hijo, más común, más fácil de entender para la maestra. En resumen, parecía que estaba en otro pueblo, donde los problemas no eran esos a los que ella ya se había acostumbrado. En aquella casona todo parecía ser felicidad y paz, y eso le daba motivos más que suficientes para volver.

20

Querida *niñuca*:

No sabes la alegría que nos ha dado recibir tu carta. Aquí las cosas están muy bien. Don Roberto sigue con nosotros, ya sabes que el hombre, como está solo, prefiere quedarse en la pensión que alquilar una casa, y a nosotras no nos importa. Le subieron el sueldo en el Ministerio y no veas los regalos que nos trae. De vez en cuando comemos unas chuletas buenísimas y pasteles casi todos los domingos.

Pero bueno, que eso a ti seguro que no te importa mucho, ¿verdad, niña? Nos alegramos mucho de que tu escuela sea tan bonita, no mereces menos. ¡Menuda suerte que tienen esas niñas teniéndote de maestra!

No quiero que se me olvide decirte que Conso y yo casi no discutimos. Bueno, solo de vez en cuando, pero ya sabes cómo es esta mujer, no deja de hablar ni dormida. Eso no cambia, hija.

Bueno, vamos a lo que nos ocupa. Recibimos tu segunda carta donde nos contabas lo de esa muchacha. Tú sabes que esta casa es tuya y nosotras no somos nadie para poner objeciones. No nos gusta mucho, la verdad, pero si no ves otra solución, aquí estamos para lo que tú digas. De todos modos, Consolación estuvo el otro día en Torrelavega, fue a ver a su cuñada y le comentó el asunto. No sé si lo sabes, pero la cuñada trabaja en una pastelería muy buena de allí y al parecer están buscando gente. Es posible que pudiera encontrar allí trabajo, preguntaban cómo se le da la cocina, aunque igual la quieren para limpiar, pero oye, que no está nada mal pagado por lo que me ha dicho. De todos modos, si pudieras hacer una conferencia sería mucho mejor, así hablas con ella y te puede contar mejor cómo es esto, a mí me ha hablado tanto que al final la escuchaba pero no la oía, o bueno, como se diga, la oía pero no la escuchaba.

Bueno, *niñuca*, que eso es lo que tenemos, que si puedes, nos telefoneas y así hablamos mejor.

Cuídate mucho, *niñuca*, tápate que hace frío y tu coges catarro enseguida, acuérdate de tener miel y tomar para la garganta.

Muchos besos de parte de Consolación y de mi parte, claro.

TINA

P. D.: Que se me olvidaba, te pongo dentro una carta que te envió tu hermano Ignacio.

Lógicamente, Inés había visto la carta de su hermano, pero había preferido leer antes la de Tina. Acercó el sobre a su nariz intentando buscar un aroma que le recordase a su pueblo, pero desgraciadamente no lo encontró. Rasgó el sobre metiendo por un lateral la punta de un cuchillo que tenía a mano y comenzó a leer. Las noticias que su hermano le contaba la entristecieron. Gema e Ignacio habían intentado tener un hijo, pero después de quedarse embarazada en dos ocasiones, los fetos no habían conseguido llegar a término. Aquella situación les había ocasionado mucho penar y habían decidido dejarlo estar y olvidarse del asunto. Gema ahora estaba bien, lo había pasado muy mal pero ya lo había superado. Ignacio le contaba que estaban pensando en ir a Francia a trabajar, le habían dado la posibilidad de formar parte de la plantilla en un museo como ordenanza o bedel y se estaban planteando aceptar. Por supuesto, le mandaba muchos recuerdos de su mujer y muchísimos besos. Algo que le alegró a Inés fue saber de su hermano pequeño, Lisardo. Al parecer estaba bien, se había casado y tenía un niño. Se sintió feliz, era tía de nuevo, aunque posiblemente nunca conociera a su sobrino, pues su hermano estaba en Hesse, Alemania, y trabajaba en una fábrica metalúrgica. Por fin sabía de él. En ocasiones se había temido lo peor, habían sido muchos años sin tener noticias.

Inés se puso muy contenta de haber recibido las dos cartas. Habían supuesto una inyección de felicidad tras unos días decaída. Roque llevaba varias jornadas sin aparecer por casa y ella se sentía sola. Además, como no se atrevía a preguntar a nadie para no levantar ningún tipo de sospechas, no sabía lo que le podía haber pasado. Tal vez su mujer había empeorado, o quizá había fallecido.

Como si de un presagio se tratase y para su desgracia, no tardó en saber qué había pasado con él. Por supuesto, el portador de las noticias no podía ser otro que don Ginés.

—¿Se puede? —preguntó el cura apoyado en el quicio de la puerta.

—Si no queda más remedio... —contestó la muchacha en voz baja al escuchar la voz inconfundible del cura mientras doblaba las cartas y las metía en el bolsillo del delantal—. Pase, pase —dijo, esta vez en alto—. Vamos a ver qué bendiciones me trae hoy.

—A ti bendiciones pocas, la verdad. Si quieres bendiciones, estaría bien que fueras a misa de vez en cuando, ¡menudo ejemplo para las niñas! Hace dos domingos que no apareces por la iglesia, esa es una falta que no voy a poder pasar por alto.

—Vaya novedad, como si todo lo que he hecho desde que llegué fuera de su agrado. Mire, padre, a usted no le gusto yo y a mí tampoco usted. Voy a rezar cuando me da la gana, porque voy a hablar con Dios, con ese Dios que mi madre me enseñó a querer, y resulta que el emisario que Nuestro Señor tiene en este pueblo no me gusta, lo siento.

—Eres una desagradecida, vas a pagar muy caras tus palabras. No cuentes con seguir en este pueblo el año que viene, ya me he ocupado de que no te mantengan aquí, ni en la comarca tan siquiera. Y como sigas con esas contestaciones y esas malas formas, voy a tener que dar parte a la Guardia Civil.

Inés no quiso contestar, llegaba un punto en que le daba miedo. Quizá había tensado demasiado la cuerda y estaba claro que tenía todas las de perder.

—El caso es que vengo a decirte que Sara..., ya sabes de quién te hablo, ¿verdad?, pues resulta que ha dado a luz a una niña, pero la mujer no ha podido aguantar el esfuerzo y desgraciadamente ha fallecido a las pocas horas. Don

Bernabé, el cura de La Vega, ha tenido que salir de viaje por un asunto familiar y yo oficiaré los actos mortuorios en su ausencia.

Inés se entristeció y sus ojos se llenaron de lágrimas. Los sueños de Roque se habían ido al traste. ¿Qué iba a ser de esa pequeña?

—Por favor, dígale a Roque de mi parte que le acompaño en el sentimiento —dijo Inés—. Lo siento muchísimo, hay cosas que no entenderé nunca, una mujer joven que muere y deja a un pequeño desamparado no tiene explicación alguna.

—Las explicaciones a todo eso sabes perfectamente dónde están: en la fe —replicó don Ginés—, pero claro, está visto que tú careces de ella, y haces mal, Dios Nuestro Señor te castigará por renegar de Él. Pero bueno, este es otro tema. Le transmitiré a Roque tus condolencias, pero lo hago por él, no por ti. Aunque lo cierto es que me ha decepcionado con su actitud, le tenía por un hombre de ley, leal y cabal, y he visto que no se ajusta en absoluto a estos principios.

El cura se colocó la boina negra que cubría su cabeza casi desnuda y salió, no sin antes decirle a Inés que le parecía muy bien la visita que le había hecho a doña Irene, era una gran mujer de la que debería aprender algo. Dicho esto, y sin esperar respuesta alguna, se marchó.

Aunque el fallecimiento de la mujer de Roque fue un duro golpe para la maestra, por un segundo, casi de manera inconsciente, pensó que tal vez ahora ellos tendrían alguna posibilidad de estar juntos.

Tantas noticias de golpe la tenían muy alterada, de modo que decidió salir a dar un paseo. Tras ella, como siempre, iba su inseparable perro al que había llamado Pirata por la mancha que tenía en el ojo. Primero caminó hasta la salida del pueblo y luego decidió continuar en dirección a Redo. Su intención no era la de llegar a ninguna parte, solo quería estar sola, pensar y andar hasta agotarse. Absorta en sus pensamientos, vio a alguien acercarse de frente. Era una mujer joven que venía cargada con un gran cesto. Al principio no la distinguió, pero luego vio que era Purificación, la madre de Carmina. Se extrañó, ya que la mujer le había dicho que estarían ocupadas atendiendo a su suegra. Al cruzarse con Inés, Purificación se mostró nerviosa y sin muchas ganas de pararse a charlar, pero la maestra de alguna manera la forzó a hacerlo.

—Buenas tardes, ¿qué tal va todo?, ¿cómo se encuentra su suegra?

La mujer bajó la cabeza y en voz más bien apagada contestó sin muchas ganas:

—Buenas tardes, señorita. Bien, va mejor. Ya me perdonará, pero tengo mucha prisa.

Purificación se disponía a seguir su camino, pero Inés insistió:

—Espera, mujer, que la ayudo, va muy cargada. Voy a darme la vuelta ya, que se está haciendo de noche y no quiero alejarme más.

Inés intentó ayudar a la mujer, pero esta se resistió y al tirar ambas del cesto, este cayó al suelo y su contenido quedó desparramado por el camino.

La madre de Carmina recogió rápidamente todo lo que se había caído. Lógicamente, Inés la ayudó y lo que vio en el suelo fue un montón de trozos de tocino, chorizos y café, y envuelto en un paño, una pistola y una caja de munición que intentó ocultar con su falda.

—Madre mía, pues sí que va cargada —dijo Inés, sin darle demasiada importancia a lo que acababa de ver.

Purificación se puso en cuclillas mientras acicalaba el cesto, entonces levantó la vista y, con miedo en los ojos, le dijo:

—Señorita, por favor, no me delate.

Inés se agachó hasta ponerse a su altura y la tomó de las manos.

—No, no te preocupes —dijo en un tono cariñoso—. A mí no me importa lo que tú hagas, en estos momentos lo principal es sobrevivir, así que estate tranquila. ¿Me dejas que te acompañe?

La mujer asintió con la cabeza y dejó que Inés la ayudara. Sin embargo, la suerte no estaba de su parte y a unos metros vieron aparecer a la pareja de la Guardia Civil del pueblo, que con sus capas al aire ocupaban casi todo el paso.

—¡Dios mío! —exclamó Purificación.

—Tranquila, déjame a mí y sígueme la corriente. Tú sonríe —dijo Inés.

En cuanto las tuvieron delante, los guardias les dieron el alto.

—Muy buenas, señoras. ¿Adónde van?

—Buenas tardes, señores —respondió Inés—. Vamos a casa, a Mogrovejo. Soy la maestra de las niñas, pero aún no he tenido ocasión de saludarlos. Los he visto alguna vez por el pueblo, pero estaba lejos y por eso no pude hacerlo. ¿Igual resulta que tienen ustedes alguna niña a las que doy clase? Cuando pasen por el pueblo, entren en la escuela, seguro que a las niñas les encantará que ustedes les cuenten cómo es su trabajo y a mí me gustará prepararles un *vasuco* de leche caliente ahora que ya empieza a refrescar. Ah, por cierto —Inés se acercó a uno de ellos susurrante—, me gustaría saber qué es eso de los hombres que andan por el monte. Tengan en cuenta que soy una mujer sola e indefensa y me está dando un poco de miedo lo que oigo, sufro del corazón por una afección que tengo de nacimiento y no me gustaría tener ningún susto. Igual me pueden informar qué puedo hacer para sentirme más segura, lo estoy pasando bastante mal por las noches, no hago nada más que oír ruidos, aunque la mayoría de las veces son por el viento, el agua o cualquier animal, pero no se imaginan lo mal que lo paso.

—Tranquila, señorita, nosotros estamos al tanto —dijo uno de los guardias—. Además, esos hombres se mueven por la zona de La Vega. Es posible que se acerquen, cierto es que no sabemos por dónde pueden ir, pero nunca hemos tenido conocimiento de que hayan pisado su pueblo. Las dejamos continuar, que parece que va a llover.

Purificación estaba pálida, no sabía si llorar o reír. La soltura que había tenido Inés para desviar la atención de los guardias la había dejado perpleja, los guardias no la habían mirado ni una sola vez, ni tan siquiera se habían fijado en el cesto.

Las dos mujeres caminaron a paso ligero, no querían mirar hacia atrás para no levantar sospechas. Cuando calcularon que ya estaban lejos, Inés se volvió y al ver que no había nadie se paró, forzando a que Purificación hiciera lo mismo.

—¡Uf, qué rato más malo! —exclamó la maestra—. Pero mira, me he dado cuenta de algo. Resulta que en mi casa de Santander vive una señora que se llama Consolación y habla sin parar, no para nunca. Me he acordado de ella y he hecho lo mismo, y ¡oye!, nos ha servido. De esta nos hemos librado, pero en adelante debes tener mucho cuidado. Como te cojan, ¿qué va a ser de tu hija? Por cierto, perdona que te pregunte, pero ¿tienes marido?

—Sí, claro que tengo, aunque apenas le veo, está en Las Manforas. Viene a veces y ahora, cuando empiece el invierno, ya será muy difícil que aparezca, la nieve lo cubre todo y no pueden bajar, pero es lo que hay. Yo me encargo del poco ganado que tenemos y... con esto voy tirando —dijo mirando el cesto.

—¿Y Carmina?

—Está con mi suegra. Es cierto que está enferma y la mandé para que la atendiera, yo además tengo otro pequeño que está con María la de Poldo, me lo cuida cuando tengo que salir a trabajar o como pasará mañana, que desgraciadamente tengo que ir a La Vega porque una buena amiga ha muerto. La pobre, con lo feliz que estaba con su marido... A él seguro que le conoces, se llama Roque. La mujer ha muerto al dar a luz, aunque estaba muy enferma desde hacía meses, tuvo un accidente muy grave.

—Lo sé, conozco a Roque —dijo la maestra—. Antes don Ginés me contó lo que había pasado. No la conocía, pero seguro que era una mujer maravillosa.

—Sí que lo era —repuso Purificación—. De hecho, nos criamos juntas. Cuando yo me quedé huérfana, su madre me cuidó como si fuese su propia hija, siempre estuvo pendiente de mí. Y yo, cuando mi amiga más me necesitaba, apenas hice nada por ella —dijo con tristeza—. La verdad es que no podía, ella estaba en La Vega y yo en Mogrovejo, que son unas cuantas horas de camino. En el tiempo que ha estado enferma he ido solo una vez, por suerte, en bicicleta, y mañana también iré así. No es mía, me la deja Poldo, y en algo más de dos horas estoy allí.

—Le he dicho a don Ginés que le dé el pésame de mi parte a Roque, pero seguro que se le olvida. ¿Tú me harías el favor?

—Claro que sí, ¡con lo que te debo! Si me llegan a pillar, no salgo del cuartelillo viva.

Al llegar a la entrada del pueblo una y otra tomaron caminos diferentes. Inés decidió pasar por donde Lupe. Pasaban las semanas y la solución para ella no llegaba, por lo que estaba empezando a perder la paciencia y los nervios. Intentaba disimular la tripa, pero en breve iba a resultar inviable, por eso permanecía el mayor tiempo posible en casa, saliendo de ella lo justo. Al lavadero iba a última hora de la tarde, sabía que a esa hora no había nadie porque hacía demasiado frío y además las mujeres solían ir siempre de mañana, con la luz del día y el sol calentando aunque solo fuera un poco. También había dejado de ir a los mercados, lo cual le estaba ocasionando un problema, pues empezaban a faltarle algunos alimentos y ni siquiera había entrado el invierno. La situación era un poco desesperante, no sabía qué hacer y en más de una ocasión se había acercado hasta la iglesia con idea de pedirle ayuda al cura, a pesar del consejo de Inés.

—Buenas tardes, ¡qué fresco hace! —dijo la maestra en cuanto entró en casa de Lupe—. Pero ¿qué te pasa? Tienes una cara rara, no sé si de cansada o de enfadada.

Lupe estaba sentada en un banco junto a la lumbre desgranando unos garbanzos que Raquel le había dejado en la puerta. Cuando vio aparecer a Inés, se secó los ojos con el delantal; estaba llorando.

—Nada, ¿qué me va a pasar? Que no sé qué voy a hacer. ¡Mira qué barriga tengo ya! Ya voy para los cuatro meses. Va a ser imposible esconder esto por más tiempo.

—No, no te preocupes más. Escucha, he recibido carta de Santander, estoy segura de que en unos días todo va a estar listo. Es casi seguro que te han encontrado un trabajo en Torrelavega, ya verás que todo se arregla.

—¿De verdad? ¿No me mientes? —Lupe no pudo contener las lágrimas y rompió a llorar—. No sé cómo pagarte lo que estás haciendo por mí. Me estás evitando la vergüenza más grande que se puede tener. Muchas gracias, Inés. No me conoces casi de nada y mira lo que haces por mí. ¡Qué hubiera hecho yo sin ti! Me hubiera tirado al Deva como poco.

—Deja de decir tonterías —replicó la maestra—. Tú ahora prepárate porque en la próxima carta seguro que nos dicen dónde tienes que ir. Y estate tranquila, que poco a poco las cosas se arreglan. Bueno, yo me voy, que mañana es día de escuela.

—Espera, llévate unos garbanzos. Ya verás qué buenos están, y no te olvides de ponerlos a mojo.

—¡Qué ricos! Gracias, Lupe. Esta mañana Raquel también me dejó un *cestuco* en la puerta de casa con unos garbanzos, y tenía pensado hacer lo mismo que estabas haciendo tú ahora. ¡Unos cuantos más nunca sobran, ahora que viene el frío! Bueno, me voy. Descansa y ya seguro que mañana lo verás todo más claro.

21

Despertaba el día con niebla y luces difusas, pequeñas ráfagas de aire abrían ventanas entre la niebla que dejaban ver las imponentes montañas. Los rayos de sol iluminaban los bosques mostrando la grandiosidad de los Picos de Europa. Era un noviembre cálido, las témporas quedaron con sur y se notaba. Sin embargo, ese viento no tardaría en tornarse frío y con él llegarían las primeras heladas.

Inés no podía ocultar la tristeza que le producía no saber nada de Roque; habían pasado más de diez días desde el fallecimiento de su mujer y el veterinario no había vuelto por el pueblo, ni tan siquiera para abrir la casa como solía hacer, y si lo había hecho, no había venido a visitarla.

Los ladridos de Pirata hicieron que se acercara a la puerta. El perro se había convertido en el mejor guardián, pasaba las noches sobre el poyo situado fuera de la casa y eso le ofrecía una visión mucho más amplia de quien se pudiera acercar a la escuela. La maestra abrió la puerta y, sorprendida, se encontró a Roque. Estaba más delgado, traía barba de varios días y sus ojos color avellana estaban apagados, tristes. Sin mediar palabra, Inés le hizo un gesto con las manos para que entrara y él aceptó. Cuando llegaron a la cocina, se quitó la boina de la cabeza, arrastrándola por el cabello, y la dejó caer sobre la mesa; luego se sentó junto a la ventana.

—¿Qué tal estás? —preguntó Inés.

—Qué te voy a decir —respondió Roque—, aunque a ti ni quiero ni puedo engañarte: no estoy nada bien. Me he quedado solo con una pequeña que no sé qué hacer con ella. No es que no la quiera, es mi hija, y además es el vivo retrato de su madre. Le he puesto su nombre, no quiero olvidar nunca a esa mujer. —Hizo una pausa, bajó la cabeza y se pasó los dedos índices de ambas manos por los ojos, limpiando así las lágrimas que ya asomaban—. La conocía desde que éramos niños —continuó—. La primera vez que la vi fue en la romería de la Salud. Durante el trayecto hasta Áliva comenzamos a hablar. Yo subía por aquí, por la vega de Mogrovejo, y ella por el puerto de Pembes. Nos encontramos aquel día, la primera vez en la fuente de los Asturianos, donde los animales paran a beber. Mi tío y su padre se conocían y ellos iban delante de nosotros portando la Virgen. Así comenzó nuestra historia, aunque no volvimos a vernos hasta el año siguiente, en el mismo lugar, y caminamos juntos tras la Virgen.

»Ese mismo año, el 14 de septiembre, por las fiestas de la Cruz, nos hicimos novios. Me tomé unos chiquitos de vino, me armé de valor y fui a pedir permiso a su padre. Nos casamos en julio del 49 en Áliva, en la nueva ermita de la Salud. Qué curioso, nuestra vida ha girado en torno de la Virgen de la Salud y precisamente eso es lo que no hemos tenido, salud. —La emoción hizo que la voz se le quebrara—. La quería mucho, Inés. De verdad, era igual que yo, pensaba como yo, quería lo mismo que yo, amaba lo mismo que yo y soñábamos lo mismo. Era dulce, amable, guapa, atenta, trabajadora, familiar; era tantas cosas que utilizaría todos los adjetivos que encontrase para describirla. ¿Qué voy a hacer ahora, Inés? —De nuevo su voz se rompió—. Qué cierto es que la felicidad completa no existe, y si existe... no dura mucho.

Inés no quiso hablar y dejó que Roque continuara expresando su dolor.

—No he tenido una vida fácil, pero también es cierto que otros muchos han estado peor que yo. Lo pasé muy bien en la universidad, eso no lo puedo negar, y con Sara fui un hombre feliz. Soy joven y tengo que reponerme y seguir viviendo. Voy a cumplir mi sueño. —Guardó de nuevo silencio—. Me voy a Venezuela. Voy a esperar unos meses, hasta que la niña esté más hecha, y luego me voy.

—Y la pequeña, ¿te vas a llevar a la niña?

—No, no la puedo llevar conmigo. Voy a trabajar, no a descansar. Me han dicho que hay un colegio en Santander donde puede estar interna. Enviaré el dinero que sea necesario y ella se criará con las monjas a buen recaudo. La tía de mi mujer no quiere hacerse cargo. Tengo un conocido que es familia de la madre superiora del colegio que te hablo y va a mediar con ella para ver si me recogen a la niña, aunque no tengo muy claro que quieran acogerla siendo tan pequeña.

Inés se quedó esperando a que Roque continuara, pero no lo hizo. Levantó la mirada hacia la joven como pidiendo su opinión.

—Si lo que quieres es que te diga lo que pienso, lo voy a hacer —dijo Inés—. Sé que no tengo mucha confianza contigo, pero tengo que decirlo, si no reviento. No me parece bien lo que vas a hacer. Mi madre murió cuando yo era muy niña, sé lo que es criarse sin madre y con un padre que era un indeseable, pero siempre tuve el cariño de mis hermanos. —Se sentó a su lado y lo miró muy seria—. No puedes meter a tu hija en un colegio y dejarla allí sola, sin infancia, rodeada de monjas. Allí todo es oscuro, rezos y órdenes es lo que va a tener por juegos. Esa no es vida para una pequeña. Por suerte, no tengo la experiencia de haber estado en un internado, pero conozco amigas del pueblo que estuvieron en sitios así y la mayoría de ellas no me hablaban con mucho cariño de ellos. No es vida para una niña estar encerrada durante semanas. ¡No puedes hacer eso, no te lo perdonará nunca!

—Para ti es fácil decir eso, pero yo no puedo hacerme cargo. No sé. ¡Para eso debería haberse quedado su madre! ¡Dios! —Roque dio un puñetazo en la mesa mientras pronunciaba entre gritos esas últimas palabras.

—Mira, ahora estás muy nervioso, muy triste —intentó tranquilizarlo Inés—. No puedes pensar con claridad y todo lo ves negro, parece que no hay salida. Pero la hay, Roque, verás que sí, y yo puedo ayudarte, si quieres. No lleves a la niña a ese lugar, por favor te lo pido. Ella no tiene la culpa de tu desgracia, no hagas de ella una desgraciada también. Date tiempo, verás como en un par de meses todo lo ves diferente. Intenta refugiarte en el trabajo, en los amigos, distráete.

Inés tomó sus manos en las suyas como muestra de apoyo. Roque, al sentir el calor de sus suaves manos, se aproximó a la joven buscando un abrazo y le rodeó con los brazos su cintura. Ella se dejó llevar, no puso ningún tipo de impedimento. Los dos mantuvieron sus cuerpos pegados, con las cabezas del uno y la otra reposando en el hombro contrario. Durante un instante solo se escuchó en la habitación la respiración tranquila de los dos jóvenes.

La puerta de la calle se abrió de repente sobresaltando a la pareja, que continuaba fundida en un sentido abrazo.

—Perdón, ya vuelvo luego, no... no quería molestar.

Inés se separó y se puso en pie casi de un salto. Instintivamente se arregló el cabello y recompuso su vestido. Roque también se levantó.

—No, deja, Purificación, yo ya me iba —dijo el muchacho, y añadió azorado—: No confundas lo que has visto, solamente me estaba dando el pésame.

—Tranquilos, yo soy una tumba —repuso la madre de Carmina.

Roque recogió de la mesa su boina y se la colocó, saludó a las dos mujeres y se despidió con un simple «adiós».

Estuvieron solas y en silencio unos segundos, hasta que Inés se decidió a hablar primero:

—Pensarás que soy una fresca, el pobre acaba de quedarse viudo y yo...

—No tengo nada que pensar, ni nada que decir. Como tú dices, él está viudo y tú, soltera. Es más, a la hija de mi amiga le vendría muy bien una madre como tú. Sara estaría contenta. Yo la conocía muy bien e incluso llegamos a hablar del tema en alguna ocasión; ella sabía que no duraría mucho y sufría pensando en su marido. —A continuación, dejó en la mesa un paño—. Toma, te traigo unos huevos y un *quesuco*. Voy para Redo a buscar a la chiquilla, mi suegra ya está mejor. El lunes volverá a la escuela. Por cierto, las niñas están en la puerta esperando que abras. ¡Venga, mujer! —exclamó con una sonrisa en los labios.

—Te lo agradezco, pero no tenías que traerme nada, chica, seguro que te hace más falta a ti.

Purificación se cruzó la toquilla que llevaba sobre los hombros y salió despidiéndose con una sonrisa.

Inés bajó las escaleras y se dirigió a la escuela. Al pasar junto a las niñas, estas se arremolinaron al verla llegar, la saludaron y no pararon de hablar mientras ella les daba los buenos días con una sonrisa en la boca. Esa mañana tocaba lectura, y la maestra les había prometido leer con ellas una obra de teatro que luego iban a interpretar. Estaban muy ilusionadas, nunca habían hecho nada parecido. Inés les había explicado cómo era una función teatral y cómo había que interpretar un personaje. La obra que tenía sobre la mesa y de la cual había ido copiando personaje a personaje en la pizarra para que las crías pudieran tomar notas era de Jacinto Benavente, *Campo de armiño*.

Comenzó la clase contándoles la vida de don Jacinto, dónde había nacido, las obras que había escrito y otros detalles más. Las niñas la escuchaban embelesadas. Después quiso hacerles un resumen de la obra y más tarde las más mayores, las que ya sabían leer, lo hicieron mientras el resto de sus compañeras prestaban atención.

Pasó una jornada maravillosa viendo la atención que las pequeñas ponían en todas y cada una de las palabras que ella pronunciaba. Días como ese le hacían adorar su profesión y le llenaban de ganas y de fuerza para continuar.

Al terminar las clases, Inés se metió en casa, se sentó junto a la ventana y tomó uno de los libros que doña Irene le había dejado. Tenía ganas de leer aquellas historias que con tanta pasión le había recomendado. Pero algo hizo que su atención se distrajera de la lectura. Escuchó a los chicos acercándose a su casa y pronto pudo verlos bajo la ventana. Inés no quiso abrir, solo se puso en pie y observó lo que hacían. Pero los chicos la vieron y la llamaron.

—Señorita Inés, vamos a jugar al calvo. ¿La molestamos si nos ponemos aquí?

—No, no hay problema, me gustará ver cómo es ese juego. Pero ¿ya habéis hecho todos las tareas?

—Sí, señorita, don Eleuterio nos puso poca faena.

—Muy bien, pues a jugar.

Mientras charlaba con los niños vio como también las niñas se acercaban, pero ellas se quedaron más abajo que sus compañeros. Una de ellas, Lucía, soltó la comba hecha con el sarmiento de la vid y, ofreciéndole un extremo a otra, empezaron a hacerla girar. Todas saltaban cuando les tocaba la vez y mientras entonaban: «Soy la reina de los mares y ustedes lo van a ver, tiro mi pañuelo al suelo y lo vuelvo a recoger. *Pañueluco*, *pañueluco*, quién te pudiera tener, *dobladuco* en un bolsillo como un *pliegu* de papel». Inés sonrió al escucharlas, ella también había saltado a la comba de niña y le trajo recuerdos.

Sin embargo, al calvo nunca había visto jugar, y observó a los chicos cómo hacían los preparativos. Colocaron sobre una superficie marcada un palo de tres patas al que debían derribar y desplazar lo más lejos posible de su posición. Dentro del cepero, el agujero hecho en el suelo, se colocaba siempre el calvo y los jugadores lanzaban desde la línea de tiro, de uno en uno. En cuanto el calvo caía, los chicos que habían tirado tenían que recuperar su palo. Ese era el momento que aprovechaba el calvero para lanzar una zapatilla y darle a alguno, que sería el que le sustituiría. Pero antes de eso, cuando el palo caía, gritaban: «¡Calvo a tierra, calvero a la mierda!». El calvero, antes de lanzar la zapatilla, tenía que volver a colocar el calvo en el lugar marcado, por eso lo importante, además de tirarlo, era lanzarlo lo más lejos posible.

A pesar de que el día había empezado para Inés de una manera triste, nuboso, igual que encontró el amanecer cuando abrió su ventana, el sol por fin había salido.

Aquella mañana, el sonido de las voces de la gente del pueblo llamó la atención de Inés, que abrió la ventana para ver qué era lo que pasaba. A lo lejos observó a dos de sus vecinos caminando a paso ligero. Uno de ellos era Poldo, que se despedía de María. Esta, al ver a Inés asomada a la ventana, se acercó.

—Buenos días, Inés. Pues nada, allá van que les toca, tienen la vez.

—¿La vez? ¿Y adónde van tan temprano?

—Claro, qué tonta, perdona. Es tradición que todos los viernes, mientras está abierta la vez, una o dos personas del valle honren la cruz. Y esta semana le ha tocado a mi marido y a Samuel, el de la Esperanza. Irán caminando hasta el monasterio.

—No sabía nada de eso. Bonita tradición, ¿hace mucho que se lleva a cabo?

—Uf, de toda la vida. Bueno, durante la guerra costó un poco... Ya sabes, no estaban los caminos como para andar por ahí, pero de todos modos se intentaba. Todos los viernes desde el 16 de abril hasta el mes de octubre, los lebaniegos caminamos hasta Santo Toribio cuando nos toca. Bueno, te dejo, que voy a acompañarles un rato en el camino.

22

Pasó el otoño y el invierno cayó como una losa, frío y húmedo. Los días eran muy cortos de luz y muy largos para estar en soledad. Inés apenas salía de casa, la nieve cubría el pueblo formando una capa blanca que, mirándola a lo lejos, semejaba la cola de una novia abandonada. Necesitaba la compañía de alguien, un abrazo, uno de esos que te hacen cerrar los ojos, de esos que te aferran a la vida, de esos que hacen que los brazos que te cobijan se conviertan en hogar, en fuego y en azúcar.

Para entretenerse, acudía por las tardes a casa de algún vecino que la acogía gratamente y le daba conversación y compañía, además de un buen vaso de leche caliente. Muchas de esas tardes subía a la casa de la torre y allí conversaba con doña Irene, y en ocasiones, cuando ella no estaba, charlaba largo y tendido con Gustavo. Se habían convertido en grandes amigos. El chico le contaba sus cosas y ella escuchaba con atención, aunque intentaba no alargar mucho esas visitas cuando su madre no estaba, pues no quería que por el pueblo se pudiera malinterpretar su amistad con el joven.

Los domingos iba a misa, algo que alegró a don Ginés e hizo que dejara un poco de lado su rechazo hacia ella. A veces el cura le preguntaba por lo que estaba enseñando a las niñas y de manera sibilina intentaba que la maestra le hablara de las vidas de sus alumnas, pero Inés siempre conseguía eludir el tema con gran habilidad.

Por desgracia, también había perdido uno de los apoyos que tenía en el pueblo, pues Lupe se había ido. Por mediación de una prima de Consolación, al fin había conseguido un trabajo en Torrelavega, la ciudad del Besaya: la habían contratado en una buena pastelería, confitería Blanco, y allí había aprendido a elaborar el mejor hojaldre de la región y posiblemente de España; sus polkas, almendrados, tartas, bombones y paciencias, entre otros dulces, hacían las delicias de pequeños y mayores. Trabajaba duro, pero estaba feliz. Entre extraordinarias mantequillas y excelente harina, se pasaba los días aspirando el olor que desprendían los hornos y que inundaba el obrador y toda la calle. Su jefe era un buen hombre y el resto de los compañeros la acogieron con cariño. Inés estaba tranquila porque la pequeña Salud se encontraba bien y perfectamente atendida.

Al principio vivían con Tina y Consolación en la pensión de Santander, y cuando naciera el pequeño ya tenía hablado con una prima dejárselo durante un tiempo, hasta que Salud hubiera crecido un poco más y pudiera ocuparse de su hermano. Luego, la prima de Consolación también le ayudó a encontrar casa en Torrelavega. Vivía con una señora sexagenaria en la calle Ancha, muy cerca de la confitería. Doña Lourdes, que así se llamaba, era una dama con posibles que por circunstancias de la vida había perdido muy joven a su marido, no tuvo tiempo de tener hijos con él y quedó tan marcada por la pérdida de su esposo que nunca más volvió a enamorarse. Estaba sola y lo que quería era compañía. La verdad es que Lupe había tenido mucha suerte y se la veía alegre. Cuando se fue de Mogrovejo ya empezaba a notársele la tripa abultada, pero la ropa de invierno lo cubría todo, con lo cual no levantó ninguna sospecha.

Inés y ella se escribían semanalmente e incluso la maestra había ido a visitarla en una ocasión gracias a don Eleuterio, al que visitó un pariente que los llevó con su auto a pasar el día a Torrelavega. Mientras los hombres paseaban por la ciudad, las dos mujeres pudieron pasar unas horas juntas. Inés visitó la casa donde vivía y conoció a doña Lourdes, quien le pareció un encanto de señora.

Roque seguía visitando a Inés; mantenían largas conversaciones en las que la complicidad mutua cada vez era más evidente. Inés se había enamorado de él como una niña. Un amor puro del que no esperaba nada, ya que no veía en el muchacho que el sentimiento fuera recíproco. Había días en que sus ojos le decían que estaba loco por ella y sus palabras lo corroboraban entre líneas, y otros, por el contrario, en que encontraba un muro difícil de franquear.

Inés había conocido a la pequeña Sara. Aprovechando una tarde en que la tía de la difunta había acudido a una boda, Roque fue a Mogrovejo a buscarla y la llevó hasta La Vega con el propósito de que conociera a su hija, que viera los ojos verdes que tenía y los pómulos sonrosados que iluminaban su carita. La maestra pasó toda la tarde con la pequeña en brazos, le cambió los pañales, le dio de comer y la acunó hasta que se quedó dormida. Además, algún que otro domingo por la tarde la pareja iba hasta Potes a pasear. Recorrían sus calles empedradas, admiraban sus balcones, sus edificios de piedra, veían correr el Deva apoyados en el puente de San Cayetano o se sentaban en la plaza del Capitán frente a la torre del Infantado, disfrutaban de la luminosidad del pueblo, de sus colores —marrones, verdes y azules—, sentían el aire fresco en su rostro y todo ello lo acompañaban de palabras, de sueños confesables, de risas, de llantos y todo tipo de sentimientos que afloraban entre ambos. Esas tardes para Inés eran un regalo, se sentía querida. Las miradas de Roque le delataban, pero algo le impedía dar un paso más y hablar con sinceridad. Tal vez fuera miedo o puede que vergüenza, o quizá eran solo imaginaciones suyas. Muchas veces pensaba en lanzarse ella misma, dar el paso, pero le podía el temor al rechazo: si lo hacía y él no estaba dispuesto a tener ningún tipo de relación con ella, no al menos del tipo que ella pretendía, era fácil que dejara de visitarla y entonces sería mucho peor. Por eso prefería esperar. Si tenía que llegar, qué importaba cuándo; si no, su corazón se rompería en mil pedazos.

Por otro lado, aquella obsesión que tenía él con partir parecía que se le había quitado de la cabeza. Tal vez la niña le había hecho cambiar de idea.

Inés había buscado apoyo en Purificación. Como estaba sola con la niña ella pasaba muchas horas en su casa, sobre todo los sábados o los días festivos, cuando Roque no venía a buscarla. Su amiga le había enseñado muchas cosas: hacían queso con la leche de las cabras y de las ovejas, también pan cuando tenían harina, y le enseñó a tejer.

Sin embargo, fue otra ocupación de las que le enseñó lo que llamó poderosamente la atención de Inés.

Una tarde llegó a casa de Purificación y, extrañada, vio que la mujer no andaba por la cocina, aunque la puerta estaba abierta y la lumbre encendida. La llamó en voz alta y escuchó como ella le contestaba desde la parte de atrás de la casa:

—¡Pasa, pasa al fondo, que estoy aquí!

Inés atravesó un estrecho pasillo que daba a una habitación y allí estaban las dos entre unas ollas grandes de cobre que no había visto nunca. Tenían una forma singular: anchas por abajo y luego se estrechaban, después volvían a ensancharse bastante menos que la base, para terminar en la parte superior con una especie de olla con unos tubos largos que descansaban sobre otra olla alta.

—Pero ¿esto qué es? Parece un laboratorio. ¿Qué estás haciendo? —preguntó Inés.

—Destilar orujo, mujer, ¿qué, si no? Es un poco tarde, pero mi primo, que es de Valmeo, me envió el otro día hollejos, raspones y pepitas por mediación del cura de su pueblo que subía a visitar a don Ginés. Con todo este material puedo hacer un poco. Vamos a ver qué sale.

—Madre mía, no dejas nunca de sorprenderme: lo mismo haces un queso que una toquilla de lana que orujo. ¡Qué mujer!

Purificación sonrió.

—¿Y qué quieres que haga con el tiempo, si no? Esto lo hago porque me encanta y, además, me lo enseñó mi abuelo.

—¿Y esto qué es? No me digas que las pieles de las uvas...

—¡Pues claro! Con eso se hace el orujo.

Inés se remangó, se puso un mandil que su amiga le acercó y ambas destilaron entre comentarios, chismes y risas, pasando así una buena tarde.

De vuelta a casa, escuchó como don Eleuterio la llamaba. Inés se había dado cuenta de que le gustaba al maestro y siempre que podía intentaba hacerse el encontradizo.

Poniendo a los alumnos como excusa, un día sí y otro también siempre tenía para ella una pregunta, una sugerencia o alguna proposición que hacerle. Inés le atendía con respeto y cariño, pero no quería dar pie a nada que pudiera conducir a malas interpretaciones.

Eleuterio le había conseguido una bicicleta y con ella visitaban los pueblos de alrededor. El maestro tenía amigos en todos los sitios, eran muchos los años que llevaba en el valle. Inés recordaba con cariño la visita que hicieron a Lon. Un rato en bicicleta y otro caminando, llegaron hasta el pequeño pero hermoso pueblo situado a los pies de las montañas que forman el valle de Valdebaró, bañado por el arroyo Burón. El maestro no le dijo a qué iban, de modo que la sorpresa fue mayor. Inés se encontró de repente frente a paneles de abejas y pudo observar cómo recolectaban la miel. Una miel que, por cierto, desayunaba cada mañana desde entonces. Pero la verdadera intención del hombre no era otra que enamorar a la joven profesora. En más de una ocasión había intentado sacar el tema del noviazgo, pero ella se lo tomaba en broma, aunque era consciente de que él intentaría cortejarla siempre que la ocasión se prestara. A Inés le daba pena, entendía que para el viejo profesor su presencia en Mogrovejo había supuesto un soplo de aire fresco. Tanto Raquel como Purificación le habían comentado que había intentado tener novia en muchas ocasiones, no solo con mozas del pueblo, también con una chica de Brez y con otra de Sebrango, pero después de tontear con ellas durante un tiempo ambas le habían dejado. Las malas lenguas decían que tenía muy mala bebida y que cuando cogía confianza no se portaba como un hombre, pues alardeaba de lo que hacía en la intimidad con las muchachas, fuera o no verdad, y eso las dejaba en muy mala posición.

Con la excusa de la hora y el frío que hacía, Inés le propuso a Eleuterio dejar la charla para el día siguiente, después de las clases.

Sin embargo, no parecía que fuera a resultarle tan fácil llegar a casa, pues al pasar por donde Adela, esta la llamó:

—¡Señorita!

Inés se detuvo en seco.

—¿Este año se va a encargar usted de los villancicos de Navidad de los niños en la misa del gallo? —preguntó la mujer.

—Vaya, pues no sabía nada de esto —respondió la maestra—. La verdad es que no tengo inconveniente, lo único que quería ir a mi casa por esas fechas, me esperan allí.

—Bueno, pero una cosa no quita la otra, puede ir ensayando con ellas, ¿no?

—Sí, sí, por supuesto. Ya buscaré villancicos.

—No, no, de eso nada, nosotros tenemos los nuestros —replicó Adela—. Yo mañana se los llevo a la escuela y, si quiere, se los canto un poco para que sepa cómo son. Yo canto muy bien, de joven en las verbenas siempre entonaba alguna canción.

—Pues sí, se lo agradezco. Y si tiene a bien, me gustaría que nos acompañara los días que ensayemos, creo que igual usted es la persona más indicada para hacerlo.

Inés notó cómo el semblante de la mujer cambiaba: ese gesto agrio que siempre tenía se tornó alegre, y una sonrisa iluminó su cara.

23

Poco a poco comenzaba a notarse el frío intenso. Los picos lucían blancos, cubiertos completamente. El aire soplaba y entraba hasta los huesos. Las chimeneas humeantes y el olor a leña eran la estampa y el aroma diarios en el pueblo. Pero a pesar de todo, Inés estaba encantada, no le importaba tener las manos frías casi todo el día, o notar los pies helados, o ver como su nariz enrojecía por las bajas temperaturas, o resbalar y caer al pisar algún trozo de hielo; todo ello formaba parte del encanto de aquella maravillosa tierra.

Lógicamente, la escuela no quedaba exenta del frío, que se notaba en el aula por mucho que la maestra intentara mantener encendidas las brasas que colocaba dentro de una olla vieja, ya que la estufa que había estaba inservible. Lo que no le gustaba tanto era que muchas niñas en ocasiones no asistían a clase. Para su desgracia, no podía hacer nada por evitarlo; lo sentía por las niñas, pues perdían muchos días de clase que no iban a poder recuperar.

Inés vigilaba constantemente las brasas para que no se apagasen, no quería que sus pequeñas pasaran frío, pero muchos días no lo conseguía. Para que entraran en calor antes de cada clase hacía algunos ejercicios con ellas, o iba rotando los sitios con el fin de que al menos durante un rato todas estuvieran más cerca del calor. Incluso a media mañana subía a su casa y calentaba un cazo grande de leche que cada día una madre se encargaba de traer a la escuela, tal como habían hablado. Los recreos los hacía dentro del aula: apartaban los pupitres y procuran jugar a lo que fuera que las hiciera moverse; además, se divertían y reían encantadas con aquellos juegos que la maestra se inventaba.

Tal y como se había comprometido, por las tardes comenzó a preparar los villancicos de la misa del gallo, por supuesto, con la ayuda y las enseñanzas de Adela. A la mujer se le daba francamente bien, fallaba un poco en sus formas aunque intentaba mejorarlas, pero su carácter tan especial no se lo ponía fácil. Las niñas, que la conocían bien y sabían que era una gruñona, se sentían amparadas por Inés y no le prestaban mucha atención. En ocasiones, para molestarla, cantaban mal alguna estrofa, desentonando enormemente y soltando gallos que no venían a cuento, con lo que conseguían que Adela se enfadara.

—Julia, María del Mar y Visitación —les dijo un día—, vosotras vais a entrar después y más vale que lo hagáis bien, esta es la cuarta vez que repetimos, ya no sé cómo decíroslo. Más vale que lo hagáis bien porque si no os voy a sacar del coro. ¡Ya no aguanto más!

—¿Qué pasa, Adela? —preguntó Inés al ver la regañina.

—¿Que qué pasa? ¡Pues pasa que vaya maestra eres! No sabes educar a estas niñas, ¡son unas descaradas!

—No creo que sea tan grave. ¿Por qué no sale un momento a tomar el aire, coge fuerzas y comienza de nuevo? Es posible que estén cansadas, le recuerdo que estas niñas han estado hoy en clase, han ido a sus casas, han vuelto, han ayudado en las tareas y ahora están aquí por su propia voluntad. Es por eso que no creo que lo estén haciendo a propósito. Más bien diría que están cansadas.

—Bueno, ¡lo que me faltaba por oír! ¡Que están cansadas, dice! Cansada estoy yo de aguantarlas, que tengo cincuenta y cinco años ya. Pero ¿ellas? Si están cansadas ahora, no les queda nada que rascar el resto de sus vidas. ¡Cansadas, dice la señorita de la capital! ¡Lo que me faltaba por oír! ¡Me voy!

Cuando Adela salió de la iglesia, las niñas comenzaron a reír y, lógicamente, Inés les llamó la atención:

—¡Callad! Eso está muy mal. Es una persona mayor y como tal hay que respetarla, aunque no tenga razón. No quiero que volváis a repetir ese comportamiento. He visto perfectamente cómo lo hacíais aposta. Julia, María del Mar y Visitación, para mañana me vais a traer escrito cien veces: «Tengo que respetar a las personas mayores siempre», con letra clara y sin borrones de tinta. Y ahora vamos a repetir. Todas juntas: uno, dos y...

En el santo templo entramos
dispuestos para cantar
si el Señor nos da licencia
hoy día de Navidad.
Licencia ya la traemos
que la fuimos a buscar
a casa del Señor
hoy día de Navidad.
Apártense, feligreses,
apártense para un lado,
dejen paso a las doncellas,
con este florido ramo.

En esta ocasión salió perfecto. Adela, que había escuchado todo desde la sacristía, entró con la cabeza muy alta mirando a las niñas por encima del hombro. Le habían parecido muy bien las palabras de Inés y mucho más le había gustado el castigo que les había impuesto.

—Bueno, pues parece que al final ha salido bien —dijo Adela con sorna—. Por cierto, señorita, tenemos que preparar el ramo.

—¿El ramo? ¿Qué ramo, Adela? ¿Se casa alguien o es para el niño Jesús?

—No me digas que no sabes lo del ramo. Pero ¿dónde vive esta mujer? Es una tradición en Liébana. Se prepara una rama y se adorna con rosquillas, cintas de colores y manzanas y se trae a la misa del gallo. Esto se llama cantos de ramos, aunque tú andas llamándolo siempre villancicos, que también, pero lo importante es el canto del ramo.

—Pues nada, si hay que hacer rosquillas... pues se hacen rosquillas, y si le tenemos que poner lazos a las rosquillas, pues también. ¡Faltaría más! Pero, por favor, si hay que preparar algo más, le agradecería que me lo dijera con tiempo, cada vez tengo más quehaceres y menos horas disponibles en el día para encargarme de todo.

Adela miró con mal gesto a la maestra. Era una descarada. Ella le diría las cosas cuando fuera preciso, no cuando nadie le dijera que tenía que hacerlo.

Roque seguía visitando a Inés y ella estaba encantada con él.

Uno de los días, la maestra le pidió que la llevara hasta Potes, quería telefonear a Santander. Aunque tenía ganas de ver a Tina y a Consolación, había decidido no viajar en

Navidad a la ciudad. El tiempo era malo, las nevadas iban a más y a final de mes seguro que el tiempo estaría peor. Por otro lado, le daba miedo atravesar el desfiladero, el camino no era precisamente muy seguro, y también debía reconocer que le daba pereza.

Roque dejó a Inés cerca del locutorio para que pudiera hacer la llamada mientras él se ponía a charlar con un amigo.

—¿Dígame?

—Consolación, soy Inés. ¿Qué tal estáis?

—¡Tina, Tina, la niña, la Inés al aparato, Tina!

—Quita, dame eso, anda... Hola, niña, soy yo, Tina. ¿Qué tal estás? ¿Cuándo vienes? Te voy a hacer unas comidas buenísimas. Seguro que estás más flaca que cuando te fuiste. ¿Te has resfriado? ¿Te tratan bien? ¿Qué tal el cura ese cabrón?, ¿se sigue metiendo contigo? ¿Me oyes, se escucha? Ya se cortó esta mierda...

—Tina, por favor, cállate. Déjame hablar. Veo que todo se pega. —Inés soltó una pequeña carcajada.

—Ay, sí, niña, dime, dime. Perdona, hija, pero es la emoción de oírte.

—Verás, estoy muy bien, pero no voy a ir en Navidad, aquí nieva mucho y tengo miedo de que me pase algo en el viaje, prefiero quedarme. Voy a estar más tranquila. ¿Vosotras qué tal estáis?, ¿y la niña qué tal va?

—¡Vaya disgusto que me acabas de dar...! ¡Cállate, que no la oigo! Ahora te cuento —le decía a la vez a Consolación—. Pero ¿qué vas a hacer ahí tú sola? ¿Cómo vas a pasar la Navidad, niña? No seas cabezona y ven a casa.

—No, ya lo he decidido. No te preocupes, que sola no estaré, y si es así, pues pensaré que es como cualquier otro día. Estad tranquilas, de verdad.

—Espero que cambies de idea. Como no vengas, te juro que cierro la puerta, me voy y aquí te dejo esto plantado.

—Pero cómo eres, ¿no entiendes que hace muy mal tiempo y tengo miedo a viajar así? Mujer, entiéndeme. Ya tendremos tiempo. Si en Semana Santa hace bueno, iré a veros, lo prometo. ¿Qué tal la niña, te he preguntado?

—La niña no está, su madre vino el domingo y se la llevó. Por cierto, menuda barriga tiene ya la Lupe. Pero tranquila, están las dos muy bien. Me dijo que la señora donde vive le había dicho que llevara allí a la niña, que ella se la cuidaba. Nos hemos quedado muy tranquilas, porque aunque la Salud la verdad es que era muy buena, nosotras dos no estábamos acostumbradas y teníamos miedo de que le pasara algo y no saber qué hacer con ella... Oye, a mí me parece que tú no vienes porque te has echado novio y no lo quieres decir, seguro que algún lebaniego te ha robado el corazón.

—¡Qué tonterías dices! Bueno, tengo que cortar, que esto cuesta mucho. Os quiero mucho y os echo mucho en falta, de verdad. Un *besuco* muy grande para las dos.

—Adiós, *niñuca*, y cuídate y come y abrígate y ten cuidado con los hombres, que ya sabes que son unos *aprovechaos* y ven una mujer sola y guapa como tú y se piensan que necesitan que las cuiden, y tú no necesitas que te cuide nadie, ¿me oyes?

—Que se corta, se corta, apenas te escucho. Adiós, Tina. Adiós, Consolación.

Inés colgó el auricular con una mezcla de pena y alegría. Estaba contenta por haber hablado con ellas, seguían igual que siempre. Era bonito ver cómo esas dos mujeres se ocupaban de ella y la querían. Pero también le daba pena dejarlas solas en fechas tan señaladas.

Cuando salió del locutorio, Roque estaba esperándola sentado en un banco de la plaza. La invitó a tomar un café y a dar un paseo por el pueblo, pero realmente era una excusa. Lo que el muchacho quería era hablar con ella, tener una conversación que en Mogrovejo no era posible mantener porque siempre había alguien alrededor.

Roque se había dado cuenta de que necesitaba una mujer que cuidara a su hija, y desde luego Inés era esa mujer. Pero tenía dudas, no sabía si ella estaría dispuesta, y por eso quería hablar tranquilamente en un sitio neutral.

—Hace tiempo que tengo ganas de decirte algo, pero no me atrevo —empezó—. No sé si tú estás en disposición de escuchar, me confunde a veces tu actitud y no sé qué pensar.

—Tú dirás —repuso Inés—. Pero si te sirve de algo, a mí me pasa lo mismo contigo. Unas veces me parece que sí y otras, sin embargo, lo veo negro.

—¿A qué te refieres?

Inés se quedó cortada con la pregunta, ella pensaba que le estaba hablando de sentimientos, pero al parecer había metido la pata.

—No, nada, era por seguir un poco la línea que estabas marcando tú, simplemente.

—Bueno, lo que quería decirte es que... sigo con la idea de irme a Venezuela, casi lo tengo todo preparado. Me gustaría...

—Quieres que me queda con la niña, ¿verdad?

—Bueno, ya sabes que la tía de mi mujer no quiere hacerlo y como tú bien has dicho, lo de llevarla a un colegio interna me da pena, es tan *pequeñuca*. Me gustaría que fueras tú quien la cuidase.

—Bueno, yo... lo puedo intentar, aunque tengo que dar clase y, claro, no sé qué puedo hacer con ella mientras esté en la escuela. A ver... déjame pensar un poco... Desde luego, lo que no quiero es que la dejes en ningún colegio.

Roque se puso frente a ella, miró a ambos lados y vio que no había nadie en la calle, estaban solos. Cogió sus manos abrigadas con guantes de lana y tiró de ellos para quitárselos y así poder sentir su piel.

—Verás, Inés, tú me gustas, hace mucho que tengo sentimientos por ti, perdona si me estoy confundiendo contigo, quizá pienses que soy un aprovechado, pero es lo que siento.

—No, yo...

—Calla, por favor, me está resultando muy difícil decir esto, así que no me lo pongas más complicado aún. Me gustaría tener algo contigo, formar una familia y esas cosas que seguro a ti también te gustan. Por eso quisiera, siempre que a ti te parezca bien, que te quedaras con la niña y cuando yo encuentre allí un trabajo, os mandaré dinero para que vayáis las dos. ¿Qué piensas?

Inés se quedó callada, pero no porque no supiera qué decir. Le entraron ganas de gritar, de decir muy alto que por fin el hombre al que amaba se había decidido a pedirle relaciones. Pero, por otro lado, le resultaba un poco raro todo aquello: precisamente ahora que había decidido irse, le pedía relaciones..., bueno, a su manera. Era más fuerte lo que su corazón sentía que lo que su cabeza le indicaba. Lo que le estaba diciendo era duro, ¿cómo iba ella a atender a una niña pequeña y a la vez dar clases? Por ella no había problema, podía tenerla en el aula, pero qué pensaría don Ginés, aunque tal vez eso no le pareciera mal, en realidad se podía considerar una obra de caridad; ese hombre no podía ser tan malo, en algún lugar tendría escondido su corazoncito, y ella tendría que ayudarle a encontrarlo. Iría por las buenas dando pena, a ver si conseguía ablandar al bueno del cura.

Por otra parte, lo de reunirse ellas dos con él en Venezuela, la verdad es que nunca se había planteado algo así. ¿Qué iba a hacer ella allí, tan lejos de su casa? Pero le miraba a los ojos y no podía negarle nada.

—Pero ¿tú quieres tener algo conmigo de verdad? —preguntó Inés; algo le hacía desconfiar, pero, a la vez, estaba feliz.

—Claro que sí —respondió Roque—. Me gustaste desde el primer día que te vi, cuando te recogí de la estación en coche. No podía dejar de mirarte por el espejo retrovisor. Luego has sido mi apoyo durante estos meses en los que han pasado tantas cosas horribles. Puede parecerte egoísta, pero desde que Sara enfermó yo sabía que era cuestión de tiempo que muriera, y cuando te vi, pensé: «Esta es la mujer que me va a hacer feliz».

Inés se ruborizó, no podía creer lo que Roque le decía. Tantas veces había soñado con ese momento que le parecía increíble estar escuchándolo de su boca.

Roque se acercó a Inés y besó su frente, ella cerró los ojos y se quedó quieta. Los labios de Roque se fundieron con los suyos y el tiempo se paró, su respiración acompasada era como una melodía. Fue el beso más maravilloso que le habían dado en toda su vida. Claro está que tampoco le habían dado tantos, alguno que Pedro le robó, pero nada tenían que ver con aquel.

—Bueno, ¿no me vas a decir nada? —preguntó el muchacho—. No quiero que malinterpretes mis palabras, y mucho menos este beso. Perdóname, pero de repente me han entrado unas ganas locas de hacerlo. Lo que te he dicho es cierto, de verdad. Pero ahora necesito saber si vas a cuidar a mi hija y si estás dispuesta a seguirme.

—Sí, claro que sí —respondió Inés sin pensar lo que estaba diciendo, aún estaba saboreando el beso que le acababa de dar Roque—. En cuanto a la niña, ya veré cómo puedo atenderla —añadió.

—Una mujer como tú seguro que se arregla bien, no dudo que serás capaz de hacerlo. Además, los críos se te dan muy bien, te he visto con ellos en la escuela y se nota que te quieren mucho. Seguro que a mi pequeña Sara le pasará igual.

De vuelta a Mogrovejo, Inés estaba pletórica. No podía ni imaginar que ese día, del que no esperaba nada destacable, Roque por fin se le hubiera declarado y la hubiera besado, aunque su cabeza seguía diciéndole que debía tener cuidado.

Como era pronto, decidió acercarse a casa de Purificación. Necesitaba contarle a alguien lo que había pasado, y solo la tenía a ella.

—Hola, ¿cómo tú por aquí? ¿No ibas a Potes con Roque? —le dijo su amiga al verla entrar.

—¡Dios mío, Puri, no sabes lo que ha pasado! —exclamó Inés—. ¡Estoy tan contenta que me dan ganas de saltar de alegría!

—Pues ya estás contando, porque parece que te ha tocado la lotería, chica, y por ahí las buenas noticias están escasas. Los ojos te brillan como el agua del Deva cuando se refleja el sol. Venga, chica, que me tienes en ascuas.

—¡Roque se me ha declarado! Me ha dicho que me quiere y que quiere que me quede con la niña mientras él va a Venezuela y luego nos mandará dinero para que vayamos las dos. ¡Puri, qué emoción! ¡Estoy tan tan feliz!

Purificación no dijo nada, solo se la quedó mirando. Ella sabía que, para Roque, Sara había sido el amor de su vida. En muchas ocasiones su marido le había hablado de las conversaciones que tenía con el veterinario, de lo mal que lo estaba pasando. Lloró amargamente por el sufrimiento de su mujer y seguía llorando ahora que la había perdido definitivamente. Por casualidad, no hacía más de diez días, cuando su marido bajó de Las Manforas, le contó que Roque no estaba muy bien y que él mismo le había recomendado que buscara una mujer que cuidara a la niña, y para hacerlo más fácil, que le hiciera ver que estaba enamorado; además, le había aconsejado que, a poder ser, fuera una mujer soltera, no una viuda, ya que igual tenía hijos y todo sería más complicado.

Sabiendo lo que su esposo le había dicho, la impresión que le dio fue que Inés había sido la persona elegida por Roque. No le gustaría que la maestra sufriera. Ella sabía que en un momento podía darse el caso de que Roque buscara una mujer, era lógico, pero ¿ahora precisamente? Además, estaba pensando en... Bueno, eso no tenía nada que ver, aunque cada vez pasaban más cosas y el riesgo era mayor. Por eso no le cuadraba.

—¿Qué te pasa? —preguntó Inés—. No te alegras por mí, lo veo en tu cara. ¿Qué pasa, Purificación? —insistió.

Ella seguía en silencio, hasta que al final le dijo que estaba bien, pero que por su cabeza rondaba una idea que no le gustaba nada. Sin embargo, la maestra era su amiga, nunca podría olvidar lo que había hecho por ella aquel día cuando venía de Camaleño con el estraperlo y apareció la Guardia Civil. ¿Cómo decirle a la muchacha, con lo contenta que estaba, que no debía aceptar, que lo único que Roque buscaba era una mujer que cuidara de su hija por si él no podía hacerlo?

—Dime algo, mujer. Me estás asustando. ¿Qué pasa?

—Nada, qué va a pasar —disimuló Purificación—, que me alegro por ti. Sé que Roque te gustaba de siempre, no hacía falta más que ver la *caruca* que ponías cada vez que aparecía por el pueblo. —Por un momento guardó silencio—. Tú sabes que yo te quiero mucho, ¿verdad?

—Claro que sí, y yo a ti, eres mi amiga y mi apoyo en el pueblo. Bueno, Raquel también, pero contigo me siento más cómoda.

—No te fíes, Inés. Hazme caso. No te fíes, sé de lo que hablo, de verdad. Déjalo pasar, dale largas, tómate tu tiempo, que te demuestre que de verdad te quiere, como dice.

Inés frunció el ceño. No podía creer lo que estaba oyendo: su amiga le decía que no se fiara del hombre al que quería, del hombre que acababa de pedirle relaciones, de ese hombre que además era su amigo. ¿Por qué?

—Parece mentira, Purificación, nunca pensé que podías ser así. Yo entiendo que Sara era tu amiga, pero desgraciadamente ya no está. Yo no tengo la culpa de que él se haya enamorado de mí y yo de él. Que me digas eso me decepciona, no pensé que...

—No, por favor, no te equivoques, no lo digo por eso. No estaba pensando en ella en este momento. Al contrario, pensaba en ti, no quiero que te hagan daño. —Y finalmente dijo lo que de verdad pensaba—: No me creo que él esté enamorado de ti. Por eso, dale tiempo, y date tiempo tú también, ve más despacio, que no tienes prisa ninguna. Asegúrate de que te quiere de verdad.

—No quiero escuchar más —dijo Inés ofendida—. Ya veo por dónde vas. Pensé que te alegrarías. La verdad, no sé qué pensar. Parece que te molesta que sea feliz. No puedo creer lo que estoy escuchando. Buenas tardes.

Se levantó de la silla y salió mientras clavaba sus ojos en los de su amiga, que veía con pesar cómo se iba de su casa sin darse la vuelta.

—Inés, las amigas están para decir lo que piensan en cada momento, no para dar la razón siempre. Te equivocas con Roque. Hazme caso —le dijo Purificación a Inés mientras salía por la puerta.

De camino a su casa, la maestra no podía dejar de darle vueltas a lo ocurrido. No comprendía la actitud de su amiga. ¿Por qué iba Roque a engañarla diciendo que la quería si no era así? Era la primera vez que se había enamorado de verdad, la primera vez que esas famosas mariposas de las que tanto había oído hablar revoloteaban en su estómago, la primera vez que se ruborizaba con unas palabras bonitas hacia ella, la primera vez que sentía latir su corazón acompasado con el de un hombre, la primera vez que los ojos le brillaban cada vez que le veía, la primera vez que sentía ganas de abrazar a alguien y no separarse nunca, la primera vez que su cuerpo solicitaba amor, pasión, sexo.

24

Las fiestas pasaron y todo volvió a la normalidad, pero una normalidad anómala para Inés, que se había quedado plácidamente sola. Ya no tenía contacto con Purificación, solo si se cruzaban en el lavadero o en la iglesia y se saludaban por educación, pero su amistad se había resquebrajado por completo desde aquella conversación.

Inés pasó la Nochebuena sola en su casa; tomó una sopa de gallina, unos dulces navideños que las niñas le habían traído y fue a la misa del gallo. A su vuelta puso música en la radio y esperó junto a una botella de orujo la visita de Roque, que le había prometido que se acercaría a pasar un rato con ella. Pero esa visita nunca llegó.

La última noche del año la pasó con Raquel, quien fue a buscarla a casa cuando se enteró de que había estado sola en Navidad; casi obligada, la sentó a su mesa junto a su familia. Cuando de madrugada, después de celebrar la llegada del año 1951 bailando y cantando con las personas con las que había cenado, llegó a su casa envuelta en su mantón, cubriendo su cabeza con un pañuelo de lana y arrastrando las raquetas por la nieve, Roque la esperaba en la puerta cubierto con su abrigo de paño grueso, pero helado por el frío de aquella noche. Al cobijo de la oscuridad, entre abrazos cálidos, labios ardientes y besos muy húmedos, pasaron la noche juntos. Fue el despertar del amor para Inés.

La pequeña habitación fría se llenó de pasión y el calor de sus cuerpos caldeó hasta la más recóndita esquina. Se acariciaron con dulzura desmedida, con tranquilidad no impuesta, con amor y con deseo. Se les erizó el vello al sentir el contacto de las manos del otro, jamás una sensación emocionó de tal manera a Inés. Tumbados en su cama, se dejaron llevar por los caminos del amor. Ella despertó a la vida de una manera mágica y ambos inundaron sus entrañas de pasión que deseaban eliminar con sosiego, aunque por momentos sus corazones acelerados se empeñaban en hacer lo contrario. Las yemas de sus dedos se posaban con cuidado y recelo sobre la piel sudorosa del otro, deslizándose suaves pero ansiosas. No querían dejar aquel juego amatorio que les estaba descubriendo el cuerpo del otro. Querían continuar encontrándose bajo las sábanas blancas y ya calientes, besar cada centímetro de sus cuerpos y unir sus bocas conjugando besos llenos de ardor. La entrepierna húmeda de Inés buscaba el miembro erecto de Roque. Cerró los ojos al sentir cómo entraba en ella y movió sus caderas lenta y acompasadamente, quería percatarse de cada centímetro, notar cómo con cada movimiento avanzaba más y más hasta llenarse de él completamente.

Aquella madrugada del primer día del año Inés se reconcilió con su cuerpo maltratado y durante unas horas no sintió nada más que amor. Un amor escondido en la oscuridad de la noche.

Sin embargo, esos recuerdos ahora ya quedaban lejos. La primavera regalaba sus primeros días de sol y las montañas comenzaban a perder su manto blanco, los bosques de robles, hayas, encinas y abedules que rodeaban el pueblo empezaban a recuperar sus hojas lentamente.

Inés cada vez estaba más enamorada de Roque y muy feliz, él no había vuelto a mencionarle nada sobre su idea de irse a Venezuela y de que ella se quedara al cuidado de la pequeña Sara. Paseaban, reían, soñaban, hablaban de un futuro juntos, incluso en alguna ocasión fantaseaban con una posible boda, pero todo eso solo pasaba de puertas adentro, donde seguían disfrutando el uno del otro siempre a escondidas.

Con todo, sus paisanos sabían que estaban juntos. La relación era extraña, pero la única que no quería verlo era Inés, que se había vuelto más reservada y vivía inmersa en su mundo, rodeada de sus niñas y protegida tras el silencio. Nadie podía hacerle daño si no comentaba nada de su vida. Cada día esperaba la hora en que Roque llegaría a recogerla para ir a pasear, a descubrir rincones de aquella tierra donde ocultarse de las miradas de otros y regalarse besos y caricias sin control hasta perder el aliento. Lo cierto era que a Inés no le importaba que en el pueblo supieran que tenía una relación con el joven viudo, no así Roque, que se mostraba contrariado cada vez que ella le mentaba el tema, y con la excusa de evitar comentarios innecesarios se escondían. Lo cierto era que Inés estaba ciega, no se daba cuenta de lo que realmente estaba pasando. Don Ginés en más de una ocasión le había advertido sobre las visitas del veterinario a su casa, no estaba bien visto que un hombre viudo y una mujer joven y soltera se escondieran tras las paredes de una casa y, además, solos. Ella, en cambio, no hacía caso de los comentarios del párroco. Al final don Ginés habló con Roque y le aconsejó que se casaran, que era lo mejor para no dar más que hablar, pero el muchacho también hacía oídos sordos, decía que era muy pronto, que aún estaba de luto y no merecía la pena hacer un daño innecesario a su familia política; además, alegaba que Inés aceptaba la situación, que entendía perfectamente que no era el momento de celebrar una boda.

Sin embargo, aunque la primavera siempre trae color a la vida, para Inés pronto se torció. Cuando pensaba que Roque había olvidado su sueño de salir de Liébana, la idea volvió a ponerse sobre el tapete.

Un día, Inés le pidió a Roque que la llevara a Lebeña. Él aceptó, pero le dijo que no iba a poder estar mucho tiempo porque le esperaban en Cosgaya para atender una vaca que estaba a punto de parir. La maestra quería ver la iglesia de Santa María, había leído sobre ella y estaba deseando ver su arquitectura mozárabe. Se construyó en el siglo X y tiempo más tarde se le añadió una torre y un pórtico que la embellecían aún más. Custodiaban la iglesia un tejo milenario y un olivo que simbolizaban protección y riqueza, formando un conjunto de gran belleza.

Roque aprovechó la visita para aprovisionarse del queso que un pariente suyo hacía de manera artesanal, como su abuela le había enseñado. Con un poco de pan, un porrón de vino y unos trozos de buen queso conversaron durante un par de horas, tiempo que Inés aprovechó para realizar un sinfín de preguntas sobre los deliciosos productos que estaban degustando.

Sin embargo, lo que había empezado como una tarde

agradable, pasó a ser un incómodo y triste trago para Inés.

—Ya tengo preparado el viaje —soltó Roque cuando llegaron a Mogrovejo y paró justo delante de la casa de la maestra—. Pronto me embarco en Santander. Así será mejor para ti, en unos meses terminarás las clases y ya podrás atender mejor a Sara. Aunque no tengo trabajo en Venezuela, seguro que encuentro a algún paisano que pueda ayudarme. Un conocido mío está contratado en un cafetal, creo que es una gran finca llena de animales donde, además de café, cultivan cacao. Tienen una excelente cuadra de caballos, quizá el dueño esté buscando a un buen veterinario.

Inés se quedó callada. No sabía muy bien cómo decir lo que estaba pensando. Hubiera saltado como una loca reprochándole todo lo que le había prometido durante los meses pasados, pero si hacía eso podía perderle.

—Roque, ¿por qué no me has dicho que estabas preparando todo eso?

—¿Cómo que no te lo he dicho? Lo sabes desde hace meses. Fue lo primero que te dije cuando empezamos nuestra relación, que quería irme de aquí cuanto antes. ¿Me estás acusando de algo? No te confundas conmigo. Si no te conviene, lo dejamos y ya está. A la niña la meto interna en un colegio y se acabó el problema.

—No me ataques para defenderte, porque sabes a qué me refiero. Durante todo este tiempo no has vuelto a decir nada de tus intenciones, y no es necesario que te pongas así. No te pongas así, te lo pido por favor. Nadie está diciendo que tengamos que dejar nada, ni que yo no vaya a comprometerme, yo no quise decir eso. Solo que... yo pensaba...

—¿Tú pensabas? ¿El qué pensabas? ¿En algún momento te he dicho yo que había cambiado de idea, que ya no quería irme de Liébana? ¿Acaso te he pedido matrimonio? Mira, me parece que estás nerviosa; si eso, mañana hablamos, que tengo prisa.

—Pues si tienes prisa, te esperas, porque no vamos a hablar mañana, vamos a resolver esto ahora mismo. Hace tiempo que te noto raro y empiezo a tener la sensación de que lo que buscas de verdad es una niñera para tu hija y no una mujer para casarte y ser feliz.

—Deja de decir tonterías. Y, de verdad, baja, tengo que ir a Cosgaya.

Roque le abrió la puerta del coche y la invitó a bajar.

—¿Por qué no entras en casa y hablamos?

—No, te repito que tengo que ir a Cosgaya, y luego a Espinama para poner unas cuantas vacunas.

Inés se enfadó, no le gustó cómo la había tratado. ¿Quién se pensaba que era? No estaba dispuesta a bailar al son que él tocara. De repente se dio cuenta de que había sido una tonta. Se había dejado dominar por un hombre que acababa de demostrarle que no la quería. Entonces se dio cuenta de que Purificación estaba en lo cierto, que lo único que él quería era aprovecharse de ella. Comprendió el sentido de las palabras de su amiga, que no eran más que un consejo bienintencionado y que ella malinterpretó porque estaba ciega, ciega y enamorada. ¿Era eso?, ¿solo buscaba a una mujer que cuidara de su hija, dejarla en buenas manos y largarse? No tenía ninguna intención de seguir con ella. Se rebeló contra sí misma. Golpeó con fuerza sobre la mesa de la cocina y se juró que había terminado con aquella relación.

Calentó una taza de leche y le echó una cucharadita de

achicoria. Lo tomó lentamente soplando para evitar que-
marse, y rodeó con ambas manos el tazón notando el calor
que desprendía. Quería sentir sobre su piel que estaba viva
y que sufría. Se había enamorado del hombre equivocado,
o tal vez era que no había sido capaz de enamorarle.

25

En el silencio de la noche y con la oscuridad como testigo, un hombre caminaba escondido entre matojos y árboles, ascendiendo con ligereza por empinados montes. Solamente el crujir de las ramas al ser pisadas rompía el mutismo. Pasos largos y rápidos para evitar que el día le sorprendiera.

Atrás había quedado el cuerpo sin vida de un guardia civil.

Había sido algo fortuito. El hombre había subido al monte en busca de los huidos, sabía dónde estaban refugiados. Tenían información para ellos y, además, les llevaba algunos víveres. El guardia le dio el alto y le encañonó. Por suerte para él, el guardia resbaló y cayó golpeándose la cabeza contra una piedra. El hombre se acercó y le pareció que estaba muerto, de modo que continuó su camino.

Después de encontrar a los maquis en la cueva donde se escondían y trasladarles la información, se despidió y volvió al pueblo.

De regreso vio como una pareja de la Guardia Civil había dado con su compañero muerto. Se quedó escondido durante un rato y pudo observar que el hombre en realidad estaba muy malherido, pero aún con vida, y le susurraba al oído a su compañero, que escuchaba con atención lo que le decía. Seguramente le estaba delatando. Por los gestos que hacía el guardia con las manos, el hombre constató que así era, que le conocía perfectamente, igual que él a ellos. Era cuestión de minutos que fueran a apresarle a su casa. No había tiempo que perder: o mataba a los dos picoletos, o tendría que huir para siempre.

Sin duda la huida era lo mejor, pues él no era ningún asesino.

Se dirigió a su casa y cuando llegó, comprobó que no había nadie merodeando antes de entrar. Ya en la cocina, buscó papel y lápiz para escribir una nota, la dobló y la posó sobre la mesa. Se asomó a la habitación, donde dormía la mujer, esta se sobresaltó, no era normal que el hombre entrara a esas horas en su habitación. Él le explicó lo sucedido, cogió a la pequeña, la envolvió en una manta y antes de posarla en el cesto colocó la nota que había escrito. Luego agarró un poco de ropa e hizo un hatillo con lo que necesitaba, se despidió de la tía de su mujer y salió.

Como no quería alertar a los vecinos a esas horas de la noche, no encendió el motor del coche, tan solo levantó el freno de mano y, en punto muerto, lo dejó caer por la cuesta. Una vez se hubo alejado del centro del pueblo, arrancó y se dirigió a su siguiente destino. En cuanto llegó, escondió la camioneta entre los árboles y caminó hasta la casa aprovechando la oscuridad que aún le era propicia, pero no quedaba mucho para que amaneciera.

Allí dejó resuelto lo que le ocupaba en ese pueblo y con una infinita tristeza salió en busca del auto. No pudo reprimir una lágrima deslizándose por su mejilla. Sabía que era la última vez que iba a estar allí. Pero si todo salía bien, recuperaría lo que era suyo, aunque las probabilidades se le antojaban casi remotas.

De pronto la rabia le hizo olvidarse del sigilo y arrancó el motor sin tomar las precauciones de antes, poniendo tierra de por medio.

Amanecía en el valle, entonces paró el coche y se bajó. Miró hacia el infinito y observó cómo por detrás de los Picos se levantaba el día. Clavó sus ojos en las montañas y giró sus talones admirando todo lo que le rodeaba; luego, con un enorme pesar, se alejó sin mirar atrás, esta vez con los ojos ya inundados de lágrimas que no le permitían ver, solamente imaginar aquella estampa que tan bien conocía y que ahora debía conservar para siempre en su retina.

Inés había pasado una noche intranquila y se levantó muy temprano, apenas estaba saliendo el sol. Se preparó el desayuno y mientras lo tomaba pensaba en los días que hacía que Roque no la visitaba. Después de la discusión que tuvieron, habían hecho las paces y parecía que no existía ningún problema entre ellos. Quizá había pasado algo, o simplemente estaría ocupado. Lo cierto era que resultaba extraña su ausencia, más aún después de la charla que habían tenido el último día que se vieron.

De repente, un ruido extraño proveniente de fuera la sobresaltó; parecía el quejido de un bebé. Se colocó sobre los hombros el mantón que usaba siempre y abrió la puerta de casa. Nada más salir llamó su atención un cesto colocado a los pies de la escalera. Inés bajó acelerada. Pensó que Raquel le había dejado algo, como siempre hacía, pero el cesto era más grande de lo habitual y estaba cubierto con una manta.

Cuando apartó la felpa, vio la carita sonrosada de Sara. Junto a su cabeza había una nota.

Querida Inés:

Perdóname, tengo que irme. Te dejo a mi hija, sé que la cuidarás como si fuese tuya. Cuando ya esté establecido, te escribiré. No pienses mal de mí. Tengo motivos para hacer esto. Cuando nos volvamos a ver te contaré lo que ha pasado.

Te quiero. Sé que es difícil de entender y pensarás que me estoy aprovechando de ti. No hagas caso de lo que escuches, ni le digas adónde he ido, ni le enseñes a nadie esta nota. Solo te pido que confíes en mí. Bajo la niña, en el doble fondo, te dejo algo de dinero.

Tuyo siempre,

ROQUE

Los ojos de Inés se llenaron de lágrimas. Sacó a la niña del cesto y la cargó en brazos. La pequeña sonreía y ella no pudo evitar besarla en la frente. Volvió a colocarla dentro y subió con ella a casa; dejó el cesto bajo la ventana, justo donde entraban los primeros rayos de sol, para que estuviera caliente. No podía entender lo que había pasado, aunque no tardó mucho en salir de dudas. Unos pasos fuertes golpearon los escalones de piedra que conducían a su casa, la puerta se abrió con virulencia y asomó una pareja de la Guardia Civil con las armas en ristre.

Inés, que justo entonces estaba mirando a la pequeña, se dio la vuelta sobresaltada. La voz de los guardias la intimidó. La pequeña, de repente asustada por las voces, rompió a llorar.

—¿Dónde está? —dijo uno de ellos.

—¿A qué se refiere? No sé a quién están buscando, de verdad —respondió Inés—. No sé lo que quieren, pero aquí solo estoy yo, como pueden ver. Pasen si lo desean y miren en el resto de las habitaciones, pero no encontrarán a nadie, más que a la niña y a mí. Me están asustando.

—Buscamos a Roque Dobarganes Martín. No me dirá que no sabe quién es, les he visto pasear muchas veces juntos y, además, viene mucho por aquí. Y... esta niña es la suya, ¿es así o no es así?

—Sí, claro que le conozco. Y la niña es suya, por supuesto. Pero ¿qué ha pasado? ¿Por qué le buscan?

—Por asesino. Ha matado a un compañero esta pasada noche.

Inés se quedó helada, hasta sufrió un pequeño mareo y tuvo que apoyarse en la mesa de la cocina. Recordó la nota que guardaba en el bolsillo y las cosas empezaron a cuadrar. Distraídamente, metió una mano e hizo una pelota con ella mientras los guardias miraban por todos lados por si había alguien más en la escuela, y acto seguido la tiró dentro de la estufa encendida.

—Esa niña es la hija del asesino, ¿verdad?

—Sí, es Sara.

—¿Y cuándo se la ha traído a usted? El otro día esta niña estaba en La Vega con su tía, yo mismo la vi.

Inés fue rápida en contestar a la pregunta del guardia:

—Pues el domingo me la trajo Roque. Me dijo que tenía

que ir a León por algo de su trabajo. Me pidió que me quedara con ella porque la tía de su mujer no podía atenderla, y desde entonces esta aquí conmigo.

El guardia movió la cabeza de arriba abajo muy despacio.

—Usted sabe que proteger a un huido de la justicia está penado, ¿verdad? Y si además ese... ese individuo ha cometido un asesinato y es colaborador de los maquis... la pena no tiene desperdicio, ¿estamos?

—Bien que lo imagino, señor guardia, pero yo nada sé de política, tan solo me limito a mi trabajo, que es enseñar a mis alumnas en la escuela.

—Señorita, ¿sabía que el padre de esta niña es un anarquista? Tenemos conocimiento de que es un poco revolucionaria, pues nos han llegado comentarios al respecto de usted que no la dejan en muy buen lugar. Normal que fuera amiga de un anarquista. ¿O me va a decir que no lo sabía tampoco?

—Pues no, la verdad es que no tenía ni idea. Él y yo jamás hemos hablado de política. Si quiere que le diga la verdad, me está asustando con lo que me cuenta, no tenía ni la más remota idea de todo eso. Para mí Roque es un buen amigo y, como tal, le he hecho el favor de cuidar a su hija. Pero déjenme decirles que creo que están equivocados con él. Cuando vuelva, comprobarán que él no ha hecho nada de eso que dicen.

—Ya, claro, y yo soy Jesucristo y he venido a ver qué tal está usted. No se haga la ingenua, señorita. Aunque en una cosa tiene razón: debería asustarse.

Los guardias se dieron la vuelta con intención de marchar, pero uno de ellos, el que había estado callado todo el rato, se volvió y dijo:

—Esa niña... esa niña tiene que tener una familia como Dios manda, no una mujer sola que no será capaz de criarla. Nos encargaremos de ello en cuanto resolvamos este asunto.

Inés corrió hasta el cesto y, con cuidado, cogió a Sara, sujetándole la cabeza sobre su hombro.

Las niñas ya esperaban en la puerta de la escuela. Una vez que los guardias se hubieron alejado, Inés bajó con la pequeña, abrió la puerta y les pidió a las niñas que se sentaran en sus pupitres. Estaba muy nerviosa. Terminó de escribir unas cuentas en la pizarra, les pidió que las resolvieran y salió del aula. Necesitaba estar sola, llorar e incluso gritar. No sabía a quién recurrir, no podía fiarse de nadie. Roque le advertía en la nota que no le contara a nadie lo que había pasado ni que dijera dónde estaba. «Como si yo lo supiera», pensó con tristeza.

Dos golpes en su puerta volvieron a sobresaltarla. No sabía si abrir o no. Estaba desconcertada y alterada. Sin embargo, no fue necesario que ella se acercara a abrir, pues la puerta no estaba trancada y quien había llamado por fin entró. Inés se dio la vuelta aterrada, pero la imagen de Purificación la tranquilizó.

—Todo el mundo anda revolucionado con la noticia. ¿Estás bien? Anda, dame a la niña, que estás temblando. ¿Dónde tienes la tila que te di?

Inés señaló el aparador.

—Gracias por venir, Puri. ¿Qué ha hecho este hombre? Los guardias aseguran que ha matado a una persona. Y esta mañana me he levantado y me había dejado a la niña en el poyo de la puerta, no sé a qué hora. Le podía haber pasado cualquier cosa, un animal o algo...

—Estate tranquila. Estoy segura de que Roque está bien. Él sabe cuidarse, no te preocupes. Imagino que a la niña la dejó de madrugada, no la iba a dejar toda la noche ahí. Ella está bien, al menos lo parece —dijo Purificación mientras miraba a la pequeña—. ¿Entiendes ahora por qué no quería que tuvieras una relación con él?

—Si te soy sincera, no. No entiendo nada. Me dicen que es un anarquista, un asesino y un rojo. Pero ¿esto qué es? No me cabe en la cabeza. Jamás hemos hablado de política ni me ha insinuado nada, jamás me ha preguntado qué pienso de estas cosas.

—Escúchame: tú no sabes nada, no has oído nada y no eres la novia de Roque, solo una amiga. No hables con nadie de este tema, haz como que no te importa, no des ninguna información, no pronuncies nada de lo que hayas hablado con él por insignificante que te parezca. Sigue haciendo tu vida y arrímate aún más al cura, hazme caso, por favor. Y estate preparada, porque como no aparezca, es posible que vengan a buscarte otra vez y te lleven al cuartelillo.

—Tú sabías todo esto, ¿verdad?

—Te digo que es mejor que no sepas nada más. Yo lo sabía, sí, no te lo voy a negar. Pero olvídate de todo y vete buscando una familia para Sara, si no acabará en casa de algún ricachón. Y ahora me voy, que no quiero que me vean aquí, podría perjudicarte.

—Ahora me explico lo de la pistola... ¿Tú también?

—Te repito que es mejor que no sepas más. Déjalo estar, es mejor así. La guerra terminó, pero no el sufrimiento. Hay que seguir luchando hasta que nos quede aliento, pero estas son batallas que se libran de otra manera, y tú no pintas nada en ellas.

Purificación se acercó a la maestra y le dio un beso en la mejilla.

Inés se quedó más tranquila, al menos ya sabía lo que pasaba. Jamás habría imaginado que Roque estuviera envuelto en temas políticos. Pero ahora entendía muchas cosas que él le decía y otras que hacía y a las que ella no encontraba sentido. Comenzó a recordar detalles, reuniones o conversaciones que tenía Roque cuando iban a Potes. Y también por qué nunca le había contestado cuando le había preguntado por los maquis. Roque tampoco le contó la verdad cuando le habló de su padre, ni tan siquiera de su vida cuando era niño. Si bien era cierto que había fallecido, no sucedió como le había contado. Su padre fue uno de los muchos detenidos y acusados por el incendio de Potes antes de que la VI Brigada Navarra y II Brigada de Castilla entraran allí el 2 de septiembre de 1937, encontrando una ciudad abrasada en sus tres cuartas partes. Cuando las tropas falangistas tomaron Liébana, procedieron a buscar y a dar caza a todos aquellos sospechosos de ser anarquistas y de haber provocado aquel desastre; entre ellos, al padre de Roque, que fue trasladado a la Tabacalera, donde permaneció preso durante años, realizando trabajos forzados mientras cumplía una pena de seis años. La mala alimentación y el hambre le hicieron enfermar por la avitaminosis. Pasó días en la enfermería de la cárcel. La escasa comida que allí recibió pareció recuperarle algo, pero a los pocos días de salir y volver al trabajo, su vientre y su cara se hincharon y ya no lo pudo resistir más. Murió en el camión que cada día los trasladaba a la vuelta de una jornada durísima. Fue durante su estancia en la cárcel cuando el padre de Roque conoció a Juanín, a Bedoya y a otros que más tarde se echaron al monte. Pero con Juanín en especial hizo amistad y cuando este volvió, se puso en contacto con la madre de Roque y le contó todo lo que su marido había pasado en aquella inhumana prisión.

Desde entonces Roque había ayudado a los hombres que se escondían en los montes, intentando con ello paliar el dolor que le produjo el hecho de quedarse sin padre siendo un niño. Solía subir a sus escondites con alimentos, ropas o calzado y tenía con ellos largas horas de conversación. Lo hizo antes de partir a Salamanca a estudiar y, desde luego, cuando volvió. Ser veterinario le ayudó en alguna ocasión para tratar algún mal que aquellos hombres habían contraído o para curar heridas producidas por ataques de animales, caídas o cualquier otra circunstancia tan habituales yendo arriba y abajo por un monte tan abrupto como el de aquella zona. Su amistad con el médico de Potes también le fue útil, pues a él acudía para consultarle sobre males que nada tenían que ver con la veterinaria, siempre intentando que el doctor no sospechase el motivo real de sus preguntas. Poco a poco, él y el marido de Purificación se unieron a la resistencia haciendo pequeños encargos que no les impedían seguir con sus trabajos respectivos y sin despertar recelos. Pero ahora la mala suerte se había cruzado en el camino de Roque y no le había quedado más remedio que huir.

Doña Irene mandó recado a Inés para que subiera a visitarla. Hacía tiempo que no aparecía por allí, primero por su ocupación en la escuela y después porque debía atender a la pequeña Sara.

Dudaba si en caso de subir con la criatura, a doña Irene no le parecería bien o, por el contrario, no le importaría. El caso era que tampoco tenía con quién dejarla; a pesar de que Purificación y ella habían retomado su amistad, bastante tenía ella con lo suyo como para encima tener que atender a una bebé. De modo que se aseó, se vistió, arregló a la niña y subió dispuesta a la torre.

Como siempre, quien se encargó de abrir la puerta fue Gustavo, que la recibió con una sonrisa en los labios. Lógicamente, no tardó en percatarse de la presencia de la niña y se ofreció a tomarla en brazos, pero Irene se negó. Caminaron hasta llegar a la biblioteca, donde se encontraba doña Irene, que enseguida se puso en pie al verla llegar y la saludó efusivamente.

—Querida niña, cuánto hacía que no nos visitabas. Estaba deseando hablar contigo. Además, he comprado unos cuantos libros que ya he leído y quería dejártelos; algunos son francamente buenos, estoy segura de que te gustarán. Pero cuéntame de esta pequeña tan linda... Aquí todo se sabe... ¿Cómo estás tú? ¿Necesitas algo para la niña o para ti?

—Buenas tardes, doña Irene, usted siempre tan amable. Lo primero, quiero pedirle disculpas. Es cierto que hace bastante que no vengo a visitarles, he estado muy ocupada con las niñas en la escuela, y ahora, encima, tengo a esta pequeñina. Además, ya que usted es tan franca conmigo, debo serlo yo también con usted, y le diré que no me atrevía a venir con ella porque no sabía si podía molestar.

—No digas tonterías, tú no molestas nunca. Si nosotros estamos deseando que vengan a vernos, pasamos aquí los días solos y aburridos. Si no fuera por la lectura, que nos apasiona y nos ayuda a viajar y a descubrir hermosas historias, nos volveríamos locos. Ahora mismo vamos a merendar, Mari Paz ha preparado un bizcocho riquísimo. Pero siéntate, mujer, y déjame un poco a la niña, siempre que veo un bebé recuerdo cuando tuve a Gustavo, estuve meses enferma y no pude disfrutar de él. Desde entonces creo que me ha quedado un trauma o algo así. No puedo resistirme a tomar a los bebés en mi regazo.

—Claro que sí, tenga, es muy buena, apenas llora, se pasa el día *dormiduca* y si no, aunque esté despierta, se entretiene con sus *manucas* o con cualquier cosa.

—Bueno, come, que te veo un poco delgada. Entiendo que esta situación, de la que desde luego no voy a preguntarte, es muy difícil para ti, porque lo que haya hecho Roque no es de nuestra incumbencia, entre otras cosas porque ese muchacho no ha podido hacer nada malo, y muchísimo menos matar a alguien, como dicen.

—Yo también lo creo, la verdad. Roque es una buena persona.

—Bueno, como te decía, tenía ganas de verte, pero como no soy mujer ni de rodeos ni de chismes, iré al grano: puede que tenga una solución al problema que tienes ahora con la pequeña. No hay que ser muy avispado para ver que te está costando cuidar de ella, y creo que yo puedo ayudarte en eso.

—¿Una solución? La verdad es que no me está costando nada porque es una niña muy buena, como ya le he dicho, y no me da mucha guerra.

—Ya, ya, pero tú tienes tu trabajo y, además, eres una chica joven que tiene derecho a vivir una vida tranquila acorde con tu edad y tu posición. Verás, en Potes vive una hija de una prima que la pobre no consigue tener descendencia...

—Doña Irene, si lo que me va a proponer es que le dé la niña a su prima, no siga, se lo ruego, porque no lo haré. Su padre la ha dejado a mi cargo y solo yo me ocuparé de atenderla y de criarla lo mejor que pueda.

—Bueno, Inés, sería algo momentáneo, el tiempo necesario para que tú pudieras seguir con las clases sin agobios. Pero entiendo que no estés dispuesta a aceptar, y si quieres que te diga la verdad, me parece bien; si alguien me hubiera dejado a mí una responsabilidad así, tampoco se la daría a nadie. Perdóname, no he debido ni decirlo. Sé que eres una chica de palabra y de bien. No sé cómo he dejado que mi prima me convenciera de algo así.

Gustavo, que durante toda la conversación se había mantenido en silencio, intervino para de alguna manera decirle a su madre que ya le había advertido sobre la respuesta de la maestra.

—Inés, disculpa a mi madre —dijo el muchacho—. Te aseguro que no había mala intención en sus palabras, solo pretendía ayudarte. Aunque yo le advertí de que era mejor que no lo hiciera.

La joven se levantó, tomó a la niña en sus brazos y se dirigió a los dos educadamente:

—No pasa nada, está disculpada, doña Irene. Seguramente no fue su intención molestar, pero lo cierto es que estoy un poco susceptible últimamente. Bueno, creo que es hora de irme. La niña tiene que cenar; si nota mucha hambre, luego se pone nerviosa y me cuesta mucho dormirla.

Tanto doña Irene como Gustavo acompañaron a la puerta a Inés, y allí se despidieron.

Una vez en casa, Inés no podía quitarse el agobio de encima. Lo que acababa de pasar era hasta cierto punto normal. Sabía que tenía que buscar una solución, no podía continuar con la niña. Lo estaba haciendo bien, pero no era una situación deseable. Eso sí, bajo ningún concepto iba a permitir que se la llevara nadie que no fuera de su confianza, debía ser alguien que ella conociera lo suficiente para saber con absoluta certeza que la niña iba a estar en buenas manos, en las mejores. Como si de repente se le iluminara algo en la cabeza, se levantó de la silla de la cocina, cogió lápiz y papel y comenzó a escribir. Tenía la solución: su hermano Ignacio y Gema eran las personas más adecuadas para tener a Sara, seguro que la cuidarían como nadie.

27

Roque consiguió llegar a Santander. El camino fue largo y penoso, pero mereció la pena. Su rápida salida del valle le dio ventaja. Cuando los guardias montaron el dispositivo de búsqueda él ya se había alejado dejando atrás el desfiladero de La Hermida sin problema alguno; temía que los guardias ya hubieran dado la voz de alarma y el dispositivo se hubiera puesto en marcha para su búsqueda, pero afortunadamente no fue así.

Sus camaradas en la ciudad le proporcionaron un escondite hasta que llegara el día que embarcase. Le recomendaron que se dejara barba y se cambiase el pelo en la medida de lo posible, así su aspecto cambiaría un poco; además, debía hacerse unas fotos para su nuevo pasaporte. Le consiguieron un traje elegante, acorde con el pasaje de primera que iba a ocupar en el barco, y también le dieron algo de dinero. Solo quedaba esperar que pasaran los días.

Por su parte, Ignacio y Gema recibieron la carta de Inés con alegría. Nunca pudieron imaginar que aquellas letras iban a llenarlos de tanta felicidad. A Gema le parecía un milagro. Dios le había negado la posibilidad de ser madre biológica, pero a cambio le regalaba una hija a la que educaría como si de sus entrañas hubiera salido. Rebosaba felicidad y nerviosismo, no sabía si saltar, reír, llorar o gritar. Se abrazaba a su marido y le apretaba con fuerza mientras empapaba su hombro con las lágrimas que derramaba. Prepararían lo antes posible todo lo necesario y se informaron de cómo ir a Mogrovejo, querían llegar al pueblo lo antes posible. Ignacio tenía que resolver algunos asuntos y mientras tanto Gema se encargaría de comprar lo que la niña necesitase.

Tanta era la algarabía en casa de los Román que se olvidaron de contestar a la maestra.

Inés se arreglaba bien con la niña, le estaba cogiendo mucho cariño. La pequeña se prestaba a ello: apenas lloraba, comía de maravilla, se entretenía sola y además tenía la sonrisa más bonita de todo Liébana. La joven le hablaba constantemente y Sara abría los ojos y la miraba como si entendiera lo que le estaba contando. Salía con la pequeña a pasear, la llevaba a misa, incluso la bajaba diariamente a las clases, donde las niñas la llevaban de brazo en brazo y la bebé se mostraba encantada con ello. El vínculo que se estaba creando entre ellas cada día era más grande. Cuando la noche caía, Inés se acostaba junto a Sara y le contaba historias inventadas que casi nunca escuchaba más allá de unos escasos minutos. Entonces la miraba y veía en su pequeño rostro los rasgos de su padre. Le acariciaba las mejillas sonrosadas con la yema de sus dedos y besaba su pequeña frente, luego la arropaba con mimo.

Nadie en el pueblo le hizo ningún comentario al respecto de lo que había pasado. No escuchó mención alguna a la desaparición de Roque ni notó ningún tipo de rechazo por haberse quedado con su hija. Como era normal, en el pueblo todo el mundo se conocía y cada cual sabía qué hacía o cómo pensaba el otro, pero había una especie de acuerdo tácito de no agresión; vivían y dejaban vivir. También existían diferencias insalvables, como en todos los lugares, y salvo alguna discusión de vez en cuando, la paz reinaba en Mogrovejo.

Raquel seguía ayudando a la maestra. Era una mujer entrañable que se hacía querer, siempre pendiente de Inés y de la pequeña y dispuesta para que no les faltara de nada; por ejemplo, le proporcionó trapos suficientes para los pañales de la pequeña y ropa de sus hijos que ya no utilizaba.

Cuando terminase el curso, Inés volvería a Santander; no quería quedarse en Mogrovejo. El pueblo era maravilloso, el paisaje inmejorable y la gente acogedora y gentil. No tenía ninguna pega que poner. Sin embargo, le faltaba lo principal: Roque ya no estaba, y eso era motivo suficiente para pasar página y seguir escribiendo su vida en otro lugar. Tal vez el año siguiente le dieran una plaza en la ciudad.

La vida mejora mucho cuando uno decide no estar preocupado permanentemente y resuelve vivir el momento y no dejar que el drama le derrumbe. Inés había leído en algún sitio esa frase, y desde que Roque se había ido se lo decía a sí misma cada mañana. Intentaba no pensar en el pasado, como había hecho años atrás, cuando su vida era un auténtico calvario junto a su padre, y le seguía funcionando.

Como hacía desde algún tiempo, cada domingo por la tarde Inés se acercaba a La Vega para que María Jesús, la tía de Sara, viera a la niña, lo cual agradecía mucho la mujer y las recibía con los brazos abiertos. Cuando Roque se fue, le pareció oportuno hacer esas visitas; después de todo, seguro que echaba en falta a la pequeña, aunque no hubiera querido hacerse cargo de ella. Pero ahora que la conocía y sabiendo de su dolencia, las explicaciones que Roque le había dado distaban mucho de la realidad, pues no era que la mujer no quisiera atender a Sara, sino que realmente no podía, ni más ni menos. Desde hacía tiempo padecía del corazón, su estado era delicado, se cansaba bastante y semana tras semana Inés notaba cómo empeoraba, aunque nunca se quejaba; era una mujer optimista y se animaba a querer verse mejor. María Jesús no tendría más de sesenta años, era pequeñita y delgada, pero se la veía lista y abierta de mente, y ni sus achaques lograban agriar su buen carácter. El primer domingo que Inés fue a su casa, lo hizo con cierto recelo. No sabía cómo las iba a acoger. Había que tener en cuenta que era la novia del esposo de su sobrina fallecida y que, además, ahora estaba al cargo de una niña que era sangre de su sangre, así que esperaba cualquier otra reacción distinta a la que afortunadamente tuvo. Por las explicaciones que María Jesús le dio a Inés, entendió que Roque la había puesto al día de todo. Sabía la relación que ambos tenían y para nada se la afeó, incluso se mostró contenta de ver lo bien que estaba Sara, había cogido peso y su color era muy bueno, según dijo.

Inés, aunque no había recibido respuesta de su hermano, sabía que en algún momento vendría a por la niña. Si no hubieran querido hacerse cargo de ella, ya le hubieran contestado. No quería dejar pasar más tiempo, y menos que María Jesús se pudiera enterar por cualquiera de que la pequeña ya no estaba con ella. Por eso aquel domingo decidió contarle a la mujer cuál iba a ser el futuro de Sara. La cara de la señora se entristeció, era la primera vez que Inés la veía así, pero aceptó su decisión.

—Entonces... este puede ser el último día que vea a la niña, eso me estás diciendo, ¿verdad? —dijo María Jesús a duras penas.

—No, mujer —respondió Inés—. Si mi hermano puede, me gustaría que pasaran conmigo unos días, a mí también me va a costar mucho separarme de la pequeña. Lo que tengo en mente es venir aquí con ellos. Quiero que usted los conozca, quiero que vea lo maravillosas que son las personas que se van a encargar de Sara. ¿Usted me da su permiso para visitarla con ellos?

—Por supuesto, niña, faltaría más. —María Jesús pareció recuperar el ánimo, pero fue un espejismo—. Ese día sabré que ya jamás volveré a ver a la niña. Perdí a su madre, pobre hija mía, y ahora voy a perder a su niña por mi mala salud.

La mujer se levantó despacio, abrió uno de los cajones del aparador y sacó una cajita pequeña de la que extrajo una cadena con una pequeña medalla; era la imagen de la Virgen de la Salud. Se acercó a la niña y se la colocó.

—Me gustaría que la llevase siempre. Era de su madre, se la regaló Roque el día que se casaron y la llevó puesta hasta su muerte. Me dejó dicho que se la diera a la pequeña para que la protegiera, y es lo que estoy haciendo ahora. Te pido que no se la quites, Inés. Nuestra Señora de la Salud la protegerá allí donde vaya.

La sorpresa que Inés se llevó al llegar a casa no se la podía ni imaginar.

En la puerta de la escuela esperaba sentada una pareja. Desde la distancia no reconoció a ninguno de los dos. Caminó lentamente con la niña en brazos, que iba jugueteando con ella. La tarde estaba templada, una tarde de primavera que ya alargaba los días.

Al acercarse más reconoció las formas de Gema. Hacía años que no se veían, pero su vieja amiga estaba igual que la recordaba. Agarró fuerte a la niña y corrió hacia ellos. Ignacio y Gema, al percatarse de su llegada, también corrieron a su encuentro. El momento fue muy emotivo, los tres se abrazaron dejando en medio a la pequeña, que los miraba asombrada. Gema secó sus lágrimas y estiró los brazos esperando que Sara se lanzara a ellos, pero la pequeña le regaló una sonrisa y abrazó el cuello de Inés. No pudieron evitar reír.

Una vez en casa, la pareja sacó todas las cosas que le traían a Inés: ropa, agua de colonia, barra de labios, dulces, chorizo, tocino y todo aquello que pudieron meter en la maleta; nada era suficiente para su querida amiga y hermana. Por otro lado, Gema puso un muñeco muy suave en las manos de la niña, que rápidamente lo agarró y empezó a jugar con él; era la primera vez que sujetaba las cosas, hasta entonces siempre se le caían de las manos.

Gema se acercó a la pequeña y vio que necesitaba un cambio de pañales. Le pidió permiso a Inés para hacerlo y esta se echó a reír.

—No me pidas permiso —le dijo—. Ve haciéndote a la idea de que vas a cambiar muchos los próximos meses. Y si quieres, también la puedes bañar. Voy a calentar el agua en la lumbre y la metemos en un barreño que tengo. Le encanta el agua, pasa mucho rato ahí dentro, pero hay que tener cuidado para que no se quede fría. Aunque debo reconocer que es una niña que nunca se ha puesto mala, mejor ser precavidos. Este verano llevadla a Isla, a la playa de los Barcos, a que se moje; seguro que lo disfrutará. Me encantaría tanto verla chapotear en los charcos... Estoy tan contenta viéndoos juntas —dijo mirando a su cuñada—. Vas a ser una madre maravillosa.

—Nos tienes que contar... de su madre y, por supuesto, de su padre —le pidió Gema—. Algún día volverá y entonces querrá tener a esta preciosidad de nuevo en sus brazos.

—Descuida, os contaré todo lo que sé y todo lo que debéis saber. Por su padre, no os preocupéis, creo que tardará años en volver. Vosotros disfrutad de ella y no penséis en eso ahora. La vais a ver crecer, eso seguro. Su madre desgraciadamente falleció y no tuvo la suerte de conocerla. Pero sí que hay una persona que quiero que conozcáis, es María Jesús, la tía abuela de la niña, que la ha atendido durante todo este tiempo. Iremos a verla. Por cierto, ¿cuándo os vais a marchar?

—Teníamos idea de quedarnos un par de semanas, si tú no tienes inconveniente —respondió Gema.

—¿De verdad? ¡Qué ilusión! —exclamó Inés—. En ese caso, vosotros dormiréis en mi cama. Gema, tú quédate con la niña. Iré a casa de Purificación para que me deje un camastro y dormiré aquí, en este rincón. La niña tiene en la habitación una cunita que me dejó Raquel, otra vecina. Ya os las presentaré a las dos; son gente maravillosa, ya lo veréis.

—No queremos molestarte —dijo Ignacio—. Nosotros iremos a por ese camastro. Yo dormiré en él y Gema y tú lo haréis en tu cama, ¿de acuerdo?

Al final los cuatro se acercaron a casa de Purificación, que los recibió con enorme alegría. Los invitó a pasar y, sentados alrededor de su mesa, disfrutaron del queso picón del valle y, cómo no, de un buen té del puerto. Mientras, conversaron y organizaron la procesión de la Virgen de la Luz, que estaba próxima a celebrarse y sería la primera oportunidad para todos de verla, incluso para la pequeña Sara.

27

Roque intentaba distraerse de la mejor manera que sabía, leyendo. Por suerte, sus camaradas le proporcionaron algunos buenos libros con los que consiguió que las horas fueran más livianas. Entre sus manos tenía *Nada*, de la joven escritora Carmen Laforet. Había oído hablar de él, pero hasta ese momento no había tenido ocasión de leer la historia de Andrea, su protagonista, una muchacha que llega a Barcelona tras la Guerra Civil para estudiar y relata el modo de vida de la gente en la posguerra. Le estaba gustando y se veía reflejado en algunos momentos. Inmerso estaba en su lectura cuando la puerta se abrió con ímpetu.

—¡Buenas tardes, camarada! Ya tengo preparados tus documentos. Desde este momento eres Fernando Vicent García, nacido en Madrid el 9 de marzo de 1924. Este es el pasaporte y esta es la carta de recomendación. Aquí tienes los pasajes, son de primera clase. Menuda suerte que has tenido, vas a viajar como un marqués, así que ya puedes estar a la altura. Ve pensando en cuál es tu situación social para no levantar sospechas, procura no hablar demasiado ni hacer amistades que te puedan comprometer. Cuidado con las mujeres. Es mejor que te arrimes a los ingleses que vienen ya embarcados de Liverpool, o a los franceses. Mejor con los franceses, dentro de los ingleses es fácil que haya algún espía colaborador de la dictadura. Ahí te lo dejo, si no nos volvemos a ver, que tengas mucha suerte. Algunos nos quedamos luchando por la libertad de todos. ¡Salud y libertad, compañero!

Mientras el hombre decía todo esto, Roque permaneció sentado, pero se levantó para despedirse con un abrazo de su camarada y agradecer lo que habían hecho por él.

En cuanto se quedó solo en la habitación, echó un vistazo al pasaporte. Tenía que acostumbrarse a su nuevo nombre, Fernando Vicent García, y recordar la fecha de nacimiento. Ahora debía inventarse una vida. Tomó el pasaje para ver la fecha de salida del barco. En el billete figuraba: «Reina del Pacífico, compañía Pacific Steam Navigation Co. actuando como consignatario Basterrechea». Se indicaba, lógicamente, el camarote asignado y la fecha, 10 de mayo de 1951. Aún quedaban unos días.

Con el dinero que le habían entregado a su llegada tenía que comprar una maleta y algo de ropa que cumpliera con la posición social que debía ocupar en el barco. Pero, además de eso, tenía que hacer otra cosa, para él la más importante en ese momento. Tomó papel y bolígrafo y escribió.

Amaneció en Santander una bonita mañana de abril, el sol comenzaba a calentar débilmente, pero el aire aún era fresco y la humedad se notaba en el ambiente. Roque caminó por sus calles buscando un comercio donde comprar lo necesario para su viaje. Pronto encontró una tienda bastante grande y elegante. La Novedad, así se llamaba. Sus escaparates, que se extendían a lo largo de dos calles, pues el comercio hacía esquina, mostraban todo tipo de ropa masculina. Observó la exposición tras los cristales y entró con paso firme y la cabeza alta, llevaba las manos en los bolsillos del pantalón y ese gesto hacía que su gabardina beige se abriera por delante dejando al descubierto su chaqueta gris cruzada.

Hizo una buena compra y el vendedor se ofreció a llevarle las bolsas hasta el lugar donde estuviera hospedado, pero él declinó amablemente el ofrecimiento alegando, para no levantar sospechas, que venía de Madrid y que se olvidó la maleta en el taxi que le llevó a la estación de Atocha. Ahora ya tenía todo lo necesario para el viaje: pantalones, chaquetas, polos, chalecos, jerséis, etc. Salió de la tienda muy cargado; le hubiera venido muy bien la ayuda que le ofrecieron, pero la situación no se prestaba. Un muchacho se le acercó y le ofreció cargar con las bolsas; no debía de tener más de ocho años. Le dio un par de bolsas y dejó que caminara dos pasos por detrás de él, pero mirándole con el rabillo del ojo, temeroso de que saliera corriendo con las compras; sin embargo, no se movía de su lado. Cuando llegaron al destino, le dio dos duros que llevaba sueltos en el bolsillo y el chiquillo salió corriendo apretando el puño con las monedas dentro; para el crío suponía un tesoro.

Al día siguiente se dirigió hasta el lugar donde tenía que dejar la carta que había escrito. Se acercó a la plaza de José Antonio y observó los edificios; buscaba una pensión. En la puerta de entrada, con los brazos a la espalda, el portero observaba cómo la gente iba y venía. Roque le dio los buenos días y entró en el portal. El hombre le paró preguntando adónde iba y cuando se lo dijo, el portero le indicó el camino sin más.

Subió las escaleras de madera desgastadas por el uso y al llegar al tercer piso se paró frente a la puerta. Antes de llamar se arregló la ropa y pasó la mano por la barba que se había dejado según le recomendaron sus camaradas.

Tras la puerta escuchó las voces de al menos dos mujeres discutiendo a gritos. Recordó que Inés le había comentado la mala relación que tenían las mujeres que vivían con ella.

Tocó el timbre tres veces seguidas; no había sido su intención hacerlo así, pero los nervios le jugaron una mala pasada.

—¿Qué pasa con el timbre? —dijo Tina desde la cocina—. Anda, abre la puerta antes de que se le quede el dedo pegado. Parece que tiene prisa.

—¡Oye, que estoy fregando! —gritó Consolación—. ¿Por qué no abres tú, que estás ahí sentada tan ricamente?

Por el pasillo se cruzaron las dos yendo en dirección a la puerta, la una empujó a la otra y la otra a la una. Ambas llegaron a la entrada discutiendo, como siempre.

Al abrir encontraron a un hombre que no conocían. Recelosas, dejaron la puerta abierta lo justo para saber qué se le ofrecía. Era un hombre apuesto, alto y delgado, bien vestido y con un aroma agradable, tenía una barba corta y el pelo muy repeinado con raya al lado, posiblemente engominado, ya que estaba muy pegado a la cabeza. En la mano sostenía el sombrero que se había quitado en cuanto ellas habían abierto.

—Buenos días. Mi nombre es... —por un momento dudó—, mi nombre es... —titubeó de nuevo.

—¿Su nombre cuál es, hijo, o se le ha olvidado? —dijo Tina—. No tenemos habitaciones, la pensión está completa, lo siento mucho.

Dicho esto, se dispuso a cerrar la puerta, pero Roque se lo impidió.

—Espere, por favor, soy amigo de Inés. Esta es su casa, ¿verdad?

—¿Es amigo de mi niña? ¿De qué la conoce? —preguntó Consolación, que estaba detrás de Tina.

—Si me dejan pasar, les cuento. Preferiría no hablar aquí, en la escalera.

Las mujeres se miraron.

—Espere un momento —dijo Consolación, y cerró la puerta.

—Vamos a dejarle entrar, igual trae algún recado de la niña —observó Tina—. Ha dicho que era amigo de ella.

—Lo que tú digas, yo encantada —repuso Consolación—. Ya estoy intrigada con este hombre. ¿Has visto qué guapo es? ¿Igual es su novio?

—Calla, anda, que siempre estás cotilleando. ¡Qué cruz de mujer!

De nuevo abrieron la puerta y le invitaron a entrar. Le indicaron el camino que conducía a la pequeña salita que solo ellas utilizaban, pues los huéspedes nunca entraban. Allí podrían hablar con más tranquilidad.

—¿Quiere tomar algo, hijo? —preguntó Consolación.

—Perdone —terció Tina, y mirando a la mujer, dijo—: ¿Te quieres callar y sentarte de una vez? Seguro que el señor no quiere tomar nada porque se irá enseguida. ¿No es así, don sin nombre?

—Bueno, es cierto que no he dicho mi nombre, pero sí

que tengo, aunque, si no les importa, de momento no les voy a decir cuál es.

Las dos mujeres se miraron y se encogieron de hombros, moviendo los labios hacia un lado en señal de descontento.

Roque sacó un sobre cerrado del bolsillo de su gabardina y lo puso encima de la mesa camilla alrededor de la cual estaban sentados los tres.

—Pues no me parece muy normal, pero ya que está aquí, ¡tire! —dijo Tina—. Venga, que esta y yo tenemos mucha tarea pendiente.

Roque sonrió, Inés no se equivocaba cuando le hablaba del carácter de la mujer.

—Usted es Tina y usted, Consolación, ¿verdad? —Ambas asintieron con cara de sorpresa—. Bien, pues yo soy Roque.

El hombre pronunció su nombre de manera instintiva, aunque no era su intención, debía preservar su identidad hasta que viera cómo reaccionaban las mujeres.

—Ah, Roque, ¿te acuerdas, Tina?, la niña nos ha hablado de él. Usted es el veterinario, ¿no?

—¡Te quieres callar, mujer! Siempre tienes que meter la pata. ¡Calla y no vuelvas a abrir la boca!

—Sí, así es, soy el veterinario de Liébana. Nací en Mogrovejo, el pueblo donde da clase Inés. En unos días partiré en un largo viaje y tardaré bastante en volver. Inés se ha quedado con mi hija en el pueblo, ella la cuidará.

—¿Cómo? Pero ¿la niña ha sido madre y no nos lo ha dicho?

—¡Que te calles, mujer! Deja que hable.

Roque sonrió y continuó hablando:

—No, no, me he explicado mal. La niña es mía. Mi mujer falleció al dar a luz y no me ha quedado más remedio que salir del pueblo urgentemente y dejarle la niña a Inés. Lo hice de una manera un poco peculiar y no pude despedirme de ella, solo con una pequeña nota. Por eso quiero dejar esta carta para que cuando vuelva ustedes se la entreguen, en ella le explico todo.

—¿Y por qué no nos lo explica a nosotras y así, cuando llame, se lo contamos? ¿Para qué vamos a esperar a que llegue ella? Digo yo que...

—Virgen santa, ¡qué cansina eres! —exclamó Tina—. Perdónale, hijo, ella es así, si no abre la boca no es feliz.

—Y tú todo el día quejándote de todo —replicó Consolación—. No me deja hablar, no puedo ni relacionarme con la gente. ¿Y qué tal está la niña, por cierto?

—¡Que te calles o te vas! ¡Ya no aguanto más!

—¿Por qué me voy a ir? Tengo el mismo derecho que tú a estar aquí.

Roque movía la cabeza de un lado a otro mientras las escuchaba discutir esperando que se calmaran. De repente se hizo el silencio.

—¡Siga, hombre, que no tenemos toda la mañana! —exclamó Tina, ya con los nervios crispados.

—Con todos mis respetos, señoras, son ustedes terribles, pero no se enfaden, que lo digo con todo el cariño. Yo ya me voy —dijo Roque poniéndose en pie—. Por favor, les ruego que no se la envíen al pueblo, dénsela a Inés en mano, es muy importante. —Roque no quería que se la mandaran por correo porque temía que alguien leyera la correspondencia que le llegara a Inés, ya que todos conocían su relación con ella, pero se abstuvo de explicarles sus razones a las dos mujeres para que no pensaran que era un delincuente—. Es mejor que cuando ella regrese a Santander se la entreguen. Quiero que se reúna conmigo allá donde voy, que ahora no lo puedo decir pero que lo indico en la carta. Nosotros ya hemos hablado de esto y ella está de acuerdo conmigo, esperaremos que la pequeña sea más grande y así podrán viajar juntas. Muchas gracias, señoras.

Roque se levantó sin darles opción a decir ni una palabra. Se dirigió a la puerta, abrió, les deseó buen día, se colocó el sombrero y bajó las escaleras tras cerrar.

Las mujeres se quedaron atónitas, se había ido y no les había dicho nada más.

—La culpa es tuya, Consolación, eres tan pesada que el muchacho ha salido corriendo. ¿Cuándo vas a aprender? Me tenías que dejar hablar a mí, le has asustado con tus preguntas tontas, erre que erre... Ufff. Pero una cosa te digo, ¿has oído que en la carta dice dónde se va para que la niña se vaya con él?

—Te digo que estos dos son novios y la niña no nos ha dicho nada. Porque si no, ¿qué explicación tiene? ¿Y eso de que se ha quedado con una cría? Pero ¿qué va a hacer Inés con una niña?

—Bueno, vamos a hacer una cosa: de esta carta, ni media palabra; nosotras calladas. Cuando venga o nos llame, ya veremos qué nos cuenta. Pero no voy a consentir que la chiquilla se vaya vete tú a saber dónde con este tío que no le conocemos de nada. Primero que ella nos cuente quién es. No podemos dejar que caiga en los brazos de cualquiera. A ver, que no es por nada, pero alguien tiene que cuidarla, ¿no? Así que lo dicho: de la *cartuca*, ¡ni mu! ¿Está claro?

—Que sí, mujer, que sí... ¡Como si yo fuera contándolo

todo por ahí! No hace falta que me lo repitas tantas veces, que ya sé que no tenemos que decir nada, pero tú tampoco, ¿eh?, que venga a decirme a mí y a ver si vas a meter tú la pata.

Tina cogió el sobre y lo metió en el cajón del aparador mientras decía:

—Aquí te vas a quedar *in perpetuum.*

—¿Qué?

—¡*Pa* siempre, hija, *pa* siempre!

28

Gema no se separaba de la pequeña ni un solo momento y la cría le estaba cogiendo mucho cariño, la buscaba por la cocina con la mirada y le extendía los brazos para que la aupara. Ignacio miraba a su mujer y no podía creer lo que veían sus ojos. Esa sonrisa de la que se enamoró había vuelto al rostro de ella, y no solo eso, estaba alegre, reía constantemente y hablaba sin parar, síntomas todos ellos de la felicidad que sentía. Inés también estaba encantada, sabía que la niña iba a estar en las mejores manos. Gema se merecía ser feliz, era una buena mujer a la que Dios castigó quitándole de las manos a su hija, pero ahora de alguna manera la recompensaba.

No era fácil tener secretos en el pueblo y a los dos días de llegar su hermano, don Ginés se presentó en su casa. Tenía que saber con quién se iba la niña; según dijo, para él era una responsabilidad, algo que Inés no entendía.

—Me va a perdonar, padre —dijo la maestra—, pero no sé a qué viene eso de que es su responsabilidad. Que yo sepa, en esta niña usted no tiene parte. La responsabilidad, en todo caso, es mía, que para eso me la dejó su padre.

—Como representante de Dios Nuestro Señor en la Tierra que soy, todos los hombres y sus destinos son responsabilidad mía —replicó el cura—. Me parece muy impertinente tu comentario.

—Pues ocúpese usted de todos los niños que hay por ahí comiendo lo que pueden o nada, pasando frío y penalidades. Con esta, como le he dicho, no necesita que pierda usted el tiempo, tiene de sobra quien la atienda.

—Sigues siendo la misma muchacha soberbia y maleducada que llegó aquí. Acabarás teniendo problemas, y muy gordos, si no cambias.

—Oiga, señor cura —intervino Ignacio, presente en la conversación—. Mi hermana no es ninguna soberbia y mucho menos una maleducada. Es una mujer extraordinaria. De usted no puedo decir lo mismo, quizá porque no le conozco, quizá porque no lo sea. Pero bueno, también entiendo que usted quiera saber con quién estará la pequeña y en qué condiciones. No se preocupe, le doy mi palabra de que estará bien cuidada y alimentada, y le digo más: si en algún momento quiere visitarnos, por nosotros no habrá ningún inconveniente en recibirle.

—Vaya, parece que tu hermano es un poco más coherente que tú —le dijo don Ginés a la maestra—. Me voy, que tengo mucho que hacer.

El cura desapareció dejando una estela de ira casi visible.

A pesar de la relación que Inés tenía con el párroco de Mogrovejo, ella era una mujer creyente, lo que no soportaba eran los intermediarios, como siempre decía. Recordaba cuando su madre murió; el cura del pueblo estaba enfermo y no podía oficiar el sepelio, así que su padre buscó por los de alrededor y no consiguió que ninguno atendiera su petición: uno de ellos estaba ausente y el otro era muy anciano, estaba enfermo y murió a los pocos días. Tuvieron que velar a su madre durante tres días hasta que consiguieron que un cura de Santoña se desplazara hasta Escalante para dar cristiana sepultura a la difunta.

Inés estaba contenta porque al fin había llegado el día de procesionar con La Santina. Roque le había llevado en una ocasión a Peña Sabra, donde estaba su pequeña pero hermosa ermita, a media ladera pero tan alta como la devoción que le profesaban los lebaniegos. Allí se respiraba paz por todos los lados y se sentía la protección que la Virgen proveía a todo el valle. Su imagen pequeñita tallada en alabastro, con un niño en brazos, estaba cubierta con un manto más grande que ella.

Habían tenido suerte y los habían llevado hasta Aniezo en una furgoneta, Purificación se había encargado de ello. Tuvieron que madrugar bastante, pero la niña iba dormida en los brazos de Inés. A las ocho de la mañana escucharon misa, y una vez finalizada esta, comenzaron a caminar acompañando a La Santina. Cientos de personas iban tras la imagen recorriendo Cambarco, Frama, Ojedo y Potes hasta llegar a Santo Toribio. Inés estaba emocionada viendo cómo en cada término por el que pasaban se unía el respectivo pendón parroquial y las cruces procesionales. Los alcaldes chocaban los bastones de mando y La Santina pasaba en andas de edil en edil. En Santo Toribio, el Lignum Crucis (bajo palio, por supuesto) salió al encuentro de la procesión y acompañó a la Virgen al interior del templo. La belleza del lugar dejó con la boca abierta a Gema y a Ignacio, que, emocionados como Inés, apenas pronunciaron palabra.

—Inés, ¿sabes de quién me estoy acordando?

—Sí, hermano, lo veo en tu cara. Te estas acordando de madre, ¿verdad?

Ignacio asintió.

La niña estaba cansada y ellos también, eran muchos kilómetros los que habían recorrido tras La Santina. No iban a poder terminar el recorrido. Irían a Potes y rezarían el rosario, pero ya no volverían a Aniezo, donde la Virgen descansaría para volver el día 4 de mayo a su casa, en la ladera de Peña Sagra.

Los días habían pasado demasiado rápidos. Inés sintió un escalofrío que recorrió su cuerpo al darse cuenta de que en apenas un par de jornadas Sara ya no formaría parte de su vida. Sintió penar y dolor. No habían sido muchos los días que habían pasado juntas, poco más de un mes, pero se había creado un vínculo entre ambas que le iba a costar mucho olvidar. Le consolaba saber que Gema, su gran amiga y cuñada, iba a cuidar de la pequeña como si de su propia hija se tratase, no le cabía ninguna duda de ello, y lo mismo creía de su hermano Ignacio.

Inés tenía a la pequeña sentada sobre sus rodillas y la vista perdida en el pico Pozán. Gema la miraba desde la puerta de la casa. Sabía lo que su cuñada pensaba y entendía que se encontrara triste. Pero aún tenían una conversación pendiente. Gema quería saber quién era realmente el padre de Sara y cuál era la relación que tenía con Inés.

—¿Qué piensas?

—Nada. Solo admiraba la belleza de estas montañas, cómo nos arropan y nos esconden del mundo. Mira, ¿ves allí? Es el Sagrado Corazón, y aquellos son los Picos de Europa. Allí, el pico Pozán, y aquella, La Junciana. Todos ellos están llenos de vida, de fuerza. Me regalan la vitalidad para seguir aquí. Mira a tu alrededor, Gema, admira y recuerda cómo es esto de bonito para que se lo puedas contar a Sara, para que esté orgullosa del lugar donde nació y donde nacieron sus padres, para que se llene de orgullo cuando alguien le pregunte de dónde es y responda que de Liébana. Prométeme que se lo dirás mil veces, que le contarás cómo son estos montes, estas montañas, el río Deva y todos y cada uno de los pueblos y barrios de este hermoso valle. Dile siempre que Mogrovejo, el pueblo de su padre, es el más bonito del mundo, que sus gentes son maravillosas, que sus bosques están llenos de colores y de aromas. Dile que La Vega es donde nació su madre, y que allí descansa. Háblale de la densa niebla que cubre estos hermosos pueblos por las mañanas y que de repente se abre y nos muestra todo lo que esconde. Que no olvide sus raíces, que sueñe con conocer Liébana. Cuéntale cómo es de bonita La Santina y la hermosura de la ermita de la Virgen de la Salud en Áliva, donde se casaron sus padres.

Gema agarró la mano de Inés y la besó. Luego hizo lo mismo con la pequeña y la cogió en sus brazos.

—No te preocupes, cuñada, la voy a atender como a nadie, de verdad. Sé qué piensas y te comprendo, pero no tengas pena por la niña, va a ser feliz, de eso me encargo yo y tu hermano, por supuesto. No le faltará de nada. Le hablaré de este terruño tan bello, te lo prometo.

Antes de partir les quedaba por hacer una visita a casa de María Jesús, la tía de Sara, para que la mujer pudiera despedirse de la cría y le diera un último beso.

Llegaron a La Vega entrada la mañana. Saludaron a la mujer y esta los recibió con los brazos abiertos. Su salud había empeorado desde la última vez que Inés la visitó; su respiración era agitada y su voz entrecortada por la falta de aliento, lo que le impidió hablar todo lo que hubiera deseado. Pidió que le sentaran a la pequeña en el regazo y buscó en su cuello, sacó la medalla de la Virgen de la Salud y la besó.

—Veo que la lleva puesta —dijo la mujer—. Muchas gracias, es importante para mí. Sé que la protegerá siempre. Lamento no poder atenderos como merecéis, os estoy muy agradecida por cuidar de mi niña. Su madre era un tesoro de persona, espero que ella sea igual. Id con Dios.

La visita duró poco. María Jesús estaba agotada y no quisieron molestarla por más tiempo.

A la mañana siguiente, Ignacio, Gema y la pequeña Sara se marcharon de Mogrovejo. Inés no pudo contener las lágrimas al verlos partir. Se acercó las manos a la cara y olió el aroma a fresco de la pequeña que aún conservaba en ellas. No sabía cuándo volvería a verla, pero llegado el día, seguramente ya no se acordaría de ella. Lo que tenía claro es que iba a ser una niña feliz. Las lágrimas seguían aflorando de sus ojos, pero no eran de pena, eran lágrimas de felicidad por su cuñada y su hermano. Al fin habían conseguido tener la familia que siempre habían soñado. Solo deseaba que Dios les diera salud a los tres para vivir una vida plena y feliz.

29

Había llegado el momento de partir. Las inmediaciones del muelle donde esperaba el transatlántico estaban repletas de personas que iban y venían: señoras compuestas, arregladas con sus mejores vestidos y sombreros, caballeros que caminaban con arrogancia sujetando sus pasos con bastones de empuñadura de marfil y plata, marineros que corrían a sus puestos, mozos que cargaban maletas y baúles por la rampa del barco, jóvenes que portaban un petate al hombro y buscaban la manera de entrar, ancianos adinerados acompañados de jóvenes sirvientes, y Roque, que no sabía dónde situarse ni para dónde mirar.

Su pasaje le permitía acceder por la zona principal, y así lo hizo. Una vez arriba, tras recorrer varios pasillos adornados con cuadros con motivos marineros, continuó en busca de su camarote, que encontró enseguida con ayuda de uno de los mozos de a bordo. Estaba en la primera planta. Era una estancia elegante y de buen tamaño. Un par de camas grandes, un escritorio, dos cómodos y grandes sillones tapizados con gusto, un armario y su propio cuarto de baño. Las vigas de madera adornaban el techo, al igual que las columnas talladas, todos los muebles eran de gran calidad y las cortinas de tapicería fina, como las colchas y las toallas que conformaban el menaje de la habitación. El lujo estaba a la vista de sus ojos lo mismo que el mar, que podía ver tras el ventanal. Posó la maleta sobre el portaequipajes y salió de su camarote.

La cubierta estaba llena, la gente se apoyaba en la barandilla para despedir a la ciudad. Cientos de personas —familiares, amigos y curiosos— miraban asombrados desde el muelle la embarcación que lucía sus mejores galas. El buque de casco blanco destacaba sobre el azul del mar y sus dos grandes chimeneas comenzaban a humear. El sonido de la sirena anunció su partida. La rampa fue recogida, se desencapillaron los cabos de los noráis y comenzó la maniobra de desatraque. El transatlántico comenzó a moverse y los gritos de despedida se agudizaron.

Roque miraba hacia la multitud buscando una cara conocida. Sabía que no iba a encontrar ninguna y menos aún la que sus ojos anhelaban. Inés no iba a aparecer, ella se había quedado bajo el manto protector de las montañas poderosas de su Liébana natal.

Vio cómo cada vez la ciudad quedaba más lejos y escuchó lejanas las voces del muelle. Los edificios se iban haciendo más pequeños. Se despidió del paseo de Pereda, de Castelar y de Reina Victoria donde en lo alto se regía orgulloso el hotel Real, admiró el palacio de la Magdalena desde el lado más real, por donde nunca lo había visto. Mirando al mar, observó la grandeza de sus playas, y al pasar por el faro de Cabo Mayor sintió que su corazón se encogía. Se dio cuenta en ese momento de que quizá nunca volvería a pisar su tierra, a besar a su pequeña ni a respirar la pureza del aire de su pueblo. Se sintió solo y un escalofrío recorrió de los pies a la cabeza todo su cuerpo, se estremeció y volvió a sentir miedo y unas ganas terribles de saltar por la borda y volver a nado a tierra firme, a esa tierra suya que le había vista nacer, crecer, enamorarse y sufrir. Pero el *Reina del Pacífico* ya navegaba mar adentro en dirección a un nuevo mundo para Roque. Se santiguó y se encomendó a su Virgen de la Salud. Ya no había marcha atrás. Se secó unas lágrimas que se había permitido llorar y regresó a su camarote.

Abrió la maleta y sacó una foto y unos libros que había conseguido y los posó sobre la mesilla de noche. Colocó con cuidado la ropa en el armario, el viaje duraría semanas y no podía permitir que se arrugara dentro de la valija. Se aseó, se puso la chaqueta y salió.

La mar estaba un poco picada y el barco oscilaba ligeramente hacia los costados. Roque salió a la cubierta por babor, manteniendo sin problemas el equilibrio, y al mirar hacia arriba pudo ver las lanchas salvavidas bien sujetas a sus respectivos pescantes. Pasando junto a un montón de hamacas de madera cubiertas con unas colchonetas mullidas de color blanco que hacían las delicias de muchos pasajeros que ya las ocupaban, caminó hasta proa para divisar la grandeza del mar frente a sus ojos; allí el aire rompía en su cara y tuvo que sujetarse el sombrero con las dos manos. Regresó de nuevo al interior del barco en busca de algún salón donde descansar.

La casualidad quiso que entrara en la biblioteca. Allí un grupo de hombres charlaban animadamente fumando unos esplendorosos puros habanos. Se veía que eran personas adineradas. Al verle entrar, un hombre que estaba sentado en una esquina le saludó con un pequeño gesto. Roque se acercó a él.

—Buenos días, querido compañero de viaje —dijo levantándose del sillón—, mi nombre es Manuel de Castro y Balmoral. Viajo solo y estaría encantado de poder conversar con usted. Como ve, aquí todo el mundo parece conocerse. Como he visto que usted no se ha acercado a ninguno de los grupos en la sala, he pensado que tal vez viajase solo al igual que yo, y no estaría mal, si a usted le parece bien, que podríamos hacer el trayecto en mutua compañía. ¿Me equivoco?

—Pues no, no se equivoca usted —respondió Roque—. Ciertamente viajo solo y me vendría bien un poco de compañía, por lo tanto, acepto su invitación muy gratamente.

—Tome asiento, entonces. —Levantó la mano y llamó la atención del camarero—. ¿Qué desea tomar?

—Lo mismo que usted, muchas gracias.

—Pues nada, querido amigo, aquí estamos, comenzando esta aventura. Debo reconocer que no me gusta navegar, pero mis negocios en Venezuela me obligan a hacerlo, algo que creo que me agotará muchísimo, pero todo sea por la empresa. Y usted, don... Oh, perdón, he olvidado su nombre. Menos mal que soy joven; si estuviera entrado en años, pensaría que estoy perdiendo la memoria. Disculpe mi olvido.

Roque se dio cuenta de que no se había presentado y recordó rápidamente el nombre al que tendría que acostumbrarse a partir de ese momento.

—No, discúlpeme usted a mí, he sido yo quien ha cometido el inexcusable error de no presentarme. Fernando Vicent García, a su disposición, y, por supuesto, encantado de conocerle.

—Vicent... ¿No será usted de los Vicent de Valencia? Son buenos amigos de mi familia desde hace años. Mi padre tuvo negocios allí y uno de sus socios era Gerardo Vicent Andrés. ¡Ya sería casualidad!

—No, no, desgraciadamente no conozco a ningún Vicent por esas tierras. Soy de Madrid, de allí es toda mi familia, que yo sepa, al menos.

—Bueno y... ¿hacia dónde se dirige, amigo Vicent, y a qué se dedica?

Roque pensó que quizá no había sido buena idea entablar conversación tan pronto, aún no estaba preparado. Aunque, bien mirado, en un momento u otro tendría que hablar con la gente, así que mejor crearse una vida ya que dejarlo para más adelante.

—Pues verá, la verdad es que voy en busca de nuevas aventuras, estoy deseoso de tener mis propios negocios y creo que América me puede ofrecer esa oportunidad. He heredado una cantidad de dinero considerable de una tía soltera y... entre nosotros, me perseguía una mujer que quería engancharme por todos los medios en cuanto supo que había heredado, así que, ni corto ni perezoso, hice la maleta con lo justo y le pedí a mi secretario que comprara un billete de ida rumbo al paraíso. Y aquí estoy.

—¿Y esa dama se ha conformado con la situación? Lo digo porque las mujeres ya sabemos cómo son, cuando se les mete algo en la cabeza no paran hasta conseguirlo. Esté preparado, quizá en algún momento la vea aparecer. —El hombre soltó una carcajada que Roque se apresuró a secundar.

—Por supuesto, le dejé muy claro que no tenía ninguna intención de casarme con ella. Su padre, que era conocido de la familia, habló con el mío para intentar acordar la boda, pero no lo consentí de ninguna manera.

—Interesante historia…. Es usted muy joven para casarse, y más con una mujer de la que entiendo no estaba enamorado.

—No, no, ¿Enamorado yo? En absoluto. ¿Usted cree que con las bellezas que hay por ahí yo iba a cargar con una mujer que además físicamente no es muy agraciada? Creo que tengo mucho que experimentar antes de decidirme por la que sea mi esposa. Además, puede que esté mal decirlo, pero si le soy sincero, me considero un tipo muy exigente: la mujer que se case conmigo debe cumplir mis expectativas, incluso superarlas.

—Creo que usted y yo lo vamos a pasar muy bien en este viaje.

—Y usted, ¿a qué se dedica?

—Bueno, en primer lugar debo decirle que soy viudo, mi pobre esposa murió hace un año y, por desgracia, no llegamos a tener hijos. Ella pertenecía a una gran familia andaluza, era hija única y mi suegro, fallecido también hace unos meses, consideró conveniente dejarme toda su herencia. Cierto es que no había más familia, por lo tanto tengo que encargarme de todo. Voy a confesarle algo: no he trabajado jamás, como le he dicho o eso creo, ¿verdad que se lo he dicho?, voy a Carora, en el estado venezolano de Lara. Allí tenemos una plantación de cacao, azúcar, café y otros negocios relacionados con dicho sector. Según contaba mi suegro —prosiguió don Manuel—, me encantará esa tierra llena de sones y bailes, la alegría de la gente es contagiosa y las mujeres…, ¡uf, las mujeres, amigo! Son como su tierra: libres y sonrientes, o eso dicen, porque yo, amigo mío, aún no lo he comprobado. Pero mi suegro, que era un hombre respetuoso y formal, eso decía siempre. Desembarcaré en Cartagena de Indias, allí me esperan para llevarme hasta la hacienda La Salud. Pero, querido don Fernando, aún no me ha dicho en qué tipo de negocio está pensando usted invertir el dinero de la herencia.

—¿La Salud? —preguntó Roque.

—Sí, así se llama. Por lo visto, cuando mi suegro la compró ya tenía ese nombre y no quiso cambiarlo. Se la adquirió a un hombre, un español, creo que me dijo que era del norte, sí, de la montaña, creo que de Santander, y le puso el nombre en honor a la patrona de su tierra. Por cierto, a la entrada hay una imagen de esa Virgen precisamente. No es que la haya visto, como le digo, jamás he estado antes en esas tierras, pero mi suegro me contaba hasta el más mínimo detalle, estaba muy orgulloso de todo lo que tenía allí.

A Roque se le erizó el vello del cuerpo. No podía creer lo que estaba escuchando: esa finca era la misa donde él iba a trabajar. ¡Qué casualidad!

—¿Le pasa algo? ¿Acaso he dicho algo que le ha incomodado?

—No, no, qué va, todo lo contrario. Simplemente estaba pensando en lo que me explicaba.

—Y bien, como le preguntaba antes, ¿qué tipo de negocio tiene usted en mente? —insistió el hombre.

—En realidad no lo tengo muy claro, quiero ver las posibilidades que me ofrece mi nuevo destino: tal vez ganado, alguna plantación..., no lo sé con seguridad. Yo soy veterinario, carrera que estudié porque mi padre me obligó a ir a la universidad, y como era lo que más me llamaba la atención, me decidí por esa disciplina, pero no porque fuera mi vocación.

—¿Y cuál es su vocación, si se puede saber?

—Pues ninguna, don Manuel, ninguna. Bueno, voy a ser honesto con usted. —Se acercó un poco más al hombre y añadió—: Las mujeres son mi vocación. —Ambos rieron a carcajadas.

—Bien, pues creo que tenemos en común ese pequeño detalle, seguro que lo vamos a pasar bien juntos. Y llegado este momento, creo que deberíamos ir en busca del restaurante, tengo un poco de apetito. Vamos a ver qué viandas nos tienen preparadas, aunque me han comentado algunos conocidos que no están nada mal. ¡Esperemos!

Roque y don Manuel salieron de la biblioteca del barco en busca del restaurante, que ya estaba dispuesto para servir la cena. Atravesaron las mesas ya ocupadas en busca de una que pudieran compartir. Bellas y jóvenes mujeres departían con sus parejas o con sus padres a la espera de ser servidos.

Cenaron solos, así pudieron hablar de las mujeres que había en el salón y sacar todo tipo de conjeturas sobre ellas. Don Manuel tenía una imaginación terrible y se inventaba historias de la nada bajo cualquier pretexto, trufándolas de detalles que la mayoría de las veces las hacían completamente inverosímiles. Al terminar de cenar, decidieron tomar una copa, solo una, ya que estaban cansados, y se retiraron enseguida a sus respectivos camarotes.

Cuando Roque cerró la puerta se sintió satisfecho. La historia que había hilado en un momento había resultado creíble. Don Manuel era un hombre al que no le gustaba tratar temas de política, algo que a él le venía muy bien; simplemente buscaba entretenimiento, bien tomando alguna que otra copa, bien comiendo, bien persiguiendo a alguna que otra joven a la que estudiaba antes de abordar para saber si tenía suficiente dinero para pretenderla.

30

Inés se había quedado sola de nuevo. La niña ya no estaba, Roque se había marchado y su hermano y su cuñada habían partido también. Debía de ser su sino que la soledad formara parte de su vida. Pero al menos tenía a sus niñas que le alegraban las mañanas y le entretenían las tardes. Además, en su vida había entrado de nuevo la figura del maestro. Eleuterio, a sabiendas de que Roque había desaparecido de su pequeño mundo, intentaba ocupar el lugar que había dejado en el corazón de la maestra. Inés seguía mostrándose reacia, no tenía ninguna intención de ceder a sus pretensiones, aunque reconocía que le daba pena el hombre, y en muchas ocasiones accedía a pasear con él mientras charlaban animadamente. Don Ginés estaba dispuesto a ayudar al maestro y por eso se acercó a casa de la maestra.

Estaba Inés en la escuela arreglando el aula cuando sintió como la puerta se abría. La figura negra de la sotana del párroco apagó la luz que pudiera traspasar la puerta.

—Buenos días, señorita —la saludó—. Vaya desorden que hay por aquí. No sé qué les estarás enseñando a las niñas, pero lo que es mantener el orden y la limpieza como buenas mujeres, desde luego que no.

—El orden y la limpieza los tenemos que mantener los hombres igual que las mujeres, vaya tontería que acaba de decir, padre —replicó ella—. ¿O acaso viene gracioso y esto solo era una ironía?

—No, no, de ironía nada, es lo que pienso y lo que debe ser. ¡El hombre, dices! Solo faltaba que tuvieran los hombres que ponerse a fregar para que las mujeres estuvieran charlando con alguna vecina. ¿Acaso no trabajan suficiente los hombres para que encima tengan que hacer las labores de la mujer? ¿Estamos locos o qué? Pobre del hombre que dé contigo o con las mujeres que piensen como tú. El hombre es el cabeza de familia y hay que respetarle y atenderle como se merece, con cariño, respeto y abnegación.

—Usted no se preocupe por el hombre que dé conmigo, porque, como bien dice, dará conmigo y tendrá que aceptarme como soy. Además, no creo que usted lo vea. Por lo tanto, no sufra por el pobre hombre.

—Pues la verdad es que me gustaría verlo. No creo que seas como quieres hacer ver, sé que eres una mujer de tu casa. Te he visto con la niña y te desenvuelves muy bien, cualidades tienes, virtudes no te faltan y, por lo que sé, tampoco vas escasa de hombres dispuestos a cortejarte. Sin ir más lejos, ronda por aquí uno que sería muy conveniente para ti. Este sí, no como el otro, que estaba metido en tu casa a todas horas, incluso de noche. Y sin embargo tienes suerte, este hombre que te digo está dispuesto a perdonar esas malas... digamos... bueno, mejor no vamos a definirlas de ningún modo. Como te digo, esa persona está muy interesada y dispuesta a olvidar tu comportamiento libertino reciente.

—¿Comportamiento libertino? No tengo ni idea de lo que está hablando y, además, no me interesa nada la dirección que está tomando esta conversación. Lo que gustaría saber, padre, es a qué ha venido concretamente. No tenía otra cosa que hacer y ha pensado: «Voy a darle palmas a la maestra», ¿verdad?

—Pues no, he venido porque alguien me ha pedido que lo haga. Aunque te parezca mentira, estoy muy interesado en que seas feliz y me gustaría que fueras la maestra de este pueblo durante muchos años; esa posibilidad está en tu mano. Si te casas con alguien de Mogrovejo, es más fácil continuar en el pueblo. Y si ese alguien es una persona discreta y respetada no solo en el pueblo sino en todo Liébana, pues mucho mejor.

—¡Acabáramos! ¡El señor cura me ha buscado novio! Ya me extrañaba a mí eso de que le gustaría que me quedara cuando me está diciendo casi desde que llegué que quería que me fuera. Pero qué pena, la maestra no tiene ningún interés en casarse. No pierda más el tiempo, padre. Como dice el refrán, «el buey solo bien se lame». Hágame el favor y dígale a ese hombre tan discreto y respetado que esta mujer de momento seguirá soltera.

—Una mujer sola no está bien vista, necesita un hombre que la proteja, que la cuide y que dé la cara por ella. Una mujer sola en el mundo no vale para nada, solo para ser una desgraciada.

Inés posó sobre uno de los pupitres los libros que tenía entre las manos y las puso en jarras. El cura había conseguido colmar el vaso y la calma se le había agotado.

—Mire, padre... —Tomó aire—. Ya no sé de qué manera tengo que explicarle que no soy una mujer de esas a las que usted se refiere. Toda mi vida me he sacado las castañas del fuego, y, por cierto, sin quemarme. Usted no tiene ni idea de lo que yo he pasado, ni se lo voy a contar tampoco porque no me interesa dar explicaciones. Inés Román San Sebastián no necesita a ningún hombre para nada. El día que yo decida estar con uno lo haré porque me dé la gana, no porque alguien considere que una mujer sola no vale un real. Algún día, que seguro usted no verá, las mujeres de este país compraremos lo que nos apetezca, tendremos un trabajo digno y bien pagado, repartiremos las labores de la casa y el cuidado de los hijos y, lo más importante, nuestra palabra valdrá como mínimo lo mismo que la de los hombres. Como digo, eso usted no lo verá porque desgraciadamente tienen que pasar muchos años y muchas cosas, pero en lo que de mí dependa, lucharé para conseguirlo con uñas y dientes aunque me cueste lo que sea. Así que hágame el favor de respetar mi decisión, hágame el favor de no volver a decirme lo que tengo y no tengo que hacer y, por último, hágame el favor de irse por donde ha venido porque aún me queda mucha tarea que terminar.

—No tienes remedio, Inés. Te he dicho un montón de veces que esa manera de pensar te va a traer muchos problemas. Tu insolencia está colmando mi paciencia. Así las cosas, no me queda más remedio que dar parte de tus ideas revolucionarias, y de veras que lo siento... —Don Ginés se quedó unos segundos pensativo, antes de proseguir—: Sin embargo, no voy a mover un dedo, que se ocupe otro. No quiero que sobre mi cabeza caiga semejante responsabilidad.

El cura dio media vuelta con intención de abandonar el aula, y justo cuando ya estaba en la puerta se tropezó con Purificación, que entraba deprisa.

—¡La que faltaba! ¡Qué vergüenza! Algún día os darán vuestro merecido. ¡Pecadoras!

Purificación miró de arriba abajo al sacerdote con cara de desconcierto, sin entender a qué venía ese comentario.

—¿Y a este qué le pasa ahora? —le preguntó a Inés.

—Nada, ya sabes, venía a decirme que me case —respondió la maestra—. Imagino que venía de parte del Eleuterio, ya te he dicho que está loco por estar conmigo. Pero... ¿tú me ves a mí con ese hombre?

—Calla, calla. El cura que se meta en sus rezos, que vaya a comerse los santos y te deje tranquila.

—Creo que no lo voy a conseguir. Me da miedo lo que le he dicho, tengo la sensación de que de un momento a otro entrará por la puerta una pareja de la Guardia Civil y me llevará presa, porque esta vez se me ha ido la boca... no veas de qué manera. Me ha salido mi lado revolucionario y no me he dado cuenta de con quién estaba hablando. Bueno, sí que era consciente, el problema ha sido que no me ha dado la gana callarme.

—Escucha lo que voy a decirte: lo que tienes que hacer es ir con pies de plomo porque la mano del clero es muy larga, demasiado, y puede perseguirte allá donde estés. Este cabrón seguro que habla con alguien para que te joda la vida. Ojalá me equivoque, pero no creo que vuelvas a dar clase. Si regresas a Santander, no se te ocurra significarte, porque estoy convencida de que tendrás los ojos de la policía encima. No son buenos tiempos para los valientes. Las cunetas están llenas de ellos y lo sabes. Ya hay más que suficientes, no hace falta que termines en una tú también.

—Sí, tienes razón, tengo que parar esto, no puedo seguir expresando mis sentimientos de esta manera.

Purificación se sintió más tranquila al escuchar a su amiga que iría con más cuidado en adelante, y pasó a explicarle el motivo de su visita:

—Bueno, alégrate porque tengo noticias. Hace unos días que Roque partió a las Américas; por lo tanto, ya está a salvo. Según me han dicho, le han dado una nueva identidad junto con documentación falsa, pero no han querido decírmela por temas de seguridad. Pero lo importante es que ya está fuera de España.

—Me alegro —dijo Inés—. Por fin va a hacer realidad su sueño. Quizá llegue a Venezuela, esa era su ilusión. Aunque tengo que reconocer que a mí me ha hecho daño, no quería que se fuera y cuando me lo contó pensé que lograría quitarle de la cabeza la idea, pero no me dio tiempo. Luego todo se aceleró y de la noche a la mañana desapareció de mi vida, eso sí, dejándome a su pequeña Sara en la puerta.

—Tienes que perdonarle. Imagínate qué hubiera sido de él si le cogen. ¿Y la niña? Esa sí que hubiera acabado a saber Dios dónde. Lo que tienes que hacer es ir en su busca, estoy segura de que él te escribirá y te dirá dónde está para que vayas. Tú eres una mujer con estudios, para ti será fácil abrirte camino en América. Dicen que son muy valoradas las personas con carrera, y ambos la tenéis. Hazme caso, Inés: vuela, que la vida son dos días. Quizá Venezuela no sea el mejor sitio para empezar de nuevo, allí gobiernan los militares, que también dieron un golpe de Estado, pero ¿quién sabe?, tal vez sea diferente y tanto tú como él logréis una posición por vuestras carreras.

—¿Y tú cómo sabes tanto de ese país?

—Tengo un tío allí desde hace años que me escribe de vez en cuando y me cuenta cosas. Si no, ¿de qué iba yo a saber todo eso? Es muy cuidadoso con lo que escribe y da a entender que él está contento con la situación del país. Ya sabes, para evitar que lo denuncien cuando los que se encargan de la censura abran sus cartas para leerlas.

Cuando Purificación se marchó, Inés se quedó muy pensativa. Primero, con las palabras que había tenido con el cura; luego, con la conversación y el consejo de su amiga. ¿Cómo iba ella a partir a América? Una cosa era cierta: saliendo de España, donde a uno le podía costar la vida expresarse en libertad, lograría sentirse más útil en sus aspiraciones; la pega estaba en que allí en Venezuela las cosas tampoco eran tan diferentes.

A media tarde decidió dar un paseo por el pueblo, necesitaba respirar el aire limpio que venía de las montañas y, al mismo tiempo, reflexionar sobre todo lo que estaba pasando. Se acercó hasta el llano. En la pradera vio un caserío, y justo al lado, casi pasando desapercibido, un hórreo sostenido por cuatro pilares de madera apoyados sobre zapatas bajas y rodeznos irregulares sujetando tan singular estructura. Parecía suspendido en el tiempo. Oyó voces dentro y decidió acercarse para echar un vistazo. Como no podía ser de otro modo, un par de chiquillos pasaban la tarde dentro mientras jugaban a las tabas. Ascendió dos escalones y asomó la cabeza por la única puerta que había. Los niños se sobresaltaron al verla e intentaron disculparse por estar allí metidos. Inés sonrió y les dijo que no pasaba nada, que podían seguir jugando y que quizá algún día se uniera a ellos.

La luz poco a poco iba apagándose e Inés apretó contra su cuerpo la toquilla que llevaba sobre los hombros. De pronto sintió la necesidad de ir a la iglesia. Como no quería encontrarse de nuevo con el cura, pues ya había tenido bastante con la charla de la mañana, y como sabía que a esas horas él estaría jugando la partida en la taberna, fue con el ánimo tranquilo hasta la acogedora capilla. Sin embargo, por el camino se topó con Raquel, que como siempre andaba en la huerta.

—Buenas tardes, Inés.

—Hola, Raquel. Pero ¿tú no descansas nunca, mujer? Eres incansable. No sabes la envidia que me das.

—Para descansos estoy yo... Ando recogiendo unos cuantos huevos para la cena y preparando también un cesto con alubias y garbanzos, que el lunes subiré a Potes, al mercado. ¿Quieres venir conmigo?

—¡Qué más quisiera yo! Si no tuviera que dar clase en la escuela, ya lo creo que me gustaría ir. Solo estuve una vez, en septiembre del año pasado, y me he quedado con unas ganas locas de volver. Me entusiasmó el ambiente que había, la gente, los puestos..., todo. Pero, como te digo, me es imposible, salvo que prepare una excursión y me lleve a las niñas. En fin, espero que termines pronto y puedas descansar, aunque imagino que aún te quedan unas horas hasta que todos estén en la cama y tú puedas hacer lo mismo. Buenas noches, Raquel.

31

Después de llegar a La Coruña, el *Reina del Pacífico* continuaba su navegación hasta alcanzar las Bermudas.

Roque había tenido tiempo de recorrer el barco y de conocer todas sus estancias. La elegancia y los servicios del transatlántico eran de primerísima calidad y disponía de todo aquello que pudieran necesitar los casi ochocientos pasajeros que viajaban en él.

Los salones de primera clase ocupaban el espacio en la cubierta denominada E. En la proa había un salón llamado Gran Hall que parecía un cortijo andaluz, la parte central del techo tenía doble altura e imitaba las vigas de roble por encima de arcos de herradura. Debajo, una pista de baile daba vida a las noches. A popa del Gran Hall había una terraza con grandes ventanales donde destacaba el roble tallado; también estaba la escalera principal, que, igual que el resto, era de la misma madera y sicomoro. Para aquellos que no pudieran utilizar las escaleras, el transatlántico disponía de un ascensor. Otra de las funciones que tenía el Gran Hall era la de convertirse en una bella sala de cine. Había más salones en el buque. Los llamados Writting Room y Winter

Garden también respiraban aroma español, ya que la mayoría de los pasajeros eran españoles y el barco estaba adecuado a sus preferencias en cuanto a decoración.

El comedor se situaba en la cubierta B, con el techo también a doble altura, aunque en esta ocasión estaba adornado con grandes espejos en la parte más alta que daban la sensación de mayor amplitud; por supuesto, tenía un bonito escenario donde una orquesta ambientaba las comidas y las cenas haciendo las delicias de los comensales.

El gimnasio atrajo muy especialmente el interés de Roque, que había descubierto los beneficios de ejercitar sus músculos, y a él acudía cada mañana, antes de desayunar, para seguir su rutina ayudado por un preparador físico. Después volvía a su camarote, se aseaba, se arreglaba y se dirigía al comedor. En ocasiones, según el tiempo que hiciera, cogía una taza de café y algún dulce y se sentaba en una de las terrazas. Allí, disfrutando del sol, contemplaba la inmensidad del mar y oía el sonido del agua golpeando levemente contra el casco. Otras veces se dirigía hasta popa, atraído por la maravillosa estela que iba dejando tras de sí el navío, aunque no era el único al que le gustaba esa parte más alejada y menos bulliciosa de la cubierta.

Casi todas las veces que había acudido a popa había visto allí sentada a una joven que había llamado su atención. Siempre estaba sola, o al menos eso le había parecido a él. Parecía una lectora empedernida, siempre tenía la nariz metida entre las páginas de un libro. Seguramente ella no se había percatado de su presencia jamás. A pesar de estar sentada, no cabía duda de que era esbelta, con unas largas y finas piernas; su rostro parecía agradable, aunque no había conseguido verlo completamente.

Una de esas mañanas, Roque se aproximó con intención de entablar conversación con la muchacha. Cuando estaba a punto de ponerse frente a ella, apareció por detrás una mujer de edad madura con una melena rubia y rizada que cubría con una gran pamela, llevaba gafas de sol y vestía una falda tubo de color marrón y una rebeca de punto beige a juego con un jersey de cuello caja, y un pañuelo de seda en tonos vivos rodeando su cuello. Roque se quedó parado, impresionado ante la mujer. Era de una elegancia innata, y sus gestos y su porte transmitían fuerza.

—Buenos días, señora, señorita —saludó a las dos, poniendo su mano derecha en el ala de su sombrero.

—Buenos días —contestó la mujer.

Roque entendió, por la respuesta algo tajante, que no tenía ningunas ganas de conversar con él, así que siguió su camino. Sin embargo, se volvió un instante para mirar a la joven, que no se había movido un centímetro de la hamaca cuando él la saludó, y entonces vio que levantaba ligeramente la cabeza y giraba la vista hacia él, coincidiendo sus miradas en la distancia.

Ya llevaban dos semanas de travesía y los lazos entre los pasajeros se habían ido estrechando. Aunque eran conscientes de la dificultad de forjar una amistad duradera en un viaje como aquel, sí era un lugar propicio para entablar contactos y tal vez algún futuro socio para posibles negocios. Los había que se empeñaban en conocer gente sin dar a cambio demasiada información sobre sus vidas, tal como evidenció Roque con un par de experiencias que había tenido. Otros eran ricos venidos a menos que fantaseaban con grandes negocios en busca de inversores a los que poder engañar.

El único pasajero que se había mantenido como el primer día era Manuel de Castro y Balmoral; el hombre solo estaba interesado en comer y en beber bien, en bailar con las jóvenes que se prestaban a ello y en descansar. Como no le gustaban los conflictos, evitaba las tertulias políticas, por eso buscaba la compañía de Roque. Hablaban de animales, de tierras, de comida y sobre todo de mujeres. Le gustaban altas, bajas, delgaditas o metidas en carnes, daba igual. En este viaje se había encaprichado de una de las componentes de la orquesta. Pasaba horas enteras escuchándola cantar y había intentado en varias ocasiones invitarla a tomar una copa, pero las normas de la naviera impedían a la joven tener ningún tipo de relación con los pasajeros, aunque después de más de una semana de insistentes invitaciones, la chica acabó cediendo y visitó a don Manuel en su camarote, un lugar prudente alejado de posibles miradas indiscretas del resto de la tripulación.

Mientras su compañero de viaje se divertía con su nueva amiga, Roque investigaba posibles destinos una vez llegara a América. Gracias a la cantidad de libros que había en la biblioteca obtuvo la información que necesitaba. Estaba decidido a convertirse en un experto cafetero, por eso leyó todo lo que encontró sobre la planta de café, su recolección y todo aquello que le pudiera ser necesario. Decidió dirigirse primero a los estados de Mérida, Portuguesa o Lara, allí, quizá en alguna hacienda encontraría trabajo. Lo que no sabía era cómo poder introducirse ahí, en ese mundo que desde niño le apasionaba. Necesitaba a alguien que le ayudara y quizá su nuevo amigo pudiera hacerlo.

Aunque Roque estaba muy interesado en resolver su futuro inmediato cuando llegara a Venezuela, eso no quita-

344

ba para que pensara muy a menudo en Inés, en lo que estaría haciendo en ese momento, en cómo la habrían tratado en el pueblo después de lo que se había dicho de él. También pensaba en la pequeña Sara, estaba convencido de que Inés la cuidaría con cariño. Se sentía solo y recordaba cómo ella le hablaba de sus cosas; le gustaba recordar y soñar con los ojos abiertos que la tenía cerca, que la abrazaba y besaba sus labios carnosos y cálidos que tanto le gustaban. Eso le mantenía vivo y le hacía seguir adelante. Pensar que algún día volvería a tenerla con él le llenaba de alegría.

En el barco no solo viajaban pasajeros de postín. Lógicamente, también había otro tipo de pasaje con unas posibilidades económicas menores. Cansado de tanto rico fanfarrón, decidió visitar esa otra zona, donde encontró al personal de servicio de los afortunados viajeros de primera clase y otros muchos hombres y mujeres que buscaban un porvenir en América.

Roque se paseó por las zonas comunes de tercera clase. Allí la gente cantaba, jugaba a las cartas, reía y se divertía con normalidad. Los niños corrían entre las mesas y sus madres los llamaban a voz en grito. Los camarotes de estos pasajeros nada tenían que ver con los de primera clase, tan lujosos y espaciosos; allí cada uno disponía de cuatro literas que eran compartidas. El ambiente era muy distinto al de arriba, o quizá Roque se encontraba más cómodo porque era su ambiente, lleno de gente normal y corriente como él.

Se sentó en un rincón, en una de las mesas que estaban sin ocupar, y observó a su alrededor unos instantes. Lo que no sabía era que a él también lo estaban observando.

—Caballero, creo que se ha perdido —le dijo una mujer que se acercó a él—, su atuendo no corresponde a este lugar. Si quiere, le indico dónde está la salida, así podrá volver a la cubierta superior. ¿O tal vez ha venido a ver cómo la plebe se divierte o, mejor dicho, cómo vive?

—No, no es mi intención molestar —repuso algo confundido—. Yo soy uno de vosotros. Ha sido un accidente o las circunstancias lo que me ha llevado a viajar en primera clase. Y, por supuesto, no tengo intención de reírme de mis iguales. Pero si le molesta, me marcho. Está visto que en este barco no voy a encontrar mi sitio por mucho que lo busque.

Roque se levantó de la mesa y se dirigió a la escalera despacio. No quería tener problemas con nadie, pues eso no le beneficiaba en absoluto. Sin embargo, una voz masculina a su espalda le hizo detenerse.

—¡Roque! ¡Roque! Eres tú, ¿verdad?

Él siguió caminando sin darse la vuelta, ese ya no era su nombre. Pero el otro corrió hasta él.

—Hombre, no me digas que no vas a saludar a los amigos —dijo poniéndose a su lado—. Estudiamos juntos, ¿no te acuerdas de mí? Soy Juan José Lavín Calvo. ¿Recuerdas?

Por supuesto que recordaba a Juanjo. Era un chico estupendo, compartió con él grandes momentos, desarrollaron numerosas prácticas juntos y fueron muchas las juergas que se corrieron. Pero un día Juanjo dejó de asistir a las clases y nadie supo dar cuenta de él. Se comentó que había sido detenido por divulgar propaganda comunista.

Ante la insistencia de su antiguo compañero de estudios, Roque no pudo evitar saludarle.

—¡Claro que me acuerdo de ti! Eres Juanjo, ¿verdad? Perdóname, con la barba no te había reconocido.

—¡Dame un abrazo, hombre! Ven, vamos a tomarnos unos vasos de vino. Aquí no tenemos sirvientes, nos servimos solos, que es mejor.

Estuvieron varias horas charlando. Juanjo le contó por qué tuvo que desaparecer de un día para otro. Estando en la facultad de Veterinaria conoció a un grupo de jóvenes comunistas, pero como a él al principio no le gustaba significarse, si bien era afín a esos pensamientos, se limitaba a ir de fiesta con ellos y poco más. Pero después comenzó a introducirse en el grupo y colaboró con ellos en pequeñas acciones. El padre de Juanjo tenía una imprenta y por las noches, con la ayuda de algunos de sus nuevos amigos, se dedicaba a imprimir folletos en contra del régimen, hasta que una mañana los guardias entraron en la imprenta y se llevaron a su padre. Por suerte, no encontraron nada que pudiera incriminarle. Lo pasó muy mal y en cuanto el hombre salió de la cárcel, donde estuvo preso seis meses, le contó que él era el culpable de todo. Para quitarle de en medio y con la intención de que abandonara las amistades que frecuentaba, le mandó a La Coruña con sus tíos, pero continuó con sus correrías hasta que fue detenido. Gracias a los conocidos de su familia consiguió no entrar en prisión.

Así habían ido pasando los años, hasta que hace unos meses algo hizo que pensara en abandonar el país. Juanjo cada vez estaba más implicado con la causa contra el dictador, sus ideas políticas le estaban ocasionando muchos problemas porque no podía tener la boca cerrada y cada dos por tres estaba en comisaría. Su familia consideró que lo mejor que podían hacer por él era comprar un pasaje en el *Reina del Pacífico* y que se buscara la vida en América.

Lo que Juanjo no sabía era que, en realidad, su familia no había comprado el pasaje, sino que fue el mismísimo comisario de La Coruña quien lo hizo, ya que le estaba empezando a causar problemas con sus superiores, ya no podía cubrir más las continuas detenciones. Habló con su tío, con quien tenía una gran amistad y por el que intentaba ayudar siempre al chico, y entre los dos decidieron que lo mejor era quitarle de en medio, de lo contrario acabaría delante de un juez y a buen seguro le caería una larga y dura condena.

Roque, por su parte, le contó lo que había sucedido en Liébana y por qué estaba de viaje a América. Los dos huían de un país donde no podían ser libres y, además de buscar tranquilidad, aspiraban a encontrar una buena vida.

Ambos se despidieron con la promesa de volver a verse, ya que ahora que se habían encontrado y que su relación había sido tan buena durante sus años de universidad, cabía la posibilidad de que sus caminos se juntaran una vez más. Siempre era mejor tener el apoyo de un amigo que andar solo en un país nuevo y desconocido para ambos en el cual no sabían muy bien a qué se iban a dedicar ni qué podría depararles.

A pesar de que pasaban muchas horas juntos en el barco, Roque seguía teniendo mucha relación con don Manuel. Sentados en las hamacas situadas a lo largo de la cubierta, leían o charlaban animadamente, fumaban buenos cigarros habanos, bebían whisky de primera calidad y observaban a las mujeres. También daban paseos de proa a popa ejercitando las piernas, lo hacían al menos unos treinta minutos al día. Durante esos paseos Roque seguía viendo a la chica que leía en la popa del barco. Un día tras otro, la muchacha continuaba pasando las hojas de sus libros sin levantar apenas la cabeza. Por supuesto, siempre acompañada de la mujer que impidió que Roque hablara con ella sentada bajo la techumbre para evitar que el sol quemara su blanca piel. Tanta era la curiosidad, que al fin se decidió a preguntarle a don Manuel si conocía a las damas, pero el hombre, aparte de fijarse muy bien en el físico de las dos, no tenía ningún dato que darle al respecto. En alguna ocasión coincidieron en el comedor a la hora de la cena y, cómo no, en los bailes que se celebraban en el barco. La joven no bailaba, en cambio la mujer altiva que la acompañaba lo hacía siempre que algún hombre se lo solicitaba.

Una tarde en la que Roque descansaba en su camarote, cuando solo faltaba una jornada para que el barco llegara a La Habana, don Manuel llamó a su puerta.

—Buenas tardes, amigo, ¿le importa que pase? Parece que no me encuentro muy bien, no sé si la comida me ha sentado mal. Me encuentro un poco mareado y quizá tenga fiebre. Soy muy miedoso y no me gusta estar solo cuando me encuentro así.

—No, don Manuel, ¿cómo me va a molestar? En absoluto. Pase y túmbese en mi cama. ¿Quiere que vaya a buscar al médico?

—No, no es necesario, tampoco es para tanto, simplemente no me encuentro bien, pero no pasará nada. Si en un rato no me recupero, entonces sí que debería llamar al médico, pero voy a esperar un poco. Soy un hipocondríaco de manual.

Alguien llamó de nuevo a la puerta y don Manuel, que estaba al lado, fue quien abrió.

—Buenas tardes, ¿don Fernando Vicent García? —preguntó un joven camarero.

—Yo mismo —contestó Roque.

—Tiene usted un telegrama.

Don Manuel se dio la vuelta y le entregó a Roque el telegrama, luego cerró la puerta. Roque lo tomó algo sorprendido, aunque no quiso que su acompañante se diera cuenta. Lo miró por delante y por detrás y lo guardó entre las hojas del libro que estaba leyendo.

—Bien, don Manuel, usted descanse en la cama. Yo no tenía intención de salir, estaba leyendo este libro sobre café que he cogido en la biblioteca. Aunque usted seguro que de eso sabe bastante. Quería informarme para poder tener con usted una conversación más fluida al respecto, estoy convencido de que sus conocimientos pueden aportarme aún más datos y curiosidades sobre este producto tan versátil.

Al no escuchar respuesta, Roque volvió la vista hacia don Manuel y vio que se había quedado traspuesto, de modo que ocupó de nuevo el sillón orejero, sacó el telegrama del libro y leyó con atención. Eran unas pocas palabras, pero suficientes para inquietarle:

Tu madre sufrió un accidente. Falleció ayer.

No podía creer lo que estaba leyendo. El texto estaba en clave y significaba que le habían descubierto. Corría peligro. Cuando pensaba que ya estaba a salvo, que ya nada podía pararle, de repente esto. ¿Quién podía haber descubierto su identidad? Quizá había sido demasiado confiado al dar tantos paseos por el barco, exponiéndose a la vista de mucha gente a la que no conocía. Estaba metido en un buen lío y no sabía cómo salir de él. Se recostó en el sillón, inquieto. Don Manuel seguía dormido en la cama y observó que el tono de la piel de su cara era muy bajo y sus manos estaban afiladas y blancas, luego observó con más detenimiento el pecho del hombre y se percató de que no respiraba. Colocó dos dedos en su cuello, sobre la carótida, pero no le encontró el pulso. Roque se asustó y se quedó inmóvil. De repente le invadió el pánico y temió que alguien pudiera acusarle de hacer daño a un pasajero y de quedarse sentado en lugar de ir a buscar ayuda.

De pronto, una idea cruzó por su cabeza. Al principio la descartó, era descabellada, ¿cómo hacer algo así?, pero luego no dejó de repetírsela una y otra vez y decidió que era una oportunidad única que no debía desaprovechar.

Buscó en el bolsillo de la chaqueta de don Manuel la llave de su camarote y, tras comprobar que no había nadie en el pasillo, cerró la puerta y se dirigió hacia allí. Una vez dentro, rebuscó en los cajones hasta encontrar documentación que acreditaba la identidad de don Manuel, su pasaporte y un sobre repleto de dinero junto a una carpeta con las escrituras de propiedad de la hacienda a su nombre. Intentó no mover ni la ropa ni otras pertenencias que estaban a la vista para evitar que las camareras notaran cambios, aunque ciertamente era un hombre bastante austero y no traía demasiadas pertenencias.

Regresó a su camarote, recogió sus cosas y colocó cuidadosamente encima de la mesa de escritorio su pasaporte, y al lado las llaves del compartimento que ahora ocupaba el que había sido su compañero de viaje hasta este momento. Antes de salir, Roque se acercó al cuerpo sin vida de don Manuel y, acariciando su mano, le pidió perdón por lo que estaba haciendo, pero era una cuestión de supervivencia. Antes de salir tomó las mismas precauciones que antes.

Cuando al fin llegó al camarote de don Manuel le temblaban las piernas y le entraron ganas de abandonar su descabellado plan. Cuando logró serenarse, tomó un poco de agua, se arregló y se dirigió al comedor. Su actitud debía ser la misma que durante toda la travesía. Después de la cena se acercaría a algún miembro de la tripulación para hacer notar su extrañeza de que don Manuel no se hubiera presentado a cenar. Pero cuál fue su sorpresa cuando vio el enorme revuelo en el Gran Hall. Allí solo había un tema de conversación: se acababa de conocer que unos días atrás se habían producido dos fallecimientos a bordo. Todo indicaba que se debían a la gripe y que al llegar a La Habana el barco permanecería en cuarentena, las autoridades cubanas no permitían el desembarco de ninguno de sus pasajeros ni tripulantes. Roque se puso muy nervioso. Si no podía salir del barco durante cuarenta días, las posibilidades de que alguien pudiera darse cuenta de lo que había hecho eran enormes. Ya no sabía si deshacer sus planes o llevarlos adelante con todas las consecuencias. Finalmente decidió cenar y, como siempre, acercarse al salón para disfrutar de la música. Tal como se estaban dando los acontecimientos, mejor sería no decir nada de la ausencia de don Manuel y al día siguiente, cuando las camareras se acercaran a limpiar el camarote, ya descubrirían el cadáver. El resto lo iría arreglando sobre la marcha.

Los gritos de una mujer le despertaron, saltó de la cama y abrió la puerta. Pegada a la pared del pasillo encontró a una camarera llorando.

—¡El señor está muerto, muerto, Dios mío!

—Tranquila, señorita, ¿qué ha pasado?

Varios miembros de la tripulación llegaron al escuchar los gritos y rápidamente se personó el capitán junto al médico, que certificó el fallecimiento de don Manuel.

Roque estuvo todo el rato junto a la puerta viendo cómo entraba y salía gente, y pudo escuchar cómo decían que don Fernando Vicent García había fallecido hacía bastantes horas.

Ya no había vuelta atrás.

El cuerpo sin vida de su compañero de viaje pasó justo delante de Roque, quien aprovechó para extender su mano a modo de despedida.

—¿Le conocía? —preguntó el capitán.

—Bueno, era mi vecino de camarote. Un buen hombre, don Fernando. La verdad es que hemos compartido alguna que otra conversación, pero conocerle, lo que se dice conocerle, no mucho; lo justo durante estas semanas de travesía.

—Pero yo a ustedes los he visto en bastantes ocasiones cenando juntos, e incluso en cubierta tomando el sol.

—Sí, sí, por supuesto. Estábamos los dos solos y nos hemos hecho compañía muchas veces.

—¿No sabrá usted de dónde es su familia? Necesitamos avisar a alguien de este triste desenlace.

—Según me contó, no tenía familia; su mujer falleció y más tarde lo hizo su suegro. Tampoco tenía hijos.

—¿Y en América? ¿Sabe si puede haber alguien allí que se haga cargo del cadáver?

—No, ya siento no poder ayudarle, no llegamos a tener ese tipo de conversación.

—Bueno, tengo que dar parte. Solo espero que este no haya sido otro caso de gripe. Por cierto, seguramente ya esté enterado de que no vamos a poder desembarcar en La Habana, ¿verdad?

—Sí, anoche puede escuchar los comentarios que se hacía al respecto.

—En efecto. En fin, le deseo que disfrute del día. En mi caso, creo que hoy lo tendré un poco más complicado. Estas situaciones, además de penosas, son complicadas en cuanto al papeleo y demás.

En cuanto se despidió del capitán, Roque se quedó tranquilo, parecía que no había levantado sospechas tras su conversación. Solo quedaba un detalle que lo inquietaba: los días que iban a tener que pasar en el puerto hasta que les permitieran desembarcar. No podía olvidar que el hombre tuvo al menos un encuentro con la cantante del barco. Procuraría no mostrarse demasiado.

Las semanas que estuvieron confinados en el *Reina del Pacífico*, aunque pasaron lentas y se hicieron muy pesadas, también fueron tranquilas. Afortunadamente ningún otro pasajero padeció síntomas de gripe, aunque eso no permitió desembarcar a parte de los viajeros ni que el barco zarpara de puerto, pues las autoridades cubanas le denegaron todos los permisos que solicitó el capitán.

Roque pasó mucho tiempo con su amigo Juanjo durante el período de cuarentena. Hablaban de las ilusiones que tenían, de las ganas de pisar tierra firme, de adónde podían dirigirse y de quién podía ayudarlos. En ningún momento Roque se planteó contarle a Juanjo lo que había hecho; no solo porque tenía miedo a las consecuencias, sino también porque no se sentía nada orgulloso de haber urdido un plan tan ruin. Se había arrepentido un montón de veces de lo que había hecho, pero ya no había vuelta atrás. Le esperaba una vida que se presumía cómoda si todo lo que le había contado el malogrado don Manuel era cierto.

El *Reina del Pacífico* era el primer transatlántico que tenía megafonía, por eso, una vez transcurrida la cuarentena, el capitán anunció por los altavoces del barco que ya podían desembarcar los pasajeros que lo desearan y que a continuación pondrían rumbo a Cartagena de Indias. Como no podía ser de otro modo, la gente gritó y aplaudió de alegría. Todos aquellos que debían desembarcar corrieron a sus camarotes para preparar su equipaje y recoger sus enseres para salir lo antes posible. Habían sido días largos y duros que por fin terminaban.

La rampa quedó anclada sobre el muelle y por ella comenzaron a bajar los pasajeros. Desde arriba Roque miraba cómo todas aquellas personas alcanzaban tierra firme y se abrazaban a cientos de personas que los esperaban abajo. De repente vio como Juanjo bajaba también con una pequeña maleta en la mano. El muchacho se volvió hacia donde él estaba y cruzó sus brazos enviándole con ese gesto una señal de cariño. Roque sintió que su corazón le daba un vuelco y no pudo evitar agitar su mano señalando que volviera de nuevo al barco. Juanjo no entendía bien lo que quería decir, entonces vio como Roque corría hasta la rampa con intención de bajar. Juanjo desanduvo los pasos y fue al encuentro de su amigo, pasando entre la gente que en esos momentos bajaba en sentido contrario hasta el muelle.

Cuando por fin coincidieron, Roque le pidió que subiera de nuevo al transatlántico.

—¿Para qué? —dijo Juanjo—. Mi destino es este, aquí estoy seguro, me irá bien.

—Ven conmigo, hazme caso.

—Pero no puedo, mi pasaje era hasta La Habana. No pretenderás que me convierta en un polizón, ya sería lo último que me faltaba por hacer.

—No te preocupes por eso. Yo lo arreglo ahora mismo. Vamos.

Localizaron a un miembro de la tripulación que supervisaba el desembarco, le expusieron el caso y pagaron el resto del billete.

De nuevo en cubierta, Juanjo le pidió explicaciones a Roque:

—Bueno, ¿me quieres decir de qué se trata todo esto? Que haya aceptado acompañarte no significa que comprenda cuál es tu interés. Entiendo que estamos igual de solos y perdidos los dos, pero nunca tuve en mente establecerme en Venezuela.

Roque empujó a su amigo hacia la barandilla y le dijo:

—Vamos a despedirnos de La Habana. Después te contaré qué es lo que pasa. Pero prométeme que no me juzgarás.

El *Reina del Pacífico* comenzó las maniobras para salir del puerto. Roque y Juanjo se habían trasladado hasta la proa del barco, querían ver lo que la ciudad les ofrecía. La gente paseaba por el Malecón habanero despreocupada y tranquila, y a ambos lados iban dejando edificios emblemáticos de la bella capital cubana. A la izquierda, el castillo de la Real Fuerza, situado muy adentro del canal de entrada a la bahía que los despedía; luego, a su izquierda, las fortalezas de San Carlos de la Cabaña y de San Salvador de la Punta, que antaño defendieron la ciudad de ataques enemigos.

Volviendo la mirada a la derecha, el Cristo de la Habana parecía bendecirles en su camino. Al virar, la estampa del castillo de los Tres Reyes del Morro empezaba a desdibujarse y la playa del Chivo se desvanecía ante sus ojos al marcar la distancia.

La Habana se despedía de Roque y comenzaba la última etapa de su viaje, una nueva vida llena de ilusiones en la que siempre estaría presente don Manuel de Castro y Balmoral.

32

Junio llegó ávido de color, el sol calentaba y daba luz al valle, las montañas resplandecían libres de nieve, los prados verdes veían crecer la hierba incansable, las vacas y las ovejas pastaban en lo alto haciendo sonar sus campanos, las ramas de los árboles se cubrían de hojas que ensombrecían los pueblos y los bosques, las huertas llenas de frutos preparados para ser recogidos lucían esplendorosas, los hombres y mujeres trabajaban incansables soportando el calor de la época estival e Inés preparaba triste su partida.

Jamás hubiera imaginado la pena que le ocasionó recibir la carta del Ministerio en la que se le informaba de que sus servicios como maestra en Mogrovejo habían finalizado. Era una noticia esperada, el cura se lo había advertido en innumerables ocasiones, pero guardaba la esperanza de que solo fueran amenazas que el sacerdote no llegaría a cumplir. Desgraciadamente no fue así. Tenía unos días para recoger sus cosas y volver a la ciudad.

Dejar esa hermosa tierra iba a ser duro. Había conocido gente maravillosa que desde el primer día la habían ayudado, protegido y acompañado a lo largo del curso. Había ejercitado su profesión con cariño, rodeada de unas niñas encantadoras y agradecidas que absorbieron todo aquello que les había enseñado. Se encontró como mujer y descubrió realmente lo que quería en la vida y por lo que tenía que luchar. Conoció al hombre que la despertó al amor e hizo que se encendiera una hoguera que no encontraba cómo apagarse salvo cuando estaba envuelta en sus brazos. Pero ahora se sentía vacía, le habían arrebatado todo aquello que había conseguido y se sentía nuevamente sola.

Mientras recogía su ropa y las cosas que había ido guardando a lo largo de aquellos meses, pensaba en Roque. Esperaba que hubiera llegado a Venezuela y que todo le hubiera salido tal y como él quería. Cada día estaba más convencida de que su vida estaba cerca de él. Por eso había decidido que con el dinero que había ganado iba a ir a su encuentro. No sabía dónde ni a quién dirigirse, solo tenía como referencia un país, un gran país que si fuera necesario estaba dispuesta a recorrer entero hasta que le encontrara.

Purificación entró en casa llamándola a gritos.

—¿Qué pasa, mujer? —dijo Inés—. Me pillas recogiendo y luego iba a ir a comer.

—Bien, mejor así, que si no luego es mucho trabajo y se te puede olvidar algo.

—¿Qué querías? Traes mala cara, parece que estás como... congestionada.

—Sí, la verdad es que no estoy bien. Tengo malas noticias. Algo que jamás pensé que iba a pasar.

—¡Purificación, me estás asustando! ¿Qué ha pasado? ¿Es tu marido? ¿Le ha pasado algo en la mina?

—¡No, por Dios! Toco madera —dijo, y cruzó los dedos tocando con ellos el respaldo de la silla.

—Entonces ¿qué pasa?

—Siéntate, anda. Pero antes dame un poco de agua, que tengo la garganta seca. Es que he venido corriendo y estoy ahogada. —Bebió el agua que la maestra le dio, tragó saliva y le dijo aquello que había venido a contarle—. Tengo que darte una mala noticia, como te digo. Nos acabamos de enterar que...

—¿Qué? Habla, mujer, que se me está saliendo el corazón por la boca.

—Pues que Roque... ha muerto.

Inés se levantó tirando la silla al suelo. Se llevó las manos a la boca y comenzó a negar con la cabeza.

—Dime que me estás engañando. Es una broma, ¿verdad?

—No, no lo es. Lo siento mucho, pero es cierto. Hemos recibido noticias. Tenemos un contacto en la consignataria del barco en el que embarcó Roque, el mismo que le proporcionó el pasaje, y nos ha dicho que ha recibido un telegrama donde se comunicaba que Fernando Vicent García había fallecido en su camarote como consecuencia de una gripe aguda.

—¿Fernando Vicent? ¿Ese quién es?

—Ese fue el nombre que le pusieron en el pasaporte. Ya sabes que tenía que viajar con una identidad falsa para evitar que le descubrieran.

—Pero tiene que ser un error, no es posible. Seguro que se han confundido. No puede ser. ¡No puede ser!

Inés se derrumbó en el suelo y rompió a llorar como una niña. Purificación no sabía qué decirle para consolarla.

—Déjame sola, por favor —le rogó Inés—. No te parezca mal, pero necesito estar sola.

Purificación entendió lo que sentía su amiga y se marchó ofreciéndole su ayuda si la necesitaba. Inés le agradeció el gesto y en cuanto se quedó sola, marchó a su habitación y se tiró en la cama a llorar su pena.

Al día siguiente, Inés tiñó un par de vestidos de negro. Se sentía viuda. Viuda de un hombre al que había amado con toda su alma pero que no era reconocido como su difunto marido ante los ojos del mundo. Debía reflejar por fuera la negrura que había teñido su corazón, haciéndole un homenaje sentido al que había sido su gran amor.

Aquel último domingo de junio, caminó despacio hasta la iglesia. La mirada de sus vecinos lo decía todo, aunque ninguno se atrevió a decir nada. La noticia había corrido por todo Liébana, y por supuesto en Mogrovejo. Allí todos apreciaban a Roque, pues era el pueblo donde había nacido y se había criado, en él estaban sus raíces y su casa. Muchos no creían lo que se había contado de él, le conocían lo suficiente para saber que no era ningún asesino. Otros, sin embargo, le consideraron desde el primer momento el autor de aquel vil asesinato.

Antes de comenzar la misa, Inés entró en la sacristía y le pidió a don Ginés que le dedicara aquella homilía, dejando sobre la pequeña mesa unas monedas en pago de la misa. El cura se quedó mirando a la maestra, recogió las pesetas y las metió en un cajón, luego llamó su atención.

—¿Cómo quieres que le nombre? —dijo el cura—, ¿como Roque o con el nombre falso que utilizó para escapar? Fernando, ¿verdad?

—¿Cómo sabe usted eso?

—Querida Inés, yo también tengo mis contactos. De hecho, no tengo inconveniente en decirte que yo mismo le denuncié cuando supe que iba a coger un barco, pero desgraciadamente llegué tarde y el navío partió, aunque ya me había ocupado de dar parte a las autoridades informándoles de cuál era el nombre falso que sus compañeros o camaradas, como ellos se llaman, le habían puesto. Si no hubiera fallecido, le habrían detenido al llegar a su destino.

—Padre, no estoy en disposición de discutir con usted. Si de verdad es un emisario de Dios y el Señor lo perdona todo, seguro que también le perdonará a usted. Yo, como soy una pobre pecadora, en este momento no me siento capaz de hacerlo. Le agradecería que utilizara su nombre, con el que usted le conoció y le delató, el mismo que su madre le puso al nacer.

La respuesta de Inés sentó mal al cura, que sabía que en esta ocasión la muchacha tenía razón. Como sacerdote estaba obligado a atender a todos los hombres, perdonar en nombre del Señor y dirigir sus almas al lado del Padre. Pero eso no le impidió contestar con toda la rabia del mundo a la maestra:

—Lo que yo sé es que lo que el hombre no es capaz de juzgar, Dios sí lo hace y pone a cada uno en su lugar. Se ha llevado a un asesino, limpiando así este mundo de escoria. Fíjate si es piadoso que se lleva a los desalmados para que no causen más dolor a las buenas personas.

—Que Dios le perdone, don Ginés, porque desde luego yo no lo haré jamás. A cada cerdo le llega su San Martín, y usted no podrá escapar del suyo. No voy a gastar más saliva hablando con quien no quiere escuchar. No se merece ni el aire que respira, ni los ojos que le hacen ver el mundo. Ojalá se ahogue en sus palabras, porque estoy convencida de que no son las palabras de Dios las que salen de esa boca venenosa y dañina.

La misa transcurrió como un domingo cualquiera. Don Ginés no honró la memoria de Roque ni quiso pedir por su alma ni mencionó para nada lo sucedido. El corazón de Inés volvió a encogerse de nuevo. Los vecinos esperaban que el cura pronunciara el nombre de su joven vecino y pidiera una oración por él, pero ese momento nunca llegó.

Al salir, algunos de ellos rodearon a Inés, la arroparon e intentaron darle cariño. Respetaban a la maestra y sentían con ella lo que había sucedido. Comprendían que se sintiera tan dolida, todos tenían conocimiento de la relación que mantenían. Sin embargo, lo vieran mejor o peor, jamás nadie se lo afeó; al contrario, conociendo la historia del muchacho, sentían lástima por él y entendieron que buscara cariño en la maestra y que ambos se enamoraran.

Como cada año, el 2 de julio los devotos vecinos de Camaleño pasearon a hombros a la majestuosa Virgen de la Salud, su patrona. Haga sol o lluvia, viento o con niebla, durante la procesión dan gracias por los favores concedidos y ruegan por su salud y la de los suyos. El paisaje de Áliva se llena de corazones fieles a su Virgen. Inés sabía de la devoción de Roque tenía por ella y quiso asistir. Era una visita que iba a hacer en su nombre, única y exclusivamente por su memoria.

Caminó junto a otros vecinos hasta lo alto, y al llegar y ver de nuevo la ermita, recordó el día que Roque la llevó allí. Fue el primer sitio que visitó con él, apenas habían tenido conversaciones y Sara, su mujer, aún vivía. Aquel día él no le contó lo que la Virgen significaba para ambos, lo mismo que para el resto de los lebaniegos; eso lo hizo cuando Sara falleció. Sentados a un costado de la ermita, comieron un poco de pan y queso y disfrutaron del bello paisaje que rodea el santo lugar.

Inés se arrodilló ante la bella y pequeña imagen de la Virgen y le rogó que acogiera a Roque en su seno con el mismo cariño que él le profesaba y que su madre le inculcó desde bien pequeño; ni sus ideales políticos pudieron interferir en un sentimiento tan profundo. Depositó a sus pies un ramillete de flores que había recogido durante el trayecto y se fue sola de vuelta a su casa. No tenía ganas de celebrar nada más, simplemente quería cumplir con lo que él hubiera hecho de haber estado vivo.

De vuelta a casa, escribió a su hermano y a su cuñada para contarles lo sucedido. Ahora no había nada que les impidiera solicitar la adopción de la pequeña. Ya no era necesario que le hablaran a Sara de su padre porque, total, nunca le conocería. Sabía que la cría estaba perfectamente atendida; su cuñada sí tenía ese instinto maternal del que ella carecía, aunque la cuidara tan bien como supo el tiempo que estuvieron juntas. Le había prometido que los visitaría en agosto y así aprovecharía para acompañar a su Virgen de la Cama.

A la mañana siguiente abandonaría Mogrovejo, dejaría atrás el aire puro y limpio de Liébana. Sus ojos dejarían de brillar con el verde de los montes y prados y el reflejo del sol sobre la piedra de los Picos de Europa ya no la deslumbraría más. Su corazón estaba triste. Le hubiera gustado continuar allí, hubiera sido una vida maravillosa la que podría haber tenido en esas tierras fértiles y amigables a pesar de que en algún momento llegara a pensar lo contrario. Le iba a resultar difícil no escuchar los sonidos a los que ya se había acostumbrado: el agua del río corriendo por su cauce, el golpear sobre la madera de Paco el alberquero los días de lluvia, las campanas de la iglesia de Nuestra Señora de la Asunción llamando a misa los domingos, las canciones de las mujeres en el lavadero, el piar de los pájaros y el canto del gallo cada mañana, pero, sobre todo, los «buenos días» pronunciados por sus niñas, sus voces de marcado acento al recitar el abecedario y al cantar las tablas de multiplicar. Echaría de menos esas cestas que sus vecinas dejaban casi a diario en su puerta repletas de legumbres, patatas, hortalizas, huevos, quesos, mantequillas y demás viandas. Las tardes de charla con Raquel y las risas con Purificación, los paseos hasta la casa de la torre, símbolo del pueblo, para visitar a doña Irene y a su hijo Gustavo. Y todos y cada uno de los rincones que con tanto cariño había pisado durante casi un año. Se sentía una más de aquellas tierras y nunca sintió desdén en la gente; al contrario, rápidamente la acogieron como a una vecina más sin conocerla de nada y sin prejuzgarla.

Jamás olvidaría lo que allí había vivido. Se iba con el corazón lleno de cariño y dejaba un pedacito de ella escondido en un rincón cerca del hórreo, sus iniciales grabadas en el viejo roble que sirve de sombra a los vecinos, dejando constancia de que allí vivió una mujer que fue feliz porque conoció el amor y que sufrió por el mismo motivo.

TERCERA PARTE

Dentro de veinte años probablemente estarás más decepcionado por las cosas que no hiciste que por las que hiciste. Así que suelta las amarras. Navega lejos del puerto. Atrapa los vientos favorables en tus velas. Explora. Sueña. Descubre.

MARK TWAIN

33

El *Reina del Pacífico* arribó al puerto de Cartagena de Indias entre aplausos y gritos de cientos de personas que aguardaban su llegada. Después de una espera de más de dos meses debido a los contratiempos surgidos por los casos de gripe, por fin aquella travesía había terminado.

Roque estaba feliz, deseaba poner los pies en tierra firme y caminar por espacios abiertos. Esta última etapa la había vivido con cierto nerviosismo, siempre pensando en cómo hacer las cosas para que nadie pudiera sospechar nada y casi escondido intentando evitar que alguien le descubriera. Debido a la conversación que mantuvo con el capitán el día que descubrieron el cadáver de don Manuel, el hombre buscó en varias ocasiones su compañía. Cada vez que Roque le veía aparecer, una nube negra de remordimiento y miedo se formaba sobre su cabeza. Medía con tiento cada una de sus palabras cuando charlaban por miedo a cometer algún error, pero afortunadamente nadie sospechó absolutamente nada sobre su engaño. Juanjo, por el contrario, lo pasó en grande. A diferencia de Roque, él no se perdió ni una sola fiesta, ni una sesión de cine y ni una comida o cena en el salón, pero fue prudente, tal y como su amigo le había indicado. Ambos eran conscientes de que un pequeño desliz podría ocasionar su ruina.

Como los dos llevaban una pequeña maleta no fue necesario que la tripulación se encargara de bajar sus equipajes. Fueron de los primeros pasajeros en pisar tierra firme. El ir y venir de las gentes resultaba abrumador: mozos que se acercaban ofreciendo su ayuda para cargar con las maletas, mujeres ofreciendo frutas cargadas en cestos enormes, chiquillos llorando en los brazos de sus madres, sacerdotes que esperaban la llegada de otros curas, bellísimas mujeres de tez morena y larga melena de pelo oscuro que llenaban la vista de los dos hombres a lo largo y ancho del muelle. Además de todo aquello, observaron una larga fila de coches con sus conductores de pie portando el nombre de los afortunados a los que habían ido a recoger.

Roque se volvió y observó que tras él, a unos pasos de distancia, bajaba la misteriosa chica de la popa. Al llegar abajo se paró y esperó a que la muchacha llegara, y junto a ella, su inseparable sombra, la mujer elegante y altanera que siempre la acompañaba.

—Señoras —dijo Roque haciendo un gesto con su sombrero—, ha sido un placer compartir con ustedes este viaje. Espero verlas pronto. Quién sabe si nuestros caminos volverán a cruzarse en estas hermosas tierras.

—Gracias, pero no puedo decir lo mismo —replicó la mujer con absoluta sequedad—. Ha supuesto un verdadero incordio con sus constantes miradas que no han hecho más que incomodarnos. Así que no creo que volvamos a vernos, pero... si así fuera, sepa que no tendré ningún inconveniente en saludarle. Vaya con Dios.

La chica, que se había situado detrás de la mujer, levantó la vista y en sus labios se dibujó una pequeña sonrisa. Entre dientes le dijo adiós.

—Te gusta la chica, ¿verdad? —preguntó Juanjo.

—¿Y a ti no? Es tan dulce... Me gusta, claro que sí. Aunque hay otra que me gusta más. Solamente me he despedido de ellas por educación.

—¿Otra que te gusta más? Eso no me lo habías contado.

Roque miró a su amigo y sonrió, pero no dijo una palabra más. Había sido un poco imprudente y se arrepintió al momento.

Siguió con la vista los pasos de las dos mujeres y pudo ver cómo un hombre entrado en años las recibía efusivamente. Comprendió que debían de ser madre e hija, tal y como había sospechado, a pesar de que la mujer le parecía demasiado joven para ser así de arisca.

Junto a uno de esos coches, un hombre sujetaba un letrero que rezaba: HACIENDA LA SALUD. Roque recordó que don Manuel le había dicho que le estarían esperando en el puerto, y llamó la atención de Juanjo señalando en su dirección.

Un hombre de piel negra, alto y delgado, vestido con una camisa blanca y un sombrero de paja, miraba hacia delante estirando el cuello. Parecía que intentaba localizar a la persona a la que debía recoger. Roque se puso nervioso, pues daba la impresión de no encontrar la cara conocida que esperaba. Según le había contado el difunto don Manuel, era la primera vez que iba a pisar esas tierras y que no conocía a nadie, o tal vez no le dijo si conocía o no a alguien y eso lo había supuesto él. Tenía que arriesgar, no quedaba otra salida que probar suerte. Si aquel hombre conocía físicamente a don Manuel, le diría que había fallecido durante la travesía y se alejaría de allí.

—Buenos días, creo que me estaba esperando —dijo Roque con aplomo.

—Buenos días, señor. —El hombre se llevó el sombrero al pecho y saludó inclinando la cabeza—. ¿Don Manuel de Castro y Balmoral, supongo?

—Sí, ese soy yo.

—Encantado, señor, mi nombre es Isaías Domínguez, para servirle. Me envían para su traslado a Maracaibo.

—¿A Maracaibo? Creí que iríamos a la hacienda.

—Sí, por supuesto, pero el trayecto es largo. Yo le llevaré hasta el estrecho, al otro lado le espera el personal de su hacienda para llevarle hasta Carora.

—Ah, perfecto, no veo inconveniente. Entonces debemos prepararnos para un largo viaje.

—Sí, señor, son muchas horas. Tengo ordenado descansar en Riohacha y continuar por la mañana hacia Maracaibo. Una vez que usted esté al otro lado del lago, será el personal de la hacienda quien le llevará hasta su casa.

Roque hizo un ademán señalando a Juanjo.

—Tengo que decirle que el señor nos acompañará. Es mi invitado.

—Como usted mande, don Manuel.

El hombre abrió la puerta del auto para que pudieran subir y luego cogió las maletas y las ordenó en el maletero. Una vez dentro, les recomendó que se pusieran cómodos porque el camino era angosto, bonito pero largo y pesado; además, el calor comenzaba a apretar. También les indicó que disponía de agua por si necesitaban tomar durante el viaje y les pidió que siempre que quisieran descansar podían solicitar que parase el coche.

Durante horas, Roque y Juanjo observaron el paisaje, entre curva y curva se les revolvió el estómago en más de una ocasión y se vieron obligados a parar para recomponerse. Intentaron no hablar mucho, era mejor, si no en algún momento podían decir algo que los descubriera, por lo tanto sus conversaciones hicieron referencia únicamente a los paisajes y a las curiosidades que veían por las ventanillas.

Comieron en una bella ciudad de la costa colombiana, Santa Marta. Allí el paisaje era inigualable: las barcas de los pescadores llenaban la bahía, sus playas de arena blanca y sus gentes alegres y risueñas eran una delicia. Además, tenía una luz que era capaz de cegar la vista. Los manjares que aparecieron sobre la mesa olían estupendamente. Estaban hambrientos y saborearon con sumo gusto el arroz de chipi chipi y un pescado frito con patacón. Después de descansar una media hora sentados frente al mar degustando un buen cigarro, continuaron el viaje.

Llegaron a Riohacha entrada la noche. Allí probaron un pescado a la parrilla ya que no tenían mucho apetito, solo ganas de estirar el cuerpo y dormir.

Roque cerró los ojos e intentó recordar a Inés, pero apenas podía visualizar su cara. Se enfadó consigo mismo por aquello y entonces imaginó conversaciones que podían haber tenido de haber viajado juntos. Pero de repente le vino a la memoria la chica que leía incansable en la popa del *Reina del Pacífico*, y una sonrisa apareció en su rostro.

Al llegar al estrecho de Maracaibo vieron cómo la gente se amontonaba en el muelle esperando para subir a la pequeña embarcación que los trasladaría al otro lado del lago.

Isaías se acercó al barquero y le entregó algo, posiblemente dinero. Ante ellos el barquero apartó a la gente que se apelotonaba y franqueó el paso a Roque y a Juanjo, que subieron a la embarcación por un camino que habían formado las personas que allí aguardaban. Nadie dijo nada, salvo un joven que increpó al barquero, pero este no le hizo ningún caso. Sin embargo, Isaías sí tenía algo que decirle: «Cuando tengas la categoría de estos señores podrás subir el primero».

Tal y como les había anunciado el chófer, según pusieron los pies en tierra firme otro coche los esperaba. Esta vez eran dos personas las que les aguardaban junto al vehículo. Al verlos se acercaron y, tras comprobar que se trataba de don Manuel, cogieron las maletas y les indicaron que subieran al automóvil. Hubo suerte también en esta ocasión; como don Manuel había dicho, nadie le conocía. Se disponían a hacer la última parte de un viaje que estaba llegando a su fin.

—Bueno, patrón, ya estamos en marcha. Perdone que no nos hayamos presentado antes. Él es Orlando, mi ayudante, y se encarga de los campos de cacao. Es cubano, pero lleva aquí toda la vida, su madre se lo trajo a trabajar la tierra de la mano del anterior dueño de la hacienda, que la levantó y la sacó adelante, que no digo yo que su señor suegro no fuera un buen amo, que lo era, faltaría más. Y yo soy Santos Benditos Briceño, para servirle a usted. Soy el capataz de la hacienda La Salud, la mejor y más grande de todo el estado de Lara. Verá, patrón, qué tierras más fértiles, tenemos el mejor café del estado y posiblemente del país, por mucho que otros se empeñen en negarlo.

—Encantado de conocerlos a ambos. Me gusta eso que dice, tendremos que hablar largo y tendido sobre todo ello. No tengo mucho conocimiento sobre el café y menos aún sobre el cacao, por lo tanto serán ustedes quienes me pongan al día de todo. Pero dígame, ¿cuántos hombres trabajan en las tierras?

—¿Durante la recolección de las cerezas?

—¿Cerezas? —preguntó asombrado Roque.

—Oh, sí, señor, así se llama el fruto rojo del café. Ya yo se lo mostraré todo. Lo que le contaba, durante la recolección puede ser que haya hasta cuatrocientos hombres y mujeres del estado trabajando en sus tierras. Luego en la planta de proceso es otra cosa, no son necesarios tantos.

—Y en el cacao ¿cuántos hay, Orlando?

—Señor, esos terrenos son menores, en ellos trabajan unos ciento cincuenta hombres más o menos.

—Bueno, pues espero que con su ayuda pueda aprender lo necesario. Por cierto, no les he presentado a mi amigo, es el señor don Juan José Lavín Calvo y vivirá conmigo en la hacienda durante un tiempo.

—Perfecto, señor. Cualquier cosa que necesite, nosotros estaremos a su orden.

Tras más de setecientos kilómetros recorridos, por fin Roque divisó la entrada a la hacienda, compuesta por una estructura de madera con sus dos puertas abiertas de par en par y un letrero en el palo superior en el que con letras esculpidas sobre la madera podía leerse: HACIENDA LA SALUD. Le pidió a Santos que parase el coche justo después de pasar. En la misma entrada, a mano derecha, un pequeño altar construido con cemento y pintado de blanco cobijaba la imagen de la Virgen de la Salud, su Virgen. Se le llenaron los ojos de lágrimas al recordar su bella tierra. Se arrodilló delante de ella y se santiguó.

Los otros hombres se quedaron sorprendidos mirando la reacción que Roque había tenido, postrándose bajo la Virgen. Luego se volvió y preguntó:

—¿Queda muy lejos la casa?

—A un kilómetro más o menos, señor.

—Sigamos entonces.

Roque se quedó asombrado de lo que estaba viendo. La casa era una maravilla. Construida en forma de U, en una de las partes tenía dos alturas y el resto era todo una planta baja con un hermoso patio central y una fuente que hacía brotar el agua continuamente. Los arcos que sujetaban el techado recorrían toda la superficie de la casa y grandes macetas llenas de flores lo adornaban. Tres mujeres y un hombre esperaban en el patio.

Santos abrió la puerta del coche para que pudieran bajar Roque y Juanjo.

—Patrón, este es el personal de la casa, al que me gustaría presentarles. Ella es la señora Piedad, es la cocinera de la hacienda. Lleva en la casa más de treinta años, desde que era una niña. Le advierto que sus guisos son exquisitos y sus dulces tienen fama en todo el estado. Aquí tiene a Isabela, que se encarga de la limpieza de la casa y también ayuda en la cocina; es la hija de la señora Piedad. Este hombre es Raulito; él se encarga de los recados y, por supuesto, también de la siembra. La joven es Lucía; arregla los animales, ayuda en lo que puede y sería la persona encargada de las cosas de la señora en caso de que usted decida tener una esposa.

—Perfecto —dijo Roque, y luego se dirigió a todos los presentes—: Imagino que todos saben quién soy yo. Mi nombre es Manuel de Castro Balmoral. Intentaré ser un buen patrón y deben saber que cualquier cosa que necesiten pueden hablar conmigo sin ningún problema. Mi acompañante es el señor Juan José Lavín Calvo. Imagino que solo tendrán preparada mi habitación; por favor, preparen para mi invitado una de las mejores que tengan, ya que su permanencia aquí será larga. Pueden retirarse y gracias por salir a recibirme, es un placer estar aquí y, lo dicho, cualquier cosa, por favor, no duden en decírmela.

Cuando por fin se quedaron solos en uno de los salones de la casa, Roque le confesó a Juanjo que le costaba mucho el trato con el personal, pues no sabía cómo manejarse, si debía mantener o no las distancias; allá en el pueblo, se sentía incómodo cuando la gente que no le conocía demasiado le trataba de forma diferente por el hecho de ser veterinario.

—Amigo mío, es lo que toca —dijo Juanjo—. Poco a poco te harás con la situación, ya lo verás. Esto es muy bonito, la única pega es este calor pegajoso que va a terminar con nosotros, pero bueno, en peores ruedos hemos toreado. Gracias por traerme contigo, Roque, esto solo lo hace una buena persona, y al parecer he tenido la suerte de dar con ella, amigo.

Los días siguientes estuvieron llenos de emociones. Poco a poco se fue acostumbrando a su nuevo nombre: «don Manuel» sonaba por todos los rincones de la casa y de la finca.

Había visitado la zona donde los cafetales crecían, y con

la ayuda y la compañía de Orlando, también se acercó a ver la grandiosidad de los cacaoteros que con su hoja perenne lucían verdes bajo la sombra necesaria de los plátanos plantados a ese propósito. No era época de recolección y las plantas estaban atendidas por los hombres de Santos. De igual modo, el cacao estaba al cuidado de Orlando. También montaba a caballo por la finca y ejerció de veterinario para comprobar en qué situación estaban los animales.

Lo único que parecía no solventarse era la soledad que sentía, que cada día iba a más. Necesitaba salir, buscar compañía, ir más allá de sus tierras y conocer a sus vecinos, en caso de que los tuviera. En definitiva, necesitaba vida social, algo que había tenido en buena medida durante el viaje en barco.

—Santos, ¿qué se puede hacer por aquí, aparte de estar en la finca y con los animales? ¿Tengo vecinos? ¿Hay algún pueblo cercano?

—Sí, patrón, por supuesto. La hacienda Margarita está a unos kilómetros de aquí. Don Genaro y doña María son buena gente y estarán encantados de conocerle. Si usted quiere, yo le puedo acompañar a saludarles.

—Y don Genaro... ¿a qué se dedica?

—Tienen fincas de cacao y, además, una fábrica de chocolate, una de las más importantes del país. De hecho, nuestro cacao va destinado a su fábrica desde que la fundó hace años.

—Y los señores ¿tienen hijos?

—Sí, patrón. Una hija, la señorita Paula. Una chica callada pero muy hermosa.

—¿Está casada?

—Que yo sepa, no. Si quiere que le diga la verdad, hace

tiempo que no les veo y poco sé de ellos, no puedo asegurarle nada.

—¡Piedad! —gritó Roque mientras entraba en la cocina.

—Sí, mi amo, dígame. ¿Qué gusta?

—Lo primero, que no me llames «amo». Yo no soy el amo de nadie, y esto vale para todo el mundo —dijo mirando a todos los que estaban sentados alrededor de la mesa de la cocina esperando el rancho.

—Perdón, señor, no volverá a pasar.

—Eso espero, porque puedo enfadarme mucho —añadió en tono irónico—. Verá, quiero que me haga una torta, la mejor que le salga, la que esté más rica. Me la prepara bien, que quede bonita. Tengo que hacer una visita y quiero llevar algo, no me gusta ir a casas ajenas con las manos vacías, al menos en España es una costumbre, quizá aquí no, pero yo soy español y como tal actuaré. La necesito para mañana por la mañana. ¿Hay algún problema?

—Ninguno, amo. —La mujer se tapó la boca al pronunciar la palabra y seguidamente pidió perdón—. Va a quedar usted de maravilla. Le voy a hacer un bienmesabe tan rico que se van a relamer, igualito que el de la negra Contemplación.

—No sé qué es eso ni quién es la negra Contemplación, pero me suena raro, ¿qué lleva esa torta?

—El bienmesabe lleva mucho tiempo y más aún, amor. Lleva, básicamente, azúcar, agua, huevos, coco, jerez dulce y canela. Pero con todos mis respetos, usted pruebe y verá como se le quitan todas las penas que su corazón pueda esconder.

—Bueno, me fiaré de su buen hacer. Pero más vale que

conquiste, porque si no volveré y usted y yo tendremos unas palabras —bromeó.

—Raulito, ve a por los cocos mejores que encuentres —dijo Piedad—. ¡Y más te vale que lo sean!

—Sí, doñita, ahorita mismo salgo por ellos.

En cuanto se fue Roque, los miembros del servicio empezaron a cuchichear entre ellos, ya que estaban intrigados. ¿Para qué querría una torta don Manuel?

—Oye, Santos, ¿*pa* qué la torta? —preguntó la cocinera.

—Eso es cosa del patrón, a ti no te tiene que importar y a mí tampoco. ¡Haz tu *chamba* y deja la cháchara, mujer!

—¡Eeeh! Cuidadito conmigo. Tú no mandas de esta puerta *pa* dentro ni un tantito así —replicó la mujer haciendo un gesto con sus dedos.

—¿Sabe algo, *señá* Piedad? —dijo Isabela—. Yo creo que el señor va buscando dama.

—Eso no hace ni falta decir, ya me di cuenta —repuso la cocinera—. Bueno, es que hay que ver lo guapo que está, un hombre así y solo es delito. Pero tú come y calla, chica, a nosotros ni nos va ni nos viene lo que el señor haga.

Ya en la soledad de su despacho, Roque sintió la necesidad de escribir a Inés. Llevaba ya casi un mes en Venezuela y no lo había hecho aún. Sentía un poco de vergüenza por haber usurpado la identidad de otra persona, no sabía cómo recibiría ella una noticia así. Intentaría eludir esa parte, ya tendría tiempo de explicárselo. Buscó papel y pluma en los cajones y gavetas del bargueño que había junto a su escritorio y comenzó a escribir.

Carora, estado de Lara (Venezuela),
agosto de 1951

Queridísima Inés:

Espero que al recibo de esta te encuentres bien. Yo estoy muy bien. Si supieras lo largo que se me ha hecho el viaje, menos mal que pensaba en ti, en tu voz y en tu cara y llevaba con ello mucho mejor mis noches y mis días durante la travesía.

Por fin he llegado a Venezuela. Esta es una tierra maravillosa, tiene una luz espléndida, sus gentes son acogedoras y amables, las tierras son fértiles, pero eso sí, hace mucho calor.

Vivo en una gran hacienda y ¿a que no sabes cómo se llama? Hacienda La Salud, como mi queridísima Virgen.

Quiero que vengas, necesito tenerte aquí conmigo. Tengo muchas cosas que contarte y no lo puedo hacer por carta, son cosas que solo te las podré decir cuando te tenga delante. Aquí vamos a vivir muy bien, te lo aseguro, tengo una buena casa, sirvientes y todo lo que te puedas imaginar. A esta casa solo le falta tu sonrisa y tu caminar sereno y firme. Cómo me gustaría ver tus caderas contornearse por estos pasillos y oler esa estela que dejas a fresco en tu caminar. Necesito tus besos y tu aliento sobre mi cuello. Abrazarte hasta dejarte sin aire y que tú me quites a mí el mío para respirar.

Espero que la pequeña Sara esté bien y que sea una buena niña y no te dé mucho la lata. Me gustaría verla, seguro que ya estará crecida. Me siento tranquilo porque sé que está en las mejores manos.

Querida mía, os espero con el corazón rebosando amor que daros. Sin ti, mi amor, cada noche es un calvario y recurro a tu recuerdo para calmar mi deseo. Ven conmigo, cariño, te necesito aquí.

Con esta carta te envío dinero para que compres el pasaje. No escatimes, quiero que viajes como una auténtica señora, en primera clase. Escribe cuando embarques, que yo me encargaré de ir a buscarte a Cartagena de Indias.

Dirige la carta a Manuel de Castro y Balmoral. Esta es una historia que te contaré cuando te vea.

Tuyo siempre.

Roque no quería dar demasiadas explicaciones en la carta. Podía darse el caso de que alguien leyera el contenido y eso le causaría problemas. Por lo tanto, no quiso firmar. Ahora solo quedaba esperar a que Inés viniera para que su felicidad fuera completa.

Salió del despacho con la misiva en la mano y se la entregó a Raulito, que iba a cumplir el recado de los cocos que le había encomendado Piedad.

—Raulito, entrega esta carta en el correo. Es importante.

—Sí, patrón, ¡cómo no! Lo que mande el patrón.

El joven se subió al caballo que solía utilizar para los recados y salió al galope. Le gustaba correr por los llanos como alma que lleva el diablo. Sobre él se sentía libre. Además, conducir no se le daba nada bien, pues ya había tenido varios accidentes y Santos no le dejaba coger ninguno de los autos que había en la hacienda.

En cuanto llegó a Carora, le dejó el caballo al herrero, como era su costumbre. El chico era su amigo y le tenía cariño. Siempre pensó que podía ser hijo suyo, aunque su madre, que falleció dejándole huérfano cuando era muy pequeño, jamás se lo quiso confirmar. No obstante, el herrero le ayudaba siempre que se presentaba la oportunidad, más aún con las carencias que tenía a raíz de una pequeña discapacidad que el muchacho intentaba disimular lo mejor que podía.

Una hora más tarde, Raulito llegó con los cocos, los cargó en sus alforjas y se dirigió a la oficina de correos para depositar la carta que el patrón le había dado. Pero cuando fue a echar mano al bolsillo no la encontró, sacó todo lo que llevaba en ellos, casi se quitó los pantalones, pero no había ni rastro de la carta. Fue corriendo hasta la herrería con la esperanza de que se hubiera quedado entre la manta y la silla del caballo. Por suerte, allí estaba. Regresó de nuevo a la oficina, pero esta ya había cerrado. Entonces volvió a la herrería a buscar su caballo. Al llegar, el herrero ya no estaba; solo quedaba uno de sus ayudantes.

—Amigo —le dijo al chico—, ¿usted me haría un favor? Tengo que mandar esta carta, pero la oficina de correos ha cerrado. ¿Podría depositarla por mí esta tarde, por favor?

—Claro que sí, Raulito, déjala sobre la piedra que yo me encargaré de entregarla. Ve tranquilo.

Cuando el ayudante tomó el sobre y lo notó tan abultado, la curiosidad le pudo. Comenzó a darle vueltas intentando ver al trasluz algo, pero no lo consiguió, así que decidió abrir el sobre. La sorpresa que se llevó fue mayúscula cuando los billetes cayeron sobre el yunque. El hombre los recogió mientras miraba a ambos lados esperando que nadie le hubiera visto. Satisfecha la curiosidad, cogió el sobre y el papel y los tiró al horno; no le interesaba para nada lo que decían aquellas palabras.

En un segundo, todo lo que Roque había escrito con tanto amor se convirtió en cenizas.

34

Tina y Consolación esperaban la llegada del tren sentadas en un banco del andén. Como no querían llegar tarde, habían salido de casa casi hora y media antes del horario previsto de llegada y estaban empezando a ponerse nerviosas. Cuando ya no pudo con la angustia, Tina se levantó y preguntó al jefe de estación cuánto más tendrían que esperar.

—Queda cerca de una hora para que llegue ese tren —respondió el hombre—. Han venido ustedes demasiado pronto. ¿Por qué no van a dar un paseo y vuelven más tarde?

Tina volvió hasta el banco un poco enfadada.

—¿Qué te ha dicho? —preguntó Consolación.

—Que me vaya y venga más tarde, que falta una hora, que demos una vuelta —contestó Tina muy seca—. Claro, con esa manía que tienes de no llegar nunca tarde, hemos salido con dos horas de anticipo por lo menos. ¡Es que eres una exagerada de mucho cuidado!

—No, si al final tendré yo la culpa. Pero si estabas metiéndome prisa para que me arreglara. ¡Tendrás la cara dura! Pues vamos y tomamos un café en El Español, así hacemos tiempo.

—Ve tú, si quieres, yo no pienso moverme de aquí, me da igual que falte una hora o dos.

—Qué desagradable eres, hija. ¿Sabes una cosa? Yo creo que lo que tú necesitas es un novio. Sí, toda esa tensión que tienes la soltarías, te daría unos achuchones que te pondrían a cien y así me dejarías a mí tranquila.

Al escuchar las palabras de Consolación, Tina se revolvió en el banco como si cientos de gusanos le recorrieran el cuerpo de arriba abajo. Se giró hacia la mujer y, como no podía ser de otra forma, le contestó:

—Cada día que pasa me doy cuenta de que no es que parezcas tonta, chica, es que lo eres. ¿Ahora a qué viene eso? ¿Para qué quiero yo un novio? Además, ¡tú qué sabrás! Igual ya lo tengo y me da lo mío y lo tuyo, todo junto, *guapina*.

—Ya te gustaría a ti que te dieran... Seguro que te conformabas con la mitad de lo que te tenían que dar. El caso es que te den. Ja, ja, ja.

—¡Bueno, se acabó! No te voy a consentir ni media más. ¡No sé qué te ha dado ahora a ti con esa tontería! Vamos a dejarlo... Vamos a dejarlo porque me estoy poniendo negra y todavía te arrastro de los pelos por todo el andén.

Afortunadamente, Consolación se abstuvo de replicar. Solo le había dicho eso por molestar a Tina y no era cuestión de seguir porque se podía armar la marimorena. Se callaron las dos y en silencio esperaron que Inés llegara.

Cuando por fin llegó el tren e Inés bajó al andén, las dos mujeres se echaron en sus brazos de forma atropellada. La una empujaba a la otra y la otra a la una intentando ser la primera en tenerla cerca.

—¡Pero bueno, que me vais a tirar!

—Esta, que es una pesada.

—¿Yo? ¡Eso tú, que te crees que eres más que nadie!

—Veo, señoras, que las cosas no han cambiado. Incluso puedo decir que están peor, ¿me equivoco? Vaya promesas que hacéis, me habéis estado mintiendo todo este tiempo y continuáis tirándoos los trastos a la cabeza.

Las dos callaron, agarraron las maletas de la chica y caminaron en dirección a la salida de la estación.

El paseo hasta casa fue grato para Inés, estaba deseosa de tener a sus mujeres cerca de nuevo. Ramón, el portero, salió a saludarla, incluso se permitió darle un par de besos, y después corrió a llamar al ascensor; una vez abajo, sujetó la puerta para que las tres pudieran entrar.

Por fin estaba en la pensión. Su cuarto seguía tal y como lo dejó. La foto de su madre continuaba metida entre el marco del espejo de su cómoda junto a la estampita de la Virgen de la Cama. Ahora tenía otras imágenes que recordar, pero solo en su retina; en ellas habían quedado guardadas para siempre las personas y los paisajes que había disfrutado durante tantos meses.

El olor del guiso de Tina la hizo salir de la habitación.

—Pero ¡cómo huele! —exclamó—. ¿No me digas que me has hecho merluza en salsa verde, con sus almejas, su huevo duro y sus patatas? Vamos a comer rápido, que me muero de hambre.

—Sí, hija, sí, que buena falta te hace —dijo Tina—. Estás flaca pasada. No sé qué habrás comido por allí, pero desde luego lo que sea no te ha lucido nada, mira qué brazos más esmirriados tienes.

—Pues he comido de maravilla, la verdad, unos cocidos que no te haces ni idea. Me parece que estás exagerando, la ropa me cae igual que cuando me fui. No creo que esté más flaca.

—Claro que no, niña, estás igual, igual de guapa —terció Consolación—. No como yo, ¡que mira el culo que he echado!

—Bueno, y entonces cuándo te tienes que volver a marchar. Pasarás el verano y otra vez en septiembre de vuelta, ¿no? —preguntó Tina.

—No, no voy a volver —dijo Inés—. No tuve buena relación con el cura del pueblo y me la tuvo jurada desde que llegué. Desde el primer día se me ocurrió llevarle la contraria y contestarle, así que... —Hizo un gesto pasándose un dedo por el cuello.

—¡Estos curas! —exclamó Tina—. Si ya digo yo que no hay uno bueno. En fin, mira que te den aquí una plaza, que, total, tú ya has estado fuera un año, ahora te toca estar en la ciudad, en tu casa.

—No, no creo que tampoco vaya a pasar eso. La cosa no va a ser tan sencilla. Cuando digo que me cogió tirria no bromeo. Estoy casi segura de que se me han cerrado las puertas de la enseñanza. Seguro que ha dado parte al Ministerio de Educación y no me van a dejar cubrir ninguna plaza más.

—Pero bueno, ¿tan gordo es lo que has hecho? Ni que te hubieras liado con un casado o algo así, mujer —intervino Consolación.

—Más o menos —musitó Inés.

Las dos mujeres dejaron caer el tenedor sobre el plato. No podían creer lo que la muchacha les estaba diciendo. Su niña era un ejemplo de educación, ¿cómo podía ser eso?

—¡No pongáis esa cara! Me enamoré, no creo que sea

pecado. Y sí, primero estaba casado y yo respeté esa situación. Luego, cuando su mujer murió, pues... ya fue otra cosa.

—Ah, bueno, siendo así... Pues no es para tanto. Pero vamos, a lo que interesa, ¿cómo se llama, cuántos años tiene, a qué se dedica y... cuándo vamos a conocerle? —preguntó a bocajarro Tina.

Inés les contó todo lo que había pasado con Roque. También les dijo que Sara, su hija, ahora vivía con su hermano y con Gema en Escalante, pero que sería por poco tiempo ya que su hermano había encontrado trabajo en un museo en París y en unos días partirían. Consolación no pudo evitar las lágrimas pensando en la mala suerte que había tenido la chica, enamorada de un hombre que no solo tuvo que huir al extranjero, sino que encima murió durante el viaje.

—Bueno, niña, ahora estás de vuelta en Santander y además es verano, las calles están llenas de muchachos deseando pasear con una chica guapa como tú. Verás como no tardas nada en encontrar un buen hombre que te quiera y que no te dé problemas, que ya va siendo hora.

—¡Vaya perra os ha entrado con eso de que encuentre un hombre! ¡Os parecéis al cura de Mogrovejo! No quiero a mi lado a alguien para que me mantenga. En todo caso, quiero un compañero de vida, que se ría, que llore, que disfrute y que sea feliz conmigo. Y además, por ahora no me interesa lo más mínimo tener novio. Tengo que pensar qué hacer con mi vida, eso es lo único que me importa.

—Bueno, mujer, no te pongas así —repuso Tina—. A nosotras nos parece muy bien lo que decidas. Y si no, para muestra un botón. Mírame, sola he estado toda mi vida y sola me voy a morir. Bueno, sola no, con esta —dijo señalando a Consolación.

—¡Oye, guapa, que esta tiene nombre, eh!

A la mañana siguiente, Inés no quiso dejar pasar el tiempo y decidió hacer lo que le urgía sin mayor dilación. Se dirigió a la Escuela Normal de Magisterio para ver cuál iba a ser su próximo destino, pero sus peores presagios se cumplieron. Allí le indicaron que no había ninguna plaza disponible para ella aquel año, no habían recibido informes favorables y, por lo tanto, de momento quedaba en suspenso. No es que hubiera sido mala maestra, sino que sus ideas revolucionarias no eran del agrado del Ministerio de Educación, de modo que no tendría plaza para el siguiente curso. Para más inri, se llevó la reprimenda correspondiente y algún que otro consejo de Engracia, la secretaria de la escuela, que Inés no estaba dispuesta a seguir. La mujer le dijo que si quería corregir sus malos hábitos debería asistir a unas clases especiales donde se le indicaría el camino marcado por el régimen para la formación de alumnos en España. Inés asintió con la cabeza, recogió los folletos que le entregó la secretaria, donde tenía toda la información necesaria para comenzar el «adiestramiento», y se marchó de allí.

Lo llevaban claro si pensaban que asistiría a ningún sitio donde intentaran lavarle el cerebro. Para vivir tenía, la pensión daba para ello, y seguro que encontraría algún crío que necesitara ayuda, ya se encargaría ella de buscar algo que le conviniera y no lo que quisieran imponerle. Bastantes órdenes había acatado a lo largo de su vida como para seguir haciéndolo. Por mucho que le gustara la enseñanza, por más que fuera su sueño dedicarse a ella, no estaba dispuesta a pagar semejante precio. Ella no era ningún borrego que caminara dócil y voluntariamente al matadero, lo único que tenía suyo eran sus ideas y su forma de ser y no iba a renunciar a ellas por nada, aunque eso significase no poder seguir trabajando en lo que más le gustaba.

Cuando llegó a casa, les contó a Tina y a Consolación lo que le habían dicho. Las dos mujeres se mostraron ofendidas con el desprecio que le habían hecho a Inés y la apoyaron en su decisión.

Entonces a Consolación se le ocurrió una idea que no tardó en poner en marcha.

Por la tarde se acercó a Santa Lucía, pues tenía mucha amistad con el párroco y además sabía que el hombre estaba muy bien relacionado. Aquella era la iglesia donde acudía a diario uno de sus mayores benefactores, un hombre llamado don Emilio; de hecho, a la izquierda del edificio se estaba construyendo la pequeña capilla de Santa María en honor a su madre, doña María Sanz de Sautuola. Tal vez una familia tan poderosa como era esa en la ciudad necesitara una maestra para sus hijos, o quizá alguna otra familia pudiente santanderina estuviera buscando una institutriz.

Consolación esperó a que don Dionisio terminara con las confesiones y le abordó al salir. Él le pidió que lo acompañara a la sacristía, allí hablarían con más tranquilidad. La mujer le expuso al cura el problema que tenía, este la escuchó con atención y le dijo que intentaría buscar algo que estuviera en consonancia con la formación de la chica. El cura la conocía de sobra, la había visto muchas veces por la iglesia y la impresión que guardaba de ella era muy buena. Le costaba creer que el cura de Mogrovejo, al que no conocía, hubiera pasado tan malos informes de ella, pero la realidad era que si no le daban otra plaza era porque algo grave había pasado. No obstante, no quiso tener en cuenta esa circunstancia y le prometió a Consolación ocuparse de su caso.

En vista del día veraniego que hacía, Inés había decidido ir a la playa. Le apetecía sentir las olas batiendo contra sus piernas y esa brisa que enredaba su pelo. Caminó hasta la Magdalena despacio, sabedora de que el mar iba a seguir allí por muy tarde que llegase. Se dio un baño y se tumbó en la fina arena durante una hora. Comenzó a notar que la temperatura subía ya que se acercaba el mediodía y el sol apretaba de lo lindo. Como no quería que su piel se quemase, recogió sus cosas y volvió paseando a casa. De camino pensó en lo que iba a hacer. No podía estar todo el invierno en casa; la pensión estaba bien, pero ella necesitaba otra cosa. De alguna manera Roque le había metido en el cuerpo las ganas de ver mundo, de salir, de conocer otras gentes y otros países. Si él hubiera estado vivo, se iría a buscarle sin pensarlo un solo instante. Pero estando sola era diferente, sentía un poco de miedo. No era lo mismo ir a un pueblo de la provincia a trabajar que cruzar el océano. Su corazón le pedía salir corriendo en busca de aventuras, pero su cabeza le rogaba cordura. Había que dar tiempo al tiempo, ser paciente y tener esperanza, quizá encontrara un buen trabajo.

Las tres mujeres comían tranquilamente cuando Consolación les explicó qué se traía entre manos.

—Ayer por la tarde estuve con don Dionisio —dijo.

—Pues muy bien, que fuiste a tomar un café, ¡vaya novio que te has echado! —exclamó Tina.

—Qué tonta eres, ¿eh? Siempre con tus ocurrencias. Pues no. Estuve hablando con él sobre Inés.

—¿Sobre mí? ¿Y qué le has contado al cura sobre mí? Solo me faltaba enemistarme también con el cura de Santa Lucía.

—¡No, mujer! Yo nunca hablaría de ti nada que pudiera hacerte daño, ¡parece mentira! Yo a lo que he ido es a contarle un poco lo que te ha pasado con el cura ese y a decirle que no te quieren dar plaza en ningún colegio. Entonces igual él tenía algún conocido de estos ricachones que necesiten una maestra o una institutriz para los hijos.

—Pero, Conso, ya no se llevan las institutrices, mujer —dijo Inés—. Te lo agradezco mucho, pero no creo que don Dionisio esté en disposición de ayudarme por muy buenas palabras que te haya dicho. Además, estoy pensando en irme a algún sitio. Tengo ganas de viajar y de ver mundo. El dinero que he ganado estos meses creo que lo voy a gastar en eso.

—Pero ¡qué tonterías estás diciendo, niña! —saltó Tina, que hasta ese momento se había mantenido en silencio—. Ya verás como aquí encuentras algo y no tendrás que irte a ningún sitio.

De repente, el timbre de la puerta sonó dos veces seguidas. No tenían idea de quién podría ser, los huéspedes no llegarían hasta por la tarde.

Inés se levantó y fue a abrir.

Tras la puerta estaba su amiga Paquita, que lucía una hermosa barriga. Inés pensó que como mínimo estaría de seis meses. Ambas se abrazaron e Inés la invitó a pasar.

—Qué alegría me da verte —le dijo Paquita—. Cuéntame cómo te ha ido, cuántas veces he pensado en lo bien que me hubiera venido a mí salir de aquí; si me hubiera ido, ahora no tendría esta barriga.

—Pero ¿cuándo te casaste? No tenía ni la más remota idea. Ya me perdonarás, pero no se me ocurrió preguntar por ti cuando llamaba a Tina o cuando escribía. La verdad es que me fui un poco enfadada contigo por haberme levantado al novio —dijo Inés y las dos rieron.

—Si llego a saber la joya que me llevaba, te lo hubiera dejado envuelto y con un lazo. Menudo elemento es. Tengo que estar todo el día pendiente porque a la mínima vuela, el pájaro. ¡Qué pesares tengo de haberme casado! Mira que mi madre me lo dijo: «Quédate con el niño, que a este no le veo trigo limpio», y yo: «Que no, mamá, que es buen chico, que me caso». Y me casé y ya tengo el lío montado para toda la vida.

—Pues la verdad es que lo siento mucho. De todos modos, ya sabes que aquí me tienes para lo que necesites. Cuéntame, ¿cómo fue el curso?, ¿qué tal se te dio?

—¿El curso? Duré tres meses. A Pedro no le gusta que trabaje. Es cierto que él tiene un buen sueldo y necesidad de trabajar no tengo, la verdad. Quiere que me encargue del niño y de la casa y, bueno, a mí eso no me parece mal, pero tengo unos pesares que no te haces ni una idea.

—Paquita, ¿me estás hablando en serio? No puedo creer lo que estoy escuchando. Eso no lo tienes que permitir, tienes que ir a dar clases, que para eso estudiaste. Nos pasamos cuatro años en la escuela para ser maestras, no para acabar fregando platos y limpiándoles el culo a los niños. Tienes que volver a trabajar, no puedes consentir eso, mujer.

—No, no creo que sea buena idea. Menudo se pondría mi marido. Y total, ¿qué importa ya?

—¿Cómo que qué importa? Aquí importas tú y tu felicidad. No debes permitirlo. Ante todo estás tú. No dejes que te domine así. Pedro es un machista, no puedo creer lo que me estás contando. Otra cosa es que tú quieras quedarte en casa, pero si lo que tú deseas es trabajar, no dejes que te quite la intención, a la larga te pesará.

—Si es verdad lo que dices, pero es que yo no valgo para eso, y tampoco quiero discutir con él... Es mi marido. Para ti es fácil porque estás sola, pero yo le debo respeto.

—¡Sí, claro! El mismo respeto que él te debe a ti. Pues haces mal. En este país siempre hay que hacer lo que dicen los hombres, por eso hay que buscar la manera de llevarlos al terreno que tú quieras. No te dejes manejar como un muñeco roto. Tienes un oficio maravilloso y, además, eres muy buena. Para el próximo curso quiero verte en un colegio.

—Tienes mucha razón, Inés, lo voy a intentar. Si me quiere como dice, tiene que entender que yo quiero trabajar. Voy a tirar de la cuerda, espero que no se rompa.

—Así es, amiga. Pero bueno, cuéntame más, estamos teniendo una conversación como si nos hubiéramos visto ayer.

Mientras las dos muchachas hablaban en la salita, Tina y Consolación discutían como siempre en la cocina.

—Oye, Tina, creo que deberíamos darle a la niña la carta que trajo aquel muchacho, ¿te acuerdas?

—Sí, claro que me acuerdo, y me parece que había quedado claro que esa carta se queda donde está para siempre. No es necesario que sepa que vino por aquí, y menos ahora, eso solo le iba a traer recuerdos. No quiero que sufra.

—Pero qué más dará, ¡si está muerto! Por lo menos la

pobre podrá leer lo que escribió en esa cuartilla y eso la reconfortará. Seguro que pone que la quiere y que va a pensar en ellas. Eso le gustará leerlo.

—Mira, te digo que no quiero que la cría tenga problemas, ¡solo nos faltaba eso! Y por cierto, ¿cómo sabes tú lo que dice la carta?

Consolación empezó a ponerse nerviosa, Tina se había dado cuenta de que la había leído.

—No, mujer, yo... me lo imagino. Como la niña ha dicho que se habían enamorado, pues qué quieres que ponga, mujer, cosas de novios. Yo qué voy a leer, ¿cómo voy a hacer eso?

—Bueno, no te creo nada, eres una mentirosa y una cotilla. Y como le des la carta, te corto los dedos, que lo sepas.

—Vale, mujer, como tú digas. ¡Aunque no sé por qué siempre hay que hacer lo que a ti te dé la gana!

La negativa de Tina a entregarle la carta se explicaba simplemente porque no sabía dónde estaba. Tan bien la había guardado que cuando fue a buscarla no fue capaz de encontrarla. En realidad, Consolación tenía razón: estando el muchacho muerto, no había ningún problema en que la cría la leyera. Sin embargo, como era demasiado orgullosa para admitir que la había extraviado, buscó la excusa más convincente posible.

Justo en ese momento, Inés, que acababa de despedir a Paquita, se presentó en la cocina de improviso.

—¿Se puede saber por qué discutís esta vez?

—Por nada —contestó rápidamente Tina.

—Eso, de nada, de nada —la secundó Consolación—. Que hoy le ha quedado la carne muy salada, le estaba diciendo, y ella que no. Ya sabes, niña, que esta mujer siempre quiere tener la razón.

—Pues no es por darle la razón, pero a mí me ha parecido que estaba muy rica. Para nada la encontré salada. Ah, por cierto, que os invito a comer un corte de nata de Regma esta tarde, ¿qué os parece?

—Pues muchas gracias, hija, nos parece muy bien —dijo Tina—. Pero me parecería mejor que fueras con alguna amiga a pasear. La gente joven tiene que estar con los de su edad y no con dos viejas como nosotras. Ponte guapa, coge el vestido ese rojo que te queda tan justito y tan bien te sienta, los zapatos de aguja, píntate los labios y sal a divertirte y a buscar un novio, que seguro que te irá de maravilla que alguno te diga al oído lo guapa que estás y lo bien que hueles.

—Pero ¿será posible que aún no me hayas entendido? ¡Que no quiero novio, Tina! —Inés guardó silencio unos segundos para serenarse, y cuando lo consiguió, dijo—: ¿Vamos a tomar el helado esta tarde o no vamos?

—Venga, pues vamos a por el helado —contestó Tina resignada.

35

Agosto comenzó lluvioso. Después de tres días de incesante pero leve lluvia, el comentario en la ciudad era que, de seguir así, el verano terminaría pronto aquel año. Pero, por suerte, el sol lució de nuevo con fuerza y la vida estival volvió a la ciudad. Las calles se llenaron de gentes alegres que disfrutaban de la brisa del mar y de las romerías y verbenas que se celebraban en los barrios. Pero Inés estaba triste, la habían invadido la nostalgia y la pena; no conseguía quitarse de la cabeza a Roque, le costaba pensar que estuviera muerto. Era extraño lo que le estaba pasando, algo dentro de su corazón le decía que seguía vivo y que en cualquier momento recibiría noticias de él.

Consolación, como cada domingo, se arregló para ir a misa. Inés, al ver que se estaba preparando, le pidió que esperara, no tenía otra cosa mejor que hacer y la acompañaría a la iglesia, luego darían un paseo por el muelle y comprarían unos pastelitos en Frypsia para después de comer; era el cumpleaños de Tina y esta pensaba que las mujeres se habían olvidado. Ambas se pusieron de acuerdo para darle una pequeña sorpresa: además de los dulces, le tenían preparado un regalo que Inés había comprado para ella y que sabía que le iba a gustar mucho.

Las dos salieron de Santa Lucía comentando lo inusual que había sido que don Dionisio no hubiera dado la misa; quizá el hombre se había puesto enfermo, tal vez algún familiar, o había ocurrido cualquier otro contratiempo, pero desde luego no era normal, pues jamás había dejado de oficiar una homilía desde su llegada a la parroquia.

Consolación no quiso quedarse con la duda y entró de nuevo en busca del párroco que había oficiado ese día.

—Buenos días, padre. No quiero molestar, pero ¿me puede decir si el padre Dionisio se encuentra bien?

—Sí, señora, se encuentra perfectamente, está atendiendo a un familiar hospitalizado.

—Espero que no sea nada y pronto vuelva con nosotros, se le echa en falta. Perdón, no quiero decir con esto que su oficio no haya estado a la altura, ¡por supuesto que sí! Perdone, pero no sé explicarme mejor. Buenos días.

—Espere, señora, dígame su nombre, seguro que al padre Dionisio le gustará saber que se preocupan por él. Y tranquila, entiendo perfectamente que echen en falta a su párroco, es un motivo de orgullo, no solo para él sino para todo el clero, saber que es tan apreciado y querido.

Consolación, como no podía ser de otro modo, le dijo su nombre al sacerdote y volvió al encuentro de Inés, que esperaba fuera.

La muchacha hablaba en la puerta con una antigua compañera de la Escuela de Maestras. La mujer llevaba un bebé de apenas tres meses en el cochecito e iba del brazo de un hombre joven y bien parecido. Al ver salir a Consolación, se despidió de ellos y fue a recibirla al pie de las escaleras.

—¿Quiénes son, *niñuca*?

—Es una compañera de clase. Tiene una cría preciosa, gordita y con unos papos que dan ganas de achucharla.

—Niña, ¿por qué no buscas un hombre que te haga feliz? —insistió Consolación—. Eres guapísima, ¿no ves que todos los chicos se vuelven a mirarte cuando pasas? No me gusta verte sola, tengo la sensación de que te vas a quedar soltera y tampoco es eso. Tener un hombre al lado no quiere decir que vayas a depender de nadie, te aportaría alegría y sobre todo compañía, porque ni Tina ni yo vamos a estar toda la vida. Y es bueno que tengas hijos también; yo no los tuve y los echo muchísimo de menos. No quiero ser pesada ni que pienses que me meto en tus cosas, solo quiero que seas feliz, quiero verte reír y pasártelo bien con las amigas, quiero que te pongas guapa y que vayas a bailar como hacen todas las muchachas. ¿Qué te pasa? Tengo la sensación de que hay un sufrimiento en ti que te hace sentir culpable, y tú misma te lo haces pagar con la soledad y la tristeza. Sea lo que sea que tengas en las entrañas, sácalo, niña, y vive, que esto son dos días y bastante hemos pasado ya. —Hizo una pequeña pausa—. De todos modos, hagas lo que hagas, me tendrás siempre porque eres una muchacha buena que lo único que se merece es ser feliz. Rezo cada día para que lo seas, lo haré siempre. Prométeme que vas a buscar la felicidad. Sé valiente. Que la suerte te haya esquivado una vez no quiere decir que nunca la vayas a tener. Estoy convencida de que hay en algún lugar de este mundo un hombre que está buscándote, ve tú a por él. Luce ese cuerpo y esa cara, camina con la cabeza alta y siéntete orgullosa de lo que eres porque lo mereces como pocas personas, o más, porque tú eres maravillosa. Y que conste que no lo digo porque seas la niña de mis ojos, que también.

—Conso, ¡cómo te quiero! Quizá no lo creas, pero me encanta que me digas esas cosas, aunque sea con esa manera atropellada con la que acostumbras a hablar. Tienes razón en todo, pero ahora mismo no tengo ganas de nada. Sí, algo me está pasando porque esta tristeza que arrastro no acaba de quitárseme. Me enamoré como una tonta, Conso, me enamoré de verdad. Le quería tanto y me ha dejado tan sola que tengo que asimilar lo que ha pasado. Imagino que el tiempo, que lo cura todo, también me quitará la pena. Pero hay que dejar pasar el tiempo. Mientras, tengo la gran suerte de tener a mi lado a dos grandísimas mujeres, Tina y tú. Os quiero mucho, sois mi apoyo y mi familia.

Las palabras de Consolación le hicieron pensar. Juró levantar la cabeza y seguir los consejos que la mujer le había dado, aunque le pesaba como una losa el luto que sentía su corazón por la pérdida del que había sido su gran amor.

Unos días más tarde, Inés recibió carta de su cuñada. Gema le contaba que ya se habían establecido en París. Vivían en un piso que aunque quedaba alejado del centro, estaba en un barrio acogedor que contaba con todos los servicios. La niña había comenzado a andar, estaba alegre y era muy cariñosa y buena. Su cuñada volvía a agradecerle que hubiera pensado en ella para criarla, era el mayor y mejor regalo que nadie le había hecho nunca. Le hablaba de la grandeza de la ciudad, de sus bellos edificios, de las luces de la torre Eiffel, de lo bonito que era Montmartre, con los pintores dibujando la vida en la calle. Habían encontrado también a muchos españoles con los que habían hecho amistad y que les estaban ayudando en las cosas básicas del día a día. Le comentaba que el trabajo de su hermano estaba muy bien y tenía un sueldo que les iba a permitir vivir tranquilamente. Además, ella también tenía trabajo en una casa; se ocupaba de una señora mayor que le permitía llevarse a la niña, de lo contrario no hubiera sido posible. Lógicamente, la animaba a que fuera a vivir con ellos, ella estaba segura de que allí encontraría un trabajo.

Inés dobló el papel y miró la foto que le había mandado su cuñada. En ella aparecían los tres retratados con la imagen de la bella Notre-Dame a su espalda. La besó y la colocó en una esquina del espejo de su habitación. La niña estaba muy guapa y las caras de todos reflejaban sin duda alegría.

Hacía rato que había oído sonar el timbre de la puerta. Se acercó a la salita y allí estaba charlando Consolación con don Dionisio, de modo que no los interrumpió.

La mujer no tardó mucho en acudir a su habitación tras despedirse del sacerdote.

—Niña, me gustaría contarte una cosa —dijo—, pero no quiero que te enfades conmigo, ya sabes cómo soy, pero es que te quiero tanto...

—Dime, Conso, ¿qué te pasa?

—Mira, ha venido don Dionisio, el cura de Santa Lucía, como ya sabes. Bueno, el caso es que el otro día se me ocurrió ir a pedirle que si me podía hacer el favor de ayudarte a encontrar un colegio donde poder dar clase, le dije que tú estabas muy preparada y que además habías estado en Mogrovejo todo el curso pasado y que los niños, quiero decir, las niñas te querían mucho y que como has vuelto y no encuentras dónde dar clase pues igual él conoce a alguien que te pueda ayudar. ¡Vete a ver! ¡Lo mismo en alguna familia de postín que necesite una maestra para los niños! Bueno, que le dije que si sabía de algo para ti.

—Jolín, Consolación, ¿no puedes ser más breve? ¡Mira que hablas! Ve al grano, por favor, que eso ya me lo contaste el otro día, ¿o es que no te acuerdas?

—Sí, sí, a ver... El caso es que ha venido a decirme que sabe de algo, pero claro, le he dicho que no, porque está muy lejos y no tienes tú necesidad de irte tan lejos. Además, no te veo yo en las misiones.

—¿En las misiones? Pero ¿qué te ha propuesto ese cura?, ¿que me meta a monja?

—¡No, hija, no! ¿Cómo...? Bueno, algo así me ha dicho al principio, pero yo le he dicho que de eso nada, que tú de monja ni hablar. Que te querías casar y tener hijos. ¡Que no!

—Entonces ¿qué te ha dicho? A poder ser, dímelo con las menos palabras posibles.

—Pues eso... que hay colegios en Venezuela que llevan las mujeres de Acción Católica donde necesitan maestras. Pero tú tranquila, que ya le he dicho que no.

—Mira, Conso, precisamente ahora es cuando necesito que me des más explicaciones.

—Qué no, no es nada.

Justo en ese momento llegó Tina de la calle.

—¡Qué pasa en esta casa! —exclamó—. ¿No hay nadie o qué? Me voy unas horas y esto se queda desierto. Vaya dos están hechas estas.

—¡Tina, estamos aquí, en mi habitación! —grito Inés.

—¿Quiénes estáis? ¿Consolación y tú? —preguntó mientras iba por el pasillo, y justo después asomó por la puerta del dormitorio—. ¿Qué hacéis las dos ahí, sentadas en la cama? Conspirando contra mí, seguro.

—Sí, claro, como eres la mujer más importante del mundo... —replicó Consolación.

—Tú calla, anda. Bueno, ¿qué pasa aquí?

Inés se puso en pie casi de un salto y con una sonrisa dijo:

—¡He encontrado trabajo!

—Pero ¡qué alegría! —gritó Tina—. Si ya sabía yo que una maestra tan buena como tú no podía quedarse sin trabajar. Qué bien, *niñuca*. ¿Y a qué colegio te han mandado?

—Bueno, aún no lo sé, pero posiblemente será en Venezuela. Claro, que tengo que hablar con las mujeres de Acción Católica. El padre Dionisio le ha dicho a Consolación que hable yo con ellas, que seguro estarán encantadas. Aún no tengo todos los detalles, pero mañana te los cuento. Ahora solo me falta que Consolación, que es la que me ha conseguido este trabajo, me diga dónde tengo que ir para ponerme en marcha.

Consolación no daba crédito a lo que estaba escuchando. No podía imaginar que Inés quisiera irse tan lejos, ¡como si Venezuela estuviera a un paso de distancia! Iban a perder a la niña por su culpa, por ser una entrometida.

Tina, como no podía ser de otro modo, puso el grito en el cielo, reprochándole a Consolación lo que había hecho. La discusión empezó por todo lo alto.

Inés las dejó riñendo, se puso los zapatos y salió en dirección a la iglesia de Santa Lucía para hablar personalmente con el cura.

Después del encuentro, la maestra ya tenía todos los datos que necesitaba. Al día siguiente hablaría con la gente de Acción Católica. Tenía dinero suficiente para el pasaje a

Venezuela e iría en compañía del padre Paulino, que también debía viajar hasta allí en fechas próximas.

Había llegado el momento de abrirse al mundo, de ir en busca de aventuras, de conocerse a sí misma y de saber de una vez por todas de lo que era capaz.

36

Roque cada día estaba más contento con su nueva vida. Sin darse cuenta se había hecho con la finca. Poco a poco había ido aprendiendo muchas cosas sobre el cultivo del café, aunque le quedaban otras tantas por saber, pero para eso ya estaban los capataces, que eran muy eficientes. Le apasionaba también el cacao, nunca había pensado que esa planta fuera tan hermosa como su fruto. Lo que llevaba peor era que por los alrededores hubiera tan poca gente con la que socializar. En Carora sí que había más movimiento y visitaba la ciudad alguna que otra vez. Sin embargo, estaba acostumbrado a la vida en su pueblo, donde todo el mundo se conocía, hablaba con unos y con otros, a cualquier sitio al que iba todos sabían quién era y de dónde venía; en cambio, allí no conocía a nadie, creía que la gente se escondía, aunque lo que realmente hacían era trabajar.

Ahora tenía una vida que en realidad no le pertenecía, de la que no sabía nada más que aquello que iba escuchando de boca de la gente que trabajaba en su casa y de otros que se arrimaban a él, bien por curiosidad, bien por interés. Había ido tejiendo su propia tela de araña y en ella había atrapado cualquier cosa que llegaba hasta sus oídos sobre el suegro de don Manuel como si del suyo se tratara. A veces tenía la sensación de despertarse siendo otra persona, y realmente era lo que había pasado: ya no era Roque sino Manuel, y por su bien tendría que acostumbrarse lo antes posible.

Las únicas personas con las que había hecho cierta amistad eran los dueños de la hacienda Margarita. Tenía muy buena relación con ellos desde aquel día que le mandó a Piedad preparar la torta. Pensó en llegar a lomos de su caballo, pero cuando la cocinera le entregó el bienmesabe se dio cuenta de que era imposible llevarla sin que se le cayera por el camino.

La casa era muy parecida a la suya, como todas las de la zona; la única diferencia era que las paredes que rodeaban el patio central estaban pintadas de un tono azul que llamó su atención. El capataz de la finca salió a recibirle enseguida, pues Santos le había puesto sobre aviso de la visita de su patrón.

—Buenos días, don Manuel, soy Isidro, el capataz de La Margarita. Por favor, pase, don Genaro le espera en el salón azul.

«Curioso —pensó Roque—, también tienen un salón azul.»

—Buenos días, encantado —dijo—. Ya me ha hablado de ti Santos y, por cierto, me ha dicho que eres muy bueno con el cacao. Me gustaría ir contigo un día de estos a ver vuestra finca, por supuesto, si tu patrón no tiene inconveniente, claro está.

El hombre no contestó, pues le pareció muy atrevida su actitud.

Caminaron bajo los arcos hasta llegar a una de las puertas justo en una esquina de la casa. Allí, un hombre de unos cincuenta años le esperaba sentado en un gran sillón de piel marrón. Al verle aparecer, se puso en pie.

—Muy buenos días, querido vecino —lo saludó don Genaro—, cuánto honor disfrutar de su compañía. Pase, por favor. ¿Quiere tomar algo? Es buena hora para un café, realmente siempre es buena hora para eso. ¿O quizá prefiera otra cosa? ¿Un ponche tal vez? Está delicioso, me lo trae un compadre de toda la vida, estudiamos juntos en Caracas.

—Muchas gracias —dijo Roque—, le agradezco el ofrecimiento, pero en este momento no me apetece nada, tengo el estómago algo revuelto desde hace días.

—Vaya, espero que se reponga pronto. Me alegra mucho tenerle en mi casa, don Manuel, aunque la verdad es que debería haber sido yo quien fuera a la suya a saludarle. No me he portado como un buen vecino, ya me pude perdonar.

—No importa, don Genaro. Les he traído una torta que ha preparado mi cocinera. Según dice, es la mejor confitera de todo el estado de Lara.

—Sí, querido amigo, así es. Piedad es la mejor. He tenido ocasión de probar sus guisos en muchas ocasiones y son ciertamente deliciosos. Antes, cuando vivía su querido suegro, disfruté de esas comidas y, cómo no, de su bienmesabe, mejorcito que el de la negra Contemplación.

—¡Vaya! Pues casualmente esa ha sido la torta que ha preparado, espero que la disfruten.

—¡Qué alegría! Permítame que vaya a avisar a mi esposa, seguro que quiere saludarle.

—No la moleste, no es mi intención interferir en los quehaceres de su esposa.

—No, no, ¿qué quehaceres? Las mujeres, amigo mío, solo están ocupadas cuando van de compras o están acicalándose.

Don Genaro tocó una campanilla que tenía encima de la mesita y en un instante apareció una joven con un delantal blanco como la nieve y una larga trenza negra que caía sobre su espalda.

—Avise a doña María y... a la señorita Paula también.

—Sí, señor, ahorita mismo les digo.

Los dos hombres continuaron la conversación. Ante la insistencia de don Genaro, Roque tuvo que tomarse un ponche que le resultó demasiado dulce para su paladar, nada tenía que ver con el orujo de su tierra. Eso sí que le hubiera gustado, ¡un buen orujo!

—Entonces, don Genaro...

—Por favor, ¿y si apeamos el don y el usted? Total, entre iguales no hay lugar para ello, ¿no le parece?

—Por supuesto, era por una cuestión de educación, pero si lo prefiere así, por mí de acuerdo. Como decía, Genaro, tienes una fábrica de chocolate, ¿verdad? Según tengo entendido, mi cacao va destinado a su producción, lo cual me parece muy bien. Me gustaría saber qué tal es la calidad de mi producto. Debes entender que mi desconocimiento tanto del café como del cacao es muy grande, por mucho que mi suegro me pusiera al tanto de todo. Casi se podría decir que no tengo ni idea de su cultivo y producción, por eso me gustaría saber tu opinión.

—Sí, así es. Mi fábrica de chocolate fue un gran acierto que pude poner en marcha con la ayuda de este Gobierno.

A nuestro presidente le importa mucho la producción de café y su objetivo es que vuelva a ser lo era, aunque ahora el petróleo manda y se ha convertido en el nuevo oro de este país. Pero el café, amigo mío, es fundamental, y el cacao por supuesto que también. ¿A ti qué te parece la Junta Militar que nos gobierna?

—Pues la verdad es que no estoy muy al día, supongo que tendré que informarme sobre ello. Ya puedes disculpar mi ignorancia.

—Bueno, yo te explico, así te vas poniendo un poco al día. El 27 de noviembre del año pasado, después de largas deliberaciones, el alto mando militar decidió nombrar al civil Germán Suárez Flamerich como presidente de la Junta, pero afortunadamente mantuvo a Marcos Pérez Jiménez y a Luis Felipe Llovera Páez en sus cargos. Yo creo que en breve tendremos de presidente a mi querido Pérez Jiménez, un gran hombre de Estado y de honor.

Roque tenía muy claro lo que pensaba sobre la situación política de Venezuela. Durante su viaje tuvo tiempo de charlar con don Manuel, y aunque el hombre era reacio a entrar en temas políticos, entendió que el joven veterinario debía conocer algunos detalles del país que iba a ser su nuevo hogar, así que le dio la visión que necesitaba sobre la política venezolana en ese momento, que se dirigía inexorablemente hacia una dictadura.

Mientras los hombres charlaban, entraron las dos mujeres a las que ya hacía un buen rato que esperaban.

Doña María era una señora de mediana edad, alta y con una figura impecable. Llevaba el pelo negro como el azabache recogido en un moño bajo y una falda negra con una camisa gris que le confería mucha seriedad pero, a la vez, elegancia. A su lado se encontraba la joven Paula. La chica tenía la misma altura que su madre y, al igual que esta, era esbelta. Su larga melena era de color castaño y sus ojos tenían un tono caprichoso: parecían grises y luego azules. Llevaba un vestido vaporoso de color salmón con una manga corta un poco abombada, y a diferencia de su madre, que calzaba unos zapatos de tacón alto, ella llevaba los pies casi desnudos en unas sandalias del mismo color que el lazo que lucía en el pelo.

Las dos entraron sonriendo y doña María tomó la palabra dirigiéndose a Roque:

—Muy buenos días, ¡qué ganas teníamos de conocerle! Hemos oído hablar tanto a su suegro de usted que no veíamos el momento de tenerle delante. Por cierto, lamento profundamente su pérdida, era un caballero, un señor de los pies a la cabeza, nos ayudó tanto que nunca dejaremos de agradecer lo que hizo por nosotros, ¿verdad, querido?

—Por supuesto, ya se lo he comentado a Manuel. Bueno, amigo, esta bella niña es nuestra hija Paula. Ha estado estudiando en Caracas, pero ahora que ha terminado sus estudios hemos decidido que mejor que en casa no estará en ningún lugar.

La chica, lo mismo que su madre, se acercó a Roque y le tendió una mano en señal de saludo. Él se levantó y les correspondió el gesto a ambas. El silencio por un momento llenó el salón y fue doña María de nuevo quien lo rompió:

—Bueno, ¿y cómo ha encontrado las tierras?, ¿qué le han parecido la casa y la hacienda?

—Pues la verdad es que estoy muy contento —respondió Roque—. Le aseguro que lo que he encontrado nada tiene que ver con la idea que me había formado antes de venir. Todo esto es nuevo para mí y tengo mucho que aprender, claro que sí, pero espero que el tiempo y mis trabajadores me ayuden, y, por supuesto, me gustaría contar con el apoyo y el buen hacer de Genaro, su marido sería el instructor perfecto en el camino que me queda por recorrer.

Paula se había sentado a la derecha de Roque y apenas movía un músculo. Era una chica callada, se la notaba retraída y tenía un toque de tristeza en los ojos que le llamaba la atención.

—En fin, no quiero molestarles más, es buena hora y me esperan para comer —se excusó Roque—. Ha sido un placer conocerlos. Por cierto, tengo intención de dar una fiesta por mi llegada, pero no sé muy bien a quién debo invitar. Me gustaría, doña María, que me ayudara con esto, si es posible, claro está, no es mi intención interferir en sus quehaceres diarios.

—¿Una fiesta? ¡Qué maravilla! —exclamó la mujer—. Hace tiempo que no celebramos una. Verá, como bien dice, yo estoy un poco ocupada, tengo en la ciudad asuntos que requieren mucho de mi tiempo. Intentaré ayudarle, aunque no puedo prometerle nada. Un momento... Igual la persona más adecuada sea nuestra hija Paula, ella estará encantada de colaborar, siempre que a usted no le moleste, claro, quizá su esposa...

—¿Mi esposa? —dijo Roque sorprendido—. Soy viudo, pensé que ustedes lo sabían. Mi querida mujer falleció hace un año.

—Pero ¡qué tonta! Por supuesto. Su suegro nos escribió y nos lo dijo. No sé en qué estaría pensando, discúlpeme.

—No pasa nada. Me parece estupendo que la señorita Paula me ayude. Si le va bien, pasado mañana podemos empezar. Mañana no puedo, voy a ir con Orlando a ver los cacaoteros y estaré todo el día en aquella zona.

—Por mí, perfecto —dijo la muchacha—. Pasado mañana iré a La Salud. Si le parece bien, sobre las cuatro de la tarde.

Acordaron la hora y Roque se despidió. Cuando salió del salón, Paula, sin decir ni una palabra, se retiró a su habitación. No le había gustado lo que su madre había hecho, no conocía de nada a ese hombre y, además, no tenía ganas de fiestas y mucho menos de preparar una. La razón por la que la joven había regresado de Caracas no había sido porque sus estudios hubieran terminado, sino porque se había enamorado del chico que cuidaba los jardines de la residencia de estudiantes. Cuando doña María y don Genaro se enteraron, intentaron persuadirla para que dejara esa relación que nada le aportaba, ya que ese hombre no pertenecía a su clase. Como la chica no quiso seguir los consejos de su madre, esta mandó que fueran a buscarla a la residencia antes de que la historia fuera a más.

En cuanto doña María y don Genaro se quedaron solos, hablaron en susurros:

—Querida, tengo que reconocer que has estado muy rápida al contestar sobre la fiesta, ha sido una idea estupenda. Creo que Manuel puede ser la solución a nuestros problemas. Si conseguimos que se case con la niña...

—Querido, menos mal que estoy en todo. Desde que supe que había venido lo tenía en mente, cosa que tú seguramente no habías ni pensado. Ahora solo queda que tu hija, que es cabezota como ella sola, entre en el juego. De momento no vamos a decir nada, ni tan siquiera lo insinuaremos. Si Paula se da cuenta de nuestras intenciones, seguro que se pone en nuestra contra. Dejemos que la cosa fluya.

Cuando Roque llegó a la hacienda, entró directo al salón; era la hora de comer y estaba hambriento. Sentado a la mesa esperaba Juanjo.

—¿De dónde vienes, amigo? No te he visto en toda la mañana. Bueno, más bien... llevas varios días que no se te ve el pelo.

—Eso será porque quien no está nunca por aquí eres tú —replicó Roque—. Mira, no tengo ningún inconveniente en que te quedes en la finca, pero creo que ya es hora de que comiences a trabajar, que de tareas por hacer aquí andamos sobrados. No me parece normal que estés todo el día de paseo, no es bueno para los demás trabajadores de la hacienda que te vean todos los días dando vueltas con las manos en los bolsillos.

—Ya, igual no está bien, pero de momento es lo que hay. Mira... Manuel, hay cosas en la vida que nunca deben salir a la luz, ¿verdad? Entonces entenderás que trabaje cuando me venga bien, porque yo soy un invitado tuyo, ¿no? Entonces... vamos a dejar las cosas como están. ¿Te parece bien?

—¿A qué viene eso ahora? ¡Serás mezquino! Nunca pensé que me harías semejante faena. —Roque estaba sinceramente irritado—. Mira, puedes seguir en la finca, pero con lo que acabas de decir no esperes que vuelva a tratarte como a un amigo. Si quieres tenerme acongojado bajo amenaza de delatarme, de acuerdo, sigue así, pero ya te aburrirás.

—Pues tienes razón, seguiré con mi vida. Últimamente estoy muy ocupado con una señorita que me tiene muy, pero que muy encandilado, y este asunto me está llevando muchísimo tiempo. —Sonrió—. ¿Comemos? Hoy nos han preparado un guiso que olía de maravilla.

Roque se había equivocado con Juanjo, confió al contarle algo que tendría que haber quedado solo para él. Ahora se encontraba atado de pies y manos y sin posibilidad de soltar las cuerdas que aquel apretaba. Confiaba en que se aburriera, pero no iba a ser así; era muy cómodo vivir tranquilamente al amparo de otros sin problemas ni apuros. No le quedaba más remedio que aceptar su chantaje. Pero, desde luego, la confianza en él ya la había perdido y jamás volvería a recuperarla. Advertiría a su personal sobre quién era la persona que daba las órdenes en la casa y les recordaría que Juanjo era un simple invitado, que allí solamente mandaba él.

Durante la comida, Juanjo hablaba como si nada hubiera pasado, como si no acabara de chantajear a un amigo que le estaba regalando una vida tan cómoda. Roque, por su parte, no escuchaba lo que le decía y cuando terminó de comer, se levantó y se metió en su despacho sin despedirse. Desde ese día las cosas entre ellos ya no serían igual.

Paula se presentó en la hacienda a la hora indicada. Lucía la acompañó hasta el salón y le pidió que esperara, el señor no tardaría mucho en acompañarla; antes le ofreció algo de beber y la joven aceptó.

Lucía corrió a la cocina después de avisar al patrón de que la visita que esperaba había llegado.

—Doña Piedad, doña Piedad —dijo exaltada—. Menuda visita tenemos, ¡madre mía!

—¿Qué pasa, niña? ¿Quién llegó?

—La señorita Paula está en el salón. ¡No me lo puedo creer, qué desfachatez!

—¡Qué dices, niña! Diosito, si el señor levantara la cabeza, volvería a meterla bajo tierra. ¿Cómo va a ser posible eso?

Isabela entró en la cocina.

—Sí, mamita, está en el saloncito —le confirmó—. Toda compuesta con un vestido bellísimo que más lo quisiera yo para mí.

—¿Y a qué vino, pues?

—No lo sé —respondió Lucía—, pero, ¿sabe, doñita?, me da la sensación de que el bienmesabe que hizo el otro día fue a parar a la hacienda Margarita.

—¡No, no me digas eso! —exclamó la mujer—. Y si es así, yo misma hablaré con el patrón. Él no sabe lo que pasó en esta casa y estos lo que buscan es embaucarle en alguno de sus líos. Pero yo platicaré con él. ¡Vaya que sí!

—Pero no creo que tengamos que entrometernos en sus cosas. No sabemos qué piensa y a nosotras no nos importa lo que hagan. No, doñita, usted calle, que será mucho mejor.

—Bueno, ya veré. El patrón seguro que no está al caso del desencuentro que su suegro tenía con el señor Genaro. Ese hombre hizo mucho daño a mi señora, la pobre murió apenada por su culpa. El patrón es un hombre bueno y creo que debe saber lo que ocurrió hace años.

—Mamita, yo nunca escuché lo que pasó —dijo Isabela—. ¿Por qué no me cuenta el chisme de una vez?

—Calla y ve a la *chamba*, que se hace de noche y aún no has comenzado.

Justo entonces entró Santos en la cocina.

—¡Qué pasa aquí! ¡Qué *bululú* es este!

—Santos, en el saloncito está la joven Paula, la hija de La Margarita. Ha venido a ver al señor Manuel.

—Yo sé, yo sé que anda en el salón. ¿Dónde cree doñita que fue a parar su bienmesabe *antier*?

—¡Acabáramos! Virgencita de Coromoto, mi Divina Pastora de las Almas, Virgen de Chiquinquirá, Virgen de Betania, Virgencita de la Paz...

—¡Por Dios, doñita, deje de bajar santas, que nos va a llenar la cocina! No se preocupe, mujer, el patrón sabe muy bien lo que hace, es un hombre cabal. No sean *metiches*.

Las mujeres no contestaron y se pusieron a trabajar. Santos era su jefe y sus palabras siempre eran respetadas, pero Piedad no se quedó convencida.

Mientras tanto, Paula esperaba a que don Manuel apareciera. Pero la casualidad quiso que antes Juanjo pasara por allí y se fijara en la muchacha.

—Buenos días, señorita, cuánta belleza en esta casa.

—¿Qué hace usted aquí?

—Esta es mi casa. Vivo aquí. La pregunta es: ¿qué hace usted en mi casa?

En ese momento Roque entró en el salón.

—Señorita Paula, bienvenida a mi casa. Le presento a Juan José Lavín Calvo, un amigo que está aquí de visita.

—La señorita y yo nos conocemos, hemos coincidido en la ciudad en alguna ocasión —dijo Juanjo.

—Estupendo, pues si no te importa, la señorita Paula y

yo tenemos cosas que hacer y seguro que tú también tienes algo por ahí pendiente.

—Pues la verdad es que no, no tengo nada que hacer en este momento, estaría encantado de acompañaros, aunque solo sea por admirar a esta bella damita.

—Bueno, este es un asunto nuestro, una sorpresa. Y ya que no quieres irte, tendré que pedirte que nos dejes a solas.

—Bueno, Paula, pues nos tendremos que ver en otra ocasión porque al parecer a mi buen amigo Manuel parece que no le interesa que esté yo presente, y tampoco es cuestión de molestar. Buenos días.

Juanjo salió molesto de la sala. Era cierto que él había conocido a Paula una tarde en la ciudad. Coincidieron en una tienda, ella iba a comprar unas telas y él, un sombrero. La persiguió por el local hasta que consiguió hablar con ella y que aceptara una cita para al día siguiente. No solo se conocían de un día, pues quedaron en varias ocasiones más. Juanjo se había informado de quién era aquella joven y se había empeñado en enamorarla, no porque le gustase especialmente, sino porque sabía que venía de una de las mejores familias del estado de Lara. Le había costado un poco que la chica accediera a quedar con él, pero al fin cedió y su relación parecía que iba bien. Él utilizaba todas sus armas para conquistarla y ella se dejaba querer.

Sentados en el salón, Paula y Roque hablaban sobre la fiesta que este quería celebrar. La chica le indicaba que igual era mejor dejarla para un poco más adelante, cuando la época de lluvias hubiera pasado y la cosecha estuviese próxima, justo cuando más gente había en la ciudad ya que muchas de las familias vivían en Caracas gran parte del año y regresaban a sus fincas para cosechar. A Roque le pareció bien la propuesta de Paula; después de todo, lo de la fiesta fue algo que se le ocurrió en aquel momento solo para entablar relación con sus vecinos. Él solo quería conocer a gente. La fiesta en realidad no le hacía nada de gracia, y la joven Paula, aunque no estaba mal, tampoco le quitaba el sueño. De momento seguirían con los preparativos y ya se iría viendo si al final se celebraba o no.

Pasaron un par de horas hablando de los posibles invitados. Roque mostraba una atención totalmente forzada ya que el tema no le interesaba en absoluto, y ella, mientras, hablaba sin parar. La tarde fue cayendo y la chica se despidió de Roque, quien no se atrevió a invitarla a cenar; sin embargo, sí se ofreció amablemente a acompañarla hasta el coche, que la esperaba fuera.

Juanjo, que estaba atento al momento en que la joven salía de la casa, abandonó su habitación y bajó al despacho, donde estaba Roque.

—Bueno, ¿qué os traéis entre manos la chica y tú? —le preguntó—. Te diré que había puesto mis ojos en Paula y no me gustaría que te entrometieras, porque quiero que sea mi novia. Ella aún no lo sabe, pero me voy a casar con ella.

—Estupendo, por mí no te preocupes, no tengo ningún interés en ella —repuso Roque—. Me parece una chica adorable, pero, como te digo, por mi parte no vas a tener ningún tipo de impedimento. Estaré encantado de asistir a tu boda, si es que me invitas.

Dicho esto, se dio la vuelta, cogió su sombrero y salió de la casa. Fuera ya le esperaba un mozo sujetando su caballo. Roque montó y salió al trote en busca de su capataz. Aún tenía mucho que enseñarle del cultivo del café.

37

Todo estaba preparado para la partida, las maletas hechas y apoyadas contra la pared esperando a ser cargadas. Había llegado el día, pero Inés tenía sentimientos encontrados. Por un lado, sentía el miedo a lo desconocido, a la distancia, a la diferencia cultural, a tantas cosas que se le escapaban por desconocimiento y que no podía enumerar. Aun así, su corazón estaba alegre, tenía una sensación que no sabía cómo explicar. A su cabeza acudía una y otra vez el nombre de Roque; era como si fuera en su busca, como si en aquellas tierras lejanas y tantas veces nombradas por la pareja fuera a encontrarse con el hombre que la había enamorado y que allí iban a hacer realidad ese sueño que tantas veces tuvieron. Pero la razón le repetía una y otra vez que eso no era posible, que aquel hombre había muerto hacía casi un año y que nunca más lo volvería a ver.

Se paró un momento a pensar por qué desde pequeña había querido salir corriendo de su tierra. Ni ella misma era capaz de entender el motivo. Llevaba años escapando de algo invisible que no sabía lo que era; tal vez huía de ella misma, pero ¿por qué? Quizá en esas lejanas tierras podría librarse de ese peso que la acompañaba, tal vez su corazón podía volver a vibrar y en algún lugar podría encontrar a alguien con quien compartir la vida, alguien que la llenara de ilusión y la hiciera sonreír cada día.

Sin embargo, lo más inmediato era emprender una gran aventura en la que la soledad volvería a estar a su lado, igual que cuando dejó Escalante para ir a Santander sin saber qué iba a encontrarse, o cuando llegó a Mogrovejo años después. Siempre se marchaba sola y siempre regresaba sola, pero con la satisfacción de haber conocido a personas maravillosas que la habían ayudado y a las que jamás olvidaría. Sobre todo a todas las gentes que conoció en Liébana, en ese adorado Mogrovejo, lugar donde cada mañana se despertaba con el canto del gallo, donde el sonido de las hojas al moverse con el viento era pura música, donde el sol lucía espléndido iluminando los miles de verdes que rodeaban el pueblo y donde jamás olvidaría los montes nevados, las noches oscuras, las mañanas escarchadas y las tardes heladas junto a la lumbre leyendo historias contadas por otros que llenaban de vida y compañía aquella pequeña pero acogedora casa de la maestra. La huella que había quedado en su corazón era tan profunda que ya se sentía una lebaniega más.

Acabó de recoger las cuatro cosas que quedaban, revisó en su bolso que no faltaran los documentos que necesitaba y se acercó a la cocina en busca de Tina y Consolación. Ninguna de las dos había estado presente mientras ella hacía las maletas, ni tan siquiera se habían ofrecido a ayudarla. Sabía que estaban enfadadas por su decisión y que quizá jamás le perdonarían que partiera. Era consciente de su dolor pues no entendían por qué actuaba de esa manera, pero tampoco podía explicárselo porque ni ella misma sabía cuáles eran las razones.

—Bueno, *niñucas* —les dijo—, ha llegado el momento, me voy. ¿No me vais a acompañar?

Tina, que en ese momento remendaba unos calcetines, levantó la vista por encima de las gafas y, mirándola a los ojos, le dijo todo lo que en ese momento sentía:

—¿Sabes algo, *chavaluca*? Te he querido como si fueras hija mía. Llegaste a esta casa como un terremoto y lo cambiaste todo siendo tan chiquilla, incluso me cambiaste a mí. Te abrí mi alma y mi corazón y dejé que entraras en mi vida. Creo que me equivoqué. Aquel día debería haber hecho las maletas y haber salido por esa puerta dejándote aquí sola. Pero no lo hice porque me diste pena. A pesar de tu carácter y del mío, conseguimos formar un equipo y levantar un negocio que estaba hundido, que yo había hundido. Fuiste un soplo de aire limpio para mí. Te he protegido, te he cuidado, te he reñido, te he querido y ahora te odio porque me dejas de nuevo sola como si yo no te importara en absoluto. Eres una egoísta y una desagradecida.

—Bueno, Tina, no te pongas así —terció Consolación—. Hay que entender a la chica: quiere vivir, ver mundo y conocer a otras gentes. No podemos reprocharle nada. Es su vida y tiene derecho a vivirla como crea más conveniente.

—¡Tú cállate, que eres la culpable de todo! ¿Quién te mandó que fueras a hablar con el cura? Esas mujeres de Acción Católica son unas egoístas que solo buscan beneficiarse de los demás y llevarse con ellas a gente joven que les haga el trabajo. Mejor cállate, porque si no te callas, te voy a dar un chuletón que te voy a partir la boca.

Inés se acercó a Tina, se agachó para ponerse a su altura y le cogió las manos.

—Tina, te quiero como si fueras mi madre, te lo he dicho muchas veces. Has hecho por mí todo eso que dices y más. Me he mirado en tu espejo y me has enseñado a ser una mujer libre y luchadora. Aunque no lo creas, has hecho tanto por mí que hoy no sería ni lo que soy ni como soy de no ser por ti. Perdóname, por favor te lo pido. No me odies, no soportaría saber que me odias, necesito tu cariño aunque sea en la distancia, saber que estás a mi lado y que siempre vas a estarlo. Mírame, te lo ruego. —La mujer la miró a los ojos—. Te quiero mucho, madre. Nunca te olvidaré. Te escribiré a menudo, te lo juro, y te prometo que no estaré mucho tiempo fuera. Si me necesitas, escribe y me tendrás aquí, lo prometo.

Las dos mujeres se abrazaron llorando, e Inés por un momento pensó que quizá se estaba equivocando, pero ya era tarde para dar marcha atrás.

—No te preocupes por ella, niña —dijo Consolación—, que yo la voy a cuidar. Vamos, que te acompaño, que si no tú sola no vas a poder con esas dos maletas que tanto has llenado.

Inés se fue de la pensión con el corazón roto. Nunca pensó que Tina le tenía tanto cariño, por mucho que siempre se lo había demostrado, eso sí, a su manera. Desde el primer momento que la vio, supo que tenía un corazón inmenso que encubría su carácter endemoniado, pero en realidad la fuerza se le iba por la boca; tenía el alma limpia.

Cuando Inés llegó al muelle, el padre Paulino la esperaba junto a un grupo numeroso de personas y, por supuesto, la responsable de Acción Católica, que había venido a despedirla y a recomendarle que siguiera las indicaciones del sacerdote. Acompañándolos había dos curas que Inés no conocía, tres monjas y tres hombres más. El padre Paulino le había contado que también viajarían con ellos. Todos charlaban animados, estaban contentos y nerviosos por su partida.

Cuando la maestra se incorporó al grupo una vez hechas las presentaciones, subieron al barco. Inés pensó que quizá aquel fuera el mismo barco donde Roque había muerto, y el corazón se le encogió. No se equivocaba, el *Reina del Pacífico* era el transatlántico que la llevaría al otro lado del mundo, el mismo donde el hombre del que se enamoró viajó rumbo a otra vida.

Por su parte, Tina y Consolación se quedaron muy tristes. Algo en su interior les decía que pasarían muchos años hasta que volvieran a ver a su niña, por mucho que ella les dijera que volvería pronto.

Cuando Consolación regresó a casa desde el puerto, le hizo a Tina un comentario que la dejó inquieta:

—Mañana voy a ir al médico, hace días que tengo mucho dolor en el estómago y me cuesta pasar la comida. Seguramente será por los nervios, pero es que yo creo que he adelgazado, incluso se me cae la falda. La semana pasada tuve que meter la cintura un poco y ahora se me cae otra vez.

—Pero ¿cómo no me has dicho nada, mujer? Iré contigo, que tú a saber lo que entiendes de lo que el médico te diga.

—¡Ni que fuera una tonta! No, mejor que no, porque es a la una y es la hora en que viene la gente hambrienta, hay que preparar la comida y no podemos irnos las dos. Mejor quédate. Seguro que no será nada, me darán algún jarabe y a correr.

—Como quieras, aunque a decir verdad yo también tengo que ir, me gustaría que me miraran la vista, cada vez veo menos.

—¡Pues estamos apañadas, compañera! Vaya par de viejas estamos hechas —soltó Consolación, y ambas se rieron.

Los días en el *Reina del Pacífico* pasaban lentos. Inés se divertía con los niños que viajaban en el barco; se sentaba en las largas mesas del comedor y les enseñaba a contar, a leer o la tabla de multiplicar, según la edad de cada uno. Los familiares estaban agradecidos, pues los chiquillos estaban entretenidos y, además, ellos disponían de más tiempo libre para dar vueltas por la cubierta del barco, jugar a las cartas o simplemente conversar con los compañeros de viaje.

Inés charlaba mucho con las monjas de su grupo; compartían camarote y había descubierto cosas sobre su modo de vida que le llamaban la atención. Pero también se acercó mucho a uno de los chicos que iban con el padre Paulino. Se llamaba Germán. Era un joven alegre y divertido que había nacido en Renedo y viajaba a Venezuela con la ilusión de encontrar a su padre. Su vida no había sido fácil. Cuando su progenitor partió a América, él se quedó con su madre y sus dos hermanos mayores, pero al poco tiempo la mujer falleció y sus hermanos se fueron a trabajar lejos del pueblo. Durante un tiempo estuvo solo sobreviviendo como podía, hasta que una vecina, que era muy buena amiga de su madre, le ayudó dándole comida y lavándole la ropa, y él, a cambio, le echaba una mano con las labores del campo y los animales, segando los prados, ordeñando las vacas y ocupándose del huerto. El cura del pueblo le había cogido mucho cariño al chico y este le hacía de monaguillo todos los domingos y fiestas de guardar. El sacerdote, viendo la situación de Germán, le propuso ingresar en un colegio, y el crío, sabiendo que aquella vecina no iba a estar siempre ahí para atenderle, pues ya era muy mayor y tenía muchos problemas de salud, accedió, aunque no de muy buena gana. Ingresó en el colegio de los padres escolapios en Villacarriedo con apenas diez años y allí estuvo hasta el momento de partir. Terminó sus estudios primarios y a pesar de tener cualidades para pasar a los estudios superiores, no pudo hacerlo por falta de benefactor. Aun así, los curas siguieron ayudándole y le dieron trabajo en el colegio. Allí le enseñaron todo lo necesario para ser un buen jardinero, y además, como era muy habilidoso con otras labores, también se encargaba del mantenimiento del convento.

Quizá por haber vivido situaciones similares de niños, Inés y Germán pasaban las tardes sentados en la cubierta del barco charlando. Ambos habían tenido una vida dura y en algunos momentos encontraban paralelismos: la edad, la falta de una figura materna desde muy pequeños y la soledad que habían sentido en muchas ocasiones a pesar de tener gente que los había cuidado.

Poco a poco su amistad iba creciendo y a medida que pasaban los días su complicidad cada vez era mayor, hasta tal punto que una noche, mientras Inés se preparaba para dormir junto a las hermanas, sor Presentación sacó el tema:

—Oye, Inés, te vemos muy bien con el joven Germán.

La verdad es que es un chico encantador. Vamos, que si yo no fuera monja...

—¡Hermana! Pero ¡cómo se atreve a decir eso! ¡Válgame Dios, que el Señor la perdone por esos malos pensamientos! —exclamó sor Anunciación, que era mucho mayor que las otras tres.

—Hermana Anunciación, que es broma... ¿Cómo voy yo a pensar eso? Pero bueno, Inés, a lo que vamos.

—A ver, hermanas, no sé qué es lo que estarán viendo ustedes, pero yo solo hablo con él, tenemos cosas en común y me gusta pasar un rato charlando sin más.

—Claro, por eso te has puesto tan colorada cuando te hemos preguntado —dijo sor Presentación, y las monjas rieron.

—Me gustaría darte un consejo —dijo esta vez sor Sagrario—, no es que yo de amores sepa mucho y quizá no sea la más indicada, pero bueno, ahí va: como mujer, y además con tres hermanas que he tenido en casa, me gustaría decirte que el chico es un encanto, una muy buena persona; amable, divertido, católico y muy trabajador. Si tú fueras una de mis hermanas, te aconsejaría que le agarrases bien fuerte para que no se pudiera soltar.

—Bueno, estas cosas del corazón a nosotras no nos competen —repuso sor Anunciación—. Nuestro corazón es del Señor y no somos nadie para hablar de cosas así con tanta libertad. Nos debemos a Dios, por tanto, será mejor que nos pongamos a rezar y luego descansemos. Mañana será otro día —concluyó apagando la luz del camarote.

Inés se quedó sin poder contestar a todo lo que habían dicho las monjas, de modo que también se dispuso a dormir. Sin embargo, aquella charla quedó grabada en su men-

428

te y en adelante intentó no estar mucho con Germán, aunque el muchacho la buscaba constantemente.

Con el paso de los días y en vista de que no accedía a estar a solas con él, aprovechando una de las fiestas que habían en el barco, el joven se acercó a Inés, la agarró de la mano y la sacó a bailar. Ella aceptó la invitación con gusto. Se había dado cuenta de que no tenía por qué evitar la compañía del muchacho solo por lo que pudieran decir las monjas. Bailaron y se divirtieron al son de un acordeón que hizo sonar los pasodobles que les traían recuerdos de su tierra. Incansables, los viajeros de tercera clase reían y bebían ajemos al resto del mundo.

De pronto Inés comenzó a sentir cómo el vino le hacía efecto y su cabeza empezaba a darle vueltas.

—Creo que me estoy mareando. ¡Sujétame, que me parece que me voy a caer!

—¿Quieres que subamos a cubierta? Allí te dará bien el aire en la cara y seguro que se te pasará antes.

—Eso estaría bien si consigo subir las escaleras. Vamos.

Una vez arriba, apoyados los dos en la barandilla, observaron durante unos minutos la estela que dejaba el barco iluminada por uno de los focos de popa. Estaban solos y a lo lejos se escuchaba la algarabía y la música del acordeón. Inés sintió un escalofrío y Germán se quitó su desgastada chaqueta para cubrirle la espalda, después posó un brazo sobre el hombro de Inés. Ella instintivamente dejó que su cabeza se apoyara sobre su pecho y se acurrucó contra él. De repente Germán sintió unas ganas inmensas de besarla, de abrazarla fuerte, pero no quiso hacerlo, no era el momento.

En cuanto salió de la consulta del médico, Consolación decidió dar un paseo por la calle Calvo Sotelo. El resultado de los análisis no había sido todo lo bueno que ella hubiera querido. Le volvió a recetar unas pastillas que ya llevaba días tomando y con la cuales no notaba mejoría, pero según le había dicho, tardarían en surtir efecto, por lo tanto no debía preocuparse. Sin embargo, ella seguía encontrándose mal. Aún perdía peso y la comida no le sentaba nada bien. Se detuvo en la plaza del Este y compró lo que Tina le había encargado. Aunque no iba muy cargada, la bolsa le resultaba demasiado pesada, como si llevara piedras que le hacían arrastrar los pies. Cuando notó que su cuerpo apenas podía soportar su propio peso tuvo que sentarse en un banco.

Por suerte para ella, Paquita pasaba por ahí y se paró un rato con ella al notarla decaída.

—Hola, Consolación. ¿Qué te pasa? Tienes mala cara. Voy a casa de mi madre. Si quieres, te acompaño.

La mujer levantó la mirada, agradecida por el detalle. Paquita comprendió que realmente necesitaba su ayuda.

—No te preocupes —le dijo—, cógete de mi brazo y yo llevo la bolsa.

Consolación se agarró al brazo joven y fuerte de la chica y caminó a su lado con dificultad hasta su casa. Cuando llegaron a la puerta de la pensión, Paquita sacó del bolso de Consolación las llaves y abrió la puerta. Entró llamando a Tina a gritos, que salió acelerada de la cocina. Entre las dos llevaron a la mujer hasta la habitación, le quitaron la ropa y la metieron en la cama.

—Te voy a traer un caldo, hace días que no comes en condiciones y lo que tienes es una debilidad que no puedes más.

—No tengo hambre, Tina. Déjalo estar. Voy a dormir un rato y seguro que me recupero. Es que estoy muy cansada. El doctor me ha dicho que tengo mucha anemia. He comprado unas ampollas que me ha recetado, las tengo en el bolso. Acércame una y así la tomo, aunque me dijo que debería de tomarlas antes de desayunar, pero como apenas he comido voy a hacerlo ahora.

La mujer bebió la medicina y se quedó dormida.

Tina entraba y salía de la habitación constantemente, observando a su compañera. Después de dar las comidas y de recoger la cocina, entró en la habitación y se sentó en una silla junto a la cama de Consolación mirando cómo descansaba. Tenía la sensación de que Conso estaba más enferma de lo que ella le había contado. No era ninguna tonta y a la vista estaba cómo se había deteriorado en pocas semanas. Mañana por la mañana se presentaría en la consulta del médico para que le contara lo que su amiga tenía y por qué, en lugar de mejorar, cada día estaba peor.

38

La finca resplandecía de vivos colores. Verdes, blancos y rojos iluminaban la plantación.

Roque caminaba por el cafetal entusiasmado. Las hojas verdes se agarraban a las ramas que soportaban la carga de las bolas de diferentes colores y estas, adornadas además con pequeñas flores blancas, hacían de la planta del café una maravilla digna de admirar, sobre todo para él, que no estaba acostumbrado a semejante estampa.

—¿Qué, patrón? ¿Cómo lo ve?

—Pues la verdad es que estoy sorprendido, Santos. Es una maravilla. Ahora solo me queda saber algo más sobre todo esto. Me llama la atención que esas cerezas, como llamáis al fruto, sean unas rojas y otras verdes, y cómo puede ser que la flor luzca tan bonita. ¿Cuáles son las que debemos recolectar?

—Los frutos rojos, patrón, siempre los rojos. Ese, además, es un problema que tenemos, como pagamos a los recolectores por peso, ellos cargan con todo y es importante que sean los maduros, si recogemos los verdes perdemos la cosecha.

—¿Y cómo podemos arreglar eso? Será suficiente con advertirles, podemos decirles que solo se pesarán las cerezas maduras y que el resto no se les pagará.

—Ya, patrón, pero no podemos perder las verdes. Esas es bueno dejarlas en la planta para que maduren y no arrancarlas, porque el café que dan no es bueno. Puede servir, pero no es excelente, que es lo que nosotros tenemos que buscar.

—Bueno, pues entonces vamos a hacer otra cosa: pagaremos bien el kilo, pero si es de cerezas maduras.

El capataz hizo un mohín que extrañó a Roque.

—Santos, explícame un poco cómo hemos conseguido estas plantas, ¿se podan o se dejan de una siembra a otra?

—Conseguir esta finca es costoso, patrón. Los cafetos se deben podar y recepar periódicamente. Para podar, debemos cortar las ramas secundaria y terciaria del árbol y así dejamos más espacio para que crezcan las primarias. Para receparlos, cortamos el árbol a solo treinta centímetros de altura, algo que requiere esperar a que los cafetos vuelvan a crecer antes de que puedan volver a producir cerezas. La frecuencia para recepar los troncos de café depende de la densidad de siembra, patrón.

—Con eso de la densidad, ¿te refieres a si queremos plantar más?

—En efecto. Si, por ejemplo, queremos plantar más árboles por hectárea, tendríamos que sembrar troncos de café frecuentemente. Cuantos más árboles haya plantados por hectárea, menos producción habrá más adelante, por eso es importante tener la cantidad suficiente de árboles. Se puede hacer, pero entones debemos equilibrar cuidadosamente su densidad de siembra y rejuvenecer los ciclos y porcentajes de sombra, para encontrar el mejor sistema para sus cultivos.

—Y en cuanto a la tierra, ¿cómo es?, ¿tenemos que regar mucho? ¿Y por qué esta tierra es apropiada?

—Patrón, el suelo es esencial para el cafeto porque le facilita el anclaje y le da el agua y los nutrimentos necesarios. Este suelo está compuesto por sustancias sólidas, agua y también interviene el aire. —Santos se agachó y tomó un puñado de tierra—. ¿Ve el color que tiene? Este negro tan bonito es porque está lleno de nutrientes. La mejor materia orgánica para estos suelos es la pulpa descompuesta —prosiguió el capataz—, con ella obtenemos una alta productividad, además de mejorar las condiciones del suelo al favorecer la retención de humedad.

—¿La pulpa, dices?

Santos se arrimó a una de las plantas y arrancó una de las cerezas rojas, la abrió y le explicó de qué estaba compuesta.

—¿Ve esta cereza? Pues si la abrimos lo primero que tenemos es la pulpa. Esto gelatinoso de aquí es el mucílago, que es dulce. Si seguimos aparece la cáscara y después esta otra cubierta delgada, y luego ya está el grano, que es lo que tendremos que tostar.

—Vaya clase que me has dado, Santos.

—Para eso estamos, patrón, ¡a mandar! Yo encantado de contar lo que usted quiera saber. Por cierto, don Manuel, su amigo don Juan José ¿se quedará mucho en la hacienda?

—Pues de momento sí. No ha tenido buena suerte en la vida y, como amigo suyo que soy, tengo que ayudarlo.

—Es que no me gusta, patrón, y perdone mi atrevimiento, pero anda por ahí haciendo comentarios que están fuera de lugar.

—¿Comentarios?

—Sí, el otro día en la ciudad me preguntaron quién era en realidad el amo de La Salud, porque él insinúa que es suya. Me lo dijo el capataz de El Cambalache, otra finca cercana, y con él estaba otro compañero que también se lo había escuchado a su patrón.

—Bueno, el hombre quiere mantener una posición, no se lo voy a tener en cuenta.

—¿Y le puedo hacer otra pregunta, patrón?

—Sí —contestó Roque.

—¿Y cómo es que tiene tan buena relación con los Riera Gonsález? Ni su señor suegro ni su bendita esposa tenían trato con ellos.

Roque se quedó pensativo.

—Bueno, el tiempo pasa y la gente cambia —dijo al fin—. Mi suegro era mi suegro y pensaba de una manera, y yo puedo pensar de otra. No obstante, creo recordar que Orlando me dijo que nuestro cacao se vende para su fábrica de chocolates, ¿es así o estoy equivocado?

—No, no es así precisamente. Nosotros vendemos el cacao a la cooperativa, lo que pasa es que luego esta se lo vende a don Genaro. Pero nosotros directamente no se lo ofrecemos.

—¿Y por qué mis suegros no se llevaban con los Riera Gonsález?

—Eso, patrón, yo no sé decirle. Quizá la doñita Piedad sepa explicarle. Por cierto, otra cosa quiero contarle. La niña Paula se ha visto en ocasiones con don Juan José. El otro día, sin ir más lejos, me comentaron que los vieron a los pies de la cascada del Vino, allá, pasando el pueblo de Barbacoas, a unas escasas dos horas de acá.

Roque volvió a guardar silencio. Estaba bien saber esas cosas, pero no quería darle demasiada importancia delante de Santos. Lo que le intrigó fue el desencuentro que tenían los suegros de don Manuel con la familia Riera, tal vez eso sí le interesaba conocer.

Al llegar a la hacienda vio un coche aparcado dentro que le llamó la atención, ya que no esperaba visita. Entró derecho al salón y allí sentados estaban precisamente don Genaro y doña María y, por supuesto, Juanjo, que acompañaba a la pareja.

—¡Queridos vecinos! —exclamó Roque—. ¡Cuánto bien verlos por La Salud! No esperaba su visita, siento haberme demorado en llegar del cafetal. ¿Desean tomar un buen café? Aunque imagino que mi amigo Juan José ya les habrá ofrecido uno. Por cierto, no sé si ya se conocen con mi invitado, aunque estoy seguro de que él ya se habrá presentado.

—Buenas tardes, Manuel —dijo don Genaro—. En efecto, su amigo se ha presentado y, como bien dices, se ha portado con nosotros como un auténtico anfitrión. Ha sido un placer conocerlo. No sabíamos que tenías invitados.

—Bueno, solo tengo uno y lo tenéis delante.

—Perdone usted el atrevimiento —dijo doña María—, pero íbamos para Carora a realizar unas compras y pensamos que quizá le gustaría acompañarnos. Bueno, a mi esposo, claro, él me esperará en el casino mientras yo voy de compras. Paula ya está allí, había quedado a comer en casa de una buena amiga y después se reunirá conmigo. Pensábamos que tal vez los cuatro podíamos tomarnos un buen chocolate. ¿Qué le parece?

—Pues la verdad es que les agradezco mucho la invitación —dijo Roque—, pero acabo de llegar de las tierras, y ni tan siquiera he comido; además, tendría que asearme antes, con lo que tardaría mucho. Mejor otro día. Hoy tengo bastante ocupada la tarde. Qué amables han sido de acordarse de mí. —Y dirigiéndose al hombre, añadió—: Genaro, nos tomaremos esa copa en el casino en cualquier otro momento, y también ese chocolate que tanto les gusta a las señoras.

—Lo entendemos perfectamente —dijo don Genaro—, es lógico, ha sido muy precipitado. Mi esposa cree que nadie trabaja en este mundo. Yo le advertí, pero ya sabe, amigo mío, cómo son las mujeres, no se les puede decir que no.

—Manuel, me gustaría invitarle mañana a almorzar —dijo su esposa—. Sería un placer que nos acompañara; además, Paula está deseando verle. Bueno, y por supuesto, si su amigo lo desea, está invitado también.

—Muchas gracias, doña María, allí estaremos —dijo Juanjo antes de que Roque pudiera contestar.

Los dos hombres acompañaron a la pareja hasta el coche y se despidieron, quedando en verse al día siguiente.

Mientras regresaban al salón, Roque no pudo evitar llamar la atención a su amigo, comenzaba a estar cansado de su afán de protagonismo.

—Juanjo, que sea la última vez que contestas por mí —le advirtió—. Tengo boca y digo por ella lo que quiero. No vuelvas a entrometerte en mis cosas. Imagino que esta comida te va a venir muy bien, ya sé que andas paseando por el estado con Paula y ahora vas a poder entrar en su casa, y además por la puerta grande. Creo que te estás aprovechando demasiado.

—Querido amigo, como te dije, tú y yo tenemos un secreto que guardar.

Roque le agarró por la pechera y lo arrinconó contra la pared.

—Me estoy empezando a cansar de tu chantaje. No me costaría nada quitarte de en medio, aquí no te conoce nadie, no eres nadie. No me pongas a prueba o será lo último que hagas.

Juanjo se zafó del agarre, se arregló la camisa y, sin decir palabra, se retiró.

Roque se había percatado de que Piedad los estaba observando cuando salían del salón y decidió acercarse a la cocina.

—¡Piedad, espere un momento!

La mujer refunfuñaba entre fogones. Le fallaba un poco el oído y no advirtió que el hombre estaba tras ella.

—¡Qué vergüenza! Si mi doñita levantase la cabeza, volvía a meterla bajo tierra, ¡pero que bien abajo! Esa mujer aquí, en su casa. ¡Qué *guácala* de mujer! Voy a echar un trago para pasar este mal rato.

Roque tocó el hombro de la mujer y esta se sobresaltó. No esperaba que anduviera detrás y, muy posiblemente, oyéndola renegar.

—¡Patrón, por Dios, qué susto! Virgencita de Coromoto, Virgencita...

—Va, va, doñita, que no le voy a mandar al infierno para que se encomiende a todas las vírgenes —dijo Roque—. Y, por cierto, acuérdese de la Virgen de la Salud la próxima vez, que es muy milagrosa también —añadió con cierta guasa.

—¡Sí, patrón, ya lo creo! Todas son necesarias. Voy a tomar un carajillo para posar los nervios, ¿le apetece uno?

—Bueno, prefiero comer algo primero, ya sé que es un poco tarde, pero... me dará de comer, ¿verdad?

—¡Cómo no, patrón! ¡En qué estaré pensado! Ahorita mismo le sirvo. Vaya, vaya al comedor, que volando le llevo el guiso.

—Oiga, Piedad. Según tengo entendido, mis suegros no se llevaban con los Riera Gonsález, ¿verdad?

—No, señor, pero... que usted puede hacer lo que le parezca bien, a mí todo me parece correcto.

—Y... ¿a qué era debido? ¿Usted lo sabe?

—Yo sé algo, patrón, pero claro, yo no quiero que usted piense que yo soy una *metiche*.

—¿Y por qué iba a pensar eso yo de usted? Si le pregunto es porque desconozco el hecho y me gustaría saber qué terreno estoy pisando.

—Pues mire, señor, la señora María era muy amiga de su querida suegra. Desde niñas estaban siempre juntas. Cuando su señora suegra se casó con su señor suegro, a la señora María no le gustó mucho porque se decía que ella estaba enamorada de su señor suegro, y la relación entre las dos cambió. Pero cuando doña María encontró a don Genaro, volvieron a ser buenas amigas. Así hasta que un día hubo una fiesta y a doña María la pillaron soplando el bistec con...

—¿Soplando el bistec? ¿Eso qué es?, ¿le quitó un filete a alguien?

—¡Patrón, qué cosas tiene! No, no, que la pillaron coqueteando con otro que no era su marido.

—Pero entonces ¿es que estaba con mi suegro?

—No, no, el señor era un santo. ¡Más hubiera querido ella! Jamás puso los ojos en otra mujer que no fuera mi señora. Lo que pasó fue que todo el mundo pensó que era mi señora la que coqueteaba y doña María encima echó más leña al fuego para que así quedara la historia, dejando a mi señora como una mala mujer —explicó Piedad—. Hasta que todo se supo. Pero para eso tuvo que pasar mucho tiempo y sus suegros estuvieron a punto de separarse por ese motivo. Sufrieron mucho los dos por su culpa. Verá, mi señora, que era muy buena, le dejó a doña María un vestido rojo precioso que ella tenía. Las dos tenían una figura muy parecida, aunque mi señora era muchísimo más guapa. Total, que don Rufián, otro señor poderoso de por aquí que ya murió, vio como doña María y don Facundo se besaban durante una fiesta a la que habían asistido en Guadalupe. Don Facundo era un amigo de la familia de los de La Margarita. Don Rufián confundió a doña María con mi señora y le contó a todo el mundo que esta soplaba el bistec con don Facundo. Total, que se presentó en la finca la mujer del susodicho y le contó a su señor suegro lo que mi querida señora hacía con su marido, pero en verdad no era ella, la pobre. Mi señor, como no había asistido a la fiesta porque estaba enfermo, discutió con mi señora, que se mataba en decir que ella no había hecho nada y le explicó que le había dejado el vestido a doña María porque ella se lo había pedido. Pero todo aquello cada vez se fue envolviendo más y más y mi señora cada vez quedaba peor. Por más que le pedía a doña María que dijera la verdad, esta más lo escondía.

»Después de mucho tiempo, en el que mis señores sufrieron mucho con los comentarios de todo el estado, un día apareció por la hacienda una chica que pedía trabajo. Resultó que la mujer había estado presente en aquella fiesta trabajando como doncella. Con tan buena suerte que la muchachita fue la que aclaró lo sucedido. Su señora suegra la reconoció y le pidió que contara si es que la había visto y si recordaba qué vestido llevaba ella puesto. La chica describió la ropa de mi señora con todo detalle y por fin su suegro quedó tranquilo, pero a la vista de todo Lara la reputación de mi querida señora quedó en entredicho.

—Curiosa historia. Entonces ¿debo entender que entre ellos no volvieron a dirigirse la palabra jamás?

—Así es, patrón. Por eso, y dicho con todos mis respetos, me ha extrañado mucho su visita de hoy.

—Bueno, Piedad, eso son cosas mías, negocios. ¡Y ahora venga ese guiso, que me muero de hambre!

Sin saber por qué, a Roque la historia que le contó la cocinera le hizo pensar en Inés. Recordó que hacía ya mucho tiempo que le envió la carta y aún no había recibido respuesta. Tal vez debería acercarse a la oficina de correos. Escribiría otra carta que enviaría él personalmente, así aprovecharía para preguntar si había otra a su nombre esperando para ser entregada.

Al día siguiente, Roque y Juanjo se presentaron en la hacienda Margarita, donde ya los esperaban sus anfitriones.

Paula estaba sentada en un sillón con un cigarrillo en las manos, y al ver entrar a los dos hombres en el salón se puso en pie, no esperaba que Juan José asistiera a esa comida. Su madre rápidamente se dio cuenta de que la chica se había puesto nerviosa cuando su padre le presentó al invitado de don Manuel. Sin embargo, él enseguida contestó:

—No es necesario, don Genaro, la señorita Paula y yo

ya nos conocemos. He tenido el placer de verla en alguna ocasión en la ciudad, ¿verdad?

Paula se quedó sorprendida, no sabía lo que aquel joven pretendía con su actitud, pero lo que tenía claro era que no quería que sus padres supieran que se veían. No estaba bien visto y después de lo sucedido en Caracas, mucho menos. Cuando pasaron al comedor, doña María se colocó cerca de su hija y en susurros le dijo que esperaba una explicación por su parte. Lógicamente, quería saber de qué se conocían.

La comida resultó agradable, charlaron de café y de cacao, como no podía ser de otra forma, y don Genaro les puso al tanto del funcionamiento de su fábrica de chocolates. Roque notó la insistencia de doña María por unirle con Paula, pues continuamente hacía referencia a cosas que ambos podían hacer juntos. Sin embargo, a Roque no le interesaba la muchacha. Su corazón aun latía por Inés y no perdía la esperanza de volver a encontrarla algún día.

Una vez terminada la comida y a pesar de la reiteración de los anfitriones, Roque decidió que era el momento de irse. Argumentó que tenía cosas urgentes que hacer y que, además, Juan José debía acompañarle, se aproximaba la época de cosecha y no quería estar ausente. Santos le esperaba para preparar a los obreros y quería tener con ellos una charla antes de que comenzaran a trabajar, por eso los había convocado aquella misma tarde.

Don Genaro se retiró a descansar como cada tarde. Paula se levantó con la intención de hacer lo mismo, pero su madre se lo impidió.

—¡Espera, no tengas tanta prisa! —dijo—. Creo que debes contarme algo. ¿De qué conoces a ese hombre y qué es eso de que habéis estado juntos?

Paula se armó de valor y le dio a su madre las respuestas que quería:

—Mire, madre, no soy ninguna niña. Ya una vez me hizo volver de la capital, pero no va a arruinarme otra vez la vida. No he podido terminar mis estudios y no me ha dejado amar a la persona que yo había elegido. ¿Toda la vida va a ser así? Conozco a Juan José desde hace unos meses, he salido con él en muchas ocasiones.

—¡Tú estás loca! —gritó doña María—. Ese hombre no tiene donde caerse muerto. Es amigo de Manuel simplemente, pero dudo mucho que tenga un solo bolívar. Escucha, hija, tú mereces un hombre que te dé la posición que siempre has tenido, y en este momento, en esta ciudad, el único que puede darte eso es Manuel. No seas tonta, no pierdas la oportunidad de vivir como una reina.

—No voy a casarme con un hombre al que no quiero. Además, ¿por qué piensa que quiere casarse conmigo? No he notado en él ni un solo gesto que lo indique; es frío y su mirada no me dice nada, no me inspira confianza. Hay algo en él que no me gusta, madre.

—¡Escúchame! Solo te lo voy a decir una vez. Esa boda es más necesaria de lo que tú crees. La fábrica está a punto de la quiebra, tu padre no tiene dinero, solo nos queda esta casa y parte de las tierras, el resto las tenemos arrendadas para sacar algo de dinero. Tienes que conseguir que se enamore de ti. Estamos a punto de perderlo todo, niña, no puedes dejarnos tirados ahora.

Paula guardó silencio, no tenía la menor idea de que los negocios de su padre no fueran bien. Sabía que no eran nada del otro mundo, pero de eso a estar al borde de la quiebra había una gran diferencia.

—¿Tan grave es, madre? —preguntó.

—Sí, mucho más de lo que te puedes imaginar —respondió doña María—. Hija, tú eres una mujer de recursos, igual que yo. No me digas que aunque las circunstancias te obliguen a casarte con un hombre al que no quieres, no te ves capaz de mantener una doble vida. Las mujeres sabemos movernos en esos terrenos. Con esto no quiero decir que yo a tu padre le haya faltado al respeto jamás, claro. ¡Dios me libre! Pero en un caso de fuerza mayor, como es este, yo te ayudaría siempre y espero que tú lo hagas por nosotros. Este es el momento de demostrar que somos una familia y que tú formas parte de ella.

Paula guardó silencio durante un momento y luego contestó a su madre:

—Qué pena me da, madre. No hace falta que se justifique conmigo, usted sabrá lo que hace con su vida, pero eso no quiere decir que todos seamos iguales, aunque a veces no estemos en condiciones de elegir, ¿verdad? Es pura obligación, ¿a que sí? —Se la quedó mirando fijamente y añadió—: De acuerdo, haré lo que esté en mi mano. Pero creo que Manuel no está dispuesto a enamorarse de mí, así que voy a tener que trabajar mucho. Eso sí, una cosa voy a decirle: puedo aceptar que yo no le quiera y casarme con él sin haber amor, pero si él no se enamora de mí, esto no llegará a ninguna parte. No me parece un hombre fácil de convencer y muchísimo menos de engañar. Además, usted sabe que lo mío no es fingir y que el teatro se me da bastante mal.

Paula se encaminó hacia la puerta de salida, pero su madre se lo impidió agarrándola del brazo.

—Espera, antes dime una cosa: ¿estás enamorada de Juan José?

—¿Quiere saber la verdad? Pues no lo sé. Pensé que tenía dinero, era alegre, divertido, me hacía reír y alardeaba de muchas cosas. Estuve engañada durante un tiempo, pero el día que acudí a La Salud y le encontré allí, me di cuenta de que en realidad no tenía un bolívar, como usted bien dice.

»Mire, madre, es egoísta lo que voy a decirle, pero me he dado cuenta de que no quiero vivir como una miserable. Ya me ha fastidiado la vida, me ha quitado la posibilidad de ser feliz. Por lo tanto, lo que voy a hacer a partir de este momento es buscar un hombre que tenga dinero y me proporcione lo que necesito. Eso no quiere decir que ese hombre sea Manuel. Tiene razón cuando dice que merezco cierto estatus, el que me corresponde. Si el único que puede darme eso es Manuel, me casaré con él. Pero si encuentro otro, será con ese otro. ¿Está contenta ya? Ha escuchado lo que estaba deseando oír desde que nací, pues ya lo tiene. Voy a conservar mi nivel de vida, cueste lo que cueste.

Paula había mentido, pero sabía que decir la verdad, y más a su madre, no le iba a traer nada más que problemas. Estaba enamorada de Juanjo desde el primer momento que le vio, pero también era consciente de que esa relación no iba a ser posible. No podía dejar a sus padres tirados. Intentaría enamorar a Manuel, pero su corazón era de Juanjo y sabía que no iba a poder resistirse a sus encantos si le tenía cerca. Debía ser muy prudente.

Doña María abrazó a su hija agradeciendo las palabras y sobre todo su disposición.

—Hija mía, qué feliz me haces. No sabes lo que me gusta escucharte decir eso. Claro que te mereces lo mejor y ese hombre te puede dar eso y mucho más. Yo voy a ayudarte en todo lo que sea necesario. Creo que debemos ir de compras, tienes que renovar el vestidor. El otro día vi unas telas maravillosas. Iremos juntas a la modista, ¿qué te parece?

—Estupendo, madre, lo que usted diga.

Paula hacía tiempo que había decidido no discutir con su madre, así que aceptó el plan de doña María y dejó a un lado lo que sentía verdaderamente por Juanjo. Lo que no tenía tan claro era cómo iba a decirle que ya no iba a volver a estar con él. No tenía fuerzas suficientes para hacerlo, se había enamorado como una niña. No podía y no quería renunciar a él a pesar de haberse comprometido minutos antes con su madre.

Mientras esto sucedía en la hacienda de los Riera, Roque y Juanjo hablaban también sobre Paula de camino a La Salud.

—¿Sabes, amigo? —dijo Juanjo—, creo que te quieren casar con Paula, pero no se lo reprocho, ellos saben que tú eres el que tiene el dinero y por eso doña María se ha fijado en ti. ¿No te has dado cuenta de cómo te miraba?, parecía que se iba a deshacer cada vez que se dirigía a ti. Me refiero a la madre, no a la hija; esa solo tenía ojos para mí. Lo siento, compañero.

—Pues no lo sientas —replicó Roque—. Supongamos que yo aceptase casarme con Paula. ¿Tú qué harías?

La pregunta le cayó a Juanjo como un jarro de agua helada.

—Bueno, si ella se enamorase de ti, yo no podría hacer nada —reconoció—, tendría que dar un paso atrás y olvidarme.

—Y, por supuesto, te irías de mi casa, claro. Porque no pretenderás vivir bajo el mismo techo de la mujer que te gusta siendo mi esposa, ¿o sí?

Juanjo no quiso contestar. Volvió la cabeza hacia la ventanilla que tenía justo al lado y no volvió a abrir la boca el resto del camino.

Roque no tenía ninguna intención de casarse con Paula, ni mucho menos, pero le apetecía cerrarle el pico a Juanjo, estaba empezando a resultarle muy pesada su compañía. Durante todo el tiempo que llevaba con él no había mostrado ningún tipo de agradecimiento por lo que había hecho (y continuaba haciendo) en su favor. Era un tipo desagradecido y, encima, chantajista. Cada día le pesaba más haberle confiado su secreto, estaba convencido de que algún día le delataría y las consecuencias que eso traería no era capaz aún de valorarlas.

39

Inés observaba cómo el *Reina del Pacífico* atracaba en el muelle de Cartagena de Indias. La vista de la ciudad colombiana era espectacular, su cielo azul se reflejaba en las aguas dando el mismo tono que lucía en lo alto. Había recogido todas sus cosas y las tenía a sus pies. Junto a ella, Germán miraba con los mismos ojos de asombro la grandeza de la bella urbe.

La pareja había estrechado lazos a lo largo del viaje, cada día que pasaba se iban encontrando más cómodos el uno junto al otro. Se contaron sus vidas y abrieron sus corazones. Germán definitivamente estaba enamorado de Inés. Habían pasado muchas noches mirando la luna sentados en la cubierta, habían cantado y bailado pegados hermosos boleros y pasodobles y también habían brindado por su futuro. El grupo había visto que esa amistad daba pasos de gigante y todos pensaban que era una relación con visos de ser duradera. La única persona que no lo veía así era precisamente Inés. Ella intentaba guardar las distancias tanto como podía, pues no estaba preparada para el amor. Prefería negar la evidencia e impedir que en su corazón pudiera entrar nada parecido a ese sentimiento tan hondo; cabía la amistad, pero nada más. Algo seguía uniéndola al recuerdo de Roque y aunque era consciente de que la vida debía continuar, no podía dejar de pensar en ese lebaniego que la había hecho sentir por primera vez lo que era estar enamorada.

También había disfrutado mucho del viaje, jamás pensó que pudiera resultar tan emocionante. A pesar de viajar en un camarote de tercera clase, compartido además con tres monjas, había disfrutado igualmente de los lujos de primera. Germán era un chico muy habilidoso y alguna noche se habían arreglado igual que una distinguida pareja y se habían colado en las fiestas de la gente de postín que viajaba en la primera planta del transatlántico. Conoció los salones, los comedores y las estancias más lujosas del barco, todo gracias al atrevimiento y la labia de su acompañante. Se habían comportado como dos niños ávidos de ver, de descubrir cosas nuevas, de atreverse con todo, inocentes, sin hacer ruido, sin ser vistos.

Germán se acercó a Inés, que seguía pendiente de las maniobras de atraque, y la tomó por la cintura mientras le mostraba las diferentes edificaciones que aparecían frente a sus ojos. Al mirar hacia la derecha Inés advirtió que las monjas los estaban observando y se revolvió para que el chico dejara de tocarla.

—Perdona, no quise molestarte —se disculpó Germán.

—No me molestas, es que las hermanas están mirando y no quiero dar más que hablar, bastante he tenido todo el viaje con ellas. Están confundidas pensando que somos novios o algo así, y, la verdad, no me gusta que puedan pensar eso. Ahora que hemos llegado tenemos que pensar en trabajar. No sabemos qué será de nosotros, posiblemente cada uno cojamos un camino distinto y, quién sabe, quizá no volvamos a vernos nunca.

—Eso no va a pasar. El otro día estuve hablando con el padre Paulino y me dijo que ambos iremos a la misma ciudad, tú a dar clases y yo a cuidar de los jardines y a realizar los arreglos que hagan falta en la escuela. ¡No te vas a deshacer de mí tan fácil! Voy a estar pegado a ti como si fuera tu sombra.

Inés notó en el chico algo que la desconcertó. No le gustó cómo había pronunciado esas últimas palabras, pero hizo como que no había notado nada raro y decidió disimular.

—Qué tonto eres —bromeó—, sabes que estaré encantada de estar cerca de ti, así no me sentiré tan sola. Somos buenos amigos, ¿verdad? Las hermanas se quedan en esta ciudad, en un convento, creo que es en la iglesia de San Pedro Claver, la de los padres jesuitas. Ya sabes que no puede haber mujeres en los conventos de jesuitas.

—Sí, los curas también se quedan en el convento. Nosotros dos continuamos con el padre Paulino hasta Maracaibo. Estaremos en el colegio Gonzaga, es nuevo y creo que tiene unas instalaciones de los mejorcito de Venezuela, o al menos eso me dijo el otro día el padre. Además de ser muy bonito y muy grande, Maracaibo debe de ser un lugar maravilloso. ¿Sabías que está rodeado por un lago que lleva el mismo nombre?

—¡Pues claro, hombre! Pero estás confundido: yo no voy a ese colegio que dices, voy a otro que está cerca y que es donde las mujeres de Acción Católica me han enviado.

El padre Paulino se acercó a la pareja y les indicó que podían ir al muelle y esperar allí a que el grupo al completo hubiera desembarcado.

Una vez todos estuvieron en tierra firme, caminaron hasta llegar a la Puerta del Reloj, uno de los lugares por donde se accede a la bella ciudad colonial. Nada más entrar, un sinfín de colores en las fachadas de los edificios llamó la atención de Inés. Miraba embelesada de un lado a otro la plaza de los Coches, que era donde se encontraban. El color, los balcones llenos de flores, bellos edificios a ambos lados con los soportales llenos de puestos con frutas y dulces que daban aún más color al lugar formaban una hermosa postal. Las mujeres iban ataviadas con vestidos luminosos que insuflaban aún más vida a sus pieles oscuras, grandes turbantes en la cabeza y, sobre ellas, cestos llenos de frutas, delantales de colores vivos y faldas con volantes que se movían incansables con el caminar de las bellas lugareñas, que según les dijo el padre Paulino se las denominaba «palanqueras». El olor a mar, a frutas y a dulces llenaba cada rincón de Cartagena. Mirasen a donde mirasen, los azules más fuertes o más suaves, los naranjas, los amarillos, los rosas y los blancos de las fachadas de las casas con sus balcones cargados de flores de mil colores eran inenarrables. Jamás Inés había visto un lugar tan colorido y bello.

Continuaron hacia el sur y se adentraron en la plaza de la Aduana, adornada con una estatua de Cristóbal Colón. El padre Paulino caminaba despacio sin perder de vista a los componentes de su expedición. Todos observaban con atención y asombrados a su alrededor. Hacía un calor de justicia y a pesar de haber llegado casi a su destino, el cura decidió hacer un alto en el camino, y todos le secundaron rodeándole.

—Bueno, veo que estáis pasmados con la belleza de Cartagena de Indias —dijo—. Como veis, esta ciudad tiene un montón de plazas llenas de gentes bulliciosas y felices. Casi hemos llegado al convento, pero antes de entrar en la plaza de San Pedro Claver, que está a nuestra izquierda, y como mañana Inés, Germán y yo seguiremos viaje hasta Maracaibo, quiero deciros algo. —Se puso serio y continuó—: Hermanos, hermanas, aquí estoy seguro de que van a servir a Dios con dedicación y cariño infinito, la iglesia de San Pedro Claver protege los restos mortales de este santo. Es conocido en esta tierra como el esclavo de los esclavos, a los que dedicó su vida. Llegó de Cataluña, donde había nacido, y murió en su cama hace ahora trescientos años. Como digo, las gentes de este país son amables y confían en el buen hacer de los jesuitas, así que os pido comprensión para ellos y buenos modos, que bien sabrán agradeceros vuestra entrega y trabajo. —Y luego, dirigiéndose a Germán e Inés, dijo—: Mañana a primera hora, nosotros tres continuaremos el viaje hasta nuestro querido colegio en Maracaibo, tal y como os he explicado. Pero ahora, antes de que cada uno se recoja, quiero enseñaros el verdadero símbolo de este lugar, el castillo de San Felipe, fortaleza de la ciudad.

Todos caminaron tras el cura hasta llegar a una calle desde la que se veía la fortaleza. Sus cañones de hierro apuntaban a la bahía y en sus muros de piedra quedaba bien patente dónde se había escrito la historia.

Después de la breve visita, todos regresaron a la plaza. Don Paulino acompañó a las monjas al convento donde desde ese momento iban a vivir, y les indicó a Germán y a Inés que ellos se alojarían en una pensión que estaba a la vuelta de la calle.

El hospedaje era viejo pero limpio y los chicos se instalarían en la primera planta. La señora que los recibió era amable y enseguida les indicó cuáles eran sus habitaciones. Subieron unas escaleras y, una vez en el rellano, a cada uno de ellos les asignó una habitación distanciada: Germán tenía la suya al fondo del pasillo a la derecha e Inés al fondo del pasillo a la izquierda, con las escaleras en medio. Todo indicaba que el padre Paulino se había cuidado de dejarlas bien separadas, algo que Inés agradeció.

Al entrar sintió un olor a flores que le resultó agradable, nunca pensó que un sitio así pudiera oler tan bien. La cama era pequeña y a los pies había un arcón diminuto en el que apenas cabía nada. Una mesita con una lamparita y una silla era todo lo que tenía. El baño era compartido a cada lado del pasillo y afortunadamente estaba pegado a su habitación.

Se quitó los zapatos y se sentó en la cama. No estaba cansada y aún era pronto. Lo que sí tenía era mucho apetito, no había probado bocado desde que desembarcó. Se lavó la cara y las manos para refrescarse un poco y volvió a calzarse. Tenía que buscar algo de comer, de lo contrario no iba a dormir en toda la noche de pura hambre.

Unos pequeños golpes en la puerta la sobresaltaron. Pensó que quizá la señora volvía con algo de comer, así que abrió. Sin embargo, quien estaba al otro lado era Germán.

—¡Vamos!

—Estás loco, ¿qué haces aquí? Como te vean vamos a tener un problema. No seas niño, ¡vete!

—No, vamos a ver esta hermosa ciudad. Son las seis de la tarde, ¿no pensarás irte a la cama ahora? Además, no sé tú, pero yo tengo hambre.

—Bueno, a eso no voy a decirte que no. Yo también estoy hambrienta. Pero ¿cómo vamos a salir? Esa mujer seguro que estará atenta, tengo la sensación de que el padre Paulino le ha mandado que no nos pierda de vista.

—Se te olvida que me he criado en un convento, sé entrar y salir sin que nadie me vea.

Inés cogió su bolso y cerró la puerta con cuidado. Caminaban despacio intentando esconderse de la mujer del hostal. Bajaron las escaleras con cuidado y al llegar a la planta baja Germán se adelantó para ver si había alguien. La mujer estaba de espaldas, hablando con alguien en una especie de patio que había en la parte interior del edificio. El chico subió de nuevo, agarró de la mano a Inés y los dos salieron corriendo sin que nadie los viera. Todo había salido a pedir de boca, como Germán le había dicho.

Caminaron muy despacio por la calle, sin saber muy bien adónde ir. En una esquina vieron una taberna pequeña que estaba llena de gente.

—Mira, seguro que ahí se come bien —dijo Germán—. Está lleno de gente, eso será por algo. ¿Entramos?

—Pues sí, porque si no me parece que me voy a desmayar del hambre que tengo.

El chico no se había equivocado, las mesas estaban completas, pero después de esperar unos escasos minutos pudieron sentarse. Cenaron un rico pescado y después tomaron fruta.

—Escucha —dijo Germán al salir del mesón—, está

atardeciendo, yo creo que si subimos al castillo tendremos una vista bonita. ¿Qué te parece?

—Bueno, ya que hemos salido, no vamos a perder la oportunidad de subir a disfrutar de las vistas, aunque pronto anochecerá y no creo que se vea mucho.

Una vez hubieron llegado al cerro de San Lázaro, se sentaron para admirar la bella puesta de sol. El cielo se iluminó en tonos amarillos que pasaron a ser naranjas para luego convertirse en rojos como el fuego, y en paralelo, el mar se tiñó del mismo color debido al reflejo de los rayos del sol.

El influjo de la noche que se acercaba, el aire cálido que les acariciaba la cara y la cercanía de sus cuerpos hicieron que los jóvenes se dejaran llevar, y entre caricias dulces y apasionados besos, el amanecer casi se les echó encima.

Inés sentía que algo le faltaba, se notaba tranquila y a gusto junto a Germán, pero lo que sentía por el joven no era lo mismo que lo que sentía aún por Roque. Jamás iba a ser lo mismo con nadie.

—¿Te pasa algo? Pareces un poco incómoda.

—No, estoy bien. Pero quiero decirte algo.

—Dime lo que quieras, sabes que me encanta escucharte, esa voz que tienes parece música en mis oídos cada vez que la escucho.

—Mira que eres zalamero... —El muchacho sonrió—. Creo que nunca voy a sentir por otro hombre lo que mi corazón sentía por Roque, no quiero engañarte.

—No me engañas, tú tranquila, yo por mi parte voy a seguir insistiendo, porque como decía Fray Luis de León: «El amor verdadero no espera a ser invitado, antes él se invita y se ofrece primero». Por lo tanto, aquí me tienes, estaré aguardando a que vengas.

Volvieron caminando despacio y al llegar a la pensión se encontraron con la puerta cerrada.

—¿Y ahora qué hacemos? —dijo Inés nerviosa—. Tendremos que llamar. La mujer igual ya está dormida, entonces se despertará y se lo contará al padre Paulino.

—Bueno, pues la verdad es que no veo ninguna ventana por aquí, por tanto, si queremos dormir tendremos que llamar y arriesgarnos. Le diremos al cura que fuimos a cenar y dimos una vuelta. Tampoco hemos hecho nada malo, y mucho menos nada que él deba saber, ¿no te parece?

Germán se acercó decidido a la gran puerta de madera y justo cuando iba a tocar el llamador de hierro, alguien abrió por dentro.

—Buenas noches, ¿qué tal el paseo? Los estuve esperando para cenar, pero creo que ya no es necesario, los vi salir y como no me dijeron nada, entendí que preferían cenar fuera. Cenaron en la bodeguita, ¿verdad?

Los chicos se miraron sorprendidos, aquella mujer debió de seguirles.

—Sí, señora, bueno... lo cierto es que no sabíamos que aquí teníamos la cena incluida y como estábamos hambrientos, decidimos salir —se excusó Germán—. Le ruego que nos disculpe por haberla dejado a usted con la cena ya preparada.

—No importa, ha sido mi culpa —dijo la mujer—, yo debí advertirles de que estaba preparada. No pasa nada. Bueno, entren, que ya es tarde y mañana tienen que levantarse muy temprano. Al menos el padre Paulino me pidió que los avisara a las cinco y media de la mañana.

—Sí, así es. Muchas gracias por todo y buenas noches.

—No es necesario que los acompañe a sus habitaciones,

¿verdad? ¿Recuerdan?, cada uno a un lado de la escalera, y ambos al final de cada pasillo. Por cierto, no me gustaría oír pasos de un lado para otro, no quiero que el resto de los huéspedes se molesten.

Inés se sonrojó y contestó:

—No se preocupe, eso no va a pasar. Buenas noches.

A las seis de la mañana Inés ya estaba esperando abajo. A pesar de lo temprano que era, la calle estaba llena de gente que iba y venía cargada con bultos; posiblemente se dirigían hacia algún mercado.

Germán apareció enseguida, y poco después lo hizo el padre Paulino, quien lo primero que hizo fue acercarse a la chica y en voz baja le dijo:

—No está bien lo que hicisteis anoche. Espero que no se vuelva a repetir, podría haberos pasado algo. Entiendo que quisierais estar solos, yo también he visto que entre vosotros dos hay algo más que simple amistad.

Inés no pudo contestar. Le hubiera gustado decirle que estaba equivocado y que solo era eso, una buena amistad. Pero el sacerdote tenía razón, aquella escapada no había estado bien, aunque ya estaba hecho. Sus pómulos se enrojecieron al ver llegar a Germán, que recibió la misma reprimenda del sacerdote. Ambos se miraron pero no pronunciaron palabra. Cuando el cura se dio la vuelta, Germán esbozó una pequeña sonrisa y guiñó el ojo a Inés, quien agachó la cabeza mientras sonreía.

—Bueno, pues ya estamos los tres y tenemos por delante un largo viaje. Fuera nos espera un coche que nos llevará hasta el Caserón de las Delicias.

—¿Así se llama el pueblo?

—No, hija, así llamamos al edificio donde está el colegio al que debo ir y donde Germán se quedará. Allí te esperan a ti para acompañarte al lugar que será tu casa durante un tiempo y luego ya te indicarán la escuela en la que ejercerás tu bello oficio de maestra.

40

Consolación había mejorado bastante, los cuidados de Tina parecía que surtían efecto, pero aún estaba muy débil. Hacía días que se había levantado de la cama después de haber estado postrada casi un mes, y apoyada del brazo de Tina daba pequeños paseos. Los primeros fueron para asistir a misa en Santa Lucía, después las dos se sentaban en la plaza de José Antonio y veían pasar a la gente mientras charlaban animosas. Mientras estaban allí Consolación sentía cómo su cuerpo se calentaba con el débil pero agradable sol de septiembre. Poco a poco los paseos fueron siendo un poco más largos y con los días consiguió recorrer el paseo de Pereda. Ahora ya había logrado acercarse hasta la plaza de la Esperanza para hacer la compra; eso era un buen síntoma, todo parecía que volvía a la normalidad, había recobrado las fuerzas y se sentía bien.

La mujer estaba contenta con la mejoría; las dos lo estaban, de hecho. Se notaba en el ambiente, ya que a la casa habían vuelto las discusiones, olvidadas durante todo el tiempo que Consolación estuvo enferma.

—Oye, Tina, ¿cómo andamos de dinero?

—Bueno, no estamos mal, pero tampoco sobra. ¿Por qué lo dices?

—No, por nada. Por saber.

—Siempre estás con tus tonterías. Si preguntas es por algo, ¿cómo que por nada? ¡Eso es otra payasada de las tuyas! ¿Para qué lo quieres saber?

—¡Qué carácter, hija! De verdad que eres una vinagre de mucho cuidado.

—Fíjate, como si me acabaras de conocer, ¡no te digo esta! Y yo seré una vinagre, pero tú eres una tocanarices. ¿Que para qué quieres el dinero?, ¿me lo vas a decir o no?

—Sí, mujer. —Durante un instante Consolación guardó silencio—. ¿Sabes una cosa?

—¡Qué! ¡Arranca ya, hija!

—Que tengo un *sincio* de rabas. No te haces una idea de las ganas que tengo de comer rabas.

—¡Mujer! Ya me habías asustado. ¿Para eso tanto misterio y tanto problema? Claro que tenemos dinero para comer unas rabas, ¡pues solo nos faltaba! Y si no, guardamos lo que le tiras al cesto en la iglesia los domingos y en unas cuantas semanas ya hemos juntado para una ración. Mañana mismo nos vamos a Peña Herbosa y, si se tercia, nos comemos también unos mejillones.

Consolación se sintió aliviada. Nunca se sabía cómo podía reaccionar Tina, pero en esta ocasión, salvo por los gritos habituales de su compañera, no había pasado nada.

—Tina, ¿qué será de la niña? ¿Ya habrá llegado el barco?

—Sí, llegó hace como dos semanas. El otro día le pregunté a don Dionisio si sabía algo y me dijo que habían llegado bien. Seguro que la chiquilla ya nos ha escrito y la *cartuca* está en camino.

462

—Menos mal, estoy preocupada. Espero que tenga suerte y encuentre un buen hombre que la quiera y la cuide, que está muy sola, la pobre.

—Qué manía con un hombre. ¡Que la niña no necesita ningún hombre!

—Bueno, pues que llegue la carta ya. Oye, Tina, como tenemos cartero nuevo, ¿no se equivocará y la mandará para otro sitio? A ver si vamos a estar esperando y este la extravía.

—Qué tonterías dices. Él tiene que dejarle las cartas a Ramón y él nos conoce a todos a la perfección. ¡Pues estábamos apañados si por cambiar de cartero no vamos a recibir cartas!

—Ya, es verdad. Mira que soy tonta.

—Desde luego, hija, parece que te ha afectado a la cabeza la enfermedad, ¿eh? ¡Vaya cosas que tienes!

Efectivamente, las cartas, como era lógico, llegaban con regularidad. Y así llegó la última que Roque le había escrito con tanto cariño a Inés.

El cartero apareció por la portería como hacía a diario, pero aquella jornada Ramón no estaba. Su madre había fallecido y no pudo acudir a su trabajo. En su lugar, el hombre le pidió a su cuñado que le cubriera.

—Buenos días, ¿anda Ramón por ahí?

—No, hoy no está. Murió su madre ayer y ha tenido que ir a Comillas, el hombre. Pero déjeme a mí las cartas, que yo me encargo.

—Bueno, hoy solo tengo una, a nombre de Inés Román San Sebastián.

—Pues esa no está en la lista que me ha dejado el pariente.

—Entonces ¿qué hago? ¿La dejo o me la llevo? Viene de lejos, ¿eh?

—Pues... —El hombre se rascó la cabeza mientras pensaba qué contestar, y al fin se decidió—. *Na*, llévesela. De aquí no es. Mire, no pone ese nombre en ningún sitio.

—Sin embargo, la dirección está bien. Yo creo que mejor la deje ahí y ya le preguntará a Ramón, y si no es de nadie, me la llevo otro día.

—Bueno, haga lo que quiera. Déjela y que Ramón lo compruebe cuando llegue.

El cartero se dio la vuelta con intención de salir de la portería, pero justo cuando iba a atravesar el umbral, el cuñado de Ramón corrió hacia él y le dio la carta otra vez. Había cambiado de opinión.

41

Inés ya estaba establecida. Maracaibo era una gran ciudad, era la capital del estado de Zulia y eso se notaba en la gente, los edificios y las calles que estaban casi todo el día abarrotadas. Cuando llegó, fue acogida con cariño y atención. Rápidamente se acomodó en la casa que le tenían preparada; era pequeña, pero estaba bastante cerca de la escuela, y tenía todo lo necesario. Ella no estaba acostumbrada a grandes espacios, aunque su casa de Santander fuera espaciosa, y por lo tanto se hizo enseguida con el lugar. En cuanto a la escuela, los primeros días habían sido de contacto con los niños. Su rutina diaria era siempre la misma, de casa al colegio y del colegio a casa. La cultura era diferente que en España, y aunque en el fondo los críos son iguales en todos los sitios, no así sus padres. Inés estaba habituada a la cercanía con las gentes de Mogrovejo, allí todo era tan familiar y cómodo que ahora le resultaba un poco extraño no tener contacto nada más que con los pequeños, ya que a los padres apenas los veía.

Germán partió a Caracas con el padre Paulino, que le pidió que fuera al centro que tenían en la capital para ayudar en las obras que se estaban haciendo. Al muchacho no le resultó grata la idea, pero no le quedaba más remedio que obedecer, estaba allí para trabajar y acatar las órdenes del clero. Sintió dejar a Inés, sobre todo porque temía que ella pudiera olvidarse de él; por el contrario, Inés estaba contenta de que hubiera sido así, no le gustaba el rumbo que estaba tomando la relación con Germán y se alegró de que el chico estuviera lejos al menos durante un tiempo. Empezaba a sentirse agobiada, no se lo podía quitar de encima y por más que intentaba darle a entender que no quería ser su novia ni nada parecido, él seguía insistiendo. Por otra parte, don Paulino, después de dejar en Caracas a Germán y de darle las instrucciones de lo que tenía que hacer, partió con la intención de visitar a personas influyentes y con recursos para conseguir benefactores para las escuelas que tenían repartidas por el país.

El colegio donde daba clase Inés era grande, lo mismo que sus aulas. Allí encontró un grupo numeroso de niños y niñas, con sus faldas o pantalones azules y sus camisas blancas, que correteaban por los pasillos, saltaban por las escaleras y jugaban en el patio. Eran educados y se les notaba felices. Los había de familias más o menos pudientes; clase media alta, se podría decir. Pero si algo llamó la atención de la maestra eran los nombres que sus padres les ponían; eran raros y rebuscados. Cuando preguntó con curiosidad por qué se llamaban de esa forma tan rara, la respuesta fue que se los inventaban. Hacían del nombre de la madre y el del padre uno, o de las tías, los abuelos o simplemente de dos que les gustaran. El resultado era de lo más variopinto, llegando a ser difícil pronunciar alguno de ellos y, por supuesto, recordarlo: Potracio, Georfido, Nicida, Ivanisaurio, Epimenio, Eufrasio o Fésar eran algunos de ellos. Tampoco entendía por qué comenzaron a llamarla «señorita Seni». Le costó darse cuenta de que simplemente era su nombre al revés, pero se quedó sin saber el motivo. Incluso sus compañeros la llamaban así. Le pareció gracioso y aunque ella seguía diciendo su nombre tal y como era cada vez que alguien le preguntaba, no le importaba que la llamaran de aquella manera, más bien le hacía gracia.

Tampoco le resultó difícil el trato con el resto de los maestros a pesar de su carácter, que era más introvertido que el de ellos. Las compañeras eran buenas mujeres dispuestas a ayudarla en todo, pero quizá su forma de ser le hacía difícil integrarse. Ellas eran mucho más abiertas que Inés y aunque en muchas ocasiones la invitaban a pasear, a bailar o incluso a alguna fiesta en sus casas, Inés no se encontraba del todo cómoda.

Con quien más amistad entabló fue con Khiara, quizá porque la veía más desamparada que al resto. Era una chica jovial y divertida, siempre estaba riendo, los niños le tenían mucho cariño y ella les correspondía del mismo modo. Saludaba a todo el mundo por las calles de Maracaibo y si coincidía que algún grupo bailaba o cantaba en alguna esquina, ella no perdía la ocasión de moverse al ritmo que marcaban los músicos. Al principio a Inés le sorprendió, porque parecía más retraída, pero en realidad no lo era, sobre todo cuando estaba con su gente en las calles.

La joven maracucha no había tenido una infancia sencilla. Su madre murió al nacer ella y los dueños de la casa donde la mujer trabajaba se encargaron de criarla. De su padre nunca tuvo conocimiento, aunque sospechaba que era alguien de aquella familia, quizá el señor de la casa. Pero eso era algo que jamás iba a comprobar, solo lo imaginaba; eran conclusiones a las que había llegado después de las conversaciones que había mantenido con algunos de los trabajadores de la hacienda que habían coincidido en el tiempo con su madre. Ninguno habló nunca con claridad, pero se interpretaba claramente que su madre había tenido una relación con el señor de la finca. Quizá por eso el hombre le había pagado los estudios y aunque durante toda su vida convivió con el servicio, siempre notó que tenía un trato diferente al resto.

Por suerte, Khiara había conseguido salir de allí, y ya hacía más de cuatro años que el padre Paulino, en su anterior viaje por el país, la conocía precisamente a raíz de una visita que hizo a la hacienda donde se había criado. Khiara esperó sin ningún pudor a que el sacerdote abandonara la finca y le siguió; cuando se puso a su altura, le pidió que la sacara de allí después de contarle los motivos. El padre Paulino, sin pensarlo apenas, volvió de nuevo a la hacienda y con alguna que otra triquiñuela consiguió que le permitieran partir a la ciudad acompañado de la muchacha.

Khiara era una mulata muy guapa, tenía el pelo largo, negro y rizado, unos ojos grandes y oscuros pero llenos de una brillante luz que encendía su cara, sus labios carnosos eran la envidia de cualquier mujer, al igual que su figura, donde se dibujaban unos pechos prominentes y unas caderas armoniosas. Pocos eran los hombres que no volvían la vista cuando ella pasaba por su lado, aunque jamás hacía caso ni de los piropos ni de otros requiebros que le dedicaban.

Lo cierto era que las dos chicas formaban una pareja de

lo más bella: una de piel dorada y la otra plateada; eran como el día y la noche, pero como los buenos días y las mejores noches. Dos bellezas que recorrían las calles de Maracaibo meneando sus caderas y dejando que la suave brisa moviera sus cabellos.

42

Ya había comenzado la época de la siembra, los cafetos empezaban a lucir rojos en su mayoría, las cerezas encarnadas destacaban de las hojas verdes resplandecientes y las flores blancas las dejaban asomar orgullosas. Cientos de hombres y mujeres recogían el preciado fruto. Una a una, las iban cargando en sus cestos de mimbre. Roque pasaba las jornadas a lomos de su caballo recorriendo los terrenos de siembra con la cabeza cubierta con un sombrero y una camisa blanca remangada. De vez en cuando desmontaba y paseaba entre los cafetos, e incluso recogía alguno de los frutos que luego depositaba en la cesta del primer trabajador que encontraba.

Le había entusiasmado ver cómo todo el patio de su casa se había llenado de frutos de café dispuestos para secar. Observaba a Santos cómo los esparcía y cómo los movía una y otra vez para que el sol los secase con cariño. Era una labor constante: recoger, secar, tostar, recoger, secar, tostar... y así hasta que todas las cerezas rojas desaparecieran del cafeto para dar paso a un aromático y sabroso café.

Las mujeres y los hombres entonaban alegres canciones

que hacían las jornadas más divertidas. Él había dispuesto unas pequeñas casitas de madera que había en un lugar de la hacienda donde hacía años habitaban los jornaleros. Ahora ya no se utilizaban porque solo se contrataba personal para la época de siembra, pero Roque consideró abrirlas de nuevo para que pudieran vivir allí durante el tiempo que durase el trabajo. Los únicos que vivían en la hacienda continuamente eran Santos y Orlando, que ocupaban la misma habitación, junto al resto del servicio, en una casa anexa a la principal.

Una tarde, cuando el sol estaba a punto de esconderse, Roque recibió una visita. Doña María se presentó en la hacienda sin avisar. Venía acompañada de un jesuita. Los dos entraron en el salón sin dar tiempo al servicio de anunciar su llegada.

Roque descansaba junto a una copa de ron y al notar su presencia, enseguida se puso en pie para saludarlos.

—Buenas tardes, doña María, ¡cuánto gusto verla por aquí! Veo que además viene usted muy bien acompañada. Disculpen mis ropas, pero hace un rato que he venido del cafetal y estaba aprovechando para descansar un rato.

—Buenas tardes, querido. Espero que no le moleste esta intromisión. Me he permitido el atrevimiento de traer hasta su casa al padre Paulino, es un jesuita español que hace mucho por las gentes de nuestro país. Le he hablado de usted porque estoy segura de su bondad; además, él era un buen amigo de sus suegros, los dos le conocían y le apreciaban. Es más, nos conocimos gracias a ellos, en realidad. ¿Verdad, padre?

—Así es, hija.

El sacerdote saludó a Roque y este les pidió que tomaran asiento.

Conversaron durante al menos dos horas. El cura le informó de cómo estaban las cosas en España, algo que Roque agradeció enormemente. Escuchar los comentarios que hacía sobre la situación en su país le alegró, no por las noticias en sí, sino por el simple hecho de oír hablar de su tierra. Después hablaron lógicamente de lo que hacía el sacerdote por tierras venezolanas, de cómo había conocido a sus suegros y, por supuesto, recalcó en varias ocasiones que ellos siempre fueron benefactores importantes para las escuelas que su congregación tenía repartidas por el país; más concretamente, la de Maracaibo, donde sin sus importantes aportaciones no hubiera sido posible terminar de construirla.

Durante la conversación, doña María se tomó la licencia de presentarle como el novio de su hija Paula, algo que no le hizo mucha gracia a Roque. Se había insinuado siempre por su parte, pero jamás él había dado ningún indicio de que fuera a pedir la mano de la muchacha. No era su intención, ni lo sería nunca.

Como se estaba haciendo tarde, el sacerdote dejó caer que no tenía dónde alojarse aquella noche. Roque entendió la indirecta del cura y no tuvo ningún inconveniente en invitarle a pasar la noche en su hacienda. Avisó a Lucía y le pidió que preparara una habitación para el invitado y pusiera un cubierto más en la mesa.

Doña María se despidió de los dos, en especial del que ella ya consideraba su futuro yerno, con dos besos, uno en cada mejilla. Era la primera vez que la mujer lo hacía y a Roque le disgustó sobremanera el gesto. El padre Paulino se dio cuenta y cuando se quedaron los dos solos aprovechó para hablar de ello.

—No le noto a usted muy enamorado, don Manuel. ¿Me equivoco? O tal vez su futura suegra no sea precisamente santo de su devoción.

Roque bajó la mirada y movió la cabeza en gesto afirmativo. No era cuestión de contarle al cura toda su vida, aunque ganas no le faltaban, pero ¿cómo justificar su presencia en La Salud? La verdad era que necesitaba hablar con alguien, ahora que ya no podía contar con la confianza de Juanjo. Estaba seguro de que el sacerdote se preguntaría por qué no era claro y decía simplemente que no estaba dispuesto a casarse con Paula, pero ¿cómo explicarlo? Podía decir que estaba enamorado de otra mujer y que estaba deseando volver a verla, que pronto se encontraría con él y que, desde luego, ella era la persona a la que amaba. Sin embargo, como tampoco había tenido noticias de Inés, lo más probable es que mintiera al decir eso. Así que mejor callar y dejar que el cura hiciera las conjeturas que creyera convenientes.

—No, padre —dijo Roque—, ni estoy enamorado ni creo que lo vaya a estar nunca de Paula, pero esta mujer, que como bien dice no es muy de mi agrado, se ha empeñado en casarnos y no sé cuánto podré resistirme.

—Pues eso está en su mano —repuso don Paulino—. Nadie debe hacer la voluntad de otro. Si usted no quiere contraer matrimonio con la muchacha, no lo haga. En la vida es tan importante decir que no como decir que sí. No tiene necesidad de arrepentirse toda la vida de una decisión tan importante como esa. Pero bueno, dirá que soy un entrometido, que a mí no deben preocuparme tales cuestiones y menos justo ahora que acabo de conocerle. Seguro que piensa que me estoy metiendo donde no me llaman.

—No, padre, no se preocupe. Si le digo la verdad, me viene bien hablar con alguien que sea coherente, no crea. Le agradezco el consejo y no descarto seguirlo. Como bien dice, no hay necesidad de ser un infeliz y mucho menos de hacer desgraciada a otra persona, porque estoy seguro de que Paula a mi lado no iba a ser feliz, no tenemos nada en común. Ni mi cabeza ni mi corazón piensan ni sienten por ella.

—Don Manuel, en próximas fechas vamos a celebrar una pequeña fiesta en la escuela de Maracaibo para todos nuestros benefactores —dijo el cura— y me gustaría que uno de nuestros invitados fuera usted, ya que su suegro fue nuestro mayor bienhechor. Desgraciadamente, él no puede asistir, pero nos honraría contar con su presencia. Los maestros y los alumnos estarán encantados de poder saludarle.

—¡Cómo no! Me encantaría. Además, creo que me va a venir muy bien salir unos días de la hacienda. Ya me dirá cuándo debo ir. Y, por supuesto, me gustaría seguir colaborando con su orden igual que lo hizo mi querido suegro, estoy seguro de que ese sería su deseo. ¿Le parece bien si pasamos al comedor y cenamos?

—Por supuesto, tengo ganas de llevarme algo a la boca. Ha sido un día largo y, aunque parezca mentira, no soy un hombre de muchas palabras, así que cuando hablo demasiado mi estómago me reclama alimento. Quizá sea una tontería, pero ya le digo que hablar me da hambre —dijo, y los dos rieron de la ocurrencia del cura.

Durante la cena la conversación siguió siendo fluida. Ambos tenían en común su país de origen y sobre él hablaron largo y tendido: de política, de gastronomía, de fútbol y hasta del tiempo en el norte; el caso era hablar de España y recordar sus vidas pasadas.

—La cena ha sido magnífica, como siempre en esta santa casa. Si no me equivoco, la cocinera sigue siendo la misma, sería capaz de reconocer esta sopa en cualquier lugar. Sigue trabajando aquí doña Piedad, ¿verdad?

—¡Por supuesto! Aquí está la doñita. ¿Qué sería de mí sin ella? Como veo que la conoce, ¿quiere usted saludarla?

—Me encantaría, le tengo mucho cariño. La conozco desde hace años y, además, debo hacerle entrega de un recado de alguien que sé que quiere mucho.

Roque se levantó y fue en busca de la cocinera, quien no tardó en llegar al comedor, tantas eran las ganas de volver a saludar al padre Paulino.

—Virgencita de Coromoto, mi Divina Pastora de las Almas, Virgen de Chiquinquirá, Virgen de Betania, Virgencita de la Paz, ¡cuánto bien por esta casa, padre! ¿Cómo está?

—Veo, doñita, que sigue tan piadosa como siempre. Deje descansar a Nuestra Señora, por el amor de Dios —bromeó el cura—. La encuentro como siempre, parece que no pase el tiempo por usted, lo cual me alegra mucho, sobre todo ver que el Señor le conserva la salud, que es el bien más preciado que tenemos.

—Sí, padre, estoy muy bien y muy contenta con don Manuel. Hemos tenido mucha suerte de tenerle aquí con nosotros, es un gran hombre, un regalo del cielo. Pero, padre, dígame cómo está mi niñita.

—Está muy bien y muy contenta trabajando en la escuela. Me mandó muchos besos, muchos abrazos y de todo para usted, y como no podía ser de otro modo, también le traigo un mensaje de ella. Quiere que le diga que es feliz, que tiene muchos amigos y que vive en una casita que ella sola mantiene, de lo que se siente muy orgullosa. Ah, también me manda decirle que no tiene novio de momento.

—¡Cómo la echo de menos! Mi niña, ¡la más bonita del mundo! Dele todos los besos que se puedan dar. Espero verla antes de morir. Ella merece ser feliz, ha sufrido tanto, la pobre mía... Menos mal que nunca le faltó de nada. Bueno, le faltó lo principal, unos padres, pero como bien sabe, nuestros señores intentaron darle todo lo necesario para que fuera una mujer de provecho. Que Dios me dé salud para volver a verla.

—¡Pues claro que le transmitiré todas sus palabras! Estará esperando mi llegada solamente por saber si pude verla a usted o no. Y no sea tan exagerada, veo que en eso tampoco ha cambiado. Está como una rosa, doñita.

—No se crea, padre, una va haciendo años y noto que hay días en que los dolores me hacen pasar malos ratos.

—Le queda mucha vida por delante, Piedad, ya lo verá. Pero si no fuera así, usted ya sabe por ser creyente que la muerte forma parte de la vida y como tal debemos entenderla.

Roque observaba en silencio la escena. Se notaba un cariño inmenso entre ellos, una complicidad que iba más allá del tiempo. Le hubiera gustado preguntar sobre la persona de la que estaban hablando, pero no era el momento. Ya tendría ocasión de sonsacarle a Piedad quién era esa muchacha y qué había pasado con ella. Aunque de repente se le ocurrió algo mejor.

—Doñita, no sé quién es esa joven de la que está hablando, pero veo que significa mucho para usted. Próximamente voy a viajar a Maracaibo, precisamente a la escuela del padre Paulino. ¿Le gustaría a usted acompañarme? Así podrá ver a esa chica.

Piedad casi se desmaya de la impresión, tenía tantas ganas de ver a Khiara que la alegría le provocó un leve mareo.

—¿Ve, padre, como mi patrón es un santo? Gracias, Virgencita de Coromoto, mi Divina Pastora de las Almas, Virgen de Chiquinquirá, Virgen de Betania, Virgencita de la Paz...

—Déjeme a las vírgenes tranquilas, mujer —repitió el cura, y los tres se echaron a reír.

Mientras doña María acompañaba al padre Paulino a La Salud, Paula se divertía escondida entre los cafetos con Juanjo. Habían quedado en verse aquella tarde y cuando su madre le propuso acudir a casa de don Manuel, ella se excusó alegando que tenía un fuerte dolor de cabeza y que se iba a acostar.

Cuando la mujer llegó a casa, lo primero que hizo fue subir a la habitación de su hija para comentarle cómo había ido el encuentro. Pero ella no estaba allí. Imaginaba que algo así podía pasar; cuando no quiso acompañarla notó en ella algo que no le gustó, pero como estaba presente el cura, no quiso decir nada. Hacía días que la notaba rara y distante, evitaba su compañía, por eso tenía la sensación de que la muchacha escondía algo. Se sentó a los pies de la cama y allí esperó a que llegara.

Juanjo y Paula habían pasado la tarde en Guadalupe para evitar que alguien de Carora los reconociera. Sentados en una taberna, casi escondidos al fondo del local, tomaron café y hablaron de muchas cosas. Juanjo le reconoció que le atraía y que comenzaba a sentir algo por ella. De igual manera, Paula dejó ver sus sentimientos. Ambos se habían enamorado, pero no lo tenían fácil. Ella necesitaba casarse con alguien que tuviera dinero para mantener su estatus y Juanjo no era esa persona.

—No sé cómo decirte esto. La verdad es que no estoy en disposición de ofrecerte nada. Como sabes, soy un invitado en casa de Manuel, me ayudó mucho en el pasado y le estoy agradecido. No está bien lo que hacemos, lo sé, pero los sentimientos no los manejamos nosotros.

—¡Qué quieres que te diga! Mi madre está empeñada en que me case con él y yo no siento nada. Me parece un buen partido, rico, buen mozo, educado, licenciado, pero... ¿cómo voy a vivir con un hombre al que no quiero? Es muy injusto. Merecemos ser felices, ¿no crees?

Juanjo la tomó de las manos y, mirándola a los ojos, le hizo una propuesta:

—¿Por qué no nos vamos? Podemos empezar una nueva vida en otro sitio, en La Habana, por ejemplo. Allí tengo amigos que seguro que nos pueden ayudar. Sería maravilloso.

—¿La Habana? ¿Qué se nos ha perdido en Cuba? No, yo no puedo irme de aquí, ¿de qué íbamos a vivir? ¿Estás loco?

—Pero ¿tú de verdad quieres estar conmigo? Parece que te interesa más el dinero que el amor que nos tenemos.

—Yo lo que quiero es que me entiendas. Te quiero, sí, pero tengo una posición y no puedo vivir en cualquier sitio. Debes comprenderlo.

—Creo que eres una niña caprichosa y consentida que

no sabe lo que quiere. Lo mejor será que te cases con Roque y así no tendrás problemas de dinero.

—¿Roque? Pero ¿de quién hablas?

—No, no... Quise decir Manuel, no sé en qué estaba pensando. De repente se me vino a la cabeza mi padre, que se llamaba así. En fin, creo que se está haciendo tarde, mejor nos vamos. Esta conversación no va a ninguna parte. No creo que me quieras. A ti te gusta jugar y yo no soy ningún juguete. Te llevo a casa.

Durante el camino de vuelta no cruzaron palabra. Juanjo estaba dolido, hacía meses que se veían a escondidas y hasta esa tarde tenía la sensación de que Paula sentía lo mismo que él por ella, pero no era así. Más que enfadado, se sentía triste. Paula, en cambio, estaba tranquila. De alguna manera se había quitado un peso de encima y se sentía orgullosa de cómo había manejado la situación. Juanjo estaba muy bien para salir a pasear, retozar un rato, bailar y divertirse, pero otra cosa era casarse con él, no tenía ni un bolívar. Por mucho que estuviera enamorada de él, ¿qué iba a hacer ella con un hombre sin dinero? En eso su madre tenía toda la razón, debía mantener la posición social que tenía.

Cuando Juanjo detuvo el coche donde tenían costumbre, un poco alejado de la hacienda para que nadie pudiera verlos, Paula se bajó despidiéndose con un escueto «adiós», pero Juanjo ni siquiera contestó.

La joven subió las escaleras despacio, no sabía si su madre estaba de vuelta, pero por si acaso pisó con sigilo. Cuando abrió la puerta de su habitación, lo primero que vio fue la imagen de su madre sentada en la cama. Su cara lo decía todo y Paula supo que no tenía escapatoria, no había excusa lo bastante convincente que pudiera limar el enfado que tenía la mujer.

Doña María se levantó y le dio un bofetón que le dejó marcados los dedos en la mejilla.

—¡Qué hace, madre! ¡Está loca!

—Eres una sinvergüenza. Seguro que vienes de estar con ese muerto de hambre. ¡Como se entere Manuel no te va a pedir matrimonio nunca!

—Mire, madre, ¡estoy harta de sus caprichos! ¡Ya le he dicho mil veces que no quiero a Manuel! No sé si me casaré o no con él, pero tiene que saber que jamás voy a ser feliz a su lado y eso por su culpa, sobre su conciencia llevará siempre ese peso, la infelicidad de una hija, esa a la que dice que tanto quiere. Pero si le sirve de algo, tampoco voy a hacerlo con Juan José, lo hemos dejado esta misma tarde. Hágame el favor de salir de mi habitación, quiero estar sola.

—Pero bueno, ¿te has vuelto loca o qué? Unas veces dices que le quieres y ahora dices que no estás enamorada. Hazme caso, Paula, serás feliz, claro que sí. ¿O acaso crees que yo estaba locamente enamorada de tu padre cuando me casé? Pues no, mi corazón pertenecía a otra persona, a un hombre maravilloso que no quiso quedarse conmigo y en cambio escogió a mi mejor amiga para casarse. La odié toda la vida por ello. Luego apareció Genaro y fue mi salvación: pude tenerte amparada en un buen matrimonio.

—¿Qué está diciendo, madre? ¿Insinúa que mi padre no es... mi padre? —Doña María negaba con la cabeza, pero su hija no dejó de insistir—: Sí, madre, eso es lo que ha dicho, la conozco muy bien, la rabia le ha hecho perder el control y se le ha ido la lengua.

—¡Yo no he dicho tal cosa! ¡Eso no es cierto! No pongas palabras en mi boca que no he mencionado.

Doña María no quería continuar en la habitación y salió de allí escopetada. Paula lo había descubierto, cómo podía haber tenido ese desliz. Conocía a su hija y sabía que no iba a parar hasta que le diera más explicaciones, pero eso no iba a poder ser. Jamás le diría que su padre era el suegro del hombre que debía ser su marido. Ni siquiera él lo supo en vida.

43

Consolación entró en casa echando sapos por la boca. Al oírla, Tina salió de la cocina para saber qué era lo que había pasado.

—Pero, mujer, ¿a qué vienen esas voces? Pareces una pescadora de Puerto Chico pregonando sardinas. ¿Qué bicho te ha picado ahora?

—¡Pero cómo no voy a estar enfadada!, ¡parecen tontos! El uno y el otro, ¡vaya par de dos! El cuñado de Ramón más que eso todavía.

—Vamos a ver, ¿quieres hacer el favor de hablar claro y decir de una puñetera vez de quién carajo estás hablando? Pero ¿quiénes son los tontos? ¿Ramón, el portero? Habla, mujer, que para una vez que tienes que hacerlo de verdad te pones a dar vueltas al asunto y no dices nada.

—Sí, sí, eso, el portero, sin ir más lejos. Pues resulta que el otro día vino el cartero nuevo, el día que no estaba Ramón, ¿te acuerdas? Bueno, pues resulta que traía una carta para la niña que no sé de quién sería porque dijeron que venía de América, y resulta que el cuñado, que se quedó el día que murió su madre, va y le dice al cartero que aquí no vive ninguna Inés. Total, que se la llevó de nuevo. Ramón, cuando se enteró, le pidió que la trajera de vuelta, pero ya la han devuelto. ¡Manda madre, eh! ¿Te imaginas que le haya pasado algo a la cría y nos escriba otra persona para contarnos porque ella no puede? ¿Te imaginas? Pues eso es lo que hay. Resulta que nosotras ahora no nos podemos enterar de lo que está pasando.

Tina se quedó pensativa por un momento.

—Bueno, mujer, si ha de ser, ya nos escribirán —dijo quitándole hierro al asunto—. A la niña no le pasa nada, el otro día me dijo don Dionisio que había tenido noticias de Venezuela y que estaban todos de maravilla. No te preocupes, que la chica está bien. ¡A saber de quién era esa carta! Tú tranquila, te digo yo que no le pasa nada. Y no te pongas así, que te va a dar algo.

—Vaya, y luego soy yo la que me como los santos, pues tú últimamente no sales de Santa Lucía, y no me creo yo que sea para que te conserve la vista que digamos, que esa la tienes de maravilla.

—Bueno, mira esta, ¿y tú qué sabes cómo tengo yo la vista? Además, que no tengo que darte explicaciones, pero no es que me haya vuelto muy piadosa, voy a ver al cura que está de muy buen ver. Igual necesita un día de algún favor —la mujer le hizo un gesto de fornicación con las manos a la vez que le guiñaba un ojo— y así que sepa que yo estoy disponible.

—¡Válgame Dios Nuestro Señor, qué barbaridad! Eres una degenerada. Pobre hombre, se te tenía que caer la lengua solo por decirlo.

Consolación le dio la espalda mientras se santiguaba sin parar.

—Sí, sí, pobre... —Tina sonrió al ver como Consolación se ruborizaba con el gesto y salía corriendo.

El aire de Maracaibo le estaba sentando muy bien a Inés, su tono de piel se había vuelto más oscuro y mostraba un aspecto saludable y brillante, su tez morena hacía que luciera más jovial aún de lo que ya era y hasta su carácter se había vuelvo más dicharachero. Sería el influjo del Caribe que le había contagiado su calor, su aroma, sus ganas de vivir y sobre todo su ritmo.

Estaba contenta con el trabajo, cada día que pasaba se iba acoplando más a aquel ambiente. El padre Paulino había llegado hacía días, pero no había tenido ocasión de verlo; por lo que se había comentado, sabía que iba a celebrar una fiesta, pero no conocía los detalles ni los motivos de esta. La maestra caminaba por uno de los pasillos cuanto oyó su nombre, su nombre pronunciado al revés, al que ya se había acostumbrado del todo.

—¡Seni, Seni!

Era Khiara quien la llamaba. Inés se volvió.

—Hola, guapa, ¡cuántos días sin vernos! Pensé que te habías enfadado conmigo

—¡Qué tontería! Contigo no se puede enfadar nadie, Khiara. Además, ¿qué motivo podría tener?

—No, ninguno. Precisamente eso era lo que yo decía: no puede estar enfadada conmigo porque yo nada le hice. Pero dejemos la broma. El padre Paulino te busca, está en su despacho. Me ha pedido que te diga que cuando puedas, te pases. Seguro que quiere hablar contigo de la fiesta que vamos a celebrar para homenajear a nuestros benefactores.

Normalmente se hace cada año. Es un día muy bonito y vienen gentes de los estados vecinos: Lara, Trujillo, Mérida, Táchira... Lo pasaremos muy bien. Llegan hombres muy guapos y muy ricos acompañados por sus señoras que traen unos vestidos preciosos con unos sombreros finísimos. Los niños cantan y bailan, celebramos una misa en el patio que ponemos muy bonito, lo llenamos de flores de Cayena de todos los colores: blancas, rojas, naranjas, amarillas... Nos queda precioso. Bueno, no quiero entretenerte. Anda, ve, que te estará esperando, y ya sabes que yo me entusiasmo sola y puedo estar hablando el día entero. Por cierto, mañana hay una fiesta en casa de unos amigos y me gustaría que vinieras conmigo, ¿lo harás? Lo pasaremos muy bien. Habrá chicos guapos —le dijo guiñándole el ojo.

—Bueno, no te puedo decir nada. Estos días estoy acompañando a la madre de Oliverio, que está a punto de dar a luz. Como sabes, su marido falleció hace un mes y la pobre está sola y me da pena, lo está pasando muy mal. Por eso no nos hemos visto, allí me paso casi todo el tiempo, la ayudo con las cosas de la casa y con los niños, así le hago compañía a la pobre mujer.

—Eres un ángel, Seni, ¿cómo no te van a querer los niños? Bueno, y los mayores, que sé de buena tinta que alguno está perdido de amor por ti.

—Qué tontería. Anda a tus labores, que voy a ver al cura.

Inés caminó por los largos y soleados pasillos del colegio hasta llegar al despacho del padre Paulino. La puerta, como siempre, estaba abierta, lo que significaba que el cura estaba solo y deseaba recibir la visita de cualquiera que quisiera saludarle o conversar con él. No obstante, ella prefirió tocar con los nudillos un par de veces en el marco de madera.

Al instante oyó la voz inconfundible del sacerdote.

—Querida Sine, qué gusto tenerte aquí. Veo que Khiara no ha perdido el tiempo y ha salido a buscarte nada más darle el recado. Esta chica es un tesoro, cada día estoy más contento de haberla traído conmigo. Estaría recogiendo café o cacao si no hubiera tenido la valentía de cruzarse en mi camino.

—Ciertamente es una chica encantadora —repuso Inés—. Yo la quiero mucho, está siendo un gran apoyo para mí, tanto en la escuela como fuera de ella, pues me está enseñando muchas cosas de este país y de sus gentes. Vamos, de lo mejorcito que tenemos aquí, padre. Bueno, pues usted dirá en qué puedo ayudarle.

—Como seguramente ya sabes, cada año celebro una fiesta en homenaje a nuestros benefactores. Normalmente a la gente adinerada le gusta ser halagada y a nosotros no nos cuesta hacerlo. Además, siempre es mayor el beneficio obtenido que el esfuerzo realizado, y la verdad es que tampoco nos cuesta tanto.

—La verdad, no tenía conocimiento. Algo he escuchado por ahí, pero desconocía el motivo de por qué se hacía. De todos modos, si me necesita estaré encantada de ayudar; además, estoy segura de que las aportaciones son imprescindibles, y más en sitios como este donde todo lo que se consiga es poco. —Inés parecía querer decirle algo más a don Paulino—. Por cierto, padre, antes de que me siga contando, me gustaría pedirle algo. Como sabe, el padre del niño Oliverio Ferreiro falleció hace poco; la situación en la que ha quedado su esposa y los pequeños, teniendo en cuenta que viene otro en camino, no es nada buena. Me gustaría saber si sería posible ayudarla, pues necesita al menos un trabajo, para cuando dé a luz, claro, pero de momento no estaría mal empezar dándole algo de comida. Yo la ayudo en lo que puedo, pero claro, no es suficiente.

—No sabía que estuviera tan mal —dijo don Paulino—. Por supuesto que intentaremos ayudarla. Por ahora te haré un papel para que todos los días le acerques alimentos. En la despensa te proporcionarán lo que necesites, pero no abuses, ya sabes que no estamos sobrados y además no podemos ir dando de comer a todo Maracaibo, ¡qué más quisiera yo! Y dile que, por favor, no haga alarde de la ayuda que le llevas, no me gustaría tener una cola de necesitados a la puerta del colegio.

—Muchas gracias, padre, no sabe lo contenta que se pondrá. Quizá cuando esté bien pueda trabajar en el colegio, en la cocina o limpiando.

—Bueno, tiempo al tiempo, que parece que te ha hecho la boca un fraile. Ya hablaremos de eso.

Inés le sonrió, sabía que el sacerdote haría todo lo posible por ayudar a la mujer. Con lo que iba a llevarle tendría suficiente por un tiempo, pero pronto necesitaría más cosas, sobre todo para el pequeño que estaba a punto de llegar.

—Pues muchas gracias, padre, y perdone por haberle interrumpido. Hábleme de la fiesta y dígame en qué puedo colaborar, si es que me necesita, claro está.

—Por supuesto que te necesito. Me gustaría que estuvieras al frente de la organización de este año. Habla con los profesores y ellos te dirán lo que hicimos otros años. Intenta buscar algo original, diferente, algo que pueda sorprenderles y, por supuesto, gustarles.

—Pero yo no tengo ninguna experiencia en organizar fiestas, no sé cómo voy a empezar y por nada del mundo me gustaría dejarle a usted en mal lugar.

—No, mujer, no te preocupes. Solo quiero que colabores, ellos saben qué hacer, pero quizá tú puedas aportar algo nuevo, acabas de llegar de España, no sé, algo que se haga en los colegios allí y a mí se me pueda haber pasado por alto.

—De acuerdo, ¡qué susto me ha dado! Pensé que iba a caer toda esa responsabilidad sobre mí.

—No seas exagerada, que tú eres capaz de eso y de todo lo que te propongas. Además, Germán está a punto de volver a Maracaibo. Le he hecho llamar precisamente para que nos eche una mano con esto. ¿No te alegras?

—Claro que sí, pero no por nada en especial. Germán y yo solo somos amigos, nada más, padre. Y para despejar malentendidos, no tengo ninguna intención de volver a Santander casada, y mucho menos con Germán. Me gustaría, además, que en la medida que usted pueda le haga ver cuál es mi punto de vista. Antes de irse me estaba haciendo sentir mal. Me tenía controlada todo el día. Tal vez no fuera con mala intención, pero no me gusta que me persigan de esa manera.

—No tenía ni idea, Inés. La verdad es que pensé que erais casi novios. Aunque no entiendo muy bien lo que dices, pues Germán ha sido siempre un buen muchacho y nunca he notado nada raro en él. De todos modos, lo voy a tener en cuenta, no te preocupes. Eso sí, tú no le des pie a nada para que luego no haya quejas.

—Padre, soy lo suficientemente adulta para saber cuándo quiero o no quiero hacer o decir algo, le aseguro que jamás le he insinuado nada y mucho menos le he buscado.

El comentario del cura había molestado a Inés y quiso dejar claro que no tenían ningún tipo de relación. El padre Paulino se limitó a mirarla por encima de sus lentes y sonrió mientras bajaba la vista a los papeles que tenía entre sus manos.

Se despidieron amigablemente, ambos se conocían muy bien y no hacían falta más aclaraciones por parte de ninguno de los dos.

44

Desde que Piedad había comentado que iba a viajar con don Manuel a Maracaibo, todos en la casa estaban un poco celosos y a la menor ocasión hacían comentarios con la intención de molestar a la mujer, pero les estaba costando, pues era mayor la alegría que ella sentía que cualquiera de los intentos de chincharla; además, tampoco la mujer se lo tenía en cuenta, ni para bien ni para mal.

Mientras trasteaba en la cocina, Isabela llegó y se dejó caer en una de las sillas, dejando las bayetas que traía en la mano encima de la mesa.

—¿Qué te pasa, mi hija? Andas desganada hoy. ¿Ya has terminado de limpiar las habitaciones y el despacho del patrón?

—Sí, mamita, por fin terminé. Oiga, ¿no sería posible que yo fuera con usted a Maracaibo? Después de todo, Khiara y yo nos hemos criado juntas, seguro que también le hará mucha ilusión verme, bueno, eso sin decir la que me haría a mí. Visitar Maracaibo, ¡con lo lindo que debe de ser! Me gustaría tanto poder ir con usted, mamita. ¿Por qué no se lo pide al patrón? Quizá acepte. ¡Sería chévere!

—Estás loca, niña. ¿Cómo voy a atreverme yo a semejante petición? Bastante hace el buen hombre con llevarme con él, como para pedirle que te lleve a ti también.

—¿Sabe una cosa, mamita?, creo que siempre quiso más a Khiara que a mí, ¡cualquiera diría que es hija suya! Pero no me importa, ella será siempre una bastarda.

—Pero ¿se puede saber qué te pasa hoy? ¿Por qué dices eso? La muchacha no es ninguna bastarda, su padre murió antes de nacer ella. Deja tus tonterías y ponte a hacer arepas, que llegará la hora de la comida y aún no están listas. Ahí tienes la harina, el agua cógela de aquella tinaja y el *budare* está en aquel armario; utiliza el de barro, que quedan más sabrosas.

—No me venga con cuentos, madre, no hace falta que me diga dónde están las cosas, llevo en esta cocina toda la vida. Ahora, si lo hace para distraer mi atención y que no le pregunte más por la bastarda... pues vale. Que tenga claro usted que esa historia la conozco de pe a pa, se la he oído contar a todos los trabajadores de la hacienda. Khiara, diga usted lo que diga, es la hija del señor.

—Eres una *metiche*, ¡deja eso ya! De ser así, a nosotras ni nos va ni nos viene.

—Bueno, pues me callo. Traiga para acá esa harina, que voy a preparar la arepa. Pero, mamita, si puede, pídale al señor don Manuel que me lleve a Maracaibo.

—Ni lo sueñes, niña.

Mientras esto sucedía en la cocina, Roque ordenaba papeles en su despacho, cuando la visita de Paula le dejó casi sin palabras. No esperaba para nada verla por allí y menos tan temprano. La muchacha había entrado sin ser anunciada como si aquella fuera su casa.

Después de la conversación que mantuvo con su madre, Paula había decidido hacer de tripas corazón e ir en serio y a por todas con la relación. A pesar de no estar enamorada, era la única solución que tenía: su familia no tenía ni un céntimo. Si quería mantener el estatus de ahora, no le quedaba más remedio que hacer lo que su madre decía. Después de todo, Manuel era un hombre apuesto, joven y rico, no se podía pedir nada más. Bueno, estar enamorados no estaría mal, pero la llama no acababa de prender, ni por su parte ni por la de él. Era una relación que no comenzó bien y que jamás iba a funcionar, pero ahora lo único que le importaba era ayudar a sus padres y a sí misma. Por eso había decidido ponerse uno de sus coloridos vestidos entallados que marcaban sus caderas y dejaban sus hombros al descubierto. Se subió en unos altos zapatos rojos y se pintó los labios de manera que resaltasen su boca, se colocó en la cabeza un pañuelo de seda blanco que anudó a su cuello y se puso unas enormes gafas de sol que ocultaban sus ojos.

—Buenos días, querido. Veo que estás ocupado, tal vez te moleste en este momento, pero no te robaré mucho tiempo, solo quería comentarte algo.

—Buenos días, Paula. Pues sí, ciertamente estoy ocupado. Como bien sabes, estamos en época de cosecha y el tiempo es oro, como dicen en mi tierra.

—En la tuya y en todas, querido. Pero bueno, que sea época de cosecha no quiere decir que seas tú quien tenga que recoger cerezas como si fueras un vulgar jornalero. —Paula rodeó el escritorio de Roque y se situó detrás de su sillón poniendo sus manos sobre los anchos hombros del apuesto terrateniente—. Parece que estás tenso, no te vendría nada mal una jornada de fiesta. ¿Por qué no nos vamos a dar un paseo? Podemos ir a comer a Halo Viejo, conozco un restaurante donde hacen unas comidas exquisitas.

—No tengo tiempo de paseos ni de comidas, y si no te importa, ponte al otro lado, así te veo la cara. Por cierto, por ahí andará Juanjo, quizá prefieras ir con él a pasear. Os lleváis muy bien, según tengo entendido.

—Solo hemos salido algunos días, pero no hay nada entre nosotros. Mi corazón solo le pertenece a un hombre, y no es precisamente él.

—Pues qué suerte, el afortunado estará muy contento, no se encuentra todos los días una mujer como tú, con tu elegancia, tu posición, tu saber estar y tu buena educación. Por cierto, estás muy guapa.

—Vaya, vaya, Manuel, muchas gracias, aunque diría que estás muy antipático hoy. Vengo con la mejor de las intenciones y me encuentro con un muro, parece que mi visita no te ha resultado agradable. Fíjate que si tú supieras lo que yo sé de ti, te iba a resultar mucho más fácil ser amable conmigo. Pero, claro, a lo mejor te da igual que todo el mundo sepa ese secreto que guardas con tanto mimo.

—No sé a qué te refieres, ni tengo ni guardo secretos. Te voy a pedir que, por favor, me dejes trabajar, quizá otro día o en otro momento podamos dar un paseo o, como bien dices, disfrutar de una buena comida, pero hoy no es el día, lo siento, Paula.

—Está bien, te dejo en paz. Por cierto, me comentó mi madre que asistirás a la fiesta que dan los jesuitas en Maracaibo. Me gustaría ir contigo, para algo soy tu futura esposa, ¿no?

—Creo, Paula, que estás equivocada. No sé de dónde

494

has sacado que vas a ser mi futura esposa. Nunca te he pedido relaciones y menos aún compromiso. Es más, no tengo ninguna intención de casarme contigo, creo que ya es hora de que aclaremos este asunto, es una tontería seguir con esta historia. Por mi parte eres libre de hacer lo que quieras, de ir con quien te dé la gana y de vivir la vida que te apetezca. Tienes mis bendiciones para ello, aunque no las necesitas.

—No vas por buen camino... Roque. No, no, ese no es el camino. Has perdido una oportunidad de oro. Aunque también te digo que dejas pasar la ocasión de estar con el mejor partido de todo el estado de Lara.

Dicho esto, Paula se dio la vuelta y se marchó sonriendo.

Roque se quedó pegado a la silla. ¿Acaso esa muchacha sabía su secreto? De ser así, solo había una persona que había podido contárselo. Salió corriendo de su despacho, se subió al caballo que siempre tenía dispuesto a la puerta de la casa y cabalgó raudo hasta la plantación en busca de esa única persona que podría haber desvelado a Paula que él realmente no era Manuel de Castro y Balmoral.

Lo encontró alardeando, como siempre, entre los cafetales, rodeado de mujeres que escuchaban atentamente lo que les contaba.

Sin bajarse del caballo, Roque gritó su nombre. Juanjo levantó la mirada y le saludó como si nada pasase, pero al observar la cara desencajada de su amigo, interrumpió la animada conversación que estaba manteniendo y fue a su encuentro.

Cuando le preguntó a Roque qué se le ofrecía, obtuvo como respuesta un puñetazo que le desencajó la mandíbula y le hizo sangrar la boca, cayendo al suelo igual que un saco lleno de aquellos granos de café. Roque volvió a buscarle, le agarró por las solapas de la guerrera que llevaba y le levantó para volver a golpearle y tumbarle otra vez en el suelo. Cuando Roque se disponía a propinarle un tercer puñetazo, alguien le sujetó de los brazos inmovilizándole. Era Santos, que, alertado por las jornaleras, había acudido rápidamente para detener la pelea.

—Patrón, ¿qué pasó? ¿Está loco? ¡Lo va a matar!

—¡Déjame, Santos, no te metas! Esto es cosa nuestra. ¡Suéltame, te digo!

—No. Ya está bueno, patrón, ¿no ve que lo ha dejado noqueado?

Roque se tranquilizó, miró el cuerpo tendido de Juanjo y por un instante se sintió culpable de lo que había hecho. Se subió de nuevo a lomos del animal y mientras sujetaba las riendas le pidió al capataz que lo recogiera del suelo y lo llevara a casa.

Cuando Santos llegó a la vivienda se formó un gran revuelo. Isabela, Raulito y Lucía se llevaron las manos a la cabeza, mientras que Piedad reclamaba la ayuda de todas sus vírgenes. Apoyado en el quicio de la puerta, Roque observaba la escena sin decir palabra, hasta que las miradas de todos sus trabajadores se posaron en él.

Santos fue el único que se atrevió a hablar.

—¿Qué hago con él? —preguntó.

—Pasa, métela en su cama y que le curen —mandó Roque.

Piedad se puso delante de su patrón con las manos apoyadas en sus amplias caderas y moviendo la cabeza.

—Es bueno el cilindro, señor, pero no tanto.

Roque no entendió la expresión de la mujer, aunque a

juzgar por su cara, imaginaba que le estaba advirtiendo que se había excedido con el correctivo.

—¿Qué demonios pasó, mamita? Dice Santos que fue el mismísimo patrón quien le atizó tremenda *pela*. Yo creo que tiene que ver con la señorita Paula, esa me cae pesada. Se dice por ahí que ella y el *chuleta* andan ligando. El caso es que no le veo al señor Manuel muy *encucao*. Yo no creo que vayan a esposarse, mamita, ¿no le parece? Con lo guapo que es el señor... En realidad él está enamorado de mí, lo que pasa es que aún no se ha dado cuenta.

—¡Isabela! Ya está bien con la cháchara, deja ya de *mangüerear* y recoge los *corotos*. ¡Vamos, que es para hoy, niña! Y deja de decir tonterías.

—¡Qué mujer esta! Nunca puedo hablar con usted ni un *momentico*.

45

Los días transcurrían rápidos en Maracaibo, los preparativos de la fiesta tenían ocupada a Inés durante toda la jornada. Procuraba atender a la madre de Oliverio y acudía a su casa un rato por la mañana, le llevaba la comida que recogía en el comedor del colegio de don Paulino e intentaba acaldar la pequeña vivienda. Inés estaba arropada por los profesores y también por Khiara, que era todo entusiasmo e intentaba estar junto a ella en cada momento. En apenas dos días el colegio se llenaría de visitantes, sobre todo hombres de negocios con alto poder adquisitivo dispuestos a ayudar. Junto a ella estaba Germán, pegado como su sombra. Lejos de olvidar sus pretensiones para con la maestra, el chico había vuelto con ganas de formalizar la relación.

Buscaba la manera de estar con Inés, pero esos días le resultaba complicado; además, Khiara estaba muy unida a ella e incluso pasaba muchas noches en su casa. Por ese motivo Germán habló con la joven profesora para pedirle que guardara las distancias con Inés, que no se quedara con ella a todas horas, que se fuera a su casa, que ya estaba él para proteger y cuidar de ella. Ansiaba tener un poco de intimidad con Inés, y eso iba a ser imposible si Khiara estaba presente. A la joven no le sentó nada bien lo que le dijo el muchacho, pues en pocas palabras la había echado, pero sobre todo lo que más le molestó fue el tono en que se lo dijo. Sin perder tiempo ni pensarlo dos veces, habló con su amiga.

—Seni, me ha pasado algo con Germán que me gustaría comentarte. Estoy un poco disgustada.

—Tú dirás. ¿Qué ha sido?

—Hace un rato, cuando estabas colocando la banderola en la entrada, ha venido a mí y me ha dicho que a ver si te dejo en paz y que por qué duermo en tu casa. Yo le he contestado que eres mi amiga y que estos días, como tenemos mucho trabajo, estamos juntas porque en casa aprovechamos para preparar la tarea del día siguiente. Me ha dicho que él es tu novio y que le gustaría poder pasar tiempo contigo ya que hace meses que no le es posible estar junto a ti. La verdad, no tenía ni la más remota idea de que fuerais novios. Es más, te pregunté si tenías uno y tu respuesta fue que no. Quiero saber si estoy molestando, y si fuera así, no te preocupes, hoy mismo me voy a mi casa, no me gusta molestar, y aguantar velas, muchísimo menos.

—No le hagas caso. Durante el viaje en barco hicimos amistad. Al tener los dos la misma edad nos contamos nuestras cosas. Pero se hizo ilusiones conmigo. He intentado decirle muchas veces que entre nosotros no hay ni habrá nada y pensé que le había dejado claro que no tengo ninguna intención de ser su novia. Ni suya ni de nadie, al menos por el momento. He sufrido mucho y mi corazón aún sigue dañado por amor. No quiero compromisos, no quiero que ningún hombre puede entorpecer mi vida, no quiero compañía masculina, no quiero saber nada del amor, no me interesa, lo intenté en una ocasión y salió mal.

»Te pido que le perdones, no es mal chico, así que no le tengas en cuenta sus palabras, nada tienen que ver con mis pensamientos. Yo estoy muy contenta de que estés conmigo, te quiero mucho, Khiara, eres mi amiga y mi apoyo en esta ciudad tan lejana de mi tierra; sin ti no creo que hubiera podido seguir adelante. Fue un error venir a Venezuela, me di cuenta de ello hace unos meses, casi al llegar, pero ahora no puedo irme, debo esperar a que termine el curso y sobre todo debo reunir el dinero suficiente para el pasaje de vuelta. Quédate a mi lado. Yo hablaré con él y le aclararé más si cabe todo lo que ya le dije en el barco y luego en Cartagena de Indias.

—No te pongas triste, Inés, la vida es bonita. No digas que nunca vas a enamorarte, eso no lo sabes. Eres guapísima, joven y lista. ¿Cómo una mujer como tú va a estar toda la vida sola? Mereces ser feliz y aunque no sé lo que ocurrió o qué fue lo que ese hombre te hizo que tanto daño te ha causado, te digo, amiga, que la vida es tan bella como lo eres tú. Debes ser feliz.

»¿Sabes?, mi vida tampoco ha sido fácil, he estado sola la mayor parte del tiempo. Mi madre murió y mi padre... ¿qué te voy a decir de mi padre? Me dejó vivir en su casa y me pagó los estudios, pero jamás tuve un gesto de cariño por su parte. Todo el mundo piensa que no sé quién era mi padre, pero están equivocados. Por eso, en cuanto tuve oportunidad me marché de aquella casa, un lugar donde no me trataron mal pero donde tuve que ver como mi hermana lo tenía todo y yo no tenía ni el saludo de mi padre. De no ser por Piedad, no sé qué hubiera hecho; sus besos y abrazos fueron mi refugio.

—No sabes cómo lo siento, Khiara. Está visto que la vida nos castiga a todos sin saber por qué. Anda, vamos, olvidemos el pasado, mirar hacia atrás nunca merece la pena salvo si es para recordar a las personas que queremos y ya no están. —Inés dio dos palmadas y con energía se dirigió de nuevo a Khiara—: ¡Vamos, que aún nos queda mucha tarea por delante!

A Inés le molestó lo que Khiara le había contado de Germán. Le encontró poniendo en marcha las luces que debían alumbrar el escenario donde iba a colocarse el altar para la celebración de la misa. Le llamó y el muchacho dejó enseguida lo que tenía entre manos para ir hasta ella corriendo. Al llegar a su altura se acercó para besarla en la mejilla, pero Inés retiró la cara.

—¿Qué pasa contigo? ¿No quieres que tu novio te bese? Bueno, es normal, el patio del colegio no es el lugar más adecuado. Perdona, pero tengo tantas ganas de hacerlo que no me he dado cuenta de dónde estamos.

—No, no es eso. Lo que ocurre es que no quiero que me beses ni aquí ni en ningún otro sitio. Creo que en Cartagena te dije que no quería tener ninguna relación contigo, pero veo que no lo dije lo suficientemente claro. Por lo tanto, te lo voy a volver a repetir. Aquí y ahora, Germán, siento mucho decirte que entre tú y yo no hay ni habrá nada. Mi corazón no te pertenece, no quiero y no puedo sentir nada por ti. Por favor, entiende lo que te estoy diciendo y deja que yo siga mi camino, tú debes buscar una chica que te quiera, que te haga feliz, que te dé todo eso que anhelas: una familia, unos hijos, una pequeña casita... Yo no puedo darte lo que buscas. Te pido perdón si en algún momento mis hechos te han parecido consecuencia de algún atisbo de amor por ti, pero nunca ha sido así. Posiblemente he sido muy torpe con mis actos, lo reconozco, pero en ellos solo había amistad.

—Entonces ¿me estás dejando?

—Vamos a ver, Germán, no te estoy dejando porque nunca nos hemos tenido. Y, por cierto, ha estado muy feo lo que le has dicho a Khiara. Espero que lo entiendas de una vez por todas y que en adelante podamos seguir siendo amigos.

Inés se dio la vuelta con intención de irse, pero Germán la agarró con fuerza por un brazo. Inés le pidió que la soltara, pero él, en lugar de hacerlo, le dio un bofetón que la hizo tambalearse. Khiara, que estaba viendo lo que pasaba, salió corriendo a ayudar a su amiga, pero no fue ella sino el padre Paulino quien llegó hasta ellos.

—¡Estás loco, Germán! ¡Qué has hecho! ¡Cómo te atreves a pegar a una mujer! Este es un lugar sagrado. Recoge tus cosas y vete. No quiero verte más por aquí, no vuelvas a acercarte por la escuela y mucho menos a Inés. Mañana mismo regresas a Caracas.

—Yo no soy un muñeco al que decirle qué tiene que hacer. No voy a ir a Caracas porque usted lo diga; es más, no voy a ir a ningún sitio, ¿me oye?

—¡Fuera de aquí, desagradecido! Poco te acuerdas de cuánto me rogaste para que te trajera hasta aquí. ¡Fuera, te digo!

El sacerdote se volvió hacia Inés interesándose por ella. La muchacha tenía la cara marcada con los dedos del joven, y aunque estaba algo mareada se repuso enseguida.

—Hija, ¿estás bien?

—Sí, padre, no se preocupe, no es nada.

—Pero ¿qué ha pasado? No puedo decir que conozca mucho a Germán, pero jamás pensé que pudiera reaccionar así con una mujer.

—Simplemente lo que hablamos usted y yo el otro día: le dije que entre nosotros no había ni iba a haber nada, que no existe una relación ni nada que se le parezca. Pero él no lo ha aceptado.

—No creo que vuelva a hacerte daño, y si te molesta antes de marcharse de aquí, dímelo, porque no voy a permitir otra agresión por su parte. Es inadmisible.

Inés se agarró del brazo de Khiara y caminaron juntas de regreso a casa. Aún tenían muchas cosas que preparar; entre otras, los vestidos que las muchachas iban a lucir y que estaban confeccionando con la ayuda de una costurera de la ciudad amiga de Khiara.

46

Después de dos días, Roque entró en la habitación donde Juanjo se recuperaba; no había querido hacerlo antes, prefería estar sereno y tranquilo antes de hablar con él. El joven tenía la cara hinchada, un ojo negro y le costaba hablar por el dolor en la mandíbula. Roque abrió la puerta con ímpetu e Isabela, que atendía en ese momento las heridas, dejó lo que estaba haciendo y salió rápido de la estancia. Roque cogió una silla por el respaldo y la puso cerca de la cama, luego se sentó y cruzó las piernas. Miró con ojos desafiantes al que había sido su amigo, quien no pudo sostenerle la mirada, dirigiéndola hacia las sábanas de la cama.

—Al parecer, por el gesto que haces, tengo razón y motivos para hacer lo que hice —comenzó Roque—. No me has dejado otra salida, me has puesto al límite, has sido tú quien me ha llevado a esto, te lo advertí. Aunque tengo que confesar que nunca pensé que irías a traicionarme. Te he ayudado, te he dado de comer, te mantengo y de doy dinero suficiente para que se lo envíes a tu familia y para que a ti no te falte de nada, y tú me lo pagas con la deslealtad.

—Aún no tengo la menor idea de por qué me has dado

esta paliza —replicó Juanjo—. No te he traicionado, sería tirar piedras sobre mi tejado. Una cosa es lo que yo haya podido decirte en algún momento y otra muy diferente que haya hecho algo para perjudicarte. Cuando hemos hablado y te he insinuado que podía revelar la verdad, no lo decía en serio, estaba dolido porque veía que Paula te iba a escoger a ti en lugar de a mí, pues sabes que yo la quiero; sé que no es una mujer para mí, que no tengo nada que ofrecer a alguien como ella, pero ¿qué quieres?, me ha envuelto y ha conseguido que me enamore.

—Todo eso queda muy bonito, muy romántico, pero a mí no me interesa, te puedes quedar con ella, yo te la regalo. Pero vamos a lo que me preocupa de verdad, ¿no vas a tener el valor de reconocer lo que has hecho?, ¿vas a seguir en tus trece? Muy bien. Te lo voy a preguntar una vez nada más y espero que me contestes la verdad, si no lo haces, puedes recoger tus cosas y largarte hoy mismo de mi casa. ¿Por qué le has contado a Paula lo que únicamente tú y yo sabemos?

—¡Estás loco! Yo no le he dicho nada ni a Paula ni a nadie, no se me ocurriría jamás. ¿Qué te hace pensar que yo he hecho algo así?

—Entonces ¿qué explicación le das a que Paula el otro día se presentase en mi despacho y, después de una conversación, me llamase Roque? Lo hizo con recochineo, a modo de chantaje. Tú eres el único que tiene relación con ella y el único que sabe de qué estamos hablando. Es absurdo que lo niegues, sé un hombre y di la verdad.

—Puedes creerme o no, pero yo no le he dicho nada.

—En ese caso, ¿cómo sabe mi nombre? ¿Me lo quieres explicar de una vez?

—Bueno... —Juanjo guardó silencio un momento—, el

otro día salimos a dar un paseo. Charlamos de nuestra relación, no te voy a engañar, y le propuse que se viniese conmigo a La Habana. Ella se echó a reír y me dijo que lo que necesitaba era mantener el estatus que tenía aquí, que por nada del mundo iba a renunciar al dinero y a todo lo que tiene ahora, que se casaría contigo porque tú eres el único hombre que puede dárselo. Me dolió mucho su respuesta y en un momento, sin darme cuenta, pronuncié tu verdadero nombre en lugar de decir «Manuel». Paula es muy lista y, como has podido comprobar, se quedó con el detalle. Cuando me preguntó que quién era esa persona, le dije que estaba pensando en mi padre y sin darme cuenta había pronunciado su nombre, pero a la vista está que entendió perfectamente que estaba hablando de ti.

—¿Y por qué no me lo explicaste entonces? Eres un inconsciente. ¿Sabes lo que puede pasar si esto se sabe? Podemos ir a la cárcel. Te recuerdo que a estas alturas eres parte implicada en este asunto. Si me descubren, tú irás en el mismo barco que yo por encubridor y posiblemente por cómplice.

—Te juro que no ha sido mi intención. No sabe nada, solamente dije el nombre pero ni una sola palabra más.

Roque no se quedó del todo conforme con la explicación que Juanjo le dio; lo único que sabía era que Paula, por el motivo que fuera, le había mentado por su nombre verdadero. De ser cierto lo que Juanjo le estaba contando, ella no sabía mucho más que eso. Dudaba en si dejarlo pasar o no, y en ese último caso, ¿qué podía hacer?

Se levantó en silencio y devolvió la silla al rincón de donde la había cogido. Cuando se disponía a salir, volvió la mirada hacia Juanjo.

—En un momento salgo hacia Maracaibo, espero que te mejores. Pero lo que realmente espero es que no me hayas mentido. No voy a decirte que te mataré si es así, porque no podría hacerlo, pero hay otras cosas que sí que puedo hacer. Si me has traicionado y no has sido lo suficientemente hombre para admitirlo en mi cara, espero que ya no estés en esta casa cuando regrese. Una mujer nunca debe interferir en la amistad, y tú te has dejado embaucar como un tonto. Es una pena, confié en ti.

47

Piedad esperaba a la puerta de la hacienda con un pequeño bulto en las manos. Cuando vio aparecer a Roque, la cara se le iluminó. ¡Por fin había llegado el día! Después de tanto tiempo iba a ver a su querida niña y, además, iba a disfrutar de un viaje a Maracaibo, lugar que no visitaba desde muy niña cuando su padre la llevó con idea de dejarla en casa de unos familiares a la muerte de su madre, pero donde fue imposible quedarse porque no la admitieron. Entonces regresó de nuevo a Guadalupe y su padre no tardó en encontrarle un trabajo en la hacienda La Salud, lugar del que ya no había salido desde entonces.

Se subieron en el coche mientras Isabela se despedía de su madre con gesto de rabia por no poder hacer aquel viaje con ellos.

—Piedad, parece que su hija no está muy contenta, o quizá tenga miedo de que le pase algo —comentó Roque—. Será mejor que se baje y le diga que esté tranquila, que nada malo le va a pasar.

—No, patrón, no se preocupe, simplemente está molesta porque me voy y ella no puede acompañarme. Le hubiera gustado venir también. Pero descuide, ella tiene toda la vida por delante y sin embargo la mía comienza a restar.

—Bueno, mujer, usted es joven también, tiene mucha vida aún por delante. De haber sabido que quería venir, no me hubiera importado llevarla con nosotros. ¿Por qué no me lo dijo?

—Si le soy sincera, patrón, porque no quería que viniera.

Roque la miró extrañada, pero tampoco quiso saber más. Seguro que tenía sus motivos. La mujer se situó junto a Roque en la parte delantera del vehículo. Sobre sus piernas colocó el pequeño hatillo que llevaba y a pesar de que el hombre le pidió que lo colocara en la parte trasera, se negó.

No tuvieron mucha conversación durante el trayecto. Roque iba inmerso en sus pensamientos, intentando buscar solución a sus cuitas. Suponiendo que Paula conociera lo que había pasado, solo tenía una salida: huir. No podía arriesgarse a ser descubierto, debía desaparecer antes de que todo le estallase en las manos. Aunque también cabía la posibilidad de que la chica no supiera nada. Lo mejor sería esperar, estaría atento a los acontecimientos y preparado por si debía poner tierra de por medio.

Mientras, en Maracaibo, Germán no se resignaba a perder a Inés, estaba obsesionado con ella. Llevaba horas frente a su puerta esperando que llegara.

A lo lejos la vio por fin, acompañada de Khiara. Las dos caminaban cogidas del brazo charlando divertidas. Germán tiró al suelo el pitillo que tenía entre los labios y lo pisó con rabia. No era el momento de hablar con ella, quería hacerlo a solas. Bajó la cabeza y caminó alejándose a paso ligero evitando que ninguna de ellas pudiera reconocerle.

Khiara hablaba sin parar, estaba emocionada con la fiesta, era joven y estaba llena de vida.

—No me digas que no estás nerviosa, yo no puedo con los nervios, mira cómo me tiembla la mano. Qué ilusión me hace, ya verás que pasaremos un día estupendo. Los colores, las flores, los dulces, la música... todo es maravilloso y, bueno, sin olvidar la gente que nos visita, me encanta ver los vestidos de las señoras y los sombreros con los que los caballeros saludan al pasar. Aunque este año los vestidos me darán menos envidia, los nuestros han quedado preciosos.

—Tu vitalidad me agota, chica —bromeó Inés—. Claro que estoy nerviosa, pero lo veo como un trabajo, como algo que hay que hacer para ayudar a la escuela. Si quieres que te diga la verdad, me importa muy poco el vestuario de todas esas mujeres y hombres ricos que puedan asistir. Estoy cansada, Khiara. Necesito ver a mi gente, a Tina y a Consolación. Ellas son mi familia. También tengo ganas de abrazar a Gema, mi cuñada y amiga, y a la pequeña Sara. ¡Cuántas ganas tengo de verla! Es duro estar lejos de tu casa, de tu gente, de tus costumbres. Echo en falta el viento del norte que corta el rostro cuando sopla y el sonido del mar Cantábrico, la grandiosidad de las montañas de mi tierra, el olor a hierba mojada, el aroma que desprenden las chimeneas de los pueblos... Todo. —La miró con aire triste—. Quiero irme, Khiara. Vine con ganas, pero me equivoqué. Todo esto es muy bonito, a la vista está, pero yo creía que estaba preparada para salir y ver mundo y tenía ganas de volar y descubrir otras gentes, pensé que podía ser feliz, y lo cierto es que no sirvo para esto; la soledad que siento pesa mucho en mi interior, no consigo liberarme, es como si estuviera atada con una cuerda que tira y tira de mí tan fuerte que me está abrasando la piel. Necesito sentir el calor de los míos y aunque no estemos en el mismo pueblo o en la misma ciudad, estando en Santander es cuestión de unas horas el poder verlos. Aquí, en cambio, no hay esa posibilidad.

Khiara se interpuso en su camino y la abrazó. Inés sonrió y le agradeció el gesto con un beso en la mejilla.

—Inés, prométeme que el tiempo que estés aquí vas a procurar ser feliz. No es necesario que te martirices pensando en lo que has dejado en España o en lo que perdiste. La vida sigue, el camino está marcado. No te puedes detener, tienes que seguir por el sendero asignado para cada uno de nosotros y llegar al final del trayecto. Pero lo tienes que hacer con una sonrisa, intentando ser feliz. Hazme caso, sonríe a esta maravillosa vida y disfruta de lo que te ofrece.

—Anda, quita, zalamera, que con esa cara que pones nadie puede llevarte la contraria. Pero sí, tienes razón, no sé a qué ha venido todo esto ahora. Creo que el asunto con Germán me ha dejado un poco consternada, me he sentido sola y atemorizada. Tengo un mal presentimiento, pero seguramente es una tontería.

Cuando subieron a casa, las dos se pusieron con los detalles finales de los invitados. Doblaron los folletines que ellas mismas habían diseñado con los dibujos que los alumnos habían hecho y que tan bonitos les habían quedado. Estaban orgullosas de su trabajo y los colocaron con delicadeza, evitando que pudieran arrugarse, en una caja que previamente habían forrado con una tela de flores. El tiempo se les echaba encima y cada vez doblaban más rápido las hojas pintadas.

—En cuanto terminemos, te vistes y te adelantas —dijo Inés—. Es mejor que llegue una tarde a que lo hagamos las dos.

—¿Y no será mejor que vayas tú primero? —repuso Khiara—. El padre Paulino puede necesitar algo y eres tú la que sabe de todo. Yo he estado contigo, pero el trabajo ha sido tuyo.

—No digas tonterías, tú sabes igual que yo lo que hay que hacer. Además, quiero pasarme por casa de Oliverio, porque es probable que no pueda hacerlo por la tarde. Su madre está a punto de parir y solo espero que no sea hoy.

—Está bien, te cubriré, pero ya sabes cómo es el padrecito, va a estar llamándote cada cinco minutos. Espero no tener que salir corriendo en tu busca, no me gustaría destrozar estos bonitos zapatos. Por cierto, ese vestido te queda como un guante, cómo se nota que está hecho a tu medida. Mira tu cintura, y cómo ese color rojo resalta tu figura.

—El tuyo tampoco está nada mal, esta modista es maravillosa. Hemos tenido mucha suerte, la verdad es que tienes buenas amistades, porque lo mejor de todo ha sido el precio. —Las dos muchachas rieron a carcajadas, felices porque los vestidos habían quedado perfectos y el coste había sido el mínimo, ya que las telas las consiguieron en uno de los mercados por unos pocos bolívares.

Cuando todos los folletos estuvieron perfectamente doblados, cerraron la caja y le colocaron un lazo verde, color que representaba al colegio. Khiara se retocó los labios y se pasó el cepillo por su larga y rizada cabellera morena. Con un beso en la mejilla se despidió de Inés y le rogó que no tardara en aparecer. Cuando iba a salir, dio un par de vueltas haciendo que el vuelo de su vestido se elevara, dejando sus largas y morenas piernas al descubierto. Las flores del estampado de la tela parecían volar, sus hombros perfectamente marcados lucían sobre ellos dos anchos tirantes que terminaban en pico por el escote y por la espalda, alargando aún más su figura. Inés le lanzó un «guapa» que hizo que la chica al terminar de girar doblara su rodilla derecha echando hacia atrás su pierna izquierda, como si de una artista se tratase.

Inés preparó en un cesto algo de comida para llevar a casa de Oliverio. Al igual que Khiara, ella también se pintó los labios. Se miró en el espejo y un impulso hizo que apartara las horquillas que sujetaban su pelo, dejando caer la melena sobre sus hombros, metió los dedos entre los mechones y le dio volumen. Se sintió guapa y decidió salir con el pelo suelto, hacía años que no lo hacía. Se pellizcó los pómulos para darles un tono más sonrosado. Aun así, cuando volvió a mirarse en el espejo observó que sus ojos estaban tristes, carecían de luz, no brillaban igual que lo hacían en Mogrovejo cuando Roque la visitaba o cuando quedaba con él para pasear. La nostalgia se apoderó de ella y por un instante estuvo a punto de caer en sus garras. Pero rápidamente levantó la cara, dibujó una sonrisa forzada y se dijo a sí misma que hoy era un día para ser feliz y disfrutar.

Un sol espléndido iluminaba la mañana de Maracaibo. El trasiego incesante llenaba sus calles y el olor a flores y a frutas inundaba el ambiente. El coche que conducía Roque llegó a la puerta de la escuela, donde un muchacho perfectamente uniformado se ocupó de aparcarlo. Piedad se quedó parada sin saber qué hacer, hasta que Roque le indicó que le siguiera. Lo miraba todo como si fuera la primera vez que veía tanto color y tantas flores juntas. Los niños los saludan a su paso y uno de ellos puso en sus manos un pequeño ramillete que dudó en coger, pero su patrón le dijo que podía hacerlo sin problema.

Recorrieron el camino marcado hasta la explanada donde, al fondo, los esperaba el padre Paulino. Junto a él estaba Khiara, que al distinguir a su querida Piedad no pudo reprimir su alegría y salió corriendo a su encuentro. Cuando la mujer la vio, comenzó a declamar en voz alta a todas las vírgenes de su repertorio:

—¡Virgen de Coromoto, Virgen Divina Pastora de las Almas, Virgen de Chiquinquirá, Virgen de la Paz, Virgen de la Salud! Pero ¡qué guapa está mi niña, por Dios Nuestro Señor!

Cuando se encontraron, el abrazo fue largo y sentido. La mujer empezó a besarle la cara con tanto ímpetu que la chica tuvo que apartarse.

—Tata, por Dios, que me va a dejar la cara marcada con tanto beso. ¡Nunca pensé que pudiera verla aquí! Pero ¿cómo vino? ¿Y dónde está Isabela? ¿Vino con usted?

—No, niña, ella se quedó en la hacienda. Don Manuel es tan bueno que cuando se enteró de que yo me moría de ganas por verte, me dio la oportunidad de venir, ¡y aquí estoy!

Khiara se volvió y detrás de ella encontró el rostro sonriente y amable de Roque. El joven se tocó el ala del sombrero e inclinó la cabeza saludándola. Ella sintió que su corazón se aceleraba y notó como su rostro se sonrojaba.

Roque advirtió la vergüenza de la chica y no pudo por menos que sonreír.

—Muchas gracias, señor, por traer a mi tata —dijo Khiara—. No sabe la ilusión que me hace verla, le estaré agradecida siempre.

—No hay de qué —repuso Roque—, para mí ha sido un placer viajar con ella, he aprendido mucho de esta tierra y no solo eso, también de sus gentes. Disculpen, pero voy a saludar al padre Paulino, parece que le noto nervioso.

—Yo también tengo que ir con el cura, tata, pero después nos vemos, tendremos tiempo de conversar durante la comida. Tengo muchas cosas que contarte y muchas más que me tienes que decir tú. Puedes sentarte en una de estas sillas, los niños cantarán y habrá bailes también. Estará muy bonito todo, ya lo verás.

—En ese caso, señorita, aunque no nos hayan presentado, vayamos juntos, pues la misma persona nos espera.

—Perdón, patrón, qué torpe soy, la emoción no me deja pensar con claridad —se excusó Piedad—. Ella es la niña Khiara y él es don Manuel de Castro y Balmoral.

Después de las presentaciones, Roque y Khiara caminaron juntos al encuentro del padre Paulino. Piedad, por su parte, se retiró y se sentó en una de las sillas que ocupaban la parte final del patio; no quería estorbar o que alguien pudiera decirle algo por sentarse en un espacio reservado para invitados más distinguidos que ella.

El padre Paulino saludó efusivamente a Roque, le agradeció la visita y le invitó a tomar asiento en uno de los lugares reservados para los homenajeados. Por supuesto, le pidió a Khiara que le acompañara y le ofreciera un refresco. La chica siguió las instrucciones del cura y volvió de nuevo a su lado.

—Niña, ¿me quieres decir dónde se ha metido Inés, Seni o como quiera que la llaméis?

—Verá, padre, está por llegar, seguro que no tarda. Tuvo que hacer unas cosas de última hora, pero enseguida viene. No se preocupe usted por nada, que acá estoy yo para ayudar en lo que sea necesario.

—Pero habíamos quedado en que ella se iba a encargar de presentar el acto. Son casi las doce y no puedo retrasarlo porque ella no esté aquí.

—No importa, padre, ella llegará, lo sé. Parece mentira que dude. Nuestra maestra siempre cumple con su palabra. Esté tranquilo.

—¡Tranquilo! Bonita palabra para quien no se siente con responsabilidad, niña. Cuando uno es responsable no puede estar tranquilo. Si lo está, algo falla.

—No lo creo, padre. Como estoy más que segura de lo que hemos hecho, no tengo excesivas preocupaciones. Tal vez pueda estar un poquito nerviosa, pero que no lo esté mucho no quiere decir que no sea responsable, porque yo sí que lo soy.

—Bueno, bueno, deja la cháchara y ve a buscarla.

—¡Pero si está por llegar! ¿No será mejor que me quede a su lado? Sé que me necesita aquí.

—También es verdad. Estoy arrebatado, mira cómo me tiembla la mano.

Khiara estaba empezando a ponerse nerviosa, esta vez sí. No era normal que Inés tardase tanto. Hacía más de hora y media que la había dejado en casa. Tal vez debería acercarse.

Solo habían pasado unos minutos desde que Khiara había salido de casa, cuando Inés oyó que la puerta se abría de nuevo. Continuó con lo que estaba haciendo pensado que su amiga había olvidado algo. La llamó dos, tres veces, y al ver que no contestaba, salió de la habitación. Al llegar a la puerta de la sala alguien la sujetó por detrás y rodeó su cuello con un brazo que apretaba tanto que le impedía respirar con normalidad. Intentó soltarse y clavó sus uñas en el antebrazo que la oprimía, quería girar la cabeza para intentar ver la cara de su agresor, pero le fue imposible.

—Estate quieta. Solo quiero hablar contigo. Tú y yo tenemos una conversación pendiente. Estás equivocada y solo quiero que te des cuenta de que lo mejor para ti es que hablemos y que entiendas que solo conmigo serás feliz. Lo que te pasa es que estás confundida, pero yo te voy a hacer ver lo que es mejor para ti y para mí. ¿Que no me quieres? No importa, estoy seguro de que pronto lo vas a hacer.

Enseguida reconoció la voz de Germán. Su aliento la mareaba, estaba ebrio.

Inés intentó hablar, pero el poco aire que tenía prefería conservarlo para mantener la respiración. Le hizo un gesto con las manos para que se calmara y con ello intentar que la liberase. Por suerte, lo consiguió.

Inés estaba a punto de desmayarse y se apoyó de espaldas contra la pared, pero poco a poco fue deslizándose hasta quedarse sentada en el suelo. Germán se puso a su altura y con el dedo índice levantó su barbilla mientras con la otra mano le dio un cachete para intentar que espabilara. Ella reaccionó e intentó ponerse de pie de nuevo, pero él se lo impidió sujetándole las manos por encima de su cabeza.

—Escúchame, no está nada bien lo que has hecho. ¿Tú te piensas que puedes hacerme creer que eres mi novia y luego darme puerta como lo has hecho? Me has dejado en ridículo delante de todo el mundo y has conseguido que me echen de mi trabajo. Eres una puta, y como tal, ahora vas a hacerme un trabajito.

Inés se revolvió, intentó quitarse de encima a Germán, pero él era más corpulento y mucho más fuerte que ella, así que lo único que consiguió fue que le pegara una y otra vez en la cara hasta quedar inconsciente.

Con la muchacha desvanecida, Germán rasgó su vestido y comenzó a manosearle los pechos. Justo en ese instante Inés recobró el conocimiento y volvió a luchar, pero fue en vano. Él tiró con fuerza de sus bragas y se las arrancó apretando su sexo con fuerza, después introdujo sus dedos en su vagina con agresividad desmedida.

—Pero si te gusta, ¿no ves cómo te gusta? Te voy a dar lo que estabas buscando, será mejor que no te desmayes de nuevo o te vas a perder lo mejor.

Germán se desabrochó el cinturón, se bajó la bragueta del pantalón, cogió una de las manos de Inés y agarró su miembro con ella. Inés lo soltó, pero él de nuevo lo agarró y, acompañándola con la suya, la obligó a magrearle.

—No te hagas la estrecha, ¡como si no supieras lo que estás haciendo! Sóbala con ganas, ya sé que estás deseando que te la meta, ¿a que sí?

Y eso fue lo que hizo. Apretó con fuerza su pene contra la vagina seca y cerrada de Inés y la penetró como un salvaje. Durante un instante Inés volvió a recordar la violación sufrida de niña, en su cabeza aparecían de nuevo las imágenes de su padre encima de ella, pero no era él quien la estaba mancillando en ese momento. Sintió otro golpe en la cara y quedó tendida en el pasillo pintado de azul.

Khiara ya no podía más. Miraba una y otra vez hacia la entrada del patio esperando ver aparecer a Inés, pero esta no asomaba por ningún lado. El cura le hizo un gesto y ella salió corriendo en su busca. Realmente estaba tardando demasiado.

—Tata, venga conmigo, acompáñeme, tengo que ir a buscar a mi amiga. Ella es la encargada de todo esto y se está retrasando mucho. No puede imaginarse cómo se está poniendo el cura de nervioso.

—Pero ¿adónde vamos, mi niña?

—No se preocupe por eso, está cerquita de aquí.

Khiara casi arrastró a Piedad por la calle. La mujer, que llevaba puestos unos zapatos que le había dejado Lucía, de un número de pie más pequeño que el suyo, no podía caminar tan rápido y decidió descalzarse y continuar sin ellos.

—Es aquí —dijo Khiara—. Ella viene a ayudar a una pobre mujer que está embarazada. A saber, lo mismo se ha puesto de parto y la está asistiendo, esta Seni es así. Espéreme, ahorita salgo.

Justo cuando iba a entrar al portal salía Oliverio. El niño llevaba en las manos un balde con agua teñida de rojo, Khiara creyó confirmar lo que imaginaba.

—¿Parió tu mamá?

—Sí, ahorita mismo nació la niña.

—Está la señorita Seni con ella, ¿verdad?

—No, ¡más quisiera yo! Hoy la señorita no vino. Estará

en el colegio con la fiesta. Mi mamá está con mi hermana, ella la ayudó.

—¡Santo Dios! Pero ¿qué está diciendo este niño? ¿La mujer ha parido sola con la ayuda de unos críos? —dijo asustada Piedad.

—Sí, tata —respondió Khiara—. Vamos, tenemos que ir a su casa. Igual le ha pasado algo. ¡Apúrese, corra!

Khiara entró en casa gritando el nombre de Seni, y sus gritos hicieron que Inés despertara. Cuando abrió los ojos, su amiga estaba allí y no podía creer lo que estaba viendo. Inés estaba tendida en el suelo, con los ojos morados y la cara y las manos llenas de sangre, estaba semidesnuda, con las piernas abiertas y los muslos ensangrentados y amoratados. Khiara se asustó al verla en ese estado.

—¡Seni, seni! ¿Qué ha pasado, quién ha sido, quién te hizo esto?

Inés clavó sus ojos en los de la chica, apenas podía verla ya que en un momento se le llenaron de lágrimas, y con apenas un hilo de voz dijo:

—Germán. Ha sido él.

—Tata, ayúdela y cúrela. Tengo que ir al colegio. Enseguida vuelvo.

Piedad no perdió el tiempo y agarró a la muchacha para levantarla. No le costó demasiado, pues era una mujer fuerte y corpulenta acostumbrada al trabajo duro. La sujetó con fuerza y la puso sobre la primera cama que encontró, tumbándola con cuidado. Luego buscó en la cocina un recipiente que llenó con agua. Con sumo cuidado limpió sus heridas; colocó paños fríos sobre su rostro tras limpiarlo de sangre con el fin de bajarle la inflamación. Intentó calmar el llanto desconsolado de la joven y se quedó a su lado cogiéndole la mano. Inés le pidió que la ayudara a quitarse la ropa ensangrentada y rota. Piedad así lo hizo y limpió su cuerpo con la máxima delicadeza y cariño, procurando que la muchacha no se dejara llevar por él. Desgraciadamente, Piedad también sabía lo que Inés estaba sintiendo, ya que siendo casi una niña fue violada en varias ocasiones por uno de los capataces de la hacienda.

Mientras todo esto sucedía, Khiara regresó al colegio a contarle al padre Paulino lo que había pasado.

La fiesta estaba en plena celebración y el padre Paulino estaba dando su discurso. Con él agradecía la ayuda a los benefactores y les solicitaba que su colaboración no cesara, ya que eran muchas las necesidades que había. Khiara recordó que después de hablar el cura se haría entrega de una pequeña figura tallada en madera a todos y cada uno de los invitados, para lo cual necesitaba su ayuda. Subió por la parte de atrás del pequeño escenario y se colocó junto a la mesa donde estaban las figuritas. Nada más hacerlo, el cura comenzó a nombrar a los benefactores. Sabía que Inés aún no había llegado y que tendría que hacer él mismo la entrega de los presentes. Pero cuando se dio la vuelta para recoger el primero, allí estaba Khiara. La miró y esbozó una sonrisa; ya no tendría que hacerlo solo, pensó. Sin embargo, la joven no le correspondió el gesto. De hecho, la expresión en su cara le hizo sospechar que algo malo había pasado. Khiara estaba desencajada, tenía los ojos rojos y apretaba la mandíbula con fuerza. El cura no quiso alargarse demasiado en la entrega y no hacía más que mirar con el rabillo del ojo a la chica, deseando poder hablar con ella cuanto antes.

Desde la primera fila Roque observaba con atención. Él fue uno de los homenajeados que primero recogió su regalo y en ese momento notó la tensión que había entre el cura y la muchacha. Volvió la cabeza e intentó buscar con la vista a Piedad, pero no la encontró. Por un instante pensó que algo podía haberle pasado a la mujer.

Una vez terminado el acto, se acercó con cuidado donde Khiara y el cura estaban hablando. La idea de que a Piedad le hubiese pasado algo se hizo más latente en él, ya que por más que miraba al auditorio no conseguía dar con ella.

—Dios mío, pero ¿qué me estás diciendo? ¡Ese muchacho se ha vuelto loco! ¡Cómo ha podido hacer eso! —estalló don Paulino—. ¿Y cómo está ella?

—Pues cómo va a estar, padre, destrozada. Lo único que me ha dicho ha sido su nombre, apenas podía articular palabra. Tiene la cara hinchada, los labios estaban deformes de los golpes y creo que... no solo ha sido una paliza, sus ropas estaban desgarradas, estaba casi desnuda.

—¡Por Dios, no me digas eso, calla!

—Perdonen —los interrumpió Roque—, ¿ha pasado algo?, ¿puedo ayudar?

—No, don Manuel, no pasa nada. Un pequeño incidente, pero todo está controlado. Tome un refresco. Ahora mismo me reúno con ustedes.

—Khiara, ese es tu nombre, ¿verdad? —dijo Roque dirigiéndose a la chica—. No veo a Piedad por ningún lado, y antes me pareció que salió de la escuela contigo. No le habrá pasado nada a mi cocinera, ¿verdad?

—No, señor, la tata está bien, vino conmigo a una cosa, pero enseguida estará de vuelta. Ahora voy a buscarla.

—Bueno, entonces dado que tenemos un largo viaje por delante, iremos en el coche y así la recojo y ya nos volvemos. Si salimos más tarde llegaremos de noche y no me gusta conducir con poca luz.

El padre Paulino y Khiara se miraron, no sabían qué decir ante la proposición de Roque. El cura le pidió disculpas e hizo un aparte con la chica.

—De acuerdo, ve con él —dijo—. Que salga tu tata de la casa y dile que por favor no comente nada. ¿Qué pensará don Manuel de nosotros si se entera? Y tú tampoco abras la boca, inventa cualquier excusa, que la mujer quería ver tu casa, o que estaba ayudando a la madre de Oliverio que estaba dando a luz. No es necesario que le digas que es vuestra casa, puedes decir que es la de la parturienta. Sí, mejor dile esto, que será más creíble.

—Pero, padre, eso es una mentira. ¿Cómo voy a mentir?

—¡Déjate de historias! Mañana pasas a confesarte y se acabó el problema.

La chica indicó a Roque el camino hasta las cocheras. Allí el mozo sacó su coche y los dos montaron para alejarse de la fiesta.

—Bueno, muchacha, ¿me vas a decir lo que pasa o no? Habla, mujer, no me dejes con esta incertidumbre. Te prometo que seré una tumba.

—No, no pasó nada. Es que... es que, verá, me da un poco de vergüenza, pero tenemos una mujer que es amiga nuestra que justo se puso de parto y como yo sé que la tata es muy buena en eso, le pedí que por favor nos ayudara.

Roque la miró de reojo, el tono de voz de la chica y su estado de nervios le decían que lo que contaba posiblemente nada tenía que ver con la realidad, pero sus motivos tendría. Solo esperaba que, fuera cual fuese el problema, no le salpicara a Piedad. No se perdonaría que pudiera pasarle algo, él era el responsable de que ella hubiera hecho este viaje.

—Es aquí, pare, por favor.

—Espera, que entro contigo. Me gustaría ver al pequeño, me gustan los niños recién nacidos.

—No, señor, creo que es mejor que se quede aquí esperando, posiblemente la casa no esté en condiciones para recibir a alguien de su posición, ya sabe..., esta gente tiene poco menos que lo justo.

Roque hizo un gesto aceptando lo que Khiara le decía y se quedó sentado en el coche. Le hubiera gustado decirle que él no era ningún gran señor, que sabía perfectamente lo que era una casa humilde.

La muchacha entró en la casa, pero con las prisas dejó la puerta entreabierta, algo que Roque advirtió. Pasó derecha hasta la habitación que ambas compartían y allí encontró a Piedad sentada en la cama colocando paños fríos sobre la frente de Inés.

—Tata, debe irse. Don Manuel la espera fuera. Por favor, no le diga nada de esto, el cura piensa que podría llevarse una mala impresión de la escuela y, además, no sería bueno que esto se supiera.

—Niña, la escuela no tiene nada que ver con ese malnacido. Ese muchacho tiene que pagar por lo que ha hecho, mira a esta pobre chica, creo que debería verla un médico. Apenas me ha hablado, no tiene fuerzas ni para llorar. Cuídala, mi niña, cuídala mucho, necesita cariño. Tú has tenido suerte, pero yo sé lo que es esto. Los hombres se creen con todo el derecho de usarnos, de pegarnos. Yo también pasé por lo mismo y es muy duro sufrir una situación así.

Sé una buena niña con ella. Estoy segura de que lo sabrás hacer.

Roque, ante la tardanza de Piedad y las ganas de saber qué era lo que realmente había pasado en esa casa, no pudo reprimirse y entró aprovechando que la puerta estaba abierta. Lo hizo con el mismo sigilo que un ladrón entrando en casa ajena para robar. A lo lejos oía las voces de las dos mujeres, que hablaban casi en susurros, pero no entendía lo que decían a pesar de detenerse de vez en cuando para oír mejor. Caminó despacio hasta la habitación de donde salían las voces.

Piedad, en cuanto lo vio entrar, se levantó corriendo de la cama y fue a su encuentro.

—Perdone, patrón, me retrasé pero ya está, ya podemos irnos.

La mujer le empujó levemente por el brazo y Roque no puedo ver más que los pies de una mujer tumbada en una cama, ya que una cortina separaba las dos camas que había en esa habitación.

Piedad tenía la blusa manchada de sangre y al darse cuenta de ello intentó cubrirse con el bolso, sin éxito. Roque se dio cuenta y estando ya los dos en el coche, camino de la hacienda, le pidió explicaciones:

—Bueno, ¿me vas a contar lo que ha pasado en esa casa?, porque eso de que has asistido a una parturienta no me lo creo. Vamos, dime qué ha ocurrido.

—Nada, patrón, cosas de mujeres.

—¿Cosas de mujeres? Pero qué tontería es esa. Vamos, dime qué está pasando. Quizá pueda ayudar. Te ordeno que me lo digas. Además, creo que me lo debes, aunque solo sea por traerte a ver a Khiara.

—Madre mía, le ruego que no me haga hablar, que esto es muy triste. Esta pobre muchacha, tan guapa que debe de ser, tiene la cara destrozada. Un malnacido entró en su casa y la violó, y además le ha dado una paliza que a punto ha estado de matarla. Una mala bestia, patrón.

—Pero ¿quién es esa chica?

—Pues yo no sé mucho. Khiara me dijo que era su compañera, una muchacha que vino de España a dar clases, que se hicieron muy amigas y que vivían juntas. No sé más, no nos dio tiempo a hablar más. Luego entramos en casa y la encontramos en el suelo, todo estaba lleno de sangre, la niña se fue y yo la he atendido lo mejor que he sabido.

Roque sintió que el corazón le latía más rápido. En ese momento le vino a la cabeza Inés; sin saber por qué, pensó en que pudiera ser ella. Pisó a fondo el pedal del freno y el coche se detuvo en seco. Piedad se golpeó la cabeza contra el cristal delantero de tan inesperado que fue el frenazo.

—¡Qué pasó, patrón! Tenga cuidado, por Dios, nunca me han gustado estos autos.

—Perdón, Piedad. ¿Cómo se llama esa mujer?

—¿Cómo se llama? Déjeme pensar, Khiara no me dijo su nombre. Pero al entrar la llama... cómo era... Seni, sí, Seni, así se llama la pobre muchacha.

Roque agarró con fuerza el volante y volvió a poner en marcha el motor. Ninguno de los dos pronunció palabra durante todo el viaje.

48

Después de aquel terrible suceso Inés no había vuelto a ser la misma. Y aquello había sido justo lo que necesitaba para poner fin a su estancia en Venezuela. El padre Paulino, para evitar que cualquier cosa volviera a pasarle, le pidió que hasta el día que tomara el barco de regreso a España viviera en el convento de las monjas; allí junto a ellas estaría tranquila y segura. Ella aceptó agradecida, era justo lo que necesitaba, sentirse segura.

De Germán no se supo nada desde entonces. El cura dio parte de la agresión y la policía le buscó, pero no hubo forma de dar con él. Seguramente ya estaría lejos, posiblemente hubiera cruzado la frontera con Colombia o quizá puso rumbo a Brasil.

Una vez recuperada, Inés retomó sus clases y, acompañada por Khiara o por cualquiera de las monjas con las que convivía, acudía al colegio cada día hasta que llegara el momento de partir.

Se preguntaba una y otra vez qué era lo que hacía para que la hubieran agredido de tal manera dos veces en su vida. El único hombre que la había tratado con consideración y le había demostrado respeto había sido Roque y, para su desgracia, ya no formaba parte del mundo de los vivos. La dejó enamorada y rota. Ahora solo pensaba en volver a casa. Había escrito a Tina y a Consolación obviando los verdaderos motivos por los que regresaba, no quería que las mujeres sufrieran por ella y tampoco quería dar pena. Sin embargo, había algo que la tenía muy preocupada: llevaba varios días de retraso en su menstruación y la angustia se estaba apoderando de ella. Solo faltaba que se hubiese quedado embarazada. Así las cosas, no le quedó más remedio que acudir a la madre superiora para pedirle ayuda.

—No te preocupes, seguramente es normal —le dijo a Inés—. Después de la agresión que has sufrido lo habitual es que se retrase el período, los nervios alteran nuestro organismo. De todos modos mandaré llamar al doctor y que te examine, pero estate tranquila, Dios aprieta pero no ahoga, no creo que después de lo que has pasado vayas a tener también esa mala suerte, aunque un niño es una bendición de Dios y, en caso de que esté en camino, deberás quererlo sin tener en cuenta las circunstancias en las que fue engendrado. Si estuvieras encinta, ya sabes que tu obligación es tenerlo y cuidarlo con cariño, como buena cristiana que eres.

—Gracias, madre, pero tengo tanto miedo que no sé cómo iba a soportar quedarme embarazada de un animal como aquel —dijo la muchacha, y añadió a continuación—: Y, perdone, pero no creo que lo tuviese. Con todos mis respetos, esa es una decisión que solo me incumbe a mí.

—¡Por Dios Nuestro Señor! No digas eso ni en broma. Tú eres una mujer sensata, cometerías pecado moral, faltarías al quinto mandamiento. Yo sé que no serías capaz de hacer algo así. Ve tranquila, hija, nada va a pasarte.

Tal y como la superiora le indicó, en un par de horas el doctor llegó al convento. Examinó a Inés y no encontró signos de embarazo en ella, pero lo que sí constató fueron las lesiones irreversibles que le había provocado la terrible agresión. La falta de menstruación se debía a los nervios, como le explicó la monja, y en unos días se restablecería. Inés sintió un gran alivio, pero a la vez una gran tristeza. Tenía algo más que añadir a su lista de soledades: jamás iba a poder ser madre.

Pensó en la pequeña Sara, tenía ganas de verla, de abrazarla y de sentir su calor. Por varias cartas de Gema y su hermano, sabía que estaba bien, que había crecido mucho y que era muy parlanchina. Nunca tuvo ninguna duda de que iba a estar feliz y sería una niña dichosa. Fue una pena perder a su madre, pero la que encontró después era la mejor que se podría tener.

La tranquila mañana que vivían en Santander se vio alterada por los gritos de Consolación. Al llegar al portal, Ramón le entregó una carta que acababa de llegar para ellas.

—¡Tina, Tina! Carta de la *niñuca*, ¡carta!

—A ver, trae *pa'cá*. Déjame, que yo la leo.

—Pues no sé por qué, lo puedo hacer yo, ¿o te crees que no sé leer?

—Tú qué vas a saber, si juntas la «m» con la «a» y poco más. ¡Dame la carta de una vez!

—¡Mira esta, ni que tuviera dos carreras! ¡Pues te esperas, que la voy a abrir yo! ¿O también hay que tener estudios para abrir el sobre?

Las dos mujeres se sentaron alrededor de la mesa de la

cocina. Tina se colocó las gafas como si fuera a leer documentos importantes, extendió encima la hoja y comenzó a leer en voz baja.

—¡Qué! ¿No me vas a leer lo que dice? ¡A que te la quito!

Tina levantó la vista por encima de las lentes y miró con cara de pocos amigos a Consolación; acto seguido, comenzó a leer.

Inés les contaba la belleza de aquellas tierras y les explicaba lo que hacía en la escuela, cómo eran los niños y las curiosidades del país. Después de contarles esos pequeños detalles, les informó que sus días allí habían llegado a su fin. Por diferentes motivos, entre los que incluía echarlas mucho de menos, había decidido volver a su tierra y que el día que se señalaba en la misiva previsiblemente desembarcaría en el puerto de Santander.

Las dos dieron un grito de alegría. Su niña volvía a casa y, según contaba, era para quedarse con ellas.

—Ya te puedes poner las pilas, la niña vuelve y ya sabes que le gusta que todo esté como los chorros del oro, y tú últimamente...

—¡Yo qué! ¡Eso tú! No vas a encontrar una más limpia en todo Santander por mucho que la busques, *guapina*.

Consolación salió de la cocina airada. Estaba visto que jamás iba a tener una relación en condiciones con aquella mujer.

49

Roque estaba inquieto. Jamás se había planteado que una situación como la que se había dado pudiera pasar. Habían sido muchas las casualidades que había barajado desde que usurpó la identidad de don Manuel. Pero precisamente esa no se le había pasado por la cabeza.

Días atrás había recibido una carta que no abrió, desconocía el remitente y como estaba ocupado, la dejó sobre la mesa de su despacho, hasta tal punto traspapelada que se había olvidado de ella. Pero hacía apenas una hora, revolviendo entre unos documentos, volvió a caer en sus manos. Algo le hizo predecir que su contenido no iba a ser agradable, y no se equivocó.

La misiva la había escrito un hombre al que no conocía pero que sí parecía conocer a don Manuel a la perfección. Era la carta de un amigo que anunciaba su visita. Era más que evidente que su antiguo compañero de travesía le invitó a Venezuela antes de embarcar y que el joven, después de resolver algunos asuntos que tenía pendientes, había decidido aceptar la invitación y partía hacia allí con la idea de pasar una temporada con él y ayudarle en los negocios.

Roque no sabía qué hacer, era un imprevisto que rompía sus planes y desmadejaba todo cuanto había logrado con sumo esfuerzo. Sujetó su cabeza con ambas manos mientras apoyaba los codos encima del escritorio, soportando el peso de la desazón. No había otra salida más que marchar de allí, no podía arriesgarse a que ese hombre de la carta le viera y dejara al descubierto su mentira. Sería nefasto para él, le acusarían de usurpación de identidad, e incluso de asesinato, no debía descartarlo. Pero antes tendría que hablar con Juanjo; cualquier detalle los podría delatar, así que lo mejor era que ambos partieran. Quizá Cuba fuera una buena elección, además él siempre había dicho que allí conocía gente que podía ayudarle.

Desde el sillón de su despacho escuchó su voz, y sin pensarlo dos veces le llamó. Desde el incidente con Juanjo, Roque le seguía muy de cerca los pasos. De ese modo había descubierto que Paula ya no formaba parte de su vida, y lo mismo había ocurrido con respecto a él. Por suerte para ambos, el hijo de un primo lejano de su padre había aparecido por la hacienda y parecía que su relación iba por buen camino. Un partido a la altura tanto de Paula como de doña María. Juanjo hacía casi dos meses que no la veía, y las pretensiones de matrimonio de la chica se habían desvanecido con igual rapidez. Un día, doña María apareció por casa y le dijo que le había disgustado mucho que rechazara a su hija y que jamás se lo perdonaría, pero que Dios Nuestro Señor era justo y había puesto en el camino de aquella un rico heredero. Roque descansó por fin; por un lado, se quitaba de encima a la muchacha, y por otro, la relación con sus vecinos se había enfriado tanto que se habían cortado las visitas, incluso las de puro compromiso.

Juanjo oyó que Roque le llamaba y enseguida se presentó en la puerta del despacho.

—¿Qué pasa, jefe, quieres algo? No sé si estaba mejor antes, cuando apenas me hablabas, que ahora, que estás continuamente llamándome, dándome órdenes y encima a gritos.

—Pasa y cierra la puerta, por favor, tengo algo importante que contarte.

Juanjo le miró extrañado, volvía a portarse con él como lo hacía siempre. Notó que algo pasaba y no era precisamente bueno. Miró a ambos lados antes de cerrar tras él, se sirvió una copa, tomó un cigarro de la tabaquera y se sentó delante del escritorio. Mientras acariciaba el habano entre sus dedos pulgar e índice, preguntó a Roque mirándole a los ojos:

—¿Por qué tanto misterio?, ¿pasa algo?

Roque extendió el brazo por encima de la mesa y le tendió la carta que había recibido. Juanjo la leyó con atención y de vez en cuando levantaba la vista del papel para mirar a Roque a los ojos.

—¿Y este... quién coño es?

—No tengo la menor idea. Lo único que sé es lo que dice la carta, lo mismo que tú.

—Pero aquí dice que llega ya; de hecho, ya está en camino. Vamos... que en unas semanas le tenemos en casa. ¿Qué se supone que debemos hacer ahora? ¿Quieres que me encargue? No sería difícil deshacernos de él. Puedo ir a buscarle en tu nombre y me encargo de hacerle desaparecer.

Roque se levantó y apoyó sus manos en la mesa dando un golpe.

—¿Te has vuelto loco? —Guardó silencio un instante—. La verdad es que sería lo más sencillo, pero creo que nos acabaríamos metiendo en otro lío. Nosotros no somos unos asesinos. Además, si alguien está aquí de más, somos tú y yo, eso ya lo sabes.

—¡El que se está volviendo loco eres tú! ¿Qué vamos a hacer? ¡Dime! ¿Acaso ya tienes la solución?

—Pues, la verdad, no sé. No, la solución no la tengo. Bueno, a decir verdad, lo único que se me ocurre es que nos marchemos de aquí, y cuanto antes, mejor. No hay otra solución. Cogeré el dinero que pueda y tomaremos un barco. Tú conoces gente en Cuba, o eso me dijiste. Pues iremos a La Habana.

—Tenemos tiempo, Roque. ¿Por qué no lo piensas mejor? Lo que te propongo no te implicaría, yo puedo encargarme de todo. Nadie sabe que esa persona va a venir, ¡qué más da!

—Pero ¿te estás oyendo? ¿Que nadie sabe que viene aquí? Este hombre tendrá familia. Cuando no tengan noticias de él, vendrán a buscarle. Manuel debía de conocer a toda su familia, al menos eso da a entender en la carta, pero si habla hasta de su madre y sus hermanos. ¿Qué quieres? ¿Que estemos toda la vida con la espada sobre la cabeza? No nos libraríamos jamás de esto. La única solución es esa, coger lo que podamos y salir pitando de aquí.

Juanjo se quedó pensando, tomó un trago largo de la copa que tenía entre las manos, la posó en la mesa y encendió el cigarro. El despacho quedó sumido en el silencio durante unos segundos.

—Te estás olvidando de algo, Roque.

—Tú dirás.

—Con qué documentos vas a viajar, no pensarás hacerlo con los del difunto. Sería absurdo intentar escapar con ellos. Hay que conseguir unos nuevos y no conocemos a nadie que nos pueda facilitar algo así.

Roque cogió una de las llaves que colgaban de su cinturón y abrió un cajón del escritorio. Sacó un pasaporte español, lo abrió y le indicó a Juanjo que lo mirara. En la mano también tenía un sobre.

—Aún lo conservo. —Roque le enseñó su auténtico pasaporte, el que llevaba su nombre real—. Aquí puedo utilizarlo, el que puse en el camarote de don Manuel era el falso que me dieron en Santander. Este es mi verdadero nombre y mi documentación auténtica. Eso ya no es problema. Juanjo, escucha, quiero que compres dos billetes para el barco que antes salga rumbo a La Habana. No hables con nadie ni comentes nada. Saldremos de la hacienda el mismo día que salga el barco y con lo puesto, como si fuéramos a regresar. Es lo mejor, así no levantaremos sospechas.

—Yo creo que no es una buena idea. Yo me quedo, tú puedes irte, si te parece; es más, yo te cubro, pero no pienso irme. No, amigo, yo me quedo.

—Parece que no quieres entender. Tú te vienes conmigo. Cuando estemos en el barco podrás hacer lo que quieras. No te preocupes, te daré dinero para que puedas hacer tu vida. Yo me buscaré la mía.

—El que no entiendes eres tú. He dicho que no me voy a ningún sitio.

Roque se levantó de su sillón y, alargando su brazo izquierdo, agarró de la pechera a Juanjo, levantándole como si fuera un pelele, mientras le mostraba el puño derecho delante de cara.

—Nos vamos los dos, ¿queda claro? Te dije en una ocasión que era incapaz de matarte, pero no me pongas a prueba.

Liberó a Juanjo y este cayó sobre la silla casi sin aliento por el susto, por un momento pensó que le iba a propinar otro puñetazo, como aquel infausto día. Al fin asintió con la cabeza, aplastó en el cenicero el puro hasta que la brasa se apagó y cogió el abultado sobre que Roque le tendía. Al abrirlo observó que dentro había dinero y entendió que era para los pasajes.

Se levantó con intención de salir del despacho, pero cuando iba a abrir la puerta Roque le advirtió:

—Espero que cumplas. No creas que vas a estar solo, voy a ser tu sombra, todo lo que hagas y con quien hables lo voy a saber, así que espero que lo tengas presente. No hagas tonterías. Esto lo empezamos juntos y juntos debemos terminarlo. Si quieres, al llegar a Cuba haz lo que te plazca, como si no nos volvemos a ver. Pero no me falles ahora. Intentaré sacar tanto dinero como pueda. Estaría bien vender el cafetal, pero no tengo tiempo. En el banco hay dinero, no es mucho, pero nos ayudará a empezar en otro lugar, eso no es problema. En la casa hay joyas que me voy a llevar también. Todo nos vendrá bien ante lo que pueda pasar y, además, nos ayudará a emprender algún negocio allí. Me siento como un ladrón, aunque quizá lo sea. Bueno, en realidad lo soy desde hace tiempo, desde que usurpé la vida de otra persona.

—Puedes estar tranquilo, no tengo más remedio que seguirte en esta locura si quiero seguir con vida. Todo saldrá como tú quieres, pero como has dicho, cuando estemos en La Habana me marcharé. Ahora tienes mi palabra y no es necesario que nadie me siga. Sé que lo hacen desde hace tiempo, no soy tonto, pero lo permití para que vieras que no te iba a traicionar.

Juanjo salió del despacho convencido de que Roque seguiría mandando a alguno de sus jornaleros que le siguiera los pasos.

50

El colegio era una fiesta, en especial la clase de Inés. Los niños, con la colaboración de Khiara, prepararon una sorpresa para la maestra. Querían despedirla como la chica merecía, incluso el padre Paulino quiso colaborar en el evento celebrando una eucaristía alegre, llena de canciones y sones del país. Después prepararon una merienda en la que todos habían aportado lo que tenían. Las mamás de los pequeños cocinaron todo tipo de viandas: pasapalos, pan de jamón, caraotas refritas, guasacaca, bollitos pelones, patacón de cordero, hallacas y tequeños que llenaban las largas mesas colocadas en el patio.

Inés se despedía de sus compañeros en la sala de maestros. Allí las lágrimas afloraron. A pesar de lo que había pasado, la maestra se sentía muy agradecida a todos, en especial a Khiara, esa chica alegre y risueña que desde el primer día estuvo a su lado.

Con cuidado de no descubrir la sorpresa que le habían preparado, la joven pidió a Inés que la acompañara a la biblioteca, quería entregarle un ejemplar de un libro que hablaba sobre Maracaibo para que lo tuviera de recuerdo.

Mientras esto sucedía, el resto de los maestros se fueron al patio y pusieron música.

—¿Qué pasa?, ¿por qué suena la música en el patio? —comentó Khiara haciéndose la despistada—. Menos mal que el director no está, porque si no... se iba a armar gorda, ya sabes que no le gusta que suene la música nada más que en los días de fiesta.

—Pues sí que es raro —dijo Inés—. Vamos hasta la sala y quitémosla, va a llamar la atención de todo el vecindario.

Las dos caminaron por los largos pasillos del colegio y al llegar a la puerta que comunicaba con el patio Khiara se puso delante de Inés y la abrió cediéndole el paso. El patio estaba vacío, pero de repente un montón de niños, padres y profesores lo llenaron mientras prorrumpían en un fuerte aplauso. En el centro, un grupo de chicos extendió una pancarta que decía: NUNCA TE OLVIDAREMOS, SENI. Inés se emocionó y solo acertó a llevarse las manos a la cara y sentir cómo las lágrimas recorrían sus mejillas. Khiara se abrazó a ella y juntas lloraron.

La sorpresa había alegrado el alma triste y el cuerpo dolorido de la joven. Realmente sentía pena por su partida, pero también ganas de alejarse de Maracaibo. Aquella maravillosa ciudad se había convertido en un infierno para ella y de alguna manera se sentía culpable sin saber muy bien por qué. Comenzó a recoger todas sus cosas, en apenas dos días partiría a su tierra y no tenía ninguna intención de volver a alejarse de ella jamás.

Juanjo llegó de la ciudad con los billetes en la mano. El primero de los transatlánticos que haría escala en La Habana partía en solo dos días. Tenían el tiempo justo para no levantar sospechas, recogerían el dinero y las joyas y saldrían de la casa como si fuesen a las tierras de cultivo. Roque indicaría durante una de las comidas, en voz alta, su intención de visitar las plantaciones e invitaría a Juanjo a que le acompañara. También haría alusión a su intención de visitar otras tierras por ver si valía la pena comprarlas, de esa manera tendrían más margen para llevar a cabo su huida. Estaban convencidos de que al menos las personas del servicio escucharían la conversación y así no les extrañaría cuando tardasen en regresar.

Roque miró los billetes y observó que curiosamente el barco era el mismo en el que llegó a Cartagena de Indias, el *Reina del Pacífico*. Con añoranza leyó su destino, su tierra querida a la que el navío pronto regresaría, y de nuevo acudió a su recuerdo la imagen de Inés, a la que cada día quería más y más echaba en falta. Seguramente ella se habría olvidado de él y estaría disfrutando de una vida normal junto a un hombre corriente y con un buen número de niños. Sacó de su cartera una foto desgastada por los bordes donde se los veía a ambos apoyados en el puente de San Cayetano, en pleno centro de Potes, y debajo, el río Quiviesa, que en su recorrido, y una vez fundido con el Deva, pasaba por el desfiladero de La Hermida. Fue una suerte que Bustamante, el fotógrafo de Potes, pasara por allí con su cámara y con un solo gesto que Roque le hizo accediera a fotografiarles. Después de posar, atravesaron en dirección al barrio del Sol, donde visitaron a una tía abuela de Roque. La dobló nuevamente y la guardó con cariño. Quizá algún día aquella montañesa volviera a mirarle a los ojos, aunque solo fuera un momento. Cuánto daría por abrazarla, por sentir el olor de su piel junto a él, por acariciar su cara y besar sus labios carnosos. Cuánto daría por volver a verla.

51

Los muelles en Cartagena de Indias se llenaban de gente cada vez que un barco zarpaba. Los mozos iban y venían cargados con maletas, enormes bolsas y grandes baúles. La música en los alrededores acompañaba a los viajeros, a los curiosos y a todos aquellos que se acercaban hasta los grandes buques. Cientos de puestos ambulantes se disponían a ambos lados de las calles adyacentes, esperando que los turistas compraran algún recuerdo de la bella ciudad. El sol acompañaba brillante y proporcionaba el calor necesario.

Inés portaba su pesada maleta y junto a ella su inseparable amiga Khiara, que también cargaba con parte del equipaje de la maestra. La muchacha quiso acompañarla a pesar de lo largo que era el viaje; no quería dejarla sola. Aunque no le había comentado nada, tuvo conocimiento de que Germán no andaba muy lejos, le habían visto por la ciudad y temió que pudiera atacarla de nuevo. Estaba triste, iba a perder a una gran amiga. En realidad, la única persona que la había tomado en serio, que la había aconsejado y que la había querido. De haber tenido dinero, se hubiera embarcado con ella. Ella también era un alma solitaria.

Con los ojos húmedos por el llanto, Khiara caminaba en silencio tras Inés. Cuando la maestra se volvió, vio como las lágrimas de la chica rodaban por sus mejillas. Dejó la maleta en el suelo y la abrazó con cariño.

—No llores —le dijo—, eres una chica maravillosa y estoy segura de que vas a ser una mujer muy feliz. Pronto encontrarás un hombre bueno que te hará dichosa, y si no es así le dejas, ¿eh?, que no me entere yo que nadie te trata mal. Y si no encuentras un hombre, no pasa nada, las mujeres estamos hechas de una pasta especial y, aunque no lo creas, no necesitas a nadie para salir adelante. —Khiara no podía contener el llanto—. No llores, por favor, se me encoge el corazón de verte así. A mí también me da mucha pena marchar, pero sabes que tengo que hacerlo, no soportaría que volvieran a hacerme daño, tengo miedo de quedarme aquí, lo mejor es que vaya a mi casa.

»Khiara, te quiero mucho, lo sabes, ¿verdad? Me has tratado de maravilla, me has hecho mucha compañía, pero sobre todo me has dado lo más importante, cariño. Me encantaría poder llevarte conmigo a Santander. Es una ciudad muy bonita también, la diferencia es que llueve un poco más que aquí, pero tiene una bahía maravillosa donde al fondo se ven las verdes montañas, se vive muy bien y la gente es agradable y divertida. Bueno, no tanto como aquí, que parecéis cascabeles. —Ambas rieron—. Si algún día cambias de idea y decides venir a España, yo te estaré esperando con los brazos abiertos. Tengo una casa muy grande donde puedes vivir y seguro que encuentras un trabajo, y si no, trabajamos en la pensión, que siempre hay algo que hacer. Total, donde comen tres bien pueden comer cuatro. ¡No llores más, mujer, que al final vas a hacerme llorar a mí!

—Es que no lo puedo evitar —dijo la muchacha—. Soy tan feliz contigo, eres como una hermana para mí, la que nunca tuve. Incluso como una madre, diría. ¿De verdad me acogerías en tu casa? ¡Me encantaría! Aunque me costaría mucho dejar mi tierra, la verdad. Pero tampoco es que nada me retenga aquí, estoy sola y ahora que tú te vas, aún más sola estaré.

—Bueno, vamos a hacer una cosa, pensemos en que esto solo es un hasta luego. Pensemos que pronto nos volveremos a ver, así no nos dolerá tanto la despedida. ¿De acuerdo?

—Me parece buena idea, es al menos un consuelo.

—Estupendo. Y ahora quiero que me des la maleta y te vayas. No te quedes aquí esperando que zarpe el barco, yo subiré y me meteré en el camarote porque no tengo intención de salir de él. Aún el miedo me persigue. Por suerte, la hermana Micaela viaja conmigo, como sabes, y me ha dicho que me llevará la comida y lo que necesite para que no tenga que salir. Son muchos días de viaje, lo sé, pero llevo libros que podré leer. Pasaré las horas entretenida con ellos, y lo más importante, estaré tranquila.

—Abrázame, manita —le pidió Khiara extendiendo los brazos.

Las dos muchachas se abrazaron fuerte mientras se llenaban de besos y se dedicaban palabras cariñosas.

Roque y Juanjo iban contra reloj. Nada más llegar este a la finca con los pasajes, hicieron una pequeña bolsa donde pusieron lo más importante y partieron. Al llegar al puerto y después de tomar algo rápido en una taberna cercana, entraron en el barco en cuanto permitieron el paso de los pasajeros. No querían coincidir con ningún viajero o familiar que pudiera reconocerlos, por eso, en cuanto la pasarela estuvo colocada, subieron por ella hasta cubierta y después buscaron su camarote.

—¿Tienes tú la bolsa negra? No sé dónde la he dejado —dijo Roque.

—Mierda, la olvidé —respondió Juanjo—. La he dejado bajo la mesa del mesón. Tengo que ir a por ella.

Miró el reloj y afortunadamente aún quedaban tres cuartos de hora antes de que el barco zarpara.

Juanjo salió deprisa del camarote, bajó corriendo la pasarela y al hacerlo en sentido contrario a la gente que subía, tropezó con una muchacha a la que casi tira al suelo.

—Perdón, señorita, lo siento —se disculpó—. Voy con prisa y no la he visto.

—Podía tener cuidado —replicó la muchacha—, me ha dado un golpe terrible. Además, mire lo que ha hecho.

Una de las maletas se había abierto con el encontronazo y los libros que contenía estaban esparcidos por el suelo, incluso uno de ellos había ido a parar al agua.

Juanjo los recogió aceleradamente.

—Lo siento —repitió, y a continuación dijo—: Por cierto, ya que viajaremos juntos, me gustaría invitarla a cenar esta noche, compartir mesa con usted sería un placer. Unos ojos como los suyos bajo la luna, en la cubierta, es algo que me encantaría contemplar. Y así podré compensarle la pérdida del libro que ha caído al agua.

La muchacha no contestó, apenas le miró; se limitó a recoger lo que se había caído de su maleta y continuó subiendo por la pasarela.

Juanjo sí se fijó en Inés, la miró de arriba abajo y utilizó todos sus encantos para encandilarla, pero ella hizo caso omiso a su invitación, dando media vuelta con aire arrogante.

—¡Señorita, la buscaré por todo el barco! —gritó Juanjo mientras ella se alejaba.

A los pocos minutos ya estaba en la taberna. Se dirigió hasta la mesa donde se habían sentado a comer y vio que estaba ocupada por una pareja que se miraban acaramelados a los ojos y se acariciaban las manos lentamente.

—Perdón, olvidé una bolsa negra, ¿por casualidad no lo habrán visto?

El hombre levantó la cabeza indicando que se la habían entregado al dueño. El mesonero, que estaba atento y los observaba desde la barra, se agachó y levantó la bolsa lo suficiente para que Juanjo viera que la tenía.

—Gracias, menos mal que son gente de bien.

Juanjo la cogió en cuento asomó por el mostrador. Metió la mano en su bolsillo y sacó un billete de 50 bolívares que posó sobre la barra en señal de agradecimiento. Primero se fijó en el candado y vio que seguía cerrado, eso le tranquilizó. Corrió de nuevo hasta el barco, esta vez con la esperanza de encontrar a la muchacha que había golpeado sin querer al bajar, pero había perdido su rastro. Lo que no había perdido era la esperanza de volver a verla.

Cuando el *Reina del Pacífico* zarpó, Inés ya estaba en el camarote. Desde allí observó a través del ojo de buey cómo se alejaba de Cartagena de Indias. Atrás iba quedando aquella singular y bella ciudad llena de colores y sones. Un lugar del que se enamoró nada más llegar, de esas calles llenas de gente que, alegres, disfrutaban de la vida bailando y cantando incansables, un lugar que quedaría en su recuerdo, una tierra a la que llegó en busca de una vida nueva, de una ilusión, de cumplir un sueño que si bien no era el de ella, de alguna manera Roque se lo había inculcado; tantas horas habían pasado hablando de esas tierras que el gusanillo de la curiosidad la llevó a venir. Pero escondida en lo más profundo de su corazón había otra razón: también lo hizo por la posibilidad de encontrar un amor que sabía muerto pero que no se resignaba a perder. Tampoco pudo evitar pensar en cuánto había sufrido allí, cómo se había complicado su vida por culpa de un hombre sin escrúpulos que la dañó hasta las entrañas.

En la hacienda comenzaban a echar en falta a Roque y a Juan José.

—¡Isabela, Isabela! ¿Dónde te has metido, niña?

—¡Estoy aquí, doñita, en la habitación de don Manuel! Aprovecho para limpiar bien, ya que el patrón está ausente esta mañana. ¿No me diga que ya está llegando? Por cierto, hay una nota de su parte para usted en la mesita de noche, ahora se la llevo.

—No, no está —confirmó Piedad—. ¿Tú sabes a qué hora llegará el patrón, si dijo algo de que vendrá a comer? Salieron tan pronto que no tuve ocasión de preguntar, ni tan siquiera tomaron el desayuno y de eso hace ya cuatro días. Qué extraño. El patrón no suele actuar de esa manera. Espero que no pase nada, tal vez ocurrió algo y salió corriendo. No sé, la verdad. Es extraño todo. ¡Trae esa nota ahora mismo! Quizá tuvo que salir corriendo y dejó dicho en ella lo que tenemos que hacer, o a saber qué cosas.

Piedad se hacía estas preguntas en voz alta, pero Isabela apenas escuchaba lo que hablaba. Caminó hasta la cocina con el ánimo de empezar a preparar la comida, cuando Raulito entró corriendo.

—Doñita, doñita, ahí fuera hay un hombre que dice que es amigo del amo y que quiere entrar, pero... no sé, es muy altanero y no me gusta su aspecto seco y esquivo. Mejor vaya usted, doñita.

—Vamos a ver, no vales para nada, un muchachón como tú y para nada sirves. Así nunca serás más que un mozo de recados.

Como Santos tampoco estaba en la casa, salió ella misma al encuentro de aquel hombre al que con tanto detalle había descrito Raulito. Y tal y como el chico le había advertido, el aspecto del forastero era de lo más arrogante. Antes de devolver el saludo a la mujer, la miró de arriba abajo y quitándose uno de sus guantes preguntó por don Manuel de Castro y Balmoral.

—El patrón no está, ha salido. ¿Me puede decir su nombre y qué desea?

—No creo que tenga que darle tantas explicaciones a una criada, el señor sabe que llego, se lo comuniqué por carta, así que está al tanto, pero entiendo que usted dude de mí. Para su información, mi nombre es don Ignacio Ruiz de Castro, soy amigo de su señor. ¿Se queda más tranquila?

En ese momento Isabela le entregó la nota a doña Piedad. La mujer la abrió con disimulo:

Doña Piedad, en mi ausencia es posible que llegue un amigo de España, acomode al señor como merece y dígale que pronto regresaré. Unos asuntos importantes me hicieron salir con premura de la finca. Muchas gracias por todo.

Manuel de Castro y Balmoral

—Perdone, señor, pero no tenía idea de que nos fuera a visitar. El patrón debió de olvidar comunicarme su llegada, pero en esta nota lo deja claro. Pase usted. Creo que no tardará en llegar, salió muy pronto hace días, me parece que fueron a visitar las plantaciones. Acompáñeme, por aquí, señor. Raulito, carga el equipaje de don Ignacio y llévalo a la habitación de los espejos, junto a la del señorito Juan José.

—¿Juan José? ¿Quién es?

Al estar Isabela presente, doña Piedad se retiró y dejó que fuera la chica quien acompañara al caballero a su habitación, contestando, por supuesto, la pregunta que había quedado en el aire.

—El amigo de don Manuel —dijo la muchacha—. Llegó con él de España y se ha quedado a vivir en la hacienda. Ayuda a mi patrón y le hace compañía. Aquí está muy solo, bueno, salvo cuando le visita la señorita Paula, pero yo creo..., en confianza, ya que usted es su amigo se lo puedo decir, a mi patrón no le gusta nada la señorita Paula. Pero al que sí que le gusta es al señorito Juan José, pero como él no tiene un bolívar, la señora María, que es la madre de la señorita Paula, no quiere que tenga relaciones con él y por eso se ha empeñado en emparentarlo con mi señor. Pero me parece que eso ya no será porque tengo oído que ha llegado un caballero de Caracas con muchos posibles que está pretendiendo a la señorita Paula y que esta le corresponde.

—Me parece que habla usted en demasía —comentó don Ignacio—. No creo que sea necesario que me dé tantas explicaciones sobre la vida privada de mi amigo y mucho menos de esas señoras a las que no tengo el gusto de conocer. En todo caso, él se encargará de ponerme al día.

La muchacha abrió la puerta de la habitación, bajó la cabeza y se marchó. Su madre tenía razón, hablaba demasiado y en esta ocasión, además, los comentarios a una persona desconocida no habían estado nada bien. Mejor sería que su mamita no se enterase de aquello.

No muy lejos estaba Piedad, que había escuchado perfectamente la conversación de su hija con el invitado.

—Eres una parlanchina. ¡Qué tienes que dar tú tantas explicaciones a un hombre que no conocemos, y menos del patrón! Pasa, anda, no vas a aprender nunca. El silencio es el único amigo que jamás traiciona, métetelo en esa cabeza que tienes, que parece que solo la usas para llevar el pelo. Está visto que estoy rodeada de inútiles.

El viaje para Juanjo y Roque estaba a punto de terminar, apenas un día y medio de trayecto y ya atisbaban la bahía de La Habana. Su estrecha entrada era un espectáculo para la vista, por eso todos los pasajeros admiraban desde la cubierta las maniobras que el capital realizaba para acercar el navío al muelle de Sierra Maestra.

—Bueno, compañero, estamos a punto de comenzar una nueva aventura. ¿Tuviste ocasión de avisar a tus conocidos de nuestra llegada?

—No, la verdad es que no pude hacerlo —respondió Juanjo—. El margen de tiempo era mínimo, una carta no hubiera llegado antes que nosotros, y un telegrama no pude poner porque cuando fui a la oficina de correos estaba cerrada. Pero no hay problema, tengo la dirección y creo que está cerca de aquí. Mis amigos viven en una calle cercana a la plaza de la Catedral. Daremos con ella sin problema.

Además, lo que sobran en La Habana son españoles, camarada. Y tal y como te dije, yo voy a seguir mi camino. Saludamos a mis amigos y me voy. Imagino que tú tendrás tus propios planes.

—La verdad, no tengo ninguno —dijo Roque—. Pensándolo mejor, creo que buscaré un hotel para pasar aquí un par de días, luego es posible que dé con algún paisano que me ayude a encontrar un trabajo. Bueno, pues vamos allá, a ver qué tal nos va. ¿Estás listo, lo tienes todo? No vuelvas a dejarte nada, no habrá posibilidad de volver, el barco zarpa en cuanto desembarquemos.

Muy cerca de ellos, a escasos metros, Inés continuaba recluida en el camarote, tan solo con la compañía de la hermana Micaela, que había intentado, hasta el momento sin éxito, que la chica saliera a tomar el aire.

—Niña, no está bien que te pases aquí tantas horas, ten en cuenta que el viaje es largo. ¿Por qué no nos acercamos a la cubierta? Está llena de gente, el sol brilla y la bahía de La Habana es tan bonita que deberías verla. Creo que no tendrás ocasión de volver a contemplar esta hermosa y alegre tierra, ¿no te da pena perderte este espectáculo tan hermoso?

—Muchas gracias, hermana —dijo Inés—, pero no me apetece ver a nadie. Tengo una sensación dentro de mí que me angustia desde... aquel día. Siento miedo y aquí me encuentro segura, sé que no me pasará nada, estoy con usted y eso es suficiente para mí. Además, esta hermosa bahía la vi cuando llegaba. Ahora la única que quiero volver a ver es la de mi tierra.

—Bueno, como quieras, pero seguiré intentando que salgas, no es bueno que no te dé el aire en esa cara tan bonita que tienes, vas a llegar tan pálida que cuando tu familia te vea pensará que estás enferma o que te han contagiado alguna enfermedad extraña.

Inés sonrió, era consciente de que la monja tenía razón y de que debía batallar contra ese terror que invadía su cuerpo. Pero ya tendría tiempo de empezar esa lucha, ahora se sentía cómoda, tranquila y protegida, cobijándose en el camarote.

Mientras tanto, los dos hombres bajaron a tierra y se alejaron por el muelle en busca de la plaza de la Catedral. Juanjo no quitaba el ojo de las bellezas cubanas que paseaban por la ciudad. Los lujosos coches y los bellos edificios eran lo que distraía a Roque, quien, al contrario que su amigo, no se percataba de las mujeres más que cuando este hacía referencia expresa a alguna de ellas.

—Eres un descarado —le dijo—. Deja de mirarlas así, vas a hacer que se sientan mal.

—¿Mal? Tú estás loco. Estas mujeres están hechas para que las mires, son ellas con su contoneo las que llaman la atención de los hombres. Mira, mira cómo mueve las caderas esa mulata, y aquella otra... Si le falta poco para comernos con la vista. Creo, amigo, que somos nosotros quienes más cuidado debemos tener con ellas.

—Tú verás. No seré yo quien te diga lo que tienes que hacer. Pero, por favor, hazlo cuando vayas solo, no quiero tener problemas con algún cubano que se sienta ofendido por molestar a su mujer, solo faltaba que nos dieran una paliza nada más llegar.

—Amigo, qué equivocado estás. Cuba es una tierra de paz, por mirar a una mujer nadie te va a calentar el morro.

Distraídos como iban, Roque tropezó con un paisano que caminaba lentamente delante de él; llevaba la mano en el bolsillo y con el encontronazo se le cayó la cartera al suelo sin darse cuenta, pero Juanjo, que se había quedado retrasado con su particular entretenimiento, sí se percató. El contenido de la cartera, que en su mayoría llevaba fotos, se desparramó por el suelo y este avisó a su amigo mientras recogía algunas. En su mano cayó justo la fotografía donde se veía a Roque con una chica joven, y cuando Juanjo la miró con detenimiento, creyó por un momento conocerla. Su cara le sonaba mucho, pero no sabía de qué.

—Trae para acá, eres un cotilla —le recriminó Roque.

—¿Quién es ella? —preguntó Juanjo—. Se os ve muy acaramelados. ¿Es tu mujer?

—No creo que te importe, pero no, no es mi mujer. Pudo serlo, pero...

—Su cara me es conocida. No sé, quizá la vi en algún sitio. ¿Es de Mogrovejo?

—No, es de Escalante, aunque la última vez que la vi estaba en Mogrovejo, era maestra en mi pueblo.

Juanjo se quedó pensativo, si algo le inquietaba era creer reconocer a alguien y no salir de dudas. Caminó en silencio junto a Roque un rato hasta que de repente se paró en seco, sujetándole el brazo para que se detuviese.

—Espera, ya lo tengo, ¡sé dónde la he visto! A esa chica... a esa chica la he visto yo en el barco. Tropecé con ella y estuvimos charlando. Sí, es ella.

—Calla, ¡estás loco!

—Que no, que te digo que es ella. ¡Si hasta la he estado buscando en el barco desde ayer!

Roque se quedó petrificado. No podía ser Inés. Pero Juanjo lo decía tan convencido que le hizo pensar que verdaderamente podía ser ella. Sacó de nuevo la foto de la cartera y le pidió que volviera a mirarla. Juanjo se mostró aún más convencido. Sus ojos avellanados eran inconfundibles y el pelo recogido en un moño lo llevaba igual que en la foto. Roque dejó en el suelo la bolsa que llevaba y salió corriendo en dirección al puerto. No le importaba lo más mínimo si era o no verdad, era una posibilidad y con eso tenía suficiente. Quizá ella vino a buscarle y no le encontró. Tenía que buscarla, estaba dispuesto a revolver el barco de arriba abajo hasta dar con ella.

Al girar la calle, el corazón le dio un vuelco. El *Reina del Pacífico* había partido. Se alejaba de la bahía y con él la esperanza que había durado apenas unos minutos. Unos minutos intensos en los que la alegría había llenado su alma, había parado su respiración y había iluminado sus ojos. Pero todo eso solo había sido un espejismo, una ilusión, un deseo, un sueño que jamás se cumpliría. Solo le quedaba la imagen en aquella fotografía donde la sonrisa y los ojos brillantes de Inés le acompañarían para siempre.

Si realmente era Inés quien viajaba en ese barco, no volvería a verla, ya que partía rumbo a España y él debía quedarse en La Habana, al menos hasta que la dictadura que golpeaba con dureza su país terminara. No había olvidado que seguía siendo un perseguido por la justicia acusado de asesinato.

52

Santander, 2017

La noche había caído y la oscuridad llenaba la habitación del hospital. Inmersas en el relato, Inés y Julieta no advirtieron la tiniebla en la que se encontraban sumidas. La joven se levantó cuando su tía abuela dejó de hablar y encendió una luz que iluminaba la parte baja de la estancia.

—Dame un poco de agua, *niñuca*, que se me ha quedado la boca seca con tanta charla y la tengo como un algodón.

—No me extraña, lleva horas hablando. Estará agotada, quizá tanto como yo sorprendida. ¡Ya sabía yo que tenía usted una historia escondida, pero nunca pensé que fuera tan intensa y dura!

La anciana bebió el agua a pequeños sorbos saboreándola como si fuera el mejor de los licores.

—Sí, esta es mi historia, el resto ya lo sabes. Volví a mi *casuca* con Tina y Consolación. Fueron unos años bonitos, aunque mi corazón nunca se recuperó y arrastré durante muchísimos años el miedo a los hombres o a que alguno pudiera volver a hacerme daño. Jamás le conté a nadie lo que me pasó, no quería que sintieran pena de mí o que pudieran pensar que fui yo quien tuvo la culpa, ni tan siquiera se lo dije a tu abuela y eso que ella era mi mejor amiga, siempre lo fue. —Bebió de nuevo—. Como te decía, volví junto a mis dos ángeles y pasamos unos años buenos. La pensión funcionaba muy bien, estaba completa casi a diario. Pero Consolación enfermó y falleció a los cinco años de mi regreso. Con su muerte Tina perdió parte de su encanto, se terminaron las discusiones en casa, la pobre mujer apenas hablaba, se volvió introvertida y en ocasiones distante, no conmigo, sino con el resto de la gente. Afortunadamente estuvimos muchos años juntas. Tú llegaste a conocerla, aunque eras pequeña, pero la recuerdas, ¿verdad?

—Sí, claro que sí —respondió Julieta—. Bajaba a la plaza con ella y me compraba siempre un helado en Capri cuando hacía calor y si no un pastel en Frypsia. ¿Se acuerda de esos pasteles de moka tan ricos, tita? ¡Cómo me gustaban! Recuerdo que me llevaba a la plaza de la Esperanza y allí, como conocía a todos los tenderos, pasábamos un montón de tiempo; con todos hablaba e incluso alguno le tiraba los trastos. Ella sonreía y decía: «Ahora viene este, a la vejez viruela, con el cuerpo serrano que he tenido y no ahora, que tengo ya todo más caído que la campana de los jesuitas». Por cierto, que nunca entendí a qué se refería con aquello.

—Tenía muchos dichos, la Tina —dijo Inés—. Es que en los años sesenta, creo, no hacía mucho que había vuelto de Venezuela, se cayó la campana desde el campanario de la iglesia de los jesuitas y fue muy sonado, no por el ruido que hizo, sino porque se podía haber armado una muy grande.

—Ah, mire, pues nunca es tarde para aprender algo, y más esto.

—Así es, *niñuca*. Yo recuerdo aquellos veranos en los que venían mi hermano, tu abuela y tu madre. ¡Cómo disfrutaba viéndola correr por la playa de los Peligros! Le encantaba coger puñados de arena y dejarlos escapar entre sus dedos, se acercaba a la orilla y las olas le salpicaban la cara, y entonces corría a mis brazos para que la cogiera. Era tan preciosa y fue tan feliz...

—Tía. —Julieta guardó silencio un momento mientras miraba a los ojos a Inés—. Si yo he entendido bien, mi madre era la hija de Roque, el hombre que tanto amó, ¿verdad?

—Sí, así es.

—Pero mi madre... ¿nunca lo supo? Al menos jamás me dijo nada, yo nunca escuché en casa algo que me hiciera imaginar que mi madre era adoptada. ¿Por qué?

—Bueno, cuando tus abuelos se la llevaron, la idea era que estuviera unos años con ella, al menos mientras su padre estuviese fuera, pero todo se complicó, como has escuchado. Al tener conocimiento del fallecimiento de Roque no había motivo alguno para contarle la verdad, sus padres estaban ambos muertos y no había ningún familiar que pudiera dar fe de ella, por lo tanto pensamos que era mejor no decir nada. Como sabes, fue feliz en su infancia, tuvo sus estudios, tuvo también suerte al encontrar a un hombre como tu padre, aunque le perdiera tan pronto. ¿Para qué le íbamos a contar nada? Sin embargo, aunque mantuvimos silencio con ella, tu abuela y yo consideramos que era conveniente que tú lo supieras y le prometí a Gema que si estaba en mi mano te contaría la verdad de tus orígenes. Ahora ya lo sabes, tienes sangre lebaniega, por eso tanto a tu madre como a ti os hemos llevado siempre allí. Sin decir ni una palabra, quisimos que sintieras amor por vuestra tierra, por eso pasábamos siempre unos días por allí en verano, lo hicimos con tu madre durante años y creo que conseguimos nuestro propósito, era devota de la Virgen de la Salud y llegó a proclamarse lebaniega, como bien sabes, sin ser consciente de que esas montañas eran las que cobijaron su nacimiento y las aguas del Deva las que limpiaron sus pañales durante algún tiempo.

Julieta buscó en su pecho y sacó una pequeña medalla, la medalla de la Virgen de la Salud que su madre le entregó antes de morir.

—Pero ¿cómo supo usted que Roque no había muerto y que además estuvieron a punto de encontrarse en Venezuela? ¿Acaso volvió a verle? No lo entiendo, si no.

De pronto la puerta de la habitación se abrió. Una enfermera sonriente entró con el termómetro en la mano, se lo colocó bajo el brazo a Inés, luego le tomó el pulso y le colocó el tensiómetro en su brazo derecho.

—La veo muy bien, Inés, tiene un color estupendo y eso que apenas hay luz. Bueno, pues todo está perfectamente, me parece a mí que si continúa así en unos días podrá volver a casa.

—¿Él está bien? —preguntó Inés con cierto pudor.

—Sí. Ha mejorado mucho, pero no la quiero engañar, Inés, ya sabe que está muy malito.

La enfermera salió de la habitación con una sonrisa en la boca, la misma con la que había entrado, e Inés le correspondió de igual manera.

—Bueno, tía, creo que esto de hablar le ha venido de maravilla. Yo estaba preocupada por si le ocasionaba un esfuerzo innecesario, pero a juzgar por lo que la enfermera dice, el resultado no puede ser más alentador.

Inés le hizo un gesto a su sobrina para que se acercara y esta así lo hizo. Se aproximó a la cama donde la anciana descansaba y cogió su mano acariciándola con cariño. Se agachó y besó su despejada y blanca frente.

—Julieta, no dejes nunca que tus sueños se frustren. Debes luchar por ellos. Si algo he aprendido en esta vida es que los años, además de darnos achaques y debilitar nuestro cuerpo, también nos ofrecen cosas positivas, como la experiencia y la sabiduría, y sobre todo nos enseñan a valorar lo que tuvimos, lo que perdimos, lo que dejamos escapar y todo aquello por lo que luchamos aunque no lo consiguiéramos, y lo más importante de todo: que el amor no tiene por qué ser para toda la vida, ni que solo se quiere una vez. Hay que disfrutar de los momentos, sean cuales sean y en el lugar que sea. La vida es corta, *niñuca*, y te lo digo yo que mira la cantidad de años que tengo —dijo con una sonrisa dibujada en los labios—. Ahora me gustaría robarle al tiempo unos pocos más para disfrutar de todo eso que he dejado pasar. Me cerré, nunca quise abrir mi corazón a nadie y tuve oportunidad de hacerlo, no creas, pues no me faltaron pretendientes una vez que regresé a Santander, pero yo seguí guardando una ausencia absurda que no me llevaba a ningún lugar. ¿Sabes?, eso es lo que he perdido. Si volviera a nacer, no lo haría; todo lo contrario. No te voy a decir que me volviera loca, pero... igual un poco sí. ¡Qué más da lo que digan! Lo que importa es lo que tú sientas. Hazme caso, vive, disfruta y cuando algo te apetezca, cógelo.

—Bueno, tía, eso se sabe, por suerte tenemos capacidad de amar a más de una persona, ¿qué sería del mundo, si no?

—respondió Julieta—. Lo que a usted le pasó es que eran tiempos difíciles para las mujeres, lo que hiciera un hombre estaba bien, pero si lo hacía una mujer estaba mal visto, y no crea, que aún hoy estamos más o menos igual, pero algo sí que ha cambiado: somos capaces de hacer nuestra vida sin que nadie nos controle ni nos maneje, y si nos apetece pasar un rato o salir y entrar con alguien, ya no es como antes, afortunadamente. Dice que guardó una ausencia absurda, pero era amor, le quería tanto que no supo gestionar esa ausencia. Alguna vez pensó cómo hubiera sido su vida si Roque y usted...

—Por supuesto, toda mi vida lo he pensado. Y ese fue mi error, como te he dicho.

—Bueno, pues ahora está a tiempo. Ese hombre, según me ha dicho, le ha dado todo eso que durante el resto de su vida no ha tenido, todo lo que ha añorado. Disfrute de ello, tía. Además, según dice la enfermera, él está bien, usted también ha mejorado, y a mí no me importa estar con los dos, no voy a ponerle ningún impedimento para que él viva con nosotras en casa, le aceptaré porque es la persona a la que usted ama y, además, porque es su casa y en ella, como es lógico, puede hacer usted lo que quiera.

La puerta de la habitación volvió a abrirse. La misma enfermera que momentos antes había entrado apareció empujando una silla de ruedas con un hombre sentado en ella.

—Inés, le traigo una visita. Espero no molestar.

La anciana se incorporó en la cama y al ver que era el hombre de su vida, intentó instintivamente acicalarse el cabello. Julieta se dio cuenta del detalle y de que su tía incluso se había puesto colorada.

El hombre se levantó y, despacio, se acercó hasta la cama, cogió la mano de Inés y la besó insistentemente.

—Creo que será mejor que los dejemos a solas —dijo la enfermera—. Estoy segura de que tendrán mucho que contarse, sobre todo las veces que les hemos pinchado, las pastillas que les hemos dado y alguna que otra cosa más.

—Sí, creo que es lo mejor —concluyó Julieta—. Bueno, tía, pues... yo me voy ya. Mañana si eso vengo y quién sabe, igual me la llevo a casa.

La chica abrió el armario y cogió su bolso con la intención de salir, pero Inés reclamó su presencia.

—Espera, *niñuca*. Si vas a vivir con este hombre, justo es que te lo presente, creo yo.

—Bueno, no he querido decir nada por no molestar, ya habrá tiempo, tía.

—El tiempo es ahora, no tenemos nosotros mucho de eso precisamente.

El hombre la miró detenidamente y antes de que Inés dijera una sola palabra, él se adelantó:

—No te imaginas cuánto te pareces a tu abuela, a tu verdadera abuela, tu madre no se parecía tanto a ella como tú.

Julieta se quedó quieta, miró a su tía y esta le hizo un gesto afirmativo con la cabeza mientras le regalaba una sonrisa.

—*Niñuca*, hace un rato me has preguntado que cómo me enteré de que Roque no había muerto. Aquí tienes la respuesta. Te presento a Roque Dobarganes Martín, tu abuelo biológico y el hombre de mi vida.

Julieta dejó caer el bolso y se quedó parada. Un hormigueo recorrió su cuerpo desde los pies hasta la cabeza, se llevó las manos a la boca y sus ojos se llenaron de lágrimas, unas lágrimas que eran de emoción, más por la felicidad que desprendía su tía que por la ilusión de conocer al hombre que había engendrado a su madre. No había palabras para expresar lo que sentía en ese momento, ver a su tía agarrada de la mano del hombre al que había querido durante toda su vida le parecía increíble. Era el premio que la vida le daba después de pasar tanto. Ahora le devolvía todo lo que le había arrebatado a lo largo de los años.

Roque se acercó a ella y la besó en la mejilla, luego centró su mirada en la medalla que la muchacha llevaba colgada y con un gesto pidió permiso para tocarla.

—Parece que fue ayer cuando le colgué a tu abuela esta medalla del cuello. Parece que fue ayer —repitió—. No sabes lo que me alegra ver que ha estado con vosotras todos estos años.

—Se la colocó María Jesús a Sara el día que le dije que se iba a ir con mi hermano, pensé que lo sabías.

—No, pero no sabes lo que me alegra que lo hiciera.

—Me gustaría darle un abrazo —le dijo Julieta a Roque—, no todos los días tiene una la ocasión de encontrar un abuelo, y más sabiendo todo lo que sé de él. Aunque me gustaría saber más. ¿Cómo puede ser que después de tantos años volviese? ¿Acaso vino en busca de mi tía Inés?

—Pues sí —respondió el anciano—, aunque puede parecer egoísta que al final de mis días vuelva a buscar a una mujer a la que he amado desde el primer día que vi. En su momento no quise reconocerlo, incluso otros eran mis motivos, pues al principio me acerqué a ella porque sabía que la que entonces era mi esposa iba a morir y yo necesitaba una joven que se hiciera cargo del hijo que estaba en camino. Yo te contaré todo lo que quieras saber.

—Pues yo estoy dispuesta a escuchar. Mi tía me ha explicado cómo ha sido su vida. Ahora me gustaría saber qué fue de Roque cuando el barco le dejó en La Habana.

—Pues toma asiento, no es muy largo, tampoco he tenido una vida interesante, pero es justo que sepas cómo ha sido.

Inés estaba tranquila tumbada en su cama, Roque tomó asiento en el sillón azul que estaba junto a ella y cogió su mano. Julieta, por su parte, acercó una silla y se puso al lado de ambos, dispuesta a escuchar lo que su abuelo tenía que contarle.

53

La Habana, Cuba, 1952

Los primeros días en La Habana no fueron lo que esperaba. Yo me había acostumbrado a una vida cómoda con todas las necesidades cubiertas, y ahora de repente todo había cambiado. Incluso me había quedado solo, ya que Juanjo, tal y como me dijo, se marchó a los pocos días a la región de Vuelta Abajo, una de las cinco regiones tabaqueras por excelencia de Cuba. Allí encontró trabajo en los campos de cultivo y muchos años más tarde le encontré por el malecón del brazo de una guapa mujer. Hablamos un buen rato, nos contamos qué había sido de nuestras vidas y nunca más supe de él.

Con la ayuda de los amigos de Juanjo enseguida encontré acomodo.

Viví durante un tiempo con dos de ellos que compartían casa con un par de mujeres dulces como la caña de azúcar. Eran dos hermanas que tenían una casa grande en el barrio El Vedado. Sus padres acababan de morir y ellas, que no tenían oficio alguno y poco beneficio heredado salvo la casa, decidieron que una buena manera de ganar unos pesos con el mínimo esfuerzo era alquilando las habitaciones que tenían. Se portaron muy bien conmigo, eran muy zalameras, ya sabes a lo que me refiero... Realmente solo buscaban cariño y mimos, y con un poco de maña las conquisté a las dos. Pero nunca tuve nada con ellas, no vayas a equivocarte. Como te digo, me ayudaron a encontrar trabajo y me dieron cobijo, pero muy a su pesar nada obtuvieron de mí. No al menos lo que ellas pretendían.

Primero estuve en una zapatería de prestigio de la ciudad. Allí conocí mucha gente interesante, bien posicionada y con mucho dinero, y eso me sirvió para salir de allí. Un día, hablando con uno de ellos, le comenté que mi profesión era la de veterinario. Él era americano y había llegado a Cuba, como otros muchos, con la intención de hacer fortuna, y lo consiguió, claro está. Tenía una cuadra inmensa con caballos de pura raza y unas cuantas vacas en San José de las Lajas, muy cerca de la capital. Me contrató y allí estuve haciendo lo que realmente me gustaba, estar con los animales, pero desgraciadamente la revolución se lo llevó por delante y un día tuvo que salir corriendo del país si no quería perder su vida, tú ya sabes cómo fue aquello. Entonces abandoné también aquella finca y volví de nuevo con las dulces hermanas Rodríguez.

Yo tenía dinero ahorrado y, además, aún me quedaba lo que conseguí traer de Venezuela, y poco a poco fui cambiando la moneda y escondiéndolo donde podía. Entonces tuve suerte y antes de que todo fuera a peor, conseguí montar mi propio negocio. Me hice con un local en el centro de la ciudad y puse una tienda de ultramarinos.

Aquello funcionó muy bien. No teníamos de todo, pero

de lo que era necesario siempre tenía. Rico no me hice, eran más «los cañones» que los clientes me dejaban que lo que realmente ganaba, pero ¿qué iba a hacer? No podía dejar sin comer a los chiquillos del barrio, había necesidad, y aunque a mí no me sobraba, sentía la obligación de ayudar.

Cuando llevaba un par de años en La Habana, una linda mulata que me rondaba desde que había vuelto a la ciudad consiguió enamorarme y en unos meses me casé con ella.

Durante un tiempo, no lo voy a negar, fui feliz, pero la sangre caliente de las mujeres caribeñas me traía por la calle de la amargura. Encarna, que así se llamaba mi primera mujer, era una chica difícil de llevar, acostumbrada a conseguir todo aquello que se proponía. Era una hermosa mujer de caderas redondas y anchas que movía a su antojo, su pelo negro como el azabache, largo y rizado, y sus enormes y bellos ojos componían la viva imagen de la sensualidad. Fueron muchas las ocasiones en las que me advirtieron, pero yo no les creía, pensaba que la gente me tenía envidia por estar con una mujer tan bella.

Y de repente, un día la casualidad quiso que me diera de bruces con la realidad. Una tarde en que no me encontraba muy bien, cerré el negocio y me fui a casa. Mi sorpresa fue lo más desagradable que me podía imaginar. Encontré a mi mujer en la cama, en la nuestra, con un amigo, retozando como dos animales. Ya no era necesario que nadie me dijera nada, desgraciadamente fueron mis ojos los que vieron la cruda realidad, había sido un cornudo todo el tiempo que estuve con ella y no me había querido enterar.

Cogí las cuatro cosas que tenía, mi ropa y poco más y me marché. Lógicamente, ella salió corriendo detrás de mí, pero no quise escucharla ni que me tocara siquiera; estaba tan enamorado de ella que hubiera vuelto a casa como si nada hubiese pasado. Siempre me ocurría: cuando alguien me decía algo, yo llegaba y le preguntaba si era verdad, y ella, con sus encantos, hacía que cayera rendido en sus brazos.

Por suerte, con ella no tuve hijos y eso me permitió seguir mi vida lejos de aquella mujer que tanto daño me hizo.

Sin embargo, el amor me esperaba, como no podía ser de otro modo, en esa tierra tan cálida y acogedora, y en unos meses conocí a la que fue durante treinta años mi amor. Una mujer un poco más mayor que yo que llegó a mi vida para darme, además de cariño, una familia: dos hijos y una hija que me hicieron muy feliz durante todo ese tiempo.

La tienda daba beneficios y vivíamos bien hasta que la Revolución estalló, entonces todo cambió. Empezaron los problemas y la escasez, pero conseguí criar a mis hijos y darles una buena educación y estudios.

Cuando todo parecía que iba bien, mi mujer murió. Una mañana, cuando estaba tendiendo la ropa en el patio de la casa en la que vivíamos, su corazón dejó de latir de repente y cayó muerta sin que yo pudiera hacer nada por evitarlo. Me quedé desolado, lo único que pensaba era en qué mal había hecho yo para que todas las mujeres que estaban a mi lado fallecieran. Pero tuve que continuar, tenía tres hijos por los que luchar, y eso me hizo salir de aquel bache.

Cuando los hijos se hicieron adultos, decidieron partir de La Habana. Esa ya no era tierra para ellos, necesitaban tener una vida normal, como la del resto del mundo, y poco a poco, uno tras otro decidieron huir en balsas a Estados Unidos. Los dos mayores rápidamente encontraron empleo. Su formación los ayudó en gran medida, y una vez que estuvieron colocados, ayudaron a su hermana para que se reuniera con ellos.

Ahora los tres viven en California, están casados y felices con sus hijos. Por supuesto, me pidieron que fuera con ellos, podían arreglar mis papeles y no tendría ningún problema para quedarme allí, pero ya estaba cansado y era mayor para empezar en un nuevo país donde ni sabía el idioma ni tenía ganas de aprenderlo, además de que no quería ser una carga para ninguno de mis hijos.

Lo que sí puedo decirte es que durante todos estos años, que realmente ha sido una vida entera, nunca he olvidado a mi pequeña Sara, tu madre, esa niña que dejé en manos de Inés y a la que ella con buen criterio decidió entregar a su hermano y a su cuñada. Ellos la criaron con mucho cariño, sé que nunca le faltó de nada y que fue una niña feliz. Pero yo siento ese peso dentro de mí que me ha acompañado toda la vida. No fue solo el hecho de dejar a la cría, sino también el hecho de tener que abandonar mi pueblo, mi tierra querida, como si fuera un asesino. Yo no le hice nada a nadie, fue un accidente en el que yo no tuve nada que ver.

Cada día les hablaba a mi mujer y a mis hijos de mis orígenes, de dónde había nacido y dónde quería ser enterrado. Añoraba tanto mi pueblo, sus gentes, mis amigos y vecinos, las montañas nevadas, el frío del invierno, el verde de los bosques y los prados, las vacas pastando, las nueces y las avellanas que recogíamos por los caminos, e incluso la lluvia cayendo sobre mi cara, que al contarlo el vello se me erizaba.

Ya tuve bastante con dejar mi país, ese que tanto añoraba y del que nunca dejé de hablar. Mis hijos y mi mujer conocían Mogrovejo como si hubieran vivido allí. Les relaté en cientos de ocasiones cómo era en cada estación del año, cómo la nieve cubría los tejados, también les hablé de las montañas, las comidas, las costumbres y, ¡cómo no!, de mi querida Virgen de la Salud, que presidió mi humilde casa todo el tiempo. Y todo eso teniendo siempre presente a mi pequeña Sara.

Cuando me quedé solo, durante unos años estuve dando vueltas a la posibilidad de volver, pero el miedo podía conmigo, no sabía qué iba a encontrarme y ya no tenía edad para aventuras. Lo que sí tenía eran muchas ganas de volver a ver a la pequeña que ya se habría convertido en una gran mujer. Quería hablar con ella, que me conociera y darle las explicaciones que fueran precisas. Además, si conseguía dar con ella también encontraría a Inés, de quien siempre pensé que ya estaría casada y con hijos. Jamás imaginé que una mujer como ella pudiera estar toda la vida sola.

Bueno, que me desvío.

Es caso es que mis tres hijos, que son muy buenos chicos, la verdad, siempre se ocuparon de mí y desde el principio me mandaban dinero. Yo les pedía que no lo hicieran, que seguro que lo necesitaban ellos más que yo, pero el día diez de cada mes me llegaba su giro con el dinero que habían podido reunir.

Y por fin me decidí. La soledad en La Habana es más cruel que en cualquier otro lugar del mundo. Conseguí ponerme en contacto con un primo mío para que este formulase una invitación a la embajada cubana y así poder salir del país. Compré un billete de avión con destino a Madrid, hablé con mis hijos y les conté cuáles eran mis intenciones, hice la maleta y embarqué en el avión que de nuevo me traía a mi querida tierra.

Eso es a grandes rasgos lo que ha sido mi vida, Julieta. Como ves, nada del otro mundo.

Ahora estoy muy contento de estar junto a Inés, aunque solo sea por unos meses, los cuales estoy seguro de que han compensado con creces todo lo que habrá sufrido en esta vida.

Cuántas veces imaginé que no me embarcaba, que hacía caso a tu tía y me quedaba en Liébana, allí con mis animales y mis gentes. Cuántas veces soñé con ella, con su piel suave, con sus largas, delicadas y delgadas manos, con ese pelo ensortijado que tanto me gustaba acariciar. ¡Qué suerte he tenido encontrándola de nuevo! Pero poco nos va a durar. El tiempo juega en contra nuestra. Ya no queda mucho que vivir. Por eso hemos aprovechado estos meses.

Cuando llegué a España, lo primero que hice fue ir a Mogrovejo. Subí hasta la escuela y desde allí, con la torre detrás de mí, estuve más de una hora admirando mi pueblo. La gente, lógicamente, no me reconoció al principio, pero al día siguiente ya todos sabían quién era. Encontré amigos que igual que yo ya estaban mayores. Conocí a sus hijos, a sus nietos incluso. Sentí que estaba en casa, en esa casa que jamás debí dejar. Después de unos días tomé el tren y vine a Santander. Recordaba perfectamente la dirección de la pensión y en cuanto llegué a la estación caminé hacia la plaza de José Antonio, que enseguida me di cuenta de que había cambiado de nombre por plaza de Pombo. Me senté a esperar sin saber si iba a encontrarla allí, y después de casi seis horas la vi aparecer por el portal.

Estaba tan guapa... Parecía que no había pasado el tiempo por ella. Yo la encontré divina, aunque su pelo ya no era tan negro y sus andares, al igual que los míos, no eran tan seguros. Me pareció que seguía manteniendo la misma esbeltez que hacía años cuando caminaba deprisa por las callejas de Mogrovejo. Ella ni me miró, pero no me importó. No me atreví a decirle nada, me daba miedo que pudiera rechazarme, y volví al día siguiente, pero antes esperé a que regresara de su paseo para volver a verla.

Sin embargo, ese otro día tampoco tuve el valor de hablarle, aunque ella sí que me miró. Se quedó parada sin quitarme la vista de encima, como si fuera alguien al que creía reconocer pero no sabía de qué. Y entonces se acercó a mí y solo hizo una pregunta: «¿Roque?». No pude contestar, la emoción inundó mi garganta y las palabras no me salían, solo las lágrimas brotaban de mis ojos de una manera descontrolada. Y ella, con esa generosidad que siempre tuvo, se acercó a mí aún más y me abrazó.

Desde ese día hasta hoy no nos hemos separado nada más que estos días que hemos estado en el hospital.

Hemos sido enormemente felices, como dos jóvenes a los que nada ni nadie les importaba. Hemos sido uno. Pero enfermé, y gracias a ti, Julieta, que llegaste a tiempo, no fallecimos, ni yo ni ella, que habría sido lo que más me hubiera dolido.

Nos queda tiempo, aunque sea poco, pero ahora lo vamos a aprovechar los tres. Porque tú, querida niña, también me has hecho feliz. Nunca pude abrazar de nuevo a mi preciosa hija, pero me ha dejado el regalo de una nieta.

Julieta miró a Inés. La anciana tenía una sonrisa que la delataba; se la veía totalmente entregada a lo que Roque explicaba, hasta que de pronto ella también quiso decir la suya con un hilo de voz:

—*Niñuca*, ha merecido la pena esperar. He estado toda la vida viviendo bajo un cielo azul lleno de días muy grises, uno tras otro. La soledad me ha embargado muchas veces. Nunca quise casarme ni tener relación con nadie. Mi corazón me decía que en algún lugar, en algún momento, volvería a encontrarle. Era una sensación extraña que en ocasiones me hacía pensar que me estaba volviendo loca, pero no estaba loca, solamente estaba enamorada. Quizá no hice bien en sobrellevar esa soledad impuesta, quizá me equivoqué en dejar escapar mis mejores años, pero de lo que ahora sí estoy segura es que ha merecido la pena. Cada minuto, cada segundo que hemos compartido durante estos meses han llenado por completo esa soledad de años.

»Aprovecha lo que tienes, Julieta, no dejes que tu cabezonería, tu rencor o tu orgullo te hagan perder lo que de verdad vale la pena, lo único, lo bonito que nos da la vida: el amor. Escucha a tu corazón. ¡Olvídate de los prejuicios, de lo que puedan decir los demás! Sé egoísta y piensa en ti, solamente en ti. Agarra con fuerza lo que quieres y no dejes que nada ni nadie te lo arrebate.

54

Julieta guardó silencio durante todo el relato de su abuelo y escuchó con atención las palabras de su tía en la semipenumbra de la habitación.

Volvió la vista hacia la anciana y vio que tenía los ojos cerrados. Era lógico, debía de estar agotada después de un día tan largo, donde recordar toda su vida seguramente le había revuelto hasta las entrañas por lo dura que fue en ocasiones.

De repente, al mirar a Roque, que sostenía la mano de Inés, vio cómo el hombre se acercaba a ella y la besaba con delicadeza mientras sus lágrimas recorrían la mano de la anciana.

Julieta notó algo raro en ellos y corrió a encender la luz. Centró su mirada en el pecho de su tía y observó que apenas se movía. Su respiración era alargada pero muy lenta. Llamó corriendo a las enfermeras, pero en el momento que apretaba el timbre sintió un suspiro de Inés largo y quejoso. Su querida tía abuela acababa de dar su último suspiro.

Roque levantó la mirada y clavó sus ojos en los de su nieta.

—También ella me deja solo. No puedo reprocharle nada, yo la abandoné cuando ella más me necesitaba. Es como si hubiera sabido que mi vida está al borde del precipicio y no quisiera que me fuera yo antes que ella. Me quedan días de vida a mí también, Julieta. Mi corazón está tan débil que ya no es capaz de soportar mucho más. Ahora no me importa nada, ahora descansaremos juntos para siempre. La eternidad nos espera, allí nada ni nadie se interpondrá en nuestro camino.

Roque se llevó la mano al pecho y un gesto de dolor inundó su cara. La enfermera entró deprisa y fue directa a la cama donde Inés yacía. Después de auscultarla, apagó el respirador que la mujer había tenido conectado, quitó la vía de su brazo y cruzó sus manos sobre el pecho. Sin embargo, no se fijó en el hombre que tanto sufría en silencio.

Julieta se acercó a él y besó su frente. Él cogió su mano sin apenas fuerzas y tiró de ella para que pudiera escuchar lo que tenía que decirle:

—Hemos llegado al final. Vamos a hacer juntos este camino. El definitivo. Solo tengo palabras de agradecimiento para ella, pero eso se lo diré dentro de un rato, cuando nos encontremos frente a las puertas de donde quiera que vayamos. Estoy sintiendo cómo tira de mí, quiere que parta con ella y no la voy a dejar sola otra vez. Este mundo ya no tiene sentido para mí sin su compañía, de qué sirve vivir si la persona que amas no está a tu lado. Los recuerdos pueden llenar durante un tiempo, pero es necesario sentir, amar, llorar, reír, vivir; en definitiva, estar al lado y de la mano de quien amas. Y esta es la mano que quiero que me acompañe para siempre.

Después de esas palabras, la mano de Roque dejó de sujetar la de Julieta y su cabeza cayó sobre la cama de Inés.

Julieta salió rota del hospital. Le parecía mentira que tanto amor se hubiera desvanecido en unos minutos.

Ella sabía que la salud de su tía era muy mala, esperaba que falleciera en cualquier momento, pero aunque su aspecto fuera débil, la veía tan llena de vida que pensó inocentemente que podría aguantar un tiempo más.

Aquella mujer con su relato le había dado una auténtica lección de vida. No la defraudó, todo lo contrario; hizo que la admirara aún más de lo que ya lo hacía. Y justo entonces, Julieta se prometió que tomaría como regla el consejo de su tía de vivir intensamente, pasara lo que pasase.

Miró su móvil y observó que no tenía mensajes ni llamadas, y volvió a meterlo en el bolso.

Caminó por las calles desiertas de Santander sumergida en la historia que acababa de conocer.

Lo hizo despacio, sin ganas, sabiendo dónde se dirigía pero sin querer llegar. Necesitaba el abrazo de alguien. Sintió la soledad como una losa sobre sus hombros y lloró mientras caminaba. En un instante había visto morir a dos personas. Dos corazones que iban a viajar por la eternidad cogidos de la mano disfrutando de su amor. En este mundo no pudieron hacerlo, pero se habían agarrado tan fuerte al borde de la muerte, que ya nada ni nadie iba a poder separarlos. Sus almas se habían fundido para formar un solo ser que jamás nadie iba a dañar ni a separar.

Recordó las palabras de su tía, su lamento por haber vivido una historia de amor imaginaria durante años, pero también, aun siendo contradictorio, la alegría por haberlo hecho.

Nunca olvidaría una cosa: cada uno debe gestionar su vida como mejor le parezca, sin tener miedo a equivocarse, porque al final todos sufrimos días grises aunque el cielo sea azul.

Glosario

Antier: Antes de ayer.

Budare: Plancha circular para cocinar (Venezuela).

Bululú: Jaleo (Venezuela).

Chamba: Trabajo (Venezuela).

Chica: Nombre coloquial con el que se denominaba a la moneda española de 5 céntimos de peseta.

Chon: Cerdo.

Chuleta: Que se aprovecha del dinero de otro (Venezuela).

Corotos: Platos (Venezuela).

Encucao: Hombre muy enamorado (Venezuela).

Guácala: Asco, rechazo (México).

Mandilete: Recado, mandado.

Mangüerear: Holgazanear (Venezuela).

Mediano: Tipo de café.

Metiche: Persona que se mete donde no debe (Venezuela).

Pela: Paliza (Venezuela).

Remontao: Enfadado.

Sincio: Palabra cántabra que significa ganas de tomar o comer algo.

Agradecimientos

En primer lugar, quiero agradecer a todas aquellas personas que leen mis historias, porque sin ellos sería imposible escribir. Gracias por el apoyo y el cariño que me demuestran cada día.

Permítanme que desde lo más profundo de mi corazón le agradezca a mi marido Fernando Terán, que desgraciadamente me dejó mientras yo escribía esta novela, todo lo que ha hecho por mí durante los veinte años que hemos estado juntos. Fue el primero en apoyarme, en creer en mí y en luchar incansable por que yo consiguiera llegar hasta aquí. Estoy totalmente convencida de que sin él jamás hubiera conseguido publicar un solo libro. Siempre se dice que detrás de un gran hombre hay una gran mujer; en mi caso ha sido al contrario: el grande siempre fue él, manteniéndose en un segundo plano e intentando que yo brillara. Sé que me acompañará siempre, le buscaré en cada acto, en cada firma de libros, en cada presentación y en cada momento de mi vida, porque cuando se quiere jamás se abandona, y si algo sé es que él me quería seguramente más de lo que yo jamás imaginé.

Le agradezco a mi familia todo lo que hace cada día por mí. A Covi y a José, mis hijos, que junto con sus parejas, Ablaye y Olga, me han mimado en los peores momentos. A Roberto y a Tere, mis hermanos, que junto con mis queridos cuñados, M.ª Fe y Enric, han sido el brazo donde me he apoyado. A Lara, a Rober y a Berta, mis sobrinos, que con sus ocurrencias y sonrisas han alegrado mis ratos y me han ayudado a superar miedos sin ellos saberlo. A Salud y a Pili, cuñada y prima, que están pendientes siempre y son el recuerdo vivo de Fernando. Y a mis padres, porque son los que más cerca han estado; bastaba una sola palabra para que acudieran a mi lado, y eso ha sido muy importante para mí.

Y un agradecimiento especial a mi editora, Cristina Lomba, a la que también me gustaría dedicar esta historia; sin ella esto no habría sido posible. Su sangre lebaniega le hace ser una gran luchadora, una trabajadora incansable y, sobre todo, una excelente persona.